Das Buch
Frederick Townsend Ward aus Massachusetts kam mit 28 Jahren als Glücksritter nach China, um der kaiserlichen Regierung seine Dienste gegen die aufrührerische Mystikersekte der Taipings anzubieten. Was folgte, gehört zu den wirklichen Wundern der Weltgeschichte – eine Karriere, die so steil bergauf ging, daß sich die wahre Geschichte fast wie ein Roman liest: Ward war der erste Weiße, der einen Fuß in die Verbotene Stadt setzte, er errang mit seiner gefürchteten Armee einen Sieg nach dem anderen und wurde zum Dank zum Mandarin erhoben. Schließlich wurde Ward, der nach drei stürmischen Jahren auf dem Schlachtfeld getötet wurde, gottgleich verehrt – und doch wurde kurze Zeit später sein Name sorgfältig aus den Geschichtsbüchern getilgt.
Wie es dazu kommen konnte, das beschreibt Bestsellerautor Caleb Carr spannend, mitreißend und detailgenau – und dabei entsteht nicht nur ein opulentes Bild des alten China in all seiner faszinierenden Pracht, sondern auch ein würdiges Denkmal für den vergessenen Helden.

Der Autor
Caleb Carr wuchs in der Lower East Side von Manhattan auf, wo er auch heute noch lebt. Er studierte Geschichte an der New York University und arbeitete als Journalist für verschiedene Zeitungen und das Fernsehen.

Im Wilhelm Heyne Verlag erschienen bereits seine Romane »Die Einkreisung« (01/9843) und »Engel der Finsternis« (43/88).

Caleb Carr
Der vergessene Held

Das abenteuerliche Leben
des Frederick Townsend Ward

Aus dem Amerikanischen
von Uta Haas

Deutsche Erstausgabe

DIANA VERLAG
München Zürich

Diana Taschenbuch Nr. 62/0017

Titel der Originalausgabe:
»The Devil Soldier«

Redaktion: Werner Heilmann

Copyright © 1992 by Caleb Carr
Copyright © 1999 der deutschen Ausgabe by
Wilhelm Heyne Verlag GmbH & Co. KG, München
Printed in Germany 1999

Umschlagillustration: Gruner + Jahr
Fotoservice/photonica/Andrew Garn
Umschlaggestaltung: Hauptmann und Kampa
Werbeagentur, CH-Zug
Satz: Schaber Satz- und Datentechnik, Wels
Druck und Bindung: Elsnerdruck, Berlin
Gedruckt auf chlor- und säurefreiem Papier

ISBN 3-453-15025-2

http://www.heyne.de

Frederick Townsend Ward, 1831–1862. Ward trägt den blauen Prinz-Albert-Rock, der sein Kennzeichen war, und in der Hand eine Feldmütze. Die Narbe seiner Verwundung aus der ersten Schlacht um Ch'ing-p'u läßt sich auf der linken Kinnseite erkennen.

(Mit freundlicher Genehmigung des Essex Institute, Salem, Mass.)

Dieses Buch ist Simon Carr,
Exhan Carr, C. Daniel Way Schoonover und
David H. Johnson gewidmet.

Inhaltsangabe

Vorwort:
»Übers Meer, um für China zu kämpfen« 15

I. »Eine neue Rasse von Kriegern« 27

II. »Vielleicht lächeln Sie mal ...« 64

III. »Wie durch ein Wunder« 117

IV. »Nicht, wie erhofft, tot ...« 178

V. »Erstaunt über den Mut« 248

VI. »Sein Herz ist noch schwerer
zu ergründen« 318

VII. »An das feindliche Feuer gewöhnt« 361

Nachwort: »Armer alter Ward« 442

ANHANG

Kurzbiographien der wichtigsten Personen 493

Anmerkungen und bibliographische Hinweise ... 503

»Und nie, von heute bis zum Schluß der Welt,
Wird Crispin Crispians vorübergehn,
Daß man nicht uns dabei erwähnen sollte,
Uns wen'ge, uns beglücktes Häuflein Brüder.«

> Shakespeare, Heinrich V.

Danksagung

Richard J. Smith von der Rice University schuf die tatsächlichen Voraussetzungen für dieses Buch – nicht nur durch seine jahrelangen grundlegenden Forschungen auf diesem Gebiet, sondern vor allem, indem er mir sein Material und sein Wissen jederzeit großzügig zur Verfügung stellte. Ein Wissenschaftler im wahrsten Sinn des Wortes, dem mein von Herzen kommender Dank und Respekt gilt.

Beatrice Bartlett von der York University half mir bei den Übersetzungen und der Materialsuche in der Sterling Library. John K. Fairbank von der Harvard University opferte seine Freizeit, um das Manuskript zu lesen, wofür ich ihm sehr dankbar bin. Für alle eventuellen Irrtümer oder Fehlinterpretationen in diesem Buch trage selbstverständlich ich allein die Verantwortung und nicht etwa einer der genannten ausgezeichneten Fachleute.

Eine begabte, hilfsbereite Gruppe Shanghaier Studenten half mir (im Rahmen des Möglichen), die Frage zu beantworten, was nach der kommunistischen Revolution aus Wards Erinnerungshalle, seinem Grab und seinen Gebeinen wurde. Verständlicherweise möchten diese Studenten ungenannt bleiben; aber sie wissen, wer gemeint ist, und ich hoffe, sie empfinden Genugtuung darüber, daß sie einen unschätzbaren Beitrag zu diesem Buch geleistet haben.

Nancy Heywood, Paula Richter und die übrigen Mitarbeiter des Essex Institute haben während meines Aufenthalts in Salem gewissenhaft und geduldig mit mir zusammengearbeitet, wie auch in den anschließenden Monaten der Fertigstellung des Manuskripts. Ich bin ihnen dafür zutiefst dankbar.

Die Mitarbeiter der New York Public Library, des National Archives und der Library of Congress in Washington, der Sterling Library at Yale University, der New York Historical Society und der New York Society Library haben mir alle unschätzbare Hilfe geleistet. Besonderen Dank schulde ich Angie Speicer von den National Archives, der es gelang, im Verborgenen ruhendes Material aufzuspüren, obgleich sich die Sammlungen des Archivs damals in einem heillosen Durcheinander befanden, da sie gerade auf Microfilm aufgenommen wurden.

Li Jing von der Rice University, Huang Peiling von der Columbia University und Kan Liang von der Yale University haben mich mit modernen Textübersetzungen versorgt. Ihre Interpretationen des klassischen Chinesisch waren klar und für mich äußerst wichtig.

Perrin Wright und Kathy Chevigny erwiesen sich als erfahrene Forschungsassistenten, deren mannigfache Talente mich sehr beeindruckt haben. In London gelang es Lucy Hanbury innerhalb kürzester Zeit, eine Sammlung entscheidender Dokumente zu lokalisieren. Ich danke ihr.

Suzanne Gluck ermutigte mich als erste zu diesem Buch, und Ann Godoff gab »grünes Licht« und unterstützte mich mit ihrem klugen Rat. Sie waren für mich weit mehr als nur Agent und Herausgeberin.

Ich danke Linda Sykes von Photosearch, Inc., die mir geholfen hat, viele Bilder zu finden.

Um alte Schulden abzutragen, möchte ich auch Donald Wilson, ehemals am Friends Seminary, Reed Browning vom Kenyon College und Robert Scally von der New York University erwähnen, die mich stets ermutigt haben, meine Interessen in schwierigen Zeiten weiterzuverfolgen. Sie haben mir klargemacht, daß Interesse an Geschichte nicht zwangsläufig mit einem Leben für die Wissenschaft verbunden sein muß.

Viele Menschen haben mir während meiner Arbeit an diesem Buch geholfen, Körper und Seele beisammenzuhalten. Im Hinblick darauf möchte ich mich bei meiner Familie sowie bei James Chase, Tom Pivinski, Rob Cowley und besonders bei Gwyn Lurie bedanken.

Eine Bemerkung zu den Namen

Da bei den Übersetzungen aus dem Chinesischen im 19. und 20. Jahrhundert die Schreibweise der Namen sehr unterschiedlich ist, sind alle Orts- und Personennamen im Text dieses Buches ohne Rücksicht auf die Quelle einem einheitlichen System angepaßt worden. Dabei wurde eine etwas ältere Art der Übertragung als das heutige Pinyin benutzt, da diese Form für englisch sprechende Leser leichter verständlich ist. Dies erklärt, warum z. B. *Beijing* noch immer als *Peking* bezeichnet wird, und warum amerikanisch, chinesisch, englisch und französisch sprechende und schreibende Personen anscheinend dieselbe Rechtschreibung benutzten, auch wenn sie in Wahrheit völlig unterschiedliche Versionen verwendeten.

C. C.

Anmerkung des Verlags
Die oben erklärte Orthographie wurde auch in der deutschen Übersetzung beibehalten, da es für viele chinesische Namen und Begriffe zwar eine – bestimmten phonetischen Regeln folgende – deutsche Schreibweise gibt, diese aber wiederum nur schwer auf speziellere Bezeichnungen anzuwenden ist.

VORWORT

»Übers Meer, um für China zu kämpfen«

Im Sommer 1900 marschierte ein Expeditionskorps aus Europäern, Japanern und Amerikanern in die chinesische Hauptstadt Peking ein. Das triumphierende Tönen ihrer Kapellen und das Schmettern der Signalhörner verkündete nicht nur den Abschluß eines erfolgreichen Feldzuges, sondern zugleich das Ende von mehreren tausend Jahren kaiserlicher Regierung in China. Die letzte Dynastie im Reich der Mitte, die der Manchu (oder Ch'ing), hatte während des gesamten 19. Jahrhunderts inneren wie äußeren Bedrohungen standgehalten und sollte noch weitere elf Jahre überleben, bevor sie endgültig von einer republikanischen Revolution hinweggefegt wurde. Aber jede Aussicht auf eine Wiedererlangung der Macht war bereits dahin, als die westlichen und japanischen Truppen Peking und seine von hohen Mauern umgebene heilige Verbotene Stadt besetzten, die jahrhundertelang die Residenz der chinesischen Herrscher gewesen war. In den Augen vieler Chinesen hatten die Manchus, denen es nicht gelungen war, die Schändung der Verbotenen Stadt durch barbarische Fremde zu verhindern, jedes legitime Herrschaftsrecht verloren. Plötzlich sah man die kaiserliche Clique als das, was sie war: eine arrogante, korrupte, anachronistische Gruppe, deren prächtige Welt der seidenen Drachen und Pfauenfedern, deren göttlicher Herrschaft im 20. Jahrhundert keinen Platz mehr hatte.

Die Westmächte und die japanische Regierung hatten den Marsch auf Peking befohlen, weil eine Gruppe fremdenfeindlicher chinesischer Extremisten, bekannt als »Boxer«, auf Befehl der Kaiserwitwe Tz'u-hsi ihre diplomatischen Vertretungen belagert und versucht hatte, ihre Gesandten zu ermorden. Der Angriff auf die Gesandtschaften war eine unglaubliche Dummheit, die krönende Tat einer kaiserlichen Elite, die sich das letzte halbe Jahrhundert lang gegen den zunehmenden ausländischen Einfluß in China gestemmt hatte, um das Reich in seinem nahezu mittelalterlichen Zustand zu erhalten. Aber alle diese Versuche waren vergeblich gewesen: Die barbarischen Ausländer hatten schließlich die Öffnung Chinas für ihren Handel, ihre Religionen und ihre politischen Ideen erzwungen. Die verbitterte Tz'u-hsi wollte die »fremden Teufel« für diesen Erfolg büßen lassen, als sie 1900 dem Angriff auf die Gesandtschaften zustimmte. Aber die westlichen Diplomaten und ihre Familien machten ihr wieder einmal einen Strich durch die Rechnung und hielten der Belagerung mutig stand. Als die multinationalen Ersatztruppen im Juli in Peking einmarschierten, ergriff Tz'u-hsi Hals über Kopf die Flucht und verspielte damit die letzte Chance auf den Erhalt der kaiserlichen Macht. In dem seit 60 Jahren ausgetragenen Konflikt zwischen unvernünftigem chinesischem Stolz und rücksichtslosem kommerziellem wie weltanschaulichem Expansionismus der Fremdmächte hatte man offensichtlich keinen Kompromiß finden können. Und nun, letztendlich, hatte der chinesische Stolz den langen Kampf verloren.

Und doch hatte sich einmal ein solcher Kompromiß im Reich der Mitte abgezeichnet – oder wenigstens die Möglichkeit dazu. In den Jahren um 1860 hatten die kaiserliche Regierung in Peking ebenso wie die ausländischen Mächte einen flüchtigen Blick auf ein China werfen können, in dem die Übernahme moderner westlicher Ideen – vor allem auf militärischem Gebiet – es dem Kaiser und seinen Ministern ermöglicht hätte, den Fortbestand des Reiches und seine Teilnahme an einer sich rasant verändernden Welt zu gewährleisten. Unglücklicherweise hatten beide Seiten – die chinesischen Imperialisten wie der Westen – das Tor wieder zugeschlagen, als habe ihnen dieser flüchtige Blick auf eine so fremd anmutende Zukunft Entsetzen eingejagt. Aber die Namen jener Männer, die dieses Tor für einen kurzen Moment aufgestoßen hatten, blieben im Gedächtnis des chinesischen Volkes bewahrt. Um sie bildeten sich schnell Legenden, wie eine Gruppe amerikanischer Soldaten während der Einnahme von Peking im Jahr 1900 feststellen konnte. In seinen Aufzeichnungen erinnerte sich einer dieser Männer[1] ein Vierteljahrhundert später:

Unter den Soldaten wurde viel darüber geredet, wer als erster die Verbotene Stadt betreten habe, von der man annahm, daß in ihr nie zuvor ein »weißer Teufel« gewesen wäre. Eines Tages diskutierte eine Gruppe von uns diese Frage vor einem kleinen chinesischen Laden, wo wir das eine oder andere kaufen wollten, als uns plötzlich der alte Kaufmann in Pidgin-Englisch ansprach.

Was spiele es für eine Rolle, wollte er wissen, wer von uns mit Waffengewalt in die Tempel der Götter eingedrungen sei? Wir hätten den Göttern keinen Respekt erwiesen und uns trotz aller Tapferkeit wie Einbrecher benommen. Außerdem könnten wir gar nicht die ersten Weißen sein, die einen heiligen chinesischen Tempel beträten, denn schließlich gäbe es bereits Hua, den Weißen Gott. Hua sei tapferer gewesen als irgendeiner von uns – und er habe sich außerdem als guter Mensch erwiesen. Er sei weit über das Meer gereist, um für China zu kämpfen, und man habe ihn in einem heili-

---
[1] Anmerkungen und bibl. Hinweise Seite 499.

gen Tempel bestattet, wo er sich noch immer befinde. Er habe dem Recht zum Sieg verholfen.

Bei jenem Hua, von dem der alte chinesische Kaufmann erzählte, handelte es sich um Frederick Townsend Ward, einen jungen Glücksritter aus Salem, Massachusetts, der 1859 nach China kam und der kaiserlichen Regierung seine Dienste anbot in ihrem erbitterten Kampf gegen eine sehr mächtige Gruppe quasi-christlicher Mystiker, die sich als Taiping bezeichneten. Als Ward in Shanghai eintraf, war er 28 Jahre alt und mittellos; als er drei Jahre später im Kampf fiel, war er der am höchsten geehrte Amerikaner in der chinesischen Geschichte, naturalisierter Chinese und Mandarin – berechtigt, die berühmte Pfauenfeder an seiner Kappe zu tragen. Er hatte die Tochter eines Mandarins geheiratet und stand hoch in der Gunst des Kaisers. Aber vor allem hatte er praktisch aus dem Nichts eine Armee aufgebaut, die unvergleichlich gut war. So etwas hatten China und die übrige Welt bisher nicht gesehen: eine äußerst disziplinierte Truppe chinesischer Soldaten, die von westlichen Offizieren kommandiert wurde, im Umgang mit modernen ausländischen Waffen erfahren und in der Lage war, einen zahlenmäßig weit überlegenen Gegner im Kampf zu besiegen. Wards Männern, die bei den Taiping-Rebellen als »Teufelssoldaten« bekannt waren, wurde von Peking der Titel Chang-sheng-chün, »Ewig Siegreiche Armee«, verliehen. Nach seinem Tod wurden ihm zu Ehren neben seinem Grab ein Erinnerungstempel und ein Schrein errichtet.

Stärker als irgendeine andere Person oder Organisation hatten Ward und seine Ewig Siegreiche Armee den Weg zu einem anderen China gewiesen, einem China, in dem der Chauvinismus der Manchu einer vernünftigen Akzeptanz auswärtiger Hilfe gewichen wäre. Dieser Beistand wiederum hätte es dem Reich ermöglicht, jenen heftigen Zusammenstoß mit dem Fortschritt zu vermeiden und sich zu einem modernen Staat des 20. Jahrhunderts zu entwickeln. Daß China diesen Weg nicht eingeschlagen hat, lag mit Sicherheit weniger an Wards vorzeitigem Tod als vielmehr daran, daß die Manchu in Wahrheit keinen Fortschritt wollten und der Westen kein Interesse daran hatte, China zu mächtig werden zu lassen. Aber die momentane Leistung als solche, die vorübergehende Aussicht, daß eine alternative Zukunft im Bereich des Möglichen gelegen hätte, war nichtsdestoweniger wichtig und in einem sehr realen Sinn Wards größter Erfolg.

Dieses Buch ist keine Biographie über Frederick Townsend Ward im konventionellen Sinn, denn es ist unmöglich, die vollständige Lebensgeschichte eines Mannes zu erzählen, bei dem man so konsequent versucht hat, die Erinnerung an ihn auszulöschen. Wards Verdienste um das chinesische Reich machten ihn in dem weiten, bedrängten Land berühmt, das er als sein eigenes betrachtete. Sein Andenken wurde geehrt und seine unsterbliche Seele durch jährliche Opfer vor dem zu seinem Gedächtnis errichteten Schrein befriedigt (so hoffte man jedenfalls). Nur die mißtrauische kaiserliche chinesische Regierung hegte in bezug auf Ward eine latente Besorgnis, weitgehend deshalb, weil er von Geburt Ausländer war. In den USA wiederum wurden Wards Heldentaten nach seinem Tod im Kongreß und in der Presse nur beiläufig erwähnt und danach praktisch vergessen. Wards Familie wiederum bemühte sich jahrelang, von der chinesischen Regierung das Geld zu bekommen, das diese ihrem berühmten Verwandten noch schuldete, aber sie tat wenig für die Überlieferung seiner korrekten Biographie.

Als die kaiserliche Regierung 1911 endgültig abdankte, wurde Wards Andenken weiter gefährdet. Zwar benannte die amerikanische Legion ihre Garnison in Shanghai nach ihm und kümmerte sich in der Zeit der Republik um die Pflege seines Grabes. Aber Chinas neue Herrscher hatten hierfür nicht viel übrig, denn immerhin hatte Ward für die Sache der Manchu gekämpft – obgleich er von Geburt Amerikaner war und auch nach seiner Einbürgerung an der Manchu-Dynastie wegen ihrer Unzulänglichkeit zweifelte. Seine privaten Befürchtungen hinsichtlich der kaiserlichen Korruption und der Unterdrückungsmechanismen des Regimes wurden von den meisten Republikanern als bedeutungslos abgetan. Hinzu kam, daß Sun Yat-sen irreführend, aber wirksam den Ursprung des chinesischen Nationalismus auf die Taiping-Rebellion zurückführte, die von Ward bekämpft worden war. So ist es nicht überraschend, daß Sun und seine Gefolgsleute wenig unternahmen, um die Erinnerung an Ward zu erhalten.

Bei der brutalen Inbesitznahme Shanghais durch die Japaner im Jahr 1940 wurden viele offizielle chinesische und amerikanische Dokumente vernichtet, was die Erinnerung an Ward weiter erschwerte. Zusätzlich plünderten die Japaner Wards Schrein und Erinnerungshalle und zerstörten sein Grab (obgleich sie den amerikanischen Beamten versprochen hatten, dies nicht zu tun). Sie behaupteten zwar später, die Grabanlage wieder restauriert zu haben, dies läßt sich jedoch wegen des unmittelbar auf den Zweiten Weltkrieg folgenden katastrophalen Krieges zwischen chinesischen Nationalisten und Kommunisten nicht mehr nachprüfen.

Nach dem Sieg von Mao Tse-tungs Kommunistischer Partei Chinas war dann endgültig klar, daß die Zusammenstellung eines Berichts über Wards chinesisches Abenteuer gleichermaßen detektivischen Spürsinn wie Gelehrsamkeit erfordern würde. Wie schon Sun Yat-sen zog auch Mao höchst fragwürdige, aber populäre Parallelen zwischen seiner eigenen und der Taiping-Bewegung. (Chiang Kai-shek schlug in die gleiche Kerbe, nur daß er in der vergeblichen Hoffnung, Maos Sympathisanten zu entmutigen, die Kommunisten mit den gescheiterten Taiping verglich.) In Verfolgung ihres revisionistischen Zieles entfernten oder zerstörten kommunistische Studenten unschätzbare Relikte und Dokumente, die sich auf die »Ewig Siegreiche Armee« bezogen. Aber das tiefsitzende Unbehagen der Kommunisten gegenüber Ward und seinem Vermächtnis verlangte eine umfassendere Demontage: 1955 wurden Wards Überreste ausgegraben, die gesamte Grabanlage und sein Schrein zerstört und der Platz gepflastert. Was mit seinen Gebeinen geschah, ist unbekannt. Höchstwahrscheinlich wurden sie vernichtet. So ist ein schlichter Grabstein über einem leeren Grab in Salem, Massachusetts, die einzige Erinnerung an diesen höchstbemerkenswerten amerikanischen Abenteurer des 19. Jahrhunderts.

Aus all diesen Gründen ist der folgende Bericht weniger ein Versuch, Wards Leben von innen heraus zu rekonstruieren, er gilt vielmehr dem Bemühen, das verschwommene Bild dieses Mannes anhand äußerer Ereignisse und Berichte von Zeitgenossen aufzuhellen, über die wir einiges mehr wissen. Das Leben eines Menschen läßt sich nicht ohne Einbeziehung seines Umfeldes wirklich verstehen, und in Wards Fall ist dieser Kontext besonders wichtig.

Tatsächlich war dieser Kontext vor allem das chinesische Reich in seiner vorletzten Periode innerer und äußerer Krisen. Die bizarren Visionen, die Hung Hsiuch'üan, den Anführer der Taiping, zu dem Versuch veranlaßten, die Manchu-Dynastie zu stürzen, wurden durch eine Verkettung äußerer Umstände zu einem sehr realen Faktor in Wards Leben. Und die Formung seines Charakters in Salem, Massachusetts, sowie an Bord amerikanischer Segelschiffe in den 1840er und -50er Jahren ist wiederum wichtig für das Verständnis, auf welche Weise er das chinesische Reich erlebte. Die intensiven Bestrebungen des Auslands, China stärker für den Handel und westlichen Einfluß zu öffnen, machen ihrerseits begreifbar, warum es Ward nach Shanghai zog. Vor allem aber: kein Bericht über das Eindringen des Westens nach China im 19. Jahrhundert ist ohne die Aufzählung von Wards Verdiensten vollständig.

Die exakte Bedeutung jener Verdienste war für die Analytiker stets ein Problem. Historiker, die das späte kaiserliche China aus linker Sicht heraus betrachteten, haben für Ward einen indirekten Förderer westlicher Expansion und Ausbeutung gehalten: Eine Schachfigur, die man benutzte, um eine korrupte Dynastie zu stützen, die ihrerseits zu schwach war, dem westlichen Imperialismus Einhalt zu gebieten, und für einen Mann, der kein Gespür für den entstehenden chinesischen Nationalismus hatte. Andere haben in Ward die verkörperte Antwort der kaiserlichen chinesischen Regierung auf die gleichzeitige Bedrohung durch innere Unruhen und Angriffe von außen gesehen, eine Antwort, die als »Bewegung der Selbststärkung« bekannt wurde. Unter diesem Aspekt war Ward kein unwissendes Werkzeug des Westens, sondern ein bereitwilliges Instrument der Manchu, letztlich von Peking kontrolliert und von der kaiserlichen Regierung benutzt, um die chinesische Armee zu modernisieren. Und wieder andere haben

Ward als schlichten Söldner abgestempelt, versessen auf Plünderungen, der nur deshalb der Sache der Manchu diente, weil sie die rücksichtslosesten und für ihn bequemsten Arbeitgeber waren.

Doch jener Frederick Townsend Ward, der bei einem sorgfältigen Studium der Ereignisse zum Vorschein kommt, paßt in keine dieser Kategorien. Mit Sicherheit diente sein Kampf der Sache der Manchu, was anfangs bei den meisten westlichen Ausländern Unbehagen und sogar Feindschaft auslöste (schließlich wurden deren Ziele von der Dynastie bekämpft). Kurz vor seinem Tod jedoch arbeitete er eng mit den regulären französisch-britischen Truppen zusammen, und Peking äußerte heftige Sorgen hinsichtlich seiner wahren Ambitionen. Einige seiner guten Bekannten behaupteten, daß er die Absicht habe, nach dem endgültigen Sieg über die Taiping ein eigenes Fürstentum innerhalb Chinas zu errichten. Betrachtet man jedoch seine konsequente Verteidigung der politischen Integrität Chinas, so scheint es unwahrscheinlich, daß er einen solchen Verrat an China geplant haben könnte. Und während er ohne Frage ein Glücksritter war, scheint ihm die Loyalität gegenüber seinen Männern und China stets wichtiger gewesen zu sein als der Wunsch nach Bezahlung (wenngleich er selbstverständlich einen Ausgleich für seine Dienste erwartete). Ward war ein tüchtiger Berufsoffizier, aber als Söldner machte er eine bemerkenswert schlechte Figur: Er achtete stets darauf, daß die Gelder für seine Armee gesichert waren, sorgte aber kaum in gleicher Weise für sich selbst, indem er von seinen chinesischen Geldgebern offenkundig ungedeckte Schuldversprechen akzeptierte. In Wahrheit besaß er wenig Geschäftssinn; er war ein begabter Soldat, und dieses Talent benutzte er, um China zu verteidigen.

Aber sah Ward in seinem Dienst an China zugleich einen Dienst für die Manchu? Dies scheint keineswegs sicher. Ward war sich der Fehler der Dynastie voll bewußt: Obgleich diese zweihundert Jahre lang aufgrund der Macht konfuzianischer Tradition regiert hatte, wurden die Manchu noch immer von vielen Chinesen als Eroberer betrachtet, die 1644 die Ming-Dynastie widerrechtlich entmachtet hatten. Es könnte gut sein, daß Ward beabsichtigte, sich nach einem Sieg über die Taiping gegen diese Nachkommen der »Tartarenhorden« zu wenden: Nicht um ein eigenes Fürstentum zu errichten, sondern um die Wiedereinsetzung einer den Ming entsprechenden eingeborenen chinesischen Dynastie zu betreiben. Die Manchu ihrerseits glaubten anfangs, sie könnten Ward als Werkzeug benutzen, und wurden entsprechend ärgerlich, als sie feststellten, wie sehr er sein eigener Herr blieb, ein echter »Freiberufler«. Mit Sicherheit nahmen sie die Gerüchte über seine weiteren Ambitionen ernst. Letztlich aber werden wir niemals wissen, welchem Marschbefehl die »Ewig Siegreiche Armee« gefolgt wäre, wenn ihr Schöpfer und Kommandeur den Fall der Taiping-Hauptstadt Nanking noch erlebt hätte.

Wie auch immer Wards Beziehungen zum Westen und den Manchu beschaffen waren, stets blieb er seinem Anspruch treu, China zu dienen: Seine Organisation und Führung der »Ewig Siegreichen Armee« waren für Chinas militärische Umstrukturierung entscheidend, die ein wichtiger Teil jener kurzlebigen allgemeinen Reformen war, die alle Zweige der chinesischen Regierung in den 1860er und -70er Jahren erfaßte. Diese Reformen erwiesen sich zwar am Ende nicht als tiefgreifend genug, um Katastrophen wie den Marsch der Alliierten auf Peking im Jahr 1900 oder den Untergang des chinesischen Reiches im Jahr 1911 zu verhindern. Aber im Grundsatz sorgten sie dafür, daß es eine chinesische Nation gab, die zu einer Republik werden konnte – statt eines Sammelsuriums sich befehdender Fürstentümer und europäischer Kolonien, was durchaus möglich gewesen wäre. Schon allein deswegen nimmt Ward einen wichtigen Platz in der Geschichte ein.

Man sollte jedoch nicht vergessen, daß sich Ward dieser Bedeutung weitgehend unbewußt war. Vorzeitig von der Schule abgegangen und ohne formale militärische Ausbildung, war Ward weder ein Idealist noch ein Philosoph, sonden ein waghalsiger Realist, der sich seinen Platz in einer ihm gegenüber stets feindlichen und gewalttätigen Welt zu erobern suchte. Ihm ging es in erster Linie nicht um die Einführung umfassender Reformprogramme, sondern um seine Soldaten, die er liebevoll »meine Leute« nannte. Und genau dieses Engagement für seine Truppe machte Ward so einzigartig – wie wir noch sehen werden. Er stand im Gegensatz zu jenen politischen, religiösen und geschäftlichen Ideologien, von denen die Taiping, die Manchu und die Führer der westlichen Gemeinschaften in China besessen waren. Die Beiläufigkeit seiner großen Leistung schmälert keineswegs ihre Bedeutung. Sie hilft uns ganz einfach, seinen bewundernswerten, geheimnisvollen Charakter zu verstehen.

I

»Eine neue Rasse von Kriegern«

Am 2. Mai 1860 herrschte in der zwischen einer weiten Biegung des Yangtse und einem eindrucksvollen Vorgebirge, den Purpurbergen, eingebetteten chinesischen Stadt Nanking ein festliches Treiben. Ihre Bewohner hatten nach fast einem Jahrzehnt offener Rebellion gegen den Manchu-Kaiser in Peking den Winter über unter einer harten Belagerung gelitten, die nun durch eine Serie waghalsiger Täuschungsmanöver und Angriffe der Rebellenarmee beendet worden war. Nach langen Monaten der Entbehrungen schien jetzt der Weg frei, dringend benötigte Nahrungsmittel, Waffen und andere wertvolle Dinge in die Stadt zu bringen. Und so priesen die Einwohner von Nanking in Dankgebeten ihren Gott *Shang-ti*, dessen Verehrung sie im eigenen Land zu Geächteten gemacht hatte, den »Höchsten Herrn«, dessen ältester Sohn Jesus genannt wurde und dessen zweiter Sohn – nach dem Glauben der Rebellen – ihr eigener Anführer war, ihr *T'ien Wang* (der »Himmlische König«). Die Vertreibung der Truppen des Manchu-Kaisers vor den Wällen von Nanking – der »Teufelsdämonen«, wie die Anhänger des T'ien Wang sie nannten –, wurde als ein weiteres Zeichen angesehen, daß der T'ien Wang von *Shang-ti* gesandt war, um die Manchu-Dynastie abzusetzen und in China das *T'aiping t'ien-kuo* (»Himmlisches Reich des allgemeinen Friedens«) zu errichten.

Mitten in den Feierlichkeiten am 2. Mai sandte der

T'ien Wang eine Botschaft an seine höchsten Ratgeber und Helfer und rief sie zu einem sofortigen Kriegsrat über die Zukunft der großen Taiping-Bewegung zusammen. Die Botschaft wurde von einer seiner Dienerinnen aus seinem prächtigen Gelben Palast gebracht: Taiping-Männern war es generell verboten, das innere Heiligtum ihres Führers zu betreten, der dort allein mit seinen Konkubinen lebte und sich dabei auf Salomo und seine Hunderte von Frauen als heiliges Beispiel berief. Auf seinem Weg von einer prächtigen Residenz zur nächsten erreichte der Aufruf schließlich auch den mit Säulen und vergoldeten Kuppeln verzierten Palast des *Chung Wang* oder »Treuen Königs«. (Die Statthalter T'ien-Wangs trugen, obwohl sie ihm unterstellt waren, alle den Titel *Wang* = König.) Der Chung Wang hatte sich mehr als jeder andere bei der Aufhebung der Belagerung von Nanking hervorgetan. Tatsächlich hatte sein beachtliches militärisches Talent seit einigen Jahren das Überleben der Bewegung gesichert. Und er war dafür besonders geehrt worden: Der ehemalige arme Bergbauer und Arbeiter Li Hsiu-ch'eng kommandierte inzwischen Hunderttausende von Soldaten und besaß ein riesiges Vermögen in Silber. Aber im Frühjahr 1860 war der Chung Wang ein von schweren Sorgen geplagter Mann, den Zweifel an der Sache der Taiping quälten, die keine Ehrung oder Belohnung beseitigen konnten.

Obgleich der Chung Wang erst 37 Jahre alt war, als er die Aufforderung zum Kriegsrat am 2. Mai erhielt, wirkte er (so ein Engländer[1], der ihn in Nanking gekannt hatte) »geistig und körperlich überanstrengt, was ihn ziemlich erschöpft und älter aussehen ließ. Schlank, aktiv und drahtig gab er eine ausgesprochen gute Figur ab ... seine Haltung war aufrecht und würdevoll, sein Gang zielstrebig, aber gemessen. Seine Gesichtszüge waren sehr markant, ausdrucksvoll und sympathisch, wenngleich er wegen seines leichten europäischen Einschlags nicht dem chinesischen Schönheitsideal entsprach«. Von Sorgen getrieben, stets ruhelos, schien der Chung Wang nur auf dem Schlachtfeld inneren Frieden zu finden: »Seine Augen blitzten, während seine Lider beständig zuckten. Sein energischer Gesichtsausdruck und seine nervöse Ruhelosigkeit hätten nicht vermuten lassen, daß er sich in der Schlacht absolut kaltblütig verhielt. Doch habe ich ihn häufig in Aktion gesehen, und dann war seine Selbstbeherrschung trotz seiner offenkundigen Erregung unerschütterlich. Auch seine Stimme veränderte sich kaum, außer daß er in Augenblicken größter Gefahr etwas schneller und entschiedener sprach.«[2]

Wie viele der Hunderttausende von Anhängern der Taiping hatte sich der Chung Wang der Rebellion weniger aus echtem Glauben an die seltsame Mischung aus Christentum und chinesischem Mystizismus angeschlossen, die den Glauben des T'ien Wang ausmachte, als vielmehr aus Überdruß gegen die Tyrannei der Manchu. In den 200 Jahren, seit die Tartaren aus der Mandschurei nach China eingefallen, die Ming abgesetzt und ihre eigene Dynastie gegründet hatten, war ihre Regierung zu einem System von Korruption und Unterdrückung verkommen, das die ärmsten Provinzen Chinas in einen Zustand fast ständiger Rebellion versetzte. Junge Bauern schlossen sich diesen Bewegungen nahezu selbstverständlich an: »Als ich in jungen Jahren als einfacher Mensch zu Hause lebte«, so erinnerte sich der Chung Wang später an die Taiping-Bewegung, »habe ich nichts begriffen, aber ich ließ mich von der Woge der Begeisterung mitreißen.« In den Jahren um 1850, als sich die Taiping von Provinz zu Provinz durchsetzten und zur größten Bedrohung der Manchu-Regierung in der Geschichte der Dynastie wurden, erkämpfte sich der Chung Wang seinen Aufstieg aus der Masse der einfachen Rebellen. Dabei wurde er Zeuge tödlicher Konflikte unter den Taiping-Anführern, brutaler Unterdrückungsmaßnahmen seitens der Manchu, des Rückzugs des T'ien Wang in eine private Welt der Ausschweifungen sowie der Abschlachtung von Millionen seiner Landsleute durch die Rebellen wie durch kaiserliche Truppen. 1860 war der Chung Wang ausgelaugt und fühlte sich immer mutloser: »Es gab viele Leute in der Himmlischen Dynastie [des T'ien Wang], die dem Volk Schlimmes antaten; was konnte ich bei allem Mitleid als einzelner dagegen ausrichten? Macht hatte ich nicht, was also konnte ich tun …? Wenn man einmal auf dem Tiger reitet, ist es schwierig abzusteigen.«[3]

Die Aufhebung der Belagerung von Nanking hatte dem Chung Wang in keiner Weise Erleichterung verschafft. Im Gegenteil, seine Sorgen hatten sich verstärkt, vor allem, was seinen Souverän betraf. Nach dem Sieg, so erzählte der Chung Wang, »erging kein Edikt zum Lob der Generäle, weder die Feldkommandeure noch die Beamten bei Hof wurden in Audienz empfangen. Der Herrscher interessierte sich nicht für die Regierungsgeschäfte, sondern unterwies seine Minister in Fragen des Himmels, als ob alles in schönster Ordnung wäre.«[4] Chung Wang jedoch war Soldat und wußte, daß die Lage der Rebellen in Nanking alles andere als sicher war. Die »Teufelsdämonen« würden zurückkommen, und wenn es den Rebellen nicht gelang, aus der Region Nanking auszubrechen und die Nachschubwege zu sichern, konnten die Kaiserlichen die Bewegung schließlich in einem Zermürbungskrieg vernichten. Die nächsten Schritte der Rebellen mußten eine Entscheidung bringen. Der Kriegsrat am 2. Mai war daher von immenser Bedeutung.

Sich dessen voll bewußt, erschienen die Taiping-Chefs zu diesem Treffen in vollem Ornat und mit vorbereiteten Schlachtplänen, von denen jeder glaubte, daß der seine die Rettung des Himmlischen Reiches sicherstellen könne. Der T'ien Wang trat bei derartigen Gelegenheiten in einem gelben Gewand auf – eine Farbe, die traditionell dem Inhaber des Drachenthrones vorbehalten war –, außerdem trug er einen hohen Kopfschmuck zur Erinnerung an die Ming-Dynastie. Der Chung Wang stellte ein goldenes, mit wertvollen Steinen und Perlen besetztes Diadem in Form eines von zwei Adlern flankierten Tigers zur Schau. Diese Männer waren vielleicht Rebellen – aber die Plünderung von mehr als der Hälfte Chinas hatte ihrer Bewegung immerhin die Mittel verschafft, sich einzigartige »kaiserliche« Insignien zuzulegen.

Pläne für eine Frühjahrsoffensive wurden unterbreitet und verworfen. Der Shih Wang oder »Hilfskönig« schlug vor, nach Südosten in Richtung auf die fruchtbaren Provinzen Chekiang und Fukien mit ihren reichen Hafenstädten Ningpo und Foochow vorzustoßen. Aber die anderen Wangs gaben zu bedenken, daß man bei einem so langen Marsch zur Küste den oberen Teil des Yangtse sträflich ungeschützt lasse und damit Nanking einem erneuten Angriff von Westen her aussetze. Der Ying Wang oder »Heldenmutige König« wollte in diese Richtung marschieren und Anking verstärken, das man zu Recht als Tor zur Region Nanking ansah.

Der Vetter des T'ien Wang und Premierminister – genannt Kan Wang oder »Schildkönig« – entwickelte den Plan, der seinem Souverän am besten gefiel. Er vereinte die Vorstellungen des Shih Wang mit den Plänen des

Ying Wang, wobei er ihre Nachteile ausglich. Der Premierminister schlug vor, die Truppen der Taiping sollten in zwei großen Zangenbewegungen von Nanking aus losmarschieren, eine auf der Nord-, die andere auf der Südseite des Yangtse. In zwei weiteren Vorstößen, die die Manchu-Armee in Zentralchina vernichten würde, sollten die beiden Truppen anschließend nicht bei Anking zusammenstoßen, sondern weiter westlich bei Hankow. Die »Teufelsdämonen« würden hierauf nicht vorbereitet sein, da sich ihre ganze Aufmerksamkeit auf Nanking und Anking richte. Der Vorschlag des Shih Wang, daß die Rebellen anschließend durch einen Marsch zur Küste ihre Vorräte wieder ergänzen könnten, wurde ebenfalls angenommen. Da jedoch Ningpo und Foochow zu weit entfernt waren, als daß sie in dieses Schema des Kan Wang hineingepaßt hätten, einigte man sich darauf, statt dessen die in der reichen Provinz Kiangsu gelegene Hafenstadt Shanghai anzugreifen. Die südlich des Yangtse marschierenden Truppen sollten die Stadt einnehmen und sich dann nach Westen wenden, um für den nötigen Nachschub zu sorgen – wozu auch 20 bewaffnete Flußdampfer für den Einsatz auf dem Yangtse benötigt wurden. Außerdem sollten sie freundliche Beziehungen zu den westlichen Handelsniederlassungen in Shanghai herstellen, die, wie die Taiping meinten, denselben Gott wie sie verehrten.

Der Chung Wang hatte ebenfalls erhebliche Zweifel am Gelingen dieses Plans, hielt ihn aber für den besten der vorgelegten und genehmigten Vorschläge. Das genügte dem T'ien Wang, der den Plan billigte und gleichzeitig den Chung Wang zum Kommandeur der wichtigen südlichen Armee ernannte, die die Provinz Kiangsu erobern, Shanghai einnehmen und sich dann in einem raschen Schwenk nach Westen Hankow nähern sollte. Aber der Chung Wang fand keine Ruhe: Man hatte ihm eine Frist von einem Monat gesetzt, um die Provinzhauptstadt von Kiangsu, Soochow, zu erobern, und der an ihn gerichtete Befehl des T'ien Wang hatte nach Meinung des jungen Kommandeurs sehr »streng« geklungen. Aber, wie der Chung Wang bemerkte, »die Dinge waren nun einmal so, und da ich in seinen Diensten stand, hatte ich zu gehorchen«.

Nachdem der Plan beschlossen war, wurden die Truppen der Taiping zusammengerufen und von ihren Kommandeuren entsprechend informiert. Uniformen aus roter, gelber, weißer und orangefarbener Seide, bestickt mit den Namen der Kommandeure sowie der einzelnen Einheiten, Hunderte von farbenprächtigen Bannern und Tausende langer Speere wogten aufgeregt durcheinander, als die Taiping-Soldaten den Reden ihrer Befehlshaber enthusiastisch Beifall spendeten. Da die Taiping die ausrasierte Stirnpartie und den langen Zopf als Attribut der Unterwerfung unter die Manchu abgeschafft hatten, trugen die Männer ihre langen Haare offen (was ihnen den Beinamen *chang-maos*, »langhaarige Rebellen«, verschaffte) und umwanden sie nur gelegentlich mit roten und gelben Turbanen. Unter den Soldaten waren auch Frauen: Die Taiping hatten die Tradition des verkrüppelnden Fußeinbindens abgeschafft, und die Töchter der Rebellion konnten sich frei bewegen. Als Ganzes gesehen, boten die Taiping-Truppen einen eindrucksvollen und für chinesische Verhältnisse beispiellosen Anblick.

In diesem Taumel von Farben und Begeisterung bemerkten relativ wenig Zuschauer, wie rückständig die Bewaffnung der Taiping war. Die meisten hatten einfache Schwerter und Spieße; die Feuerwaffen beschränkten sich auf altmodische, große Vorderlader (schwere

Luntenschloßmusketen mit klobigen Stützgabeln), einige wenige Musketen und altertümliche Kanonen, die – obgleich häufig wunderschön verziert – genauso gut explodieren wie ihr Ziel treffen konnten. Dieses Arsenal wurde durch »Stinktöpfe« abgerundet – tragbare irdene Töpfe, deren angezündeter Inhalt Übelkeit erregende Gase entwickelte – und Knallkörper, die man benutzte, um Panik hervorzurufen. Ein britischer Konsularbeamter, der 1853 im Auftrag seiner Regierung den Yangtse hinauffuhr, um sich einen ersten Eindruck von der Rebellion zu verschaffen, hatte sich besonders eingehend über diesen – für ihn grundlegenden – Mangel interessiert:[5]

> Ich fragte, wie es komme, daß die Taiping keinen größeren Gebrauch von kleineren Feuerwaffen, wie Musketen und Pistolen, machten, wobei erstere, wie ich erzählte, mit aufgepflanztem Bajonett unsere Hauptwaffe seien. Zu dieser Frage sah ich mich veranlaßt, weil bei den Taiping-Soldaten zwar eine große Nachfrage nach Schwertern herrschte, sie sich aber wenig für Feuerwaffen zu interessieren schienen. Der Kommandeur antwortete, daß seine Leute nicht mit ihnen umgehen könnten und daß sie wertlos seien, wenn der Nachschub an Munition ausbleibe oder die Schloßfedern kaputtgingen. Schwerter und Spieße, meinte er, würden selten unbrauchbar, seien leicht zu reparieren, und seiner Meinung nach könnten seine Leute die Kaiserlichen jederzeit damit besiegen.

Das war keine Angeberei. So altmodisch die Waffen der Taiping waren, die Waffen der Kaiserlichen waren nicht besser – und bisher hatten die »Teufelsdämonen« noch keine entscheidende Schlacht gegen die Rebellen gewonnen. Solange die Kampfbedingungen dieselben blieben, würde sich daran auch kaum etwas ändern.

Der Chung Wang verließ Nanking zusammen mit seiner Leibwache – einer erprobten Truppe von 5000 Männern aus seiner Heimatprovinz Kwangsi. Erst danach setzte sich seine vollständig versammelte Armee von fast 100 000 Soldaten in Richtung Soochow in Marsch: über 100 Meilen durch ein Gebiet, das von der Rebellion bisher nicht erfaßt und von kaiserlichen Soldaten besetzt war. Aber die Legionen des Chung Wang glaubten an ihren Kommandeur, und dieser Glaube machte sie zuversichtlich. Nach den Worten eines westlichen Missionars, der Zeuge eines früheren Taiping-Vormarsches gewesen war, »ließ das Auftreten der bewaffneten Männer und berittenen Frauen... die Aufständischen wie eine neue Generation von Kriegern erscheinen. Sie alle schienen zufrieden und guten Mutes, als seien sie von ihrem Sieg überzeugt«.[6]

In den befestigten großen und kleinen Städten, die auf dem Weg der Truppen von Nanking nach Soochow lagen, war die Stimmung dagegen sehr viel gedrückter. Nervöse Mandarins und kaiserliche Beamte, Zivilisten wie Militärs, nahmen die Nachricht vom Vormarsch der Taiping mit sichtbarem Entsetzen auf. Ihre Furcht wurde zum Teil durch Gerüchte über die Greueltaten der Rebellen genährt, aber weit mehr entsprang sie dem Wissen, was jeden einzelnen von ihnen seitens des Kaisers erwartete, falls einer bei der Durchführung der ihm gestellten Aufgabe versagen sollte. Schlichte Enthauptung war noch die beste Alternative; weit häufiger wurde jedoch der berüchtigte »Tod der tausend Schnitte« verhängt – wobei dem Verräter bei lebendigem Leib die Haut abgezogen wurde. Angesichts der mannigfaltigen Gefahren bei einem erfolgreichen Vorrücken der Rebellen, wählten daher viele chinesische Beamte ebenso wie Hunderte ihrer Bürger den Freitod.

Und selbst wenn sich diese unglücklichen Chinesen

wappneten und sich dem Anmarsch der Rebellen entgegenstellten, so standen sie vor einem weiteren Problem: den zurückweichenden kaiserlichen Truppen, die sich gegen die Rebellen zumeist nur nach dem Prinzip der verbrannten Erde verteidigten. Die Disziplinlosigkeit im kaiserlichen Heer war ein weiteres Ergebnis der zweihundertjährigen Manchu-Herrschaft, während derer der Beruf des Soldaten ständig an sozialem und politischem Glanz verloren hatte und schließlich zur Zuflucht für jene geworden war, die keine Chance als Verwaltungsbeamter, Lehrer, Landwirt oder Kaufmann fanden. Diese Männer kannten keine Gnade, aber auch keine Liebe zur Heimat, und der Kaiser sah zumindest keinen Grund zur Beanstandung, wenn sie die von ihnen zu verteidigenden Territorien in Ödland verwandelten.

Während der Taiping-Rebellion sind von beiden Seiten zügellose Brutalitäten begangen worden. Angesichts dieser Tatsache mußten selbst westliche Chinafreunde einräumen, daß man die Menschen aus dem Reich der Mitte zwar nicht generell der Feigheit bezichtigen könne, daß es aber (wie ein Beobachter der Rebellion schrieb) »wohl schwierig ist, die Chinesen gegen den Vorwurf der Grausamkeit zu verteidigen«. Diese Grausamkeit mag sich qualitativ nicht von der unterschieden haben, die die Angehörigen und Regierungen vieler östlicher und westlicher Nationen in der Mitte des 19. Jahrhunderts kennzeichnete. Aber wie so oft übertrafen die Chinesen den Rest der Welt an Quantität. In den ersten zehn Jahren nach dem Ausbruch der Rebellion haben die Menschen im Reich der Mitte nahezu Unvorstellbares erlitten: Bis 1860 waren zwischen 10 und 20 Millionen Chinesen im Kampf getötet worden, Massenmorden zum Opfer gefallen oder verhungert, nachdem sie jede Möglichkeit zum Überleben ausgenutzt hatten. In mehreren von den Rebellen geplünderten Städten und Dörfern hatte man sogar Menschenfleisch per Pfund gehandelt.

In einer solchen Atmosphäre war es kaum verwunderlich, daß der Chung Wang – ein Mann, der für seine außergewöhnliche Anständigkeit und Nachsicht bekannt war – bei seinen Leuten eine fanatische Verehrung genoß. Da er in den eroberten Gebieten Geld und Nahrungsmittel an die hungernden chinesischen Bauern verteilte, gewann der Chung Wang eine ungeheure Popularität auf beiden Seiten der Rebellion. Es war ein Zeugnis seiner Bescheidenheit und Klarsicht, daß er sich von dieser Popularität nicht blenden ließ: »Wenn heute«, so schrieb er später in seinem Bericht über die Rebellion, »jeder den Namen des Chung Wang Li Hsiuch'eng kennt, dann deshalb, weil ich mit Geld freigiebig war; und weil ich selbst feindliche Offiziere und Beamte, mit denen ich zu tun hatte, anständig behandelte und bereit war, der leidenden Bevölkerung zu helfen ..., aber nicht, weil ich besonders tüchtig war; und ich war auch nicht das Haupt der Bewegung.«[7]

Dieser Punkt scheint besonders wichtig. Die riesige Masse der chinesischen Bauern hatte kaum Interesse am Glauben der Taiping, verspürte aber auch wenig Zuneigung für die Manchu-Dynastie – das brutale Verhalten beider Seiten ließ nichts anderes erwarten. Die Loyalität der Bevölkerung konnte daher in diesem weltweit zerstörerischsten Bürgerkrieg am besten durch eine sehr einfache Politik errungen werden: eine anständige Behandlung. Dieselbe Bevölkerung, die beim Anmarsch eines Taiping-Generals floh, der als ehemaliger Bandit den Aufstand zum Vorwand für seine Plünderungen nutzte (und von ihnen gab es mehr als einen im Lager der Rebellen), begrüßte unter Umständen das Vorrücken des Chung Wang. Umgekehrt konnte es geschehen, daß Dorfbewohner, die zuvor gegen die Unterdrückung seitens der Manchu-Beamten rebelliert hatten, beim Auftauchen eines verständigen kaiserlichen Kommandeurs wieder zu treuen Bürgern wurden (wenngleich es 1860 nur noch herzlich wenig solcher Fälle gab).

Die Taiping-Rebellion ist in den vergangenen rund 125 Jahren seit ihrer Niederschlagung von einer Reihe von Kommentatoren als ein ideologischer Kampf dargestellt worden – von westlichen Missionaren, die vom neuchristlichen Glauben der Rebellen fasziniert waren, bis zu chinesischen Revolutionären, die nach den Wurzeln ihres Populismus suchten. Aber während die religiösen und politischen Komponenten den Zündstoff abgaben, bot der fundamentalere und langjährige Wunsch nach fairer Behandlung die eigentliche Explosivmasse. Aus diesem Grund wurde der Kampf zu einer Auseinandersetzung von Persönlichkeiten, einzelner Führer und ihrer ganz persönlichen Politik – was von manchen Sozialhistorikern nur widerwillig eingeräumt wird. Und unter diesen Persönlichkeiten stach im Frühjahr 1860 der umtriebige, rastlose, als Chung Wang bekannte junge General besonders hervor.

Während des Marsches auf Soochow demonstrierte er dies einmal mehr. Da die kaiserlichen Truppen in der befestigten Stadt Tan-yang besonders heftigen Widerstand leisteten, benötigte der Chung Wang zwei Tage, um die Übergabe zu erzwingen. Als er erfuhr, daß der kaiserliche Kommandant von Tan-yang während des Kampfes gefallen war, befahl er, den Leichnam ausfindig zu machen, ihn in einen Sarg zu legen und am Fuß der Stadtpagode zu bestatten: Eine seltene Behandlung für einen gefallenen Gegner während eines so erbittert geführten Krieges. Aber, wie es der Chung Wang ausdrückte: »Lebend war er ein Feind, tot war er ein Held; ich habe ihm gegenüber keinen Haß empfunden.«[8] Nach Angaben des Chung Wang hatten die Kaiserlichen in Tan-yang 10 000 Mann verloren. Wenn derartige Zahlen auch während der Rebellion stets von beiden Seiten übertrieben wurden, so machte der Sieg doch den Weg nach Ch'ang-chou frei, dem ersten strategisch wichtigen Ort auf dem Weg nach Soochow.

Die Einnahme befestigter Städte war während der Taiping-Periode in ganz China das Hauptanliegen der Kriegführung, und dies galt ganz besonders für die Provinz Kiangsu. Hier weichen die Berge und Hügel, die den Yangtse weiter flußaufwärts säumen, einem flachen, nährstoffreichen Schwemmland; die tosenden Fluten haben sich beruhigt und bilden ein fruchtbares Delta. Dies war eines der besten Anbaugebiete Chinas: feuchter, schwerer Boden, durchzogen von Zehntausenden kleiner Wasserläufe und künstlicher Kanäle. Die meisten dieser Wasserwege konnten nur mit schmalen Booten befahren werden; ihre Nervenzentren waren die Städte, die an den wesentlichen Kreuzungspunkten lagen. Alle diese Städte hatte man mit hohen Wällen umgeben – manchmal so dick wie sie hoch waren –, in die nach allen vier Himmelsrichtungen Tore eingelassen waren. Einige Städte waren direkt über den Wasserläufen und Kanälen errichtet worden, und die meisten waren von schlammigen Gräben umgeben, die bei dem nahezu mittelalterlichen Zustand der militärischen Entwicklung Chinas zusätzlichen Schutz boten. Palisaden und Schützengräben bildeten die erste Verteidigungslinie außerhalb der Wälle, und diese konnten gewaltig sein. Die Chinesen waren außerordentlich tüchtig im

Bau von Schanzwerken – aber auch in deren Zerstörung durch Untertunnelung und Sprengung mit hochexplosiven Pulvergemischen.

Mitte Mai näherte sich der Chung Wang der Stadt Ch'ang-chou, wo er mit der äußeren Befestigung kurzen Prozeß machte. Die Stadt selbst hielt sich noch ein paar Tage, fiel aber am 20. Mai. Wie der Chung Wang berichtete, lief danach alles wie gewohnt: »Nach Einnahme der Stadt haben wir keinen Einwohner getötet oder verletzt, aber einige hatten solche Angst, daß sie ins Wasser sprangen und ertranken.«[9] Der Chung Wang gewährte seinen Leuten zwei volle Tage Ruhe, bevor er in südöstlicher Richtung weitermarschierte. Der ihm für die Eroberung von Soochow gesetzte Termin rückte näher.

Von Ch'ang-chou aus marschierten die Taiping am Großen Kanal entlang, einer ausgedehnten künstlichen Wasserstraße, die man im 6. und 7. Jahrhundert angelegt hatte, um den »Brotkorb« Kiangsu mit den nördlichen Provinzen zu verbinden. Jede Etappe auf ihrem Vormarsch führte die Rebellen tiefer in eine Gegend hinein, die sich völlig von der rauhen, ausgelaugten Landschaft des südlichen China unterschied, wo die Bewegung ihren Anfang genommen hatte. Kiangsus kultivierte Felder, Bambushaine und Frischwasserseen ermöglichten einen Lebensstil, wie ihn sich die Bauern aus Provinzen wie Kwangsi – der Heimat des Chung Wang – überhaupt nicht vorstellen konnten. Als sie sich der Stadt Wu-hsi näherten, kamen die Taiping am größten Binnensee der Region vorbei, dem von Berghängen eingefaßten T'ai-See, dessen Wasser klarer war als das des schlammigen Yangtse. Die Schlacht um Wu-shi war dann hart, aber relativ kurz. Auch diesmal legte der Chung Wang wieder eine zweitägige Pause ein.

Beim Weitermarsch auf Soochow häuften sich die Anzeichen, daß die zurückweichenden kaiserlichen Armeen bei ihrem Rückzug wieder die übliche Taktik des Plünderns und Brandschatzens anwandten, nachdem sie offensichtlich die Hoffnung aufgegeben hatten, den Vormarsch der Rebellen stoppen zu können. Der Chung Wang traf auf immer weniger Widerstand und eine zunehmende Kriegsmüdigkeit der Bevölkerung, als er sich der angeblich reichsten Stadt in ganz China näherte. Soochow war für seine edlen Seidenstoffe und schönen Frauen sowie für seine unzähligen dekorativen Gärten berühmt, die sich zwischen ausgedehnten, von zierlichen Brücken überspannten Wasserläufen hinzogen. Aber vor allem war die Stadt das Verwaltungszentrum der Region, und ihr Besitz verlieh ihren Eroberern in den Augen der Landbevölkerung enormes Ansehen. Nach seiner Ankunft umzingelte der Chung Wang zunächst die Stadt und bereitete den Angriff vor; aber die Kaiserlichen waren bereits abgezogen, und Soochow wurde am 2. Juni kampflos eingenommen – dem genauen Termin innerhalb der vom T'ien Wang gesetzten einmonatigen Frist. Beim Einmarsch in die Stadt stellte der Chung Wang fest, daß bereits viele der Manchu-Beamten unterwegs nach Shanghai waren. Denen, die nicht geflohen waren, garantierte er freies Geleit zu den eigenen Leuten.

Wie in jeder eroberten Stadt und in jedem Dorf zerstörten die Taiping in Soochow sämtliche buddhistischen und taoistischen »Götzenbilder«, verurteilten die Lehren des Konfuzius und propagierten statt dessen den Glauben an Shang-ti. Aber in Soochow stießen die Taiping mit ihrer revolutionären Begeisterung auf weit weniger Gegenliebe als in den ärmeren Distrikten. Die Einwohner, so der Chung Wang, waren »unregierbar, böse und wollten sich nicht befrieden lassen«. In einer einzigartigen Demonstration seines Mutes und seiner Stärke ging der Chung Wang schließlich selbst in die umliegenden Dörfer der Stadt: »Von allen Seiten kamen bewaffnete Leute und umringten uns. Die zivilen und militärischen Beamten in meiner Begleitung wurden blaß. Ich war bereit, mein Leben zu opfern, wenn die Bewohner von Soochow dadurch befriedet werden konnten; als man mich daher mit Spießen bedrohte, wich ich nicht zurück. Ich erklärte ihnen alles und überzeugte die Leute, sie beruhigten sich und legten ihre Waffen ab.« Neben den Zivilisten lief auch eine große Anzahl früherer kaiserlicher Soldaten zu den Fahnen des Chung Wang über. Seine Armee gewann jetzt fast unwiderstehliche Macht.

Aber nicht alle Bewohner von Kiangsu wollten unter der Besatzung der Rebellen leben. Als sich die Nachricht von den ungewöhnlichen Ereignissen in Soochow nach Osten verbreitete, gerieten die kaiserlichen Beamten und Bauern in wahre Panik. Dies war eine Erfahrung, die über den Horizont der einfachen Bauern und Kaufleute in der Provinz hinausging. Es war klar, daß die Taiping-Truppen des Chung Wang nicht durch die von den örtlichen Manchu-Offizieren befehligten undisziplinierten kaiserlichen Soldaten gestoppt werden konnten, die noch dazu in großer Zahl desertierten. Nach dem Fall von Soochow sandten daher einige ranghöhere Beamte des Kaisers ihrem Herrn in Peking »eine Denkschrift«, in der es hieß: »Die ganze Gegend ist verlassen, und es stehen keinerlei Mittel zur Verfügung, um die Hand [gegen die Rebellen] zu erheben.«[10] Der Flüchtlingsstrom in Richtung Küste wurde immer länger, die Verzweiflung immer größer.

Die Hoffnungen dieser Tausende von Flüchtlingen fixierten sich auf eine Stadt, die noch bis vor kurzem ein schmutziger, vergleichsweise unwichtiger Handelsplatz am Zusammenfluß von Huang-pu und Soochow Creek gewesen war, jetzt aber – durch die geschäftigen, oft bizarren Unternehmungen seiner kleinen multinationalen Einwohnerschaft – auf dem besten Weg war, zu Chinas größtem Handelszentrum zu werden.

In Alt-Chinesisch bedeutet Shanghai »über dem Meer«, aber in den vergangenen eineinhalb Jahrhunderten hat der Name Shanghai einen Beiklang bekommen, der nur noch wenig mit Geographie zu tun hat. Als sich der Chung Wang im Sommer 1860 dem Hafen näherte, bemühte man sich nach Kräften um den wirtschaftlichen Aufstieg. Nach dem Opiumkrieg im Jahr 1842 hatte Großbritannien die kaiserliche chinesische Regierung gezwungen, fünf Häfen für den Außenhandel und ausländische Handelsniederlassungen zu öffnen. Einer dieser Häfen war Shanghai, eine sehr alte Stadt, in der es bis dahin keine westlichen Niederlassungen gegeben hatte. Seit Jahrhunderten von Taifunen und japanischen Piraten heimgesucht, gehörte Shanghai nicht gerade zu den elegantesten Städten Südchinas. Soochow war schöner, Kanton als Handelszentrum weit bedeutender, und fast jede andere Stadt verfügte über ein besseres Klima – vor allem im Sommer, wenn die dumpfige Luft in Shanghai das Auftreten von Cholera, Ruhr und Pocken begünstigte. Die übervölkerte, seit 1554 von einer dreieinhalb Meilen langen Mauer umgebene innere Stadt war wegen ihres Schmutzes und ihrer hohen Kriminalität berüchtigt. Daher war Shanghai auch in den Augen der chinesischen Elite weit weniger wichtig als die vier anderen Vertragshäfen: Ningpo, Foochow, Amoy und Kanton.

Dennoch bot Shanghai Vorteile, die den Chinesen

allerdings nie richtig bewußt geworden waren, da sie seit langem jeden seefahrerischen Ehrgeiz aufgegeben hatten. Fast genau in der Mitte der langen chinesischen Küstenlinie gelegen, war der Hafen ein günstiger Ausgangspunkt für den Schiffsverkehr zu den nördlichen und südlichen Teilen des Reiches. Durch seine Lage nahe der Mündung des weit hinauf schiffbaren Yangtse bildete er zugleich das Tor ins Innere des Landes. Es gab noch weitere Annehmlichkeiten. Shanghais Klima mag nicht das beste gewesen sein, aber seine ländliche Umgebung bot Dutzende unterschiedlicher Wildarten und hervorragende Jagdmöglichkeiten. (Ungeübt im Umgang mit Gewehren, hatten die Chinesen auch diesen Vorteil nicht richtig nutzen können.) Im übrigen hatte das von den chinesischen Beamten an den Tag gelegte allgemeine Desinteresse an den Angelegenheiten Shanghais die Stadt zu einem Paradies für Verbrecher und zu einem Zentrum des Schmuggels gemacht. Bald nach Beendigung des Opiumkrieges kam die Droge kistenweise nach Shanghai und bescherte jenen unerschrockenen westlichen »Kaufleuten« ein Vermögen, die mutig genug waren, Shanghais abschreckendes Klima und seine alles andere als kosmopolitische Atmosphäre in Kauf zu nehmen.

Unternehmungslustige Händler, Schmuggler und Abenteurer gründeten Shanghais Ausländersiedlungen, die in den Jahren nach 1842 außerhalb der Mauern der inneren (oder, wie sie bald hieß, chinesischen) Stadt entstanden. Den Briten überließ man ein Stück Land zwischen dem Huang-pu und Soochow Creek, das sie umgehend in einer für sie bezeichnenden Art erschlossen. Riesige Spundwände wurden in das schlammbedeckte Ufer des Huang-pu getrieben, und das Gelände wurde mit Erde aufgefüllt. Es entstand ein langer Grünstreifen,

»der Bund«, (die indische Bezeichnung für »Uferstraße«). 1850 hatten etwa 175 Ausländer ihren ständigen Wohnsitz in Shanghai, darunter bereits 25 Handelsfirmen, die große, bungalowähnliche Geschäftshäuser am »Bund« bauten, der einmal zu einem der großen Welthandelszentren werden sollte.

1849 einigten sich die Franzosen mit der chinesischen Regierung über ihre »Konzessionen« und siedelten sich auf dem Land zwischen der britischen Siedlung und der chinesischen Stadt an. Und bald darauf kamen auch die Amerikaner dazu, die das gegenüberliegende Ufer des Soochow Creek kolonisierten. (Nach den Worten eines frühen Historikers dieser Zeit[11] »wurde die amerikanische Siedlung nicht planmäßig erbaut, sondern ›entstand‹ irgendwie«.) Überall in den drei Siedlungsgebieten baute man Straßen und Wege, die den meanderförmig hinziehenden Gräben folgten, nur sechs bis sieben Meter breit waren und sich während der Regenzeit in Schlammpfade verwandelten. An den Kreuzungen vieler dieser Straßen errichtete man große hölzerne Tore (die zum Schutz gegen randalierende Chinesen nachts geschlossen wurden), und ein primitives System von Straßen-Öllampen gab dem nächtlichen Wanderer ein gewisses Sicherheitsgefühl. Häuser wurden zu Dutzenden gebaut, luftige Gebäude, die trotz der gelegentlich hohen Kosten im Hinblick auf die Hitze der Sommermonate geplant wurden und deshalb während der häufig heftigen Wintereinbrüche in Shanghai überaus ungemütlich sein konnten.

Aber weder das Klima noch äußere Umstände konnten die optimistische Stimmung in Shanghais kleiner, aber robuster Ausländergemeinde dämpfen, eine Stimmung, die vielleicht am besten durch die Tatsache symbolisiert wird, daß die westlichen Siedlungen, noch bevor sie eine Gemeindevertretung besaßen, bereits über eine Rennbahn verfügten. Die erste Anlage entstand 1850; auf ihr wurden ursprünglich nur Wettkämpfe mit chinesischen Ponys ausgetragen. 1854 wurde dann eine neue, längere Rennbahn am westlichen Ende der britischen Siedlung gebaut – komplett mit Haupttribüne –, und einige Siedler brachten schon bald Vollblutpferde von zu Hause und Araber aus Indien mit, um sich im Wettkampf zu messen. Es dauerte auch nicht lange, und das ausländische Shanghai verfügte über eine Bibliothek, eine literarische und wissenschaftliche Gesellschaft und sogar über ein Amateurtheater in einem umgebauten Warenhaus. Aber keine dieser Einrichtungen erreichte jemals die Populariät der Rennbahn. Wenn keine Rennen stattfanden, stand sie der Öffentlichkeit als Brautweg zur Verfügung, das Innenfeld wurde für Krickespiele benutzt, und sie wurde außerdem zur »Flaniermeile« der Shanghaier Gesellschaft, dieser einmaligen Mischung aus westlicher Contenance und freibeuterischer Großtuerei.

Alles in allem war Shanghai in den Jahren um 1850 trotz seiner klimatischen Nachteile und seiner Gleichgültigkeit gegenüber sanitären Einrichtungen (in der Frühzeit der ausländischen Besiedlung wurden die meisten Abwässer einfach über den Rand des Bund geleitet) ein weit reizvollerer Ort, als man ihn in einem von einer außergewöhnlich brutalen Rebellion zerrissenen Reich erwarten konnte. Ein Besucher[12] meinte, die ausländischen Bewohner des Hafens »reiten oder umrunden ihren Rennplatz, als hätten sie nichts anderes zu tun. Wer lieber ein wenig plaudert, zieht den Bund vor, einen breiten Kai, der sich über die gesamte Länge der Niederlassung erstreckt und auf dem sich den ganzen Morgen über die chinesischen Träger drängen und am

Nachmittag die europäischen Damen und Herren flanieren. Die dort herrschende Harmonie und Gastlichkeit machen Shanghai absolut zum angenehmsten Wohnort in China«.

1860 lebten noch immer nicht mehr als ein paar tausend Ausländer in Shanghai (zusammen mit einigen hunderttausend Chinesen, die in und um die ummauerte Stadt zusammengepfercht waren), aber es gab ein weiteres Element, das zunehmend das Leben in der Stadt beeinflußte: durchziehende Soldaten und Seeleute. Mit zunehmendem Handel – um 1860 konnten gleichzeitig mehr als 200 ausländische Handelsschiffe im Hafen anlegen – stieg in Shanghai auch die Anzahl der Seeleute, die auf der Suche nach Arbeit durch die Straßen der Stadt wanderten oder – ebenso häufig – die Zeit zwischen zwei Fahrten zu überbrücken suchten. Was die Soldaten betraf, so hatte England 1856 China wiederum den Krieg erklärt – dieses Mal unterstützt von Frankreich –, um von der chinesischen Regierung weitere Handelsprivilegien zu erzwingen, die ihrerseits absolut kein Interesse daran hatte, daß fremde Barbaren außerhalb der fünf Vertragshäfen einen ausgedehnten Handel betrieben. Obgleich sich die Kampfhandlungen in diesem Krieg in erster Linie auf den hohen Norden und den Süden des Reiches beschränkten, bot sich Shanghai als günstig gelegener Anlaufhafen für durchreisende militärische Einheiten an.

Wie zu erwarten, entstanden in den Ausländervierteln ganz neue Gewerbezweige, die sich der Unterhaltung und Versorgung dieser Männer mit Alkohol und Drogen widmeten. Ruhestörungen und allgemeine Disziplinlosigkeit wurden zu einem echten Problem. Da jedoch der größte Teil der legitimen Handelsgeschäfte im britischen Teil abgewickelt wurde – und die britische

Kolonie nicht nur über Polizeikräfte, sondern darüber hinaus über ein Gefängnis und einen Magistrat verfügte, der bereit war, die Leute auch einzusperren –, waren die Schwierigkeiten hier bei weitem geringer als im amerikanischen Viertel. Geradezu katastrophal sah es in der französischen Niederlassung aus, deren Steuereinnahmen zu einem großen Teil aus der Vergabe von Bordellizenzen sowie der Genehmigung von Spiel- und Opiumhöllen kamen. Viele dieser Häuser wurden berühmt, ebenso wie die Huren, die dort arbeiteten. Im Frühjahr 1860 warnte der *North China Herald* – Shanghais unverblümter Vertreter britischer Ansichten und das offizielle Organ des britischen Konsulats – die Soldaten, deren »anscheinend Tantalusqualen ähnlicher Durst« sie zu betrunkenen Randalierern machte:[13]

> Solange sich dergleichen unter uns abspielt und nicht zu oft geschieht, besteht kein Anlaß zur Klage, aber unglücklicherweise treibt die Neugier den Soldaten zu den Chinesen, und dann wird es für ihn gefährlich; sein kriegerisches Auftreten und seine draufgängerische Art werden von den chinesischen Damen nicht so geschätzt wie in seinem Heimatland. Hier finden die jungen Mädchen den roten Rock längst nicht so attraktiv wie anderswo, und sein Hang zum Feilschen stößt auf Mißtrauen. Vom Betreten eines chinesischen Ladens ist energisch abzuraten, die grobe Art, mit der Soldaten auf Schwierigkeiten reagieren und mit ihnen fertig werden (einschließlich entsprechender Behandlung der Chinesen), gilt unter Einheimischen als abstoßend. Sie finden betrunkene Soldaten ganz und gar nicht komisch und verabscheuen von ganzem Herzen alle jene kleinen Ungehobeltheiten ihres Standes.

Arroganz gegenüber den Chinesen zeichnete nicht nur die betrunkenen Soldaten aus. Verachtung gegenüber ihren Gastgebern charakterisierte viele, wenn nicht sogar die meisten westlichen Ausländer im Reich der

Mitte. Andererseits hatten die vergangenen Jahrzehnte enger Kontakte wenig dazu beigetragen, die Meinung eben jener Gastgeber über ihre Gäste zu verbessern. Für den Durchschnittschinesen waren die Fremden ungehobelte, einzig auf Gewinn bedachte »Barbaren«; für die meisten westlichen Ausländer waren umgekehrt die Chinesen sture Verteidiger einer altmodischen Ordnung. Aber keine andere Gruppe begegnete bei den Ausländern größerer Antipathie als die regierenden Manchu und ihre Vertreter in den Vertragshäfen. Ob die Taiping-Bewegung nun verdienstvoll war oder nicht – und es gab zahlreiche Ausländer, vor allem die Missionare, die glaubten, daß ihre enge Annäherung an das Christentum eine Ermutigung wert sei –, fiel es Besuchern mit Sicherheit nicht schwer zu begreifen, wie sie so stark hatte werden können. Deshalb schrieb der *North China Herald* auch:

> Die Große Rebellion ist ebensowenig ein Heilmittel wie ein alter wildwuchernder *Fungus* (lat. Pilz); im Gegenteil, wenn man den allgemeinen Gerüchten folgen darf, führt sie vom Regen in die Traufe ... Das alte Fundament der Regierung ist durch und durch verrottet; ihre soziale Ordnung ist zerbrochen, und ihr großartiges Dekorum hängt in Fetzen. Es ist kein bloßer Dämon, der den Staatskörper verschlingt. Die Übel sind Legion. Von Jahr zu Jahr werden es mehr; und kein Sterblicher kann sagen, wann oder wie dies alles enden wird.[14]

Im Frühjahr 1860, als Shanghais seit jeher übervölkerte Chinesenstadt sich zusätzlich mit Flüchtlingen aus dem Westen füllte und schließlich überquoll, wuchs in den Ausländergemeinden die Neugier auf die näherrückende Rebellenarmee. Sicher, die Möglichkeit, daß sich die Rebellion nachteilig auf den Handel auswirken könnte, alarmierte viele westliche Ausländer. Und trotz der dringenden Bitten der Missionare um Nachsicht mit den Rebellen, bereitete ihr offensichtlich blasphemisches Glaubensbekenntnis (vor allem die wiederholten Hinweise des T'ien Wang auf Gott als seinen »Himmlischen Vater« und Christus als seinen »Himmlischen älteren Bruder«) den ausländischen Siedlern heftiges Unbehagen. Aber England und Frankreich führten in anderen Teilen des Reiches mit China Krieg, und falls ein Sieg der Taiping der Manchu-Korruption und -Sturheit ein Ende bereitete, um so besser. So sahen wenig Ausländer 1860 einen Grund, ihre Politik der Neutralität aufzugeben, die sie in den zehn Jahren der Rebellion gegenüber Chinas Zerrissenheit verfolgt hatten – vorausgesetzt natürlich, daß der Chung Wang versprach, die westlichen Kolonien nicht zu belästigen und sich nicht in ihren Handel einzumischen.

Aber ihre gelassene Haltung geriet mit der Ankunft immer alarmierenderer Nachrichten vom Kampfgeschehen mehr und mehr ins Wanken. Anfang Juni erreichten schließlich die Neuigkeiten von Rebellenbewegungen um Ch'ang-chou die Küste. Der Korrespondent des *North China Herald* »schätzt die derzeitige Stärke der Rebellen zwischen Nanking und Ch'ang-chou auf 140 000 (!) Mann, aufgeteilt in 7 große Einheiten. Selbst mit den entsprechenden Abstrichen, die bei Berichten dieser Art in China stets vorzunehmen sind, lassen diese Zahlen darauf schließen, daß ein beachtliches Truppenkontingent von Nanking aus aufgebrochen ist«. Aus der von den Rebellen eingenommenen Stadt Hang-chow kam ein Bericht über ihre völlige Verwüstung und die Ermordung buddhistischer Priester: »Genaue Zahlen sind in solchen Fällen schwer zu bekommen, aber die Aussagen decken sich generell in der Feststellung, daß in nur wenigen Tagen zwischen 50 000 und 70 000 Menschen umkamen; und es stimmt um so trauriger, wenn man hört, daß ein großer Teil von ihnen Selbstmord begangen hat.«

Derartige Berichte – begleitet von den sich häufenden Gerüchten, daß Shanghai von Taiping-Spionen unterwandert sei, die die Stadt für eine Eroberung vorbereiten sollten – wirkten auf die Ausländer in Shanghai einigermaßen bestürzend. In der Chinesenstadt und unter den kaiserlichen Beamten war ihre Wirkung verheerend. Vermeintliche Spione der Rebellen wurden in zunehmender Zahl ergriffen. Wie der *Herald* berichtete, machte man kurzen Prozeß mit ihnen: »In der Stadt gab es in dieser Woche zahlreiche Hinrichtungen; die Opfer waren angeblich Rebellen. Daß sie den Behörden aus dem einen oder anderen Grund verhaßt sind, darüber besteht kein Zweifel. Auf der Brücke, die etwas weiter oben über den Soochow Creek führt, hat man etwa 20 Köpfe zur Schau gestellt. Ein äußerst abstoßendes Bild, mit dem man den gefürchteten Rebellen Angst und Schrecken einjagen will.« Schließlich appellierten die chinesischen Gouverneure von Shanghai angesichts des ihnen bekannten geringen Werts der wenigen noch in der Region verbliebenen kaiserlichen Truppen an die Briten und Franzosen, Soldaten von ihren Kriegsschiffen abzuziehen und in der Stadt zu stationieren.

Dieselbe chinesische Regierung, die sich mit England und Frankreich in anderen Teilen des Reiches im Krieg befand, bat nun um alliierte Hilfe in Shanghai: Ein Paradoxon, das für die Regierenden in China nicht ungewöhnlich und mit Sicherheit für jene Männer bezeichnend war, die im Hafen von Shanghai effektiv die Macht ausübten. Der kaiserliche Gouverneur von Kiangsu, Hsüeh Huan[15], hatte normalerweise seinen Regierungssitz in Soochow, versuchte nun aber seine

Amtsgeschäfte von dem kleinen Küstenstreifen aus zu führen, den er noch kontrollieren konnte. Hsüeh verfügte über langjährige diplomatische Erfahrungen im Umgang mit den Rebellen und – als kaiserlicher Bevollmächtigter für die fünf Vertragshäfen – auch mit den Ausländern; bald verbreitete sich in den Ausländersiedlungen das Gerücht, er wolle die zweite Gruppe gegen die erste ausspielen. Der »gerissene Bevollmächtigte«, wie der *Herald* ihn nannte, ist »ein aufstrebender Beamter, und ein gemachter Mann, wenn ... er die Oberbefehlshaber der Barbaren veranlassen kann, die Feinde des Kaisers vernichten zu helfen und Soochow zurückzuerobern«.

Aber in der chinesischen Bürokratie gab es eine Kardinalregel: die Beteiligung an derartigen Projekten erst dann zuzugeben, wenn und nachdem die Sache erfolgreich abgeschlossen war. Hsüeh Huan hielt sich selbst daher bedeckt und lud die unmittelbare Verantwortung für die Einbeziehung westlicher Truppen in die Anti-Taiping-Kampagne auf die Schultern seines tüchtigsten Untergebenen ab: Wu Hsü, Shanghais *taotai* oder Kreisverwalter. (Im kaiserlichen China war die unterste Verwaltungseinheit der von einem Magistrat kontrollierte Distrikt. Jeweils mehrere Distrikte wurden zu Departments unter einem Präfekten zusammengefaßt. Drei oder mehr Departments wiederum bildeten einen Kreis, dem der *taotai* vorstand, und mehrere Kreise eine Provinz.) Wu Hsü war unmittelbar für die hohen Einkünfte des Shanghaier Zollamts verantwortlich und wirtschaftete – wie jeder chinesische Durchschnittsbeamte – in die eigene Tasche. Folgt man dem *Herald*, so war er »ein außergewöhnlicher Mann«, dem das »Glück hold war ..., der über eine kleine Gruppe englischer Freunde und ein Heer an Bediensteten verfügte ... In seiner Eigenschaft als Taotai und Chef des Zollamts pflegt er ständigen Umgang mit englischen Beamten und verhält sich ihnen gegenüber freundlich und zuvorkommend«.[16]

Für den großen zeitgenössischen chinesischen Staatsmann Li Hung-chang – der Wu Hsü von Shanghai her kannte und selbst durch korrupte Geschäfte ein Vermögen angesammelt hatte – war Wu »ein Experte in der Buchführung und im Verschleiern von Defiziten ... Er ist sehr geschickt darin, Transaktionen nach eigenem Gutdünken abzuwickeln. Es gelingt ihm stets, Außenstehende zu verwirren«. Wu übte sich in der Kunst des Manipulierens von Geschäftsbüchern, der Bestechung und Erpressung – bei den westlichen Ausländern als das berüchtigte »Schröpfen« bekannt – in den Räumen des Shanghaier Zollamts. Dieses war 1854 vorübergehend in ein verlassenes Warenhaus gezogen, bis sein neues, mit einer Turmuhr versehenes Hauptquartier fertig wurde. Durch diesen berühmten Kontrollpunkt wurden riesige Mengen an Opium (hinein) sowie Tee und Seide (hinaus) geschleust, ferner Nahrungsmittel, Textilien und selbstverständlich Waffen, die man zu inflationären Preisen sowohl an die Kaiserlichen als auch die Rebellen verkaufte. Daß Wu ein sehr reicher Mann war, ist kaum überraschend, und wenn auch der *Herald* behauptete, er sei in Wahrheit Hsüeh Huans »Sprachrohr und Geldbeutel«, so ist es absolut möglich, daß Wu de facto mehr Macht besaß als der Gouverneur selbst.

Aber auch Wu Hsü mußte sich wie Hsüeh Huan bei seinen Geschäften offiziell bedeckt halten, und so verbündete sich der *taotai* wiederum sehr eng mit dem erfolgreichen Bankier Yang Fang. Yang stammte ursprünglich aus der Provinz Chekiang. Bei den westlichen Ausländern war er unter dem Namen Taki bekannt, da er ein großes Bankhaus gleichen Namens leitete. Als Vorsitzender des Committee of Patriotic Chinese Merchants, die sich zusammengeschlossen hatten, um gemeinsam darüber zu entscheiden, wie sie ihren enormen Reichtum am besten zur Bewältigung des Taiping-Problems einsetzen konnten, verfügte Yang Fang über ebenso umfangreiche Kontakte zu den westlichen Ausländern in China wie Wu Hsü und Hsüeh Huan, nur waren sie weit ungezwungener. Zu Beginn seiner Karriere hatte er als örtlicher Agent, oder Geschäftsführer, der größten westlichen Handelsfirma in Shanghai – Jardine, Matheson and Company – mit Bankgeschäften ein Vermögen gemacht, das es ihm erlaubte, sich den Titel eines Mandarins zu kaufen – sowie ein hübsches junges Mädchen als Ehefrau (der Verkauf von Mädchen war in China noch sehr verbreitet). Gesellig und offenbar sehr anpassungsfähig, hatte Yang sogar Grundkenntnisse in Englisch erworben, und sowohl sein *yamen* (Büro) wie sein Heim wurden häufig von Ausländern aller Schichten und Berufe aufgesucht.

Yang Fang und Wu Hsü waren gemeinsam an zahlreichen Handelsgeschäften in Shanghai beteiligt, angefangen von einem »Houseless Refugees Fund« – der aus westlichen Spenden unterhalten wurde, von denen aber dem Vernehmen nach nur ein kleiner Teil in die Hände der Flüchtlinge gelangte – bis zur Ausrüstung bewaffneter Flußdampfer zur Bekämpfung der Piraten auf dem Yangtse und dem Huang-pu. Ihre Erfahrungen im Umgang mit den Ausländern machten sie für ihre Manchu-Oberen wertvoll (obgleich man ihnen ihre ausgedehnten Geschäfte mit den Barbaren zugleich als leichten Makel ankreidete). Und ihre beherrschende Stellung innerhalb der kaiserlichen chinesischen Bürokratie in Shanghai machte sie für die westlichen Firmen unentbehrlich, die dort ihre Geschäfte abwickeln wollten.

Aber obgleich sie die drei mächtigsten Männer im chinesischen Shanghai waren, hatten sich Hsüeh Huan, Wu Hsü und Yang Fang einen gesunden Pragmatismus bewahrt. Diese Fähigkeit, sich den jeweiligen Umständen anzupassen, war der eigentliche Grund dafür, daß sie es so weit gebracht hatten. So war ihnen auch bereits im Frühjahr 1860 vollkommen klar, daß sie für die Verteidigung der Shanghaier Region und ihres ausgedehnten Finanz- und Handelsimperiums – ganz zu schweigen von der Rückeroberung der Provinz Kiangsu und der Handelswege ins Landesinnere – keinerlei Unterstützung von Seiten der belagerten Zentralregierung in Peking erwarten konnten. Versuche, die wenigen lokal stationierten kaiserlichen Soldaten zu reorganisieren, die noch nicht desertiert waren, versprachen ebenfalls keinen Erfolg. Wenn man also in Shanghai ein noch größeres Desaster als in Soochow und Hangchow vermeiden wollte, mußte man sich etwas einfallen lassen.

Vor diesem Hintergrund war es ganz natürlich, daß Hsüeh, Wu und Yang bei der Suche nach Unterstützung auf die ausländischen Siedlungen blickten. Alle drei kannten die Ausländer gut: Schon seit Jahren hatten sie die Macht ihrer Waffen und die Tüchtigkeit ihrer Truppen beobachtet, und diese Macht und Tüchtigkeit wollten sie gegen die Rebellen mobilisieren. Und zwar in doppelter Hinsicht: für die eigentliche Verteidigung Shanghais, aber auch für die Rückeroberung jener Städte in der Region, die für die Aufrechterhaltung eines ungestörten Handels lebensnotwendig waren. Die drei Männer hofften, die Ausländer zur Übernahme dieser Aufgaben bewegen zu können, indem sie deren eigene Sorgen um ihr Eigentum und ihre Sicherheit ausnutzten.

Aber Wu Hsüs wiederholte persönliche Bitten um eine alliierte militärische Unterstützung resultierten lediglich in einer Proklamation[17] des britischen Gesandten in China vom 26. Mai, in der er feststellte, daß »Shanghai ein für den ausländischen Handel offener Hafen ist und die dort ansässigen einheimischen Händler ausgedehnte Handelsbeziehungen zu den Ausländern unterhalten«. Er versprach, daß britische Truppen »die notwendigen Maßnahmen ergreifen werden, um die Einwohner von Shanghai vor Massakern und Plünderungen zu schützen«. Und um gewappnet zu sein, begannen die Ausländersiedlungen entsprechende militärische Vorbereitungen zu treffen, die sich aber fast ausschließlich auf die Verteidigung ihres eigenen Territoriums und ihrer eigenen Interessen richteten, als gingen sie die Chinesen nichts an. Dieses Verhalten ließ Hsüeh, Wu und Yang erst recht um die Sicherheit ihres eigenen Besitzes und ihrer Landsleute fürchten. Als der *North China Herald* dann noch schrieb, es wäre für die Briten »erniedrigend«, wenn sie »das erhobene nationale Prinzip der Nichteinmischung aufgeben, um ein halbes Dutzend maßlos reicher und habsüchtiger einheimischer Kaufleute ... ein paar Mandarins 3. Klasse und eine armselig indifferente und feindselig gesinnte Bevölkerung zu schützen«, war für Hsüeh, Wu und Yang die Sache klar. Was sie brauchten, war eine militärische Verteidigungstruppe, die ihnen die beträchtliche Sicherheit der westlichen Technologie bieten konnte. Wenn die regulären Truppen der Alliierten ihnen dafür nicht zur Verfügung standen, mußten sie sich eben anderswo umsehen.

Sie brauchten indessen nicht lange zu suchen, denn noch im Mai betrat ein unerschrockener junger Mann Wu Hsüs *yamen* und unterbreitete ihm einen Vorschlag, der selbst für Shanghaier Verhältnisse ungewöhnlich war.

Bekannt als »Aschenputtel unter den Kolonien«[18] war der amerikanische Sektor von Shanghai ein Zufluchtsort für Abenteurer aller Art, von Verbrechern bis zu Leuten, die ihre fragwürdigen Aktivitäten geschickt als Handelsgeschäfte tarnten. Außerdem war die amerikanische Siedlung ein beliebter Wohnsitz für viele Chinesen: In den ausländischen Kolonien fanden die kaiserlichen Steuergesetze nämlich keine Anwendung, und die Amerikaner warfen sie nicht ebenso konsequent hinaus wie die Briten und Franzosen. Von den französischen und britischen Vierteln durch gesellschaftliche Traditionen und Werte – wie etwa durch den Soochow Creek – getrennt, entwickelte die amerikanische Siedlung einen völlig eigenständigen, ruhelosen Charakter. Hier konnten sich Ausländer und Chinesen in gemeinsame geschäftliche Abenteuer stürzten, deren Spektrum von gerade noch legal bis zu nach beiderseitigen Maßstäben offenkundig ungesetzlich reichte.

Es gab wenig, was der amerikanische Konsul in Shanghai oder der amerikanische Gesandte für China dagegen hätten unternehmen können (die beide in der Hafenstadt lebten, da sie vom Kaiser noch nicht die Erlaubnis erhalten hatten, in Peking zu residieren). 1860 verfügte die amerikanische Siedlung nur über einen einzigen Polizisten ohne Gefängnis. Diese mißliche Lage zwang den amerikanischen Konsul, seinen britischen Kollegen zu bitten, ihm einen Gefängnisraum zur Verfügung zu stellen, was der amerikanische Gesandte »erniedrigend« fand. Konsul William L. G. Smith schrieb, wenn die Briten ihm diesen Raum nicht überlassen könnten, müsse er zukünftig generell die Frage stellen, »ob der Anzuklagende in der Lage ist, eine Geldstrafe zu zahlen; falls der Betreffende, was meistens der Fall ist, nicht über entsprechende Mittel verfügt, weigere ich mich, überhaupt erst Anklage zu erheben. Ich habe keine andere Wahl«. Hinzu kam, daß Smith aus Buffalo, New York, stammte und Shanghais Klima ganz und gar nicht nach seinem Geschmack fand. 1860 beklagte er sich, daß die Kombination von harter Arbeit und großen Mengen Chinin (als Schutz gegen Malaria) ihn zwinge, nach Hause zurückzukehren. Die Sorge um seine Gesundheit machte ihn noch weniger geneigt, sich mit lästigen Fragen über die Durchsetzung von Gesetzen zu befassen.

Konsul Smith hatte täglich mit Kaufleuten, Schmugglern, Seeleuten, Säufern und Glücksjägern zu tun. Als er daher Anfang 1860 dem ehemaligen Schiffsoffizier Frederick Townsend Ward aus Salem, Massachusetts, begegnete, sah er verständlicherweise keinen Grund, dies in seinem konsularischen Bericht zu erwähnen. Ward war damals 28 Jahre alt, ein gutaussehender Mann, nur etwa 1 Meter 70 groß, aber nach Aussage von Augustus A. Hayes[19] (einem Landsmann aus Neuengland und Juniorpartner in einem der größten Shanghaier Handelshäuser) »gut gebaut und durchtrainiert«. Ward hatte »einen schwarzen Schnurrbart und trug sein schwarzes Haar bis auf die Schultern. Seine Manieren waren ausgezeichnet und seine Stimme angenehm«. Das bemerkenswerteste an ihm aber waren für alle, die ihn kannten, seine Augen. Sie wurden unterschiedlich als schwarz, dunkelbraun und dunkelblau beschrieben – höchstwahrscheinlich deshalb, weil sie nicht so sehr durch ihre Farbe als vielmehr durch ihren lebhaften Ausdruck auffielen. Durch seine chamäleonartige Anpassungsfähigkeit war Ward in der Lage, auf der einen Seite höfliche Konversation mit politischen Würdenträgern zu führen, und sich genauso in jedem Shanghaier Saloon zu behaupten. Aber für Konsul Smith war er nicht viel mehr als ein weiterer abgebrannter amerikanischer Seemann, der Shanghai auf der Suche nach einem lukrativen Abenteuer abklapperte. Da Ward sich dabei auf legalen Pfaden bewegte – er heuerte nacheinander als Erster Maat auf einer Reihe von Flußschiffen an –, gab es noch weniger Grund, über seine Anwesenheit in der Stadt zu berichten.

Wenn auch Konsul Smith die ungewöhnlichen Qualitäten seines jungen Landsmannes nicht zu erkennen vermochte, andere wußten sie zu schätzen. Wards Ruf als tapferer und kaltblütiger Draufgänger verschaffte ihm den Posten eines Ersten Offiziers auf einem bewaffneten Flußdampfer, der *Confucius*, die die Wasserwege um Shanghai nach Piraten absuchte. 1860 waren »Piraten« in Shanghai häufig mit Taiping-Rebellen gleichzusetzen (und umgekehrt), und Ward war schon bald in mehrere Zusammenstöße mit den Anhängern des T'ien Wang verwickelt. Die gut bestückte *Confucius* wurde von einem amerikanischen Landsmann Wards befehligt, der sich Gough nannte und sich selbst zum »Admiral« befördert hatte. Goughs Arbeitgeber war Shanghais Pirate Suppression Bureau, eine weitere Organisation, die gemeinsam von Wu Hsü und Yang Fang gegründet und betrieben wurde. Anfang 1860 übertrug man Gough die zusätzliche Aufgabe, eine kleine Gruppe von Uferkontrolleuren zu organisieren, die die Umgebung Shanghais auskundschaften und jede Annäherung der Rebellen sofort melden sollte. Der Admiral bewies sein Vertrauen in Ward, indem er ihm die Durchführung dieses Projekts übertrug, wodurch dieser in der Folge mit den Rebellen häufiger in Berührung kam.

Offiziell hatten sich die USA – ebenso wie Großbritannien und Frankreich – gegenüber den internen chinesischen Auseinandersetzungen stets neutral verhalten. Die Aktivitäten Admiral Goughs und seines jungen Schützlings Ward aber kamen – obgleich sie offiziell als Polizeiaktionen bezeichnet wurden – einer militärischen Einmischung bereits gefährlich nahe. Schon einmal hatte ein Amerikaner mit dem denkwürdigen Namen Sandwich Drinker während der Taiping-Rebellion von den führenden Leuten in Kanton eine Vorauszahlung in Höhe von 20 000 Dollar angenommen, um eine ähnliche »Antipiraten«-Truppe aufzustellen. Seine Pläne waren jedoch vom amerikanischen Konsul der Stadt durchkreuzt worden. Drinkers Absichten wurden als Verletzung der nationalen Integrität Chinas angesehen (obgleich amerikanische Diplomaten beschlossen hatten, daß er für seine Bemühungen eine finanzielle Unterstützung verdiene, was die Chinesen zwang, ihm noch mehr Geld für nicht geleistete Dienste zu zahlen). Dagegen stießen Gough und Ward auf keine Schwierigkeiten, sehr wahrscheinlich, weil Konsul Smith die Dinge in Shanghai nicht ganz so eng sah. Solange die Aktivitäten des Pirate Suppression Bureau keine diplomatischen Zwischenfälle verursachten, stand ihrem weiteren Vorgehen nichts im Wege.

Offensichtlich machte Admiral Gough seinem Untergebenen Ward zunächst nicht mit seinem Geldgeber, dem Bankier Yang Fang, bekannt, aber das Netz persönlicher Bekanntschaften in einer so kleinen Ausländerkolonie wie der Shanghais sorgte automatisch dafür, daß sie sich eines Tages begegneten. Vermittler war der Amerikaner Charles E. Hill[20], ein Faktotum der Shanghaier Geschäftswelt, der sich dadurch einen Ruf erworben hatte, »daß er den Troy-Bagger in China einführte«. Hill war ein Agent der klassischen Art: »Ein wagemutiger Mann, der überall seine Finger drinhatte und über einen unverwüstlichen Optimismus verfügte«, wie es ein amerikanischer Beamter ausdrückte. »Ich glaube nicht«, erklärte Hill später, »daß irgend jemand auf der Welt weiß, wem ich etwas schulde, oder wer mir etwas schuldet, oder wieviel ich besitze.« Diese Haltung – gleichzeitig verschlossen und prahlerisch – teilte er mit vielen geschäftlichen Freibeutern Shanghais, den einheimischen wie den fremden; es ist also nicht verwunderlich, daß Hill gleichzeitig mit Ward und Yang Fang befreundet sein konnte. Hill erklärte später, er habe für Yang »mehr getan ... als er für irgend jemand anderen in China damals getan hätte«.

Das genaue Datum, an dem sich Ward und Yang Fang kennenlernten, ist nicht überliefert, aber der energische junge Neuengländer und der gerissene alte chinesische Bankier waren sich offensichtlich von Anfang an sympathisch. Yang besaß jedoch nicht genug bürokratische Macht, um Projekten wie dem Pirate Suppression Bureau einen offiziellen Status zu verleihen, und Ward machte sich bereits Gedanken über den Schutz Shanghais, die über die Möglichkeiten des Bureaus weit hinausgingen. Die Autorität zur Verwirklichung dieser Ziele lag bei Wu Hsü. Entweder überredete nun Ward Admiral Gough, ihn bei Wu einzuführen, oder es war Goughs eigene Idee; wie auch immer, Ward und der *taotai* trafen schließlich zusammen – höchstwahrscheinlich im Mai. Yang Fang nahm an dem Treffen ebenfalls teil.

Wus Wunsch, sich bei der Lösung des Taiping-Problems auf westliches Know-how zu stützen, war hinlänglich bekannt. Und so zeigte er sich äußerst interessiert, als Ward – der, wie ihm Gough erzählte, »in der Kunst der Kriegsführung sehr erfahren ist«[21] – vorschlug, eine kleine, aber hervorragend bewaffnete Gruppe ausländischer Freiwilliger aufzustellen, sie ins

Feld zu führen und die Rebellen anzugreifen. Die von ihm vorgeschlagene Truppe würde in der Lage sein – so ihr zukünftiger Kommandeur –, wichtige befestigte Kleinstädte zurückzuerobern und mit der Zeit auch die größeren. Die Bezahlung sollte nach einer festgesetzten Ordnung erfolgen: Die von Ward angeworbenen einfachen Soldaten würden ungefähr 50 amerikanische Dollar im Monat erhalten (wobei die tatsächliche Zahlung in mexikanischen Silberdollar erfolgen sollte), seine Offiziere etwa 200 Dollar und er selbst etwas mehr als 500, zuzüglich eines ansehnlichen Bonusses für jede zurückeroberte Stadt. Die Höhe dieses Betrages sollte sich jeweils nach der Größe der Stadt richten, aber wenigstens zehntausend Dollar betragen.

Für die damalige Zeit in China waren das schwindelerregende Summen, und Wu hatte außer Goughs Empfehlung keine verläßliche Kenntnis über Wards Hintergrund oder seine Fähigkeiten. Hinzu kam, daß Peking es bekanntermaßen ablehnte, Ausländer gegen die Rebellen einzusetzen. Wenn man dann noch die erheblichen Sprachschwierigkeiten berücksichtigt, so wird deutlich, welch ungeheure Leistung Ward vollbrachte, als er Wu Hsü überredete, die riesigen Summen bereitzustellen, die für Ausbildung, Bezahlung und Ausrüstung seiner Truppe erforderlich waren. Natürlich sicherte sich Wu in der üblichen Weise ab, indem er Yang Fang beauftragte, sich um die Auszahlung des Geldes zu kümmern (in den meisten Fällen erfolgte sie über das Pirate Suppression Bureau). Und da Ward offensichtlich als einziger in Shanghai bereit war, gegen die Rebellen ins Feld zu ziehen, hatte Wu keine große Wahl. Dennoch ging er ein enormes Risiko ein.

Schöne Worte allein hätten allerdings einen Mann in Wus Position und mit seiner Erfahrung nicht überzeugt, das Spiel mitzumachen. Shanghai war voller Maulhelden, aber nur wenige hatten je das geneigte Ohr, geschweige denn das Vertrauen des Taotai gewonnen. Aber Ward legte eine so offenkundige selbstsichere Entschlossenheit an den Tag, daß man ihm seine phantastische Behauptung ohne weiteres abnahm, er sei in der Lage, mit seiner kleinen Truppe die Legionen des Chung Wang zu besiegen.

Diese innere Kraft, die sich Ward in fünfzehn abenteuerlichen Jahren erworben hatte, sollte in den folgenden zweieinhalb Jahren die Entwicklung seiner kleinen Söldnertruppe zu einer schlagkräftigen Armee vorantreiben, die einen entscheidenden Beitrag zur Niederwerfung der Taiping leistete. Sein Erfolg war von Dauer; denn obgleich die siegreichen Horden des Chung Wang für ein paar westliche Ausländer eine »neue Rasse von Kriegern« zu repräsentieren schienen, waren die Männer, die Ward schließlich gegen sie ins Feld führte, die wahre »neue Rasse«. Seine Armee war eine Synthese aus chinesischer und westlicher Kriegskunst, ohne die das chinesische Reich vielleicht nicht überlebt hätte. Während Ward seine einzigartige Waffe schmiedete, durchlebte er eines der größten Abenteuer in der Geschichte der chinesisch-westlichen Beziehungen: Er wurde zum talentiertesten Gegenpart des Chung Wang, errang neben dem Taiping-General und seiner Armee große Popularität bei den Bauern von Kiangsu und war bei seinem Tod Mandarin und General der chinesischen Armee – Ehren, die nie zuvor einem westlichen Barbaren zuteil geworden waren.

Dabei erreichte Ward nicht einmal das Alter von 31 Jahren: Nicht nur Wards chinesische Förderer fragten sich, was diesen Amerikaner befähigt hatte, in so kurzer Zeit so hoch aufzusteigen.

II

»Vielleicht lächeln Sie mal...«

Eine halbe Weltreise vom aufstrebenden Shanghai entfernt verblaßte der Glanz Salems in Massachusetts, das einst Amerikas internationales Handelszentrum gewesen war, aber im Jahr 1860 bereits von Boston und New York völlig in den Schatten gestellt wurde. Als Frederick Townsend Ward dort am 29. November 1831 das Licht der Welt erblickte, führte der Hafen noch einen harten Kampf um den Erhalt seines Anteils am Afrika-, Indien- und Chinahandel. Aber die glorreichen Tage, in denen Hunderte von Salemer Schiffen in den Hafen ein- und zu jedem Winkel der Erde ausliefen, gingen zu Ende, und der vergebliche Konkurrenzkampf zerrte an den Nerven einer ohnehin streitsüchtigen Bevölkerung. Die Bürger von Salem – bestens bekannt für die Folterung und Verbrennung angeblicher Hexen im Jahr 1692 – hatten sich eine Stadt mit engen Gassen gebaut, deren kilometerlange Monotonie aus Schindeln und Backstein nur dort Offenheit und ein Gefühl körperlicher Freiheit versprach, wo sie endete: im Hafengebiet. Dort erstreckten sich die Kais der großen Handelsfirmen, wie der Crowninshields, weit in die See hinaus

Keine Groß- oder Kleinstadt im Neuengland der Vorkriegszeit stand so sehr im Ruf der Heuchelei wie Salem. Während in ihren Kirchen der Puritanismus gepredigt wurde, hatten die Salemer an der amerikanischen Revolution und am Krieg von 1812 teilgenommen, indem sie ihre seefahrerischen Talente zum »Kapern« fremder Schiffe nutzten, die Gentleman-Umschreibung für Piraterie. Bald danach wurde in den Salons Neuenglands die Sklavenbefreiung zum Evangelium erkoren, aber Salem förderte weiterhin das größte amerikanische Verbrechen, den afrikanischen Sklavenhandel. In den Generationen vor 1861 wurden schätzungsweise 30 Prozent aller Sklaven an Bord neuenglischer Schiffe in die Vereinigten Staaten gebracht – und Salem war das Synonym für Neuenglands Schifffahrt.

Massachusetts Abolitionisten [hier: Anhänger der Sklavenbefreiung] mochten Gesetze und Traktate verfassen, in denen sie die Verderbtheit jener »absonderlichen Einrichtung« des Südens anprangerten, aber noch zu Beginn des Bürgerkrieges wurden Salemer Schiffskapitäne wegen Sklavenhandels angeklagt.

Die Salemer Reeder waren harte, ungeheuer praktisch denkende Männer und durchaus bereit, die Grenze zwischen Pragmatismus und Amoral zu überschreiten. Von dieser Tatsache und der Teilnahme ihrer Vorfahren am afrikanischen Sklavenhandel unangenehm berührt, entschlossen sich die nachfolgenden Generationen der Salemer, den scheinbar weniger schmutzigen Handel mit dem chinesischen Reich zu intensivieren. 1794 hatte ein Schiff aus Neuengland als erstes den amerikanischen Handel mit China eröffnet, und bereits im folgenden Jahr erreichte eine vollgetakelte Bark von 310 Tonnen, die *Grand Turk*, als zweites amerikanisches Schiff das Reich der Mitte; damals war allein der Hafen von Kanton in Südchina für Ausländer offen. Anfangs brachten die Salemer Kapitäne vor allem Waren aus der eigenen Heimat mit: Pelze, Blei, Baumwolle und in Neuengland gezüchtete Ginseng-Wurzeln (der chinesische Glaube an die potenzfördernde Wirkung der Wurzel erschöpfte sehr schnell den eigenen Vorrat des Reiches). Erst als China im 19. Jahrhundert seinen Markt weiter öffnete und die amerikanischen Kaufleute den offensichtlich unstillbaren Appetit der Chinesen auf Luxusgüter entdeckten, befuhren die US-Schiffe den Atlantik und Pazifik von Alaska bis zu den Falkland Inseln auf der Suche nach eßbaren Vogelnestern, Schildpatt, Schnecken, Biberpelzen und Perlmutt, für die sie auf den aufblühenden Kantoner Märkten große Mengen an Tee und Seide eintauschten.

Mit Beginn der industriellen Revolution im Westen kam zu den chinesischen Hauptexportartikeln Tee und Seide noch ein weiterer hinzu: billige Arbeitskräfte. Unvorstellbar arme oder mitleiderregend naive Chinesen wurden zum Abschluß ausbeuterischer Verträge überredet – oder schlicht gewaltsam entführt –, auf Schiffe verladen und nach Übersee gebracht, wo sie unter Bedingungen lebten, die ebenso schlimm waren wie zu Hause. Diese sogenannten Kulis waren nicht gerade Sklaven, aber wie beim Afrikahandel deckte sich die Geschäftsmoral nicht mit den Predigten der neuenglischen Geistlichkeit; dennoch brachten die neuenglischen Schiffe ihre menschliche Fracht nach Amerika. Fast jede Familie in Salem, die es sich leisten konnte, hatte chinesische Dienstboten, und schließlich identifizierte sich der Hafen derart mit dem Chinahandel, daß man bei den Paraden die einheimischen Mädchen in chinesische Gewänder kleidete. Diese reizende Zurschaustellung stand jedoch im Widerspruch zu der harten Realität der unglücklichen Chinesen.

Eine Salemer Urgroßmutter erinnerte sich schmunzelnd an die Zeit vor dem Bürgerkrieg:[1]

> An den Kais reihten sich die Läden der Schiffsausrüster und Segelmacher, Warenhäuser und Kontore; die Segelmacher saßen im Schneidersitz wie die Türken und nähten die Segel

mit Segelhandschuhen, um ihre Handflächen zu schützen, während der Geruch von Teer und Segeltuch die Werkstatt erfüllte. Der alte Kai mit seinen Segelmacherwerkstätten war ein beliebter Aufenthaltsort meiner Kindertage, und ich war niemals glücklicher als wenn man mir erlaubte, auf dem alten Kai herumzuwandern und fasziniert dem Be- und Entladen der Schiffe zuzusehen, die die Landspitze umrundet hatten und schwerfällig in den Hafen einfuhren.

Aber diese Idylle hatte für andere Salemer Kinder durchaus auch eine dunkle Kehrseite. Der Sohn der Wards, Frederick Townsend, hatte von frühester Kindheit an nur den einen Wunsch: die Stadt Salem zu verlassen.

Ob dieser Wunsch schlicht auf dem Verlangen beruhte, aus der erstickenden Enge der Stadt herauszukommen, und inwieweit die Lebensumstände im Hause Ward damit verknüpft waren, läßt sich schwer sagen. Daß sie durchaus eine Rolle gespielt haben müssen, bestätigte sich nach seinem Tod, als seine Familie in einem Augenblick engstirniger Zerstörungswut alle seine persönlichen Papiere und Briefe vernichtete. Obgleich beide Eltern aus guter Familie stammten, wechselten Frederick Gamaliel und Elizabeth Colburn-Ward in den ersten Jahren ihrer Ehe häufig den Wohnsitz, was in der Regel damit endete, daß sie in das elegante Backsteinhaus von Frederick Townsends Großvater väterlicherseits zurückkehrten. In der Nähe des Crowninshield-Kais gelegen, kündete das Haus von einer vornehmen Vergangenheit ebenso wie die Gedichte, mit denen Wards Mutter ihre persönlichen Briefe bereicherte. Aber die Familie Ward hatte – wie Salem selbst – den Zenit ihres Wohlstands überschritten, und in den offiziellen Einwohnerlisten der Stadt wird Wards Vater schlicht als »Seemann« geführt. Später war er Kapitän und Schiffsmakler, aber weder in dem einen noch in dem anderen Beruf betätigte er sich besonders erfolgreich.

Frederick Townsend Ward war das älteste von vier Kindern. Mit zweien seiner jüngeren Geschwister – seinem Bruder Henry und seiner Schwester Elizabeth – blieb er bis zu seinem Tod eng verbunden. Henry, der von seinem Bruder Harry genannt wurde, folgte Fred schließlich nach China und wurde sein Partner bei zahlreichen Geschäften. Elizabeth war die enge Vertraute und Briefpartnerin ihres älteren Bruders. (Sie bewahrte Wards Briefe und Papiere jahrzehntelang in vier großen Koffern auf; erst ihre Erben, mehrere Vettern und Kusinen sowie ihre Schwägerin, Harrys Witwe, sorgten für die Vernichtung dieser Dokumente.) Nach Aussage seines Salemer Landsmannes und ersten Biographen Robert S. Rantoul[2] war Fred ein ungewöhnlich stilles Kind, das in den ersten drei Jahren kein Wort sprach, »und schließlich durch einen Vorfall zum Sprechen gezwungen wurde, der sofortiges Handeln verlangte. Die Katze war dabei, den Vogelkäfig aufzubrechen und er lief, seine ersten artikulierten Worte ausstoßend, um seine Mutter zu holen. Danach vergingen Monate, bevor er wieder etwas sagte.«

In einem Buch über die Geschichte der Salemer Schiffe und ihre Fahrten wird Wards Vater als »ein harter Zuchtmeister auf dem Achterdeck« beschrieben, und es gibt zahlreiche Anzeichen dafür, daß er diese Strenge auch zu Hause anwandte. Zum Beispiel bestand die von ihm bevorzugte Art des Schwimmunterrichts darin, seine kleinen Söhne nackt auszuziehen und vom Kai ins Wasser zu werfen, um dann hinterherzuspringen und ihnen seine eigene Technik zu demonstrieren. Keine Frage, die Jungen wurden exzellente Schwimmer. Aber Fred wurde in Salem auch für einen einmaligen

Streich berühmt: Er ließ sich gelegentlich vom Kai ins Wasser fallen und tat so, als würde er ertrinken, nur um sich über die Panik zu amüsieren, die er damit unter den Erwachsenen auslöste. Diese offensichtliche Neigung, aus einer harten Erfahrung ein Spiel zu machen, sollte ihm erhalten bleiben – wenngleich diese Spiele in späteren Jahres durchaus zu solchen mit tödlichem Ausgang werden sollten.

Daniel Jerome Macgowan, ein amerikanischer Baptistenmissionar und Arzt, der 1843 nach China ging und fast 20 Jahre lang in der Hafenstadt Ningpo praktizierte, war einer der ersten, der einen skizzenhaften Bericht über Wards große Leistungen in China lieferte. Obgleich er keine näheren Kenntnisse über Wards Jugendjahre besaß, wußte Macgowan genug über die Spannungen zwischen ihm und seinem Vater, um sie in seiner relativ kurzen Abhandlung zu erwähnen. Der ältere Ward war offenbar »ein harter Mann«, schrieb Macgowan, »über dessen Strenge sich sein Sohn nach seinem Tod oft beklagt hat«. Dennoch ließ ihm sein Vater in einer Hinsicht freien Lauf: der Hinneigung zur Schiffahrt.

Da ihm offensichtlich daran lag, daß sein ältester Sohn der Familientradition folgte, machte der alte Ward aus seinem Jungen einen meisterhaften Seemann. Schon mit zwölf Jahren durfte Fred die der Familie gehörende 15-Tonnen-Schaluppe allein segeln.

Wards Schulkameraden, die von Robert Rantoul um die Jahrhundertwende interviewt wurden, erinnerten sich deutlich an seinen ungewöhnlichen Mut – aber auch Leichtsinn. Da er keine Angst hatte, auch bei Nacht oder stürmischem Wetter mit der *Vivid* auszulaufen, brachte sich Fred oft selbst in gefährliche Situationen. Rantoul berichtet von einem Fall aus dem Jahr 1843, als Fred eine Gruppe Frauen, darunter auch seine

Mutter, nach Beverly brachte. Bei der nächtlichen Rückfahrt geriet die Schaluppe in heftiges Unwetter: »Die Situation war äußerst gefährlich. Gegen Mitternacht kamen sie sicher nach Hause, wo die ganze Stadt ihretwegen noch wach und in Aufregung war. Ward hatte während der ganzen Fahrt das Ruder fest im Griff gehabt, schweigsam wie die Sphinx.« Der kurze Bericht des Jungen über den Zwischenfall war typisch: »Als ich im Licht der Blitze sah, wie sie dasaßen, wünschte ich mir, ich wäre zu Hause. Es wäre alles in Ordnung gewesen, wenn ich nicht die Frauen dabeigehabt hätte.«[3]

Aber letztlich sollte die See Ward und seinen Vater nicht verbinden, sondern trennen. Denn Segeln war für den Jungen harte Realität, nicht sein Traum, und als er älter wurde, setzte er alle Hoffnung darauf, Soldat zu werden. 1846 erklärten die USA Mexiko den Krieg. Anfang 1847 stellte einer von Daniel Websters Söhnen eine Kompanie Freiwilliger zusammen und marschierte mit ihnen durch Salem. Ward war entschlossen, sich ihnen anzuschließen, obgleich er noch keine sechzehn war. Zusammen mit einem anderen Jugendlichen aus Salem riß er eines Nachts aus und folgte der Truppe. Ihr Plan wurde jedoch noch vor Tagesanbruch entdeckt, und Ward wurde nach Hause zurückgebracht, wo ihn sein zorniger Vater empfing.

Wards Mutter dagegen betrachtete den Wunsch ihres Sohnes, Soldat zu werden, mit etwas mehr Sympathie – zumindest nach Ansicht von Charles Schmidt, der später einer von Wards Offizieren in China und nach eigenen Angaben »ein sehr guter Bekannter« von Ward war. »Das Zeug zum Kommandeur steckte so sehr in ihm«, schrieb Schmidt[4],

> daß die verständnisvolle Mutter der Familie das Bild seines zukünftigen Ruhms und seiner militärischen Größe vor

Augen führte. Sie schlug vor, ihn nach West Point zu schicken, damit er eine seinem sehnlichsten Wunsch entsprechende Ausbildung erhielte. Wäre er dort hingegangen, hätte ohne Zweifel sein Heimatland die Segnungen seiner Genialität empfangen und wäre der glückliche Nutznießer seiner großen Feldherrnkunst geworden. Vielleicht lächeln Sie... Aber wenn er kein so außergewöhnlicher Mensch war, warum kann ihn dann niemand ersetzen, jetzt und hier in der Stunde der Not?

(Schmidt schrieb dies 1863 in Shanghai, als der Ausgang der Taiping-Revolution noch ungewiß war.)

Jede Hoffnung auf eine militärische Ausbildung zerschlug sich jedoch, und der Vater beendete die Aufsässigkeit seines Sohnes auf typisch Salemer Art: indem er ihn aus der Schule nahm und ihn an Bord eines Clippers auf eine lange Reise schickte. Das Schiff war die *Hamilton*, und ihr Kapitän war William Henry Allen, der in die Familie Ward eingeheiratet hatte. Der noch nicht 16 Jahre alte Fred heuerte als zweiter Maat an. Ziel der *Hamilton* war Hongkong.

So wurde Ward als Heranwachsender in eine Männerwelt hineingestoßen, eine Welt, in der Kielholen, Auspeitschen, Meuterei und Mord an der Tagesordnung waren. Rasche Anpassung war geboten. Glücklicherweise hatte Ward bereits einiges an Rüstzeug mitbekommen, was ihm nun zugute kam. Rantouls Interview mit Wards Zeitgenossen ergibt ein aufschlußreiches Bild des jugendlichen Offiziers:[5]

> Er war der geborene Kämpfer, aber kein Schlägertyp... Mit Vorliebe trat er für die Schwachen ein und sorgte, kräftig wie er war, stets für Fair play... Bei seinen Kameraden war er beliebt – darin waren sich alle Befragten einig –, aber wenn einer der Jungs sich mit ihm anlegen wollte, ließ er ihn nicht lange warten... Obgleich er von mittlerer Größe und stets

schlank, gedrungen und drahtig war, besaß er die Kraft eines Athleten, und seine überlebende Schwester [Elizabeth] erinnerte sich mit Vergnügen an die Tobereien der »Kinderstunde«, wenn sie alle zum Abschluß ihrer abendlichen Balgerei auf seinen Schultern reitend von ihm ins Bett gebracht wurden.

Und dann ein bezeichnender Satz: »Was er anstrebte, war Macht – nicht irgend etwas nur Ähnliches.«

Ward machte sich an Bord der *Hamilton* gut und verdiente sich das Lob des Kapitäns Allen. Aber wie schon andere vor ihm störte auch den Kapitän der Leichtsinn des jungen Mannes. Ward hatte sich zumindest einige der harten Lektionen seines Vaters zu eigen gemacht und erwarb sich bei der Mannschaft sehr bald den Ruf eines strengen Vorgesetzten. Während ihm jedoch die Durchsetzung absoluter Disziplin bei seinen späteren Kommandos gute Dienste leisten sollte, eckte er bei seinen Schiffskameraden auf der *Hamilton* gelegentlich damit an: Nach einem nicht näher belegten Vorfall warfen sie den jungen Zweiten Offizier einfach über Bord. Zwar behaupteten später einige, er sei einem Schmetterling nachgejagt, als das Unglück geschah, die meisten jedoch räumten ein, daß er von der Mannschaft ins Wasser geworfen wurde, weil sie seine jungenhaften Befehle satt hatten.

Als die *Hamilton* schließlich in Hongkong anlegte, bekam Ward den ersten flüchtigen Eindruck von jenem Reich, das einmal sein Schicksal werden sollte. Infolge seiner Jugend und der vom Kaiser in Peking allen Ausländern hinsichtlich ihrer Bewegungs- und Handlungsfreiheit auferlegten strengen Restriktionen begriff Ward sehr wahrscheinlich damals noch nicht, wie alarmierend die Situation in China bereits war. Hätte er das

Land näher kennenlernen können, oder wäre er älter gewesen, hätte er zweifellos 1847 bereits die sich abzeichnende Krise wahrgenommen, in der er später eine so bemerkenswerte Rolle spielen sollte.

In der Mitte des 19. Jahrhunderts begann der in Shanghai lebende John L. Nevins[6] damit, eine Reihe chinesischer Traktate zu sammeln, zu übersetzen und zu veröffentlichen, um seinen ausländischen Mitbürgern vor Augen zu führen, mit welcher außergewöhnlichen Verachtung die meisten Chinesen den Westen und seine Repräsentanten betrachteten. Der Ton dieser Schriften war durchweg sehr kritisch: »Im gesellschaftlichen Verkehr«, so schrieben die Chinesen über die Ausländer,

> zeigen die Männer ihren Respekt, indem sie die Hüte abnehmen. Etwas weniger respektvoll ist es, die Hand an die Stirn zu legen ... Sie knien nur vor Gott (Shang-ti) und dem menschgewordenen Schöpfer ihrer Religionsgemeinschaft. Treffen sich zwei Freunde, so erkundigen sie sich gegenseitig nach ihren Frauen, aber nie nach ihren Eltern. Für sie gehören Eltern einer vergangenen Periode an ... Diese Leute geben sich nach außen hin den Anschein der Vornehmheit, aber ihre Herzen sind voller Betrug. Ihre äußere Erscheinung ist auf Täuschung angelegt. Sie alle leben vom Seehandel ... Zuerst haben sie sich darauf beschränkt, benachbarte Barbaren zu betrügen und haben es nicht gewagt, ihre gesetzlosen Praktiken ins Reich der Mitte hineinzutragen. Jetzt hat sich unser Kaiser voller Mitleid und Herablassung erbarmt, freundschaftlichen Verkehr mit ihnen zu pflegen; aber diese Barbaren haben, weit davon entfernt, diese Gnade zu würdigen, schamlos die Gelegenheit ergriffen, ihren gesetzlosen Neigungen freien Lauf zu lassen.

In der Zeit, als der Westen begann, nach China einzudringen, bestand eine enorme Kluft zwischen der chinesischen und westlichen Auffassung von »Zivilisation«

und »Barbarei«. Die sichtbaren Unterschiede – in der Kleidung, im Benehmen und im Geschäftsgebaren – erschienen vielen westlichen Besuchern, die im 19. Jahrhundert nach China kamen, ziemlich belanglos. Jedenfalls stellten sie in ihren Augen kein Hindernis dar, das China an der Anerkennung anderer souveräner Staaten sowie an der Aufnahme normaler wirtschaftlicher und politischer Beziehungen jetzt oder in Zukunft hätte hindern können. Aber wie bereits die portugiesischen Händler und Jesuitenpriester im 17. und 18. Jahrhundert erfahren hatten – und nach ihnen die britischen, französischen und zuletzt die amerikanischen Kaufleute im 18. und 19. Jahrhundert –, waren diese äußeren Differenzen weit mehr als dekorative Hindernisse, die man leicht beiseite schieben konnte. Sie waren vielmehr feste, mit den traditionellen Fundamenten einer Kultur verbundene Pfeiler, die sich radikal von allem unterschied, was den westlichen Reisenden an irgendeinem anderen Ort der Welt begegnet war.
Die Unterschiede begannen mit der Religion, aber das war nicht alles. Als die Manchu 1644 nach China eindrangen, stießen sie bei ihren neuen Untertanen auf eine »Religion«, die in ihrem Kern eine erfolgreiche Ideologie sozialer Reglementierung und Kontrolle war: den Konfuzianismus. Der große Weise, der gelehrt hatte, daß die Verehrung der Älteren und der Familie nicht nur heilig war, sondern unmittelbar der Gehorsamspflicht gegenüber Kaiser und Staat entsprach, war den Tartarenherrschern ebenso dienlich wie zuvor den Ming-Kaisern. Und so blieb auch während der Manchu-Ära die Erhaltung des konfuzianischen Systems ein wichtiges Anliegen der chinesischen Mittel- und Oberklasse, insbesondere aber der Gebildeten, die die Beamten des Kaisers stellten und in Wahrheit die ungeheur

große Familie der Chinesen regierten. Zwar frönte noch immer ein großer Teil der Bauern ihren eher mystischen Neigungen, indem sie die buddhistischen Götter verehrten und die Weisheit des *tao* (»Der Weg«) zu erlangen suchten, aber der Konfuzianismus wurde als ideologisches Fundament des Reiches nie in Frage gestellt.

Konfuzius' Definition und Vorstellung von einer tugendhaften »Zivilisation« entsprach nicht derjenigen Christi, und was der chinesische Weise als lasterhaft und »barbarisch« ansah, deckte sich nicht immer mit der Bibel. Die absolute Unterordnung des einzelnen erstens unter die Familie, dann unter den Staat und schließlich unter den Kaiser – den »Sohn des Himmels« – führte zu Grausamkeiten, die die ersten christlichen Missionare entsetzten und die sie als unglaublich brutal empfanden (die religiösen Greueltaten während der Inquisition hatte man anscheinend vergessen). Kinder durften ge- und verkauft werden, Menschenleben wurden zu Zehntausenden vernichtet, und dies auf grausamste Weise; reiche Männer eiferten ihrem Kaiser nach und kauften sich Dutzende von Konkubinen, während ihre offiziellen Ehefrauen in erbärmlicher Knechtschaft dahinwelkten; kaiserliche Kommissare und Beamte bedienten sich bewußt unlauterer Mittel, um die Interessen ihres Herrn zu verfolgen. Aber solange diese Dinge die Stabilität des konfuzianischen Systems stärkten, wurden sie als zulässig und sogar als wünschenswert angesehen.

Bei allen Fehlern, die westliche Besucher im konfuzianischen System entdeckten, kamen sie um eine unbestreitbare Tatsache nicht herum: Es hatte mehrere tausend Jahre gut funktioniert. Über die Jahrhunderte war China selbständig und unabhängig geworden, ein Reich, das sich selbst als den Mittelpunkt der Welt betrachtete, und dessen Staatsmänner nicht an einer Expansion nach außen, sondern nur an der Kontrolle im Inneren interessiert waren. Im Westen hat man zum Beispiel erst vor kurzem wirklich begriffen, daß die Große Mauer gleichermaßen gebaut wurde, um das chinesische Volk in den Grenzen des Kaiserreiches zu halten und es dem absoluten kaiserlichen Willen zu unterwerfen, wie unter dem Aspekt, fremde Marodeure abzuhalten. Diese Haltung schlug mit der Zeit von der zentralen auf die provinziale und schließlich die lokale Ebene durch: Ein britischer Offizier[7], der in den Jahren um 1860 Soochow besuchte, bemerkte, daß seine Mauern dicht »mit zurückgebogenen Haken beschlagen« waren, »die etwa 5 cm herausragten und an dicke Krallen erinnerten. Ohne Zweifel dienten sie eher dazu, die Truppen an der Flucht zu hindern, als zur Verteidigung«.

Das chinesische Leben unterlag in jeder Hinsicht der Kontrolle. Jeder einzelne hielt seine Gefühle unter Kontrolle, damit sie nicht mit seinem Respekt gegenüber der Familie und dem Kaiser kollidierten; der Vater kontrollierte die Familie und die Alten wiederum den Vater; Magistrate und Gouverneure übten die Kontrolle über ihre Untergebenen aus und der »Sohn des Himmels« letztlich über sie alle – in diesen Beziehungen definierte sich die chinesische Zivilisation. Ein Kaiser, der eine solche Kontrolle ausüben konnte, besaß nach allgemeiner Ansicht das »Mandat des Himmels«. Sollte aber seine Dynastie durch eine Rebellion gestürzt werden, so wurde die Gültigkeit der konfuzianischen Ordnung dadurch nicht in Frage gestellt. Vielmehr erklärte man, die Dynastie habe sich als unwürdig erwiesen, und das Mandat des Himmels sei nunmehr auf eine Familie übergegangen, die besser befähigt sei, diese strenge Kontrolle durchzuführen.

Da diese Philosophie von der absoluten Überzeugung an die eigene ethnische Überlegenheit begleitet war, wurden die ersten Europäer, die nach China kamen, von den meisten Chinesen als ziemlich seltsame Wesen betrachtet. Das klägliche Versagen der jesuitischen Missionare, Konvertiten zu gewinnen, bewies den Wächtern über die konfuzianische Ordnung, daß die Welt jenseits der Grenzen es niemals mit der traditionsreichen Kultur im Reich der Mitte aufnehmen könne. Sicher, die Hervorhebung des einzelnen im Christentum und seine direkte Beziehung zu Gott schienen einigen Chinesen gefährlich; aber die Jesuiten verkündeten in Wirklichkeit keine radikalen oder subversiven sozialen Lehrmeinungen. Auch von den portugiesischen Kaufleuten, die sich auf der Canton und Hongkong gegenüber gelegenen Insel Macao niederließen, konnte man kaum sagen, daß sie eine expansive Kultur neuer Ideen repräsentierten. Und wenn China auch die Macht seiner russischen Nachbarn im Norden fürchtete, so stellten auch sie keine Gefahr für Chinas kulturelle Vitalität dar.

Erst als die Briten und später die Amerikaner die chinesische Küste erreichten, gerieten die Machthaber im Reich der Mitte in Panik. Diese Furcht war, wenngleich religiös beeinflußt, unterschwellig ideologisch bedingt. Hier hatte man es mit Nationen zu tun, deren christliche Lehre – wonach die eigene Tugendhaftigkeit wichtiger war als kindlicher Gehorsam – sie für etwas eintreten ließ, das für die Chinesen die Definition der Barbarei schlechthin war: liberale Demokratie. Ein solches System beinhaltete theoretisch nicht nur religiöse, sondern auch politische und kommerzielle Freiheit: das Recht eines jeden, an der Regierung teilzuhaben, den offenen Ideenaustausch und den freien Handel mit anderen Nationen. Für die Chinesen waren dies alles höchst gefährliche Gedanken; aber was viel schockierender war: alle diese Gedanken begannen am Ende des 18. Jahrhunderts auch in China Fuß zu fassen.

Wo die Jesuiten versagt hatten, verzeichneten die britischen und amerikanischen Protestanten um 1800 erste Erfolge. Zugegeben, bis Mitte des Jahrhunderts gab es in China nicht mehr als 100 dieser Missionare. Aber ihre Zahl gewinnt an Bedeutung, wenn man die Feindschaft der überwiegenden Mehrheit der Regierenden und der chinesischen Bevölkerung in Betracht zieht, sowie die Tatsache, daß bis 1842 Kanton die einzige Stadt war, in der Ausländern ein ständiger Aufenthalt erlaubt war. (Selbst in Kanton durften westliche Ausländer nur in streng abgegrenzten Gebieten, den sog. Handelsniederlassungen, tätig werden.) Das Innere Chinas blieb für Händler und Missionare gleichermaßen verbotenes Gebiet. Aber die zunehmende Attraktivität beider Gruppen für die chinesischen Einwohner enthüllte Risse im Kontrollsystem, die zahlreiche kaiserliche Beamte auf der zentralen, provinzialen und lokalen Ebene zutiefst beunruhigten.

Die Manchu-Dynastie und ihre Diener waren für diese Entwicklung weitgehend selbst verantwortlich. Die verwickelte, abgeschirmte und allgegenwärtige kaiserliche Bürokratie hatte sich als idealer Nährboden für jede Art von Korruption erwiesen, und bereits lange vor dem Eindringen des Westens nach China hatte sich Peking der Ausbreitung dieser im höchsten Grade unlauteren Verwaltungspraktiken gegenüber gleichgültig gezeigt. Tatsächlich bedienten sich viele hohe kaiserliche Beamte selbst dieser Methoden, indem sie sich ungestraft Ämter und Einfluß kauften. Ein Verhalten, das die Unzufriedenheit der ruinierten

Mitglieder der Mittelklasse und der armen Bauern schürte und sie für neue Ideologien empfänglich machte. Und mittlerweile machte auch die erhebliche Beteiligung der Regierung an den Gewinnen der chinesischen Kaufleute (einer im Reich der Mitte verachteten Klasse) diese geneigt, unter der Hand Geschäfte mit dem Westen zu tätigen.

Der chinesische Drache – jahrtausendelang das Symbol kaiserlicher Macht und Würde – war daher zu Beginn des 19. Jahrhunderts erheblich angeschlagen und starb langsam an einer Krankheit, die sich vom Herzen ausgehend in alle Glieder und jeden Winkel seines Körpers ausbreitete. Diese verheerende Krankheit wurde von außen noch verschlimmert – besonders durch das Opium, die schärfste Waffe des Westens in seinem Kampf, China für einen vermehrten Handel zu öffnen. Die Droge spielte bei allen westlichen Aktivitäten in China eine Rolle, obgleich die meisten Ausländer es höflich vermieden, diese Tatsache zur Kenntnis zu nehmen oder darüber zu diskutieren. In früheren Zeiten war das Essen und Rauchen von Opium eine Angelegenheit relativ weniger wohlhabender Chinesen gewesen. Aber Mitte des 18. Jahrhunderts hatte die British East India Company herausgefunden, daß sich diese Angewohnheit rasch ausbreitete, wenn die verfügbare Drogenmenge erhöht wurde. Im Lichte dieser Erkenntnis wurde auf den Feldern Britisch-Indiens soviel Mohn angebaut wie nie zuvor. Zwischen 1750 und 1839 verhundertfachte sich die nach China importierte Opiummenge. 1834 endete das Monopol der East India Company auf den Handel, und private Schmuggler stiegen mit ins Geschäft ein. Innerhalb eines Jahres waren mehr als zwei Millionen Chinesen süchtig.

Wirtschaftlich legte der illegale Handel China lahm

und brachte dem Westen enorme Gewinne. Chinas Silberreserven wurden verschleudert, um die riesigen Schiffsladungen Opium zu bezahlen, was die Wirtschaft des Reiches zerstörte und die Zahl der verarmten Bauern drastisch ansteigen ließ. Und obgleich die legalen westlichen Importe nie die von den Chinesen exportierten Mengen an Seide und Tee ausglichen, blieb Chinas Handelsbilanz wegen des Opiums dennoch negativ. Die Droge wurde schließlich zu einer unmittelbaren Bedrohung für die Integrität und Sicherheit des chinesischen Reiches und bildete gleichzeitig das Fundament, auf dem die größten westlichen Handelsimperien in China errichtet wurden.

Die chinesische Bürokratie verriet ein weiteres Mal die Interessen des Reiches, als sie den Opiumhandel erleichterte. Unter den Beamten oder Mandarins gab es nicht nur Tausende von Opiumrauchern und -essern, sondern diese Männer machten auch noch ein Vermögen durch westliche Bestechungsgelder. Zunehmend wütendere Edikte aus Peking, die den Genuß von Opium verboten, blieben wirkungslos. 1838 sandte ein ungewöhnlich ehrlicher Mandarin eine Denkschrift an Kaiser Tao-kuang:[8]

> In jeder Präfektur des Landes gibt es Opiumhöhlen, die in der Regel von Polizisten und Soldaten aus der Armee geführt werden, die zügellose Jugendliche aus reichen einheimischen Familien um sich versammeln, damit sie eine Pfeife rauchen können, wo man sie nicht sieht. Da die meisten Gerichtsbeamten demselben Laster frönen, können sie ihres Schutzes sicher sein. Ich bitte Eure Majestät mit einer Frist von einem Jahr ein Datum festzusetzen, nach dessen Ablauf alle Raucher hingerichtet werden, die an ihrer Sucht festhalten. Eure Majestät mögen denken, daß ein Mann die Beschwerden einer Heilung auf sich nehmen wird, wenn er weiß, daß er sich dadurch das Privileg verdient, in seinem

Bett sterben zu dürfen, während ihn die Befriedigung seiner Sucht auf den Richtplatz bringt.

Aber in der Regierung gab es auch Gegner so rigoroser Maßnahmen, und nicht alle von ihnen waren opiumsüchtig oder Befürworter des Handels. Einige sahen lediglich die praktischen Probleme: »Wenn ein Mann mit dem Gesetz in Konflikt kommt, nur weil er eine Pfeife Opium geraucht hat«, gab einer dieser Beamten zu bedenken, »wird man die Verurteilten am Straßenrand entlang aufstellen müssen, weil es für sie in den Gefängnissen nicht genug Platz gibt. Die ganze Geschichte ist absolut unpraktikabel.«

Am Ende gab der Kaiser seine Zustimmung zu Maßnahmen, die sich aber nicht gegen die Verbraucher, sondern gegen die Importeure richteten. 1839 kam einer der großen Staatsmänner in der Geschichte der Manchu, der kaiserliche Sonderkommissar Lin Tse-hsü, nach Kanton, ließ die Ausländer in ihren Handelsniederlassungen gewaltsam festsetzen und 20 000 Kisten Opium ins Meer kippen. Es ist möglich, daß den Chinesen gar nicht klar war, in welchem Umfang die westliche Präsenz in China von der Droge abhing; es ist möglich, daß sie glaubten, wie in der Politik und im Kampf mit einer herausfordernden Tat und einem großen Geschrei den Gegner einschüchtern und seinen Rückzug veranlassen zu können. Statt dessen erklärten ihnen die Briten mit typisch geschäftsmäßiger Entschlossenheit den Krieg, und die Chinesen bekamen die erste Kostprobe westlicher Kriegführung zu spüren.

Es war eine ernüchternde Erfahrung. Die Briten, so erzählten die chinesischen Kommandeure, hätten Dampfschiffe, die »über das Wasser fliegen können, ohne Wind oder Gezeiten, mit oder gegen den Strom«, ebenso wie erstaunlich treffsichere Kanonen, die »auf steinerne Plattformen montiert sind, die man in jede Richtung drehen kann«. Was die chinesische Antwort betraf, so klagte ein Beamter[9], daß nicht nur die Kanonen des Reiches antiquiert und die Truppen schlecht ausgebildet und wenig diszipliniert seien, sondern »unsere militärischen Angelegenheiten liegen auch noch in den Händen ziviler Beamter, die höchstwahrscheinlich großartige Kalligraphen sind, aber von Kriegführung keine Ahnung haben«. Das Ergebnis war vorhersehbar. Nachdem sie in Kanton für Ordnung gesorgt hatten, eroberten die Engländer die Hafenstädte Amoy, Chefoo und Ningpo. Im Juni 1842 lief eine englische Flotte in die Mündung des Yangtse ein und unterwarf auf ihrem Weg nach Nanking nebenbei auch Shanghai. Nanking leistete noch weniger Widerstand, und am 29. August 1842 wurde an Bord des britischen Kriegsschiffs *Cornwallis* ein ungleicher Vertrag unterzeichnet, der dann den Namen der Stadt trug.[10]

Der Vertrag von Nanking und der Zusatzvertrag von Hu-meu ein Jahr später bildeten die Grundlage der chinesisch-westlichen Beziehungen für die restliche Zeit der Manchu-Herrschaft. Zusätzlich zu der Garantie freien Handels und der Duldung christlicher Mission bekamen die Engländer die Erlaubnis, neben Kanton in vier weiteren Städten Niederlassungen zu gründen – in Ningpo, Foochow, Amoy und Shanghai. Außerdem wurde ihnen Exterritorialität gewährt, d. h., die in China lebenden Engländer waren nur den eigenen Gesetzen und der eigenen Gerichtsbarkeit unterworfen. Die Franzosen sicherten sich bald die gleichen Rechte, und 1844 zogen auch die Amerikaner nach. Ihr bevollmächtigter Gesandter Caleb Cushing schloß den Vertrag von Wanghia, in dem die Chinesen den USA die Meistbegünstigungsklausel einräumten: Jeder Vorteil, der einer anderen Nation bereits eingeräumt war oder in Zukunft zugesagt würde, kam automatisch auch den USA zugute.

Die Amerikaner machten viel Wesens darum, daß ihnen von den Chinesen durch friedliche Verhandlungen dasselbe zugestanden wurde, was die Engländer sich gewaltsam genommen hatten, und so entstand damals die eigentümlich hartnäckige Vorstellung, daß die Chinesen die Amerikaner anderen Ausländern vorzögen. Dies war sogar richtig, soweit es um die Beziehungen zwischen den westlichen und chinesischen Kaufleuten ging, aber die US-Beamten in China warnten ihre Vorgesetzten wiederholt davor zu glauben, daß dies auch auf politischer Ebene im Umgang mit der Manchu-Regierung des Reiches gelte. Wie einer dieser Beamten es formulierte: »Es ist ein Fehler, anzunehmen, daß Chinas Regierung irgendeiner Nation mehr *Sympathie* entgegenbringt als einer anderen; daß sie zum Beispiel den Amerikanern freundlicher gesinnt wäre als den Engländern; es mag sein, daß sie Engländer und Russen mehr fürchten als die Amerikaner, aber sie wären glücklich, wenn keiner von ihnen ihrem Land jemals nahekäme.«[11]

Der Opiumhandel expandierte in den auf die Öffnung der neuen Vertragshäfen folgenden Jahren geradezu dramatisch. Und die Verbreitung der Droge wurde jetzt durch unerwartete Verbündete erleichtert: die protestantischen Missionare. Da für sie das chinesische Heidentum eine schlimmere Sünde war als die Opiumsucht, reisten diese Soldaten Christi häufig auf Schmugglerschiffen und ließen sich von den Gewehren der Schmuggler beschützen. Wenigstens ein prominenter Missionar, der Niederländer Karl Friedrich August Gutzlaff – dessen Übersetzungen der Bibel und christlicher Traktate zu Standardwerken wurden – stellte sich den Opiumhändlern sogar als Dolmetscher zur Verfügung, wobei er selbstherrlich erklärte, daß er den Teufel Gottes Werk tun lasse, wenn er ihr Geld benutze, um seine Missionstätigkeit zu finanzieren.

Die Chinesen waren sich der Tatsache sehr bewußt, daß das Christentum der Vorkämpfer der ausländischen kommerziellen und politischen Barbarei war, und die Heftigkeit ihrer öffentlichen Angriffe auf den christlichen Glauben konnte nicht überraschen: »Jene, die diese Religion annehmen, praktizieren offen widernatürliche Unzucht«, hieß es in einem chinesischen Pamphlet.[12] »Alle sieben Tage veranstalten sie einen Gottesdienst, den sie Messe nennen ... [und] wenn die Zeremonie vorüber ist, geben sie sich wahllosem Geschlechtsverkehr hin ... Sie nennen es »Große Kommunion« ... Naturgegebene Beziehungen lehnen sie ab und ignorieren sie und benehmen sich auch sonst wie die Tiere.« Es folgte ein weiterer Appell an die chinesische Vernunft: »Wie konnte der Sohn Gottes (Shang-ti) menschliche Gestalt annehmen und geboren werden? – Wenn man einmal eine Sünde begangen hat, wie kann man sie wiedergutmachen? – Wer herrschte über das Universum, bevor Christus geboren wurde? – Wenn sein Leib zum Himmel aufgefahren ist, wie kann er dann ein Grab haben, damit die Menschen dort beten? Absurde Geschichten, Widersprüche in sich selbst!«

Solch heftige Kritik zeigte Wirkung: Von den vergleichsweise wenigen Bauern, die den Aufrufen der ausländischen Missionare folgten, nahmen viele ein grausames Ende.

Gleichzeitig aber hatte das Wort »fremd« bei den chinesischen Bauern eine weitreichende Bedeutung. 200 Jahre nach der Invasion der Manchu gehörten für viele Bürger auch ihre tartarischen Eroberer noch immer in diese Kategorie. Der Zusammenbruch der chinesischen Wirtschaft und die Erniedrigung der Manchu-Soldaten im Opiumkrieg verstärkten die Unruhe unter den Unzufriedenen, die spürten, daß die Dynastie Schwäche zeigte. Daß die Korruption der Manchu zumindest genauso für Chinas mißliche Lage verantwortlich war wie die westlichen Ausländer, war selbst den Ungebildeten klar, und bevor noch die Jahre um 1840 vorüber waren, lag eine Rebellion in der Luft. »Nichts ist wahrscheinlicher«, schrieb Thomas Tayler Meadows, einer der scharfsichtigsten britischen Beamten vor Ort, »daß sich jetzt, nachdem das Ansehen der Manchu-Armee in den jüngsten Auseinandersetzungen mit den Engländern erheblich erschüttert worden ist, ein chinesischer Belisar erheben und die Manchu-Truppen vernichten oder ins Tatarenreich zurücktreiben wird, denn von ihren militärischen Tugenden ist nicht mehr viel zu merken, während sie sich andererseits genug unverschämtes Eroberergehabe bewahrt haben, um sich den Haß der Chinesen zuzuziehen.«

Jener Belisar sollte noch zwei Jahre auf sich warten lassen; bis der amerikanische Clipper *Hamilton* Anfang 1848 mit einer Ladung Tee und Seide Hongkong verließ. Der junge Zweite Offizier der *Hamilton* aber, Frederick Townsend Ward, kehrte in den nächsten zehn Jahren mehrmals nach China zurück, und die Möglichkeiten, die ihm der angekränkelte Staat bot, erwiesen sich schließlich für ihn als schicksalhaft.

Wards Begeisterung für das Militär war bei seiner Rückkehr nach Salem nicht abgekühlt. Viele Berichte bestätigen, daß er versuchte, in West Point aufgenommen zu werden, daß aber nicht er, sondern der Verwandte eines

Salemer Kongreßabgeordneten die Zulassung erhielt. Wie dem auch sei; statt dessen trat Ward 1848 in die American Literary, Scientific and Military Acadamy ein, eine private Institution in Vermont, die später den Namen Norwich University erhielt. Während dieses Aufenthaltes an der Akademie – die Kurse in Strategie, Taktik, Exerzieren und Ingenieurswegen anbot – bekam er die einzige formelle militärische Ausbildung in seiner Karriere. Aber trotz seines stets großen Interesses am Landkrieg und ungeachtet der Tatsache, daß man ihm eine natürliche Begabung zum Anführer bestätigte, war sein Aufenthalt an der Akademie nur von kurzer Dauer. Eine offizielle Ausbildung war Ward nie besonders wichtig, und die finanziellen Verhältnisse seiner Familie erlaubten ihm offenbar kein ausgedehntes Studium. Aus diesen Gründen, aber auch wegen der entschiedenen Abneigung seines Vaters gegen eine militärische Laufbahn, ist es nicht überraschend, daß Ward am 16. Dezember 1849 wieder auf einem Schiff anheuerte, dieses Mal auf der von seinem Vater geführten *Russell Glover* mit Ziel San Francisco.

Das Schiff erreichte seinen Bestimmungshafen im Mai 1850. Was Ward in den folgenden 12 bis 18 Monaten unternahm, läßt sich nicht genau feststellen. Während die *Russell Glover* im Hafen lag, war er gezwungen, als Aufseher an Bord zu bleiben, eine Arbeit, die ihn langweilte. Und seine Frustration kann durch die Aufregung über den andauernden Goldrausch in Kalifornien nur verstärkt worden sein; in der Tat existieren mehrere Berichte, daß Ward sich an der Goldsuche beteiligt hat.

Wichtiger ist, daß Ward in späteren Jahren behauptete, damals die Bekanntschaft des großen sardischen Revolutionärs und italienischen Nationalisten Giuseppe Garibaldi gemacht zu haben. Falls dies nicht nur phantasievolle Angeberei war, dann kann ihre Begegnung nur in dieser Zeit stattgefunden haben. Garibaldi, der bereits in den 1840er Jahren nationalistische Bewegungen in Lateinamerika unterstützt hatte, reiste 1850 ein weiteres Mal von Europa nach Amerika. Nachdem er sich fast ein Jahr lang in New York aufgehalten hatte, segelte er im April 1851 nach Nicaragua, Panama und schließlich Peru, wo er bis Anfang 1852 blieb. Politisch gesehen war er zur Untätigkeit verdammt, da er kein Geld hatte, um seine Pläne für die Schaffung eines italienischen Nationalstaats weiter zu verfolgen. So nutzte er seinen Aufenthalt wohl eher, um Geld aufzutreiben als um Politik zu machen. Sowohl für Ward als auch für Garibaldi waren diese Jahre – wie es einer seiner Biographen[13] ausdrückte – »ereignislos, nicht belegt und nicht bemerkenswert«. Aber, haben sich ihre Wege tatsächlich gekreuzt?

Wards späterer stellvertretender Kommandeur in China, Edward Forester, schrieb 1896, er sei Ward das erste Mal in Südamerika begegnet, nannte aber kein Datum. Da jedoch die Jahre nach 1851 bis zu Wards Tod hinreichend belegt sind und er in dieser Zeit nie weiter nach Süden gereist ist als bis Mexiko, muß das Treffen mit Forester Ende 1850 oder 1851 stattgefunden haben. Das würde dafür sprechen, daß Ward damals per Schiff von San Francisco Richtung Süden nach Panama oder sogar bis zur Hafenstadt Callao in Peru gereist ist. Auf dieser häufig befahrenen Route einen Posten auf einem der vielen Segler zu bekommen, wäre für ihn ein leichtes gewesen. Diese Reise aber hätte ihn in nächste Nähe zu Garibaldi gebracht.

Die tatsächlichen Umstände der Begegnung, und ob sie überhaupt stattgefunden hat, sind vielleicht weniger wichtig als Wards Begeisterung für Garibaldi und das, was dieser repräsentierte. Die Leistungen des großen Befreiers in Südamerika – wo er in Uruguay einen brutalen Guerillakrieg geführt hatte, eine mutige Eingeborene heiratete und schließlich ein berühmter Held wurde – boten Stoff für einen spannenden Roman. Garibaldis politische Ziele mögen letztlich unklar gewesen sein (der »Befreier« geriet später in den Ruf eines Diktators und fuhr zusammen mit König Victor Emanuel in einer Kutsche durch die Straßen von Neapel), aber sein Mut, seine Ausdauer und sein Talent zur unkonventionellen Kriegführung standen außer Frage. Dies waren alles Eigenschaften, die Ward später selbst verkörperte und bei anderen schätzte. Und gleich Garibaldi war er nachlässig und ein wenig ungeschickt, sobald es um die Lösung der mehr praktischen Probleme des Lebens ging, wie z. B. den eigenen Lebensunterhalt zu verdienen.

Ende 1851 wurde diese Frage für Ward wieder einmal akut, und er heuerte wie üblich auf einem amerikanischen Handelsschiff an. Als nunmehr erfahrener Offizier nahm er den Posten eines Ersten Maats auf einer von San Francisco nach Shanghai segelnden Bark an. Die praktische Entscheidung, wieder zur See zu fahren, bedeutete jedoch nicht, daß Ward seinen Wunsch aufgegeben hätte, Soldat zu werden. Ganz im Gegenteil. Wie Charles Schmidt[14] schrieb, »war er entschlossen, eines Tages seiner Bestimmung nachzukommen ... Um das Endziel seiner ständigen Bemühungen zu erreichen, nahm er Zuflucht zur Seefahrt, weil er glaubte, durch eine Sondierung der sich ihm in anderen Gegenden bietenden Chancen schließlich leichter Erfolg zu haben. Sein Entschluß entsprang weder der Begeisterung für die Seefahrt noch dem Wunsch, ein großer Seefahrer zu werden.«

Den Bestimmungshafen könnte er ganz bewußt gewählt haben. Denn Anfang 1852 drangen aus dem chinesischen Reich erste Gerüchte über Rebellion und Chaos in die Welt – Gerüchte, die mehr als einen ausländischen Glücksritter in die Vertragshäfen zogen, in der Hoffnung, dort einen Markt für seine Talente zu finden.

1850 waren in China plötzlich zwei Männer zu Rang und Würden gekommen, die, obgleich sie Gegner waren, infolge ihrer persönlichen Unzulänglichkeiten gemeinsam das Reich an den Rand des Zusammenbruchs bringen sollten. Der erste war Hsien-feng, der Sohn des alten Kaisers Tao-kuang. Obgleich sich Taokuang im Umgang mit dem Westen als wenig vorausschauend oder fortschrittlich erwiesen hatte (selbst nach dem Opiumkrieg bezeichnete er die Engländer nicht als Feinde, sondern als »Rebellen« getreu seiner Überzeugung, daß China im Rang über allen anderen Nationen stand), war er kein Narr. Der Öffnung der fünf Vertragshäfen lagen strategische Überlegungen zugrunde, die auf eine Beschwichtigungspolitik abzielten: Wenn er den Ausländern das Recht zugestand, in den fünf Städten zu wohnen und Handel zu treiben, so geschah dies in der Hoffnung, damit ihren Handelsinteressen so weitgehend entgegenzukommen, daß weitere Konzessionen überflüssig sein würden. Zu Lebzeiten Taokuangs hatten die westlichen Ausländer daher auch keinen Grund zu ernsthafter Klage.

Als aber 1850 sein Nachfolger Hsien-feng den Drachenthron bestieg, änderte sich die Situation merklich. Als junger Lebemann hatte Hsien-feng ein bestenfalls beschränktes Politikverständnis. Um so größer war seine Arroganz. Was die Sache noch schlimmer macht, er umgab sich innerhalb Pekings Verbotener Stadt mit

Prinzen, die ihm zu einer Politik der Beleidigung oder – noch öfter – der Ignorierung westlicher Gesandter rieten, wenn diese die chinesische Regierung daran zu erinnern versuchten, daß sie vertraglich verpflichtet war, weitere Teile des Reiches für den Handel zu öffnen und das Eigentum sowie die Sicherheit der ausländischen Einwohner zu schützen. Hsien-feng interessierte sich weit mehr für seine Konkubinen als für die Regierungsgeschäfte, und die anti-westliche Haltung seines Hofes färbte natürlich auf die Provinzgouverneure und örtlichen Beamten ab. Der westliche Handel wurde generell behindert, und die chinesischen Machthaber zeigten bemerkenswert wenig Bereitschaft, ihren eingegangenen Verpflichtungen nachzukommen.

Diese anti-westliche Haltung mag für jene eine Genugtuung gewesen sein, die im Glanz der Paläste in und um Peking lebten, aber sie war wenig geeignet, das fortdauernde Elend von Millionen chinesischer Bauern zu lindern. Immer mehr konzentrierte sich ihre Wut nicht auf die weißen Kaufleute, sondern auf ihre eigene Manchu-Regierung. Dies galt vor allem für die verarmten südlichen Provinzen des Reiches, wo multiethnische Bevölkerungen nicht nur mit den immer höheren Forderungen der kaiserlichen Steuerbehörde, sondern auch denen der örtlichen Banditen- und Schmugglerorganisationen zu kämpfen hatten. Die durch den Opiumkrieg verursachte Wirtschaftskrise hatte die traditionelle Gleichgültigkeit der Manchu gegenüber der Versorgung ihrer Soldaten noch vergrößert, und in Provinzen wie Kwangtung und Kwangsi taten die Regierungstruppen daher wenig oder nichts, um Gesetzlosigkeit und Plünderungen durch die Banditen zu verhindern. Immer mehr chinesische Bauern schlossen sich Geheimbünden an – überwiegend den »Triaden« –, deren Hauptziel der

Sturz der Manchu und die Wiedereinsetzung der Ming-Dynastie war.

Vor diesem Hintergrund tauchte 1850 jener Belisar auf, auf den Thomas Taylor Meadows hingewiesen hatte. Die Anfänge seines Aufstiegs waren äußerst ungewöhnlich, die Auswirkungen aber grausam zerstörerisch. Der 36 Jahre alte Hung Hsiu-ch'üan war ein relativ schüchterner und introvertierter Bauer aus einem kleinen Dorf 30 Meilen nördlich von Kanton. Vor 1850 hatte er einzig dadurch von sich reden gemacht, daß er nicht nur einmal, sondern gleich viermal durch das strenge Zugangsexamen für den Beamtendienst gefallen war. Im kaiserlichen China war der Staatsdienst der ehrenvollste Weg zu Ansehen, sozialer Stellung und Erfolg, und Hung trug schwer an den Folgen seines Versagens. Nach der dritten Enttäuschung, 1837, hatte er sich bei seinen Eltern für die Schande entschuldigt, die er über sie gebracht hatte. Danach wurde er schwer krank. Bei Hungs Krankheit, die von hohem Fieber, Halluzinationen und furchterregenden Anfällen begleitet war – sie boten ein makabres Schauspiel für seine Dorfgenossen –, könnte es sich um Epilepsie gehandelt haben. Auf jeden Fall steht fest, daß die ausgedehnten Träume, die seinen Geist in dieser Phase beherrschten, die bizarre Quelle einer machtvollen Bewegung wurden.[15]

In seinem Fieberwahn stieg Hung in den Himmel auf, wo man ihn aufschlitzte. Seine inneren Organe wurden ausgetauscht, und er wurde neu geboren. Darauf erschien ein alter Mann mit einem goldenen Bart, gürtete Hung mit einem Schwert und trug ihm auf, die Welt zum einzig wahren Glauben zurückzuführen. Hung ging daraufhin, von einem um einige Jahre älteren Mann begleitet, durch die Himmel und vernichtete die bösen Geister … In wachen Momenten sprang Hung in seinem abgesperrten Krankenzimmer herum und schrie: »Schlagt die Dämonen! Schlagt die Dämonen!« War das Fieber verschwunden, konnte er sich genau an seine Träume erinnern und fühlte sich irgendwie gereinigt. Seine Nachbarn glaubten, sein Verstand sei durch die Krankheit schwer geschädigt worden, aber er war gutmütig, und so lebte er die nächsten sechs Jahre friedlich weiter in seinem Dorf.

Dann reiste er erneut nach Kanton, unternahm einen weiteren Versuch, in den Staatsdienst zu kommen, und versagte abermals. Wieder reagierte Hung sehr heftig, aber ganz anders als bei den drei vorangegangenen Versuchen. Man schrieb das Jahr 1843: China war im Opiumkrieg gedemütigt worden, und die Zeichen der Manchu-Korruption waren überall zu erkennen. Tatsächlich könnte Hungs Zulassung zum Staatsdienst daran gescheitert sein, daß er nicht in der Lage war, seinen Prüfern ausreichende Bestechungsgelder zu zahlen. Auf jeden Fall machte er die kaiserliche Bürokratie für sein persönliches Mißgeschick verantwortlich.

An diesem kritischen Punkt fiel Hung ein Buch wieder in die Hand, daß man ihm viele Jahre zuvor in Kanton gegeben hatte. Es war von einem chinesischen Konvertiten geschrieben worden und hieß *Good Words to Exhort the Age*. Der Text bestand aus einer etwas willkürlichen Interpretation biblischer Geschichten und des christlichen Katechismus, vermischt mit einer zu erwartenden Dosis chinesischer Volksweisheit. Hung hatte das Buch, als er es bekommen hatte, zunächst beiseite gelegt, ohne viel darüber nachzudenken. 1843 jedoch beschloß er, es zu lesen. Die Folgen waren für China verheerend.

Plötzlich und zum ersten Mal glaubte Hung die Visionen völlig zu begreifen, die er während seiner Krankheit gehabt hatte. Durch die Kompliziertheit und Korruption der chinesischen Bürokratie fast zum Wahnsinn getrieben, war Hung nunmehr überzeugt davon, daß der alte Mann in seinem Traum der Gott der Christen, daß sein etwas älterer Begleiter im Kampf gegen die Dämonen Jesus Christus gewesen sei, und daß er selbst der zweite Sohn Gottes, der jüngere Bruder Christi wäre, neugeboren, um die Welt zu reinigen – wenn nötig mit Blut.

1847 fuhr Hung abermals nach Kanton, wo er in der Missionsschule von Reverend Issachar Jacox Roberts[16] mehrere Monate lang die Bibel studierte. Roberts war ein amerikanischer Baptist aus den Bergen von Tennessee, der inspiriert vom Werk und den Reden Karl Gutzlaffs nach China gekommen war, jenes niederländischen Missionars, der sich für die Opiumhändler als Übersetzer betätigt hatte. Roberts erinnerte sich später an Hung »als einen Mann von durchschnittlicher Erscheinung, etwa 1 Meter 65 groß, gutgebaut, rundes Gesicht, regelmäßige Gesichtszüge, recht gutaussehend, von mittlerem Alter und mit sehr guten Umgangsformen«. Roberts war von Hungs Hingabe und Intelligenz beeindruckt und zugleich fasziniert von der Erzählung über seine Krankheit: »In dem Bericht über seine Visionen erwähnte er ein paar Dinge, bei denen ich mir zugegebenermaßen damals – wie heute – nicht erklären konnte, woher er sie ohne eine intensivere Kenntnis der Schriften hatte.« Hung entwickelte seinerseits eine tiefe Bewunderung für den Missionar aus Tennessee. Beim Abschied schenkte Roberts dem jungen Konvertiten noch einige christliche Traktate, die für die Entwicklung seiner Theologie wichtig werden sollten.

Nach Hause zurückgekehrt, versammelte Hung eine zunehmende Zahl von Anhängern um sich, aber die

Neigung der Gruppe zur Abgötterei und ihre Ablehnung der Ahnenverehrung trug ihr in der Provinz Kwangtung heftige Feindschaft ein. Bald waren Hung und seine Schüler gezwungen, in die benachbarte Provinz Kwangsi zu fliehen, wo Hung am Fuß des Tzu-ching San ein Zentrum für seinen Kult errichtete.

Die Saat der Unzufriedenheit fiel hier auf fruchtbaren Boden. Zu der anarchischen Mixtur aus Banditen, Piraten, wirkungsloser Strafverfolgung und Geheimgesellschaften war kürzlich ein neues Element hinzugekommen: Der ortsansässige Adel hatte zum Schutz seines Besitzes und seines Vermögens private Milizen aufgestellt. Die Milizen waren in der Regel genauso gewalttätig wie die Banditen, die sie in Schach halten sollten. Dieses Klima der Gewalt und Gesetzlosigkeit veranlaßte die Bauern, sich immer intensiver nach radikalen Lösungen ihrer verzweifelten Lage umzusehen. Eine Situation, die Hung und seine Anhänger dazu benutzten, ganze Breitseiten gegen die Manchu abzufeuern:[17]

> Wann immer eine Flut- oder Dürrekatastophe eintritt, sitzen die Manchu nur da und sehen ohne die geringste Anteilnahme zu, wie wir sterben. Das ist so, weil sie wollen, daß wir Chinesen weniger werden. Sie hetzen uns überall im Land habgierige und korrupte Beamte auf den Hals, um uns bis aufs Mark auszusaugen, so daß Männer und Frauen weinend auf der Straße sitzen. Dies geschieht, weil sie uns Chinesen arm machen wollen. Wenn wir den Ursprüngen dieser Manchu-Tartaren nachgehen, dann finden wir, daß ihre Vorfahren der Vereinigung eines weißen Fuchses mit einer roten Hexe entstammen, einer Verbindung, die zwangsläufig ein Monstrum hervorbringen mußte.

Derart aufgehetzt, nahm die Zahl seiner Anhänger am Tzu-ching San ständig zu: Ein Jahr nach seiner Ankunft in Kwangsi waren es bereits mehrere tausend. Wo bei vielen dieser »Gläubigen« die Grenze zwischen sozialer und politischer Unzufriedenheit und echter religiöser Anhängerschaft verlief, ließ sich nie mit Sicherheit feststellen. Aber dessen ungeachtet wuchs die Macht der Gemeinschaft, und bald testete Hung diese Macht auf dem Schlachtfeld.

Mit Hilfe mehrerer erfahrener Heerführer, die sich seiner Bewegung angeschlossen und denen er einen hohen Rang eingeräumt hatte, stellte Hung eine beachtliche Armee auf die Beine, die sich 1850 nach Norden in Richtung auf die fruchtbaren Täler des Yangtse in Marsch setzte. Während er seinen Anhängern mit lauter Stimme Moralpredigten hielt – jede Form sexueller Betätigung war während des Feldzuges bei Todesstrafe verboten –, führte Hung einen Kampf, in dem Plünderungen und Gewalttaten an die Stelle fleischlicher Sünden traten. Am 11. Juni 1851 – Hungs achtunddreißigstem Geburtstag – wurde das »Himmlische Reich des allgemeinen Friedens« [t'ai-p'ing t'ien-kuo] proklamiert mit Hung als dem T'ien Wang [»Himmlischer König«]. Im Frühjahr 1852 marschierte die inzwischen auf 120000 Mann angewachsene Taiping-Armee weiter und eroberte die wichtigen Städte Changsha und Wuchang. Die Bewegung hatte nationale Bedeutung erlangt.

Über die Frage, auf welchen politischen und religiösen Lehren die Taiping-Bewegung im einzelnen beruhte, herrscht unter den Wissenschaftlern seit den ersten Anfängen der Rebellion Streit. Einige westliche Ausländer, die damals in China lebten – allen voran Thomas Taylor Meadows, Großbritanniens scharfsichtiger konsularischer Beobachter in Shanghai –, zeigten sehr schnell eine gewisse Sympathie für die Bewegung, da sie in ihr eine attraktive Alternative zur Korruption und Arroganz der Manchu sahen. In Wahrheit aber entwickelte die Taiping-Führung niemals ein anspruchsvolles oder auch nur systematisches politisches Programm; ihre Gemeinschaft war wie ein einziges großes militärisches Lager strukturiert. Zwar war es auch den Frauen gestattet, aktiv an der Bewegung teilzunehmen, aber sie und ihre Kinder wurden von den Männern strikt getrennt gehalten. Selbst Ehepaare durften nicht zusammenleben. Dieses Vorgehen wurde nach außen hin damit begründet, daß es verderblichem sexuellem Verhalten vorbeugen solle, aber in Wahrheit waren die Taiping-Frauen und die Kinder wertvolle Geiseln, um die Loyalität ihrer männlichen Verwandten während des Feldzuges zu garantieren – was selbst Meadows zugab.

Auch die meisten Gesetze der Taiping zeichneten sich durch Doppelzüngigkeit aus. Während Hung sich den Anschein gab, als strebe er eine Art Ur-Kommunismus an, indem er Land und Vermögen der Taiping zum Gemeinschaftseigentum erklärte, benutzten er und seine Anführer dieses System, um für sich riesige Privatvermögen aufzubauen. Und da das *T'ai-ping t'ien-kuo* nicht auf ein bestimmtes Gebiet festgelegt, sondern eine gigantische, herumziehende bewaffnete Schar war, konnten die Versuche zu einer Landreform nicht greifen. Die Taiping-Führung war schlicht unfähig oder nicht gewillt, eine zivile Verwaltung aufzubauen, die eine sinnvolle Reform ermöglicht hätte.

Auf religiösem Gebiet verursachten die Taiping mit Sicherheit einen Aufruhr und erregten durch ihre Bilderstürmerei Aufmerksamkeit bei den westlichen Ausländern. In den eroberten Städten wurden Ahnentafeln zerstört, buddhistische und konfuzianische Tempel geplündert und Götterbilder jeglicher Art vernichtet. »Wenn ihr Lehmklumpen, Holz und Stein anbetet«, so erklärte Hung den Leuten, »frage ich, wann habt ihr euren Verstand verloren?« Dennoch bestanden stets ernsthafte Zweifel, ob Hungs Glaube wirklich christlich war. Viele Jahre lang wurde dies mit Hungs Behauptung begründet, daß er der Bruder Christi sei: Man nahm an, daß Hung damit seine eigene Göttlichkeit zum Ausdruck bringen wollte. Tatsächlich aber hat Hung gerade die Göttlichkeit Christi immer geleugnet. »Gott allein ist der Höchste«, war Hungs Überzeugung; und obgleich er glaubte, daß Christus und er Söhne Gottes seien, bestritt er, daß sie seine Göttlichkeit teilten. Auch die zwölf Jünger hatten sich nach Hungs Meinung geirrt, als sie Christus für göttlich erklärten: »Mein Großer Älterer Bruder«, notierte Hung auf dem Rand seines Testaments, »sagt ganz klar, daß es nur einen Gott gibt; warum haben seine Jünger dann später irrtümlich behauptet, daß Christus Gott ist?« Hungs religiöse Lehren befanden sich während der gesamten Dauer der Taiping-Bewegung in einem Zustand ständiger Fortentwicklung, und am Ende widmete er sich fast ausschließlich dieser Frage. Es ist daher kein Wunder, daß seine Lehre bei den westlichen Ausländern einige Verwirrung stiftete.[18]

Unterm Strich kann man nicht einmal mit Sicherheit sagen, daß die zweifellos aufrührerischen religiösen Tendenzen der Taiping-Bewegung für Hung hilfreich waren. Dadurch, daß er den alten chinesischen Glauben bekämpfte, entfremdete er sich ebenso viele Bauern wie er als Anhänger gewann. Im Grunde schienen sich Buddhismus, taoistische Abgötterei und Christentum kaum voneinander zu unterscheiden: »In jedem Tempel«, hieß es in einem anti-christlichen Pamphlet, »verehren sie [die Christen] einen nackten, etwa 15 cm großen Jungen ... Das sollte man ... einmal bedenken.«

Oder wie ein moderner Taiping-Experte über Hung und die Taiping-Elite schrieb: »Kompetente Führer mit Gespür für die sich bietende Gelegenheit hätten eine andere und angemessenere Ideologie entwickelt.«[19]

Dies alles ändert jedoch nichts an der Tatsache, daß der Gedanke, eine chinesische christliche Bewegung könnte die Manchu-Dynastie stürzen, anfangs in den westlichen Kolonien der fünf Vertragshäfen viel Anklang fand. Einige Schriftsteller behaupten, auch Frederick Townsend Ward habe die Rebellion zunächst mit Sympathie betrachtet. Angesichts der Tatsache, wie wenig man in den Vertragshäfen tatsächlich über die Taiping wußte, und im Hinblick auf seine Begeisterung für revolutionäre Abenteurer wie Garibaldi ist dies durchaus denkbar. Aber da 1852 Ausländer in China nicht frei umherreisen durften, hätte Ward zu diesem Zeitpunkt keine Chance gehabt, mit den Rebellen in Kontakt zu treten oder Näheres über ihre Ziele zu erfahren.

Auch gelang es ihm nicht, in Shanghai eine lukrativere oder interessantere Arbeit zu finden als auf einem der Boote, die das aus Indien kommende Opium entlang der chinesischen Küste verteilten. Da dies offensichtlich keine Beschäftigung nach Wards Geschmack war, fuhr er bald wieder zur See. Als Erster Offizier der *Gold Hunter* – einem Schiff, das sogenannte Kolonisten nach Amerika brachte, wobei es sich aber wohl eher um Kulis handelte – steuerte er noch einen anderen Teil der Erde an, wo politische Instabilität ihm die Möglichkeit zu kriegerischer Betätigung bot: Mexiko.

Nach seiner Abmusterung im Hafen von Tehuantepec machte Ward sehr bald die Bekanntschaft eines der interessantesten Amerikaner seiner Zeit: William Walker.

»Der grauäugige Mann des Schicksals« begann 1852 gerade seine berüchtigte Karriere als Freibeuter. Er stellte private Söldnertruppen zusammen, mit denen er in andere Länder einfiel, um eigene Projekte oder die reicher Sponsoren durchzusetzen. Er war fast zehn Jahre älter als Ward, stammte aus Tennessee und hatte sich vor 1852 in verschiedenen Teilen der USA in der Medizin, der Rechtswissenschaft und dem Journalismus versucht. Seine vielfältigen Beschäftigungen hatten ihn schließlich nach Kalifornien geführt. Als tiefreligiöser und humorloser Mann war Walker ein hartnäckiger Befürworter der Sklaverei und ein Anhänger der expansionistischen Lösung der Wirtschaftsmisere des Südens. Die Errichtung neuer Sklavenstaaten außerhalb der westlichen Territorien würde – so behaupteten Männer wie Walker – fruchtbares Land für die Bearbeitung durch Sklaven öffnen und den Handel der Südstaaten wieder beleben. Aber die Expansion wurde durch langatmige Debatten im Kongreß zwischen Befürwortern und Gegnern der Sklaverei verzögert. 1852 hatte sich daher der ungeduldige Walker einen eigenen Plan für eine Erweiterung der wirtschaftlichen und politischen Macht der Südstaaten zurechtgelegt: Er hatte vor, eine privatfinanzierte Söldnerarmee aufzustellen, die mexikanische Provinz Sonora zu erobern (das heutige New Mexico und Arizona), dort eine »Republik« mit sich selbst als Präsidenten auszurufen und, sobald die Zeit hierfür günstig wäre, seinen Sklavenstaat in die USA zu integrieren.

Die wahren Gründe für seine Invasion in Mexiko hat Walker nie jemandem enthüllt (nach Aussage des Journalisten Richard Harding Davis[20], machte Walker »alles allein und blieb stets für sich«). Die meisten der von ihm für seine seltsame Expedition angeworbenen

Männer waren keine politischen Partisanen, sondern schlichte Abenteurer, denen es um Ruhm und Beute ging. Mit Sicherheit hätte Ward, der von Tehuantepec nach Norden reiste, um sich Walkers Truppen anzuschließen, nichts mit einem Projekt zur Förderung der Sklaverei zu tun haben wollen. Seine späteren leidenschaftlichen Stellungnahmen gegen die Konföderation bestätigen dies zur Genüge. Nichtsahnend und uninformiert, nur froh, endlich in Aktion treten zu können, marschierten Ward und die anderen Sonora-Freibeuter im Oktober 1853 los. Von Anfang an wurden sie vom Pech verfolgt.

Dies lag weitgehend an Walker selbst. Inmitten einer Gesellschaft außergewöhnlicher Charaktere – inklusive Ward –, deren Konversation (so ein Bericht) mit »drastischen Späßen und unwahrscheinlicher Blasphemie« gewürzt war und deren Hauptzeitvertreib aus Trinken und Spielen bestand, war Walker der einzige, der – nach Davis – »nicht herumprahlte, trank oder spielte, der nie fluchte und nie Frauen nachlief«. Viele von Walkers Männern desertierten, noch bevor er sich am 3. November 1853 zum Präsidenten der »Republik Niederkalifornien« erklärte. Obgleich das genaue Datum von Wards Abreise nicht bekannt ist, wird sein Weggang allgemein als das Ergebnis persönlicher Konflikte mit seinem Kommandeur beschrieben. Die Gründe für diese Unstimmigkeiten kann man sich leicht vorstellen. Einer der Deserteure aus Sonora beschrieb Walker als »in höchstem Grade eitel, charakterschwach und ehrgeizig. Seine Eitelkeit machte ihn tyrannisch – seine Schwäche kaschierte er durch Grausamkeit, sein grenzenloser und sinnloser Ehrgeiz ließ ihn glauben, er sei zum Kommandeur geboren. Sein größter Stolz war, ›auf seine Würde zu bestehen‹: Seine Leute wurden ständig mit ärgerlichen Anstandsregeln schikaniert. Im gesamten Führungsstab gab es nicht einen vernünftigen Mann, der ihn nicht restlos verachtete.«[21]

Nichtsdestoweniger gewann Ward aus der Sonora-Expedition einige wichtige Erkenntnisse: Während er auf seinen Ozeanreisen gelernt hatte, was Disziplin wert war, erfuhr er jetzt ihre Grenzen. Ward duldete keine Gehorsamsverweigerung (bei einer Gelegenheit drohte er, das Schiff, das er befehligte, in die Luft zu jagen, als seine ängstliche Crew sich weigerte, während eines Sturms die Segel einzuholen), aber er entwickelte zugleich einen »pragmatischen« Führungsstil: die Fähigkeit, sich in seine Leute hineinzuversetzen, ihre Verfassung und Stimmung richtig einzuschätzen und seine Pläne entsprechend zu strukturieren. Während seines China-Abenteuers zeigte sich der Unterschied zwischen ihm und Walker sehr deutlich: Ward wurde nicht nur allgemein respektiert, sondern von seinen Soldaten auch persönlich geschätzt. Niemand – nicht einmal seine Gegner – haben Ward je der Eitelkeit oder Grausamkeit bezichtigt. Umgekehrt wurden seine Integrität, seine Fairneß und sein Charme generell gerühmt.

William Walker startete 1856 ein noch ehrgeizigeres Unternehmen, nachdem er wegen des Sonora-Fiaskos in den USA verhaftet und vor Gericht gestellt worden war: Er brachte es fertig, Präsident von Nicaragua und als solcher von der amerikanischen Regierung tatsächlich anerkannt zu werden. Aber sein Stolz und seine Arroganz ließen es zum Bruch mit seinen Förderern kommen: Er starb schmählich durch ein Exekutionskommando an einem einsamen Strand Mittelamerikas. Als Walker erschossen wurde, hatte Ward noch nicht mit der Durchführung seiner Chinapläne begonnen, und die Lektionen, die der Jüngere in Sonora gelernt hatte, wurden durch die Nachricht von der Exekution nur bekräftigt. Ward erwähnte später einmal, daß er in den USA als Teilnehmer an Walkers Feldzug geächtet gewesen sei. Seine häufigen Rückreisen in die Heimat lassen diese Aussage zwar unglaubwürdig erscheinen, aber offensichtlich schämte er sich aufrichtig, unter dem »König der Freibeuter« gedient zu haben.

Ward blieb nach seiner Trennung von Walker zunächst in Mexiko. In dieser Zeit begegnete er Charles Schmidt, der berichtete, daß Ward nach dem Sonora-Experiment »das Wohlwollen des neuen Präsidenten General [Juan] Álvarez erwarb und drauf und dran war, in seine Dienste zu treten, da er ihm ein sehr großzügiges Angebot machte. Am Ende lehnte er jedoch ab, weil er die Leute, ihr Benehmen und ihre Gewohnheiten nicht mochte, die in Widerspruch zu seinen Vorstellungen standen, wie Regierungsgeschäfte geführt werden sollten.« Statt dessen versuchte sich Ward zusammen mit einem amerikanischen Partner als Geschäftsmann. Sie kauften Altmetall auf und verschifften es nach New York. Aber sein kaufmännisches Geschick war nach wie vor nicht sehr ausgeprägt, und das Unternehmen scheiterte.

Schmidts Behauptung, Ward habe etwas gegen »das Benehmen und die Gewohnheiten« der Mexikaner gehabt und die Art, wie sie ihre »Regierungsgeschäfte« geführt hätten, ist ein wenig ungewöhnlich – und zugleich aufschlußreich. Für derartige Dinge haben sich Söldner normalerweise nie interessiert. Daß er darüber hinaus das »sehr großzügige Angebot« des mexikanischen Präsidenten Álvarez ablehnte, deutet bei seinem unveränderlich mangelhaften Urteilsvermögen in geschäftlichen Dingen darauf hin, daß den jungen Amerikaner ganz andere Dinge beschäftigten als das Geld.

Während seines mexikanischen Zwischenspiels lernte Ward, sich zumindest auf spanisch zu verständigen – offensichtlich in dem Wunsch, sich der einheimischen Umgebung anzupassen –, was für einen Mann seines Berufsstandes wiederum ziemlich ungewöhnlich war.

In Mexiko machte sich bei ihm also bald Ernüchterung darüber breit, wie das Land regiert wurde, und kurz nachdem sein Altmetallhandel gescheitert war, reiste Ward nach Kalifornien ab. Nach Robert Rantoul[22] legte er die Strecke »auf einem einzigen Maultier« zurück. In San Francisco heuerte er als Erster Maat auf dem Clipper *Westward Ho!* an, der auf dem Weg über New York am 27. Februar 1854 Hongkong erreichte.

Mit noch nicht 23 Jahren hatte Ward sich bereits als erfahrener Seeoffizier einen Namen gemacht, der keine Mühe hatte, einen Posten auf einem der großen Schiffe zu bekommen – die *Westward Ho!* gehörte zu den »Extrem-Clippern«, die die Strecke von Amerika nach China in etwas mehr als einem Monat schafften; gleichzeitig galt er als ein vielleicht nicht ganz so talentierter und gut beleumdeter Glücksritter, dem man jedoch einiges zutraute. Woran es ihm weiterhin mangelte, waren entsprechende Gelegenheiten; und auch China enttäuschte 1854 abermals seine Hoffnungen.

Im März 1853 hatte der T'ien Wang der Taiping, Hung Hsiu-ch'üan mit seinen Truppen seinen größten Sieg errungen und Nanking erobert, Chinas zweitwichtigste Großstadt und Regierungssitz für Zentralchina, das er sofort in »Himmlische Hauptstadt« umbenannte. Nun schien einem Marsch der Taiping auf Peking und dem Sturz der Manchu-Dynastie nichts mehr im Wege zu stehen.

Aber die Rebellion trat auf der Stelle. Statt die gesamte riesige Taiping-Armee nach Norden zu führen, entsandte Hung lediglich ein Expeditionscorps, um Peking einzunehmen, und kümmerte sich selbst um die Angelegenheiten seiner neuen Hauptstadt. Er regierte gemeinsam mit einer Gruppe von *wangs* [Unterkönigen], die es in der Komplexität ihrer Intrigen leicht mit den Manchu aufnehmen konnten. Hung selbst beschäftigte sich vor allem mit dem Bau von Palästen. Von seinem politischen Feuereifer war nicht mehr viel zu spüren, und seine Konkubinen begannen ihn mehr zu interessieren als der Bürgerkrieg. Während die nach Norden gesandte Truppe zunächst gestoppt und dann von den Kaiserlichen geschlagen wurde, versammelte Hung einen umfangreichen Harem um sich, der seine Zuflucht wurde – trotz seiner puritanischen Erklärungen gegenüber seinen Gläubigen. Die Anzahl der Ehefrauen und Konkubinen, die ein Mann besitzen durfte, wurde durch Taiping-Gesetz festgelegt: je höher die soziale Stellung, um so mehr Frauen waren erlaubt, was dem T'ien Wang freie Hand gab.

Hungs Rückzug in eine abgeschiedene Sinneswelt entsprach dem des Kaisers Hsien-feng in Peking. Jene Chinesen, die sich weder einem messianisch inspirierten Bauern noch dem kraftlosen, arroganten Wüstling auf dem Drachenthron zur Loyalität verpflichten wollten oder konnten, saßen zwischen beiden Fronten – während der Krieg mit unverminderter Brutalität fortgesetzt wurde. Ganze Städte wurden geplündert und wiederholt niedergebrannt, die Flüsse waren voller Leichen, und China befand sich am Rand der Selbstzerstörung.

Die meisten dieser Vorgänge spielten sich weit entfernt von den Ausländersiedlungen in den Vertragshäfen ab, und ihre Emissäre, die zu Verhandlungen mit der chinesischen Regierung geschickt wurden, schäumten vor Wut über Pekings mangelnde Bereitschaft, seinen Vertragspflichten nachzukommen. So wurde die Rebellion von den westlichen Ausländern weiterhin mit – vorsichtigem – Wohlwollen betrachtet. Ein amerikanischer Bevollmächtigter, der zu Wirtschaftsverhandlungen nach China geschickt worden war, Humphrey Marshall aus Kentucky, informierte Washington im April 1853, daß »jeder Tag die Früchte einer erfolgreichen Revolution mit dem endgültigen Sturz der regierenden Dynastie bringen kann«. Und Präsident Franklin Pierce sagte in seiner Regierungserklärung desselben Jahres vor dem Kongreß, daß »die derzeitige Lage Chinas es wahrscheinlich macht, daß in dem gewaltigen Reich einige wichtige Veränderungen eintreten werden, die zu einem ungezwungeneren Handel mit ihm führen könnten.«

Aber Missionare und andere Anwälte der Taiping konnten nicht verhindern, daß Nachrichten über das, was die Rebellion im Inneren Chinas anrichtete und der dort lebenden Bevölkerung antat, schließlich die Vertragshäfen erreichten. Die Ausländersiedlungen merkten bald, daß Hung kein Anhänger der christlichen Lehre war, sondern sich selbst mit Christus identifizierte. Die überall grassierende Anarchie und das grausame Blutvergießen alarmierten sie zusätzlich, und so kostete die Rebellion nicht nur Millionen Menschen das Leben, sondern lieferte zugleich den europäischen Mächten einen willkommenen Vorwand, die sich große Teile Chinas einzuverleiben gedachten: zum Schutz ihrer Unternehmen und ihrer Landsleute. Angesichts dieser Gefahr änderte auch US-Kommissar Marshall seine positive Haltung zur großen Revolution und warnte Washington, daß weitere Erfolge der Taiping

China »wie ein Lamm reif für die Schlachtbank machen, zu einer ebenso leichten Beute wie die indischen Provinzen ... Meiner Meinung nach liegt es im höchsten Interesse der Vereinigten Staaten, China zu unterstützen – hier die Ordnung wiederherzustellen und dem zermürbten Land die gesunden Prinzipien zu vermitteln, die den Regierungen Bestand und Dauer garantieren, statt zuzusehen, wie China in Anarchie versinkt und am Ende die Beute europäischer Ambitionen wird.«[23]

Ward scheint 1854 zu einem ähnlichen Schluß gekommen zu sein. Mit Sicherheit unternahm er nie den ernsthaften Versuch, seine Dienste den Taiping anzubieten (wie es einige westliche Söldner zu tun begannen). Seine späteren ausdrücklichen Stellungnahmen gegen jede Usurpation chinesischer kaiserlicher Macht – die er als »verbrecherisches Programm« bezeichnete – zeigen außerdem, daß er die Manchu-Dynastie (wenn auch widerstrebend) als das kleinere von zwei Übeln ansah.[24]

Dieses kleinere Übel konnte jedoch teuflischen Ärger machen. 1854 kam Robert M. McLane aus Maryland als amerikanischer Gesandter nach China. Seine Versuche, mit kaiserlichen Beamten in Canton zusammenzutreffen, wurden ein totaler Mißerfolg. (Die Vorstellung, daß ausländische Gesandte »geringerer« Staaten in Peking residieren könnten, wurde von den Manchu noch immer als absurde Überheblichkeit belächelt.) Ein hochrangiger kaiserlicher Beamter in Canton vertröstete McLane immer wieder auf einen späteren Termin, wobei er sich einmal entschuldigte: »Gerade jetzt befasse ich, der Minister, mich mit den Angelegenheiten der Armee in mehreren Provinzen und komme Tag und Nacht nicht zur Ruhe. Gestatten Sie mir daher, eine etwas ruhigere Zeit abzuwarten, um einen günstigen Tag zu bestimmen, damit unser Treffen einen angenehmen Verlauf nimmt.« Diese Antwort entsprang nicht der Hinhaltetaktik eines einzelnen, sondern spiegelte die von Peking festgelegte Politik des Ausweichens und der Verzögerung, um so die Verpflichtung zu boykottieren, das Innere des Landes für einen umfangreicheren Handel und den freien Zugang des westlichen Auslands zu öffnen.

Dieses Ziel war zwar verständlich, nicht aber das Verhalten der Chinesen. Offensichtlich begriffen sie nicht, daß sie sich durch ihre ethnozentrische Arroganz selbst ins Fleisch schnitten: Sie verstärkten damit nur die Entschlossenheit des westlichen Auslands, sich mit Gewalt zu nehmen, was ihnen nach dem Vertrag zustand. Robert McLanes Aufgabe als Gesandter bestand unter anderem darin, die Taiping-Bewegung im Hinblick auf eine eventuelle Anerkennung durch Amerika unter die Lupe zu nehmen. Aber obwohl McLane – der anfänglich mit der Regierung in Nanking sympathisiert hatte – seine Einstellung gegenüber den Rebellen bald änderte, bekam er aus Peking eine ziemlich verblüffende Antwort, als er dort um eine Audienz nachsuchte: »Wenn Sie wirklich den Himmel respektieren und den Souverän anerkennen, dann wird unser Himmlischer Hof ... ganz gewiß Ihre aufrichtige Absicht berücksichtigen und Ihnen erlauben, Jahr für Jahr Tribut zu zahlen.« Zusammen mit dem Tribut, so erfuhr McLane, erwartete man von ihm einen Kotau vor dem chinesischen Kaiser: einen Kniefall, bei dem als Zeichen des Gehorsams und Respekts mehrfach der Boden mit der Stirn berührt werden mußte. Für den Repräsentanten einer Nation, die aus der Idee geboren worden war, dem Gottesgnadentum der Monarchen den Todesstoß zu versetzen, war dies eine absurde und kränkende Forderung.

Das unbefriedigende Verhalten beider Seiten, der Taiping wie der Manchu-Führung, veranlaßte die Vereinigten Staaten, sich gemeinsam mit den anderen westlichen Mächten offiziell auf eine Politik der Neutralität und Nichteinmischung in die inneren Schwierigkeiten des Reichs der Mitte festzulegen. Aber es zeigte sich bald, daß eine solche Politik höchst unpraktikabel war, vor allem in Shanghai. Im September 1853 ergriff eine Anti-Manchu-Sekte, die »Klein-Schwert-Gesellschaft« *[hsiao-tao hui]*, – angeführt von einem opiumrauchenden Kantonesen, der sich selbst zum »Marschall des Ming-Königreiches« ernannt hatte –, die Macht in der Chinesenstadt Shanghais, nahm den Taotai gefangen, boykottierte den Handel und sorgte für Unruhe in den Ausländersiedlungen. Zwei verwegene Amerikaner drangen daraufhin in die Chinesenstadt ein und befreiten den *taotai*. Die Beziehungen zu anderen Repräsentanten der chinesischen Regierung waren indessen weit weniger herzlich. Die von Peking zur Belagerung der »Klein-Schwert-Gesellschaft« entsandten Truppen verhielten sich typisch arrogant und beleidigend, wenn sich ihre Wege mit denen der westlichen Bewohner der Stadt kreuzten. Nachdem es mehrfach zu gewaltsamen Zusammenstößen gekommen war, gründeten die westlichen Ausländer das Shanghai Volunteer Corps, eine irreguläre Truppe, die durch eine kleine Gruppe ausländischer Soldaten verstärkt wurde. Seinen einzigen Kampf bestritt das Corps im April 1854 nicht gegen die »Klein-Schwert-Gesellschaft«, sondern die beleidigenden kaiserlichen Truppen in der sogenannten Battle of Muddy Flat.

Von den Taiping wegen religiöser und anderer Differenzen im Stich gelassen, war die »Klein-Schwert-Gesellschaft« in der Chinesenstadt schließlich zum Kannibalismus verdammt. Ihre Bewegung siechte dahin und zerfiel. Der letzte Angriff der kaiserlichen Truppen auf die Mauern der Shanghaier Innenstadt, der 1854 mit französischer Unterstützung stattfand, war erfolgreich. Aber die Tatsache, daß ausländische Soldaten während des Aufstands der »Klein-Schwert-Gesellschaft« nicht nur gegen die Rebellen, sondern auch gegen die Kaiserlichen gekämpft hatten, zeigte seine Wirkung. Aufgrund dieser Erfahrung gaben sich die in Shanghai lebenden Ausländer einen eigenen Gemeinderat, und sie übernahmen die Verwaltung des chinesischen Zollamts für die kaiserliche Regierung, um einen ungehinderten Handel sicherzustellen. Die finanziellen Verhältnisse des Reiches waren so desolat, daß selbst die Regierung in Peking dem Westernmanned Imperial Chinese Customs Service gern ihre Genehmigung erteilte. In der Tat wurde die durch die Reaktion des Westens auf die chinesische Anarchie verursachte Aufweichung der kaiserlichen Autorität immer deutlicher. Die Chinesen mußten eine wirksame Antwort auf die inneren Wirren und die ausländischen Übergriffe finden, und zwar schnell.

Unglücklicherweise war Peking noch nicht verzweifelt genug, um hierfür den Rat und die Hilfe mit ihnen sympathisierender Ausländer zu suchen. So fand Ward auch 1854 in China keine ihm zusagende Beschäftigung und reiste bald wieder ab. Stets auf der Suche nach neuen Möglichkeiten zog es ihn diesmal nach Europa, wo sich ein Konflikt der Großmächte zusammenbraute. Aber China übte eine so starke Anziehungskraft auf ihn aus, daß es neben seiner Heimat Amerika das einzige Land war, in das er in den nächsten Jahren immer wieder zurückkehren sollte.

Wards Schwester Elizabeth erinnerte sich lebhaft daran, wie ihr Bruder 1854 zu ihr ins Internat kam, um sich »auf seinem Weg in den Krimkrieg« zu verabschieden.

Über Freunde der Familie hatte er anscheinend ein Leutnantspatent in der französischen Armee bekommen. Durch seine Reise – zunächst nach Frankreich und von dort nach Rußland – zeigte der 23jährige Ward, daß seine Neigungen feste Formen annahmen.

Der Krimkrieg, in dem Großbritannien und Frankreich gegen Rußland kämpften, war ein politisch sinnloser Konflikt. Diese Sinnlosigkeit spiegelte sich in der stumpfsinnigen Grausamkeit der kämpfenden Armeen. Aber Ward nutzte die trostlose Affäre, um eine Menge über die damals von den großen nationalen Armeen eingesetzten Waffen und Taktiken zu lernen. Vor allem aber sammelte er praktische Erfahrungen im Einsatz modern ausgerüsteter kleiner Einheiten als selbständige Scharmützler (im Gegensatz zu der traditionell organisierten Infanterie) sowie im Pionierwesen, insbesondere der Belagerungstechnik. Denn die Eroberung der befestigten Städte war letztlich der Schlüssel für den Sieg im Krimkrieg und die dabei gesammelten Erfahrungen erwiesen sich später in China für Ward als äußerst wertvoll.

Wards Krimabenteuer fand ein Ende – wie A. A. Hayes berichtete –, als »er sich mit seinem vorgesetzten Offizier überwarf und ihm daraufhin erlaubt wurde, aus der Armee auszuscheiden«. Wards Yankee-Selbstbewußtsein zeigte schon damals eine deutliche Tendenz zur Unduldsamkeit gegenüber Vorgesetzten. Und auch in seinem späteren Leben kollidierte sein Führungstalent immer wieder mit seiner Unfähigkeit, sich unterordnen zu können – möglicherweise eine Folge seiner Kindheitserfahrungen in Salem. Nachdem er straffrei aus der französischen Armee ausgeschieden war, tauchte Ward 1857 wieder in China auf.

Wieder waren es Kriegsmeldungen, die ihn zurückbrachten. 1856 hatten Frankreich und England – müde der ewigen Hinhaltetaktik der kaiserlichen chinesischen Regierung hinsichtlich der Erfüllung ihrer Vertragsverpflichtungen – einen kleineren Verstoß gegen ihre Rechte in Kanton als Vorwand benutzt, Peking mit Waffengewalt zu mehr Kooperation zu zwingen. 1857 griff ein anglo-französisches Expeditionscorps die chinesische Feste Taku an der Mündung des Peiho an und öffnete damit den Weg für einen Marsch auf Peking. Wieder wurden die Chinesen gedemütigt, und wieder forderten die westlichen Ausländer eine Ausweitung ihrer Handelsbeziehungen und mehr Sicherheit für ihre Landsleute.

Aber Engländer und Franzosen – und die Amerikaner, die zwar keine eigenen Truppen stellten, aber einen generalbevollmächtigten Vertreter mit dem Expeditionscorps mitschickten – wollten noch mehr erreichen: diplomatische Missionen in Peking. Der Symbolgehalt dieser Forderung war für die damalige Zeit unerhört: Die westlichen Nationen bestanden darauf, daß die Chinesen sie endlich als ebenbürtig anerkannten und ihre Vorstellung revidierten, China sei der Mittelpunkt der Welt und ausländische Gesandte könnten daher nur als Überbringer von Tributen empfangen werden. Während diese Forderung für den Westen eine Selbstverständlichkeit war, bereitete sie China ein sehr viel ernsteres Problem als selbst religiöse und kommerzielle Übergriffe. Die Manchu fürchteten, daß ein solches Zugeständnis in China als Beweis dafür angesehen wurde, daß sie das Mandat des Himmels verloren hätten, und damit die Taiping-Bewegung legitimieren würde.

Im Augenblick konnte die chinesische Regierung jedoch nichts tun, als die Bedingungen akzeptieren – die ihr im Vertrag von Tientsin am 18. Juni 1858 aufgezwungen wurden – und hoffen, daß sie die Erfüllung hinauszögern könnte. Vor diesem Hintergrund schien die Zeit reif für einen machtvollen Angriff der Taiping auf Peking. Aber die Taiping hatten selbst Rückschläge erlitten. 1856 hatten mehrere aufeinander eifersüchtige Unterkönige Hungs interne Machtkämpfe ausgelöst, denen Zehn-, vielleicht Hunderttausende zum Opfer gefallen waren. Durch diese Zerreißprobe erschüttert, hatte Hung einige Machtpositionen mit Mitgliedern der eigenen Familie besetzt – Männer, deren Erfahrung zweifelhaft sein mochte, nicht aber ihre Loyalität – sowie mit religiösen Führern, die ihm Mut und Trost zusprachen. Reverend Issacher J. Roberts, jener Baptist aus Tennessee, bei dem Hung die Bibel studiert hatte, wurde gebeten, nach Nanking zu kommen, um den Rebellen bei der Kontaktaufnahme mit den Ausländern zu helfen. Allein die Fähigkeiten aufstrebender Feldherren, wie der Chung Wang, hielten die Taiping-Bewegung am Leben.

Trotz dieser Ereignisse konnte Ward 1857 in China keine interessantere Tätigkeit finden als die eines Ersten Maats auf dem Küstendampfer *Antelope*. Die chinesische Regierung sträubte sich weiterhin gegen den Gedanken, Ausländer gegen die Rebellen einzusetzen, obwohl umgekehrt längst westliche Söldner die Rebellen unterstützten. Die *Antelope* fuhr im Personenverkehr zwischen den fünf Vertragshäfen. Einer der Passagiere, William S. Wetmore, erinnerte sich später an eine Begegnung mit Ward, als das Schiff auf einer Fahrt durch das von Piraten kontrollierte Gebiet auf Grund lief:

> Unser Kapitän verlor fast den Kopf und fluchte, er würde sich erschießen, wenn er das Schiff nicht wieder flott bekäme. Der 1. Offizier behielt jedoch die Nerven, und es war ihm zu verdanken, daß alle zum Schutz des Dampfers

> erforderlichen Maßnahmen getroffen wurden und er sich schließlich aus der gefährlichen Situation befreien konnte. Zu einem späteren Zeitpunkt... machte man mich auf Ward aufmerksam, und ich erkannte in ihm den früheren 1. Offizier der *Antelope* wieder, der damals soviel Selbstbeherrschung bewiesen hatte.

Aber die Passagierfahrten zwischen den Vertragshäfen waren auf die Dauer nichts für Ward, und so kehrte er China abermals den Rücken. Unbestätigte, aber durchaus glaubhafte Berichte besagen, daß er nach Mexiko zurückging, um Benito Juarez seine Dienste anzubieten (Ward selbst erzählte später einem englischen Offizier in China, daß die mexikanische Regierung sein letzter Arbeitgeber gewesen sei), und daß er in Texas als einer der berühmten Ranger auftauchte. Wie auch immer. Im Frühjahr 1859 war er in New York, wo er in einem Büro und für seinen Vater arbeitete: ein zweifacher Beweis dafür, daß er kein Geld hatte. Sein Vater hatte das sterbende Salem verlassen, um sich als Schiffsagent zu versuchen, aber wenn er gehofft hatte, sein Sohn würde oder könnte ihn bei diesem Unternehmen unterstützen, so wurde er bald enttäuscht. Sobald er genug Geld für eine weitere Reise nach China gespart hatte, verließ er die Ostküste. Angeblich soll er sogar den ersten Teil seiner Reise – von New York nach San Francisco – allein und auf dem Pferderücken zurückgelegt haben, aber verläßlichere Quellen besagen, daß er gemeinsam mit seinem Bruder Harry auf einem Clipper gereist ist. Die beiden hatten offensichtlich ein festes Ziel, denn kurz nach ihrer Ankunft in San Francisco, im Herbst 1859, schifften sie sich nach Shanghai ein.

Ward war jetzt knapp 28 Jahre alt und wie stets voller Energie, Ausgelassenheit und Wagemut. Die Härte einer Jugend auf See, die tödliche Sinnlosigkeit der Sonora-Expedition William Walkers und die üblen Verwüstungen des Krimkrieges hatten seine Entwicklung zu einem umgänglichen, aber zugleich äußerst willensstarken Mann voller ehrgeiziger Pläne nicht behindert. Wie viele internationale Abenteurer verbrachte Ward seine Freizeit mit Trinken und Spielen (obgleich er weder das eine noch das andere übertrieben zu haben scheint); und er rauchte – am liebsten Pfeife oder Manilazigarren. Als Kind hatte er Boxen gelernt und hatte sich zu einem mehr als tüchtigen Faustkämpfer entwickelt, eine wertvolle Waffe, um für Disziplin zu sorgen. Er schloß schnell Bekanntschaften, beendete sie aber auch ebenso rasch. Er hatte wenige wirkliche Freunde und behielt seine tiefsten Gedanken für sich. Das alles waren von den Glücksrittern dieser Welt bewunderte Qualitäten – aber in ihrer reinen Form bei ihnen selten zu finden. Dennoch spürt man aus Wards wenigen erhaltenen Briefen einen Hauch von persönlicher Isolation, eine gläserne Wand, die ihn selbst von seinen Anhängern trennte. Ob er an seinen Bruder Harry über seine persönlichen Angelegenheiten schrieb oder den zukünftigen amerikanischen Gesandten in China (einem Landsmann aus Neuengland), Anson Burlingame, um Informationen über die Geschehnisse in Amerika bat, nie konnte Ward das Verlangen nach jener Art von Gesprächen und Kameradschaft verbergen, die er bei seinen Untergebenen nicht fand. Ein kluger britischer Offizier schrieb später, daß Wards Fähigkeit, die Söldner-Offiziere und irregulären Soldaten der von ihm in China aufgestellten Truppe unter Kontrolle zu halten, darauf beruht habe, daß der Kommandeur »nicht von ihrem Schlag gewesen sei«. Ward, der einmal als unerfahrener fünfzehnjähriger Zweiter Maat von der Crew über Bord geworfen worden war, hatte es 1859 gelernt, wie man solche Männer erfolgreich beherrscht – aber er gehörte nie zu ihnen. Und bei allem Charme lag es ihm ebenso fern, sich den Kaufleuten, Diplomaten und Militärs anzupassen, die das andere Ende der sozialen Leiter besetzten. Tatsächlich blieb Ward unter einer dünnen Schicht von »vollendetem Takt« (wie es ein englischer Beamter ausdrückte) ein rätselhafter und unabhängiger Mann: jemand, dessen Persönlichkeit – die sich nur auf dem Exerzierplatz und in der Schlacht voll offenbarte – bei seinen Leuten ebenso wie in den Ausländersiedlungen Betroffenheit, aber auch Ehrfurcht auslöste.

Zu dem Amerika, das er im Herbst 1859 wieder verließ, scheint Ward eine leicht sentimentale, aber wenig reale Bindung gehabt zu haben. Offensichtlich hatte er sich mit etwas über 20 Jahren in ein 16jähriges Mädchen aus Salem verliebt, aber ihren Eltern war er als junger Seemann und Glücksritter nicht genehm. Die Verbindung wurde abgebrochen, als Ward auf See war, und bis zu seiner letzten Abreise nach China taucht nie wieder eine Frau in seinem Leben auf. Obwohl Ward später starkes Interesse an der innenpolitischen Krise der Vereinigten Staaten nahm (indem er ungezügelte Begeisterung für den »alten Onkel Abe« und gleichermaßen leidenschaftlichen Haß auf »die Lumpen Jeff[erson Davis] & Kabinett« äußerte), und obwohl er seine Briefe häufig mit »ein anständiger Amerikaner« unterschrieb, spürte er nie das Verlangen oder die Verpflichtung, zurückzukehren. Berücksichtigt man die Spannungen in seiner Familie, seine Einstellung zu Salem, die Nichterfüllung seines Traums auf Aufnahme in West Point und das erzwungene Ende seiner einzigen bekannten romantischen Beziehung, so wird seine Haltung verständlich.

Ward brannte damals vor rastlosem Ehrgeiz. Mit 28 war er sich ziemlich klar darüber, wohin dieser Ehrgeiz führen könnte: zu einem »Kriegsschicksal«, wie er es später nannte. Aber selbst wenn er 1859 bei seiner letzten Reise über den Pazifik gewußt hätte, daß er nie wieder amerikanischen Boden sehen oder berühren würde – nicht einmal, um darin begraben zu werden –, hätte er vermutlich nicht an eine Umkehr gedacht.

III

»Wie durch ein Wunder...«

Bald nach seiner Ankunft in Shanghai Ende 1859 freundete Ward sich mit Henry Andrea Burgevine an, einem amerikanischen Landsmann und Abenteurer, der sein fähigster und berühmtester (einige meinen berüchtigtster) Leutnant werden sollte. Das genaue Datum ihres ersten Zusammentreffens ist nicht sicher überliefert. Zumindest ein Autor[1] behauptet, Ward habe den abgebrannten Burgevine während seines Aufenthalts in New York dazu überredet, ihn nach China zu begleiten, indem er ihm die lukrativen Möglichkeiten ausmalte, die sich ihnen durch die Taiping-Rebellion böten. Wahrscheinlich haben sie sich aber schon sehr viel früher kennengelernt, denn beide dienten im Krimkrieg in der französischen Armee. Wie auch immer, die Freundschaft zwischen Burgevine und Ward war entscheidend für die künftige Entwicklung Chinas – und Burgevines in 23 bewegten Jahren entwickeltes stürmisches Temperament sollte den Verlauf des chinesischen Bürgerkrieges in der Region um Shanghai stark beeinflussen.

Burgevine wurde in eine Tragödie hineingeboren. Sein Vater hatte während der napoleonischen Kriege auf Seiten der Franzosen gekämpft, war dann nach Amerika emigriert, wo er sich in North Carolina verheiratete und Französischlehrer an der aufstrebenden Universität Chapel Hill wurde. Aber der ältere Burgevine war Alkoholiker und wurde aus der Universität geworfen, als ihr Präsident eines Tages den Hörsaal betrat und den Franzosen betrunken antraf – als Zielscheibe des Spotts seiner Studenten. Angesichts dieser Schmach verließ er seine Familie vor der Geburt Henry Andreas im Jahr 1836. Er kam später bei einer Wirtshausschlägerei in South Carolina um. Der kleine Henry verbrachte die ersten sieben Winter im Haus seiner Großeltern in North Carolina und die Sommer bei seiner ältesten Schwester und deren Ehemann in Ashford, Connecticut.

Mit sieben Jahren zogen er und seine Mutter nach Washington, wo ein alter Freund seines Vaters, inzwischen Kongreßabgeordneter, dem Jungen eine Stellung als Kongreßdiener verschaffte. Schon bald arbeitete Henry für den Senat, wo er bis 1853 blieb. Gleichzeitig erhielt er an einer Privatakademie eine exzellente Ausbildung – auch auf dem Gebiet der Kriegführung – und schuf sich zahlreiche Kontakte zu einflußreichen Washingtoner Persönlichkeiten (unter anderem zu Anson Burlingame, dem späteren U.S.-Gesandten in China). Als hervorragender Student und ebenso charmant wie Ward schien Burgevine auf dem besten Weg, seiner düsteren Herkunft zu entkommen und die soziale Leiter in der Hauptstadt emporzusteigen. Aber mit 17 Jahren »überkam ihn« – wie er es später ausdrückte – »der sehnsüchtige Wunsch, etwas von der Welt zu sehen«,[2] und er heuerte als Maat auf einem Schiff mit Ziel Hawaii, Australien und schließlich Indien an.

Nachdem er sich auf dem Subkontinent etwas Hindustani angeeignet hatte, reiste Burgevine auf die Krim weiter und wurde mit 19 Jahren Soldat in der französischen Armee. Anders als Ward blieb er bis zum Ende des blutigen Konflikts dabei, nachdem er wegen Tapferkeit befördert worden war. Anschließend ging er nach Europa und reiste Ende 1856 wieder nach Washington.

Nach seinen eigenen Worten hatte er »das alte Sprichwort auf seine Richtigkeit überprüft, daß ›rollende Steine kein Moos ansetzen‹«, und kehrte »älter und ausgeglichener, aber nicht reicher« zu seiner Mutter zurück. Er überlegte, ob er Jura studieren sollte, aber die nackte Tatsache, daß er sich selbst und seine alternde Mutter ernähren mußte, ließ dies nicht zu. Über familiäre und persönliche Kontakte bemühte sich Burgevine um eine Stellung als Büroangestellter im Innenministerium. Verzweifelt wandte er sich an einen Senator aus North Carolina und erzählte ihm, »... daß ich nicht weiß, was ich tun soll, wenn ich die Situation nicht bis zum 1. Juli [1857] in den Griff bekomme«. Aus nicht bekannten Gründen wurde ihm die Stellung verweigert, und bald darauf reiste er nach New York, wo er den Job eines Journalisten annahm.

In späteren Jahren wurde sein im allgemeinen freundliches Wesen von taktloser Arroganz getrübt, die oft vom Alkohol beflügelt war. Die Folgen dieses unglücklichen Charakterzuges bekam er zum ersten Mal während seines Aufenthalts in New York zu spüren. Die Krise um die Sklaverei spitzte sich damals schnell zu, und Burgevine schrieb unklugerweise einen Artikel, in dem er für das Recht der Südstaatler eintrat, ihre Felder von Leibeigenen bestellen zu lassen. Seine Zeitung wurde zum Gegenstand öffentlicher Demonstrationen, Burgevine wurde gefeuert, seine Wohnung geplündert. Schließlich brachte er seine zunehmend gebrechlichere Mutter bei Verwandten in Connecticut unter und flüchtete sich selbst in die Anonymität der New Yorker Postverwaltung.

Wenn es daher stimmt, daß Ward – der damals als Angestellter in der Schiffsagentur seines Vaters arbeitete – Burgevine 1959 dazu überredete, ihn nach China zu begleiten, so kann dies nicht sehr schwierig gewesen sein. Überraschend ist eher, daß die beiden überhaupt befreundet waren. Ward und Burgevine, so schrieb der Ningpoer Missionsarzt Dr. Macgowan[3], »waren typische Vertreter ihrer Heimatregion«. Wären sie in den Vereinigten Staaten geblieben, »so hätten sie als fanatische Kämpfer an jener Auseinandersetzung teilgenommen, die den schönsten Teil der Neuen Welt verwüstete. Der eine hätte für die Republik und die Freiheit gestritten, der andere für die Teilung und Sklaverei. So diskutierten sie zwar viel und oft über den Aufstand der Sklavenhalter, aber stets in aller Freundschaft.« Burgevines Gleichgültigkeit gegenüber dem Schicksal anderer (besonders wenn diese keine weiße Haut vorzuweisen hatten) kam in China ungehemmt wieder zum Vorschein, und sein brennender Ehrgeiz, reich zu werden, stand in krassem Gegensatz zu Wards Sorglosigkeit in Geldangelegenheiten. Was Ward nach eigenen Worten am meisten schätzte, war »Ansehen« – Anerkennung für seine mutigen Aktionen –, und dafür war er bereit, auf persönlichen Profit zu verzichten. Für Burgevine war dagegen Geld immer das wichtigste.

Gerade wegen dieser Unterschiede wurde Burgevine schließlich für Ward äußerst wertvoll. Fünf Jahre jünger als Ward, war der bärtige, zähe Mann aus Carolina hinreichend gebildet, um zu begreifen, was Ward vorhatte, und »kultiviert« genug (wie es ein zeitgenössischer Shanghaier Autor ausdrückte), um sich bei den Verhandlungen mit Shanghais ausländischen Würdenträgern »gewinnend und schmeichlerisch« zu geben. Aber er war auch hinreichend brutal, um die launischen, häufig betrunkenen westlichen Freibeuter in Schach zu halten, die später Wards Offiziercorps bildeten. Im Feld ergänzten sich die beiden Männer hervorragend – Ward war der einfallsreiche Anführer, Burgevine setzte die Dinge durch –, und soweit bekannt, war ihr persönliches Verhältnis nicht weiter kompliziert. Vor allem aber war es Ward gelungen, Burgevines Loyalität zu gewinnen. Der charismatische Neuengländer war praktisch der einzige Mensch, den Burgevine während seiner kurzen, aber gefährlichen Karriere in China nicht betrogen hat.

Im Spätsommer 1859 heuerte Burgevine als Dritter Maat auf der über San Francisco nach Shanghai segelnden *Edwin Forrest* an. Einige Autoren haben behauptet, daß Frederick und Harry Ward auf dieser Reise Burgevines Schiffskameraden waren, wenngleich manche Umstände dagegen sprechen. Sicher ist nur, daß Burgevine sich zu dieser Zeit Wards Meinung angeschlossen hatte, daß Chinas Notlage sich für sie als Glück erweisen könne – vorausgesetzt, daß diese Notlage ernst genug war, um die chinesische Führung zu veranlassen, ihren langjährigen Widerstand gegen den Einsatz westlicher Söldner gegen die Taiping-Rebellen aufzugeben. Die *Edwin Forrest* erreichte Shanghai am 18. Oktober, und obgleich sowohl Burgevine als auch Ward zunächst auf Fluß- und Küstendampfern Dienst taten, sollten Burgevines Hoffnungen nicht enttäuscht werden, aus den chinesischen Schwierigkeiten doch noch Kapital zu schlagen.

Chinas Schwierigkeiten hatten im Sommer und Herbst 1859 einen kritischen Punkt erreicht, und der Preis für eine wie auch immer geartete Lösung würde verhältnismäßig hoch sein. Aber für die beiden amerikanischen Neuankömmlinge zählte allein, daß die verzweifelte Lage der kaiserlichen Beamten in Shanghai den Einsatz westlicher Barbaren für die Sache des Kaisers zu einer realen Möglichkeit hatte werden lassen –

was den stolzen Chinesen so lange ein Dorn im Auge gewesen war.

1859 hatte ein durch Alkohol und Trägheit verursachtes Ödem das eine Bein des Kaisers Hsien-feng stark anschwellen lassen, was seinen Ausschweifungen aber keinen Abbruch tat. Sein rapide nachlassender Verstand fixierte sich zunehmend auf die Frage, wie man sich gegenüber England und Frankreich verhalten sollte, jenen Mächten, die seine Repräsentanten gezwungen hatten, dem erniedrigenden Vertrag von Tientsin zuzustimmen. Lord Elgin[4], der rotgesichtige und korpulente englische Gesandte, der die Vertragsbedingungen ausgehandelt hatte, war im Winter 1858/59 den Yangtse hinaufgefahren, um sich über die Taiping-Bewegung zu informieren, und Hsien-feng fürchtete, die Engländer könnten sich für eine Unterstützung der Rebellen entscheiden. Elgin – der von seinem jüngeren, schlankeren und kräftigeren Bruder Frederick Bruce begleitet wurde – reiste sowohl durch Taiping als auch (und vor allem) durch kaiserliches Gebiet. Hsien-feng hätte wahrscheinlich ruhiger geschlafen, wenn er gewußt hätte, daß Elgin nach London berichtet hatte, daß »die Stimmung unter den Einheimischen, mit denen ich gesprochen habe, bei mir den Eindruck hinterlassen hat, daß sie die Rebellion mit den gleichen Gefühlen betrachten wie ein Erdbeben oder die Pest oder irgendeine andere schicksalhafte Plage«. Tatsächlich überlegten sich die Engländer zu dem Zeitpunkt, als Bruce nach Peking reiste, um die Ratifikationsurkunden des Vertrages von Tientsin mit der chinesischen Regierung auszutauschen (und so das Abkommen formell in Kraft zu setzen), ob sie nicht vielmehr die Kaiserlichen in ihrem Kampf gegen die Rebellen unterstützen sollten.

Aber dies alles war in der Verbotenen Stadt unbekannt, wo sich Hsien-feng von dem dynamischen Mongolengeneral Seng-ko-lin-ch'in, einem Trio verfeindeter Prinzen, – Cheng, I und Su-chun – und seiner Lieblingskonkubine (und Mutter seines Sohnes) Yehonala beraten ließ. Die schöne und gerissene Yehonala, die als Kaiserinwitwe Tz'u-hsi China ein halbes Jahrhundert lang regieren sollte, war 1859 eine politische Anfängerin, die sich nichts sehnlicher wünschte als die Erniedrigung der westlichen Ausländer auf dem Schlachtfeld. Hsienfengs gelegentliche Angst, gegen die Barbaren Gewalt anzuwenden, widerte sie an. Gemeinsam mit den drei Prinzen und Seng-ko-lin-ch'in trat sie nachdrücklich für eine Nichtanerkennung des Vertrages von Tientsin ein.

Unglücklicherweise spielten die Engländer und Franzosen diesen chinesischen Kriegstreibern in die Hände. Im Juni 1859 erschien Frederick Bruce – inzwischen bevollmächtigter Gesandter Englands in China – mit einer englisch-französisch-amerikanischen Kriegsflotte vor der Mündung des Peiho mit der Absicht, vertragswidrig nach Tientsin zu segeln und von dort nach Peking zu marschieren, um die Ratifizierungsurkunden auszutauschen. Den Alliierten wurde mitgeteilt, daß der Peiho für sie verschlossen sei und der Kaiser die ausländischen Abgesandten auffordere, friedlich an Land zu gehen und »ohne viel Gepäck und mit maßvollem Gefolge« nach Peking weiterzureisen. Das amerikanische Kommando unter Führung des Gesandten John E. Ward (der aus Georgia stammte und mit Frederick Townsend nicht verwandt war) kam der Forderung der chinesischen kaiserlichen Regierung nach.[5] Aber Bruce und der Vertreter Frankreichs ignorierten das Bemühen Chinas, sein Gesicht zu wahren, verlangten die Beseitigung aller Blockadeeinrichtungen und näherten sich gewaltsam den Mauern von Taku. Seit der ersten Bombardierung Takus durch Engländer und Franzosen im Jahr 1857 hatte Seng-ko-lin-ch'in die Befestigungen der Stadt neu aufbauen und armieren lassen, und als die westlichen Alliierten im Frühjahr 1859 erneut die Blockade des Flusses zu durchbrechen versuchten, eröffnete der Mangolengeneral ein mörderisches Feuer auf ihre Schiffe. Der Kampf wütete mehrere Tage, und dieses Mal siegten die Chinesen. Mehrere englische Schiffe gingen verloren, und Bruce war gezwungen, den allgemeinen Rückzug zur Küste und schließlich nach Shanghai zu befehlen. Inzwischen erreichten die Amerikaner Peking; aber als man ihrem Gesandten erklärte, Hsienfeng erwarte von ihm einen Kotau, ließ Ward dem Kaiser mitteilen, »ich kniee nur vor Gott und einer Frau«, und kehrte zur Küste zurück. Dort jedoch strafte er seine stolzen Worte Lügen und erklärte sich bereit, den Austausch der Ratifizierungsurkunden nunmehr in Peitang vorzunehmen, was die Chinesen von Anfang an gewollt hatten. Und so wurde der amerikanische Gesandte offiziell von Peking bestätigt, aber nicht als Vertreter einer gleichgestellten Nation, sondern als »Tributüberbringer«,[6] und die Macht der Kriegspartei in der Verbotenen Stadt war konsolidiert.

Ein paar Monate lang hatte China vor ausländischen Agressoren Ruhe, aber die inneren Schwierigkeiten machten jeden durch den Sieg bei Taku erreichten Vorteil wieder zunichte. Außer der Taiping-Rebellion hatte es in den 1850er Jahren noch mehrere andere umfangreiche Aufstände gegeben. Obgleich keine dieser Bewegungen an die phänomenalen Erfolge der Taiping anknüpfen konnte, waren sie 1859 immerhin mächtig genug geworden, um eine echte Bedrohung für die Herrschaft der Manchu darzustellen. Die größte dieser sekundären Erhebungen war die Nien-Rebellion, die 1853 begann und bis 1859 den totalen Zusammenbruch der kaiserlichen Autorität im Huai-Becken bewirkt hatte. (Die Bezeichnung *Nien* steht für einen Zusammenschluß kleiner Banditengruppen und Bauernorganisationen zu einer größeren, wenngleich niemals voll zentralisierten Vereinigung.) Außerdem erhob sich in den 1850er Jahren in der nord- und südwestlichen Ecke des Reiches die beachtliche moslemische Bevölkerungsgruppe Chinas – empört über die diskriminierende Politik der Manchu und aufgestachelt von einer Gruppe Fundamentalisten. Der Kampf gegen diese Gruppen dauerte bis in die 1870er Jahre und war besonders brutal.

Angesichts dieses alarmierenden Bündels an Problemen und des anhaltenden Bürgerkriegs gegen die Taiping zogen sich Hsien-feng, Yehonala und ihre Ratgeber immer mehr in die Behaglichkeit der Pekinger Paläste und in die gleichermaßen irreale Welt des Manchu-Chauvinismus zurück. Insofern war der chinesische Sieg bei Taku im Jahr 1859 besonders verhängnisvoll: Er bestärkte die Kriegspartei in ihrer Überzeugung, daß ein Kompromiß mit den Rebellen oder den westlichen Ausländern unnötig und verabscheuungswürdig sei. Die kaiserliche Clique gefiel sich erst recht in ihrer hochmütigen, unwissenden Arroganz, die ihre Regierung stets charakterisiert hatte und die, wäre sie nicht von anderen, fähigeren Männern unterstützt worden, mit Sicherheit in den 1860er Jahren das Ende der Dynastie herbeigeführt hätte.

Aber die Manchu wurden nicht ihrem verdienten Schicksal überlassen. Die bedeutendste Unterstützung bekamen sie ausgerechnet von der eingeborenen chinesischen (oder Hau-) Elite, der die Manchu 1644 gewaltsam die Macht entrissen hatten. In den 1850er und 1860er Jahren entwickelte sich in China eine »Bewegung zur Selbststärkung«, die sich die Modernisierung der chinesischen Armee, die Wiederbelebung der konfuzianischen Ordnung und die Ausrottung der bürokratischen Korruption zum Ziel gesetzt hatte. Sie wurde von Tseng Kuo-fan[7] angeführt, der unstreitig im 19. Jahrhundert die herausragendste Persönlichkeit Chinas und, wie Otto von Bismarck in Preußen, einer der größten konservativen Reformer seiner Zeit war.

1854 hatte Tseng auf eine brillante Karriere in der kaiserlichen Bürokratie in Peking verzichtet, um in der Provinz Hunan eine Armee aufzustellen und gegen die Taiping zu kämpfen. Er setzte Prämien für die Anwerbung gut ausgebildeter und disziplinierter Soldaten aus, statt eine möglichst große Zahl um sich zu scharen, und bekam so eine geschlossene Einheit zusammen, die auf ihre Schlagkraft setzte und nicht nur versuchte, den Gegner einzuschüchtern: eine höchst ungewöhnliche Eigenschaft für eine chinesische Armee, egal ob es sich um Kaiserliche oder Rebellen handelte. Darüber hinaus legte Tseng großen Wert auf enge Beziehungen zwischen Offizieren und Mannschaften – ein weiterer Bruch mit der kaiserlichen Tradition. Außerdem erhielten die Soldaten aus Hunan intensiven Unterricht in konfuzianischer Philosophie, damit sie wußten, wofür sie kämpften. Tseng selbst hatte keine Zweifel daran, daß seine Rechnung aufgehen werde. In einer typischen Deklaration auf dem Höhepunkt der Taiping-Revolution erklärte er:

Durch die gesamte Menschheitsgeschichte haben die Weisen an dem Grundsatz festgehalten, daß das Muster menschlicher Beziehungen – zwischen Prinz und Untertan, Vater und Sohn, Hoch und Niedrig, Reich und Arm – einer bestimmten

Ordnung folgt, die ebensowenig umgekehrt werden kann wie der Platz für Mütze und Schuhe. Die Banditen von Kwangsi [die Taiping] haben die Ideen der ausländischen Barbaren gestohlen und verehren einen Herrn des Himmels. Alle, von den angeblichen Prinzen und Ministern bis hinunter zu den einfachen Soldaten, bezeichnen sich als Brüder und behaupten, der Himmel allein sei ihr Vater, und Eltern seien nicht mehr als Bruder und Schwester. Die Bauern können ihre eigenen Felder nicht mehr bestellen und zahlen Tribut, denn alles Land gehört dem Herrn des Himmels. Kaufleute können ihr Geschäft nicht mehr zum eigenen Vorteil führen, denn alle Güter gehören dem Herrn des Himmels. Schüler können die klassischen Lehren des Konfuzius nicht mehr rezitieren, weil sie ein anderes Werk haben, das Neue Testament, das die Lehren des sogenannten Jesus enthält, während unser chinesisches Buch der Lieder und das Buch der Geschichte, die Tausende von Jahren unsere Richtschnur für Sitte und Moral gewesen sind, dazu benutzt werden, den Fußboden zu säubern. Diese Rebellion richtet sich nicht nur gegen die Dynastie, sondern auch gegen die Lehren der Weisen.

Obgleich die meisten Manchu Tseng wegen seiner Abstammung mit Mißtrauen betrachteten (trotz ihrer aufrichtigen Bewunderung für die einheimische chinesische Kultur fiel es ihnen schwer, einem Han-Beamten wirkliche Macht einzuräumen), gefiel ihnen seine Art, die Dinge anzupacken. Bei seinen Soldaten weckte er ungeheure Begeisterung. Diese Wirkung wurde durch Tsengs stetes Bemühen verstärkt, dem konfuzianischen Ideal eines aufopferungsvollen Gelehrten-Staatsmannes zu entsprechen. Nachdem er in jungen Jahren das Leben in vollen Zügen genossen hatte, verzichtete Tseng später um der Sache willen auf Reichtum und Komfort. »Er kleidet sich sehr einfach und treibt keinen Aufwand«, beobachtete ein westlicher Ausländer.[8] Sein hauptsächlicher Zeitvertreib war die Gartenarbeit. Er trug einen zerzausten Vollbart, und seine tiefliegenden Augen blickten oft traurig, selbst wenn er lächelte. Diese Traurigkeit gründete sich möglicherweise nicht nur auf den erbärmlichen Zustand seines Heimatlandes, sondern auch auf seine eigene Rolle im Bürgerkrieg, denn Tseng war ein strenger Zuchtmeister und ein harter Richter. Er räumte dies ein, als er sagte: »Solange ehrenwerte Menschen in Frieden leben können, ist es mir gleichgültig, was man von meiner Grausamkeit hält.« Der *North China Herald* gab die allgemeine Meinung über Tsengs hartes Durchgreifen wieder, als er feststellte: »Er ist streng, aber die Leute konnten immer verstehen, worauf er hinauswollte, und folglich kamen unter ihm viel weniger Mandarins zu Fall als üblicherweise.«[9]

1854 bestätigten sich Tsengs Methoden mit der Rückeroberung der wichtigen Stadt Wuchang. Zum ersten Mal zeigten die Taiping Schwäche, und zum ersten Mal eroberte ein kaiserlicher Offizier verlorenes Territorium zurück – und zwar in jeder Hinsicht. Im folgenden Jahr verzeichnete Tseng im Kampf gegen die Rebellen weitere Erfolge, was ihn in seiner festen Überzeugung bestärkte, daß die Niederschlagung des Aufstands allein die Aufgabe chinesischer Truppen sei. Die in Aussicht genommene Zusammenarbeit mit westlichen Soldaten – regulären Truppen oder Söldnern wie Ward – barg für Tseng zahlreiche Gefahren. »Wenn wir [westliche] Truppen anwerben, damit sie den Angriff unterstützen, und sie werden geschlagen«, schrieb er nach 1860, »machen wir uns lächerlich; sind sie aber erfolgreich, so werden die Nachwirkungen verheerend sein.« Dieser Gesichtspunkt wurde zwar von Tsengs Manchu-Oberen in Peking geteilt, nicht jedoch von einem seiner fähigsten Untergebenen, Li Hung-chang.

Li Hung-chang, der in Frederick Townsend Wards chinesischem Abenteuer eine wichtige Rolle spielte, stammte wie Tseng aus einer alteingesessenen chinesischen Familie. Aber damit endete auch schon die Gemeinsamkeit der beiden Männer. 1823 in die Mandarin-Klasse hineingeboren, wuchs Li zur stattlichen Größe von mehr als 1,80 Meter heran. Aber auch seine geistigen Kräfte waren ungewöhnlich. Mit 22 Jahren wurde er nach Peking geschickt, um Schüler von Tseng Kuo-fan zu werden, und glänzte später bei der Aufnahmeprüfung für den Beamtendienst. In der Mitte der 1850er Jahre verließ er Peking jedoch und schloß sich wieder Tseng-Kuo-fan an, nachdem er mehrere erfolglose Versuche unternommen hatte, die Rebellen mit einer eigenen Truppe zu bekämpfen. In Tsengs Stab diente er sich von ganz unten nach oben. Li fiel bald durch seine Geduld, Entschlossenheit und Begabung auf, und Tseng begann ihn systematisch aufzubauen, um ihn gegen Hsüeh Huan austauschen zu können, den Gouverneur der bedrängten Provinz Kiangsu.

Ein amerikanischer Diplomat[10], der ihn in Shanghai kennengelernt hatte, schrieb 1894, daß Li zur Zeit der Taiping-Rebellion »dünn, drahtig und leicht erregbar war ... Er hatte eine besondere Art, den Kopf zu bewegen, die auf eine ungewöhnliche geistige Wachheit schließen ließ. Man konnte sich mit ihm auf einem bemerkenswerten Niveau unterhalten. Er war nie schlecht gelaunt, war präzise in dem, was er sagte, und ging Probleme direkt an. Nie war er auf billige Art diplomatisch.« Tatsächlich verfügte Li über ein außergewöhnliches diplomatisches Geschick, und unter Tsengs Anleitung wurde er ein fähiger Kommandeur auf dem Schlachtfeld und ein ebenso vorzüglicher Leiter militärischer wie ziviler Organisationen. Das einzige, woran es Li fehlte, war Tsengs unerschütterliche Rechtschaffenheit. Auf eine peinliche Weise habgierig, sah er sein Leben lang durch die Finger, um sich mit legalen wie illegalen Mitteln ein riesiges persönliches Vermögen anzuhäufen. Seine Geschicklichkeit dabei war jedoch so groß, daß er stets als ein bedeutender Patriot dargestellt wurde.

1859 hatte Tseng Kuo-fan in groben Zügen eine Strategie erarbeitet: Seine eigene Hunan-Armee sollte – unterstützt von einer zweiten Truppe, die man aufstellen wollte, sobald eine ausreichende Machtbasis für sie von den Rebellen in der Provinz Anhwei zurückerobert worden war – die Taiping in Nanking angreifen und sie wie zwischen den Zangen eines riesigen Nußknackers zermalmen. Tseng selbst übte bereits von Westen her Druck auf die Hochburg der Rebellen in Anking aus. Er hoffte, eine zweite Armee aufstellen zu können, die nach Osten marschieren, Shanghai verteidigen und dann die Rebellen vor sich her in Richtung ihrer Himmlischen Hauptstadt treiben sollte. Diese zweite Truppe sollte nach den gleichen Grundsätzen organisiert werden wie Tsengs Hunan-Armee: Eine solide Ausbildung und Disziplin hatten Vorrang vor zahlenmäßiger Stärke. Den einfachen Soldaten sollten die konfuzianischen Werte eingebleut werden, und von den Offizieren wurde gefordert, daß sie starke persönliche Beziehungen zu ihren Leuten herstellten. Falls Li Hung-chang als Verwaltungsbeamter weiterhin erfolgreich war, schien die neue Ost-Armee nach Tsengs Meinung unter seinem Kommando gut aufgehoben. Um dies alles verwirklichen zu können, brauchte man nur ein wenig Zeit – vielleicht ein oder zwei Jahre.

Doch der Ausbruch der Taiping aus Nanking zu Beginn des Jahres 1860 machte Tseng einen Strich durch seine Pläne und verstärkte den Druck auf die bedrängte kaiserliche Regierung. Die östliche Zange von Tsengs »Nußknacker« existierte noch nicht, und Peking dachte nicht daran, hierfür Truppen aus dem Norden abzuziehen, da man sich mit Recht Sorgen machte, was die Engländer und Franzosen angesichts ihrer Niederlage in Taku unternehmen würden. Dies war ein ganz wichtiger Moment: Obgleich die Taiping angriffen, befanden sie sich strategisch in der Defensive; die Sicherung der Provinz Kiangsu, die Eroberung der Stadt Shanghai – und damit einer verläßlichen Versorgungsbasis – standen im Vordergrund. Falls dies nicht gelang, mußte ihre Bewegung letztlich scheitern. Dieser Umstand und die Besorgnisse der westlichen und chinesischen Kaufleute machten den Hafen nahe der Mündung des Yangtse im Frühjahr 1860 zu einem idealen Ort für jeden Söldner; denn trotz Tseng Kuo-fans Befürchtungen gab es außer ihnen für die chinesischen Beamten niemanden, an den sie sich wenden konnten, um die Rebellen aufzuhalten.

Der chinesische Sieg über die Franzosen und Briten bei Taku war in Shanghai nicht unbemerkt geblieben. Als Ward Ende 1859 dorthin zurückkehrte, war es kurz zuvor zwischen den westlichen Bewohnern und ihren Hunderttausenden chinesischer Gastgeber zu Reibereien gekommen. Nationaler Stolz war nicht der einzige Grund für die Spannungen. Insbesondere der Kulihandel hatte zu ausländerfeindlichen Demonstrationen geführt, vor allem gegen die Franzosen, deren Arroganz im Umgang mit den Chinesen die der Amerikaner und selbst der Engländer bei weitem übertraf. Als die Nachricht von der Schlacht bei Taku Shanghai erreichte, zogen wütende chinesische Bürger durch die Straßen, strömten in den Hafen und verlangten die Freilassung der Kulis, die angeblich gewaltsam auf einem französischen Schiff festgehalten wurden. Die Kulis wurden befreit, nachdem man zuvor zwei katholische Kirchen in Brand gesteckt hatte. Hinzu kam die Wut über den fortgesetzten Opiumhandel, der durch den Vertrag von Tientsin legalisiert worden war. Symbol für diese offene Wunde der chinesischen Gesellschaft waren Shanghais »Opium-Hulks«, ausgemusterte, im allgemeinen altersschwache Segelschiffe, die entlang dem malerischen Bund lagen und als Übergabeplätze für die Zehntausende von Opiumkisten dienten, die jährlich in die Stadt kamen.

Das eingewurzelte Mißtrauen der Chinesen gegen westliche Ausländer und ihre Methoden war trotz der vielfältigen Geschäftsbeziehungen zwischen Einheimischen und Fremden in Shanghai keineswegs ausgerottet. Daher war es um so bemerkenswerter, daß Ward bei jener schicksalhaften Begegnung im Juni 1860 sofort das Vertrauen der beiden mächtigsten chinesischen Männer der Hafenstadt errang – das des Taotai Wu Hsü und des Bankiers Yang Fang. Andrerseits war es keineswegs völlig überraschend. Sein ganzes Leben lang hatte Ward nicht nur einen scharfen Blick für soziale Zustände bewiesen, sondern auch eine ausgesprochene Leichtigkeit im Umgang mit fremden Kulturen. Bei seinen früheren Reisen nach China war es ihm zwar nicht gelungen, eine einträgliche Beschäftigung als Soldat zu finden, aber seine Aufenthalte hatten ihm ein tiefes Verständnis für die Denkweise der Chinesen vermittelt. Chaloner Alabaster[11], ein talentierter und wagemutiger Angestellter des englischen Konsulats, der während Wards Wirken in Shanghai als Übersetzer fungierte, fand den jungen Amerikaner »absolut vertraut mit der Art und den Bräuchen der Chinesen«. Und jene, die ihn gut kannten, bestätigten, daß er seine Kenntnisse nicht dadurch gewann, daß er sich – wie es westliche Ausländer häufig taten – arrogant in die Angelegenheiten der einheimischen Bevölkerung hineindrängte, sondern sein Spiel nach den Regeln seiner Gastgeber spielte.

»Es ist verblüffend«, schrieb Charles Schmidt über Wards Auftritt in Shanghai, »wie leicht er das Wohlwollen der Chinesen errungen hat, eines Volkes, das so mißtrauisch, eigensinnig, gerissen und schwerfällig beim Vertragsabschluß mit Fremden ist, sobald der wirkliche Wert der fremden Dienstleistungen für die Zukunft unklar bleibt.« Wards Prinzip lag für Schmidt auf der Hand: »Um erfolgreich zu sein, mußte er sich bei seinen Förderern einschmeicheln, wobei er viel einzustecken und zahlreiche kleine Hindernisse zu überwinden hatte; und er tat dies mit der notwendigen Verstellung, ohne die bei diesen Schlitzohren nichts zu erreichen ist.«

Ward war für diese Art von »Verstellung« gut vorbereitet: Immerhin hatte er seine Kindheit und einen Teil seiner Jugend in Salem verbracht. Viele Analytiker haben auf die starke Verwandtschaft zwischen der neuenglischen und chinesischen Kaufmannschaft hingewiesen: auf ihre Habgier, ihre Doppelzüngigkeit und ihre moralische Pose. Außerdem hatte der stets auf Disziplin bedachte Ward inzwischen gelernt, daß es viele Situationen gab, wo direkter Druck auf seine Partner unangebracht und kontraproduktiv war. Und von diesem Wissen machte er in China geschickt Gebrauch. Die Chinesen betrachteten labiles und unberechenbares Verhalten als ein untrügliches Zeichen für Barbarentum, und Wards Reaktionen zeigen, daß er diese Einstellung richtig erkannte. Wie Schmidt es ausdrückte: »Durch ein ruhiges und höfliches, aber bestimmtes Auftreten gegenüber allen Klassen von Mandarins, die mit ihm zusammenarbeiteten – und auf deren tatsächliche und materielle Unterstützung er angewiesen war –, konnte er sie für sich einnehmen.« Am Ende kam Ward bei seinen Bemühungen, das Vertrauen von Wu Hsü und Yang Fang zu gewinnen, auch seine Überzeugung von der Gleichheit aller Menschen zustatten. Wie einer seiner Biographen schrieb: »Anders als viele seiner westlichen Landsleute in China bekundete Ward keinerlei Vorurteile gegen die Chinesen.«[12]

Das Resultat seines sorgfältig überlegten und »entschiedenen« Vorgehens zeigte sich schon bald: Wenige Tage nach seinem Treffen mit Wu und Yang durchstreifte er bereits Shanghais Hafengebiet, um sich nach Rekruten für seine Truppe und nach Waffen für ihre Ausrüstung umzusehen. Das Projekt bedeutete einen großen Sprung in seiner beruflichen Karriere. Sicher, er hatte bereits Erfahrung im Umgang mit Söldnern gesammelt (insbesondere unter Walker in Mexiko) und auf der Krim an Kämpfen zwischen nationalen Berufsheeren teilgenommen. Aber der chinesische Bürgerkrieg war in seiner Art für ihn etwas Neues. Dies muß auch Ward klar gewesen sein; seine Zusammenarbeit mit Admiral Gough hatte ihm eine realistische Vorstellung von der Stärke und den Kampfmethoden der Taiping vermittelt. Dennoch schlug er jetzt allen Ernstes vor, dieser riesigen Armee mit einer kleinen Anzahl mittelloser Seeleute und Soldaten entgegenzutreten, die er aus den Hunderten von Kriminellen, Ausgebürgerten, Herumziehenden und Trunkenbolden auswählen wollte, die ihren Weg in die Ausländersiedlungen von Shanghai gefunden hatten. Ward hatte offensichtlich keine Angst, sich dieser ungeheuerlichen Aufgabe zu stellen: Vom ersten Augenblick an wirkten alle seine Schritte wohlüberlegt und selbstsicher.

Wards chinesische Hintermänner behielten die Verwaltung der Finanzen des neuen Truppenkontingents selbst in den Händen. Wie schon beim Pirate Suppression Bureau und dem Houseless Refugees Fund wollten Wu und Yang unabhängig von einem Erfolg auf dem Schlachtfeld ihren Nutzen aus Wards Corps ziehen und hüteten deshalb eifersüchtig die hierfür von den einheimischen Kaufleuten erhobenen Gelder (von denen sie höchstwahrscheinlich ihren Teil abschöpften). Ward hatte gegen dieses Arrangement nichts einzuwenden, solange – aber auch nur so lange – er das zugesagte Geld von ihnen bekam. Er wußte sehr gut, daß der Lohn bei einer Söldnerarmee das entscheidende Thema war, und schärfte deshalb seinen Sponsoren erfolgreich die absolute Notwendigkeit der vollständigen und rechtzeitigen Erfüllung ihrer finanziellen Verpflichtungen ein. Wie ein anonymer Shanghaier Autor[13] damals schrieb: »Es ist kein Geheimnis, daß Yang zu Wards Lebzeiten ebenso wenig versuchen wird, die Gelder für seine Truppe zurückzuhalten, wie in den Huang-pu zu springen.«

Im übrigen duldete Ward keine Einmischung von Wu und Yang in die militärische Organisation der Truppe oder die Beschaffung der Waffen. Shanghais unzählige Waffenschmuggler waren daran gewöhnt, den Taiping wie den kaiserlichen Truppen völlig veraltete Waffen zu absurd überhöhten Preisen zu verkaufen, und Ward wußte, daß Wu und Yang nur zu gern solche Ausrüstungen anschaffen, die Kosten in ihren Büchern noch höher ansetzen und die Differenz einstecken würden. Zunächst räumte er ihnen noch ein Mitspracherecht bei der Festlegung des Angriffsziels der Truppe ein – d. h. bei der Entscheidung, wo und wann sie zuschlagen sollte –, aber die Einzelheiten der Ausbildung und der Operationen behielt er eifersüchtig für sich.

Das System schien zu funktionieren. Als Ward die ersten Schritte zur Durchführung seiner Pläne unternahm – und umgehend Henry Andrea Burgevine als seinen Stellvertreter anheuerte –, erwarb er sich nicht nur Wu Hsüs aufrichtigen Respekt, sondern auch die offensichtlich ehrliche Freundschaft Yang Fangs. Yang hatte sein Leben lang Kontakte innerhalb der westlichen Ausländergemeinden in Shanghai gepflegt, aber seine Beziehung zu Ward war in ihrer Intensität, ihrer kommerziellen Komplexität (die beiden gründeten gemeinsam mehrere Unternehmen) und im Verzicht auf alle zeremoniellen Schranken etwas Besonderes. Ward und Yang diskutierten offensichtlich häufig und ausführlich über finanzielle Details – Auseinandersetzungen, die in Shanghai schon fast berühmt waren –, bei denen Wards unerschütterliche Geduld und sein Takt oft an ihre Grenzen gerieten. Aber der erfahrene, sympathische alte Bankier gab dem jüngeren Amerikaner mit schöner Regelmäßigkeit nach. »Yang«, so schrieb ein Beobachter[14], »würde bei einem wütenden Ausbruch Wards vor ihm auf die Knie fallen, mit der Stirn seine Füße berühren und gleichzeitig allem zustimmen.«

Bald wurde Ward ein ebenso regelmäßiger Besucher in Yangs Yamen – wo sich westliche Ausländer jeder Provenienz regelmäßig trafen – wie in dessen Privathaus, wo Yang mit seiner Frau und wenigstens zwei Kindern lebte: einem Sohn, dessen Name nicht überliefert ist, und seiner Tochter Chang-mei. Als Ward das erste Mal bei ihrem Vater auftauchte, war sie 19 Jahre alt und galt im chinesischen Teil Shanghais als Unglücksbringerin: Das Mädchen war verlobt gewesen, aber ihr Verlobter war gestorben – ein deutliches Zeichen himmlischen Mißfallens. Traditionsgemäß kann Ward das junge Mädchen damals nur sehr flüchtig gesehen haben.

Nachdem sich Ward die Unterstützung und den Respekt seiner Förderer gesichert hatte, begann er mit dem Aufbau seiner Truppe. Und obgleich ihm nach einhelliger Meinung jede Überheblichkeit gegenüber den Chinesen fernlag, die ansonsten bei Shanghais westlichen Ausländern weit verbreitet war, scheint auch er zunächst der Ansicht gewesen zu sein, daß man mit Chinesen keinen modernen Krieg führen könne. Ward sah sich sofort unter den Seeleuten und Abenteurern in den Ausländersiedlungen nach Rekruten um, obgleich der Werdegang dieser Leute kaum die Gewähr bot, daß sie jemals besonders gute Soldaten abgeben würden. Schließlich waren dies zumeist Männer, an denen sich bereits die perfektesten und brutalsten Ausbilder der westlichen Welt die Zähne ausgebissen hatten. Dennoch glaubte Ward – offensichtlich aufgrund mangelnder Erfahrung –, daß er sie zähmen könnte.

Zusammen mit Burgevine holte er sich seine Rekruten aus Kneipen, Hotelbars, Bordellen und Spielhöhlen zusammen, ihren bevorzugten Aufenthaltsorten. Ward war dafür bekannt, daß er sich bei diesen Gelegenheiten großzügig gab, Champagner (eins der beliebtesten Getränke in Shanghai) für ein Auditorium zumeist abgebrannter Arbeitsuchender bestellte und ihnen eine gute Bezahlung und eventuelle Kriegsbeute versprach, wenn sie sich zum Dienst in seinem Corps verpflichteten. Ein englischer Beobachter[15] erinnerte sich später an solche Auftritte: »In jenen Tagen machte jeder viel Geld, und es war üblich, gleich nach einer ganzen Kiste Champagner zu brüllen, um jedermann in Rufweite damit zu bewirten ... Am folgenden Tag zog man dann wieder in den Krieg oder ließ sich auf irgendeine andere gefährliche Sache ein und verdiente erneut viel Geld, um es bei der Rückkehr nach Shanghai wieder in

Champagner umzusetzen.« Derselbe Beobachter behauptete ferner – und ließ damit jene Feindschaft erkennen, die für die Haltung der englischen Gemeinde gegenüber Ward während der Anfänge seiner Operationen charakteristisch war –, daß dieser gelegentlich Betrunkene gekidnappt und in seinen Dienst gepreßt habe. Eine ebenso unwahrscheinliche wie unbegründete Anschuldigung. Es gab mehr als genug Männer im Hafen, die bereit waren, eine bankrotte Gegenwart auf gut Glück gegen eine reiche und ruhmvolle Zukunft mit Ward aufs Spiel zu setzen. »Shanghaing« (so der spätere Ausdruck) war völlig überflüssig.

Zwar waren die meisten von Wards Rekruten Amerikaner, aber bald standen auf seiner relativ kurzen Liste auch Bürger fast aller westlichen Nationen: Engländer, Preußen, Dänen, Schweizer und Franzosen – alle ließen sich einschreiben, sehr zum Mißfallen der Gesandten und Konsule ihrer jeweiligen Heimatländer. Auf alle diese sehr unterschiedlichen Männer übte Ward offensichtlich die gleiche Faszination aus, die ihm den Beistand Wu Hsüs und Yang Fangs gesichert hatte. Aber nie kam irgendeiner von ihnen seinem Chef nahe genug – auch nicht Burgevine –, um seine Gedanken erraten oder seine Ziele vorhersagen zu können.

»Obgleich es reichlich höher qualifizierte Leute gab«, schrieb Charles Schmidt über Wards Anwerbungskampagne, »nahm er lieber Männer, die meist absolut keine Ahnung hatten, auf was sie sich einließen, und dies einzig aus dem Wunsch heraus, seine Armee ganz und gar in eigener Regie zu führen.« Angesichts der zweifelhaften Zuverlässigkeit vieler seiner neuen Soldaten war dies eine vernünftige Politik. Und so betrachtet und angesichts seiner sonstigen Erfolge im Umgang mit anderen Menschen läßt sich kaum etwas gegen das Urteil eines Zeitgenossen sagen, daß »Ward wie durch Zauberei offensichtlich aufgrund seiner Veranlagung, Geburt und Geschicklichkeit prädestiniert war, mit Ausländern wie Einheimischen, den Offizieren und Mannschaften seines Kontingents richtig umzugehen und sie zu führen, ebenso wie mit seinen chinesischen Auftraggebern.«

Nachdem ihm die großen Shanghaier Handelshäuser, wie H. Fogg und Company und Jardine-Matheson, Kredite zur Verfügung gestellt hatten, kaufte Ward als nächstes Proviant, Ausrüstung und Waffen. Letzteres war keine leichte Aufgabe, selbst wenn man die enormen Summen berücksichtigt, über die Ward frei verfügen konnte. Der Wunsch der Chinesen nach Feuerwaffen und ihre Unkenntnis über die modernen Entwicklungen in der Waffentechnik bewirkten, daß sich selbst für Musketen aus dem 18. Jahrhundert – darunter sogar Steinschloßgewehre – bei den Taiping und ihren kaiserlichen Gegnern hohe Preise erzielen ließen. Ward war in erster Linie an überlegenen handlichen Waffen interessiert, an Revolvern und schnell zu ladenden Gewehren, soweit sie echte Perkussionswaffen waren. (Bei Perkussionswaffen erfolgte die Zündung mittels eines Zündhütchens, und man benutzte häufig Papierpatronen anstelle losen Pulvers – wodurch die Leistung erheblich verbessert wurde.) Diese Waffen waren rar und teuer. Um an sie heranzukommen, bediente sich Ward einer Reihe Shanghaier Mittelsmänner. Charles Hill, der den »Troy-Bagger« in China eingeführt hatte, verfügte zugleich über gute Beziehungen zu Waffenhändlern und war bereit, Ward zu helfen. Andere folgten, darunter Albert L. Freeman[16] (später Wards Verwalter), der als Agent für H. Fogg and Company während dieser Zeit nach eigener Aussage mit Ward »fast täglich« zusammentraf »und mit ihm viele Geschäfte abwickelte«. Yang Fang hatte ebenfalls ein Waffenarsenal in den Ausländersiedlungen angelegt, obgleich ungewiß ist, ob Ward irgend etwas davon gebrauchen konnte. Höchstwahrscheinlich handelte es sich um völlig veraltete Waffen, die schnell und mit enormem Gewinn an die Taiping und die Kaiserlichen verkauft worden waren.

Obgleich auch Geschütze für den privaten Kauf in Shanghai zur Verfügung standen, verwandte Ward frühzeitig alle Energie darauf, sich moderne Kleinwaffen zu beschaffen. Seine Offiziere stattete er mit Revolvern des berühmten Amerikaners Samuel Colt aus. In den späten 1850er Jahren hatte Colt – der seine ersten Versuche als Büchsenmacher mit einträglichen Vorführungen über die Wirkung von Lachgas auf den menschlichen Körper finanziert hatte – eine riesige Fabrik in den Vereinigten Staaten und ein kleineres Werk in London gebaut. Seine Revolver waren weltweit bekannt und geschätzt. Abenteurer wie Ward hatten hierzu nicht wenig beigetragen. Die gängigsten Modelle waren der Colt Dragoon – ein schwerer, sechsschüssiger Trommelrevolver vom Kaliber 44 (ca. 11 mm) mit einer Lauflänge von $7^1/_2$ bzw. 8 Zoll [19–20,5 cm] – und die Old Model Navy Pistol. Der 1851 eingeführte 36kalibrige (ca. 9 mm) Old Model Navy war leichter als der Dragoon (er wog nur etwas über 1 kg), war treffsicherer und weltweit der beliebteste »Gürtel-Revolver« – und die bevorzugte Waffe bei Duellen. Colt-Revolver trafen erstaunlich genau, genauer als viele Gewehre; ein Mann mit zwei Colts und Extratrommeln zum schnellen Nachladen war ein gefährlicher Gegner und in der Lage, eine weniger gut bewaffnete Übermacht aufzuhalten oder sogar abzuwehren.

Für die einfachen Soldaten wünschte Ward sich ein

von dem Amerikaner Christian Sharps gebautes Hinterladergewehr. Der später berühmte Sharps-Karabiner, »The Buffalo Gun«, war eine moderne, solide gebaute und treffsichere Waffe. Man verwendete Papierpatronen, die beim Schließen des Verschlußblocks von seiner messerscharfen Kante für die Zündung aufgeschnitten wurden, was Zeit und Mühe ersparte. 1848, 1852 und 1859 hatte Christian Sharps seine 52kalibrige (ca. 13 mm) Waffe verbessert und neu patentieren lassen. Das neue Gewehr hatte einen 76 cm langen Lauf und konnte von einem durchschnittlichen Schützen zehnmal in der Minute abgefeuert werden. Geschicktere Leute brachten es auf 15, manche sogar auf 20 Schuß: Schon ein Dutzend solcher mit Sharps Gewehren ausgerüsteter Soldaten konnte ein vernichtendes Feuer eröffnen. Sharps hatte 1855 mit der englischen Regierung einen Vertrag über die Lieferung von 6000 Karabinern für die britische Armee abgeschlossen, von denen in den nächsten 9 Jahren alle bis auf 2400 Exemplare umgeleitet wurden oder in private Hände gelangten. Englische Waffen waren die begehrtesten in Shanghai, und es ist durchaus möglich, daß einige der vermißten Sharps-Gewehre auch bei Ward landeten – neben nicht ganz so berühmten, aber genauso guten Waffen anderer englischer Hersteller.

Gute Gewehre waren jedoch nicht immer in der von Ward gewünschten Anzahl verfügbar, und so mußte er sich oft mit Vorderladern begnügen. In diesen Fällen achtete er sorgfältig darauf, daß auf ihrem Schloß das Wort TOWER eingraviert war: Der Beweis dafür, daß die Engländer ihre Herstellung überwacht hatten. Unter den übrigen in Shanghai verfügbaren langläufigen Waffen waren auch preußische Musketen und Gewehre, allerdings nur wenige von Johann Dreyses berühmten

Zündnadelgewehren, die erst kurz zuvor den Preußen im Erbfolgekrieg zum Sieg über Dänen, Österreicher und Franzosen verholfen hatten. Wards Offiziere wurden zusätzlich mit Säbeln ausgerüstet, und es dauerte nicht lange, bis seine Soldaten es außerdem lernten, mit den sehr wirkungsvollen chinesischen »Stinktöpfen« umzugehen.

So war aus dem, was noch vor kurzem ein Haufen (und gelegentlich durchaus zu Recht) übel beleumdeter Vagabunden gewesen war, Mitte Juni 1860 eine Söldnertruppe geworden, die bei den ausländischen Repräsentanten in Shanghai spürbare Unruhe auslöste. Nicht nur, weil sie die westliche Neutralität im chinesischen Bürgerkrieg gefährdete, sondern auch, weil sie bis an die Zähne mit Waffen ausgerüstet war, mit denen sie jedem größeren Kommando regulärer westlicher Truppen einen sehr beachtlichen Kampf liefern konnte. Und es gab kaum einen Zweifel daran, daß es zu einem solchen Gefecht kommen würde, falls die ausländischen Diplomaten und Militärs versuchen sollten, Wards Aktivitäten zu unterbinden: Vielen von Wards Männern war von ihren eigenen Landsleuten übel mitgespielt worden, bevor sie nach Shanghai kamen. Ein ganz typisches Beispiel waren Wards amerikanische Söldner. Nach amerikanischem Marinegesetz war ein Kapitän verpflichtet, einem Seemann drei Monatsheuern auszuzahlen, wenn er den Mann in einem ausländischen Hafen entließ. Wenn aber der Seemann desertierte, war der Kapitän diese Verpflichtung los. Aus diesem Grund wurde jeder aufsässige oder überflüssige Seemann an Bord solange geprügelt, bis er aus eigenem Antrieb desertierte, oder aber von seinen Offizieren mit von Bord genommen, sinnlos betrunken gemacht und der Desertion beschuldigt, wenn er nicht rechtzeitig aufs Schiff zurückkehrte. 1830 war das Desertions-Gesetz zwar dahin abgeändert worden, daß nunmehr das amerikanische Konsulat verpflichtet war, die Abfindungssumme zu zahlen; aber das galt nur für den Fall, daß sich der Seemann mit seiner Entlassung einverstanden erklärte. Jene, die ihren Posten lieber behalten wollten, aber von ihren Kapitänen ausgemustert wurden, mußten weiterhin mit Prügeln und unsauberen Tricks rechnen.

Natürlich wurden jene Männer, auf die ihre Kapitäne keinen Wert mehr legten, auch in den Shanghaier Ausländersiedlungen nicht sonderlich geschätzt: Ward und seine neue Truppe waren als Abschaum gebrandmarkt, bevor sie überhaupt ausrückten. Soweit die Bewohner der Siedlungen die gutbewaffneten Söldner ignorieren konnten, taten sie es. Aber als Wards Truppe auf fast 100 Mann anschwoll, wurde es recht schwierig, sie nicht zur Kenntnis zu nehmen. A. A. Hayes[17], Harvard-Absolvent, Neuengländer und Juniorpartner bei Olyphant Company, der Ward aus Shanghai kannte, erinnerte sich, daß »die Engländer Ward anfangs als Freibeuter und gefährlichen Mann bezeichneten ... Auch wir Amerikaner waren – wie ich zugeben muß – nicht besonders von dem angetan, was wir über unseren Landsmann hörten ... Die meisten hielten ihn für einen Banditen, viele für einen Desperado.«

Ward richtete sein Trainingscamp in Kuang-fu-lin ein, einem schmutzigen, insektenverseuchten Fleck Erde, etwa 20 Meilen südwestlich von Shanghai. Hier begann der Prozeß der Disziplinierung der Truppe und ihre Vorbereitung auf den Kampf. Das Ergebnis konnte man allenfalls als mittelmäßig bezeichnen. Andrew Wilson[18] – ein englischer Journalist und ehemaliger Herausgeber von Hongkongs *China Mail*, der sich später für zwei Jahre Wards Truppe anschloß und eine unschätzbare Studie über seine Feldzüge verfaßte –, hinterließ eine Beschreibung der von Ward angeworbenen Truppe, die sowohl ein Licht auf das Problem der Disziplin wirft als auch auf Wards Versuche, es in den Griff zu bekommen.

> In der Regel waren sie tapfer, verwegen, sehr anpassungsfähig und verläßlich in ihren Aktionen; in der Garnison aber schwierig, sehr empfindlich bezüglich der Rangordnung und stets bereit, sich über Kleinigkeiten wütend aufzuregen. Aufgestachelt von Sympathisanten [sic!] der Rebellen in Shanghai und von unterschiedlicher Nationalität stritt sich die eine Hälfte in der Regel heftig mit der anderen; aber dies war natürlich für den Kommandeur häufig ein Vorteil.

Während Ward begriff, daß diese Männer sorgfältig ausgebildet werden mußten, bevor sie den Taiping gegenübertraten, hätten die Männer von sich aus eine derartige Notwendigkeit schwerlich eingesehen. Schlimmer noch, auch Wards Förderer hatten kein Verständnis dafür. Nachdem man die Ausländer angeworben und mit modernen Waffen ausgerüstet hatte, glaubten Wu Hsü und Yang Fang offensichtlich, daß nur noch eins zu tun übrigblieb: die Rebellen aufzustöbern und zu besiegen. Wards Versuche, Zeit für das Training der jetzt offiziell als das Shanghaier Foreign Arms Corps auftretenden Truppe zu gewinnen, stieß bei seinen Geldgebern zunehmend auf Ungeduld. Ihm war klar, daß er bei einem Ultimatum Wus und Yangs keine andere Wahl hatte, als die Taiping anzugreifen, bevor er selbst dazu bereit war.

Das Camp des Foreign Arms Corps in Kuang-fu-lin lag in der Nähe des Hauptquartiers eines kaiserlichen Offiziers, der mit Ward in den folgenden Jahren eng zusammenarbeitete: Li Heng-sung. Li, der von einem der Nachfolger Wards als »nützliche Marionette« beschrieben wurde, war ein typisch chinesischer Kommandeur, der – wie üblich – sein erstes Offizierspatent gekauft hatte. In der Folge jedoch zeigte er eine überdurchschnittliche Entschlossenheit und wurde wegen seines Mutes im Kampf gegen die Rebellen in der Region Shanghai befördert. Die Streitkräfte der Manchu waren auf höchster Ebene in acht Armeen unterteilt, die sich durch die Muster ihrer Banner unterschieden. Knapp unter den »Bannerleuten« rangierte in der kaiserlichen Heereshierarchie die »Armee der Grünen Standarte«, eine nationale Truppe, die wie die Bannereinheiten einst eine eindrucksvolle Armee gewesen, aber 1860 zu einem weitgehend untauglichen Relikt heruntergekommen war. Auch Li Heng-sungs Soldaten waren »tapfere Krieger« (die Bezeichnung für die meisten chinesischen Soldaten) der Grünen Standarte. Aber obgleich Li ein recht fähiger Kommandant war, den Ward nach Meinung Dr. Macgowans[19] »sehr schätzte«, wurden seine Aktionen dauernd durch Unzuverlässigkeit seiner Truppe behindert. Bei ihrem allerersten Gefecht mit den Rebellen kämpfte Wards Foreign Arms Corps gemeinsam mit Lis »tapferen Kriegern«, und es dauerte nicht lange, bis die Söldner den minimalen Wert der kaiserlichen Unterstützung erkannten.

Zwischen dem 17. und 22. Juni 1860 rückten die Taiping-Truppen des Chung Wang von Westen und Nordwesten näher an Shanghai heran. Gouverneur Hsüeh Huan entschloß sich zu einem Gegenangriff auf T'aits'ang und Chia-ting und befahl Ward durch Wu Hsü, den Angriff der Kaiserlichen mit seinen 100 Leuten zu unterstützen. Ward folgte dem Befehl, und beide Städte wurden am 26. Juni den Rebellen wieder abgenommen, wobei es keinen Bericht darüber gibt, welche Rolle genau sein Corps bei dieser Auseinandersetzung gespielt hat. Schon wenige Tage später wurde es jedoch aufgrund eines wichtigeren Ereignisses nach Kuang-fu-lin zurückbeordert: Das nur wenige Meilen von Wards Hauptquartier entfernte Sung-chiang war in die Hände der Rebellen gefallen. Fast sofort drängten Wu Hsü und Yang Fang zu einem Gegenangriff des Foreign Arms Corps auf die strategisch wichtige Stadt, die allgemein als eines der Tore nach Shanghai galt.

Ward verlangte mehr Vorbereitungszeit. Sung-chiang war von einem breiten, trüben Graben und einer 4 Meilen langen Mauer umgeben. Die gewaltigen Außentore waren aus dickem, mit Eisen beschlagenem Teakholz und an einigen Stellen noch einmal durch entsprechende Innentore gesichert. Alles in allem war es eine Aufgabe, auf die Ward seine Leute nicht vorbereitet hatte, zumal sie weder über Artillerie verfügten noch in Belagerungstechnik ausgebildet waren.

Aber Wu und Yang wurden ungeduldig; sie verlangten eine bedeutendere Gegenleistung für ihre Investitionen als den Sieg über T'ai-ts'ang und Chia-ting. Aus Angst, sie könnten jegliche Zahlung einstellen, erklärte sich Ward schließlich bereit, Sung-chiang Ende Juni anzugreifen. Das Ergebnis war vorhersehbar. Das Foreign Arms Corps besaß kein Belagerungsgerät – ein Nachteil, den Ward durch einen nächtlichen Überraschungsangriff auszugleichen hoffte. Aber seine Männer hatten sich – vielleicht durch ihren Beitrag zu den beiden vorangegangenen Siegen leichtsinnig geworden – für den Überfall auf Sung-chiang reichlich mit Alkohol versorgt. Und als sie über das flache Grasland vor der Stadt marschierten, machten sie einen solchen Lärm, daß die Taiping-Wachen sie schon von weitem hörten. Das Corps erlitt schwere Verluste und wurde in die Flucht geschlagen. »Die unglücklichen Überlebenden«, so schrieb Dr. Macgowan[20], »kamen restlos bedient einzeln und in kleinen Gruppen nach Shanghai zurück. Sie wurden ausbezahlt und entlassen.«

Zum ersten Mal hatten die westlichen Vertreter in Shanghai guten Grund zu der Annahme, Ward würde nunmehr seine Pläne aufgeben und vielleicht für immer China verlassen; aber Ward machte ihnen einen Strich durch die Rechnung, indem er seinen Traum von einer privaten Truppe sofort wieder aufgriff, um – wie er später sagte – »die Chang-maos [langhaarige Rebellen] zu verprügeln«. Angesichts dieser Unnachgiebigkeit verstärkte sich die feindselige Haltung der westlichen Kaufleute und Diplomaten gegen ihn, die jetzt mit Hilfe der Presse und exterritorialer Sondergesetze sicherzustellen versuchten, daß das Foreign Arms Corps den Taiping nicht den Vorwand zu einer Störung der ungleichen und unfairen Handelsbeziehungen gab, die sie in China aufgebaut hatten.

Wards größtes Kapital in China war seine Flexibilität. Er hatte gesehen, was von der Mehrheit seiner ausländischen Söldner im Kampf zu erwarten war: Aufsässig, streitsüchtig und betrunken hatten sie es fast geschafft, Wu Hsüs und Yang Fangs Glauben an ihren jungen Kommandeur zu zerstören. Angesichts dieses entmutigenden Schauspiels entließ Ward fast alle seine Leute. Er behielt nur jene, die sich als fähig und mutig erwiesen hatten und deren Arroganz sich mit der Zeit vielleicht in so etwas wie Autorität umwandeln ließ. Diese wenigen machte er zu Offizieren. Aber ihm fehlten die Mannschaften, die sie kommandieren sollten, und so stand er erneut vor der Frage, wer in Shanghai sich am besten als Söldner für seine Truppe eignen könnte. Wieder suchte er zuerst im Hafengebiet und machte dabei die Bekanntschaft eines Mannes, der ihn der Lösung seines Problems näherbrachte.

Vincente Macanaya war 1860 23 Jahre alt und gehörte zu Shanghais großer Bevölkerungsgruppe der »Manilaleute«-Filipinos, die an Bord geschickte Arbeiter waren, an Land aber ständig für Unruhe sorgten. Berühmt als wilde Kämpfer – vor allem in der Gruppe – gehörten die Filipinos in die gleiche Kategorie wie die berühmten Laskaren aus Malaysia und die Piraten in der Bucht von Bengalen. Gruppen, von denen bekannt war, daß sie häufig die Ausländersiedlungen in Shanghai besuchten. Da die Philippinen damals noch zu Spanien gehörten, waren die Manilaleute praktisch spanische Untertanen. Aber für gewöhnlich waren sie wenig seßhaft und fühlten sich überall zwischen Indien und Korea zu Hause – wo immer man es mit den Gesetzen nicht so genau nahm. Macanaya selbst – der durch seine Bekanntschaft mit Ward bald in ganz Shanghai schlicht als ›Vincente‹ bekannt werden sollte – war in Manila geboren worden und ein erfahrener, ungewöhnlich mutiger junger Mann. Charles Schmidt[21], der mit ihm zusammen diente und ihn gut kannte, schrieb noch zu seinen Lebzeiten über ihn:

> Wenn echte Tapferkeit aus Unerschrockenheit der Seele, aus kühler Geistesgegenwart und aktivem körperlichem Einsatz besteht, dann sind alle diese Eigenschaften in Vincente in einem Grad vereinigt, der keinen Zweifel in den Köpfen seiner Freunde aufkommen läßt, die ihn kennen und ihn so ohne jede Furcht inmitten der Gefahr erlebt haben. Er ist der Prototyp eines Soldaten. – Es gibt nichts Schroffes an seiner Erscheinung. Er benimmt sich allen gegenüber wie ein Gentleman, ist herzlich zu seinen Freunden, unauffällig in seinen Gewohnheiten, von schneller Auffassungsgabe, aufrichtig, nachsichtig gegenüber einem Fehler, immer den Dienst im Auge, den er stets treu versieht, geliebt und respektiert von seinen Waffenkameraden.

Ward faßte sofort Vertrauen zu Vincente und machte den Filipino umgehend zu seinem Adjutanten. Da er sich zumindest auf spanisch verständigen konnte, begann er selbst, weitere Filipinos zu rekrutieren und hatte bald mehr als 80 Mann zusammen. Da es keine Sprachbarriere zwischen ihnen gab, mag sich Ward unter seinen Filipinos wohler gefühlt haben als unter der vielsprachigen Gruppe europäischer Säufer, die ursprünglich auf der Liste des Foreign Arms Corps gestanden hatte. Mit Sicherheit rechtfertigten Vincente und seine Landsleute schon bald das Vertrauen ihres neuen Anführers: Innerhalb weniger Tage war das Corps wieder in Kuan-fu-lin, und dieses Mal wurden ernsthaft exerziert und zugleich Spähtrupps in die Umgebung entsandt. Die Filipinos bestimmten den Standard, dem sich ihre europäischen und amerikanischen Offiziere anpassen mußten. Bald gingen sie mit Geschick daran, Taiping-Patrouillen gefangenzunehmen und die Rebellen per Schiff den kaiserlichen Beamten in Shanghai zu schicken. Gleichzeitig bereitete man einen neuen Angriff auf Sung-chiang vor.

Anfang Juli erregten die Aktivitäten von Wards neuer Truppe erhebliche Kritik in Shanghai. Stimmführer der westlichen Ausländer, die ein für alle Mal die Auflösung des Foreign Arms Corps verlangten, war der britische Konsul Thomas Taylor Meadows. Britannien hatte mit dem Corps ein besonderes Hühnchen zu rupfen: Als Ward sein Trainingsprogramm in Kuang-fu-lin zusammenstellte, wurde ihm klar, daß er erfahrene Ausbilder brauchte, und die Ausbildungsoffiziere der britischen Armee und Marine waren als die besten auf diesem Gebiet berühmt. Er hatte daher keine Mühe gescheut, diese für ihn so wertvollen Männer von ihren Verpflichtungen gegenüber Königin und Vaterland abzuwerben.

Die bittere Notwendigkeit, den Gehorsam der britischen Soldaten und Seeleute zu gewährleisten, war daher der unmittelbare Grund für Konsul Meadows Zorn auf das Foreign Arms Corps. Aber er hatte noch eine Reihe andere Gründe, warum er Ward und seiner Truppe das Handwerk legen wollte.

Meadows war ein hervorragender Sinologe: ein breitschultriger, bärtiger Mann, über 1,80 Meter groß, der in München Chinesisch studiert hatte, bevor er 1842 einen Posten beim britischen Konsulat in Canton annahm. Er wurde Zeuge des Opiumkrieges und hatte bereits 1848 für das Reich der Mitte eine größere Revolution vorausgesagt (woran er gerne erinnerte). Aber seine Kenntnis von China und den Chinesen war nicht nur angelesen oder das Ergebnis seiner konsularischen Pflichten. Als leidenschaftlicher Jäger unternahm Meadows häufig Ausflüge ins Innere des Landes, wobei er großen Wert darauf legte, sich mit den Bauern zu unterhalten und ihre Meinung zu hören. Wie viele westliche Diplomaten war er über die Brutalität und Korruptheit der Manchu-Regierung entsetzt, und wie viele Ausländer in den Kolonien der Vertragshäfen sah er in der Taiping-Bewegung anfangs eine echte Alternative.

Hinzu kam, daß Meadows die von den westlichen Mächten in China verfolgte Neutralitätspolitik theoretisch für gut hielt, praktisch aber nur für die Manchu-Regierung als nützlich ansah: Die erste Sorge des »neutralen« Westens galt der Aufrechterhaltung des Handels in den Vertragshäfen, und dieser Handel kam schließlich Peking zugute. Obgleich er also die Mängel der Neutralitätspolitik durchaus erkannte, benutzte er sie als Instrument, die Aktivitäten des Foreign Arms Corps zu beenden, ein Ziel, das er während des Sommers 1860 beharrlich verfolgte. In der ersten Juliwoche schickten

Wards Leute einen Taiping-Gefangenen an die kaiserlichen Beamten in Shanghai. Nach Meadows Worten war der Mann »ausgeweidet und enthauptet« worden (obgleich die Chinesen bei solchen rituellen Hinrichtungen dem Opfer in der Regel nur das Herz herausrissen). Meadows nahm diesen Vorfall zum Anlaß, dem amerikanischen Konsul (dem weniger als wachsamen W. L. G. Smith) und seinem spanischen Kollegen fast gleichlautende Briefe zu schreiben:[22]

> Wir haben direkte Beweise dafür, daß die Taiping den Seidentransporten freien Durchgang gewährt haben, nachdem ihnen gesagt wurde, daß die Ware für die ausländischen Kaufleute in Shanghai bestimmt sei. Aber wir können vernünftigerweise nicht erwarten, daß sie dies weiterhin tun werden, wenn sich ausländische Söldner ihnen gegenüber feindselig verhalten; ... Ich habe gute Gründe, anzunehmen, daß die oben erwähnte Hilfstruppe von einem oder mehreren Bürgern der Vereinigten Staaten aufgestellt wurde und kommandiert wird, während sich die Mannschaften hauptsächlich aus Filipinos [sic!] rekrutieren. Da ich befürchte, daß das Vorgehen dieser [amerikanischen und spanischen] Bürger einen wichtigen Zweig des britischen Handels gefährdet, möchte ich Sie bitten, sich der Sache anzunehmen und Abhilfe zu schaffen.

In der richtigen Annahme, daß ihn weder die amerikanische noch die spanische Regierung zufriedenstellen würde, schrieb Meadows einen weiteren Brandbrief an seinen Vorgesetzten, den britischen Gesandten Frederick Bruce.[23] Die Taiping, so Meadows, hätten bisher keine Neigung erkennen lassen, den ausländischen Handel zu belästigen, aber Wards Aktivitäten könnten dies schnell ändern. »Es gibt mit Sicherheit gute Gründe für die Annahme, daß ihr Zorn [die Rebellen] veranlassen könnte, sich indirekt an den ausländischen Kaufleuten zu rächen oder möglicherweise auch direkt an jenen

Männern, die in ihrem Auftrag in die Seidendistrikte reisen ... Es scheint mir praktisch unmöglich, unsere Neutralität zu wahren, wenn wir nicht nur zwischen den Rebellen und der Bevölkerung sowie der Stadt Shanghai vermitteln, sondern auch noch die Provinzbeamten in ihr beschützen [und] ihnen erlauben sollen, chinesische oder ausländische Truppen aufzustellen.«

Meadows alarmierende Worte fanden bei jenen Ausländern offene Ohren, die jede militärische Aktivität in der Region Shanghai – seien es kaiserliche, Taiping- oder ausländische Truppen – als direkte Bedrohung des Handels ansahen. Aber Bruce war weit weniger beeindruckt. Abgesehen davon, daß beide für die britische Regierung arbeiteten, repräsentierten Bruce und Meadows sehr gegensätzliche Typen des diplomatischen Beamten. Bruce gehörte zu jenen Karriereoffizieren, die weder studierte Sinologen noch von ihrer Neigung her besonders chinesenfreundlich waren. Zur Zeit seiner Ernennung war er 46 Jahre alt und hatte bereits in den Vereinigten Staaten, Kanada, Bolivien, Uruguay und Ägypten gedient, bevor er zusammen mit seinem Bruder Lord Elgin ins Reich der Mitte reiste. Der chinesischen Kultur brachte er herzlich wenig Interesse entgegen.

Trotzdem war Bruce kein bloßer kaufmännischer Handlanger. Er fühlte sich den festgesetzten Zielen seiner Regierung tief verpflichtet, selbst wenn diese mit den westlichen Handelsinteressen kollidierten. Es kann gut sein, daß Meadows recht hatte und daß Neutralität im chinesischen Bürgerkrieg für Länder, die sich besonderer Handelsprivilegien durch Peking erfreuten, eine zwar edle, aber letztlich absurde Idee war. Aber Bruce hatte vom Foreign Office die Instruktion erhalten, nicht nur die Beeinträchtigung des britischen Handels zu verhindern, sondern auch Britanniens Neutrality Ordinance strikt durchzusetzen. So unvereinbar diese Ziele zunächst erschienen, Bruce verfolgte sie mit typisch englischer Hartnäckigkeit. Während er daher fest entschlossen war, britische Bürger zu bestrafen, die sich Ward oder den Taiping als Söldner verdingten, ignorierte er gleichzeitig Meadows Forderung, die Engländer sollten die kaiserlichen Beamten in Shanghai daran hindern, zu ihrer eigenen Verteidigung Truppen aufzustellen.

Die Widersprüche in seiner Haltung sollten erst später voll in Erscheinung treten. Im Augenblick jedenfalls war Ward – da er im Dienst des Taotai stand – vor einer englischen bzw. allgemeinen westlichen Einmischung relativ sicher. Die Repräsentanten der Vereinigten Staaten waren nicht geneigt, die Aktivitäten ihres Landsmannes zur Kenntnis zu nehmen, geschweige denn zu überwachen. Konsul Smith leugnete munter, daß Amerikaner in das Geschehen in Kuang-fu-lin verwickelt seien, und Minister John Ward war viel zu sehr damit beschäftigt, die Krise um den Vertrag von Tientsin endgültig beizulegen, um seinem abenteuerlustigen Landsmann große Aufmerksamkeit zu schenken. Dennoch muß es zu dieser Zeit zumindest einen losen Kontakt zwischen dem Freibeuter Ward und dem Gesandten Ward gegeben haben: Nach Ausbruch des amerikanischen Bürgerkrieges schrieb der junge Neuengländer nach Georgias Abfall von der Union über den Diplomaten:[24] »Ich finde, daß mein alter Freund, Ex-Gesandter Ward, ein verdammter Verräter ist und sich den Gaunern angeschlossen hat.« Aber falls der Gesandte Ward 1860 irgendeinen Versuch unternahm, sich in das laufende Training und die Patrouillen des Foreign Arms

Corps einzumischen, so war er ungewöhnlich halbherzig und erfolglos.

Die Säumigkeit der Diplomaten, etwas gegen Wards Corps zu unternehmen, trieb die westlichen Kaufleute in Shanghai auf die Barrikaden. Ihre Klagen spiegelten sich, wie so oft, auf den Seiten des *North China Herald*[25], der eine lange und besonders unfaire Kampagne gegen das Corps begann. Die chinesischen Küstenzeitungen im allgemeinen und der *Herald* im besonderen waren in der frühen Phase der westlichen Übergriffe auf das Reich der Mitte ein einzigartiges Phänomen. Ihre Geschichte bietet uns wichtige Informationen darüber, wes Geistes Kind jene Ausländer waren, die sich in den Vertragshäfen ansiedelten, aber auch darüber, warum Männer wie Ward so bitteren Groll gegen sie empfanden. Bis in die späten 1860er Jahre waren diese Blätter nach den Worten eines Fachmanns »Ein-Mann-Unternehmen ..., geleitet von einem Herausgeber mit begrenzter Erfahrung, unterstützt von unzulänglichen Mitarbeitern, abhängig von kargen Nachrichtenquellen.« Da die Ausländerkolonien in den Vertragshäfen nur klein waren, zeigten sich die meisten Herausgeber mehr daran interessiert, das Messer zu wetzen als journalistische Integrität zu kultivieren, und ihre Kommentare tendierten dazu, in mit Klatsch garnierte Streitereien auszuarten.

1860 bestand der *North China Herald* 10 Jahre, erschien wöchentlich und hatte in der Regel 4 bis 8 Seiten. Das Jahresabonnement kostete 15 chinesische *taels* (etwa 24 Dollar). Die Auflage betrug nur etwa 500 Exemplare. Aber das Blatt übte einen weit über seinen Umfang hinausgehenden Einfluß aus, da es dem britischen und amerikanischen Konsul wie auch den privaten Firmen als Organ für ihre Bekanntmachungen diente. Kaufleute, die alles mögliche verkauften, vom »Persischen

Insektenpulver« bis zu Hustenpastillen und Feuerversicherungen, inserierten ebenso im *Herald* wie die Eigentümer von Bekleidungsgeschäften, Kneipen und Billardräumen. Gesellschaftliche und politische Ereignisse wurden in allen Einzelheiten behandelt, und das in einer Sprache, die jeder verstand. Meinungen wurden unverblümt geäußert. Vergleicht man seinen Umfang mit der Fülle der behandelten Themen, dann war der *Herald* in der Tat ein bemerkenswertes Blatt.

1856 war der *Herald* von Charles Spencer Compton übernommen worden, der auf ein langes Engagement im Chinahandel zurückblicken konnte und weder Zuneigung für die Manchu empfand, die er mit der üblichen westlichen Entrüstung betrachtete, noch für die Taiping, in denen er eine Bedrohung des freien Handels sah. Unter Compton äußerte der *Herald* zwar gelegentlich Kritik an der Rebellion, aber er verurteilte konsequent jede militärische Einmischung, weil er befürchtete, daß ein solches Verhalten nur den Zorn der Rebellen auf Shanghai lenken würde.

So berichtete im Juli 1860 ein Korrespondent des *Herald*, daß

> ...am letzten Montag, dem 9. Juli, 29 ausländische Seeleute von ihren im Hafen liegenden Schiffen desertierten, nachdem man sie mit dem Versprechen guter Bezahlung geködert hatte, sich der Befehlsgewalt der Agenten des Taotai zu unterstellen und die kaiserlichen Soldaten gegen die Rebellen zu unterstützen... Solche Söldneranwerbungen wecken bei den Einheimischen Unwillen gegen die Bewohner unserer Gemeinde, denn es kann derzeit nicht erwartet werden, daß die chinesische Bevölkerung zwischen den Charakteren der einzelnen Ausländer zu unterscheiden in der Lage ist.

In Wahrheit nutzte Wu Hsü – wie dieselbe Ausgabe des *Herald* berichtete – die Existenz des Foreign Arms Corps eher als eine Möglichkeit, die »Bevölkerung« zu beschwichtigen als sie zu beunruhigen: »S. E., der Taotai, hat eine Proklamation herausgegeben, um der Bevölkerung mitzuteilen, daß die Rebellen sehr nahe sind, daß sie aber keine Angst zu haben brauche, eingezogen zu werden, da ausländische Soldaten in der Nähe von Sung-chiang bereitstehen.« Trotzdem blieben für den *Herald* Ward und seine Männer eine »Bande« und eine »Schande«, und ihre Operationen waren nichts anderes als »Raubzüge«.

Solche Attribute nahmen sich in einer Zeitung, die strikt für die westlichen Handelsinteressen in Shanghai eintrat, einigermaßen seltsam aus, und es ist verständlich, daß Wards Reaktion auf diese und ähnliche Angriffe gleichgültig bis amüsiert war. »Raubzüge« waren ein allgemeines Anliegen fast sämtlicher Ausländer in China: Grundlage der meisten in den Vertragshäfen erworbenen Vermögen war damals (oder war es einmal gewesen) das Opium, der Rest beruhte weitgehend auf Waffen- und sonstigem Schmuggel, Bodenspekulationen und Betrug. Die moralische Entrüstung westlicher Ausländer, die sich einen Namen durch die Ausweitung des Drogenhandels oder den Verkauf wertloser Waffen zu inflationären Preisen gemacht hatten, konnte jemanden wie Ward kaum erschüttern, der sowohl mit den chinesischen Verhältnissen als auch mit den in den Vertragshäfen üblichen Geschäftspraktiken vertraut war, die er kurz und bündig als »lügen, betrügen und schmuggeln« bezeichnete.[26]

Aber der Opiumhandel strafte nicht nur die Angriffe der westlichen Kolonien gegen Ward Lügen, weit mehr noch offenbarte er die Haltung des Auslands gegenüber der Taiping-Bewegung. Die ersichtliche Unruhe unter den Shanghaier Kaufleuten über die möglicherweise nachteiligen Wirkungen der Rebellion auf den Handel stand im Widerspruch zu den tatsächlichen Verhältnissen, denn die Taiping hatten den westlichen Handel nie bedroht. Im Gegenteil hatten sie sich (wie Thomas Meadows betonte) von Anfang an besonders bemüht, den Transport von Tee und Seide auf dem Yangtse und Huang-pu nicht zu behindern. Ihre Bemühungen waren in den meisten Fällen erfolgreich: Obgleich die Zahlen zwar ständig schwankten, hatte die Rebellion den Export nicht unterbrochen. Tatsächlich hatten die Tee- und Seidenlieferungen in den kritischen Jahren 1860 und 1861 noch zugenommen. Natürlich war die Tatsache, daß die Shanghaier Kaufleute gerade jetzt außergewöhnlich gute Geschäfte machten, während der Chung Wang von Nanking aufbrach, Grund genug zu wachsender Besorgnis über die Auswirkungen des Krieges auf den Handel. Aber genauso viel Sorgen, wenn nicht noch mehr, machten sie sich über den Drogenhandel – eine Sorge, die uneingestanden bei allen Diskussionen, wie man sich den Rebellen gegenüber verhalten sollte, unter der Oberfläche schlummerte. Immerhin war der Opiumhandel das einzige, was die Rebellen konsequent abschaffen wollten – und sicher begingen sie damit ihren größten Fehler gegenüber den westlichen Kolonien in China.

Nach dem Gesetz der Taiping waren Kauf, Verkauf und das Rauchen von Opium verboten, und Verstöße zogen dieselbe drakonische Strafe nach sich, wie sie Chinas Kommunisten ein Jahrhundert später anwandten, um das Opiumproblem endgültig zu lösen: die Todesstrafe. Daß Opium aus Britisch-Indien in den 1860er Jahren eine gewaltige Rolle sowohl bei der Schwächung Chinas als auch für den Wohlstand der westlichen Kolonien in Shanghai gespielt hat, steht außer Frage; aber weil die britischen Diplomaten den Opiumhandel nur ungern in der Öffentlichkeit oder in ihren Berichten erörterten, werden wir möglicherweise nie genau wissen, wie groß der Einfluß des Opiums auf die offizielle englische Politik tatsächlich war.

Allein die Tatsache, daß normalerweise redselige englische Diplomaten und Politiker auf dieses Thema schweigsam und ausweichend reagierten, weist sehr klar auf die große Bedeutung des Opiumhandels für das britische Empire hin. Außerdem hatte man bereits einen Krieg geführt, um den freien Verkauf der Droge zu sichern. Im Opiumkrieg hatte Britannien gegen die Manchu gekämpft, die versucht hatten, den Drogenhandel zu unterbinden. Daß man die aufrührerischen Taiping im selben Licht sah, als diese nun ebenfalls den »englischen Handel attackierten«, ist kaum überraschend. Und da sich die meisten englischen Staatsmänner weigerten, die realen Folgen der Opiumlieferungen auch nur zur Kenntnis zu nehmen, konnten sie sich sogar moralisch im Recht fühlen, wie Lord Palmerston[27] nach dem Opiumkrieg feststellte. Sie verteidigten ihr Terrain mit Zähigkeit. »Die Chinesen müssen lernen und davon überzeugt werden, daß wir auf sie schießen, wenn sie unsere Leute und unsere Fabriken angreifen« – Palmerstons Politik zielte darauf ab, die Opiumhändler zu schützen, ohne dies deutlich zu sagen, und hierin wie in so manchen anderen Dingen wurde er zum Vorbild für viele englische Staatsmänner des 19. Jahrhunderts. Daß die britischen Repräsentanten in China Palmerstons Worte buchstäblich nahmen, zeigte sich im Juli und August 1860, als Frederick Bruces Bruder Lord Elgin nach China zurückkehrte und mit einer gemeinsamen Flotte von mehr als 200 britischen und französischen Schiffen erneut die Festung Taku angriff, um die Niederlage des Vorjahres auszubügeln und die Erfüllung des Vertrages von Tientsin endgültig zu erzwingen. An der Erstürmung der Festung und dem anschließenden Marsch auf Peking nahmen 10000 britische und 6000 französische Soldaten teil. Dabei wurden General Seng-ko-lin-ch'in (bei den britischen Truppen als »Sam Collinson« bekannt) wiederholt besiegt und seine tartarischen Reiter nach Westen in die Flucht geschlagen. Offensichtlich waren die westlichen Verbündeten entschlossen, um jeden Preis den Austausch der Ratifizierungsurkunden des Vertrages von Tientsin in Peking durchzusetzen.

Aber nicht alle Engländer in China billigten die britische Teilnahme an solchen bewaffneten Interventionen bzw. dem Opiumhandel. Einige fanden die Haltung ihrer Nation moralisch so widerlich, daß sie die Sache der Taiping aktiv unterstützten und so zu Gegnern Wards und seines Foreign Arms Corps wurden. Unter ihnen war Augustus F. Lindley[28] sicher der bemerkenswerteste. 1859 als Offizier auf einem Handelsschiff nach China gekommen, war er so entsetzt gewesen über das Verhalten der kaiserlichen Beamten und ausländischen Kaufleute in den Vertragshäfen, und gleichzeitig so fasziniert von der chinesisch-christlichen Bewegung in Nanking, daß er den Yangtse hinauffuhr, um sich selbst ein genaues Bild zu verschaffen. Dabei traf er den Chung Wang, der ihn sehr beeindruckte – später widmete Lindley ihm unter seinem angenommenen chinesischen Namen Lin-le ein zweibändiges Werk über die Revolution und die Rolle, die er selbst darin gespielt hatte. Nachdem er eine Handelserlaubnis für das von den Taiping besetzte Territorium erhalten hatte, begann Lindley bald, den Rebellen Gewehre zu liefern. Als Motiv nannte er später »Sympathie für ein würdiges, unterdrücktes und grausam falsch verstandenes Volk und den Wunsch, gegen die üble Auslandspolitik Englands in den letzten Jahren zu protestieren.« Lindley trat in die Armee des Chung Wang ein, trainierte eine Gruppe von Taiping im Gebrauch von Feuerwaffen und Artillerie und heiratete sogar nach Taiping-Ritus.[29]

Es gab noch andere Engländer, die der Taiping-Armee ihre Dienste anboten, wenn sie auch nicht alle von so offensichtlich edlen Motiven geleitet wurden wie Lindley. Ihretwegen war die Taiping-Führung nach Aussage des Chung Wang bei der Rekrutierung westlicher Söldner zurückhaltend. Man hielt sie für arrogant und unzuverlässig. Der »T'ien Wang«, schrieb der Kommandeur der Rebellen, »wollte keine ausländischen Soldaten einsetzen. 1000 [fremde] Teufel würden sich als Herren über 10 000 unserer Männer aufspielen, und wer wollte das schon? So haben wir sie nicht genommen.« Diese Haltung geriet jedoch mit dem Ende der militärischen Glückssträhne der Taiping Anfang der 1860er Jahre ins Wanken, und es wurden mehr und mehr ausländische Profitjäger als einfache Soldaten angeheuert.

Aber Engländer und andere westliche Ausländer kämpften 1860 nicht nur auf Seiten der Taiping, sie lieferten auch – wie Lindley – Gewehre, sicherten den Nachschub und rekrutierten sogar in Shanghai Soldaten für sie. Ein Amerikaner, von dem nur der Nachname Peacock bekannt ist, überredete Ausländer im Hafen, sich über das von ihren verschiedenen Nationen ausgesprochene Verbot einer aktiven Teilnahme am chinesischen Bürgerkrieg hinwegzusetzen, den Yangtse hinaufzureisen und sich einschreiben zu lassen. Einige dieser Freiwilligen rückten in wichtige Stellungen auf: Der

Wards Porträt von einem unbekannten chinesischen Künstler. Wahrscheinlich saß Ward für dieses Ölgemälde Anfang 1862 Modell, als sein Ruhm und sein Ansehen bei Chinesen und Ausländern gleichermaßen dramatische Höhen erreicht hatten. Erwähnenswert ist, daß Wards linke Mundseite nicht die Erschlaffung zeigt, die durch seine Kieferverletzung verursacht wurde, und auch keine Gesichtsnarben zu sehen sind; der Künstler tat sein Bestes, um sein wahres Aussehen zu verschleiern.

(Mit freundlicher Genehmigung des Essex Institute, Salem, Mass.)

Ansicht von Shanghai in den 1860er Jahren. Aufgenommen von der amerikanischen Seite des Soochow Creek, zeigt das Bild die englische Siedlung auf der gegenüberliegenden Uferseite und die riesigen Handelshäuser entlang des Bundes. Im Hintergrund einige Kriegsschiffe ähnlich dem, von dem Ward 1861 auf halsbrecherische Art floh. Im Vordergrund einige Sampans.

(Library of Congress)

Henry Andrea Burgevine. Dieser Stich – das einzige überlieferte Bild von Burgevine – erschien 1866 in Harper's Weekly. *Wards unglücklicher stellvertretender Kommandeur war ein Jahr zuvor im Gewahrsam kaiserlich-chinesischer Beamter gestorben.*

(Military Collection)

Mauern und Graben von Sung-chiang. Das Foto vermittelt einen guten Eindruck von den Schwierigkeiten, denen sich Wards vergleichsweise kleine Truppe westlicher Offiziere und Filipino-Soldaten gegenübersah, als sie im Juli 1860 die Stadt stürmte. Die Mauern sind aus Stein, und der Graben ist von erheblicher Breite und Tiefe.

(Mit freundlicher Genehmigung des Essex Institute, Salem, Mass.)

Nördliche Kampagne: Die Befestigungen von Taku, August 1860. Dieses Foto wurde aufgenommen, nachdem britische und französische Truppen das Fort gestürmt hatten, das den Zugang nach Peking bewachte. Es beweist die Genialität der Chinesen beim Bau ausgeklügelter Verteidigungsanlagen. Die dicken Erdwälle sind durch ringförmige ›Mauern‹ aus Holz- und Bambusspitzen und tiefe Gräben geschützt. Ward begegnete ähnlichen Hindernissen während der Kämpfe in Kiangsu.

(Bettmann / Hulton)

Nördliche Kampagne: Die alliierten Truppen dringen nach Peking ein, Oktober 1860. Eine populäre französische Darstellung des Endes des französisch-britischen Marsches auf die chinesische Hauptstadt. Trotz der melodramatischen Schilderung zeigt das Bild viele zutreffende Einzelheiten der chinesischen Kriegsführung: Fahnen, riesige Mengen Soldaten in kunstvollen Uniformen und ihre Bewaffnung mit Speeren, Bogen und Pfeilen sowie veralteten Handfeuerwaffen.

(Roger Viollet)

Eine chinesisch-westliche Artillerie-Batterie. Es ist unklar, ob es sich um eine Einheit von Wards Ever Victorious Army oder um eine der verschiedenen franko-chinesischen Truppen handelt, aber das Foto zeigt, warum diese Soldaten unter den chinesischen Bauern Bestürzung und (anfangs) Spott auslösten – sie boten einen ausgesprochenen unchinesischen Anblick. Man beachte den westlichen Offizier links und den chinesischen Unteroffizier mit einem Säbel in der Mitte.

(Mit freundlicher Genehmigung des Essex Institute, Salem, Mass.)

Edward Forester. Ein Foto aus dem Jahr 1896, als er seine sehr fragwürdigen Erinnerungen an die Ever Victorious Army und die Taiping-Rebellion veröffentlichte. Forester zeigt in seinem Gesichtsausdruck jene Willensstärke, die es ihm ermöglicht hat, die brutale Gefangenschaft bei den Rebellen zu überleben.

(Cosmopolitan / Brown Military Collection)

Admiral Sir James Hope. Selbst beim Modellstehen für ein offizielles Porträt legte ›Fighting Jimmy‹ seine kriegerische Miene bzw. lächelnde Arroganz nicht ab – genauso wie Verwundungen und politische Verwicklungen niemals seine Neigung dämpfen konnten, gegen jede wirkliche oder eingebildete Bedrohung des britischen Einflusses oder seines eigenen guten Namens persönlich zu Felde zu ziehen.

(Greenwich Hospital Collection, National Maritime Museum)

Anson Burlingame. Der berühmte Redner und ehemalige U.S.-Kongreßabgeordnete im Mittelpunkt der Gesandtschaft, die er nach Beendigung seiner Amtszeit als amerikanischer Gesandter für China im Auftrag der chinesischen Regierung zu den Westmächten geleitete. Burlingame war der erste Gesandte mit Amtssitz in Peking, wo er zum vertrauten Freund der kaiserlichen Clique wurde.

(Harper's Monthly / The Bettmann Archive)

Tseng Kuo-fan, Li Hung-chang und Tso Tsung-t'ang. Das Bild zeigt den großen Han-Kommandanten und Beamten Tseng Kuo-fan, wie er seine beiden berühmtesten Schüler unterrichtet. Li wurde später Gouverneur der Provinz Kiangsu, während Tso erfolgreich die Provinz Chekiang leitete. Man beachte Tsengs berühmten zerzausten Bart.

(Wan-go Weng / Columbia University Collection)

Li Hung-chang, Chinas berühmtester Staatsmann im 19. Jahrhundert. Das Foto stammt aus der Zeit seiner Ernennung zum Gouverneur der Provinz Kiangsu, wo er Ward traf und eng mit ihm zusammenarbeitete. Lis oft erwähnter Scharfsinn und seine Präsenz sind offensichtlich.

(Bettmann / Hulton)

Engländer Savage, Ex-Lotse und nach einigen Berichten Ex-Soldat, bekleidete unter dem Chung Wang während der Kiangsu-Kampagne im Jahr 1860 einen so hohen Rang, daß man ihm die Verantwortung für ganze Stadt-Garnisonen übertrug. Eine Belohnung mit Geld und Rang stand jedem in Aussicht, der sich so tüchtig wie Savage erwies. Westliche Analytiker wie Andrew Wilson mochten den Anteil der Ausländer, die während dieser Periode am Krieg teilnahmen, geringschätzig als »ein paar Malayen und Filipinos und vielleicht ein oder zwei verrückte englische Seeleute« abtun, aber sie machten die Taiping ohne Zweifel mit modernen Waffen und Taktiken bekannt.

Über die Einstellung der westlichen Ausländer, die im chinesischen Bürgerkrieg auf einer der beiden Seiten gegeneinander kämpften, findet sich bei Lindley ebenfalls ein Hinweis. Er selbst hatte nur Verachtung für jene übrig, die den Manchu dienten – mit Ausnahme von Ward. Nach dessen Tod schrieb Lindley, daß Ward

> ein tapferer und gradliniger Mann war, was immer seine Fehler gewesen sein mögen. Er diente seinen Manchu-Vorgesetzten nur zu gut; aber indem er eine Karriere voller Gefahr und treuer Pflichterfüllung mit dem Opfer seines Lebens abschloß, begrub er alle Fehler mit seinem Tod und ließ jene, die ihn schätzten, mit dem Bedauern zurück, daß er nicht für eine wertvollere Sache gefallen war ... Dieser Abenteurer schuf die Streitmacht, die schließlich für die Vertreibung der Taiping aus dem von ihnen unter dem Namen »Tai-ping tien-huo« errichteten Herrschaftsgebiet hauptverantwortlich war. Mit anscheinend so bedeutungslosen Werkzeugen macht der Große Herrscher des Universums alle Anstrengungen zunichte und besiegelt die Schicksale der Menschen!

Die ersten wirklich bedeutsamen Demonstrationen dieser »anscheinend bedeutungslosen Werkzeuge« erfolgte

Mitte Juli 1860 mit dem zweiten Angriff des Foreign Arms Cops auf Sun-chiang, ein Angriff, der schon bald in Shanghai und schließlich im gesamten chinesischen Imperium legendäre Ausmaße annahm.

Nach der Eroberung von Soochow am 2. Juni hatte der Chung Wang einige Kolonnen nach Osten in Richtung Shanghai in Marsch gesetzt und nacheinander die meisten großen und kleinen Städte im Umkreis des Hafens erobert, inklusive Sung-chiang. Aber ähnlich wie seine Entschlossenheit erlahmt war und sich bereits der Marsch seiner Truppen auf Soochow verlangsamt hatte, so kam auch der Marsch auf Shanghai ins Stocken. Offensichtlich war der Chung Wang froh, dem forschenden Blick seines zunehmend aus dem Gleichgewicht geratenen Anführers, des T'ien Wang, entronnen zu sein. Und er genoß die beträchtlichen Annehmlichkeiten, die Soochow zu bieten hatte. Während er vorgab, Zeit zu brauchen, um neue Soldaten anzuwerben, bevor er nach Shanghai und von dort am südlichen Ufer des Yangtse zurück nach Westen marschieren könne, war er in Wahrheit mit dem Bau einer prächtigen Residenz beschäftigt. Ein Besucher[30] beschrieb sie als »aus mehreren Zimmerfluchten bestehend, die sämtlich durch Passagen und Hallen verbunden, andererseits aber wieder durch unterschiedlich dekorierte Innenhöfe voneinander getrennt sind. In einigen befinden sich Teiche, Bäume und liebliche Felsen. Letztere sind von unterirdischen Gängen durchzogen, und das Ganze bildet ein Labyrinth von palastähnlichen Ausmaßen.«

Inzwischen war es auf dem westlichen Kriegsschauplatz einigen 20 000 kaiserlichen Soldaten schließlich gelungen, die wichtige Taiping-Stadt Anking einzuschließen. Die Belagerung wurde jedoch zunächst nicht konsequent vorangetrieben, was sich erst änderte, als Tseng Kuo-fan den militärischen Oberbefehl über die kaiserlichen Truppen in der Region übernahm. Aber für die Sache der Rebellen war das ein schlechtes Vorzeichen. Nach den Worten Augustus Lindleys begnügten sich die Manchu-Krieger zunächst

> ...mit der üblichen Einleitungsphase chinesischer Kriegführung – Beobachtung, Hurrapatriotismus und gellendem Kriegsgeschrei aus sicherer Entfernung im Hinblick auf jeden möglichen Ausbruchversuch der gefährlichen *changmaos*. Aber Anking war für die chinesische Kriegführung eine äußerst wichtige Festung; sie war der Ausgangspunkt für alle Bewegungen der Taiping in Richtung der nördlichen und nordwestlichen Provinzen, und wer ihre Hauptstadt Nanking oder deren befestigte Außenposten angreifen wollte, mußte zuerst Anking erobern. Die unmittelbar am Ufer des großen Flusses errichtete Stadt war die absolute Herrscherin über diese wichtige Wasserstraße. Ohne sie und ihre unschätzbaren Verbindungswege war jedes größere Vorrücken der Manchu-Truppen in östlicher Richtung unmöglich. Deshalb gürteten die Manchu-Krieger schließlich ihre Lenden, d. h., sie schürzten die Säume ihrer unterrockähnlichen »Unaussprechlichen«, wickelten sich die Zöpfe fest um ihre kahlgeschorenen Köpfe, veranstalteten eine schreckenerregende Schau mit riesigen Fahnen, dröhnenden Gongs, schrecklich bemalten Bambusschilden und einer unglaublichen Verschwendung von Schießpulver, und rückten mit fürchterlichen, die Luft durchschneidenden Schreien vor, bauten sich in sicherer Entfernung außerhalb der Reichweite der Wall-Kanonen auf und vollendeten die Belagerung der dem Untergang geweihten Stadt, indem sie sich selbst mit einer gewaltigen Reihe von Erdwällen und Palisaden umgaben, aus der sie nicht hinaus- und der Feind nicht hineinklettern konnte.

Angesichts dieser Bedrohung begann sich die Taiping-Führung ernste Sorgen über das Verhalten und die

Tätigkeiten des Chung Wang zu machen. Seine Inanspruchnahme in Soochow und Umgebung schien im Gedächtnis des jungen Generals jeden Sinn für die wichtige Rolle ausgelöscht zu haben, die ihm in dem koordinierten, nach Westen gerichteten Angriff zugedacht war. Der Premierminister der Taiping, der Kan Wang[31], schrieb später voller Zorn, daß sich der Chung Wang nach der Eroberung Soochows »auf seinen Lorbeeren ausgeruht und keinerlei Unruhe über die Lage in Anking gezeigt hat«. Einige Autoren haben darüber spekuliert, daß der Chung Wang, der Hofintrigen und Massaker der Taiping müde, die Absicht gehabt habe, als Warlord in den Provinzen Kiangsu und Chekiang eine eigene Militärherrschaft zu errichten. Seine bewiesene Loyalität gegenüber der Sache der Rebellen macht dies unwahrscheinlich, aber angesichts des auf Anking lastenden Drucks warf sein Benehmen in Kiangsu zumindest Fragen auf. Andererseits unterstrich die mißliche Lage Ankings die Bedeutung Shanghais, das über eben die Waffen, Flußdampfer, Gelder und Vorräte verfügte, mit deren Hilfe die Herrschaft der Rebellen im Westen wiederhergestellt werden konnte. Nachdem sich der Chung Wang hierüber klargeworden war und begriffen hatte, daß die Einnahme des Hafens jede Kritik an seinem bisherigen Verhalten zum Schweigen bringen würde, entsagte er im Juli den Freuden Soochows und wandte seine Aufmerksamkeit wieder dem Osten zu.

Wards Entscheidung, einen zweiten Versuch zur Rückeroberung Sung-chiangs zu unternehmen, basierte daher keineswegs nur auf verletztem Stolz oder der Notwendigkeit, das Vertrauen seiner Geldgeber zurückzugewinnen. Es ging vielmehr um reale strategische Probleme. Sung-chiang und die benachbarte befestigte Stadt Ch'ing-p'u (etwa 15 Meilen nördlich gelegen) waren die stärksten Festungen auf dem Weg von Süden bzw. Südwesten nach Shanghai, Bollwerke gegen jeden aus diesen Richtungen geführten Angriff. Zwar ist es richtig, daß nur die Einnahme Shanghais den Rebellen nennenswerte Vorteile gebracht hätte, aber der Besitz von Sung-chiang und Ch'ing-p'u – zusammen mit Chia-ting im Nordwesten, Kao-ch'iao im Norden, der Halbinsel Pootung im Osten sowie Nan-ch'iao und Chin-shan-wei im Süden – verschaffte den Bewohnern von Shanghai eine Atempause, in der sie in relativer Freiheit ihren Geschäften nachgehen und Waren empfangen konnten. Wenn man also den Vormarsch der Taiping aufhalten wollte, dann waren Sung-chiang und Ch'ing-p'u logischerweise die Orte, wo man sie angreifen mußte. Hinzu kam, daß Sung-chiang im konfuzianischen Volkstum einen wichtigen Platz einnahm und Sitz der Präfektur war, zu der auch Shanghai gehörte. Seine Rückeroberung würde den Menschen Mut machen und helfen, das lädierte Ansehen der örtlichen kaiserlichen Beamten wiederherzustellen.

Falls Ward irgendeinen schriftlichen Bericht hinterlassen hat, inwieweit diese Faktoren seine Entscheidung beeinflußt haben, Sung-chiang anzugreifen, so ist er nicht überliefert. Aber diese wie die nächsten Aktionen des Kommandeurs des Foreign Arms Corps deuten darauf hin, daß er derartigen Überlegungen nahezu instinktiv Rechnung trug. Der englische Journalist Andrew Wilson[32] sah in Ward nicht nur »einen Mann mit Mut und Talent«, sondern jemanden, dessen »Verstand fast ausschließlich mit militärischen Angelegenheiten beschäftigt scheint, als liege hierin die wahre Bestimmung seines Lebens«. Der Grundsatz, daß ein wichtiges Angriffsziel (wie Shanghai) am besten nicht unmittelbar geschützt wird, sondern von einer starken vorgezogenen Position aus (wie Sung-chiang), wird nicht nur einer der Grundsätze gewesen sein, die Ward während seines Studiums an der American Literary, Scientific and Military Academy lernte; sie wird sich für ihn auch bei der Belagerungskampagne im Krimkrieg bestätigt haben. Eine kaiserliche Bastion in Sung-chiang würde jedem Vormarsch der Taiping auf Shanghai wie ein Stachel im Fleisch sitzen und wäre eine ideale Basis, um mit »fliegenden Kolonnen« oder äußerst mobilen Stoßtrupps Ziele in der Umgebung anzugreifen. Einen erneuten Angriff zu unternehmen, schien daher absolut notwendig.

Ward ließ sich jedoch von Wu Hsü und Yang Fang nicht wieder zu einem verfrühten Losschlagen drängen. Vielleicht aus Zweifel an der Richtigkeit ihrer Entscheidung, den Amerikaner beauftragt zu haben, verlangten sie Anfang Juli besorgt einen sichtbaren Beweis seiner Tüchtigkeit. Aber ihre Ungeduld hatte bereits einmal für das Foreign Arms Corps fast das Aus bedeutet. Ward – der im Laufe seiner Karriere nie einen Fehler zweimal machte – nahm sich deshalb die Zeit, den zweiten Angriff gründlich vorzubereiten. Möglicherweise konnte er Yang überzeugen, daß er noch Zeit brauchte, vielleicht hat er aber auch eine Taktik angewandt, der er sich nach Charles Schmidt[33] im Umgang mit den »Mandarins« zumeist bediente:

Wann immer ihm die Mandarins befahlen, etwas zu tun, sagte er stets ja – und meinte nein –, aber auf eine so gewinnende Art, daß sie an seiner Lauterkeit keinen Zweifel hegten. Und jedesmal vertröstete er sie danach auf einen günstigeren Zeitpunkt und behandelte die Sache in der Zwischenzeit nach eigenem Gutdünken, so daß das Resultat stets seinen eigenen Vorstellungen entsprach. Dann entschuldigte er sich, daß er in der Eile ihre Befehle nicht habe ausführen können. Die Mandarins, die nunmehr sahen, was dabei herausgekommen wäre, wenn er ihren Befehlen Folge geleistet hätte, widerstanden der Versuchung, ihn wegen Ungehorsams ins Gebet zu nehmen, und wagten nicht den Mund aufzumachen, aus Furcht, ihre eigene Dummheit zugeben zu müssen.

Die wichtigste Aufgabe, die in Angriff genommen werden mußte, bevor man den Feldzug begann, war die Verstärkung des hervorragend mit Handfeuerwaffen ausgerüsteten Corps durch Geschütze. Über die üblichen Kanäle kaufte Ward zwei Zwölfpfünder, Vorderlader-Bronzekanonen, sowie acht Bronze-Sechspfünder. Dies waren langrohrige Kanonen mit flachen Flugbahnen und hoher Geschoßgeschwindigkeit, die im allgemeinen ihre Geschosse zuverlässig abfeuerten und äußerst wirkungsvoll waren, wenn es galt, Verteidigungsanlagen zu bombardieren oder Breschen in geschlossene Kampfordnungen zu reißen. Haubitzen und Mörser dagegen besaßen eine größere Richthöhe und konnten höhere Flugbahnen erreichen, so wie die mit der vernichtenden Erfindung des Engländers Henry Shrapnel gefüllten Sprengkörper; abgeschossen wurden sie aus hinter den Verteidigungsmauern eingesetzten Granatwerfern. Bei den Vorbereitungen seines Angriffs auf Sung-chiang konzentrierte Ward sich vor allem auf die Zerstörung der Stadttore, wozu ihm die Kanonen dienen sollten, während Haubitzen und Mörser erst in einem späteren Abschnitt eine wichtige Rolle spielen würden.

»Zwölfpfünder« waren 1860 die von der französischen Armee am häufigsten eingesetzten Kanonen, während »Zwölfpfünder-Haubitzen« (die eine höhere Flugbahn erreichten) die einzigen von den Vereinigten Staaten verwandten Geschütze waren. Aber Ward kaufte sehr wahrscheinlich englische Modelle. Der britische Zwölfpfünder hatte ein 1,98 Meter langes Rohr und wog eineinhalb Tonnen. Der Sechspfünder war mit 1,53 Meter Rohrlänge und einem Gewicht von kaum 700 Pfund weniger schwerfällig. Die Beförderung der Geschütze war in dem, was der Chung Wang[34] als die »vom Wasser abgeschnittene Landschaft« der Provinz Kiangsu bezeichnete, eine heikle Angelegenheit, wie überhaupt alle militärischen Manöver: »Truppenbewegungen sind schwierig«, schrieb der Chung Wang. »Überall ist Wasser, und es stehen keine anderen Wege zur Verfügung [als die Kanäle und Hauptstraßen].« Das Training der Filipinos und der unerfahrenen westlichen Söldner im Gebrauch solch schwerer Waffen brauchte Zeit, und Ward zog sich einmal mehr den Zorn der englischen Kolonie zu, als er sich besonders darum bemühte, britische Kanoniere als Ausbilder anzuwerben.

Zusammen mit den Geschützen kaufte Ward zusätzliche Gewehre für seine wachsende Truppe (die sich bald auf 200 Mann belief) sowie Macheten, Sturmleitern, kleine Boote, Stinktöpfe und Munition. Er hatte offensichtlich begriffen, daß die Taiping ein ernstzunehmender Gegner waren und daß er zur Überwindung der Befestigungsanlagen von Sung-chiang jeden Vorteil nutzen mußte, den er sich erkaufen konnte. Dennoch würden die Waffen allein nicht genügen, um den gewünschten Effekt zu erzielen, wenn er nicht gleichzeitig eine adäquate Taktik anwandte. Ward begann seine Operationen in einer Zeit, in der sich die gesamte Kriegführung in einem grundsätzlichen Wandel befand. Dieser Wandel war durch die Einführung des gezogenen Laufs und des Hinterladermechanismus bei Gewehren und Geschützen eingeleitet worden, die die Zielsicherheit und die Feuergeschwindigkeit dramatisch verbesserten. Die taktischen Konsequenzen dieser Revolution waren dagegen bisher völlig vernachlässigt, zum Teil von den Armeen in Ost und West gar nicht gesehen worden. Aber die späteren Schauplätze der Taiping-Rebellion sollten zusammen mit dem amerikanischen Bürgerkrieg und dem österreichisch-preußischen Krieg von 1866 eine der großen Arenen abgeben, in denen sich diese Konsequenzen grausam offenbaren würden.

In seiner Studie über die Strategie und Taktik des amerikanischen Bürgerkriegs machte der berühmte englische Militärhistoriker und -theoretiker J. F. C. Fuller eine interessante Beobachtung, die sich gleichermaßen auf Wards Situation in China anwenden läßt. Fuller glaubte, daß die »falsche Einschätzung der Macht der Gewehrkugel ursächlich war für die größte Tragödie der modernen Kriegführung, für einen Wahnsinn, in dem Millionen für einen Traum starben – nämlich für den Griff zum Bajonett, dem Aufblitzen des Stahls, dem Stich und dem Siegesgeschrei«. Beide, die Taiping wie die Kaiserlichen, legten großen Wert auf »das Aufblitzen des Stahls, den Stich und das Siegesgeschrei«, und dies selbst dann noch, als bereits moderne Feuerwaffen eingeführt worden waren. Sie hatten wenig Ahnung und keinen Bedarf an jener Taktik, die schließlich die Probleme löste, die durch die Weiterentwicklung der Gewehre entstanden waren, die Taktik, die noch heute eine moderne Kriegführung charakterisiert: Beweglichkeit (von einzelnen Soldaten wie ganzen Einheiten) und Unterstützung durch intensives, präzises Artilleriefeuer. Es war Ward, der diese Taktik in China einführte und der sich damit unter die vorausschauendsten Kommandeure seiner Zeit einreihte.

Mitte Juli waren das Foreign Arms Corps und sein Kommandeur wieder zum Kampf bereit. Da Ward den

Wert der Mystik in der chinesischen Gesellschaft kannte, hatte er einen persönlichen Stil entwickelt, der bei der einheimischen Bevölkerung, aber auch bei seinen Soldaten Ehrfurcht weckte (und nicht wenig Bestürzung). Er verzichtete auf die goldenen Tressen und Ehrenzeichen, die die Mäntel und Jacken der westlichen Heerführer schmückten (und vieler seiner eigenen Offiziere) und trug statt dessen einen schlichten dunkelblauen, in der Regel hochgeschlossenen Gehrock, einen sogenannten Prinz Albert. Ein weißes Hemd und ein schwarzes, lose um den Hals geknotetes Tuch vervollständigten diese einzigartige Uniform, die er gelegentlich durch einen Umhang und manchmal durch eine französische Uniformmütze ergänzte. Am wichtigsten war jedoch, daß Ward auf »Seitenwaffen« verzichtete und nur mit einem kurzen spanischen Rohr oder einer Reitpeitsche bewaffnet in die Schlacht zog. Dieser Spazierstock sollte für viele Chinesen sein Markenzeichen und das Symbol für seine übermenschliche Verwegenheit werden – und seine Unverwundbarkeit. Aberglaube mag absurd sein, aber in China nahm man so etwas wichtig, und deshalb kultivierte es Ward. Außerdem hatte der Rohrstock noch einen »praktischen« Symbolgehalt: Disziplinarische Prügelstrafen wurden im Reich der Mitte mit eben einem solchen Instrument vollzogen.

Die Tatsache, daß ihn seine auffällige Kleidung im Kampf zu einem leicht erkennbaren Ziel machte, zählte für ihn weniger als der positive Effekt, die sie auf seine Männer und die Chinesen insgesamt ausübte. Als sich dieser Effekt mit der Zeit immer mehr steigerte, achtete er noch konsequenter auf sein Image. Archibald Bogle[35] – Leutnant und späterer Admiral in der British Royal Navy, der Ward in China kennenlernte und zur

Zeit seines Todes bei ihm war – erinnerte sich später, daß er »Ward nie mit einem Säbel oder irgendeiner Waffe sah. Er trug gewöhnliche Kleidung – einen dichten, kurzen Umhang und eine Kappe, hatte einen Stock in der Hand und generell eine Manilazigarre im Mund«. Und je mehr Schlachten Ward unbewaffnet überlebte, um so mehr setzte er sich der Gefahr aus. Im Gespräch mit westlichen Ausländern äußerte er häufig so etwas wie ein abergläubisches Vertrauen auf sein Glück und den Schutz der Vorsehung; eine Vorstellung, wie sie unter den Chinesen zirkulierte.

In der Nacht des 16. Juli 1860 brach Ward ein zweites Mal nach Sung-chiang auf. Die genauen Umstände der Schlacht sind immer wieder Gegenstand von Diskussionen und Argumentationen gewesen, aber in Shanghai setzte sich schließlich eine Version durch, die wahrscheinlich der Wahrheit am nächsten kommt. Wards Absicht bestand – wie beim erstenmal – darin, im Schutz der Nacht einen Überraschungsangriff zu führen. Aber dieses Mal gab er sich mehr Mühe, den Erfolg zu sichern. Die meisten seiner westlichen Offiziere ließ er in Kuang-fu-lin zurück, wo ihr betrunkenes Lärmen von den Rebellen nur als ein Zeichen dafür interpretiert werden konnte, daß der Hauptteil des Corps auf der faulen Haut lag. Unterdessen gingen Ward und Burgevine zusammen mit etwa 100 bis 200 Filipinos an Bord eines flachbödigen Dampfers. Sie bewegten sich auf einem der Hauptkanäle der Gegend, aber eher in Richtung Ch'ing-p'u als in Richtung Sung-chiang. Dieses Ablenkungsmanöver wurde dadurch perfekt gemacht, daß Wards Truppe das Schiff heimlich verließ und in eine Gruppe kleinerer Boote umstieg, während der Dampfer geräuschvoll in Richtung Ch'ing-p'u weiterfuhr. Das Corps erreichte den Stadtgraben von Sung-chiang im Schutz eines dichten Nebels kurz nach 22 Uhr. Ward führte seine Leute vor das Osttor der Stadt, auf dem eine mit Haubitzen bewaffnete Artillerietruppe der Taiping stationiert war. Es gelang dem Corps, seine Kanonen unbemerkt in Position zu bringen und auf das Tor zu richten. Kurz vor 23 Uhr eröffneten sie das Feuer.

Während die Sechs- und Zwölfpfünder mit ihrem massiven Feuer Balken und Eigenarmierungen des Tors zertrümmerten, warfen Wards Fußsoldaten Sturmleitern über den Graben und stürmten unter den Bogengang vor dem Tor, wo sie das Abwehrfeuer der Taiping nicht erreichen konnte. Durch das zerschmetterte Tor führte Ward einen Stoßtrupp nach drinnen, wo sich ihnen ein unwillkommener Anblick bot: ein zweites Tor aus dicken, ebenfalls eisenbeschlagenen Planken – aber außerhalb der Reichweite ihrer Kanonen. Es schien keine Möglichkeit zu geben, dieses Hindernis zu überwinden, denn Wards Geschütze konnten nicht über den Graben gebracht werden. Inzwischen waren auch die Taiping munter geworden und eröffneten ein heftiges Feuer auf Wards Leute, die sich unter den Bogengang vor dem äußeren Tor zurückzogen.

Ward wählte eine kleine Gruppe Filipinos aus und zog sich mit ihnen unter heftigem Musketenfeuer der Taiping wieder hinter den Stadtgraben zurück. Hier holte der Trupp 20 Fünfpfundsäcke mit Pulver und trat den Rückweg zum Osttor an. Unter dem Feuerschutz der Filipinos – deren sorgfältige Ausbildung im Gebrauch von Sharps Hinterladern sich nun auszuzahlen begann – packte Wards Trupp die Pulversäcke unter das innere Tor und zündete sie. Es gab eine gewaltige Explosion. Als sich der Staub legte, schien es zunächst, als habe das Pulver nicht gewirkt: Das Tor stand noch immer. Aber dann zeigte sich ein schmaler Spalt, gerade breit genug, daß ein bis zwei Männer sich gleichzeitig hindurchzwängen konnten.

Was dann geschah, gehört zu den eher ungewissen und phantastischen Teilen der Geschichte von der zweiten Schlacht um Sung-chiang. Volkstümliche Berichte erzählen, daß Ward, als er sah, wie seine Leute voller Furcht vor dem inneren Tor zögerten, mit seinem Rattanstock auf den Spalt gezeigt und gesagt hätte: »Los, Jungs, da gehen wir rein.«[36] Dann sei er auch schon durch das Loch verschwunden und Vincente, Burgevine und der Rest der Filipinos seien ihm unmittelbar gefolgt. Andere Berichte besagen, daß Vincente als erster eingedrungen wäre, was durchaus der Fall gewesen sein kann. Richtig ist aber auf jeden Fall, daß Ward häufig die Angst seiner Leute dadurch überwand, daß er sich selbst den größten Gefahren aussetzte, wie man es von einem Offizier des 19. Jahrhunderts sonst kaum gehört hat. Im allgemeinen hielt sich der Führungsstab damals im Hintergrund.

Innerhalb des zweiten Torweges von Sung-chiang befand sich eine breite Rampe, die zur Haubitzen-Batterie der Taiping hinaufführte, wo sechs Geschütze das Feuer von Wards Kanonen jenseits des Stadtgrabens beantworteten. Zwei Stunden brauchten Ward, Burgevine, Vincente und die Filipinos, um sich dicht zusammengedrängt den Weg nach oben zu erkämpfen, wobei die Sharps-Gewehre so schnell schossen, daß sie mit ihrem Mündungsfeuer angeblich sogar die Kleidung der Taiping in Brand setzten. Außerdem leisteten die Filipinos ganze Arbeit mit Macheten und den gefürchteten *Kris*, gebogenen Klingen, von denen angeblich eine mystische Kraft ausging und die im Nahkampf äußerst wirksam waren. Um 1 Uhr nachts endlich eroberten Wards

Leute die Haubitzen. Ward drehte die Geschütze um und belegte das Zentrum von Sung-chiang mit einem Geschoß, wobei – wie später behauptet wurde – ein Drittel der in die Tausende gehenden Verteidiger umkam.

Der Gesamtplan der Operation sah vor, daß Wards kleine Truppe an diesem Punkt von einem großen Kontingent der Green Standard-Krieger des Li Heng-sung unterstützt werden sollte, die ein paar Meilen entfernt in Stellung gegangen waren. Diese Truppe sollte sich Sung-chiang nähern, sobald Ward ein Raketensignal von den Mauern der Stadt abfeuerte. Aber das Foreign Arms Corps erhielt leider eine trostlose Lektion über die Unzuverlässigkeit kaiserlicher Truppen. Es wurden mehrere Raketen abgefeuert, aber von den Green Standard-Soldaten war nichts zu sehen. Erst gegen 6 Uhr, als Li im Tageslicht sah, daß die Taiping tatsächlich aus Sung-chiang flohen, rückte er schließlich auf die Stadt vor.

Nur wenige von Wards Männern waren noch auf den Beinen. 62 waren tot und weitere 100 verwundet. Ward selbst hatte seine erste von wenigstens 15 Verwundungen während seiner Karriere in China erlitten, und zwar an der linken Schulter. Derartige Verletzungen konnten ihn jedoch nie bremsen: Innerhalb der ersten sechs Stunden nach der Eroberung von Sung-chiang errichtete er sein Hauptquartier in der Nähe eines konfuzianischen Tempels, schickte die Verwundeten nach Shanghai zurück und sorgte dafür, daß Li Heng-sungs Männer als Garnison und Polizei in die Stadt einzogen. Für jene von Wards Männern, die noch einigermaßen laufen konnten, folgte dann die versprochene Plünderung, eine altehrwürdige chinesische Tradition, die von allen Armeen praktiziert wurde, um sich die Loyalität der eigenen Soldaten zu sichern. Außer Waffen und Munition hatten die Taiping in Sung-chiang Vorräte an Silber und anderen Wertsachen zurückgelassen, die sie während ihres Marsches durch Kiangsu geraubt hatten. Diese Sachen wurden unter die Soldaten des Foreign Arms Corps verteilt, wobei den Hauptanteil Männer wie Burgevine und Vincente erhielten, die sich durch außergewöhnlichen Mut ausgezeichnet hatten. (Die Ausländer in Shanghai empörten sich zwar über diese Praxis, aber während ihres Marsches auf Peking sollten sich die britischen und französischen Truppen selbst als die rücksichtslosesten Plünderer von allen erweisen.) Dann erging eine Proklamation, die den Einwohnern von Stadt und Umgebung einmal mehr befahl, dem Kaiser in Peking Treue zu schwören. Und am Nachmittag schließlich kehrte Ward nach Shanghai zurück, um seine Schulter behandeln zu lassen.

Der Sieg fand ein unmittelbares Echo in allen Gemeinden Shanghais. Für Wu Hsü, Yang Fang und überhaupt alle Chinesen war Ward ein Held, der den Taiping in Kiangsu den ersten bedeutenden Schlag versetzt hatte. Für die Europäer jedoch hatte Ward sich endgültig als gefährlicher Freibeuter und Bandit, vielleicht sogar als Wahnsinniger erwiesen. Allgemein wurde befürchtet, daß die Aktionen des Corps die Armee des Chung Wang nunmehr veranlassen würde, gnadenlos über Shanghai herzufallen. So wurde in den Kolonien alles getan, um die Schlacht um Sung-chiang herunterzuspielen und Ward in Mißkredit zu bringen. Der *North China Herald*[37] zum Beispiel ging über die Ereignisse vom 16./17. Juli wie folgt hinweg: »Nachdem die Rebellen Sung-chiang völlig ausgeraubt hatten, verließen sie die Stadt, da sie sich mit den Filipinos nicht vertrugen, und zogen sich nach Ssu-ching zurück. Die Kaiserlichen entsandten einen Offizier, um zu erkunden, warum es in der Stadt so ruhig war, und als sie sicher waren, daß der Feind abgezogen war, stürmten sie hinein und enthaupteten so viele der unglücklichen Einwohner, wie sie erwischen konnten.«

Der Herausgeber des Blattes, Charles Compton, griff darüber hinaus das Foreign Arms Corps an: »Die Filipinos halten sich noch immer in der Nähe von Sung-chiang auf und plündern, was sie können. Die Chinesen werden demnächst eine lange Rechnung mit dieser Sippschaft zu begleichen haben. Kann man nicht den spanischen Konsul dazu veranlassen, ihnen als spanischen Untertanen zu befehlen, zurückzukehren? Wir sind sicher, daß ihm die Vertragsmächte dabei Hilfe leisten würden. Es ist eine Schande, daß es einer solchen Verbrecherbande erlaubt sein soll, alle Gesetze zu verhöhnen, nur weil sie im Sold des Taotai steht.«

Und dann folgte noch diese schwarzseherische – und völlig falsche – Warnung an die beunruhigten ausländischen Einwohner von Shanghai: »Der Taotai richtete alle seine Bemühungen darauf, den Ort [Sung-chiang] wieder einzunehmen und die Rebellen zu veranlassen, gegen Shanghai auf einer anderen Straße vorzurücken. Sie kommen jetzt also auf einem anderen Weg, und man tut alles, die Vision vom ausländischen Gold und Opium bei ihnen wachzuhalten sowie sie vom absolut hilflosen Zustand der Kolonie zu überzeugen.«

Neben den irritierten Ausländern bemühten sich auch kaiserliche Beamte, die an den Ereignissen in Sung-chiang nicht beteiligt waren, Berichte über Wards Sieg zu kritisieren und zu verdrehen. Einer von ihnen, Wu Yün – der einen Posten in Soochow bekleidete, aber im Frühjahr nach Shanghai geflohen war – behauptete, daß Ward Sung-chiang angegriffen habe, als alle kampffähigen Taiping außerhalb der Stadt gewesen seien. Der Rest der Garnison – erklärte Wu – habe nur aus den Alten und Untauglichen bestanden, und Ward habe nichts weiter zu tun brauchen, als mit ein paar Männern unter einem der Wassertore hindurchzuschwimmen, die die Kanäle der Stadt schützten, eins der vier Haupttore zu erobern und es für den Rest des Corps zu öffnen. Wu Yüns Version der Geschichte ist indessen ebenso unglaubwürdig wie so viele andere Berichte chinesischer kaiserlicher Beamter. Es ist richtig, was ein Experte der Taiping-Zeit geschrieben hat: demnach waren solche Leute »häufig verlogen, fast immer schlecht unterrichtet und unvermeidlich voreingenommen«.[38]

Ob nun als Helden oder Kriminelle, auf jeden Fall machte die Eroberung von Sung-chiang den Söldnerführer Ward, seinen Hauptmann Burgevine und den Rest des Foreign Arms Corps in ganz Kiangsu berühmt. Das wichtigste praktische Resultat war jedoch die Auszahlung der mit Wu Hsü und Yang Fang ausgehandelten Siegprämie. Die genaue Höhe dieser Belohnung ist ein weiterer strittiger Punkt in Wards Biographie. Die Schätzungen liegen zwischen 10 000 Taels (etwa 16 000 Dollar) und 75 000 Taels (oder 133 000 Dollar). Der tatsächliche Betrag lag wohl eher in der Nähe der zweiten Zahl, und ohne Frage konnte Ward das Geld in den nächsten Monaten gut gebrauchen. Denn der Sieg in Sung-chiang brachte ihm kein Glück, sondern stand am Anfang einer ausgesprochenen Pechsträhne, einer Zeit der Niederlagen, schweren Verwundungen und schließlich seiner Verhaftung.

IV

»Nicht, wie erhofft, tot...«

Nach dem Sieg in Sung-chiang brachte man Ward und seine Männer eng mit der Stadt in Verbindung (das Corps wurde häufig als »die Sung-chiang-Leute« oder »die Sung-chiang-Truppe« bezeichnet), und unvermeidlich kam es zu Unstimmigkeiten mit den örtlichen kaiserlichen Verwaltungsbeamten. Während dieser Auseinandersetzungen scheint Ward zum ersten Mal die Grenzen seines Takts gezeigt zu haben. Da er zu Recht argwöhnte, daß die von Hsüeh Huan und Wu Hsü in Sung-chiang eingesetzten Aufsichtsbeamten zugleich den geheimen Auftrag hatten, ein sorgfältiges Auge auf das Foreign Arms Corps und seinen Kommandeur zu haben, übernahm Ward selbst die tatsächliche Kontrolle über die Stadt und weigerte sich, auch nur nominell die militärische Oberhoheit an irgend jemand abzutreten. Ein derartiges Verhalten war für die örtlichen Mandarins äußerst beleidigend, deren Verantwortung sowohl den zivilen als auch militärischen Bereich umfaßte. Aber Ward schob ihre Proteste brüsk beiseite, und wenn die unglücklichen Mandarins Burgevines Wege kreuzten – der das Corps während der häufigen Besuche Wards in Shanghai befehligte – blieb es nicht immer bei Worten.

Ward richtete sein ständiges Hauptquartier in Sung-chiang neben einer kleinen christlichen Kirche ein, und von dort aus wandte er sich den vielfältigen Problemen der Vergrößerung und besseren Ausrüstung seiner

Truppe zu. Die Eroberung Sung-chiangs brachte ihm Dutzende von eifrigen neuen Freiwilligen, zumeist westliche Ausländer, die von der Plünderung und den Prämien nach dem Kampf gehört hatten. Aber Ward – der angesichts des Erfolgs seines Corps schnell als Colonel Ward bekannt wurde – hatte während des Feldzuges eine Reihe wichtiger Lektionen gelernt. Vincente und die Filipinos hatten sich souverän behauptet, und Ward betrachtete westliche Rekruten fortan mit Argwohn. Außerdem unterwarf er die Ausländer, die er aus dem alten Corps behalten oder nach dem Fall von Sung-chiang angeheuert hatte, einer noch strengeren Disziplin. Ein typisches Beispiel dafür, wie Ward auf Ungehorsam, Trunkenheit oder beleidigendes Verhalten seiner westlichen Offiziere gegenüber ihren Untergebenen reagierte, wurde einige Monate später von einem dänischen Mitglied seines Corps, John Hinton[1], berichtet. Von britischen Truppen wegen Verletzung der Neutralitätsgesetze verhaftet, bezeugte Hinton, daß einer von Wards Offizieren, ein Preuße,

> ... auf Wards Befehl in Sung-chiang wegen Ungehorsams inhaftiert wurde. Ich sah ihn inmitten einer Menge chinesischer Häftlinge; er trug schwere Ketten und wurde schändlich behandelt. Wenige Tage später hatte Egan, Wards Leutnant, mit dem Colonel eine Auseinandersetzung, weil Egan beim Exerzieren einen Mann geschlagen hatte. Egan zog darauf seine Uniform aus und erklärte, er würde nach Shanghai gehen. Ward machte ihm klar, daß dies nicht infrage käme. Am gleichen Abend betrank sich Egan sinnlos, und als er im Bett lag, schickte Ward ein paar Männer hin, die ihn als Gefangenen nach Sung-chiang brachten, wo er zusammen mit dem Preußen inhaftiert wurde.

Die Berichte verbitterter westlicher Freibeuter, die mit der Erwartung nach Sung-chiang gereist waren, hier ein

Leben in Saus und Braus führen zu können und sich statt dessen einem regulären militärischen Drill ausgesetzt sahen, wurden von den westlichen Kaufleuten und besonders den britischen Beamten in Shanghai als Beweis angeführt, daß das Foreign Arms Corps keine Freiwilligeneinheit sei, sondern eine kriminelle Organisation gekidnappter und zum Dienst gepreßter Soldaten. Die Engländer verwandten ungern den Terminus »zum Dienst pressen«, sehr wahrscheinlich, weil dies bei den Streitkräften Ihrer Britischen Majestät allzu häufig vorkam, und sprachen lieber von »gewaltsamem Anwerben«. Aber Ward ging weiter seinen Angelegenheiten nach, ohne sich um die Beschimpfungen der Engländer groß zu kümmern. Schon wenige Monate später sollte sein Verhältnis zur englischen Kolonie in Shanghai von offener Feindschaft zu echter Zusammenarbeit übergehen. Dennoch gibt es keinen Beweis dafür, daß er jemals sein grundsätzliches, typisch amerikanisches Mißtrauen gegen alles Englische verlor, obgleich er einige Engländer später durchaus respektierte. Seine Einstellung war in der englischen Gemeinde in China bekannt und verärgerte so manchen. Ein besonders empörter Zeitgenosse[2], der für die *Hongkong Daily Press* schrieb, stellte später fest:

... man hätte erwarten können, daß er eine Vorliebe für die Engländer hatte oder aber in der Lage gewesen wäre, die anti-englischen Animositäten zu unterdrücken, die so viele seiner Landsleute und Altersgenossen charakterisieren. Aber nein, Sir, er haßt England und die Engländer von ganzem Herzen. Er duldet keinen Engländer neben sich und will mit ihnen nichts zu tun haben. Alle Weißen in seiner Umgebung sind ungebildete Amerikaner, die seine Gefühle teilen ... Sie werden sehen, daß Colonel Ward und seine Gang sich als ein sehr wichtiger anti-englischer Faktor erweisen werden, falls die Kaiserlichen die Oberhand gewinnen.

Natürlich war diese Sicht höchst ungenau. Einige der besten Offiziere Wards waren Engländer – nur eben Deserteure. Aber in der Schilderung der gegenseitigen Feindschaft, die häufig zwischen der amerikanischen und der englischen Bevölkerung in den Vertragshäfen Chinas herrschte, und in seiner blinden Beschimpfung Wards war der Bericht in der Tat typisch (diese Feindschaft vertiefte sich kurz darauf noch, als Britannien im amerikanischen Bürgerkrieg stillschweigend die Konföderierten unterstützte).

Selbst wenn Ward im Juli 1860 etwas für die Verbesserung seines Rufes in den Ausländerkolonien Shanghais hätte tun wollen, es wäre ihm dafür gar keine Zeit geblieben. Nicht nur, daß er ständig mit neuen Rekruten und Nachschub zwischen dem Hafen und Sung-chiang unterwegs war, er kümmerte sich auch noch im Detail um die Verwaltung seiner Truppe und der Region Sungchiang. Die Liste der Angelegenheiten, die seinen persönlichen Einsatz erforderte, war lang. Aber zwei Probleme verlangten seine besondere Aufmerksamkeit: die angemessene medizinische Versorgung seiner Leute einerseits und die Ausplünderung der einheimischen Bevölkerung andererseits durch seine Offiziere während seiner Abwesenheit in Shanghai. Diese Haltung sagt viel darüber aus, was Ward wichtig war, und macht deutlich, warum sein Verhältnis zu den westlichen Offizieren seines Corps häufig ziemlich gespannt war.

China war auf medizinischem Gebiet keineswegs ein Entwicklungsland; die traditionelle Kräuterheilkunde war in der Mitte des 19. Jahrhunderts fest etabliert. Wurde aber ein Soldat verwundet, so galten die örtlichen Beamten wie Wu Hsü generell die ärztliche Behandlung durch Geld ab. Die Verwundeten wurden flüchtig versorgt und entlohnt. Waren ihre Wunden aber ernst, so wurden sie entlassen und mußten sich um alles weitere selbst kümmern. Ward versuchte dies alles zu ändern, indem er in Sung-chiang das erste von einer Reihe von »Lazaretten« einrichtete. Ihre Aufgabe bestand nicht nur in der Behandlung von Verwundungen, sondern schlechthin aller körperlichen Beschwerden seiner Soldaten. Wards Bemühungen hatten jedoch nur »mittelmäßigen Erfolg«, wie Dr. Macgowan[3] später berichtete. »Sein Chirurg litt unter einem unstillbaren Durst, den er aber nie mit Wasser zu löschen versuchte, da er ziemlich wasserscheu war. Trotzdem vertrauten ihm die Soldaten – zumindest in seinen klaren Momenten. Einmal taumelte dieser Stabsarzt während eines Geplänkels in eine Grube mit Indigo und wäre auf der Stelle umgekommen, hätte ihn nicht ein boshafter Zuschauer herausgezogen, um ihm die weitere Vernachlässigung seiner ärztlichen Pflichten zu ermöglichen.«

Wenn auch Wards Versuche, seinen Männern eine angemessene ärztliche Versorgung zu sichern, nicht immer Früchte trugen, so ärgerten sie auf jeden Fall Wu Hsü. Dieses Thema wurde während Wards Zeit in Kiangsu zum ewigen Zankapfel zwischen den beiden, und der Taotai beklagte sich sogar noch nach Wards Tod, daß das Corps, wohin immer es ging, »stets eine medizinische Versorgungsstation einrichtet. Selbst wenn die Soldaten nur eine kleine Unpäßlichkeit haben, schickt man sie sofort dorthin. Die monatlichen Kosten für die medizinische Versorgung übersteigen mehrere 100 Taels.« Daß Ward für diesen »Aufwand« verantwortlich war – und auf der Zahlung bestand –, zeigt die Tatsache, daß Wu nach seinem Tod den Befehl gab: »Ab sofort bekommen im Kampf verwundete Soldaten nach den gleichen Grundsätzen wie die Offiziere eine angemessene Geldsumme ausbezahlt, um ihre Wunden pflegen zu können, während die medizinische Versorgungsstation geschlossen werden soll.«

In bezug auf die Bewohner von Sung-chiang und die Bauern in der Umgebung hatte es Ward noch schwerer, seine Vorstellungen durchzusetzen. Kaum einer der westlichen Ausländer, und schon gar kein Söldner, machte sich Gedanken über die verhängnisvollen Folgen von Plünderungen bei einer bereits ausgebluteten Bevölkerung. Die Aussicht auf Kriegsbeute war schließlich der Grund, warum sich die Leute anwerben ließen. Auch die Filipinos nahmen anfangs jede Möglichkeit wahr, Beute zu machen. Dabei darf man nicht vergessen, daß während der Taiping-Rebellion das Plündern eine entschieden unmenschliche Dimension hatte: Junge Frauen und Männer wurden als Siegprämie und gerechte Beute betrachtet. Ward bemühte sich von Anfang an, solche Plünderungen ausschließlich auf Geld und Wertgegenstände zu beschränken. Wer dagegen verstieß, wurde hart bestraft. »Es ist wirklich Ward zu verdanken«, schrieb Dr. Macgowan, »daß er seine Männer überzeugte, von einer Ausplünderung der Menschen abzusehen, für deren Schutz er sie bezahlte... Daß ganze Dörfer aus Angst in die von Rebellen gehaltenen Städte geflohen seien, wurde von Männern unter Wards Kommando nie berichtet.« Auch Charles Smith erinnerte sich an Ward: »Insbesondere achtete er sorgfältig darauf, daß seine Männer die Bevölkerung nicht mutwillig tyrannisierten.«

Aber für Ward muß dies ein undankbarer Job gewesen sein, und mit Sicherheit war es eine Politik, die Monate brauchte, um sich durchzusetzen. Selbst Burgevine, der ihm wertvolle Hilfe bei der Aufrechterhaltung der Disziplin im Lager und besonders in der Schlacht leistete, hat Wards zugegeben begrenzte, aber dennoch echte und ungewöhnliche Sorge um die Bauern der Provinz Kiangsu nie so ganz verstanden. Deshalb mußte Ward immer damit rechnen, wenn er tage- oder wochenlang geschäftlich in Shanghai war, daß sich die Dinge in und um Sung-chiang verschlechterten – ein Umstand, der einmal mehr die Bedeutung des einzelnen Kommandeurs im chinesischen Bürgerkrieg unterstreicht: Kam Ward selbst, wurde er häufig von der einheimischen Bevölkerung begrüßt, während der Anmarsch eines Foreign Arms Corps-Kontingents unter einem anderen Befehlshaber, wie zum Beispiel Burgevine, Furcht und sogar Haß erregen konnte.

Aus allen diesen Gründen behandelte Ward seine westlichen Offiziere weiterhin mit unnachgiebiger Härte. Zu der gewöhnlich verhängten Gefängnisstrafe und dem »bambooing« – Schläge auf die Rückseite der Oberschenkel mit einem kurzen Bambusstock, wie ihn Ward selbst im Kampf bei sich trug – kam manchmal die Todesstrafe. Dieses letzte Mittel wurde jedoch nur sehr selten angewandt, und es gibt keinen Beweis dafür, daß Ward dabei irgendeine besondere Befriedigung empfand. Immerhin waren die in seinem Sold stehenden Männer häufig Verbrecher, manchmal sogar Mörder, auf die weniger harte Formen der Abschreckung keinen Eindruck machten. Dr. Macgowan[4] erinnerte sich an einen »aufrührerischen irischen Captain des Corps« (wahrscheinlich der zuvor erwähnte Egan), den man als »Anstifter verhaftet und aus seinem Quartier geholt hat. Man vermutete, daß er enthauptet wurde; zumindest hat man von ihm nichts mehr gehört.«

Wie schon vor der Schlacht um Sung-chiang bemühte sich Ward auch nach seinem Sieg, den Kult um seine Person unter den einheimischen Chinesen weiter auszubauen. Zu diesem Zweck legte er sich einen Hund zu, einen großen schwarzweißen Mastiff, der ihm wie ein Schatten überallhin folgte. Obgleich ein an sich harmloser Vorgang, war die Anschaffung des Mastiffs von großem psychologischem Wert. In China betrachtete man Hunde schlicht als Fleischlieferanten, und daß sich jemand in einem ausgehungerten Land die Mühe machte, ein so großes Tier zu füttern und zu pflegen, war für die meisten Chinesen der Gipfel der Verschrobenheit: Man empfand es geradezu als furchterregend. Wards Beziehung zu dem Mastiff beruhte mit Sicherheit ebenso auf Zuneigung wie auf Berechnung, aber der gewaltige Respekt, den ihm diese Angelegenheit unter den Einheimischen eintrug, war deshalb nicht weniger wichtig.

Ende Juli war das Foreign Arms Corps bereit, eine weitere strategisch wichtige Stadt der Provinz Kiangsu anzugreifen: das etwa 15 Meilen nordwestlich von Sung-chiang gelegene Ch'ing-p'u konnte die Kaiserlichen in die Lage versetzen, den westlichen Anmarschweg nach Shanghai zu blockieren. Man erwartete daher, daß die Taiping nach dem Verlust von Sung-chiang die zweite Stadt um so heftiger verteidigen würden. Über die tatsächlich Truppenstärke der Taiping in Ch'ing-p'u wußte Ward wenig, was zum größten Teil an seinen schlechten Beziehungen zu den kaiserlichen Beamten in Sung-chiang lag. Alle Informationen, die die Kaiserlichen über ihr traditionelles Netz von Spionen und Informanten in den Städten und auf dem Land bekamen, wurden vor dem Kommandeur des Foreign Arms Corps eifersüchtig geheimgehalten, der seine Aktionen, wie im Fall Sung-chiangs, daher weitgehend ins Ungewisse planen mußte.

In Sung-chiang hatte Ward zumindest das Überraschungsmoment nutzen können; außerdem hatte er es mit einem Gegner zu tun gehabt, der sich nicht vorstellen konnte, daß eine privat finanzierte, von westlichen Ausländern kommandierte Truppe versuchen könnte, seinen Vormarsch zu vereiteln. Diese Vorteile waren jetzt nicht mehr gegeben. So wie Sung-chiang zum Symbol für Wards Wagemut und glänzenden Erfolg geworden war, so wurde nun Ch'ing-p'u zum Symbol für Mißerfolge und Versäumnisse, der Ort, an dem die grimmige Entschlossenheit des jungen Kommandeurs in verhängnisvollen Starrsinn umschlug.

Wie Sung-chiang war auch Ch'ing-p'u eine gewaltige Festung, die auf einer wichtigen Kreuzung von Kanälen erbaut und von einem Graben umgeben war. In das abgerundete Viereck seiner Mauern waren drei Tore eingelassen: im Westen, Osten und Süden. Ward nahm sich das südliche Tor zum Ziel. Der Angriff wurde von etwas mehr als 300 Filipinos und 30 bis 50 westlichen Offizieren geführt, zu deren Unterstützung 3000 bis 10000 Krieger der Green Standard des Li-Heng-sung bereitstanden. Das Foreign Arms Corps wurde zusammen mit Wards beiden Sechspfündern von einer kleinen Flotte flacher Flußboote transportiert.

Das Kommando über die Taiping-Truppen im Gebiet von Ch'ing-p'u führte einer der tüchtigeren Leutnants des Chung Wang: Chou Wen-chia, der seinerseits die Garnison der Stadt dem englischen Ex-Steuermann und Ex-Soldaten Savage anvertraut hatte. Nach dem Fall von Sung-chiang hatten Chou und Savage mit einem Angriff der Kaiserlichen gerechnet und sich entsprechend vorbereitet: Sie hatten in aller Stille die Anzahl der Verteidiger in der Stadt erhöht. Einige Berichte sprechen von bis zu 10000 Soldaten, aber wahrscheinlich lag ihre Zahl eher bei 5000. Immerhin, die meisten dieser Soldaten waren erprobte Veteranen des

Kiangsu-Feldzuges. Mit Musketen bewaffnet und in ihrem Gebrauch geübt, repräsentierten sie eine ungewöhnlich schlagkräftige Einheit der Armee des Chung Wang.

Von all dem wußten Ward und das Foreign Arms Corps nichts, als sie in der Morgendämmerung des 2. August angriffen. Ohne Schwierigkeiten kam man an die Stadt heran, und nachdem Ward seinem Stellvertreter Burgevine das Kommando über eine zweite Angriffswelle übertragen hatte, führten er und Vincente eine Vorhut zum Südtor von Ch'ing-p'u und brachten die Sturmleitern in Stellung. Selbst als die Männer an der Mauer hinaufkletterten, regte sich in der Garnison noch immer kein Widerstand. Es sah ganz so aus, als könne Ward den Triumph von Sung-chiang wiederholen, indem er eins der Tore eroberte und von dort aus das Innere der Stadt mit Gewehr- und Artilleriefeuer belegte.

Doch dann klappte die Falle zu. Savage und seine Taiping hatten Wards Vormarsch beobachtet und lagen im Hinterhalt. Als der Stoßtrupp des Foreign Arms Corps die Mauerkrone erreichte, empfing ihn ein vernichtendes Sperrfeuer, während eine zweite Verteidigungsgruppe die auf den Sturmleitern bzw. noch auf dem Boden stehenden Männer mit schweren Stein- und Felsbrocken bewarfen. Ward selbst wurde fünfmal verwundet, am schlimmsten im Gesicht: Eine Gewehrkugel der Taiping traf ihn in den linken Kiefer und trat durch die rechte Wange wieder aus. Nach dem Bericht von Charles Schmidt[5] fing der sofort hinter Ward tretende Vincente den rückwärts von einer Leiter stürzenden Kommandeur auf und brachte ihn irgendwie wieder auf den Boden zurück. »Dann stand er [Vincente] inmitten eines Hagels von Steinen und feuerte wie ein Wahnsinniger um sich, während seine toten Kameraden von allen Seiten auf ihn fielen – ein kaum zu verfehlendes Ziel für die Rebellen auf der Mauer.«

Unfähig zu sprechen und »wie ein Schwein blutend«, begann Ward, seine Befehle schriftlich zu erteilen. Seit die Taiping das Feuer eröffnet hatten, waren kaum 10 Minuten vergangen, und schon war die Hälfte seiner Truppe tot oder verwundet. In klarer Erkenntnis der Katastrophe befahl Ward den allgemeinen Rückzug nach Kuang-fu-lin und dann weiter nach Sung-chiang. Die Taiping von Ch'ing-p'u nahmen zwar die Verfolgung auf, nutzten aber ihren Vorteil nicht, und so konnten sich die Überreste des Foreign Arms Corps in die Sicherheit der Mauern Sung-chiangs retten, wobei ihr verwundeter Kommandeur auf den letzten Meilen in einer Sänfte getragen werden mußte.

Trotz seiner Verwundungen reiste Ward umgehend nach Shanghai, um neue Soldaten anzuwerben, weitere Geschütze zu kaufen und zu versuchen, seinen durch die Niederlage in Ch'ing-p'u angeschlagenen Ruf bei den Chinesen wieder aufzupolieren. Bei seiner Ankunft fand er die westliche Gemeinde voller Schadenfreude über sein Mißgeschick. »Die erste und beste Nachricht, die wir für unsere Leser haben«, schrieb der *North China Herald* am 4. August,

> »ist die totale Niederlage Wards und seiner Leute vor Ch'ing-p'u. Dieser berüchtigte Mann wurde inzwischen nach Shanghai gebracht; nicht wie erhofft tot, aber ernsthaft verwundet durch Schüsse in den Mund, die Seite und die Beine ... Er brachte es fertig, sich selbst der Gefahr zu entziehen, aber viele seiner tapferen Schwarzen [Filipinos] wurden getötet oder verwundet ... Es wäre erstaunlich, wenn es Ward erlaubt sein sollte, ungestraft davonzukommen, und doch gibt es bisher keinen Hinweis, daß gegen ihn irgendwelche Maßnahmen ergriffen werden sollen.«

Die Klage des *Herald* war berechtigt: Selbst der englische Konsul Meadows war zu dem Schluß gekommen, daß man Ward unter den gegebenen Umständen nicht aufhalten konnte. In der Woche nach dem ersten Angriff auf Ch'ing-p'u, die Ward in Shanghai verbrachte, schrieb Meadows einen langen und zornigen Brief an den Gesandten Frederick Bruce, in dem er ihm seine zahlreichen vergeblichen Versuche schilderte, den Aktionen des Foreign Arms Corps ein Ende zu bereiten. Meadows hatte schnell gelernt, daß er von den Amerikanern hierfür keine Unterstützung bekommen würde: Konsul Smith[6] hatte ihm am 13. Juli geschrieben, wenn einige Amerikaner sich illegal ins Landesinnere begeben hätten, dann fielen ihre Aktionen zwar unter die Neutralitätsgesetze, »die sie unbeabsichtigt übertreten haben, aber ich hoffe und glaube, daß bei unseren Bürgern grundsätzlich die Bereitschaft besteht, die Gesetze zu beachten«. Als nächstes hatte Meadows versucht, den ranghöchsten britischen Marineoffizier in Shanghai zu veranlassen, mit einem Trupp Matrosen flußaufwärts zu fahren und die westlichen Ausländer in Sung-chiang zu verhaften. Aber wie Meadows sich bei Minister Bruce beschwerte, »nahm der Offizier von meiner schriftlichen Bitte um Unterstützung keine Notiz, und als ich ihn ein oder zwei Tage später darauf ansprach, erklärte er mir, daß seine Instruktionen es ihm nicht erlaubten, die Arbeit der Polizei zu verrichten«.

Von den chinesischen Behörden bekam Meadows ebenfalls keine befriedigende Antwort, und folglich »kam er zu dem Schluß, daß es unmöglich ist, die Neutralitätsordnung durchzusetzen, solange der Intendant [Wu Hsü] selbst der Hauptanstifter der britischen Untertanen bei der Verletzung der Gesetze ist«. Darüber hinaus, meinte Meadows:

... gibt es gute Gründe für die Annahme, daß die Taiping, nachdem sie von Männern angegriffen werden, die mit modernsten Waffen ausgerüstet sind und auch damit umgehen können, inzwischen von den gleichen Mitteln der Verteidigung Gebrauch machen, und sich auch in ihren Diensten eine Gruppe von Ausländern befindet. Es steht daher zu befürchten, daß der kleinmütige und unpatriotische Schritt des Intendanten und anderer kaiserlicher Beamten letztendlich dazu führt, daß eine große Zahl völlig zügelloser und in vielen Fällen brutaler Ausländer veranlaßt wird, sich ihre persönliche Karriere durch Gewalt und Plünderung im Landesinneren aufzubauen, außerhalb der Kontrolle [sic] und sogar außerhalb der Sichtweite der ausländischen Behörden.

Meadows Einschätzung der Lage war zweifellos richtig, er ignorierte aber die harten Realitäten und Alternativen, mit denen sich die die kaiserlichen Beamten in Shanghai auseinanderzusetzen hatten. Wards Foreign Arms Corps war das einzige einigermaßen effektive Instrument, die Herrschaft der Taiping im Landesinneren anzugreifen (mit Sicherheit waren weder die Briten noch die anderen ausländischen Mächte bisher bereit, einen Teil der Verantwortung zu übernehmen). Hinzu kam, daß die westlichen Ausländer, die wie Meadows ständig jammerten, Wards Aktivitäten werde die Rache der Taiping auf Shanghai ziehen, sich nicht klarmachten, daß der Hafen auf jeden Fall das Ziel des Chung Wang war, ganz gleich, was Ward tat. Shanghais Reichtum war für den Fortbestand der Rebellenbewegung lebensnotwendig, und wie immer der gelehrte britische Konsul darüber dachte, war es diese Tatsache – und nicht die Operationen des Foreign Arms Corps –, die die Rebellenarmee unerbittlich zur Küste führen würde.

Während seines Aufenthaltes in Shanghai in der

ersten Augustwoche erhielt Ward eine – unzulängliche – medizinische Behandlung, kaufte zwei gewaltige Achtzehnpfünder sowie ein Dutzend weitere Geschütze und heuerte – aus lauter Verzweiflung – eine Gruppe Griechen und Italiener zur Verstärkung an. »Da Ward einfach nicht unterzukriegen war«, wie der Journalist Andrew Wilson[7] leicht untertreibend bemerkte, kehrte er anschließend nach Sung-chiang zurück, versammelte alle kampffähigen Männer seines Corps und marschierte ein weiteres Mal nach Ch'ing-p'u. Dieses Mal jedoch richtete er sich auf eine Bombardierung und Belagerung ein.

Daß Ward seine Position trotz seiner schweren Verwundungen so nachdrücklich behaupten konnte, spricht für seine enorme körperliche Belastbarkeit. Insoweit war er ein typisches Beispiel für viele westliche Offiziere in seinem Corps. Fast alle diese Männer wurden in den Gefechten mit den Taiping mehrfach verwundet, und viele kämpften trotzdem erfolgreich weiter. Es besteht kein Zweifel, daß ihnen dabei ein kräftiger Schluck aus der Schnapsflasche half; dennoch war ihre Ausdauer bemerkenswert. Die Bombardierung Ch'ing-p'us begann am 9. August. Ward konnte infolge seines zerschossenen Kiefers noch nicht wieder sprechen, und auch seine anderen Wunden waren noch nicht verheilt bzw. nicht einmal ordentlich versorgt worden. Eine Woche zuvor hatte er eine Menge Blut verloren, und seine Schmerzen müssen enorm gewesen sein. Trotzdem führte Ward einen Angriff, der Savage und seine Garnison fast zur Übergabe gezwungen hätte.

Ihre Chance wurde jedoch dadurch zunichte gemacht, daß Savages unmittelbarer Vorgesetzter Chou Wen-chia Kontakt zum Chung Wang in Soochow aufnahm und ihm von Ch'ing-p'us Zwangslage berichtete.

Dieses zweite Eingreifen der »Teufelssoldaten« in die Gefechte in Kiangsu alarmierte den Führer der Rebellen, der nun in aller Eile eine Truppe von 10 000 bis 20 000 Mann aufstellte. »Wir verließen Soochow per Boot«, erinnerte sich der Chung Wang[8], »kamen am folgenden Tag an und griffen sofort in die Kämpfe ein. Die ausländischen ›Teufel‹ stellten sich der Schlacht, beide Seiten trafen aufeinander und kämpften vom frühen Morgen bis Mittag. Dann hatten wir die »Teufel« entscheidend geschlagen.« Gegen eine so mächtige, noch dazu von dem begabtesten Kommandeur geführte Rebellenarmee hatte Ward keine Chance. Die Niederlage war jedoch besonders vernichtend, weil, wie Charles Schmidt[9] schrieb:

> ... die Rebellen alle großen Kanonen, Kriegsschiffe, Ausrüstungsgegenstände und Geld eroberten, bei der Umzingelung des kaiserlichen Lagers fast 100 Europäer töteten und etwa ebenso viele verwundeten. Viele chinesische Soldaten, die sich auf den Schiffen befanden, sprangen über Bord und ertranken, während der Anführer der kaiserlichen Truppen, Li [Heng-sung], nur knapp der Gefangennahme entging. Ebenso erging es Vincente, der sich mühsam einen Weg durch die ihn bedrängenden Rebellen bahnte.

Obgleich die Chancen sehr schlecht standen, gelang es dem Foreign Arms Corps, sich nach Sung-chiang durchzuschlagen. Der Chung Wang folgte ihnen hart auf den Fersen, und die Tore von Sung-chiang hatten sich kaum hinter den geschlagenen Söldnern des Corps geschlossen, als die Taiping ihrerseits die Stadt einkreisten. (Während dieser Aktion wurde Savage schwer verwundet.) Wards Gesundheit verschlechterte sich jetzt rapide und verlangte mehr Aufmerksamkeit, als ihm in Sung-chiang zuteil werden konnte. Auf Drängen Burgevines und der anderen Offiziere des Corps wurde Ward heimlich über die Stadtmauer von Sung-chiang in ein Boot hinuntergelassen, das in einem der Kanäle wartete, und nach Shanghai gebracht.

Die Verluste des Corps vor Ch'ing-p'u waren unbestreitbar ernst und wirkten sich auf Wards Ansehen in Shanghai sehr negativ aus. Dennoch war der junge Amerikaner vergleichsweise glimpflich aus dem Fiasko herausgekommen, wenn man seinen schweren strategischen Fehler in Rechnung stellt, den Angriff durchgepeitscht zu haben: Denn während der erste Angriff auf Ch'ing-p'u ein logischer Schachzug und für jeden einleuchtend gewesen war, schien der zweite eher von verletztem Stolz inspiriert und reichlich unüberlegt zu sein. Nachdem klar war, daß die Taiping entschlossen waren, Ch'ing-p'u zu halten, hätte Ward sich und der kaiserlichen Sache wohl besser gedient, wenn er seine Stellung in Sung-chiang ausgebaut und sichergestellt hätte, daß die Stadt weiterhin als Operationsbasis dienen konnte, um den Druck von Shanghai zu nehmen. Wegen der geringen Anzahl seiner Streitkräfte hätte er eine solche Entlastung nur dadurch erreichen können, daß er die Taiping nicht gerade dort angriff, wo sie den Angriff erwarteten und starke Einheiten stationiert hatten (wie eben in Ch'ing-p'u), sondern an vergleichsweise »unwichtigeren« und daher weniger befestigten Orten im Bereich ihrer Anmarsch- und Nachschubwege. Selbst wenn die Einnahme Ch'ing-p'us vielleicht das Prestige des Foreign Arms Corps gehoben hätte, so war es dies nicht wert, dafür seine Existenz aufs Spiel zu setzen. Den Rebellen ging es allein um Shanghai. Hätte Ward Geduld bewiesen und seine Kampfkraft in Sung-chiang stetig ausgebaut, wäre ihm bei der Verteidigung des Hafens gegenüber dem Chung Wang eine weitaus bedeutendere Rolle zugefallen.

Diese Lektion konnte Ward später in den langen Monaten der Rekonvaleszenz verarbeiten. Im Augenblick jedoch zwangen ihn die Folgen seines unüberlegten Angriffs auf Ch'ing-p'u, die Vorbereitungen für die Verteidigung Shanghais nicht von seiner strategischen Bastion Sung-chiang aus zu treffen, sondern vom Hafen selbst. Und auch nicht als unabhängiger Kommandeur einer eigenen Söldnertruppe, sondern als einer unter vielen westlichen Ausländern, die sich Mitte August dort versammelten, um sich dem Vorstoß der Taiping entgegenzustellen.

In Shanghai angekommen, suchte Ward Zuflucht in der Wohnung von Albert Freeman, dem Agenten von H. Fogg and Company, der ihm regelmäßig bei der Beschaffung von Waffen und Versorgungsgütern geholfen hatte. Äußerst geschwächt und unter großen Schmerzen erteilte er von hier aus schriftliche Anweisungen für die Neuausstattung seiner Truppe in Sung-chiang sowie Befehle an Burgevine, der das Kommando über die Garnison führte. Am 12. August endete die Belagerung von Sung-chiang, wobei ungewiß ist, ob der Chung Wang die Stadt wirklich einnahm. Er selbst hat dies später behauptet, und einige chinesische Quellen stützen seine Erklärung, indem sie ausführen, daß das Foreign Arms Corps die Verteidigung von Sung-chiang aufgab und erst zurückkehrte, nachdem der Chung Wang Ende August westwärts nach Hankow weiterzog. Andere chinesische Wissenschaftler – und zahlreiche westliche Autoren – setzen dagegen, daß Burgevine den wiederholten Angriffen der Rebellen standhalten konnte und der Chung Wang die Belagerung schließlich abbrach, weil er es eilig hatte, nach Shanghai zu kommen. Auf jeden Fall gelang es Burgevine, das Corps zusammenzuhalten und entweder innerhalb der Mauern von Sung-chiang oder in der nahen Umgebung den Kampf fortzusetzen. Ward hielt in dieser Zeit von seinem Krankenbett in Freemans Wohnung in Shanghai aus engen Kontakt zu seiner Truppe, obgleich die Anstrengungen und Sorgen für seine Gesundheit nicht gerade förderlich waren.

Unterdessen setzte der Chung Wang seinen Marsch auf Shanghai fort, ahnungslos und ohne sich darüber Sorgen zu machen, wie ihn die westlichen Ausländer im Hafen empfangen würden. Im Juni, in den Wochen relativer Untätigkeit in Soochow, hatte der Rebellengeneral mehrere westliche Missionare in Audienz empfangen, die er für offizielle französische Abgesandte hielt. Bei diesen Gesprächen hatte er den Eindruck gewonnen, daß sein Eintreffen in Shanghai von den Ausländergemeinden begrüßt würde, vorausgesetzt, er garantierte die Sicherheit der ausländischen Staatsangehörigen und ihres Eigentums. Aber das Auftauchen von Wards »ausländischen Teufeln« in der Armee der kaiserlichen Regierung hatte in dem Chung Wang Zweifel an dieser ziemlich naiven Annahme geweckt; dazu trug auch die Tatsache bei, daß seine Versuche, mit den westlichen Diplomaten in Shanghai Verbindung aufzunehmen, bisher unbeantwortet geblieben waren. Um zu demonstrieren, wie sehr den Taiping an guten Beziehungen zu den Ausländern lag, war der Premierminister der Rebellen, der Kan Wang, im Juli von Nanking nach Soochow gereist und hatte Konsul Meadows eine Botschaft zukommen lassen, in der er ihn zu einem Treffen drängte. Aber Frederick Bruce klammerte sich an die immer unrealistischere Politik strikter Neutralität und wies Meadows an, das Schreiben nicht zu beantworten.

Die Westmächte, besonders die Briten und Franzosen, traten gerade in die widersprüchlichste Phase ihrer schon fast komisch komplexen Beziehungen zum Chinesischen Reich in den 1850er und 60er Jahre ein. Im Vorfeld des Marsches auf Peking zur Erzwingung der Ratifizierung des Vertrages von Tientsin führte der Engländer Lord Elgin mit einer anglo-französischen Einsatztruppe Mitte August eine Strafaktion gegen die im Norden gelegene Festung Taku durch, wobei sich britische und französische Soldaten mit einem Massaker hervortraten, das sie unter kaiserlichen chinesischen Soldaten anrichteten. Andererseits hatten Bruce und sein französischer Kollege bereits entschieden, daß reguläre britische und französische Streitkräfte zusammen mit allen anderen verfügbaren ausländischen Soldaten und dem Shanghai Volunteer Corps die Wälle der Stadt besetzen und den Vormarsch der Rebellen zurückschlagen sollten, wenn sich der Chung Wang dem Hafen nähern würde. Mehr als ein westlicher Einwohner Shanghais war über diesen offensichtlichen Widerspruch verwirrt. Und als der Neuengländer A. A. Hayes[10] einen Bekannten bei den Royal Engineers dazu befragte, erhielt er eine ziemlich lapidare Antwort: »Mein lieber Freund«, erwiderte der Offizier, »wir fallen über jeden Angeber her. Im Norden sind es die Kaiserlichen, aber hier unten, zum Donnerwetter, sind es die Rebellen, nicht wahr? – Also stürzen wir uns auf beide.«

Tatsächlich hatten sich die Interessen der ausländischen Handelsnationen in China nicht geändert, wie auch immer sich ihre Beziehungen zu Peking und Nanking im Detail gestalteten. Oberstes Ziel war nach wie vor, China zu zwingen, die (für den Westen) vorteilhaften Bedingungen des Vertrages von Tientsin zu erfüllen. Es lag auf der Hand, daß die Durchsetzung dieser Bedingungen unmöglich wurde, wenn die Autorität der Manchu-Regierung völlig zusammenbrach und die Taiping ihr Verbot des Opiumhandels auf die Vertragshäfen ausdehnten. Daher war es notwendig, über beide Seiten »herzufallen«, die Kaiserlichen und die Rebellen. Eine solche zielgerichtete Politik beinhaltete mit Sicherheit weder die Unterstützung einer der beiden Parteien im chinesischen Bürgerkrieg, noch entsprach sie einer wirklich »neutralen« Haltung, wie sie die westliche Politik seit dem Opiumkrieg charakterisiert hatte. So bedeutete der Wechsel der Fronten im August 1860 – der nicht nur durch die Unnachgiebigkeit der Kriegspartei um Hsien-feng in Peking, sondern auch durch den ständigen Vormarsch der Taiping auf Shanghai bewirkt wurde – nicht etwa einen fundamentalen Sinneswandel.

Am 16. August reiste der Chung Wang[11] selbst in das auf der Marschroute von Sung-chiang nach Peking gelegene Dorf Ssu-ching, wo er seine zerstreuten Truppenteile wieder zusammenzog: Bei seinem Weitermarsch nach Osten schloß sich ihm der Kan Wang an, der nicht nur über die Weigerung der Westmächte verärgert war, auf seine Annäherungsversuche einzugehen, sondern auch durch Berichte, daß reguläre ausländische Truppen nicht allein um Shanghais Ausländerkolonien, sondern auch entlang der Mauern der Chinesenstadt Verteidigungsstellungen aufbauten. Es schien klar, daß die gemeinsame Verehrung des Shang-ti nicht ausreichte, um Rebellen und Ausländer zu vereinen, aber dennoch verboten der Chung Wang und der Kan Wang weiterhin ihren Truppen bei Todesstrafe, ausländischen Staatsangehörigen etwas anzutun oder ausländischen Besitz zu zerstören.

Im Gegensatz hierzu waren die Botschaften des Chung Wang an die chinesischen Bewohner von Shanghai geharnischt und drohend. »Wie kommt es«, fragte der Rebellengeneral in einer Proklamation, die er durch seine Spione im Hafen hatte anschlagen lassen,

> daß allein ihr Shanghaier euch jeder Einsicht widersetzt und immer noch den spitzbübischen Mandarins zuhört, die nur Schaden anrichten? Eure Beleidigungen haben jetzt einen Punkt erreicht, der mich zwingt, Truppen zu eurer Vernichtung in Bewegung zu setzen...Ich erlasse diese Proklamation, um euch streng zu befehlen und zu raten, keinen Widerstand zu leisten; ihr wißt, daß ein Ei keinem Stein widerstehen kann; entschließt euch schnell und unterwerft euch...Ich werde meinen Willen felsenfest durchsetzen, und meine Befehle sollen wie strömendes Wasser sein. Unmittelbar nachdem ich euch hiermit informiert habe, werden meine Soldaten erscheinen; sie werden nicht länger warten; sagt nicht, ich hätte euch nicht gewarnt.

Seine Worte versetzten viele Chinesen in Panik, während sie in den Ausländersiedlungen eine typisch kampflustige Reaktion auslösten. Daß der Chung Wang sich in seiner Proklamation jedes Hinweises auf die Ausländer enthalten hatte, wurde eher als kränkend denn als diplomatisch empfunden. Der *Herald*[12] gab ihm die Antwort: »Der ›Treue König‹ wird jedoch merken, daß man uns nicht einfach ignorieren kann. Sollte er seine Drohungen wahrmachen und Shanghai angreifen, wird er auf gewisse substantielle Beweise unserer Existenz stoßen – schlagende Beweise unserer Tapferkeit. John Bull zumindest ist wachsam.« Mit instinktloser Herablassung fügte der Herausgeber Compton noch hinzu, »daß ein Rebell leichter zu treffen ist als ein Fasan oder eine Schnepfe«.

Am Abend des 19. August begann sich der Horizont im Westen Shanghais vom Feuer der brennenden Dörfer zu röten, und die Verteidiger des Hafens wußten, daß der langerwartete Angriff der Rebellen begonnen hatte.

Am frühen Morgen des 18. hatten die Taiping die historische, im Westen von Shanghai gelegene Stadt Hsuchia-hui oder Siccawei eingenommen, wo jesuitische Missionare vor langer Zeit eine bedeutende katholische Gemeinde gegründet hatten. In Shanghai verbreitete sich das Gerücht, daß in Siccawei ein französischer Priester von Rebellen getötet worden sei (was nie einwandfrei bestätigt wurde), was die Verteidiger in ihrer Entschlossenheit bestärkte. Der Chung Wang machte unterdessen mit den wenigen gegen ihn ausgesandten kaiserlichen Einheiten kurzen Prozeß. Dann ließ er seine Hauptstreitmacht zurück und marschierte mit 3000 Männern seiner Kwangsi-Leibgarde in Richtung Shanghai – immer noch darauf bedacht, bei den westlichen Ausländern keinen Anstoß zu erregen.

Vor den Stadtmauern angekommen, fand er seine schlimmsten Befürchtungen bestätigt. Von der Haupttribüne der Rennbahn am westlichen Ende der britischen Kolonie bis zum Westtor der Chinesenstadt waren britische Truppen und Sikhs aus Indien aufgezogen, unterstützt vom Shanghai Volunteer Corps. Das Südtor der Chinesenstadt wurde von Kaiserlichen, amerikanischer Artillerie und weiteren Briten verteidigt. Und auf der Ostseite des Hafens lagen die Franzosen in Stellung. Die meisten britischen Soldaten waren mit den neuen Enfield-Musketen ausgerüstet, Waffen mit eindrucksvoller Reichweite und Präzision, während die Artillerieeinheiten reichlich mit »Kanisterladungen« [Kartätschen] versehen waren, also Granaten, die mit Blei- oder Eisenkugeln gefüllt waren. Als die Männer des Chung Wang vorrückten, stießen sie auf vereinzelte kaiserliche Kontingente, die sich eilig in Richtung des Westtors der Chinesenstadt zurückzogen. Die Taiping folgten ihnen auf dem Fuß und machten zum ersten

Mal Bekanntschaft mit westlichen Waffen, die die Manchu während des Opiumkrieges übernommen hatten.

»Das Feuer der Ausländer«, schrieb der *Herald*[13], »und zwar sowohl Artillerie- wie Gewehrfeuer, zeigte hervorragende Wirkung; sobald die Kartätschen explodiert waren, wurde der Feind mit Granaten belegt, die in regelmäßigen Abständen zielgenau mitten in ihren Truppen niedergingen.« Dermaßen brutal unter Feuer genommen, entstand in den Reihen der Taiping eine ungeheure Verwirrung. Aber die Ermahnungen ihrer Kommandeure, die Ausländer zu schonen, waren noch frisch in ihrem Gedächtnis, und so schossen sie nicht zurück. Und, so stellte der *Herald* nach diesem ersten Nachmittag fest, »komischerweise wurde [von der Gegenseite] kein Schuß abgefeuert«. Statt dessen marschierten die Taiping aufgeregt von Tor zu Tor, als suchten sie eine Stelle, wo jene sie in die Stadt einlassen würden, die sie noch immer für ihre geistigen Brüder hielten.

Am Nachmittag des 18. stand A. A. Hayes[14] mit dem Shanghai Volunteer Corps am westlichen Rand der britischen Siedlung, als – wie er sich erinnerte – »an der Maloo Barriere ein schlanker Mann auf mich zukam. Er hatte ein paar Soldaten um sich versammelt, die er an einer Stelle postieren wollte, wo sie von Nutzen sein konnten. Und so traf ich inmitten des Geschützdonners, der Gewehrschüsse und den schrillen Schreien der einheimischen Flüchtlinge zum erstenmal General Ward. Er war ein Mann mit ausgezeichneten Manieren, zurückhaltend und höflich, und überaus freundlich und warmherzig. Sein Haar und Bart waren dunkel, und wie gewöhnlich trug er einen blauen, hochgeschlossenen Gehrock.« Offensichtlich soweit von seinen Wunden genesen, daß er wieder Dienst tun konnte, war Ward (wie er später behauptete) vom Kommandeur des Volunteer Corps, einem Colonel Neal, gebeten worden, ihm bei der Verteidigung zu assistieren. Aber es war wohl eher Wards ständiges Bedürfnis nach Aktion als wirkliche Notwendigkeit, das ihn von seinem Krankenlager trieb: Die zögernden Taiping waren für die bereits in Stellung gegangenen westlichen Streitkräfte kein ebenbürtiger Gegner und wurden vom heftigen Sperrfeuer der Artillerie schnell gestoppt.

Den westlichen Kommandeuren genügte es jedoch nicht, lediglich den Rebellenvormarsch aufzuhalten. Als in der Nacht zum 19. klar wurde, daß die Taiping keine wirkliche Bedrohung darstellten, überschritten Gruppen britischer und französischer Soldaten die Verteidigungslinie und drangen in die westlichen, südlichen und östlichen Vorstädte Shanghais vor. Hier gaben sich die Briten damit zufrieden, lediglich Bauwerke zu beschießen, die den Taiping Zuflucht bieten konnten. Die Franzosen dagegen frönten jener Art von rücksichtslos kriminellem Verhalten, das so viele ihrer Taten in China kennzeichnete: Plünderungen und Raub standen neben Brandstiftung auf ihrer Liste der »Defensivmaßnahmen«. Wie ein empörter westlicher Ausländer[15] an den *Herald* schrieb, beliefen sich die nächtlichen Unternehmungen auf ein wenig mehr als »gemeinen Mord«.

Am Sonntag, den 19., berichtete der *Herald*, daß die Taiping sich wieder »für einige prächtige Schießübungen zur Verfügung gestellt haben«, und während die Nacht zum Montag »ziemlich ruhig« war, rückten die Taiping am nächsten Tag weiter in Richtung auf die Shanghaier Rennbahn vor.

> Nachdem sie eine halbe Meile vorgerückt waren, pflanzten sie ihre Banner auf Grabhügel und andere Erhebungen und zogen sich in zwei benachbarte Dörfer zurück. Die Volun-

teers besetzten sofort ihre Stellungen auf den Barrikaden, die Royal Marines bemannten die Verteidigungspunkte der Siedlungen, eine Haubitzen- und Raketeneinheit wurde gegen die feindlichen Linien in Marsch gesetzt, und in weniger als einer halben Stunde war die gesamte Siedlung uneinnehmbar. Nun eröffneten die Verteidiger das Artillerie- und Gewehrfeuer. Die Rebellen hielten ihm mehrere Stunden lang stand, wie Steinfiguren – unbeweglich und ohne einen einzigen Schuß zurückzufeuern.

Fünf weitere Tage lang änderte sich nichts an dieser außergewöhnlichen Situation. Erst am 21. August schrieb der Chung Wang[16] gekränkt und ärgerlich einen Brief an die Repräsentanten von Großbritannien, den Vereinigten Staaten, Portugal und »anderer Länder« (die Franzosen ließ er absichtlich aus, da sie seiner Meinung nach ihr früher gegebenes Versprechen gebrochen hatten, ihn in Shanghai zu empfangen). Er beschuldigte die westlichen Nationen insgesamt, von den Manchu-»Teufelchen« bestochen worden zu sein, gegen die Taiping zu kämpfen – eine äußerst schwere Kränkung des T'ien-Wang: »Ich bin nach Shanghai gekommen, um einen Vertrag abzuschließen und gegenseitige Handelsbeziehungen herzustellen; ich bin nicht gekommen, um mit Ihnen zu kämpfen. Hätte ich die Stadt sofort angegriffen und die Bevölkerung getötet, dann wäre dies einem Krieg zwischen Familienmitgliedern gleichgekommen, wodurch wir uns vor den Teufelchen lächerlich gemacht hätten.« Trotz seines feindseligen Empfangs schlug der Chung Wang die Tür für zukünftige gute Beziehungen nicht zu:

> Sollte einer ihrer ehrbaren Nationen das Geschehene leid tun und sie Beziehungen zu unserem ihnen wohlgesinnten Reich für das Beste halten, so möge sie sich nicht scheuen, mit mir zu verhandeln. Ich behandele jeden nach fairen

Grundsätzen und werde mit Sicherheit niemanden demütigen. Sollten ihre ehrbaren Nationen sich aber weiterhin von den Teufelchen täuschen lassen und ihnen blindlings in allen Dingen folgen, dürfen sie es mir nicht übelnehmen, wenn es hiernach für sie schwierig sein wird, die Handelswege zu nutzen, und wenn einheimische Produkte nicht mehr hinausgelassen werden.

Dies war eine offene Bedrohung ihres Handels, wie sie der Westen stets von seiten der Rebellenbewegung befürchtet hatte, und in ihrem Kielwasser schlug der Westen die Tür für eine Kooperation zwischen sich und den Rebellen zu. Frederick Bruce[17], der so entschieden für einen Neutralitätskurs in China eingetreten war – und dessen Bruder, Lord Elgin, am selben Tag mit einer anglo-französischen Truppe die kaiserliche Festung Taku eroberte, als ihre Kameraden im Süden den Vormarsch der Taiping auf Shanghai abwehrten –, gab jetzt in einem Brief an den britischen Außenminister Lord John Russell offen seiner Verachtung für die Rebellenbewegung Ausdruck, während er den örtlichen kaiserlichen Beamten unerwartet Respekt zollte:

Es wird jeden Tag deutlicher, daß die Führer [der Rebellen] keinerlei politische Prinzipien oder Ideen verfolgen. Selbst die Vernichtung der Tataren [= Manchu], das einzige von ihnen propagierte Ziel, scheint eher ein Vorwand zu sein, um sämtliche Regierungen und Autoritäten zu stürzen, um es den Stärkeren zu ermöglichen, die Schwächeren auszuplündern; es ist ihre deutliche Absicht, einen Schritt voran zu tun, um eine rein nationale Regierung einzusetzen. In den von ihnen besetzten Distrikten ist die soziale Ordnung durch die Flucht der gebildeten und geachteten Klassen völlig zusammengebrochen, zu denen die einfachen Leute als ihren natürlichen Führern mit Respekt aufsehen, und die zugleich ein Bollwerk gegen Unterdrückung und die Hüter von Ruhe und Ordnung sind...Das System [der Rebellen] unterscheidet sich – soweit ich in Erfahrung bringen konnte – in nichts von einer unter einem einzelnen Anführer stehenden organisierten Räuberbande.[18]

Der bemerkenswerte Widerspruch in Bruce' Brief zu seinen eigenen früheren Erklärungen und zu der bisherigen Haltung seiner Regierung gegenüber den Kaiserlichen und den Taiping war offensichtlich. Der Versuch, die britischen Handelsinteressen mit dem Wohlergehen der chinesischen Bauern gleichzusetzen, stand in grobem und (wie stets) unerklärtem Gegensatz zur eigenen aggressiven Haltung der Briten im Norden und der anhaltenden Ablehnung der englischen Kolonie von Wards Foreign Arms Corps. In einem ungewöhnlich ehrlichen Brief eines Einwohners der englischen Siedlung an den *North China Herald* liest sich das so:

> Wards Verhalten ist in ihrer Zeitung zu Recht kritisiert worden. Aber worin eigentlich unterscheidet sich unsere Politik von seiner? Die Einzelheiten sind etwas anders, aber das Prinzip ist genau dasselbe. Seine Theateraktion war Sungchiang, unsere ist Shanghai. Seine Aufgabe bestand darin, die Rebellen aus der Stadt zu vertreiben, unsere ist es, sie draußen zu halten. Er wurde für seine Dienste bezahlt; unsere Leute werden, wie wir erfahren, ebenfalls besoldet. Ward, so glauben wir, ist ein alter Gefolgsmann des Taotai, und als solcher dient er ihm weiterhin im Kampf gegen die Rebellen; wir haben für unser Verhalten keine solche Ausrede.

Am 24. August verließ der Chung Wang Shanghai und bald darauf mit dem Hauptteil seiner Armee auch die Provinz Kiangsu, um die Taiping im Westen zu unterstützen. Nach seinem Abzug zeigten die Briten, daß sie zumindest eine gewisse Interessengleichheit zwischen sich und Ward festzustellen begannen. Kein Geringerer als Frederick Bruce sandte dem Kommandeur des Foreign Arms Corps insgeheim eine Nachricht (so behauptete Ward zumindest später), in der er ihm für seine Unterstützung bei der Verteidigung Shanghais dankte. Es sollte jedoch noch viele Monate dauern, bevor die Briten bereit waren, öffentlich irgendeine Dankesschuld gegenüber Ward zuzugeben oder seine Aktionen zu sanktionieren. Im Augenblick verließen sie sich bei dem Versuch, eine zufriedenstellende Lösung der inneren Probleme Chinas herbeizuführen, lieber auf sich selbst.

Nach dem Abzug des Chung Wang aus Kiangsu blieb der größte Teil der Provinz weiterhin in der Hand von Taiping-Einheiten, die stark genug waren, das Eroberte zu verteidigen, nicht aber die regulären britischen und französischen Truppen in einem Großangriff auf Shanghai zu besiegen. Dies und andere Gründe – wie die Katastrophe in Ch'ing-p'u, die Weigerung Wards und Burgevines, sich der Kontrolle der örtlichen kaiserlichen Beamten in Sung-chiang zu unterstellen, die starke Belastung der chinesischen Beziehungen zu den westlichen Regierungen durch die Existenz des Corps und schließlich die enormen Kosten seiner Unterhaltung – führten dazu, daß Wu Hsü Mitte September zu dem Schluß kam, es sei nunmehr an der Zeit, Wards Söldnertruppe zu entlassen. Sein Verhalten ließ in keiner Weise den Schluß zu, daß er irgendwelche Feindschaft gegen Ward empfand. Aber wie die meisten chinesischen Beamten war der Taotai eifersüchtig darauf bedacht, seine Machtsphäre nicht antasten zu lassen: Und in dem Foreign Arms Corps hatte er eine Einheit mit einer unbequemen Neigung zur Selbständigkeit kennengelernt. Hinzu kam, daß Wards Verwundungen ihn auch im September noch an einer aktiven Führung der Truppe hinderten, er aber andererseits der einzige Offizier war, dem Wu (nahezu) vertraute. Der Gedanke an Burgevine und die anderen westlichen »Rabauken«, die unkontrolliert in der Umgebung von Sung-chiang umherstreiften, bereitete dem Taotai ziemliche Sorgen.

Am 26. September gab Wu dieser Besorgnis in einem Brief an Thomas Meadows Ausdruck, den er – wie er betonte – im Auftrag Hsüeh-Huans darüber informierte

> ... daß die Ausländer, die von den örtlichen Behörden angeworben wurden, um die Piraten zu verhaften und den Kampf gegen die Rebellen zu unterstützen, allesamt entlassen worden sind ... Ferner, daß nun mehrere Dutzend entlassene Ausländer, die alle mit Pistolen bewaffnet sind, beschäftigungslos in den Siedlungen und im Land selbst umherziehen, wo sie ohne Zweifel für Unruhe sorgen und ordentliche, gut erzogene Menschen belästigen, wobei sie selbst vor dem Schlimmsten nicht zurückschrecken.[19]

Wus Vorschlag zur Lösung dieses Problems hätte für Konsul Meadows nicht ärgerlicher sein können: »Ich muß Sie daher auffordern, einen Bericht über diese Angelegenheit an den [britischen] Oberbefehlshaber zu senden und ihn aufzufordern, Soldaten einzusetzen, um die fraglichen Ausländer zu verhaften, so daß im Land wieder Ruhe einkehrt.«

Meadows leitete diesen Brief an Frederick Bruce weiter, wobei er zugleich die günstige Gelegenheit ergriff, seine früheren Stellungnahmen zum Foreign Arms Corps zu unterstreichen:

> Daß diese ausländische Brutalität, die die kaiserlichen Autoritäten in ihrer unpatriotischen Verzagtheit zu ihrer Unterstützung riefen, sich für die friedliche Bevölkerung, die man eigentlich beschützen sollte, als Plage erweisen würde, war mir vom ersten Augenblick an absolut klar... Die kaiserlichen Autoritäten können für dieses Unglück nur sich selbst die Schuld geben... Und um das Maß vollzumachen, bitten dieselben Autoritäten jetzt um die Entsendung britischer Truppen in die Umgebung, um die Verbrecher zu jagen, die

sie selbst unter völliger Mißachtung der Meinung und Warnungen des residierenden britischen Konsuls erst dazu gemacht haben.[20]

Meadows informierte Wu Hsü kurz, daß »die chinesische Bevölkerung das Recht hat, jeden gesetzlosen und aufrührerischen Ausländer, gleich welcher Nation, zu ergreifen und ihn zum Zwecke seiner Bestrafung durch den Konsul seines jeweiligen Heimatlandes nach Shanghai zu schicken«, daß sie aber hierbei keine britische Unterstützung bekommen könnten.

Entgegen dem Versuch Wu Hsüs, das Foreign Arms Corps zu entlassen, war Ward noch nicht bereit, sein Projekt als beendet anzusehen; und ebensowenig offensichtlich der Bankier Yang Fang. In der Absicht, Ch'ing-p'u später noch einmal anzugreifen und seine Ehre wiederherzustellen, versuchte Ward seine Truppe zusammenzuhalten und bestritt einen großen Teil der Ausgaben des Corps mit der Prämie, die er für die Eroberung Sung-chiangs bekommen hatte. Wegen des Restes verließ er sich auf Yang. Aber Wards dringendste Sorge waren seine Verwundungen, vor allem sein Kiefer, der begonnen hatte, falsch zusammenzuwachsen. Hierdurch entstand ein beunruhigendes Vakuum in der Führung: Burgevine war nicht erfinderisch genug, seine Leute während des langen, ruhigen Herbstes des Jahres 1860 sinnvoll zu beschäftigen. Das Corps – vor allem die Offiziere – verfiel in Müßiggang, was sich in jedem Fall nachteilig auswirkte. Am 27. Oktober berichtete der *North China Herald*[21] über einen Raubüberfall auf dem Bund in Shanghai und kam bei der Untersuchung der Einzelheiten

> ... widerstrebend zu dem Schluß, daß unsere alten Freunde, die Freibeuter [sic], etwas mit diesem Raub zu tun haben

müssen... Wir haben ziemlich viel von diesen Helden gesehen, als sie im Sold S. E., des Taotai, standen, und aus ihrem Mund gehört, daß sie es sich selbst schuldig seien, zu verhindern, daß die Chinesen Reichtümer anhäufen und gleichzeitig ruhig zuzusehen, wie ausländische Freibeuter von weither kommen, um die Rebellion in ihrem Land unter Einsatz ihres Lebens niederzuwerfen... Bei ihrer Rückkehr nach Shanghai [nach der Niederlage bei Ch'ing-p'u] traf sie der Bannstrahl des Außenministers, und sie sollten entlassen werden. Seither haben wir von den Freibeutern nur noch wenig gehört. Einige wohnen bei Taki [Yang Fang], und wenn es das Wetter erlaubt, kann man sie verloren auf seiner Türschwelle sitzen sehen... Entweder hält Taki diese Männer gegen die Anweisung des Taotai für eigene Zwecke, oder sie essen ihr Brot auf eine Weise, die man ganz und gar nicht als »im Schweiße ihres Angesichts« bezeichnen kann.

Die Ereignisse im Norden Chinas lenkten indessen bald jede Aufmerksamkeit vom Foreign Arms Corps ab, das ein Schattendasein zu führen begann, während Ward selbst auf geheimnisvolle (und nie geklärte) Weise vorübergehend von der Bildfläche verschwand. Sehr wahrscheinlich nahm er ein Schiff nach Paris, um sein Gesicht von erfahrenen Chirurgen behandeln zu lassen. Als er zu Beginn des Jahres 1861 nach China zurückkehrte, war jedenfalls sein Kiefer auf eine Art wieder hergestellt, die eine ärztliche Behandlung in Shanghai ausschloß (jedoch blieb ein leichter Sprachfehler zurück). Außerdem fand sich unter den wenigen erhalten gebliebenen persönlichen Dingen Wards das Foto eines jungen Chinesen – sehr wahrscheinlich eines Gehilfen oder Dieners –, das in einem Pariser Studio aufgenommen war. Wann genau Ward diese Reise unternommen hat, ist ungewiß. Aber die Tatsache, daß weder seine Abwesenheit noch seine Rückkehr vom britischen oder amerikanischen Konsulat und auch nicht vom *North*

China Herald erwähnt wurde, zeigt, wie ausschließlich sich das ausländische Interesse in Shanghai damals auf das sich anbahnende schockierende Schauspiel im Norden konzentrierte.

Nach dem Fall der Festung Taku Ende August hatten Kaiser Hsien-feng, seine Lieblingskonkubine Yehonala und die Prinzen I, Cheng und Su-shun Emissäre entsandt, um mit den Westmächten zu verhandeln, deren Armeen inzwischen ihren Marsch auf Peking fortsetzten. Der Mongolengeneral Seng-ko-lin-ch'in hatte sich nach einem kurzen Zusammenstoß mit den ausländischen Truppen bei Taku, die mit den modernsten Handfeuerwaffen und Geschützen ausgerüstet waren, nach Peking zurückgezogen. Aber trotz ihrer mißlichen Lage entsandte die Kriegspartei in Peking ihre Unterhändler eher in der Absicht, Zeit zu schinden, als aus dem naheliegenden Wunsch, in der katastrophalen Situation zu retten, was zu retten war. Schon bei den Vorgesprächen wurde den chinesischen Abgesandten von den britischen und französischen Bevollmächtigten klargemacht, daß man jetzt neben der Erfüllung aller Konditionen des Vertrages von Tientsin Entschädigungen und eine Entschuldigung für den Überfall bei Taku im Jahr zuvor forderte. Die unglücklichen chinesischen Repräsentanten machten sich über ihre Lage keine Illusionen und willigten ein. Aber Hsien-feng erkannte ihre Zusagen nicht an und erließ ein typisches Dekret über »diese betrügerischen Barbaren«:

> Jede weitere Nachsicht unsererseits wäre eine Vernachlässigung der Pflicht gegenüber dem Reich, so daß wir unseren Armeen jetzt befohlen haben, sie mit aller Kraft anzugreifen... Hiermit setzen wir folgende Belohnungen aus: für den Kopf eines schwarzen Barbaren [Britanniens Sikh-Soldaten] 50 Taels und für den Kopf eines weißen Barbaren 100 Taels.

Die Untertanen uns ergebener Staaten dürfen nicht belästigt werden, und wann immer die Briten und Franzosen ihre üblen Taten bereuen und zu ihrer Untertanenpflicht zurückkehren, werden wir ihnen freundlich erlauben, wieder wie früher Handel zu treiben. Mögen sie bereuen, solange noch Zeit dazu ist.[22]

Derartige Verlautbarungen waren immer häufiger das Werk der stolzen Yehonala und der drei kriegerischen Prinzen I, Cheng und Su-shun, denn Hsien-feng wurde immer hinfälliger und fürchtete sich in seiner Schwäche vor den möglichen Folgen seiner Arroganz. Am liebsten wäre er aus Peking geflohen und hätte sich auf sein nördlich der Hauptstadt in Jehol gelegenes Jagdschloß zurückgezogen. Aber die bittern Vorhaltungen der Manchu-Beamten[23] – »Wollt Ihr das Erbe Eurer Vorfahren wie einen alten Schuh fortwerfen?« schrieb eine Gruppe – hielten ihn noch in der Stadt. Mitte September kapitulierte er endgültig vor den wütenden Tiraden Yehonalas. Seng-ko-lin-ch'in bekam den Befehl, den Kampf wieder aufzunehmen und den westlichen Vormarsch aufzuhalten. Verhängnisvoller jedoch war, daß mehrere Dutzend britische und französische Unterhändler und Journalisten trotz ihres Status als Parlamentäre festgenommen wurden. Man hatte ihnen die Hände auf dem Rücken gefesselt – in China das Zeichen dafür, daß es sich um Rebellen handelte – und sie unter so erbärmlichen Bedingungen gefangen gehalten, daß 13 von ihnen starben, darunter der Korrespondent der Londoner *Times*.

Dies war der törichteste einer ganzen Reihe törichter Schritte von seiten der chinesischen Kriegspartei, da er – wie leicht vorauszusehen – die Westmächte bis zur Weißglut reizte. Ihre Armeen marschierten nun zielstrebig auf Peking zu, wobei sich die französischen und britischen Truppen gegenseitig beflügelten, denn jede wollte das Herz des chinesischen Empires als erste erreichen, um Rache zu nehmen. Am 23. September floh Hsien-feng nach Jehol und ließ die Pekinger Bevölkerung verstört zurück. Aber zu ihrem Glück – wie dem der übrigen Millionen Chinesen im Reich – übernahm nun ein Halbbruder Hsien-fengs, Prinz Kung, die Regierungsgeschäfte in der Hauptstadt. Ein finsterer und nach allen Berichten unattraktiver Mann, der mit Sicherheit Hsien-fengs und Yehonalas Verachtung für die Barbaren teilte, war Prinz Kung nichtsdestoweniger Realist, für den »die Briten nur eine Gefahr für unsere Glieder« waren, die Taiping-Rebellen aber »unser Herz bedrohen«. Nach Kungs Meinung hatte sein Halbbruder bei der Behandlung der chinesischen Angelegenheiten völlig falsche Prioritäten gesetzt. Man mußte mit dem Westen irgendwie zu einer Verständigung kommen, und zwar schnell, so daß die Gefahr einer Machtübernahme durch die Rebellen ausgeschlossen werden konnte.

Am Ende akzeptierte Kung die westlichen Bedingungen für ein Übereinkommen – einschließlich der festen Zusage, ausländischen Gesandten zu erlauben, in Peking zu residieren. Aber auch er war hierzu erst bereit, nachdem die Briten und Franzosen auf eine besonders barbarische Art ihrer Wut auf China im allgemeinen und über die entsetzliche Behandlung ihrer gefangengenommenen Repräsentanten im besonderen freien Lauf gelassen hatten: Einer von Hsien-fengs und Yehonalas liebsten Aufenthaltsorten war der berühmte Sommerpalast, eine Reihe phantastisch ausgestatteter Gärten und Paläste außerhalb Pekings, deren Vervollkommnung über Generationen hinweg das Lieblingsprojekt der Kaiser und ihrer Hofkreise gewesen war. Anfang Oktober stolperten französische und britische Soldaten in diese unschätzbare Zurschaustellung märchenhafter Pracht, in der die chinesischen Herrscher lebten. Wie üblich begannen die Franzosen sofort damit, den Palast auszurauben. Die Briten hielten sich zunächst zurück, bis Lord Elgin entschied, daß die Zerstörung des Sommerpalastes eine angemessene Strafe für die Perfidie der Chinesen sei, zumal einige der alliierten Gefangenen dort eingekerkert gewesen waren. So schlossen sich die britischen Soldaten den Plünderungen an, während britische Pioniere in den Gebäuden systematisch Feuer legten.

Was immer Hsien-fengs und Yehonalas Verbrechen waren, die Zerstörung des Sommerpalastes war nicht weniger verbrecherisch. So sah es auch einer der Royal Engineers, der an der Operation teilgenommen hatte, ein junger blauäugiger Captain mit vielseitigen Interessen, einem leidenschaftlichen Temperament und einer ungeheuren Begabung für konventionelle wie unkonventionelle Kriegführung: Charles George Gordon.[24] Bei seinem kurzen Aufenthalt in Shanghai beobachtete er sorgfältig die Operationen Frederick Townsend Wards in Kiangsu und wurde später selbst einer der größten – und umstrittensten – Helden des viktorianischen England. Im Oktober 1860 zeigte er bereits in einem Brief nach Hause jenes Verständnis, für das er später auf mehreren Kontinenten berühmt wurde:

> Wegen der Mißhandlungen der [europäischen] Gefangenen im Sommerpalast befahl der General dessen Zerstörung und begründete dies in einer Proklamation. Es scheint, als habe man die Handgelenke der Gefangenen so fest zusammengebunden, daß das Fleisch brandig wurde und sie unter größten Qualen starben. So rückten wir also aus, plünderten sämtliche Gebäude und zündeten sie an, wobei wir wie die Vandalen hausten und einen höchst wertvollen Besitz zer-

störten, den man für vier Millionen nicht wieder aufzubauen in der Lage wäre. Ihr könnt Euch die Schönheit und Pracht der Paläste kaum vorstellen. Es tat einem weh, sie brennen zu sehen; tatsächlich waren diese Paläste so riesig und wir hatten so wenig Zeit, daß wir gar nicht alles aus ihnen herausholen konnten. Es war eine scheußlich deprimierende Arbeit für eine Armee. Jeder war wild aufs Plündern. Die Franzosen haben rücksichtslos alles zerschlagen. Es bot sich ein Bild äußerster Zerstörung, für dessen Beschreibung mir die Worte fehlen. Die Menschen sind höflich, aber ich glaube, die Granden hassen uns, und dies zu Recht nach dem, was wir mit dem Palast gemacht haben.

Das Ende der Feindseligkeiten im Norden trug wenig dazu bei, die Spannungen zwischen dem Westen und China zu verringern, noch beeinflußte es den beginnenden Machtkampf innerhalb der Manchu-Elite, zwischen den Prinzen I, Cheng und Su-shun auf der einen und Prinz Kung auf der anderen Seite, während Yehonala irgendwo dazwischen stand. Die kluge junge Mutter des Erben Hsien-fengs begann zu begreifen, daß der Umgang mit den Barbaren weit schwieriger war, als sie gedacht hatten. In Prinz Kung erkannte sie den Mann, der im Gegensatz zu den drei kriegstreiberischen Prinzen dieser Aufgabe gewachsen sein könnte. Unterdessen verschlechterte sich im Jagdschloß in Jehol der Gesundheitszustand Hsien-fengs immer mehr. Dabei zeigte sich, daß die Frage noch völlig offen war, wer China mit welcher Politik in unmittelbarer Zukunft regieren würde. Die Briten und Franzosen beschlossen daher, auch nach Abschluß der Herbst-Kampagne ein größeres Truppenkontingent in China zu belassen, um sich gegen die noch größer gewordene chinesische Instabilität abzusichern. (Von den 21 000 am Marsch auf Peking beteiligten britischen Soldaten wurden zum Beispiel nur 10 000 wieder abgezogen.)

Für einen großen Teil dieser Soldaten gab es jedoch im Norden kaum noch etwas zu tun, nachdem Seng-ho-lin-ch'in geschlagen worden war. Als daher Berichte über die ausgedehnten Kämpfe im Yangtsetal zu zirkulieren begannen, bemühten sich viele britische und französische Offiziere um ihre Versetzung auf diesen für die anglo-französische Verteidigung Shanghais wahrscheinlich wichtig werdenden Kriegsschauplatz. Einer dieser Offiziere war Captain Adrien Tardif de Moidrey von der französischen Armee, dessen Ankunft in Shanghai Ende 1860 (oder Anfang 1861) von entscheidender Bedeutung für die weiteren Operationen von Ward, Burgevine und des Foreign Arms Corps war.

Tardif de Moidrey, dessen nachdenkliches Gesicht von einem dichten, sorgfältig gestutzten Schnurr- und Spitzbart bedeckt war, galt als kreativer Soldat, der sich während des Marsches auf Peking detailliert für chinesische Waffen und Kampftaktiken interessiert hatte. Nach seiner Ankunft in Shanghai hatte er seine Studien durch eine Untersuchung der Operationen von Ward und Burgevine vertieft, die Ende 1860 in einer tiefen Krise steckten: Am 11. Dezember hatte sich Burgevine zu einem weiteren Angriff auf Ch'ing-p'u entschlossen, war aber bereits auf halber Strecke zwischen Sungchiang und seinem Ziel von den Taiping gestellt und zurückgeschlagen worden. Tardif de Moidrey traf Burgevine während dieser trüben Zeiten in Shanghai und lernte auch Ward kennen, als dieser nach China zurückkam.

Alle drei waren Anfang 1861 gründlich von der allgemeinen Auffassung des Westens geheilt, die Chinesen seien schlechte Soldaten. Diszipliniert, gut ausgerüstet, ordentlich bezahlt und unter entsprechender Führung konnten sie es mit jeder regulären Armee der Welt aufnehmen: Ward, Burgevine und Tardif de Moidrey hatten sich hiervon bei ihren Zusammenstößen mit den Rebellen wie auch den Kaiserlichen überzeugen können. Die schlichte Tatsache, daß diese Voraussetzungen – Disziplin, Ausrüstung, Sold und kompetente Führung – bisher weder auf der einen noch auf der anderen Seite völlig erreicht waren, bot keinen Grund zu der Annahme, daß man keine professionelle chinesische Armee schaffen könne. Das eigentliche Problem bestand darin, die traditionelle chinesische Militärhierarchie auszuschalten. Mit Sicherheit war die kampfbereite Provinz Kiangsu die richtige Bühne für einen entsprechenden Versuch: Sie lag weit von Peking entfernt, und kaiserliche Kommandeure hatten hier bisher keine größeren Siege erfochten – sich nicht einmal entsprechend engagiert. Die nächste Frage war, welche genaue Form diese neue chinesische Armee annehmen sollte.

Es ist nicht bekannt, ob Ward, Burgevine oder Tardif de Moidrey als erster die entscheidende Idee zu einer unabhängigen Truppe hatte, in der westliche Offiziere – sowohl reguläre Offiziere als auch Söldner – die chinesischen Soldaten trainieren sollten, die Taiping im Stil des Westens zu bekämpfen. Höchstwahrscheinlich war es ein gemeinsamer Gedanke, denn zur gleichen Zeit, als Tardif de Moidrey davon sprach, seine eigene chinesische Artillerieeinheit auf die Beine zu stellen – geführt von Franzosen, ausgerüstet mit westlichen Feuerwaffen und in der Lage, große kaiserliche Infanterieverbände zu unterstützen –, hatten auch Ward und Burgevine die Idee aufgegeben, auf große Gruppen unzuverlässiger Söldner zu setzen. Auch sie stellten bereits Überlegungen an über die Vorteile des Einsatzes chinesischer Soldaten unter der Führung westlicher Offiziere, und zwar nicht nur als Hilfstruppe für die Artillerie, sondern als autarke Einheit. Wie auch immer, die Idee gemeinsamer westlich-chinesischer Operationen sollte schließlich – zusammen mit Tseng Kuo-fans Aufstieg im Westen des Landes – die Wende im chinesischen Bürgerkrieg bringen, denn sie bot die einzige Möglichkeit, doch noch die örtliche Zange für Tsengs mächtigen »Nußknacker« zu schaffen, und so die Anfang 1861 noch sehr lebendige Rebellenbewegung zu zerschlagen.

Aber die Treffen zwischen Ward, Burgevine und Tardif de Moidrey waren nur der allererste Anstoß zu diesem Aufbauprozeß. Es waren noch gewaltige Hindernisse zu überwinden, bevor die von ihnen entwickelten Theorien im nächsten Winter in die Praxis umgesetzt werden konnten: So blieben die westlichen Regierungen bei ihrem Entschluß, jeder ausländischen Einmischung in die Taiping-Rebellion ein Ende zu bereiten, und während örtliche chinesische Beamte wie Wu Hsü zu einem Experiment mit ausländischen Söldnern bereit waren, sah die Zentralregierung in Peking (wie auch Tseng Kuo-fan im Westen) anfangs den Einsatz westlicher Soldaten als Demütigung an. Ward und seine Kameraden mußten monatelange Mühen und Zurückweisungen auf sich nehmen, bevor man ihren Vorschlägen eine Chance gab.

Die Kampagne im Norden hatte die Engländer in ihrer Politik bestärkt, weder die Manchu zu unterstützen noch die Taiping anzuerkennen, sondern alternativ mit beiden zu verhandeln – bzw. sie einzuschüchtern, um zu bekommen, was sie von China wollten. Die Regierung Ihrer Majestät sowie ihre Vertreter vor Ort waren ferner entschlossen, ihre Position als dominierende Handelsmacht im chinesischen Reich aufrechtzuerhalten. Als daher Rußland Ende 1860 anbot, die Manchu durch die Entsendung einer Kriegsflotte nach Nanking zu unterstützen, konzentrierte sich die englische Aufmerksamkeit einmal mehr auf das Tal des Yangtse. Hüseh Huan[25], kaiserlicher Kommissar für die Vertragshäfen, trat für eine Annahme des russischen Angebots ein: Die dortigen kaiserlichen Streitkräfte konnten die Hilfe gebrauchen, meinte Hüseh, und die daraus entstehende Rivalität zwischen Russen und Engländern wäre eine nützliche Wiederbelebung der traditionellen chinesischen Politik, »die Barbaren zu benutzen, um Barbaren zu überwachen«. Aber bei Tseng Kuo-fan und der Pekinger Führung fand er hierfür keine rechte Unterstützung, da diese zu Recht annahmen, daß es sich lediglich um einen Vorwand für eine russische Expansion handelte. Das Angebot wurde daher zurückgewiesen, und die Engländer applaudierten der Entscheidung. Aber gleichzeitig befand die Londoner Regierung auch, daß es an der Zeit sei, sich ein eigenes Bild vom Zustand der Taiping-Bewegung zu machen.

Sie kam ferner zu dem Schluß, daß hierfür eine britische Schiffsexpedition nach Nanking erforderlich sei, denn die Informationen aus zweiter Hand über den T'ien Wang und seine Anhänger, die Ende 1860 in Shanghai umgingen, waren im besten Fall widersprüchlich. Einerseits hatten Konsul Meadows und seine Förderer im diplomatischen Corps die Sache der Rebellen weiterhin stillschweigend unterstützt. Der *North China Herald* hatte versucht, eine unabhängige Position einzunehmen, obgleich der Taiping-Angriff auf Shanghai und die nachfolgenden Handelserschwernisse auf dem Yangtse die Sympathie seines Herausgebers Charles Compton für die Rebellion etwas abgekühlt hatten. Frederick Bruce wiederum, der seine Abreise nach Peking vorbereitete –, machte aus seiner Feindschaft gegen beide Kriegsparteien keinen Hehl. Und westliche Missionare plädierten weiterhin für Nachsicht mit den Rebellen, deren seltsames Christentum sich ihrer Meinung nach mit der Zeit vervollkommnen lasse.

Dieser letzten Gruppe schloß sich auch der obskure Issachar Jacox Roberts[26] an, jener Baptistenprediger aus Tennessee, der schon früher Hung Hsiu-ch'üan in Kanton Bibelstunden gegeben hatte. Im Herbst 1860 erfüllte Roberts einen langgehegten Wunsch des Himmlischen Königs der Taiping, indem er nach Nanking kam und einen offiziellen Posten annahm, der auf den des Vizeministers für auswärtige Angelegenheiten hinauslief. Mit dem Amt erhielt er zugleich einen »Titel, Hofkleidung, Krone und Goldring« sowie das Versprechen des Tien Wang, etwa 18 Kirchen in der Himmlischen Hauptstadt zu bauen. Mit Hilfe mehrerer anderer Missionare ging Roberts daran, Kurzfassungen verschiedener Bibelstellen für eine Übersetzung ins Chinesische zusammenzustellen, damit die Taiping die Heilige Schrift besser und schneller kennenlernen könnten. Aber dieses Unterfangen würzte Roberts offensichtlich mit typisch baptistischer Intoleranz. Nach Augustus Lindley, dem jungen Engländer, der die Taiping-Soldaten trainierte und ihnen Gewehre besorgte, »provozierte Roberts unkluge dogmatische Hartnäckigkeit häufig unschöne Diskussionen«. Der Rebellenführung war jedoch die Aufnahme von Verbindungen zu den westlichen Gemeinden in den Vertragshäfen wichtig, und so betrachtete man Roberts enthusiastische Aufforderungen an seine Christenbrüder, sie sollten kommen und an der glorreichen Bewegung teilnehmen, als Ausgleich für seine »intolerante und bigotte« Haltung.

Die vielen ausländischen Stimmen, die ihre Meinung über die Taiping-Bewegung äußerten, machten es der englischen und allen anderen westlichen Regierungen nicht eben leicht, ein klares Bild über die Zustände in dem von den Rebellen besetzten Teil Chinas zu gewinnen. Im Februar 1861 wurde daher Admiral Sir James Hope[27] von der Royal Navy mit 10 Kriegsschiffen den Yangtse hinauf beordert. Er hatte Weisung, mit der Rebellenführung Kontakt aufzunehmen. Falls dies gelang, sollte Hope mit den Taiping über eine vorteilhafte Garantie des freien Handels auf dem Yangtse verhandeln und in mehreren von den Rebellen besetzten Städten Konsulate errichten.

Auf den ersten Blick schien Hope für eine so delikate diplomatische Mission nicht besonders geeignet. Der bei seinen Leuten als »Fighting Jimmie« bekannte Hope war der Sproß einer schottischen Seefahrerfamilie (sein Vater hatte ein Schiff in der Schlacht bei Trafalgar kommandiert) und hatte in Nord- und Südamerika, Indien und auf der Ostsee gedient, bevor er nach China kam. Während der Kampagne im Norden hatte er den Oberbefehl über die britischen Marinestreitkräfte inne, wurde schwer verwundet und später zum Ritter geschlagen, weil er sich trotz seiner gefährlichen Verletzung geweigert hatte, den verlustreichen Kampf aufzugeben. Er erholte sich in Ningpo und kehrte dann in den Norden zurück, um in der 1860er Kampagne wiederum die Marinestreitkräfte zu kommandieren. Hope war zu dieser Zeit 52 Jahre alt, aber weder sein Alter noch seine Verwundungen hatten ihm seinen Elan genommen, wie er während des erfolgreichen Angriffs auf die Festung Taku bewies. Er hatte ein rundes Gesicht, helle, kalte Augen, einen hochmütigen Gesichtsausdruck und eine kriegerische Haltung, in der sich die lange Tradition der »feuerfressenden« britischen Admiräle widerspiegelte, die zum Schutz des britischen

Handels die Meere befahren und nicht selten die Ehre der britischen Marine und der britischen Fahne verteidigen mußten. Wie so viele seiner geistigen Vorgänger in der Royal Navy ging er keinem Streit aus dem Weg, wobei es ihn wenig zu kümmern schien, mit wem er es zu tun hatte.

Im Oktober 1860 kam Hope nach Shanghai, um das Kommando der britischen Streitkräfte zu übernehmen, was ihn bald auf einen Kollisionskurs mit Frederick Townsend Ward brachte, dessen Tätigkeit wieder einmal den Zorn der Briten erregte. Dennoch deutete nichts in ihren Persönlichkeiten auf einen Konflikt hin. Im Gegenteil, eine gegenseitige Bewunderung für die Tapferkeit des anderen und eine ihnen gemeinsame Abneigung gegen politische Doppelzüngigkeit ließ es nahezu selbstverständlich erscheinen, daß die beiden Männer trotz der momentanen diplomatischen Gegebenheiten eines Tages Freunde sein würden. Und in der Tat, zum Zeitpunkt seines Todes hielt Hope den jungen Amerikaner für »einen sehr talentierten und tapferen Diener« der chinesischen Regierung, und Ward wiederum bestimmte Hope zu einem seiner Nachlaßverwalter. Wer eine derartige Entwicklung jedoch bereits 1860 vorausgesagt hätte, wäre auf erhebliche Skepsis gestoßen.

Am 12. Februar 1861 fuhr Hope den Yangtse hinauf. Auf dieser Reise richtete er erfolgreich drei neue Konsulate ein – darunter eins in Hankow – und erreichte die Zusage der Taiping, sich nicht in den englischen Handel einzumischen und sich ein Jahr lang Shanghai nicht weiter als bis auf zwei Tagesmärsche (etwa 30 Meilen) zu nähern. Im Gegenzug versprach Hope, daß sich die Briten im chinesischen Bürgerkrieg strikt neutral verhalten würden. Aber der Admiral machte sich weder über die Rebellion noch über ihre Führer Illusionen, die man, wie er sagte, »nur als eine organisierte Räuberbande betrachten kann«.[28] Und zumindest eine mögliche Ursache für künftige Reibereien wurde bei den Treffen zwischen den britischen Marineoffizieren und dem Chung Wang nicht ausgeräumt. Wie der *North Herald* berichtete, hatte der Rebellen-Kommandeur erklärt, »der Opiumhandel sei auf dem Yangtse verboten. Der Admiral soll es abgelehnt haben, über dieses Thema zu sprechen und seinerseits darauf hingewiesen haben, daß man sie für jede Beleidigung der britischen Flagge zur Verantwortung ziehen werde.«

Im März öffneten die Taiping den Yangtse wieder für den uneingeschränkten Handel, der sofort florierte; daher waren weder Admiral Hope noch Frederick Bruce sehr begeistert, als sie von den erneuten Aktivitäten Wards und Burgevines hörten – trotz ihrer Zweifel an den Taiping. Ebensowenig war es der neue britische Konsul in Shanghai, Walter Medhurst. Thomas Meadows' ständige Kritik an der Pro-Manchu-Politik war schließlich mit seiner Versetzung in den Norden belohnt worden (obgleich er für den Augenblick noch in Shanghai blieb). Medhurst – den Sohn eines hervorragenden Sinologen und selbst ein ausgezeichneter Kenner des Chinesischen – hatte man als Nachfolger ausgewählt, weil man bei ihm sicher war, daß er sich noch enger an die Parteilinie halten und in Shanghai für eine Atmosphäre sorgen würde, die Rebellen, Kaiserliche und ausländische Abenteurer gleichermaßen einschüchtern konnte.

Aber der Plan für eine chinesisch-westliche Zusammenarbeit, den Ward, Burgevine und Tardif de Moidrey im Winter ausgearbeitet hatten, war so verlockend, daß es Ward Anfang 1861 noch einmal gelang, Wu Hsü dazu zu bringen, seinen Versuch zu unterstützen, eine irreguläre Truppe aufzubauen. Yang Fang hatte sich Ward gegenüber stets loyal verhalten, und so ist seine Beteiligung an den damaligen Plänen nicht überraschend. Aber Wus Teilnahme (oder Nichtteilnahme) an Wards Projekten war nie allein von seinem Respekt und seiner Sympathie für den jungen Amerikaner bestimmt gewesen, sondern hatte stets auf einer pragmatischen Analyse des nationalen und internationalen Klimas in und um Shanghai beruht. Ohne Zweifel hatte die teilweise, aber beunruhigende Annäherung der Briten an Nanking sowie der Zusammenbruch der im Norden stationierten kaiserlichen Armeen im Herbst zuvor Wu davon überzeugt, daß die Verteidigung Shanghais wie im Frühjahr 1860 ausschließlich Sache der einheimischen Beamten und Kaufleute wäre. Aber er muß auch gewußt haben, daß eine erneute Verbindung mit Ward zu neuen Konflikten mit den westlichen Regierungen führen würde. Angesichts dieser Überlegungen spielten Wards Charme und seine grenzenlose Begeisterung wieder einmal eine entscheidende Rolle. Völlig wiederhergestellt und voller radikal neuer Ideen, eroberte sich der neuenglische Glücksritter abermals einen Platz auf der Lohnliste des erfahrenen Taotai. Kurz darauf kam auch sein neuer französischer Kollege dazu, Tardif de Moidrey, der auf Kosten von Wu und Hsüeh Huan damit begann, das Fundament für seine franko-chinesische Artillerieeinheit zu legen.

Wards Plan, dieses Mal chinesische Freiwillige anzuwerben, scheint nicht allein durch seine Gespräche mit Burgevine und Tardif de Moidrey inspiriert gewesen zu sein, sondern auch durch die veränderte Haltung der Bauern in der Provinz Kiangsu. Während des Herbstes und Winters 1860/61 hatte der *North China Herald* berichtet, daß an mehreren Orten bewaffnete Bauernverbände aufgetaucht seien, die nicht nur ihren Besitz gegen die Taiping verteidigt, sondern auch Versorgungslinien überfallen und sogar Taiping-Soldaten gefangengenommen und zur Bestrafung nach Shanghai geschickt hatten. Das Entstehen dieser bäuerlichen Guerillabanden war jedoch nicht allein die Folge von Plünderungen durch die Taiping: die habgierigen Führungsoffiziere der örtlichen kaiserlichen Truppen hatten ebenfalls ihren Teil dazu beigetragen. Nach ihren Erfahrungen mit den ungezügelten Einheiten der »Grünen Standarte« lehnten es viele Bauern ab, unter Kommandeuren wie Li Heng-sung zu dienen und nahmen ihre Verteidigung lieber selbst in die Hand.

Nach den Tagebuchaufzeichnungen eines chinesischen Zeitgenossen[29] hatten viele Bauern aus Kiangsu während des Sommers 1860 in Sung-chiang Zuflucht vor den Taiping gesucht und dort Ward und sein Foreign Arms Corps kennengelernt. Ihre Erfahrungen waren offensichtlich nachhaltig, denn die Guerillas aus Kiangsu waren bald darauf unter den ersten, die sich als Freiwillige zum Dienst in Wards neuer Truppe meldeten. Wieder einmal zeigte sich, welche Rolle die Macht der Persönlichkeit im chinesischen Bürgerkrieg spielte: Selbst ein barbarischer Ausländer wurde den marodierenden Taiping und plündernden Kaiserlichen vorgezogen, wenn er seine Leute anständig behandelte.

Aber während die chinesischen Bauern möglicherweise fähige oder zumindest begeisterte Soldaten abgaben, war sich Ward bewußt, daß er für sein neuestes Projekt zugleich erfahrene westliche Offiziere brauchte. Und so sah er sich zum einen unter den ausländischen Söldnern um, die bereits im Foreign Arms Corps gedient hatten, und warb zugleich in Shanghai neue Kandidaten an. Das wichtigste aber war, daß sich die neue

Einheit deutlich von jener unterschied, die sich nach der Niederlage von Ch'ing-p'u einen so fragwürdigen Ruf erworben hatte. Deshalb sprach Ward nicht mehr vom Foreign Arms Corps, sondern von der Chinese Foreign Legion (aber die Truppe war nun einmal unter ihrem alten Namen bekannt, und so blieb es). Die nächste Aufgabe bestand darin, Männer von zumindest durchschnittlicher Intelligenz zu finden, denen man verantwortungsvolle Posten anvertrauen konnte. Zu ihnen gehörte C. J. Ashley (der nach mehrjährigem Dienst in Wards Truppe als Quartiermeister und Generalkommissar später Karriere beim Shanghai Volunteer Corps machte und einer der berühmtesten ausländischen Bürger der Hafenstadt wurde) sowie ein alter Bekannter Wards, Edward Forester.

Als Ward das erste Foreign Arms Corps aufstellte, hatte er Forester geschrieben, der damals als Dolmetscher für mehrere große Geschäftshäuser in Japan tätig war. Aber erst 1861 gelang es Forester, nach China zu kommen und sich Ward anzuschließen, der dem Neuankömmling sofort den gleichen Rang einräumte wie Burgevine, und zwar nicht nur aufgrund ihrer früheren Bekanntschaft in Südamerika, sondern auch wegen seiner bemerkenswerten Vielsprachigkeit. Burgevines Schwächen waren immer dann offenkundig geworden, wenn die Truppe in Garnison lag. Hier nun sollte Forester den Ausgleich herstellen: in der Aufrechterhaltung der Ordnung, als Mittelsmann zwischen Yang Fang und den örtlichen Beamten in Sung-chiang – sofern Ward sich nicht selbst um diese Dinge kümmern konnte – und dadurch, daß er den Belangen der Truppe einen etwas professionelleren Anstrich gab, als es der eigenwillige und ungestüme Burgevine vermochte. Foresters Geschicklichkeit zeigte sich in der Folge bei vielen Gelegenheiten und schien Wards Vertrauen zu rechtfertigen.

Es ist daher um so enttäuschender, daß Forester sich letztlich Ward gegenüber als illoyal erwies. Nach dessen Tod unternahm er mehrere Versuche, die Operationen seines Kommandeurs zu seinen eigenen Gunsten zu revidieren; Versuche, die in einem üblen Kontrast zu seinen treuen Diensten standen, die er Ward zu dessen Lebzeiten geleistet hatte. Obgleich Forester zum Beispiel 1875 unter Eid aussagte, daß er sich erst 1861 Wards Truppe angeschlossen habe, schrieb er später eine Artikelserie für den *Cosmopolitan*, in der er die Aktionen von Wards Truppe seit Anfang 1860 schilderte, einschließlich eines detaillierten Berichts über die Schlacht von Sung-chiang. Natürlich waren die Berichte über dieses legendäre Ereignis jedem in Shanghai zugänglich, der sich die Mühe machte, nach ihnen zu suchen. Aber in Foresters Version hatte er nicht nur selbst an der Schlacht teilgenommen, sondern auch eine entscheidende Rolle dabei gespielt. Und in seinem Bericht über die nachfolgenden Kämpfe der Truppe behauptete er, Ward sei häufig gar nicht anwesend gewesen, sondern habe sich in Shanghai amüsiert. Auch Burgevine machte er schlecht und stellte ihn nur als kleinen Funktionär hin. So erwies sich letztlich Burgevine – ein starker Trinker, impulsiv und gewalttätig – als der loyalere seiner beiden Leutnants, während der berechnende Forester zwar der etwas bessere Offizier war, sich aber als ein entschieden mieserer Kamerad erwies.

Zu Wards Lebzeiten jedoch waren ihm Foresters Talente sehr nützlich, und zu Beginn des Frühlings 1861 lief die Reorganisation der Truppe auf der Grundlage der chinesisch-westlichen Kooperation wie am Schnürchen – so reibungslos, daß die britischen Autoritäten es bald für notwendig hielten, aktiv dagegen vorzugehen.

Anfang April trainierte die Chinese Foreign Legion bereits in Sung-chiang, nachdem Ward ungefähr 500 bis 1000 chinesische Rekruten und etwa 200 westliche Offiziere angeheuert hatte. Viele der Ausländer waren wiederum englische Deserteure – vor allem Ausbilder der Royal Navy, der Handelsmarine und der Artillerie des Heeres. Sie hatten die schlechte Bezahlung, die engen Unterkünfte und die mangelhafte Ernährung satt, die den Dienst in der regulären Truppe kennzeichneten. Die Teilnahme dieser Männer an Aktionen gegen die Taiping konnten durchaus die bereits brüchige Waffenruhe gefährden, die Admiral Hope mit ihnen ausgehandelt hatte. Wohl wissend, daß seine Arbeit ihm fast mit Sicherheit den Besuch der britischen Führung in Sung-chiang bescheren würde, hatte Ward strikte Sicherheitsmaßnahmen in der Stadt und im Lager eingeführt. Der Zugang zu beiden war für alle Militärs nur mit einem schriftlichen, von ihm selbst unterzeichneten Paß möglich. Zusätzlich hielt Ward seine britischen Deserteure in ständiger Bereitschaft, Sung-chiang sofort zu verlassen und ins Landesinnere auszuweichen, falls es zu der erwarteten britischen Razzia kommen sollte.

Sie erfolgte schließlich in der dritten Aprilwoche.

Als Kommandant des britischen Flottenstützpunktes in China war Admiral Hope[30] für alle wichtigen Angelegenheiten in den fünf Vertragshäfen und in Hongkong zuständig. Dies bedeutete eine häufige Abwesenheit von Shanghai, aber er blieb immer stark an den Angelegenheiten der Hafenstadt interessiert, wobei ihn vor allem die zahlreichen Desertationen von Bord britischer Schiffe beschäftigten. Mitte April stieg diese Zahl alarmierend an und Hope befahl Commander Henry W. Hire – Kapitän von HMS *Urgent* und während der Abwesenheit des Admirals ranghöchster Marineoffizier in Shanghai –, die chinesischen Behörden mit diesem Problem zu konfrontieren. Falls Hire von diesen Gentlemen keine zufriedenstellende Antwort bekäme, so erklärte Hope, solle er die britischen Deserteure und alle Männer festnehmen, die sie verleiteten, der Sache der Kaiserlichen oder der Rebellen zu dienen. »Ich vertraue Ihrem Eifer und Ihrer Fähigkeit«, so Hope an Hire, »die von mir geplanten Maßnahmen zur Beendigung der Desertationen in Shanghai durchzuführen.« Und Hire sollte seinen Kommandanten nicht enttäuschen.

Am 18. April nahm einer von Hires Untergebenen, ein Kapitän Aplin von *HMS Centaur* in Nanking, 26 Engländer fest, die in der Armee der Taiping dienten. »Die meisten von ihnen«, schrieb ein diplomatischer Offizier, der bei der Festnahme dabei war,

> »behaupten, daß sie von berufsmäßigen Werbern in Shanghaier Trinkstuben gelockt wurden, wo man sie unter Drogen gesetzt und anschließend in bewußtlosem Zustand auf bereits wartende Boote verschleppt habe... Nur zwei oder drei geben zu, sich ohne Zwang freiwillig gemeldet zu haben... Die Männer waren in einem bedauernswerten Zustand, da sie keinen Sold, sondern nur Reis und viel Alkohol bekommen hatten. Es war ihnen erlaubt, überall zu plündern, aber sie schienen nicht viel Erfolg gehabt zu haben. Sie machten aus ihren Verbrechen wie Vergewaltigung und Raub kein Geheimnis und deuteten noch Schlimmeres an. Die meisten hatten an einem Kampf in der Nähe von Sung-chiang teilgenommen, wo ihr Anführer, namens Savage, verwundet und ein Italiener getötet wurde. Ein Amerikaner mit Namen Peacock, der derzeit in Soochow lebt, ist ihr oberster Kommandeur; er nimmt unter den Taiping einen hohen Rang ein und hat die Macht, über Leben und Tod zu entscheiden.«

Der Erfolg des Unternehmens überzeugte die britischen Marineoffiziere, daß ein aktives Einschreiten der richtige

Weg war. Am 22. April hatte Commander Hire, der von dem Konsulatsdolmetscher Chaloner Alabaster[31] begleitet wurde, in Shanghai eine Unterredung mit Hsüeh Huan, bei der auch Wu Hsü anwesend war. Hire forderte Hsüeh auf, alle in seinem Dienst stehenden Engländer an ihn auszuliefern, aber Hsüeh wie auch Wu erklärten erwartungsgemäß, daß sie keine Engländer beschäftigten. Sie räumten lediglich ein, Tardif de Moidrey und einen weiteren französischen Artillerieausbilder eingestellt zu haben. Zwar hätten auch sie gehört, daß es bei den Rebellen britische Deserteure geben solle, auf ihre Truppen träfe das aber nicht zu. Hire versicherte Hsüeh, er habe aus glaubwürdiger Quelle erfahren, daß Engländer in kaiserlichem Dienst in Sung-chiang als Ausbilder tätig seien, worauf Hsüeh es Hire freistellte, nach Sung-chiang zu gehen und alle diese Männer festzunehmen. »Einige Fragen«, so notierte der Dolmetscher Alabaster, »bezogen sich noch auf Colonel Ward. Der Regierungskommissar erklärte, er habe Ward im letzten Jahr für zwei Monate in seinen Dienst genommen, ihn dann aber wieder entlassen. Mit der Erklärung des Colonels konfrontiert, Ward betrachte sich noch immer als im Dienst Seiner Exzellenz stehend, meinte dieser, er habe gedacht, Ward sei tot. Er habe gehört, daß er vor langer Zeit bei Sung-chiang verwundet worden sei – damals sei er noch in seinem Dienst gewesen – und hätte dann geglaubt, »er sei an seinen Wunden gestorben«. Wu Hsü »äußerte ebenfalls große Bestürzung«, als er von Wards erneuten Truppenanwerbungen hörte. Nachdem beide, der Taotai und Hsüeh, ihre Mitarbeit bei der Gefangennahme der desertierten Engländer versprochen hatten, erklärte Hire, daß er es als einen »entscheidenden Vertrauensbruch« betrachten würde, falls sie sich nicht an ihre Zusage hielten.

Am folgenden Tag fuhr Commander Hire mit einem Kanonenboot den Huang-pu und dann den Sung-chiang Creek hinauf, wiederum in Begleitung von Alabaster sowie einer Abordnung Royal Marines. Verwirrt durch das Erscheinen regulärer britischer Truppen erlaubten die kaiserlichen chinesischen Wachen am Stadttor von Sung-chiang ihnen den Zutritt. Dann suchte man den Kommandeur dieser Green Standard-Soldaten, einen von Sung-chiangs Mandarins, in seinen Amtsräumen auf. Hire legte ihm einen Erlaß vor, den die britischen Soldaten draußen an einer Säule angeschlagen gefunden hatten. Von Ward geschrieben und unterzeichnet, verbot das Dokument jedem Soldaten der Chinese Foreign Legion, Sung-chiang ohne Paß zu betreten. Der in die Enge getriebene Mandarin – der sich in der wenig beneidenswerten Lage sah, lügen zu müssen, um eine Gruppe ausländischer Söldner zu schützen, die sich ständig mit ihm stritten und seine Autorität ignorierten – leugnete, daß es in Sung-chiang irgendwelche Ausländer gebe. Früher sei das allerdings anders gewesen. Nach Alabasters Erinnerung hatte der Mandarin gesagt:[32] »Die Fremden kamen dauernd und drängten sich ihm auf, aber sie haben nie in seinen Diensten gestanden.« Infolge dieser unbefriedigenden Antwort erklärte Hire, er werde jetzt die Stadt durchsuchen, und forderte den Mandarin auf, ihn zu begleiten.

Bei der Durchsuchung des kaiserlichen Militärlagers fand Hire keine Beweise für eine Tätigkeit von Ausländern. Aber dann faßten einige am Westtor zurückgelassene Marines einen Chinesen, der mit einem Paß in die »Baracks« der Chinese Foreign Legion wollte – einem von Ward ausgeschriebenen und signierten Paß. Mit diesem Mann und dem Dokument konfrontiert, »erinnerte sich der Mandarin plötzlich an die Existenz eines solchen Platzes, leugnete aber weiterhin, daß er irgend etwas mit den Ausländern zu tun habe und daß es in Sung-chiang überhaupt Fremde gebe.« Schließlich führte man Hire zu einem Haus, das angeblich der Wohnsitz von Colonel Ward war, und seine Leute begannen, in der offensichtlich aufgegebenen Wohnung das Unterste zuoberst zu kehren: »Man fand einige Bierflaschen – und nach eingehender Suche eine Falltür, die anscheinend aufs Dach führte. Sie wurde sofort aufgebrochen – wenngleich unter einigen Schwierigkeiten, da sie zugenagelt und mit Gerümpel bedeckt war – und entdeckte eine Flucht von Räumen, vollgestopft mit europäischen Waren und Weinen, in denen sich noch bis vor kurzem Ausländer aufgehalten haben mußten, da man einiges Geschirr unabgewaschen beiseite gestellt hatte.«

Aus der Entdeckung dieser abgeschirmten Privaträume schloß Hire, daß er zwar bis auf einen Schritt an den flüchtigen Ward herangekommen war, dieser letzte Schritt aber sehr lang sein könnte. Als ihm zufällig eine Liste mit Namen westlicher Ausländer in die Hand fiel, die in der Chinese Foreign Legion dienten, entschied sich der Kommandeur, sofort nach Shanghai zurückzukehren: denn Wards größte Chance, einer Verhaftung zu entgehen und gleichzeitig einen zufälligen Zusammenstoß mit den Rebellen zu vermeiden, bestand darin, sich unter den Tausenden von Flüchtlingen und Obdachsuchenden in den Ausländersiedlungen der Hafenstadt zu verbergen.

Nach Shanghai zurückgekehrt, schrieb Hire später, »machte ich dem amerikanischen Flaggoffizier meine Aufwartung, um ihn um Hilfe bei Wards Festnahme zu bitten, worauf er ohne Zögern antwortete, Ward sei kein amerikanischer Staatsangehöriger und habe keinen Anspruch, als solcher geschützt zu werden. Ich bat ihn, mir dies schriftlich zu geben, was er tat.«

Von den Chinesen wie den Amerikanern fallengelassen, stand Ward nunmehr anscheinend allein da. Seine Verhaftung ließ keinerlei internationale Komplikationen mehr befürchten. Hire kehrte auf die *Urgent* zurück und »befahl dem Schiffsprofos, an Land zu gehen und Ward an Bord zu bringen«. Danach ging der Kommandeur zum Essen in die Stadt. Bei seiner Rückkehr teilte man ihm mit, Ward sei festgenommen worden und befinde sich an Bord der *Urgent*: »Ich erklärte ihm, er habe sich gegenwärtig als mein Gefangener zu betrachten.«

Man hatte Ward im Hafengebiet von Shanghai aufgegriffen und in der Nacht des 24. April streng bewacht. Nachdem er den Kommandeur der Chinese Foreign Legion endlich in seinem Gewahrsam hatte, brannte Hire natürlich darauf, nähere Einzelheiten über Wards Hauptquartier in Erfahrung zu bringen, das zwar allgemein als Anwerbungsbüro der Legion galt, wofür aber bisher der Beweis fehlte. Er setzte sofort seine Spitzel auf diese Aufgabe an und beriet sich dann mit Konsul Medhurst und Ex-Konsul Meadows[33], wie weiter mit Colonel Ward zu verfahren sei. Beide Beamte erklärten Hire, daß »es das beste sei, diesen Raufbold Ward aus der Kolonie abzuschieben (daß Shanghai nicht der britischen Krone gehörte, war den dreien offensichtlich momentan entfallen). Als ersten Schritt verlangte Hire eine weitere Unterredung mit Wu Hsü.

Bevor er aber die chinesischen Würdenträger aufsuchte, kehrte Hire auf die *Urgent* zurück, um Ward zu vernehmen. Sein größtes Problem war die Nationalität des Glücksritters: Ohne eine Klarstellung dieser Frage wurde es schwierig, irgendeine Regierung dazu zu zwingen, den Gefangenen zu übernehmen und zu bestrafen. Hire wollte wissen, aus welchem Land Ward stamme, worauf ihm der Häftling antwortete: »Zuletzt war ich in Mexiko beschäftigt. Ich war Bürger der Vereinigten Staaten, was ich aber mit Sicherheit nicht mehr bin. Ich bin auch kein Engländer, denn in diesem Land war ich nur ein einziges Mal und habe auch keine Verwandten dort, wohl aber in den Vereinigten Staaten. Abgesehen davon halte ich dies nicht für eine faire Frage und lehne es ab, Ihnen weiter zu antworten.«

Offensichtlich durchschaute Ward, in welch mißlicher Lage sich Hire befand: Ein Staatenloser konnte kaum wegen Verletzung irgendeines Neutralitätsgesetzes einer Nation verfolgt werden. Noch schwieriger wurde die Situation für den zunehmend verunsicherten Commander Hire, als nach der Vernehmung Wards ein Schreiben von Nicholas Cleary einging, einem Shanghaier Anwalt. Als Vertreter Wards forderte er Hire auf, »ihn den zuständigen chinesischen Behörden in Shanghai zu übergeben, um ihn einem sofortigen Gerichtsverfahren bezüglich der von Ihnen erhobenen Vorwürfe zu unterwerfen«. Die Hinzuziehung der »zuständigen chinesischen Behörden« in dieses rechtliche Durcheinander gab dem Ganzen eine neue Wendung. Und so suchte Hire als nächstes Wu Hsü in seinen Geschäftsräumen auf.

Nachdem er Wu Hsü Beweise für die Anwesenheit von Ausländern in Sung-chiang vorgelegt hatte, gab Commander Hire »seinem Bedauern Ausdruck, daß er hiernach nicht mehr dasselbe Vertrauen an den guten Glauben Seiner Exzellenz haben könne wie bei ihrer früheren Unterredung«. Wu Hsü seinerseits »zeigte sich äußerst entrüstet über das Verhalten der Mandarins in Sung-chiang, die diese Tatsache vor ihm verborgen hätten«. Nachdem er darüber informiert worden war, daß

Hire gekommen war, »um Seine E[xzellenz] zu ersuchen, entweder Colonel Ward selbst zu bestrafen oder Captain Hire zu bitten, ihn zu deportieren«, stimmte Wu dem letzteren Vorschlag zu, »da er noch nie zuvor einen Ausländer bestraft habe und es auf jeden Fall besser sei, den Colonel auszuweisen. Denn selbst wenn er chinesischer Staatsbürger wäre, könnte er allenfalls eine Prügelstrafe verhängen und müsse ihn dann laufenlassen; und dann sei er immer noch da.« Im Anschluß an dieses Gespräch wurde Hire jedoch von einem Rechtsexperten belehrt, daß Wards Arrest sowie Bestrafung und Deportation durch die Briten höchst fragwürdige Aktionen seien: Welches Land auch immer zu solchen Maßnahmen berechtigt sein mochte, Großbritannien sei es mit Sicherheit nicht. »Daraufhin habe ich mich entschlossen«, schrieb Hire, »die chinesischen Behörden zu veranlassen, Ward zu übernehmen und ihn zu bestrafen.«

Am 26. April schrieb der Vorsitzende des Shanghai Municipal Council an Konsul Medhurst, er möge dafür sorgen, daß die Behörden »den sogenannten Colonel Ward oder seine Agenten daran hindern, weiterhin Mitglieder der Municipal Police Force oder andere von ihren Posten abzuwerben«. Für einen Mann, der angeblich Ausländer in seinen Dienst »preßte«, erfreute sich Ward einer bemerkenswerten Beliebtheit. Hinzu kam, daß Commander Hire und Konsul Medhurst dabei waren, das diplomatische Spiel um den Gefangenen an Bord der *Urgent* zu verlieren: Da Wu Hsü genau wußte, daß die Engländer letztlich gezwungen sein würden, Ward an ihn auszuliefern, hatte er vorgebaut und ihnen zu verstehen gegeben, daß er ihn, wenn überhaupt, nur geringfügig bestrafen könne.

Die Affäre erreichte ihren Höhepunkt am 26. April,

als Wu Hsü dem englischen Dolmetscher Chaloner Alabaster[34] Papiere vorlegte, aus denen hervorging, daß Ward tatsächlich chinesischer Bürger war. Da er seine Festnahme befürchtete, hatte Ward noch am 24. April einen Brief an Konsul Smith geschickt, in dem er den Wunsch äußerte, seine amerikanische Staatsbürgerschaft aufzugeben und naturalisierter Chinese zu werden. Dennoch waren die von Wu vorgelegten Papiere mit ziemlicher Sicherheit gefälscht: Peking hätte Wards Antrag auf Einbürgerung in diesem kritischen Augenblick kaum zugestimmt, und selbst wenn die Zustimmung erfolgt wäre, so wäre die Zeit seit seiner Inhaftierung zu kurz gewesen, um die Dokumente auszustellen. Aber den Engländern kam nicht in den Sinn, Repräsentanten der kaiserlichen chinesischen Regierung der Fälschung von Dokumenten zu beschuldigen, und so erschien am 26. April, wie sich Commander Hire erinnerte, »eine bewaffnete Gruppe in Jardine's Wharf; zwei Offiziere kamen an Bord, worauf Ward ihnen ausgeliefert und von einer starken chinesischen Eskorte in die Stadt abgeführt wurde«.

Nach Wards Übergabe gab Commander Hire seiner Überzeugung Ausdruck, daß er »mit Wards Gefangennahme ... dem Haupt des gewaltsamen Anwerbesystems in Shanghai einen ernsten Schlag versetzt habe«. Andere britische Offiziere und Beamte teilten seine Überzeugung, daß dieser Vorfall die Mitglieder der Chinese Foreign Legion ernstlich entmutigt habe. Dieser Eindruck verstärkte sich mit der Festnahme von 13 Ausländern durch britische Truppen am 28. April in der Nähe von Sung-chiang. Unter der Anschuldigung, im kaiserlichen Dienst zu stehen, wurden die Männer ihren jeweiligen Konsulaten zur Deportation übergeben. Aber zumindest einer wurde später wieder freigelassen, und es dauerte nicht lange, bis die englischen Behörden die Tatsache akzeptieren mußten, daß keine ihrer Aktionen Ward auch nur im geringsten gebremst hatte. Britische Soldaten und Seeleute desertierten weiterhin und schlossen sich der Chinese Foreign Legion an. Und der Beweis, daß die Einheit noch immer im Landesinneren aktiv war, wurde erbracht, als Burgevine sich mit etwa 65 westlichen Ausländern General Li Hengsungs Green Standard Kriegern für einen weiteren – vergeblichen – Angriff auf Ch'ing-p'u am 11. Mai anschloß. (Hierbei zeigte sich erneut die Unzuverlässigkeit der Green Standard: Wie der *Herald* berichtete, »sah Burgevines Truppe die 20 Kanonenboote und 9000 Männer, die mit ihm gemeinsam angreifen sollten, erst auf dem Rückzug, etwa 3 Meilen von der Stadt entfernt«.)[35]

Konsul Medhurst und Captain Roderick Dew, der die Nachfolge Commander Hires als Kommandant der britischen Seestreitkräfte während Admiral Hopes Abwesenheit von Shanghai angetreten hatte, beschlossen, diesem Treiben ein für allemal ein Ende zu bereiten. Sie befahlen, sämtliche ausländischen Siedlungen nach Ward und Burgevine zu durchsuchen. Man fand jedoch weder die beiden Männer noch entdeckte man das in Shanghai vermutete Hauptquartier Wards. Aber ungefähr eine Woche später erhielt Medhurst einen Tip von einem seiner Informanten, der, wie er Frederick Bruce erzählte, »seine Kameraden verriet, um sich selbst zu retten«:

> Unter anderem erklärte er unter Eid, daß die Abrechnungen für die Legion an einem festen Tag zu bestimmter Zeit im Taki hong erfolgten, einem in der Siedlung gelegenen Haus, von dem aus der Taotai seine Geschäfte mit unserem Kommissariat erledigt. Und als Captain Dew und ich mit einer bewaffneten Truppe dorthin gingen, fanden wir den sogenann-

ten »Captain« der Legion, wie er mit dem Zahlmeister des Taki hong eifrig die Rechnungen durchging. Im Stockwerk darüber stießen wir auf 18 Musketen mit entsprechender Munition sowie anderes Kriegsmaterial. Dies alles wurde beschlagnahmt und mitsamt dem »Captain«, dem Zahlmeister und einem angeblichen chinesischen Agenten der Legion weggebracht. Da der Captain behauptete, Amerikaner zu sein, wurde er seinem Konsul übergeben. Die beiden anderen Männer, beide Chinesen und im Dienst des Taotai, schickte ich diesem mit einem Schreiben zu, in dem ich mich abermals darüber beschwerte, daß die Würdenträger die Anwerbung von Ausländern weiterhin so hartnäckig unterstützten. Er erwiderte, er werde der Klage gegen den Mann nachgehen, was aber die Waffen angehe, so hätte er sie gern zurück. Ich habe ihm diesen Gefallen natürlich nicht getan und erwähne die Angelegenheit nur, ebenso wie seine Verbindung zu Taki, um auf seine für ihn typische Doppelzüngigkeit hinzuweisen.

Der mysteriöse »Captain«, den Medhurst und Dew festgenommen hatten, entpuppte sich als niemand anders als Burgevine. Am 18. Mai wurde der Mann aus Carolina im Haus des amerikanischen Vollzugsbeamten eingesperrt (die amerikanische Siedlung verfügte noch immer über kein Gefängnis). Noch am selben Morgen um 10 Uhr eröffnete Konsul William S. G. Smith das Verfahren gegen ihn. Burgevine wurde offiziell angeklagt, die Neutralitätsgesetze verletzt und britische Seeleute zur Desertation angestiftet zu haben. Aber wieder einmal erlitten die westlichen Behörden mit ihrem Versuch Schiffbruch, der Truppe in Sung-chiang den Todesstoß zu versetzen. Ein Offizier der Shanghai Municipal Police sagte als Zeuge aus, er habe zwar Burgevine bei Yang Fang gesehen, aber niemals jemanden, den er als englischen Deserteur habe identifizieren können. Anschließend bestätigte zwar einer der Deserteure, daß er in Wards Truppe gedient hatte, bestritt aber, von Burgevine abgeworben oder rekrutiert worden zu sein. Am Ende wurde Burgevine aus Mangel an Beweisen freigesprochen, und die ganze Angelegenheit hatte nichts weiter gebracht als Konsulatskosten in Höhe von 17,50 Dollar zur Entlohnung des Vollzugsbeamten und des Schreibers.

Jetzt war Medhurst entschlossen, sich Ward zu greifen, und bereits einen Tag nach Burgevines Prozeß wurde er von britischen Suchtrupps wiederum entdeckt und verhaftet. Dieses Mal gingen die Briten kein Risiko ein: Ward wurde auf einem ihrer Kriegsschiffe inhaftiert. Edward Forester[36], Kommandeur der Garnison der Chinese Foreign Legion in Sung-chiang, saß in der Klemme. Es war ziemlich sicher, daß die Briten kommen und die restlichen westlichen Offiziere der Legion verhaften würden. Für Ward, so erinnerte sich Forester später, »schien keine Hoffnung auf Freilassung oder ein Verfahren zu bestehen. Der Arrest war reine Willkür, und der Admiral hatte die physische Macht dazu.« Hope – der sich hütete, den Chinesen bezüglich Ward ein zweites Mal zu trauen – wollte offensichtlich persönlich sicherstellen, daß der junge Söldnerführer diesmal China verließ.

Während Wards Gefangenschaft schickte Hope eine starke britische Truppe aus Soldaten, Seeleuten und Marines nach Sung-chiang, um den dort noch immer aktiven westlichen Ausländern die Rechnung für ihren fortwährenden Ungehorsam zu präsentieren. Von Yang Fang gewarnt, versetzte Forester[37] »die Erdbefestigungen, die wir – ungefähr eine Meile östlich von Sung-chiang – besetzt hatten, in den bestmöglichen Verteidigungszustand und ließ sie wissen, daß die Stellung unter allen Umständen verteidigt werde. Die Briten, etwa 800 an der Zahl, marschierten einmal um unser

Fort herum und kehrten zu ihren Schiffen zurück, ohne auch nur einen Schuß abgegeben zu haben.« Die britische Expedition ins Landesinnere sollte offensichtlich nur eine Drohgebärde sein, aber auf die Soldaten der Legion machte sie wenig bzw. gar keinen Eindruck.

In Shanghai schmiedeten inzwischen Yang Fang, Burgevine und Vincente Macanaya Pläne für Wards Flucht von Bord des Kriegsschiffs, da es ausgeschlossen schien, daß die Engländer ihren Fehler wiederholen und ihn der Obhut einer anderen Nation überlassen würden. Obgleich Ward scharf bewacht wurde, bewohnte er eine eher bequeme Kabine und keine Arrestzelle und durfte täglich Besuch empfangen. So gelang es Vincente, Ward in ihre Pläne einzuweihen: Er solle sich bereit halten, zu einer bestimmten Stunde in der kommenden Nacht durch eines der großen Kabinenfenster (wie sie für die englischen Kriegsschiffe jener Zeit typisch waren) ins Wasser zu springen. Vincente würde mit einem Sampan auf ihn warten – einem kleinen, mit nur einem Ruder vorwärtsbewegten Skullboot – und ihn herausfischen. Ward sollte dann nach Sung-chiang in Sicherheit gebracht werden.

Das genau Datum von Wards Flucht – irgendwann in der letzten Maiwoche – ist nicht überliefert, aber die Umstände trugen zu der Legendenbildung bei, die den Kommandeur der Foreign Legion zu einem Volkshelden der Chinesen machte. Beim 4. Schlag der Schiffsglocke (2 Uhr morgens) erinnerte sich Ward an seine Kindheit am Kai von Salem und sprang mit einem Satz durch das Fenster seiner Kabine in das Wasser des Shanghaier Hafens. Wie geplant war Vincente zur Stelle und zog Ward in seinen Sampan, während auf dem Kriegsschiff Alarm gegeben wurde. Forester schrieb: »Dies war, bevor man überhaupt von Suchscheinwerfern auf Kriegsschiffen träumte«, und bis die britischen Barkassen bemannt waren und den dunklen Hafen absuchen konnten, bot sich ihnen der Anblick von etwa 30 Sampans, die in alle Richtungen davoneilten: ein von Yang Fang inszeniertes Ablenkungsmanöver. Die Briten sahen bald ein, daß die Suche hoffnungslos war. Vincente pullte zu dem Shanghai gegenüber gelegenen Ufer des Huang-pu hinüber (dem westlichen Ufer der Pootung-Halbinsel), wo Ward ausstieg und sich 24 Stunden lang versteckt hielt. Dann reiste er auf Umwegen nach Sung-chiang. Er erreichte die Garnison ohne Zwischenfall und blieb dort, während die Engländer wieder einmal Shanghai auf den Kopf stellten und jeden verhafteten, der verdächtigt wurde, in der Chinese Foreign Legion zu dienen oder gedient zu haben.

Ward war wieder frei – und die Briten unterschätzten wieder einmal seine Entschlossenheit, als sie glaubten, der Legion endgültig den Todesstoß versetzt zu haben. So triumphierte der *Herald* am 8. Juni, daß »die Truppe nun aufgelöst ist. Einige sind wahrscheinlich von den Chinesen hingerichtet worden, einige sind im Kampf gefallen, und einige sühnen ihr Vergehen gegen unsere Gesetze in gewöhnlichen Gefängnissen; nur wenige sind entkommen, wobei zu hoffen ist, daß sie genügend gewarnt sind, um ihren Lebensunterhalt jemals wieder auf eine so unrechtmäßige Art verdienen zu wollen, und sich nicht noch einmal für eine so anrüchige Mannschaft anwerben zu lassen wie die einer ›Chinese Foreign Legion‹.«

In Wirklichkeit nahm Ward das Training seiner chinesischen Soldaten und europäischen Offiziere gezielt wieder auf: Fehlschläge schienen ihm – bei dieser wie vielen anderen Gelegenheiten – lediglich neuen Auftrieb zu geben, und es bereitete ihm eine diebische

Freude, gerade das seinen Gegnern zu zeigen. Diese Gegner (oder zumindest diejenigen, die das Blau und Gold der Royal Navy trugen) wurden des Spiels langsam müde. Als Admiral Hope von Wards Rückkehr auf den Exerzierplatz in Sung-chiang erfuhr, gab er sich resigniert geschlagen, verzichtete auf weitere Versuche, die Offiziere der Foreign Legion zu belästigen und einzusperren, und lud – nach Forester – Ward und seine beiden Stellvertreter mit der Zusage freien Geleits zu einer Besprechung an Bord seines Kriegsschiffs ein.

Die Idee, daß sich Ward, Burgevine, Forester und Admiral Hope auf dem Höhepunkt ihres dramatischen Katz- und Maussspiels an Bord eines englischen Kriegsschiffs an einen Tisch gesetzt und über ihre Differenzen wie Gentlemen diskutiert haben könnten, hat verständlicherweise die Phantasie vieler zeitgenössischer Beobachter beschäftigt. Aber außer von Forester gibt es keine Bestätigung dafür, daß dieses Treffen tatsächlich stattfand. In einem Artikel im *Cosmopolitan* schrieb er, daß

> ... dieses Treffen entscheidenden Einfluß auf die Zukunft der Taiping-Rebellion haben sollte. Der britische Admiral wurde dazu gebracht, seine Meinung über eine ausländische Einmischung in die Taiping-Angelegenheit zu ändern. Wir versicherten ihm, daß wir unsere Offiziere nicht mehr unter den Besatzungen seiner Kriegsschiffe rekrutieren würden, und der Admiral versprach uns, seinen ganzen Einfluß beim britischen Gesandten in Peking und bei der britischen Regierung geltend zu machen. Von diesem Tage an wurde Admiral Hope unser mächtiger Freund und half uns, wo immer dies möglich war.[38]

Wie so häufig, gibt Forester für dieses Treffen kein Datum an: Es könnte jederzeit zwischen spätem Frühjahr und Herbst 1861 stattgefunden haben. Der vielleicht wichtigste Aspekt der Geschichte ist jedoch der indirekte Hinweis auf eine sich abzeichnende Veränderung in der Haltung der Briten gegenüber dem chinesischen Bürgerkrieg. Denn dieser Meinungsumschwung führte schließlich zu einer Annäherung Britanniens an die Chinese Foreign Legion.

Aber Ward mußte noch Eingang in die Berichte finden, die der amerikanische Gesandte für China oder Konsul Smith nach Washington sandten. Die Vereinigten Staaten waren nach wie vor daran interessiert, jede Komplikation zu vermeiden, die ihren Handel beeinträchtigen konnte. Am 23. Mai hatte der Engländer Frederick Bruce lange genug über die möglichen Aktivitäten von Ausländern auf beiden Seiten der Taiping-Rebellion nachgedacht, um dem britischen Außenminister Lord Russell nähere Einzelheiten mitzuteilen:

Man wird dafür sorgen, daß britische Untertanen auf beiden Seiten nur einen Bruchteil der angeworbenen Soldaten ausmachen. Der Anwerber auf seiten der Regierung scheint ein Mann namens Ward zu sein, ein ehemals kalifornischer Freibeuter; auf seiten der Taiping ist es ein Mann namens Peacock. Beide stammen aus den Vereinigten Staaten, aber Ward scheint auf die amerikanische Staatsbürgerschaft inzwischen verzichtet zu haben. Ich glaube, das Gesetz der Vereinigten Staaten ist sehr streng hinsichtlich des Eintritts in den chinesischen Dienst, aber ihre Behörden haben anscheinend große Schwierigkeiten, dieses Gesetz zur Anwendung zu bringen. Es sieht so aus, als habe Ward damit begonnen, neben der Foreign Legion auch eine im Dienst der kaiserlichen Regierung stehende chinesische Truppe auszubilden. Ich betrachte es als völlig hoffnungslos, Ausländer daran zu hindern, in diesen Armeen zu dienen, solange nur der Sold hoch genug ist, um sie anzulocken, und solange die Chinesen davon überzeugt sind, daß sie ihnen bei ihren militärischen Operationen nützlich sind.[39]

Gleichzeitig mit Wards Flucht räumte also der ranghöchste britische Beamte in China ein, daß ihre Politik gescheitert war, der Foreign Legion gewaltsam ein Ende zu bereiten. Am 24. Mai beklagte sich Admiral Hope bei Bruce, »daß die Versuche der chinesischen Beamten in Shanghai, Ward zu entmutigen, nicht so durchgreifend waren, wie ich mit Recht erwarten durfte; statt dessen erfanden sie Ausreden und stellten sich dumm, indem sie ein paar Leute auslieferten, um den Rest entkommen zu lassen«. Kurz, die Engländer mögen an die Richtigkeit einer Politik geglaubt haben, jede ausländische Einmischung in die Rebellion zu verhindern; aber der Mangel an Kooperation bewies ihnen, daß praktisch niemand sonst in Shanghai – weder Eingeborene noch Ausländer – diese Meinung teilten.

Auch die Taiping verweigerten sich dem Wunsch Britanniens, ihrem neutralen Nichteinmischungskurs zu folgen. Am 27. Mai schrieb der englische Dolmetscher Chaloner Alabaster[40] ein Memorandum über eine Reise den Huang-pu hinauf, die er gerade gemeinsam mit Captain Roderick Dew beendet hatte – jenem streitbaren Offizier, der die Razzia im Taki hong geleitet und Burgevine festgenommen hatte. Dew hatte von Admiral Hope den Befehl erhalten, nach Ch'ing-p'u zu reisen, dort ein Schreiben zu überreichen, das die Taiping-Führer davor warnte, sich dem Vertragshafen Ningpo weiter als bis auf zwei Tagesreisen zu nähern (die gleiche Bedingung wie für Shanghai), und auf dem Rückweg jeden ausländischen Legionär zu verhaften, den er in Sung-chiang finden konnte. Aber als sich Dew und Alabaster unter der Parlamentärflagge den Mauern von Ch'ing-p'u näherten (wobei der Captain »seinen Säbel zurückließ, um unsere friedliche Absicht zu unterstreichen«), eröffneten die Rebellen »das Feuer mit ihren

Musketen. Und als wir haltmachten und den Brief schwenkten, den sie mit Sicherheit gesehen haben müssen, schossen sie mit Kanonen auf uns, wobei sie glücklicherweise die Rohre zu hoch richteten. Da sie keine Anstalten machten, wieder damit aufzuhören, zogen wir uns auf unsere Boote zurück, die sie auch schon unter Beschuß genommen hatten, und verschwanden so schnell wie möglich. Den Brief hatten wir vorher an einem Pfahl befestigt, den wir in den Boden rammten.«

Am 6. Juni nahm Captain Dew abermals Kontakt zu den Rebellen auf – diesmal in der Stadt Chapu am nördlichen Ufer der Hangchow Bay –, um sie davor zu warnen, Ningpo anzugreifen. Dew wurde nach seiner Landung von Rebellensoldaten zum örtlichen Chef der Taiping eskortiert. Dieser Marsch führte sie durch einen Ort der Verwüstung: »In den Straßen und Häusern«, schrieb Dew, »sah man nur Soldaten. Die früheren Eigentümer waren entweder geflohen oder umgebracht worden – ein seltsamer Kontrast zu dem normalen Leben und Treiben in einer chinesischen Stadt«. Schon bald traf Dew den Chef der Taiping, der ihm – nach Dews Worten – erklärte,

> ...daß ihm viel an guten Beziehungen zu den Ausländern lag. Dienten wir denn nicht dem gleichen Gott im Himmel? Er könne nicht einsehen, warum wir uns in seinen Angriff auf Ningpo einmischten; unsere Schiffe und unser Eigentum würden verschont... Ich bemerkte, daß keine Sache Erfolg haben könne, die auf Blutvergießen und der Zerstörung menschlicher Behausungen aufbaue. Er erwiderte, eben dies wäre notwendig, um sich gegen Verrat abzusichern und Furcht zu verbreiten. Diese scharfsinnige Bemerkung hat mich sehr beeindruckt, denn ich bin mir ganz sicher, daß der rasche Erfolg der Taiping weit mehr auf ihrer wilden Zerstörungswut und ihren bunten Gewändern aus gelber und roter Seide beruht als auf ihrer Tapferkeit oder ihren Waffen,

die mir im Durchschnitt schlechter zu sein schienen als die der kaiserlichen Soldaten.

Am 11. Juni richtete Admiral Hope selbst eine Warnung an den Führer der Taiping in Chapu und teilte ihm mit, falls die Rebellen Ningpo angreifen sollten, »brauche ich Sie wohl kaum auf die Hoffnungslosigkeit Ihres Unternehmens hinzuweisen, denn was letztes Jahr in Shanghai passierte, dürfte noch frisch in Ihrer Erinnerung sein«. Gleichzeitig schrieb Hope an die britische Admiralität, wobei er die Taiping »als auf kostenlose Quartiere und Plünderung erpichte Banditen« bezeichnete und eine direkte britische Intervention empfahl, um Ningpo zu sichern. Der von ihm mit den Taiping ausgehandelte Waffenstillstand schien Hope nun selbst eine kurzfristige Angelegenheit ohne Aussicht auf lange Dauer. Die Ziele der Engländer und der Taiping waren nach Meinung des Admirals unvereinbar.

Die zunehmend feindliche Haltung der britischen Marineoffiziere gegen die Taiping fand im Frühjahr 1860 ihr Echo sowohl in den Berichten und Depeschen der diplomatischen Beamten als auch in dem veränderten Ton des *North China Herald*. Am 23. Juni richtete Frederick Bruce eine langatmige Anklage gegen die Rebellenbewegung an Lord Russell im Außenministerium. Er verwies auf die häufigen Allianzen zwischen den Taiping und einzelnen Räuberbanden und kritisierte die offensichtliche Unfähigkeit der Rebellen, irgendwelche politischen oder wirtschaftlichen Institutionen zu schaffen: »Wenn man sich vorstellte, daß der Erfolg [der Rebellion] in seiner jetzigen Form von Dauer wäre, dann wäre China bald auf eine Masse von Bauern reduziert, regiert von einer Theokratie, die sich auf Armeen stützt, die sich aus den barbarischsten und demoralisiertesten Teilen der Bevölkerung rekrutiert.« Bereits im Januar hatte der Herausgeber des *Herald*, Charles Compton, festgestellt, daß »jeder Despotismus schlimm genug ist. Aber die gegenwärtige Bewegung der Aufständischen wird im Falle des Erfolgs nicht nur einen gewöhnlichen, sondern einen religiösen Despotismus schaffen; mit Sicherheit hat China bereits genug Schwierigkeiten gehabt und verdient es, vor einem so bitteren Los bewahrt zu werden.«

Die gleichen Männer sahen aber auch, daß die kaiserlichen chinesischen Armeen völlig unfähig waren, der Bedrohung durch die Rebellion zu begegnen. Bruce[41] stellte fest, daß »sich die Kriegskunst in China in jenem primitiven und barbarischen Zustand befindet, in dem Eroberung gleichbedeutend ist mit Ausrottung«, und warnte, daß er »wenig Hoffnung habe, daß Gemeinden wie die in Shanghai und Ningpo einer Zerstörung entgehen«. Ausländische Intervention hatte Shanghai bereits einmal gerettet, aber solange die westlichen Mächte nicht bereit waren, eine zeitlich unbegrenzte Verpflichtung zum Schutz der Vertragshäfen gegen die Rebellen zu übernehmen (und dadurch die kaiserliche Regierung zu retten), ruhte die einzige Hoffnung auf einen Sieg über die Taiping auf Organisationen wie der Chinese Foreign Legion.

Bis jetzt hatte Bruce dies nicht gern zugegeben, aber den kaiserlichen Beamten in Shanghai war es seit mehr als einem Jahr klar. Tseng Kuo-fans Erfolge im Westen waren für die Verhältnisse an der Küste bisher ohne Bedeutung geblieben. Hsüeh Huan und Wu Hsü hatten, was die Organisation und Führung der in ihrer Nähe stationierten kaiserlichen Truppen anging, keinerlei Ansätze für irgendein Reformprogramm erkennen können. Im Juni 1861 finanzierten sie daher nicht nur weiter in aller Stille die Chinese Foreign Legion, sondern unterstützten darüber hinaus auch die Schaffung des späteren franko-chinesischen Corps von Kiangsu unter seinem Kommandeur Captain Tardif de Moidrey. Zwar waren sowohl die chinesische Zentralregierung in Peking als auch der französische Gesandte in China gegen dieses Projekt, aber der französische Flottenkommandeur in Shanghai, Vizeadmiral August-Leopold Protet, unterstützte den Plan. So riet er Tardif de Moidrey, sich ins Shanghaier Hospital zu begeben und eine Krankheit vorzutäuschen, als seine Einheit den Hafen verließ, um seine Entlassung aus dem aktiven französischen Dienst zu erreichen. Nunmehr auf sich selbst gestellt, fing Tardif de Moidrey – wie vor ihm Ward – erst einmal ganz klein an: mit 50 chinesischen Soldaten, einer Handvoll französischer Assistenten und ein paar Geschützen. Aber das franko-chinesische Corps sollte in der Zukunft noch eine wichtige Rolle spielen.

Wenn der französische Flottenkommandeur in Shanghai die Zeichen der Zeit erkennen und die Beteiligung westlicher Ausländer an Unternehmungen gegen die Taiping fördern konnte, dann wäre es Admiral Hope sehr wahrscheinlich möglich gewesen, das gleiche zu tun. Daher ist Foresters Bericht über ein Treffen zwischen ihm, Ward, Burgevine und dem Admiral an Bord von Hopes Flaggschiff durchaus glaubwürdig, auch wenn das Treffen nicht bestätigt ist. Denn während die britischen Diplomaten viele Gründe hatten, sich über Wards wiederholte Verstöße gegen die westlichen Neutralitätsgesetze zu ärgern, gab es für das Zerwürfnis zwischen der British Royal Navy und der Chinese Foreign Legion nur einen einzigen Grund: das Abwerben der britischen Seeleute. In seiner Gegnerschaft zu den Taiping dagegen war sich Ward mit Hope und den meisten englischen Offiziere, wie auch mit Captain Dew, einig. Und wenn

Ward auf diesem Treffen tatsächlich versprochen hat, keine britischen Seeleute und Soldaten mehr abzuwerben, so wird Admiral Hope bereit gewesen sein, seine Störmanöver gegen Wards Aktionen einzustellen. Wie sich im Sommer und Herbst 1861 zeigte, bemühte sich Ward tatsächlich weit weniger intensiv um die Rekrutierung von Ausländern (er verzichtete sogar auf den Namen *Chinese Foreign Legion*) und konzentrierte sich statt dessen gemeinsam mit seinen Offizieren immer mehr auf die Ausbildung chinesischer Rekruten. Gleichzeitig – und wohl kaum zufällig – kamen von seiten der Royal Navy auch keine Einwände mehr gegen den Aufbau seiner Truppe, die später im Volk als das Ward Corps of Disciplined Chinese bekannt wurde. Beide Tatsachen sprechen dafür, daß er mit Admiral Hope zu einer stillschweigenden Einigung gekommen war.

Am 3. Juli schrieb Frederick Bruce[42] aus Peking an Lord Russell und stellte mit Befriedigung fest, »daß die Foreign Legion aufgelöst ist«. Anscheinend war der Gesandte über die neuesten Entwicklungen in Shanghai nicht auf dem laufenden. Bruce gab seiner Hoffnung Ausdruck, daß »der Wert chinesischer Kooperation«, wofür das Verhalten von Li Heng-sungs Green Standard-Kriegern während des Angriffs auf Ch'ing-p'u am 11. Mai beispielhaft gewesen sei, »jene Abenteurer abschrecken werde, die Chinas Küste unsicher machen«.

Dabei konzentrierten sich Ward, Burgevine und Forester bereits auf ein Unternehmen, bei dem »Abenteurer« nur eine sehr untergeordnete Rolle spielten. Wards neuestes Rezept erwies sich am Ende als richtig. Innerhalb eines Jahres war sein Corps nicht nur die zuverlässigste Einheit auf der kaiserlichen Seite, sondern die beste in ganz China.

V

»Erstaunt über den Mut...«

Im Spätsommer des Jahres 1860 hatte Kaiser Hsienfeng, der unbedingt Siege über die Taiping brauchte, sein latentes Mißtrauen gegen Tseng Kuo-fan überwunden und den berühmten Han-Kommandeur und Verwaltungsbeamten zum Generalgouverneur für die Provinzen Kiangsu, Anhwei und Kiangsi ernannt. In den letzten Monaten desselben Jahres hatte Tseng mit der für ihn typischen Kompromißlosigkeit seinen Zugriff auf Anking verstärkt, dem Tor zur Taiping-Hauptstadt Nanking. Die Folge war, daß der Chung Wang seinen Versuch aufgeben mußte, Shanghai zu erobern, und statt dessen nach Westen marschierte, um Nanking zu entlasten. Der Rebellengeneral tat dies nicht gern, aber wütende Beleidigungen von seiten des T'ien Wang[1] – der seinem jungen Kommandeur vorwarf, »du fürchtest dich vor dem Tod« – sowie ernste Hinweise vom Premierminister der Taiping, daß das Zögern des Chung Wang bereits »Anlaß zu Diskussionen gibt«, veranlaßten ihn, in Richtung oberes Yangtse-Tal zu eilen. Das Erscheinen des Chung Wang im Westen löste eine sich hinschleppende und letztlich enttäuschende Kampagne aus, die weit bis in das Jahr 1861 dauerte, und während der aus der Provinz Kiangsu praktisch alle Taiping-Einheiten abgezogen wurden.

Diese Situation und die drückende Hitze des Shanghaier Sommers, in der weder die Kaiserlichen noch die Rebellen irgendeine Neigung zu anstrengenden Unternehmungen verspürten, ermöglichten es Ward, Burgevine und den Offizieren ihres neuen Corps, das Training ihrer chinesischen Rekruten in Sung-chiang ohne feindliche Störung fortzusetzen. Vor den Mauern der Stadt wurden mehrere Camps und Exerzierplätze eingerichtet, und innerhalb von Wochen hatte Ward eine kampfkräftige Truppe – nach Charles Schmidt[2] – »von ausgezeichneter Disziplin, in der jeder die üblichen Pflichten des Garnisonslebens erfüllt und seine Befehle exakt ausführt; einheitlich gekleidet, ausgerüstet und perfekt gedrillt nach Art europäischer Soldaten..., daß dieser Fortschritt in so kurzer Zeit erreicht wurde, war für jeden in Sung-chiang das größte Wunder.«

Sicherlich hatte das, was auf den Exerzierplätzen von Sung-chiang geschah, absolut nichts mit dem zu tun, was die Bauern der Provinz Kiangsu je bei den Green Standard-Einheiten beobachtet hatten. Die einheimische Bevölkerung betrachtete das seltsame Tun des Corps mit einer Mischung aus Bewunderung, Bestürzung, Amüsiertheit und Sarkasmus. Auch das Verhalten seines amerikanischen Kommandeurs unterschied sich völlig von dem der meisten kaiserlichen Anführer: Ward konzentrierte sich stets auf die nächstliegende Aufgabe und versuchte, diese Einstellung auch auf seine Männer zu übertragen. Wie Dr. Macgowan notierte. »...beim Drill erwiesen sich die Chinesen aus Kiangsu als begabte Schüler, und da sie ein gutmütiges Volk sind, war es leicht, ihnen eine gewisse Disziplin beizubringen. Die Kommandos erfolgten auf englisch, das sie wie die Hornsignale schnell verstanden. Sie wurden darauf trainiert, in Linie anzutreten, unabhängig von der Rangordnung. Es kostete viel Zeit und Geduld, ihnen den Umgang mit der Artillerie beizubringen. Aber schließlich wurden sie auch darin Experten.«

Was die Ausrüstung anging, so arbeitete Ward weiterhin mit seinen Agenten in Shanghai zusammen, um sich die modernsten Waffen zu besorgen. Gegen Ende des Sommers erhielt er regelmäßige Schiffsladungen englischer Musketen, preußischer Büchsen und sogar modernster englischer Enfield-Gewehre, deren Feuergeschwindigkeit und Treffsicherheit in allen Teilen des viktorianischen Empires bewundert (und demonstriert) wurde.

Englische Kommandos, Hornsignale und westliche Waffen dienten dazu, den Männern des Corps (wie auch den chinesischen und westlichen Beobachtern) deutlich zu machen, daß sich die Einheit grundsätzlich von jeder anderen kaiserlichen Armee unterschied. Aber weder über das Trainingsprogramm noch über die Waffen wurde von den Zuschauern so viel geredet wie über die absolut unchinesischen Uniformen des Corps. Ward legte großen Wert auf dieses Detail und soll nach einigen Berichten die Uniformen selbst entworfen haben. Stiefel, Hosen und Waffenrock entsprachen der europäischen Mode. Wards Infanterie trug Hellgrün, seine Artillerie Hellblau. Außerdem hatte Ward zu seinem persönlichen Schutz einige Filipinos behalten – die meisten Berichte schätzen ihre Zahl auf 200. Ihnen verpaßte er ähnliche Uniformen in Dunkelblau. (Nach Angaben einiger Autoren sprach Ward mit dieser Gruppe häufig spanisch, was ihre Beziehung zueinander, die bereits im Sommer 1860 begonnen hatte, als er im Hafen von Shanghai auf Vincente Macanaya traf, vertiefte.) Als Kopfbedeckung trug das ganze Corps dunkelgrüne Turbane ähnlich denen der britischen Sepoy-Truppen in Indien.

Diese ungewöhnliche Kleidung sorgte anfangs bei der Bevölkerung von Kiangsu für gutmütigen Spott.

Die Bauern bezeichneten die Männer von Wards Corps als »Fremde-Teufel-Imitation«. Sie waren an die leuchtend bunten – und häufig unpraktischen – Uniformen gewöhnt, die der ganze Stolz der chinesischen Soldaten waren. Verunsichert durch den Spott ihrer Landsleute und gelegentlich irritiert durch die unablässig zu wiederholenden Manöver, begannen einige der chinesischen Soldaten Fragen zu stellen und Zweifel anzumelden. Obgleich die Männer gut exerzierten, wie Schmidt und Macgowan berichteten, meinte der englische Journalist Andrew Wilson:[3] »... ihr größter Fehler« sei das »Gerede innerhalb der Truppe«. Da sie die Vorteile von Wards Taktik noch nicht auf dem Schlachtfeld erprobt hatten, konnten viele Rekruten nicht begreifen, warum es für sie gut sein sollte, anders gekleidet und – nach Wilsons Worten – »von den Foreign Devils so völlig anders gedrillt und diszipliniert zu werden, als sie es gewohnt waren... Erst als diese Soldaten die »Siegreichen« geworden waren, fanden sie wenigstens etwas Gefallen an ihrer Erscheinung; und einige Zeit später waren sie auf die Uniform der »Fremde-Teufel-Imitation« richtig stolz und hätten sich geweigert, sie gegen eine traditionelle Uniform einzutauschen.«

Aber es war nicht der Stolz, sondern das Geld, das von Anfang an die Loyalität von Wards Rekruten sicherstellte, und hier war wieder einmal Wards Beziehung zu Wu Hsü und Yang Fang ausschlaggebend. Nachdem er sich persönlich ein Bild vom Exerzieren des Corps gemacht hatte, notierte Wu mit einigem Respekt, daß »jeweils 80 mit Handfeuerwaffen ausgerüstete Soldaten einen Zug bildeten, der von einem ausländischen Offizier angeführt und von einem zweiten am Ende begleitet wurde; die Soldaten an der Spitze trugen Fahnen und Trommeln; auf das Kommando ihrer Offiziere bewegten sich die Soldaten oder standen still, beschleunigten oder verlangsamten das Tempo und marschierten in Formationen wie die Schuppen eines Fisches oder die Zähne eines Kamms.« Wus Begeisterung zeigte sich auch darin, daß er in Sung-chiang eine offizielle Dienststelle einrichtete, deren einzige Aufgabe darin bestand, das Training der chinesischen Rekruten in westlicher Kriegführung zu erleichtern. Im übrigen aber verschleierte er die Aktivitäten des Corps weiterhin sehr sorgfältig: Noch im November 1861 berichtete der Taotai dem Gouverneur Hsüeh Huan, daß Wards »barbarian braves« (eine Bezeichnung, die die Rolle der chinesischen Rekruten herunterspielte) über nicht mehr als 420 Mann verfügten, obgleich Ward zu dieser Zeit wenigstens doppelt so viele ausgebildete Soldaten in Bereitschaft hielt. Wu erklärte, diese Truppen würden von Ward und acht »Stellvertretern« kommandiert, achtete aber sorgfältig darauf, weder Burgevine und Forester noch irgendeinen anderen bekannten Offizier mit Namen zu nennen, der auf den Exerzierplätzen von Sung-chiang Dienst tat.

Neben ihren sonstigen Obliegenheiten unternahmen Wu und Yang zunehmend größere Anstrengungen, um sicherzustellen, daß Ward die erforderliche Menge mexikanischer Silberdollar bekam, die die Stärke und Loyalität seines Corps garantierte. Ausländische Offiziere konnten bei Ward zwischen 200 und 400 Silberdollar im Monat verdienen, während die einfachen chinesischen Soldaten nur 8 bis 9 Dollar erhielten, wovon sie noch einen Teil ihrer Verpflegung bezahlen mußten, wenn sie in Garnison lagen. Trotzdem war dies immer noch weit mehr, als sie bei irgendeiner kaiserlichen Einheit verdienen konnten (nicht einmal in Tseng Kuo-fans relativ gut bezahlter Hunan-Armee), und so bestand an chinesischen Freiwilligen nie Mangel. Aber mit dem Anwachsen der Truppe wurde die Geldbeschaffung für die regelmäßige Bezahlung zunehmend schwieriger. Zwischen September 1861 und September 1862 stiegen die Gesamtausgaben des Corps auf 1,5 Millionen Dollar: Selbst für die im Umgang mit schwindelnden Summen erfahrenen chinesischen Beamten und Kaufleute war dies ein horrender Betrag, der ohne Rückgriff auf Shanghais beachtliche Zolleinnahmen nicht hätte aufgebracht werden können. Wu und Yang konnten diese Gelder jedoch nicht beanspruchen, solange Wards Truppe von Peking nicht offiziell anerkannt war. Um dies aber überhaupt zu ermöglichen, brauchte man als erstes einen Erfolg auf dem Schlachtfeld.

Vor diesem Hintergrund wurde der Drill in Sung-chiang im Herbst 1861 immer härter. Den Männern wurde eingebleut, automatisch auf die präzisen Anweisungen ihrer ausländischen Offiziere zu reagieren, was in hohem Maß dadurch unterstützt wurde, daß Ward im Camp wie in der Schlacht stets demonstrativ und für alle gut sichtbar an der Spitze seiner Einheit stand. Die Rekruten mögen manchmal daran gezweifelt haben, ob es klug war, den Befehlen ihrer Offiziere zu folgen – in bezug auf ihren Kommandeur hatten sie diese Befürchtungen nicht. Im taktischen Bereich waren zwei Dinge ausschlaggebend: Die Männer mußten lernen, möglichst schnell ein traditionelles Infanteriekarree zu bilden, und man mußte ihnen beibringen, nicht nach alter Gewohnheit ihre Waffen abzufeuern, bevor der Feind auch nur in Schußweite war. Letzteres war ein Problem, mit dem sich sowohl die Taiping als auch die Kaiserlichen herumschlugen. Es entsprang dem alten Glauben an die abschreckende Wirkung von Lärm. Ward stellte diese Unsitte ab und sorgte dafür, daß seine Leute erst feuerten, wenn Musketen und Gewehre ihr Ziel effektiv trafen. Ebenso wurde auch die Artillerie darauf trainiert, statt auf den »fürchterlichen Effekt« des Kanonendonners auf Präzision zu setzen und das Feuer zu konzentrieren.

Bei der Versorgung und Ausrüstung seines neuen Corps nutzte Ward nicht nur die alten Geschäftsbeziehungen, die er im Jahr zuvor aufgebaut und erweitert hatte, sondern auch die seines Bruders Harry. Nach seiner Ankunft in Shanghai Ende 1859 hatte Harry Ward zusammen mit seinem Vater in New York die Firma Ward and Company gegründet und war seither in verschiedenen Geschäften zwischen China und den USA hin und her gereist. Aber keine seiner bisherigen Unternehmungen war so lukrativ gewesen wie die Möglichkeit, als »Einkäufer« für die neue Armee seines Bruders zu agieren. Im Spätsommer 1861 gelang es Harry Ward, über seinen Vater eine große Ladung »guter Perkussionsmusketen in sehr gutem Zustand« und »zwei Batterien Feldgeschütze sowie einen Vorrat an Feldmunition« zu kaufen. Viel wichtiger aber war, daß der jüngere Ward im September den Kauf des 81-Tonnen-Flußdampfers *Cricket* zum Preis von 25 000 Dollar organisierte.[4]

Der Erwerb der *Cricket*, der erste einer ganzen Reihe von Flußdampfern, die Ward im folgenden Jahr anschaffte, war ein Meilenstein in der weiteren Entwicklung des Corps. Die Tausende von Wasserstraßen, die Kiangsu durchzogen – von Flüssen bis zu künstlichen Kanälen –, boten enorme Möglichkeiten für schnelle Truppenbewegungen, weit mehr als die Straßen, die oft durch schwieriges Gelände führten. Zwar benutzten auch die Taiping und die Kaiserlichen die Wasserstraßen für den Gütertransport, wobei sie Tausende kleiner Boote einsetzten, aber keine der beiden Seiten hatte dieses ausgedehnte Netz bisher in ihre taktische und strategische Planung einbezogen. Ward dagegen erkannte im Herbst 1861 sehr klar, daß den Flüssen und Kanälen eine eigenständige Bedeutung zukam: Mit Hilfe schwerbewaffneter Flußdampfer konnte er nicht nur seine Truppen zum Kriegsschauplatz transportieren, sondern darüber hinaus vom Wasser aus angreifen, wenn man schwere Geschütze auf bewegliche Plattformen montierte. Plötzlich war es möglich, die Topographie der Provinz in einem neuen Licht zu sehen: Eine Konzentration der Streitkräfte wurde nicht länger durch das Wasser behindert, sondern im Gegenteil erleichtert. Die Wasserstraßen wurden Bestandteil des Schlachtplans, statt ihm Grenzen zu setzen. Und die Städte an ihren wichtigsten Kreuzungspunkten – die traditionsgemäß die Wasserstraßen kontrolliert hatten – waren plötzlich auf eben diesem Wege angreifbar geworden.

Dies war mehr als nur eine neue Gewichtung der zunehmenden Mobilität; es war eine Erweiterung der Operationsbasis. Die Taiping hatten lange Zeit gehofft, diese Möglichkeit selbst nutzen zu können: Die Beschaffung von Flußdampfern war eins der vorrangigen Ziele, die den Chung Wang zu seinem ersten Angriff auf Shanghai veranlaßt hatte. Aber jetzt hatte Ward diese Schiffe, und sein Gespür dafür, wie man sie nutzen konnte, zeigte sich darin, daß die *Cricket* und ihre etwa ein Dutzend Schwesternschiffe bald eine maßgebende Rolle spielten. Was ihm jetzt fehlte, waren amerikanische Kommandeure, die bereits in den Vereinigten Staaten ähnliche Schiffe befehligt hatten und deren Erfahrungen mit vergleichbaren Bedingungen wie in der Provinz Kiangsu weit größer waren als die anderer westlicher Kollegen.

Während der langen Monate des Trainings und der taktischen Neuorientierung, die der Aufstellung seiner neuen Truppe folgten, bemühte sich Ward intensiv um verläßliche Informationen. Seine bitteren Erfahrungen mit eifersüchtigen Manchu-Kommandeuren, die sich weigerten, ihre Informationen über die Truppenstärke und die Bewegungen der Taiping an ihn weiterzugeben, veranlaßten Ward, dieses Problem auf eine für ihn typische Art in Angriff zu nehmen: Er reiste in das von den Rebellen besetzte Gebiet und sah sich selbst um. Dabei trat er in der Regel als Jäger oder Kaufmann auf, nachdem er sich zuvor von den örtlichen Taiping-Kommandeuren freien Durchgang hatte zusichern lassen. Unter seinen wenigen persönlichen Dokumenten, die in die Vereinigten Staaten gelangten und erhalten geblieben sind, befinden sich zwei solche Pässe[5], in denen die Soldaten des Himmlischen Königreiches angewiesen werden, den ungenannten, im Besitz dieses Passes befindlichen »Ausländer« weder zu belästigen noch in seiner Bewegungsfreiheit einzuschränken. Es ist absolut glaubwürdig, daß Ward diese Pässe kaltblütig selbst anforderte und entgegennahm und dabei die Hemmungen der Taiping ausnutzte, Ausländer zu belästigen. Auf jeden Fall gewann er auf diesen Reisen direkte und hochwichtige Informationen über die feindlichen Stellungen, die er kurz darauf angriff. Wie immer machte er sich offensichtlich keine Sorgen über das schreckliche Schicksal, das ihn erwartet hätte, wenn er entlarvt worden wäre. Neben seinen abenteuerlichen Ausflügen setzte Ward auf ein ausgedehntes Netz von Spionen, die sich nicht nur in den Lagern der Rebellen umhörten, sondern auch in denen der Kaiserlichen und in den Ausländersiedlungen in Shanghai. Innerhalb kurzer Zeit hatte er verläßliche »Ohren« in ganz Kiangsu.

Was Dr. Macgowan den »heimlichen Aufbau« eines neuen Corps in Sung-chiang nannte, setzte sich bis in den Herbst 1861 fort. Zum Jahresende kehrte Admiral Sir James Hope von einer Reise nach Japan zurück und fand Shanghai voller Gerüchte über Wards Aktivitäten und die seiner Offiziere. Nach Dr. Macgowan machte sich der stets angriffslustige Admiral auf, um die Situation in Sung-chiang selbst in Augenschein zu nehmen. Der wahre Grund mag wieder einmal die Absicht gewesen sein, Ward das Handwerk zu legen: Trotz ihres Abkommens zu Beginn des Jahres gab es zwischen ihnen weiterhin Spannungen, die auch in den nächsten Monaten nicht restlos behoben wurden. Von Ward war bekannt, daß er noch immer über seine Behandlung durch die Engländer verstimmt war, und so ist es verständlich, daß er auf die Nachricht von Hopes Anreise

> ... den Europäern befahl, sofort unterzutauchen, während er selbst dem Admiral mit seinen ausgebildeten Leuten, die er hierfür in ausländische Uniformen steckte, den ihm geziemenden militärischen Empfang bereitete. Sir James war angenehm überrascht und sehr zufrieden über den Anblick so hervorragend disziplinierter Chinesen. Er bat Ward, seine Offiziere aus ihren Verstecken zu holen – denn er wußte natürlich, daß der Colonel dies alles nicht ohne Hilfe hatte erreichen können. Daraufhin wurden sämtliche Offiziere und Mannschaften zur Parade befohlen, wobei sie ein leichtes Infanteriemanöver durchführten. Hinterher wurden sie von Admiral Hope nicht nur gelobt, sondern dieser versprach Ward darüber hinaus seine volle Unterstützung bei seinem neuen Unternehmen.[6]

Ward nahm das Lob und die Versprechungen des Admirals mit einem gewissen Vorbehalt entgegen; sein angeborenes Mißtrauen gegenüber den Engländern, die Kontakte der Londoner Regierung mit den amerikanischen Konföderierten und seine eigenen Erfahrungen in

China ließen derzeit gar keine andere Reaktion zu. Dennoch gab es vernünftige Gründe, Hopes Versprechen ernstzunehmen, denn inzwischen hatte sich nicht nur die Haltung der Briten gegenüber den Taiping entschieden zu deren Ungunsten verschoben, auch Londons Einstellung zu Wards Unternehmungen hatte sich verändert. Bereits im August – gerade einen Monat, nachdem Frederick Bruce »mit Befriedigung« berichtet hatte, daß das Foreign Arms Corps aufgelöst worden wäre – hatte Lord Russell[7] Bruce mitgeteilt, daß sich London dem Eintritt britischer Untertanen in eine »Imperial Legion of Foreigners« nicht widersetzen werde, falls Peking dies wünsche. Die Manchu böten wahrscheinlich mehr Sicherheit für die Stabilität und das Wachstum Chinas als die Taiping. Selbstverständlich hatte Peking einen solchen Wunsch noch nicht geäußert, und Russells Bemerkung war lediglich inoffiziell. Aber die Ereignisse spitzten sich schnell zu, wie Dr. Macgowan notierte: »Der lange vorausgesagte Zeitpunkt, an dem man ein Eingreifen gegen die Taiping für notwendig hielt, lag nicht mehr in allzu weiter Ferne.«

Im Oktober 1861 kam Anson Burlingame[8] in Macao an, nachdem er kurz zuvor von Präsident Lincoln zum amerikanischen Gesandten in China ernannt worden war. Die Tatsache, daß die offiziellen amerikanischen Geschäftsbeziehungen im Reich der Mitte damals vom Wohnhaus des Botschafters S. Wells Williams aus abgewickelt wurden, ließ erkennen, daß die Vereinigten Staaten in den letzten Jahren in China nur eine untergeordnete Rolle gespielt hatten. Erst Burlingame sicherte den Vereinigten Staaten während seiner Amtszeit in China am Hof der Manchu wieder eine hervorragende Position. Gleichzeitig erwarb er sich den persönlichen

Respekt und die Zuneigung der chinesischen Herrscher. Aber Burlingame legte nicht nur das Fundament für das Wiedererstarken des Washingtoner Einflusses in Peking, er gab auch den Anstoß zu einer Freundschaft und Korrespondenz mit Frederick Townsend Ward, dessen Aktivitäten der neue Gesandte angesichts des auf beiden Seiten des chinesischen Bürgerkrieges herrschenden Chaos' schon bald unterstützte.

Burlingame trat mit eben jener Entschiedenheit auf, die man so lange im Umgang der Amerikaner mit China vermißt hatte. Er war 1820 geboren, entstammte einer Farmerfamilie im Mittleren Westen und hatte in Harvard Jura studiert. Anschließend ließ er sich in Boston nieder und erwarb sich bald einen Ruf als mitreißender Redner und als Anhänger von Martin Van Buren und der Free-Soil-Bewegung. 1854 ins Repräsentantenhaus gewählt, wurde er 1856 durch einen Zwischenfall berühmt, der jedoch wenig mit Politik zu tun hatte. Ein Kollege aus Massachusetts, Charles Sumner, wetterte eines Tages im Parlament gegen den Süden und die Sklaverei und wurde daraufhin – auf seinen Platz zurückgekehrt – von Preston Brooks aus Süd-Karolina heftig mit einem Spazierstock geschlagen. Burlingame verteidigte Sumner und appellierte dabei vor allem an die von Brooks hochgehaltene Ritterlichkeit der Südstaatler: »Was? Sie schlagen einen Mann, wenn ihm die Hände gebunden sind – wenn er den Hieb nicht erwidern kann? Nennen Sie das ritterlich? Welcher Ehrenkodex hat Sie dazu ermächtigt?«

Burlingames Äußerungen waren so heftig, daß Brooks ihn zum Duell forderte. Burlingame nahm an, nannte als Austragungsort eine Stelle kurz hinter der kanadischen Grenze (in den Vereinigten Staaten waren Duelle verboten) und wählte als Waffe Pistolen. Brooks knickte ein und behauptete, um nach Kanada zu kommen, müsse er durch »feindliches« Territorium (die Nordstaaten) reisen; und so wurde Burlingame durch diese Affäre zum Helden der Antisklavenbewegung. 1861 jedoch verlor er ein enges Kopf-an-Kopf-Rennen um die Wiederwahl und wurde zum Botschafter in Österreich ernannt. Aber die Österreicher lehnten es ab, Burlingame zu empfangen, da sie ihm seine Brandreden zugunsten der ungarischen Nationalisten vorwarfen. Daraufhin bot Lincoln ihm den Posten in China an, den er akzeptierte.

Lincolns Staatssekretär William Seward versah Burlingame mit einem Bündel von Instruktionen, die für die amerikanische Haltung gegenüber China seit dem Vertrag von Wanghia im Jahr 1844 typisch waren. »Ich denke«, schrieb Seward, »daß es Ihre Pflicht ist, in dem Geist zu handeln, der uns im Umgang mit allen befreundeten Nationen beseelt, und insbesondere weder Aufruhr noch Rebellion gegen die kaiserliche Autorität zu unterstützen oder zu ermutigen. Diese Anweisung gilt jedoch nicht, falls dadurch das Leben oder der Besitz amerikanischer Bürger in China gefährdet werden.« Die Interessen der Vereinigten Staaten in China, erklärte Seward, wären mit denen der Engländer und Franzosen »identisch« – über die Tatsache, daß die englischen und französischen Interessen häufig verworren und kontrovers erschienen, wurde nichts gesagt. »Sie werden daher angewiesen, sich mit den [Engländern und Franzosen] zu beraten und mit ihnen zusammenzuarbeiten, es sei denn, es gibt ganz spezielle Gründe, von ihnen abzurücken.«

Das China, das Burlingame im Oktober 1861 empfing, war ein Land, in dem so vage Instruktionen wahrscheinlich noch weniger wert waren als anderswo. Im kaiserlichen Jagdschloß, im nördlich von Peking gelegenen Jehol, nahm das Intrigenspiel immer beängstigendere Formen an. Während des Sommers hatte sich Kaiser Hsien-feng – im Bewußtsein, daß er seinen Namen und seine Dynastie durch seine unüberlegte Kriegführung und feige Flucht entehrt hatte – in einen Rausch von Orgien gestürzt, was bei seinem Gesundheitszustand auf eine bewußte Selbstzerstörung hinzudeuten schien. Im Juli feierte er seinen 30. Geburtstag: eine aufgedunsene, dumme, groteske Figur, versessen auf Drogen und Konkubinen. Die drei Prinzen, deren Rat die katastrophale Besetzung Pekings durch die Alliierten ausgelöst hatte – I, Cheng und Su-shun – berieten ihn noch immer und gaben sich alle Mühe, Prinz Kung und Yehonala, die Mutter von Hsien-fengs Sohn, von den Regierungsberatungen fernzuhalten, indem sie sich als Regenten dem jungen Erben an die Seite stellten. Kurz bevor ihr geschwächter Wohltäter am 22. August starb, war es ihnen noch gelungen, die Kontrolle über den in aller Eile gegründeten Regentschaftsrat zu erlangen.

Yehonala und Hsien-fengs Witwe Niuhuru wurden beide nach des Kaisers Tod in den Rang von Kaiserinwitwen erhoben; Yehonala nahm den Namen Tz'u-hsi an. Aber die eigentliche Macht blieb in den Händen des Regentschaftsrats. Durch den Ausschluß Prinz Kungs von allen wichtigen Beratungen – er hatte ihrer Meinung nach verräterisch gehandelt hatte, als er die Verträge mit dem Westen schloß – schufen sich I, Cheng und Su-shun einen ernstzunehmenden Feind. Aber ihren schwersten Fehler begingen sie, als sie das gleiche mit Tz'u-hsi versuchten.

Langsam näherte sich der Tag, an dem der Sarg Hsien-fengs von Jehol nach Peking gebracht werden sollte, eine Reise auf der – wie gemunkelt wurde – die drei Prinzen die beiden Kaiserinwitwen ermorden lassen wollten. Die Tat sollte danach den Banditen aus den Bergen in die Schuhe geschoben werden. Aber sie hatten nicht mit Tz'u-hsis Talent gerechnet, politische Gegner auszuspielen.

Am 5. Oktober brach die Prozession zu Fuß auf, wobei der goldene Sarg des verstorbenen Kaisers von nicht weniger als 124 Männern getragen wurde. Plötzlich erklärten Tz'u-hsi und Niuhuru, daß sie wegen des schwierigen Geländes und der momentanen schweren Unwetter die Absicht hätten, nach Peking vorauszureiten und die Ankunft des Toten dort zu erwarten. Jeder Protest der drei Prinzen wurde durch die Anwesenheit einer starken Abordnung der Peking Field Force im Keim erstickt, einer Eliteeinheit, die Prinz Kung kurz zuvor aufgestellt hatte. Diese Abordnung, die die Kaiserinwitwen nach Peking geleitete, wurde von Jung-Lu kommandiert, einem jungen Manchu-Offizier, von dem es hieß, er sei mit Tz'u-hsi vor ihrer »Erhebung« zur kaiserlichen Konkubine verlobt gewesen.

In Peking wurden die Kaiserinwitwen von Prinz Kung begrüßt, der ihre Flucht organisiert hatte, nachdem ihm Tz'u-hsi bereits Wochen vorher eine geheime Botschaft gesandt hatte. Nach der Unterzeichnung des Abkommens mit den Westmächten, das die alliierte Besetzung Pekings beendete, hatte Kung sein Prestige als Chinas erster Staatsmann untermauert, indem er auf die Schaffung des Tsungli Yamen drang, ein mit kompetenten Beamten besetztes chinesisches Außenministerium, das bereit und fähig war, zu realistischen Bedingungen mit dem Westen zu verhandeln. Ohne Frage war Kung der fähigste Mann, um Chinas Angelegenheiten in Ordnung zu bringen, und Tz'u-hsi wußte dies. Ihre Allianz erwies sich unmittelbar als erfolgreich.

Als die drei Prinzen in Peking ankamen, wurden sie sofort verhaftet und des Umsturzversuches angeklagt – eines der »zehn Greuel« im konfuzianischen China, das nur noch von einer Rebellion übertroffen wurde. Insbesondere wurde ihnen zum Vorwurf gemacht, daß sie Hsien-feng auf den katastrophalen Weg in den Krieg mit dem Westen geführt hätten. Das kaiserliche Urteil lautete: »Prinz I und Prinz Cheng wird hiermit gestattet, Selbstmord zu begehen. Was Su-shun angeht, so übertrifft seine verräterische Schuld bei weitem die seiner Komplizen, und er verdient die Strafe der Zerstückelung [»Tod der tausend Hiebe«] ... Aber wir können uns nicht überwinden, diese höchste Strafe auszusprechen, und deshalb verurteilen wir ihn als Zeichen unserer Milde zur sofortigen Enthauptung.«[9]

Als Resultat dieses Palaststreiches wurden Tz'u-hsi und Niuhuru zu Regentinnen des jungen Kaisers ernannt. Sie saßen hinter goldenen Wandschirmen im Thronsaal, beantworteten im Namen des kleinen Jungen Fragen und entschieden in kritischen Staatsangelegenheiten. Aber Niuhuru war sanftmütig und Tz'u-hsis Stimme wurde bei diesen Gelegenheiten bald dominant. Der Kaiser erhielt den neuen Namen T'ung-chih, »Rückkehr zur einheitlichen Ordnung«, und dieser Name sollte zum Symbol für eine Periode der kaiserlichen Restauration in China werden. Es war die kluge Tz'u-hsi, deren jugendliches Ungestüm und deren Arroganz sich durch Erfahrung abgeschliffen hatten, die dies durch das Erkennen, die Beförderung und die Kontrolle so talentierter Männer wie Prinz Kung, Tseng Kuo-fan und Li Hung-chang möglich machte.

Nicht weniger wichtig für das Überleben der Manchu-Dynastie war die Tatsache, daß der Aufstieg von Tz'u-hsi und besonders von Prinz Kung zu den ungekrönten

Herrschern Chinas großen Einfluß auf die Haltung der Westmächte gegenüber Peking hatte. Kung galt bei den ausländischen Gesandten seit langem als der vernünftigste chinesische Beamte, mit dem man Geschäfte machen konnte. »Man ist davon überzeugt«, schrieb Anson Burlingame[10] an Staatssekretär Seward nach der – wie er es nannte – »Revolution« in Peking, »daß die ausländischen Interessen durch diese Aktion Prinz Kungs und seiner Partei gewahrt bleiben, da sie an der Aufrechterhaltung und Erweiterung friedlicher Beziehungen zu den Ausländern äußerst interessiert sind«. Die britischen und französischen Repräsentanten waren der gleichen Meinung, obgleich viele es vorsichtiger ausdrückten. Aber je mehr sich die Beziehungen zwischen China und dem Westen entspannten, um so mehr wuchs die Abneigung des Westens gegen die Taiping. Da Prinz Kung offensichtlich bereit war, die von China unterschriebenen Vertragsbedingungen einzuhalten, wurden sie als Alternative zu den Manchu als Herrscher des Reiches zunehmend bedeutungslos. Diese immer kritischere Haltung gegenüber den Taiping wurde durch Entwicklungen innerhalb ihrer Bewegung verfestigt.

Am 5. September hatte sich Anking schließlich Tsung Kuo-fan ergeben. Augustus Lindley notierte, »daß sich drei Regimenter der Garnison, die die Schrecken der in der Stadt wütenden Hungersnot nicht mehr ertragen konnten, die sie zum Kannibalismus der fürchterlichsten Art gezwungen hatte – wobei Menschenfleisch zum Preis von 80 cash pro catty (etwa fourpence für 1,3 Pfund Lebendgewicht) äußerst begehrt war und gierig verschlungen wurde –, den Kaiserlichen gegen freien Abzug ergeben haben, aber bis auf den letzten Mann erschlagen und ihre kopflosen Rümpfe in den Yangtse geworfen wurden.«

Nach diesem entscheidenden Sieg übertrug man Tseng Kuo-fan den militärischen Oberbefehl über die Provinzen Kiangsi, Kiangsu, Anhwei und Chekiang – eine nie dagewesene Beförderung, besonders für einen Han-Kommandeur. Seine neuen Verantwortlichkeiten bereiteten Tseng ausgesprochenes Unbehagen; aber so verwirrend das Ganze für Tseng war, für die Kommandeure der Rebellen war es das erst recht. Da dies alles mit der weitgehend sinnlosen Kampagne der Taiping im Westen zusammenfiel, blieb den Rebellen nach dem Fall von Anking nur noch die ihnen bereits vertraute Möglichkeit: sich nach Osten zu wenden und die reichen Küstenstädte Hangchow (das der Chung Wang nach der anfänglichen Eroberung 1860 wieder aufgegeben hatte) und – noch wichtiger – Ningpo und Shanghai zu erobern.

Die mißliche Lage der Taiping wurde durch die zunehmende Geistesverwirrung des T'ien Wang und das damit verbundene unausweichliche Durcheinander auf der obersten Führungsebene noch verschlimmert. Wie in Peking wurde im Herbst 1861 auch in Nanking heftig intrigiert. Umgeben von Ratgebern aus seiner eigenen Familie, beschäftigte sich der T'ien Wang zunehmend nur noch mit Fragen der Theologie und körperlichen Genüssen. Wenn er dennoch gelegentlich einen scharfen Blick auf die Angelegenheiten der Rebellen warf, so weckte dies lediglich seine Eifersucht auf die zunehmende Macht und Popularität des Chung Wang. Inzwischen verschlechterten sich die Dinge in Nanking sehr schnell, als die Bürger die Folgen der Instabilität ihres Führers und die Gier der anderen Wangs mit voller Wucht zu spüren bekamen. Der nunmehr in Nanking residierende Missionar Issachar J. Roberts[11] verbrachte in diesem Herbst seine Zeit mit dem Versuch, in den

Vereinigten Staaten den Verkauf von Flußdampfern an Taiping-Agenten zu organisieren. Am Ende der Saison war Roberts jedoch klar, daß die Rebellion nicht die glückverheißende Angelegenheit war, der er sich Monate zuvor erwartungsvoll angeschlossen hatte. In einem enttäuschten Bericht am Jahresende, »den ich niemals zu veröffentlichen denke, solange ich unter diesen Leuten lebe«, schrieb Roberts, daß

> »... die Dinge hier zwei sehr unterschiedliche Seiten haben – die eine strahlend und vielversprechend, die andere dunkel und aussichtslos ... Die helle Seite besteht hauptsächlich aus Negationen: Weder Abgötterei noch Prostitution, weder Glücksspiel noch irgendeine Art öffentlicher Unmoral sind in dieser Stadt erlaubt ... Aber wenn wir zu dem religiösen Aspekt dieser Revolution kommen und den anderen politischen und privaten Übeln, dann haben wir ein ganz dunkles Kapitel vor uns, das mein Herz mit großer Trauer erfüllt und mich oft daran denken läßt, sie zu verlassen; aber dann tun mir wieder die armen Leute leid, die eine unsterbliche Seele haben und die eigentlich Leidenden sind und auf immer und ewig unser Mitleid verdienen.«

Über den Mann, der einmal in seiner Bibelklasse gesessen hatte, sagte Roberts: »Was die religiöse Überzeugung des T'ien Wang angeht, die er mit großem Eifer verbreitet, so halte ich sie, vor Gott, im Kern für abscheulich. Tatsächlich glaube ich, daß er verrückt ist, besonders in religiösen Dingen, aber auch sonst halte ich ihn geistig nicht für gesund.« Der Charakter des Anführers spiegelte sich in seinem Staatswesen: »Ihr politisches System ist genauso armselig wie ihre Theologie. Ich glaube nicht, daß sie irgendeine organisierte Regierung haben, noch daß sie genug über Regierungen wissen, um meiner Meinung nach eine zu bilden. Die ganze Geschichte scheint auf Kriegsrecht zu fußen, aber auch das läuft im wesentlichen auf das wahllose Töten von

Menschen hinaus, von den angesehensten bis zu den niedrigsten, und durch jeden, der Macht ausübt.«

Mit Bitterkeit stellte Roberts fest, daß der T'ien Wang

> ... wollte, daß ich hierher kam, aber ich sollte nicht das Evangelium von Jesus Christus predigen und Männer und Frauen zu Gott bekehren, sondern ein Amt übernehmen und seine eigenen Dogmen predigen und Ausländer zu ihm selbst bekehren. Ich hätte sie eher zum Mormonismus oder irgendeinem anderen »-ismus« bekehrt, den ich für nichtbiblisch halte und insofern für des Teufels. Ich glaube, daß sie in ihren Herzen eine wirkliche Opposition gegen das Evangelium fühlen, es aber der Politik wegen tolerieren; dennoch glaube ich, daß sie seine Verwirklichung verhindern wollen, zumindest in Nanking.

Roberts ging auch auf die Hungersnot ein, die immer schlimmer wurde, sowie auf die »Fallen«, die die Rebellenführer stellten, »um Männer zu fangen und zu erschlagen«, und schließlich auf ihren Hang, »Häuser einzureißen« und ganze Familien in die Kälte hinauszutreiben, um Platz für neue Paläste zu schaffen. »Und so«, schloß er, »mache ich mich bereit, sie zu verlassen, es sei denn, die Aussichten verbessern sich gegenüber dem jetzigen Zustand ganz erheblich ... Möge der Herr meine Schritte lenken!«

Roberts Bericht wurde später den englischsprachigen Zeitungen an der chinesischen Küste und den ausländischen Diplomaten zugespielt; sie untermauerten die allgemeine westliche Verdrossenheit gegenüber den Taiping. Diese Verdrossenheit führte zu einer wütenden und aktiven Gegnerschaft, als der Chang Wang Anfang Dezember abermals an der Spitze einer starken, ostwärts marschierenden Armee auftauchte. Aber sein Ziel war dieses Mal nicht das östliche Kiangsu, sondern die Provinz Chekiang. Vielleicht veranlaßte ihn sein Empfang in Shanghai im Jahr zuvor, diesmal lieber Ningpo und Hangchow anzugreifen. Dort stieß er auf keinen aktiven ausländischen Widerstand, aber die Eroberung der beiden Städte trug viel dazu bei, in den westlichen Gemeinden den Stab über die Taiping zu brechen.

Die Bestrafung erfolgte nicht sofort; die Eroberung von Ningpo im Dezember wurde von den ausländischen Mächten und vor allem den Engländern erst einmal als Test betrachtet, wie die Rebellen sich verhalten würden, nachdem sie die Kontrolle über den Vertragshafen erlangt hatten. Die Taiping, schrieb der *North China Herald*[12], »zeigten Mut, als sie die Stadt eroberten, ohne die ausländischen Bewohner zu belästigen oder sich wie üblich an den unschuldigen Einwohnern zu rächen. Falls dies so bleibt und... es ihnen mit ihrer friedlichen Absicht ernst ist, werden wir dies zu würdigen wissen. Während wir jene Rebellen verurteilen, die sich wie kaltblütige, gotteslästerliche Hochstapler aufführen, werden wir selbst dem Feind Gerechtigkeit widerfahren lassen, wenn er sich anständig verhält.« Aber in Wahrheit waren diese Feststellungen unaufrichtig, denn die Taiping konnten angesichts der neuen Lage in Peking kaum etwas tun, um letztendlich ihrer Bestrafung durch den Westen zu entgehen. Nur eine Woche nach diesem Statement verkündete der *Herald*, daß

> ... diese Rebellen so gerissen sind, daß sie uns auffordern, wie üblich Handel zu treiben, sogar zu noch liberaleren Bedingungen als zuvor, womit wir sie als die regierende Macht im Distrikt anerkennen würden. Aber können wir dies der Ehre, der Gerechtigkeit, ja selbst des Nutzens wegen tun? Ein solches Entgegenkommen wäre für jeden von uns – ganz zu schweigen von unserer Position als Repräsentanten der Vertragsmächte – eine sehr ernste Verletzung der mit der gesetzmäßigen Regierung in Peking geschlossenen Verträge...

Zum gegenwärtigen Zeitpunkt sind wir noch stärker als in jeder anderen Periode unserer Beziehungen zu China verpflichtet, die Regierung des Reiches zu stützen.

So bezichtigte man die Taiping am Jahresende des Verrats bzw. der Verletzung des von Admiral Hope 1861 mit ihnen auf Jahre hinaus abgeschlossenen Waffenstillstands, und es dauerte nicht lange, bis die Regierungsmethoden der Taiping überall in den westlichen Siedlungen lauthals schlechtgemacht wurden. Ein Missionar meldete aus Ningpo, daß »es unmöglich ist, auch nur ein Zehntel der hier täglich und stündlich von uns beobachteten Grausamkeiten im einzelnen aufzuführen, obgleich sich die Taipingites ohne Zweifel von ihrer besten Seite zeigen«. Und nicht lange danach schrieb der britische Konsul[13] in Ningpo – ein Mann, dessen Antipathie gegenüber den Taiping bereits vor der Eroberung der Hafenstadt bekannt war – an Frederick Bruce, daß

... von den Taiping nicht ein einziger Schritt in Richtung auf eine ›gute Regierung‹ getan wurde; noch wurde irgendein Versuch unternommen, eine Verwaltungsorganisation oder Handelsinstitution einzurichten; in ihren öffentlichen Maßnahmen läßt sich auch nicht die Spur von gesetzlicher Ordnung, von Stetigkeit in ihren Handlungen oder Beständigkeit in ihren Absichten erkennen; der Begriff »Regierungsmaschinerie« verliert, auf die Taiping-Regierung angewandt, jeden Sinn; kurz, das einzig absehbare Ende ist *Verwüstung* wie überall, wo sich der Einfluß der Marodeure voll entfalten kann und wo sie ihre Macht zu ungezügelten Exzessen benutzen.

Ende Dezember reiste Admiral Hope wiederum den Yangtse hinauf, um zu versuchen, von den Taiping die Zusicherung zu bekommen, daß sie keine weiteren Vertragshäfen angreifen würden. Hope fühlte sich persönlich durch die neuerliche Offensive der Taiping im

Osten beleidigt, und seine Stimmung war noch aggressiver als gewöhnlich. Auf Befragen weigerte er sich zu garantieren, daß die Vertragshäfen nicht als Basis für die kaiserlichen Truppen benutzt würden. Und als man ihm sagte, daß er unter diesen Umständen kaum erwarten könne, daß die Taiping die Neutralität der Häfen respektieren würden, drohte er nicht nur mit einer aktiven westlichen Verteidigung der Städte, »sondern auch mit weiteren Konsequenzen, so wie sie ihre Torheit verdient«. Hope war zwar von seinen Vorgesetzten zu solchen Erklärungen nicht ermächtigt worden, die sie mit ziemlicher Sicherheit gern rückgängig gemacht hätten, aber jetzt waren die Fronten für einen deutlich größeren Konflikt im Yangtse-Delta abgesteckt. Und im Januar 1862 zog der Chang Wang hieraus seine Konsequenzen, indem er erneut in die Provinz Kiangsu mit Richtung auf Shanghai einmarschierte.

Während Offiziere wie Admiral Hope Ende 1861 möglicherweise nur darauf warteten, die Rebellen mit ihren eigenen Truppen zu bekämpfen, waren Staatsmänner wie Frederick Bruce[14] noch nicht völlig davon überzeugt, ob es wirklich wünschenswert war, die Rebellion endgültig niederzuschlagen. Immerhin zwang dieser Krieg die Manchu-Regierung zu weiteren Reformen, und Bruce war entschlossen – obgleich er Prinz Kung allen anderen chinesischen Staatsmänner vorzog –, China auf diesem Weg weiter voranzutreiben. Noch monatelang vertrat Bruce den Standpunkt, daß »jede vernünftige politische Überlegung zeigt, daß Nanking der *letzte* Ort ist, dessen Rückeroberung wir uns wünschen sollten, denn solange er in der Hand der Taiping ist, haben wir beide im Griff, sie und diese widerspenstige Regierung«. So mochte der britische Premierminister Lord Palmerston donnern, daß »diese Rebellen nicht nur Revolutionäre gegen den Kaiser, sondern gegen jedes menschliche und göttliche Recht sind«. Etwas zu verurteilen, ist eine Sache, aktiv mit regulären Truppen einzugreifen, eine andere. Und es war absolut nicht klar, ob Britannien Anfang 1862 für letzteres hinreichend vorbereitet war.

Dies alles bedeutete, daß Admiral Hope und seine Kollegen sich etwas einfallen lassen mußten, um der Herausforderung des Chung Wang zu begegnen. Im Januar 1862 gab es in Shanghai nur etwa 600 reguläre britische und 400 bis 500 französische Soldaten. Selbst wenn man das Shanghai Volunteer Corps hinzunahm, war dies keine eindrucksvolle Armee. Der Chung Wang verfügte dagegen über etwa 100 000 Mann, die sich in mehreren starken Kolonnen von Süden, Westen und Nordwesten auf Shanghai zubewegten. Kriegerisches Gerede und Drohgebärden konnten diese von zunehmender Verzweiflung getriebenen Horden nicht stoppen.

In Shanghai bekam Hope bald Unterstützung vom Kommandeur der britischen Armee in China, General Sir John Michel, der wie Hope ein Offizier mit Phantasie und bereit war, nach unorthodoxen Lösungen für das Taiping-Problem zu suchen. Klein, schlank und ungeheuer energisch hatte sich General Michel in Indien einen Namen gemacht, als er einen unkonventionellen Feldzug gegen eine Rebellengruppe geführt hatte und dabei selbst 1500 Meilen durch zerklüftetes, gefährliches Gelände marschiert war. Michel hatte während des alliierten Marsches auf Peking eine Division kommandiert und war bei der Verwüstung des Sommerpalastes dabei gewesen. Bei seiner Ankunft in Shanghai schloß er sich schnell Hopes Ansicht an, daß die britischen Streitkräfte, wenn sie überhaupt eingesetzt werden sollten, »fliegende Kolonnen« bilden müßten, die den kaiserlichen Einheiten in kritischen Momenten rasch zu Hilfe eilen konnten, statt sich in einer Gesamtverteidigung der Shanghaier Umgebung zu verzetteln.

Diese Strategie wurde auch von dem Kommandeur der französischen Streitkräfte in China, Vizeadmiral August-Leopold Protet, unterstützt. Protet hatte wie Michel bereits einen langjährigen und abenteuerlichen Kolonialdienst hinter sich und besaß große Erfahrung in unkonventioneller Kriegführung gegen feindliche Eingeborenentruppen. Wie Hope war er ein »Eisenfresser«, der ständig etwas unternehmen mußte. Protet hatte Tardif de Moidrey ermutigt, das franko-chinesische Corps zu gründen, und das Projekt ermöglicht, indem er ihm nahelegte, eine Krankheit vorzutäuschen, als seine Einheit den Befehl bekam, aus Shanghai abzurücken. Entschlossen, selbst gegen die Taiping vorzugehen, willigte Protet sofort ein, sich an Hopes Strategie der »fliegenden Kolonnen« zu beteiligen.

Aber zur Durchführung dieses Planes mußten die beteiligten Regierungen erst einmal eine solche gemeinsame Offensive ihrer bewaffneten Streitkräfte sanktionieren, und im diplomatischen Bereich gab es dagegen ernsten Widerstand. Anders als die zur Zusammenarbeit neigenden Militärs beobachteten sich die diplomatischen Vertreter Frankreichs und Britanniens gegenseitig mit einigem Mißtrauen. Als der britische Konsul in Kanton vom ständigen Fortschritt des franko-chinesischen Kontingents Tardif de Moidreys hörte, schrieb er an das Außenministerium in London und beschuldigte die Franzosen, »aus den chinesischen Wirren politisches Kapital schlagen zu wollen«. Hinter dieser Äußerung stand die Furcht Britanniens, die Franzosen könnten den Vertretern Ihrer Majestät binnen kurzem bei ihrem eigenen Spiel den Rang ablaufen, was auch in den Gesprächen zwischen Frederick Bruce und der chinesischen Zentralregierung in Peking zum Ausdruck kam. Bruce riet den Chinesen, »Preußen anzuwerben«, falls sie ausländische Offiziere für die Ausbildung ihrer Soldaten brauchten. Er begründete dies gegenüber Lord Russell so: »Preußen ist protestantisch, unterhält seit langem Handelsbeziehungen mit China und ist keine eindrucksvolle Seemacht – preußische Offiziere wären weniger lästig und würden weniger Neid wecken als die Offiziere irgendeiner anderen Vertragsmacht – auch werden sie vergleichsweise gering bezahlt.«

Kurz, die britischen Diplomaten hinderten nicht nur ihre eigenen Offiziere daran, ausländische oder einheimische Truppen bei offensiven Feldzügen zu kommandieren, sondern achteten nach Möglichkeit auch darauf, daß die Franzosen dies nicht taten. Einigen unternehmungslustigen Franzosen jedoch bedeuteten solche Hindernisse vergleichsweise wenig, besonders im Vergleich zu dem militärischen und finanziellen Reiz, chinesische Einheiten darauf zu drillen, den kommenden Angriff des Chung Wang abzuwehren. Zu ihnen gehörte vor allem Prosper Giquel, der französische Direktor des Imperial Chinese Customs Service in Ningpo. Diese Zollbehörde war damals mit einem westlichen Leiter und westlichen Mitarbeitern besetzt, ein Arrangement, das die Chinesen wegen der dramatischen Erhöhung der anfallenden Einnahmen akzeptiert hatten; verständlicherweise stand sie auch im Mittelpunkt besonderer Animosität seitens der Manchu-Gegner. Als Ningpo fiel, schloß Giquel daher eilig sein Büro und reiste nordwärts nach Shanghai.

Giquel hatte an der anglo-französischen Kampagne im Jahr 1857 als Soldat teilgenommen und war anschließend in China geblieben, um die chinesische Sprache zu lernen; später war er in den Zolldienst eingetreten. Mit 26 Jahren kam er 1861 nach Shanghai, wo sich die Ausländerkolonien gerade fieberhaft bemühten, die Verteidigung der Stadt zu organisieren. Giquel bot sofort seine Dienste als Übersetzer bei mehreren Treffen der Franzosen, Briten und Amerikaner mit den chinesischen Repräsentanten an. Aber die Aktivitäten Wards und Tardif de Moidreys faszinierten ihn weit mehr.

Der Posten eines Dolmetschers für Admiral Protet gab ihm die Chance, einen besseren Einblick in die Arbeit des franko-chinesischen Corps in Kiangsu zu bekommen. Anfang 1862 hatte Tardif de Moidrey die Forderungen seiner Geldgeber erfüllt. Er hatte die Männer seiner chinesischen Artillerie zu höchster Einsatzbereitschaft gedrillt und bekam die Erlaubnis, seine Einheit auf 200 Mann zu erweitern. Das franko-chinesische Corps war ein idealer Partner für jene Kampagne, die Admiral Hope, General Michel und Admiral Protet ins Auge gefaßt hatten: eine kompakte, hart zuschlagende und zugleich sehr bewegliche Truppe, die sich – infolge ihrer Vertrautheit mit westlicher Taktik und westlichen Kommandos – jederzeit in eine große alliierte Armee einfügen konnte. Giquel lernte von Tardif de Moidrey vieles, worauf er bei seiner Rückkehr nach Ningpo zurückgreifen konnte. Bei seinen Versuchen, auch über die Aktivitäten des Wardschen Corps unmittelbare Informationen zu bekommen, war Giquel allerdings weniger erfolgreich.

Tatsächlich hatten schon seit einiger Zeit nur wenige westliche Ausländer in Shanghai von Wards Corps irgend etwas gehört oder gesehen. Dennoch hatte in dem anfänglichen Durcheinander und der anschließenden Panik, die durch den Vormarsch des Chung Wang ausgelöst wurde, alle Welt von ihm geredet. Wie schon 1860 beim Taiping-Feldzug im Osten strömten wieder Flüchtlinge aus dem Innern mit ihrem ganzen Hab und Gut nach Shanghai hinein, sorgten für eine dramatische Überfüllung der Chinesenstadt und der westlichen Siedlungen und verbreiteten Schreckensgeschichten über die Taiping-Besetzung. Der Chung Wang erklärte unterdessen offen, daß er Shanghai auf jeden Fall erobern wolle, ganz gleich, wer an dessen Verteidigung teilnahm. Dennoch verbot man der anglo-französischen Armee, der einzigen militärischen Einheit in der Stadt, die eine reale Chance hatte, die Rebellen vor Erreichung der Mauern von Shanghai aufzuhalten, zu einem Angriff auszurücken. Es war ein trostloses Szenario, und wieder einmal kam der einzige Hoffnungsstrahl aus Sung-chiang.

Zuerst waren es nur Gerüchte. Eine der größten Kolonnen der Rebellen, die sich Shanghai von Nordwesten näherte, hatte Anfang Januar die Umgebung der wichtigen Stadt Wu-sung erreicht. Von Wu-sung aus aber hätten die Taiping die Mündung des Huang-pu abriegeln können, eine Katastrophe für Shanghai. Ein alliierter Gegenangriff war jedoch derzeit nicht möglich, so hatten die Taiping Zeit, sich zu verschanzen, und in diese Befestigungen verlegten sie einige ihrer am besten ausgerüsteten und ausgebildeten Truppen. Ein britischer Offizier, der bei einem ihrer Angriffe auf Wu-sung ungewöhnlich engen Kontakt mit den Taiping hatte, Captain George O. Willes[16], berichtete später Admiral Hope, daß

> ich nach einem persönlichen Interview mit zwei [Rebellen]-Offizieren und dadurch, daß ich einige Zeit nur 30 bis 40 Yards von den Plänklern entfernt war, bezeugen kann, daß sie mit Musketen ausgerüstet waren, die sie sehr wirkungs-

voll einsetzten. Die beiden Offiziere trugen chinesische Gewänder und dazu einläufige [sic!], europäische Pistolen... Nachdem ich Gelegenheit hatte, die kaiserlichen Truppen bei der Peiho-Expedition zu sehen, war ich über die ins Auge fallende Ausrüstung und Organisation der Rebellen ziemlich erstaunt.

Mitte Januar bot sich den Taiping, die an das – wie Captain Willes es nannte – »beträchtliche, aber wirkungslose Feuer« ihrer kaiserlichen Gegner gewöhnt waren, ein nie dagewesener und unerfreulicher Anblick: eine Truppe chinesischer Soldaten in westlichen Uniformen, die auf ihre Verschanzung losstürmte. Wie die Armee des kaiserlichen Kommandeurs Tseng Kuo-fan führte diese Einheit ein mit dem Namen ihres Anführers geschmücktes Banner mit sich: eine hellgrüne, rot umrandete Fahne mit dem dunkelgrünen chinesischen Schriftzeichen *Hua*. Hua, so sollten die Taiping bald erfahren, war der von dem jungen Amerikaner angenommene chinesische Name, der diese Einheit ausgebildet hatte und anführte. (Der Name war eine phonetische Zusammenziehung, ähnlich wie Augustus Lindleys »Lin-le«.) Bei dem folgenden Zusammenstoß wurden die Rebellen trotz zahlenmäßiger Überlegenheit von den äußerst disziplinierten »Fremde-Teufel-Imitationen« aus ihrer Stellung vertrieben. Es dauerte nicht lange, bis es sich in Shanghai und entlang der chinesischen Küste herumgesprochen hatte, daß Colonel Ward nach sechs Monaten sorgfältiger Vorbereitung den Kampf wieder aufgenommen hatte.

Dem Sieg bei Wu-sung folgten bald weitere. Auf ihrem Marsch von Soochow nach Osten hatten die Taiping wieder einmal Ch'ing-p'u besetzt und danach in mehreren Städten der Region stark befestigte Stützpunkte errichtet: in Ying-ch'i-pin, Ch'en-shan, T'ien-ma-shan und Kuang-fu-lin (Wards erstem Trainingslager im

Jahr 1860), wo sie 20 000 Soldaten stationierten. Eine Woche nach seinem Erscheinen vor Wu-sung versammelte Ward 500 Männer seines Corps und griff – laut Dr. Macgowan[17] – Kuang-fu-lin »ohne Artillerie an und stürmte die Befestigungen der Rebellen. Den Feind, der zum ersten Mal seine eigenen Landsleute in ausländischen Uniformen sah, die von tapferen Offizieren angeführt in disziplinierter Ordnung angriffen, erfaßte ein solches Entsetzen, daß er Hals über Kopf floh.«

Ward war in Kuang-fu-lin ein großes Wagnis eingegangen, als er nicht nur auf die überlegene Bewaffnung und Ausbildung seiner Leute setzte, sondern zugleich auch auf die psychologische Wirkung ihres Auftretens. Seine Rechnung war aufgegangen, und Ward wiederholte diese Taktik in der ersten Februarwoche in Ying-ch'i-pin. Er führte einen Überraschungsangriff gegen die zahlenmäßig weit überlegene Besatzung, tötete und verwundete Tausende der wie gelähmten Rebellen und jagte den Rest nach Chen-shan zurück und noch darüber hinaus. Während dieses Gefechts wurde Ward fünfmal getroffen, unter anderem wurde ihm ein Finger abgeschossen. Wie immer ließ er sich keine Zeit zur Genesung, sondern griff bereits am 5. Februar mit Burgevine und 600 Männern seines Corps T'ien-ma-shan an. Wieder verlief alles nach Plan: ein Überraschungsangriff gegen die Befestigungen der Rebellen, danach eine wilde Verfolgungsjagd, bei der Tausende getötet, verwundet und gefangengenommen wurden.

Wu Hsus Freude über Wards Erfolge war grenzenlos. Am 5. Februar sandte er ihm einen persönlichen Brief und gratulierte dem »General« zu seinen Erfolgen in Kuang-fu-lin und Ying-ch'i-pin (obgleich Ward ein solcher Rang von der chinesischen Regierung noch nicht verliehen worden war):[18]

Ich habe vom Bataillonskommandeur Li [Heng-sung] und anderen Berichte erhalten, daß die Rebellen die Kasernen in Kuang-fu-lin im neuen Jahr angegriffen haben und daß Sie, General, wiederholt Truppen zum Kampf gegen sie geführt haben und daß Sie unbesiegbar sind. Gestern um 9 Uhr morgens, am 5. Tag dieses Monats [des chinesischen Kalenders], hörte ich, daß eine große Zahl Rebellen Ying-ch'i-pin angegriffen und erobert haben. Und wieder haben Eure Exzellenz 500 Leute des Foreign Arms Corps zum Angriff auf das Rebellennest geführt und mehrere Zehntausende besiegt... Ich war sehr froh, als ich dies hörte. Ein Wermutstropfen in dieser im übrigen perfekten Angelegenheit ist, daß Sie am Finger verwundet wurden... Die Soldaten des Foreign Arms Corps haben sich in diesem Kampf hervorragend geschlagen, und sie alle verdienen großes Lob und sollten eine entsprechende Belohnung erhalten. Ich habe dies bereits mit Yang Taki persönlich besprochen. Was die Belohnung der Soldaten im einzelnen angeht, so können Eure Exzellenz Taki eine Summe nennen, der das Geld sofort schicken wird... Das einzige (das nicht gut ist), ist die Verwundung Ihres Fingers, von der ich nicht weiß, ob sie das tägliche Leben Eurer Exzellenz beeinträchtigen wird. Ich hoffe, Sie achten sehr auf Ihre Gesundheit und werden schnell wieder gesund. Das ist das allerwichtigste.

Der Brief war nicht unterzeichnet, sondern schloß mit »Signatur steht an einem anderen Platz« – eine chinesische Floskel, die besagt, daß der Empfänger auch so weiß, wer der Absender ist, ohne daß sich dieser identifiziert. Ein Beweis für die ungewöhnlich enge Beziehung zwischen Ward und Wu.

Einen Tag später erhielt er einen Bericht von Ward mit einer Schilderung seines Sieges in T'ien-ma-shan. Der Taotai antwortete sogleich: »Sie haben einen großen Sieg errungen. Ich war ganz entzückt, nachdem ich Ihren Brief gelesen hatte. Besonders Ihr letzter Sieg zeigt, daß Ihre Truppe gut ausgebildet und unbesiegbar ist. Ich sende Ihren Brief weiter an den Gouverneur [Hsüeh Huan] und hoffe, daß Sie bald nach Shanghai kommen, so daß ich Ihren Rat persönlich einholen kann.« Nachdem Hsüeh Huan die Einzelheiten über Wards Erfolge erfahren hatte, richtete er ein Schreiben an den Thron, in dem er den persönlichen Einsatz des Amerikaners bei sämtlichen Angriffen und seinen »großen Beitrag« zu ihren Erfolgen besonders herausstellte.

Aber so begeisternd Wards Siege waren, die Taiping waren ihm rein zahlenmäßig zu sehr überlegen. Nach ihrer Niederlage in Wu-sung (immerhin wichtig genug, um in der Rubrik »Letzte Nachrichten« der Londoner *Times* erwähnt zu werden), Ying-ch'i-pin, Ch'en-shan und T'ien-ma-shan schlossen Rebelleneinheiten sehr bald Wards Feldlager in der Umgebung von Sung-chiang sowie die Stadt selbst ein. Wieder einmal hatte Wards Wagemut den Ärger des Chung Wang erregt, und der Kommandeur der Rebellen war entschlossen, dem Ganzen nunmehr ein Ende zu machen. Sturmeinheiten der Taiping begannen umgehend mit Angriffen auf Wards Verteidigungsstellungen, und die Zukunft sah nicht sehr rosig aus.

Die Nachrichten über neue Kämpfe im Gebiet von Sung-chiang erreichten Shanghai sehr bald nach der Siegesmeldung aus Wu-sung. Doch diesmal unterließen die Bewohner der Ausländerkolonien – die verzweifelt darauf hofften, daß endlich jemand dem Chung Wang ernsthaften Widerstand leistete – ihre übliche bissige Verurteilung des »Freibeuters Ward«. Der *North China Herald*[20] hüllte sich in Schweigen – wie auch alle anderen englischsprachigen Zeitungen an der Küste –, als warte er auf irgendwelche Ereignisse. Als er am 18. Januar schließlich auf die Situation einging, beschränkte er sich auf die Feststellung, daß »sich außer diesem bewaffneten Kontingent [der Taiping nahe Wu-sung] noch zwei weitere auf Shanghai zubewegen, das eine aus Richtung Soochow, das sich heute ein heftiges Gefecht mit den kaiserlichen Truppen in Sung-chiang geliefert hat; das andere aus Richtung Hangcho«.

In Shanghai spitzte sich die Lage zu, als Ende Januar bekannt wurde, daß die aus Richtung Soochow ausrückende Hauptarmee der Taiping allein 80 000 Mann stark war. Am 25. Februar berichtete der *Herald*, daß »im Zeitpunkt der Drucklegung die Ankunft der Rebellen nahe bevorsteht und unsere Marine- und Militärbefehlshaber auf dem *qui vive* sind, um sie zurückzuschlagen, sobald sie in Reichweite der von unseren Truppen, der Marineinfanterie und den Matrosen besetzten Posten erscheinen. Das Feuer in Richtung des Pootung-Ufers des Flusses hat mit Unterbrechungen den ganzen Tag angedauert. Während wir dies schreiben, erreicht ferner Geschützdonner unser Ohr. Wir schätzen die Entfernung auf etwa 5 Meilen.«

Während der ersten Februarwoche schwand jede Hoffnung, daß die Männer in Sung-chiang ihre Stellung gegen die Taiping verteidigen könnten.

Dann kamen plötzlich völlig unerwartete Nachrichten: Weit davon entfernt, von den Rebellen in ihrem Gebiet überrannt worden zu sein, hatte das Ward Corps jeden Taiping-Angriff überlebt; mehr noch, es hatte den letzten Ansturm der Rebellen in eine Katastrophe für die Soldaten des Himmlischen Königreiches verwandelt. Die Taiping-Kommandeure waren mit 20 000 Mann gegen Sung-chiang vorgerückt. Aber Ward hatte diesen Angriff erwartet und auf ihrem Hauptanmarschweg »getarnte« und versteckte Artilleriebatterien stationiert. Sobald die Taiping nahe genug herangekommen waren, hatten seine Batterien das Feuer eröffnet. Die Taiping verloren auf einen Schlag 2300 Männer. Noch völlig unter dem Schock dieses konzentrierten Artilleriefeuers wurden die Rebellen unmittelbar danach von einer starken Infanterieeinheit Wards angegriffen, die sehr schnell 700 bis 800 Gefangene machte. In dem anschließenden Durcheinander gelang es Ward, zahlreiche mit Waffen und Proviant beladene Boote zurückzuerobern, die die Rebellen bei der Besetzung dieser Gegend an sich gebracht hatten. Alles in allem war dies eine wagemutige Offensive zur Verteidigung gewesen, und die *Daily Shipping and Commercial News* übertrieben keineswegs, als sie schrieben, »daß die Taiping-Rebellen eine schwere Niederlage hinnehmen mußten, die auf die Marodeure in und um Shanghai eine heilsame Wirkung haben dürfte«.

Am 15. Februar war der *North China Herald* – Wards Nemesis – an der Reihe, seine Leistungen zu würdigen:

> Es sieht so aus, als hätten sich die [Rebellen-]Banden, die die nördlichen Vorstädte [Shanghais] bedrohten, während der letzten Woche entweder an die Küste oder, was wahrscheinlicher ist, in einem westlichen Bogen nach Süden zurückgezogen, wo sich zwischen Shanghai und Sungchiang am Stadtrand von Ming-hong eine große Taiping-Armee herumtreibt, nachdem ihr Angriff auf Sung-chiang durch die Tapferkeit und Disziplin der kaiserlichen Truppen unter dem Kommando von Colonel Ward zurückgeschlagen wurde – der ein Regiment großartiger, leistungsfähiger Männer in europäischer Kriegführung ausgebildet hat.

Kein Wort mehr von Irrsinn oder Kriminalität; für den Rest seines Lebens wurde Ward vom *Herald* mit gleichbleibendem Respekt, wenn nicht Ehrerbietung, behandelt.

Wards Freund Augustus A. Hayes[21] nahm diesen Umschwung in der Haltung der westlichen Bewohner

Shanghais mit entsprechender Ironie zur Kenntnis. »Eines Tages wurde bekannt«, so erinnerte er sich später,

> »daß sich eine starke Rebellenarmee Shanghai näherte. Darauf folgten der bekannte Ruf zu den Waffen, die Vorbereitungen zur Evakuierung von Frauen und Kindern auf die Boote sowie die täglichen Befehle und Bulletins. Dann aber ereignete sich etwas völlig Neues und Überraschendes. Die Rebellen hatten eine gewaltige Niederlage erlitten – und gegen wen? Gegen eine Truppe Einheimischer, hervorragend trainiert, ausgerüstet und diszipliniert, die europäische Taktiken anwandten und von unserem noch vor kurzem verachteten amerikanischen *filibustero* General Ward zum Sieg geführt wurde – einem totalen, überwältigendem Sieg gegen einen zahlenmäßig weit überlegenen Gegner. Mit einem Schlag änderte sich die öffentliche Meinung. Es muß für Ward eine grimmige Genugtuung gewesen sein, als er am Morgen nach der Schlacht aufwachte und feststellte, daß er berühmt war.«

Nichts in Wards späterem Verhalten deutet darauf hin, daß er dem Lob der ausländischen Bewohner Shanghais mehr Aufmerksamkeit schenkte als ihren Schmähungen. Er sorgte für die Bezahlung seiner Truppen, nutzte seine ausgedehnten Kontakte zum Ankauf weiterer und besserer Waffen und verwandte seine Energie darauf, sein Corps in Sung-chiang zu vergrößern und zu drillen. Dies war das einzig richtige, denn trotz der freundlichen Worte in den englischsprachigen Zeitungen blieben die offiziellen Vertreter der Westmächte, vor allem der Briten, auch nach seinem Erfolg bei Sung-chiang gegenüber dem Kommandeur des Ward Corps äußerst mißtrauisch. Es bedurfte weiterer und größerer Siege, um dieses Mißtrauen schließlich zu überwinden.

Die Begeisterung, die Wu Hsü und Yang Fang für das neue Ward Corps im Herbst und Winter 1861 hegten, und ihre Überzeugung, daß die Einheit eine wichtige Rolle im Kampf gegen das Vorrücken der Taiping spielen konnte, wurde nicht von allen chinesischen Kaufleuten und führenden Persönlichkeiten der Hafenstadt geteilt. Besonders die einheimische Elite der Provinz Kiangsu suchte nach anderen Möglichkeiten, mit ausländischer Hilfe gegen die Rebellen vorzugehen. Dabei darf man nicht vergessen, daß Wu und Yang aus der Provinz Chekiang stammten, aber in Shanghai Machtpositionen einnahmen; und insofern betrachteten viele Notabeln aus Kiangsu sie mit nicht geringer Eifersucht. Diese regionale Rivalität führte dazu, daß sich eine Gruppe einflußreicher Persönlichkeiten aus Kiangsu zusammenschloß – unter ihnen auch Feng-Kuei-fen, ein bedeutender Gelehrter aus Soochow –, um sich über Wu und Yangs Lieblingsprojekt hinaus nach Hilfe umzusehen.

Im November 1861 schickten etwa ein halbes Dutzend dieser Männer – unter ihnen nicht nur Feng-Kuei-fen, sondern auch Wu Yün, jener Beamte aus Soochow, der 1860 Wards Sieg in Sung-chiang zu diskreditieren versucht hatte – einige Abgesandte an Tseng[22] Kuo-fan und baten ihn, ihnen im Kampf gegen die Taiping in ihrer Provinz zu helfen. Tseng erwiderte, er hoffe, bald eine Armee nach Shanghai entsenden zu können, aber im Augenblick sei ihm dies nicht möglich. Daraufhin beschloß die Gruppe aus Kiangsu, die nichts von so exotischen und neumodischen Methoden hielt, chinesische Soldaten in europäischer Kriegführung auszubilden, direkte ausländische Hilfe bei den Vertretern der Westmächte in Shanghai zu suchen. Dabei wandten sie sich gezielt an einen der erfahreneren Repräsentanten Großbritanniens, an Harry Parks. Parks war einer der britischen Beamten gewesen, deren Gefangennahme und

Mißhandlung 1860 zur Brandschatzung des Sommerpalastes geführt hatte. Seine Einstellung zu einer gemeinsamen chinesisch-westlichen Antwort auf die Drohung der Taiping war entsprechend skeptisch. Höflich lehnte Parks die Bitte der Chinesen ab, reguläre ausländische Truppen in den Kampf gegen die Rebellen zu schicken. Damit folgte er nicht nur der Auffassung des britischen Gesandten Frederick Bruce, sondern auch der allgemeinen westlichen Haltung. Die ausländischen Mächte betrachteten die Rebellen zwar mit immer weniger Sympathie, aber ein gemeinsames Vorgehen oder offensive Aktionen ihrer regulären Truppen kamen nach wie vor nicht in Frage.

Das westliche Ausland hatte bezeichnenderweise seine eigenen Vorstellungen, wie man der Herausforderung durch die Rebellen begegnen sollte. Anfang Januar 1862 bildete der Shanghai Municipal Council einen Verteidigungsausschuß, der sehr schnell den Beschluß faßte, daß man zwar nicht mit den kaiserlichen Truppen zusammengehen wolle, daß ihre chinesischen Gastgeber aber alle Kosten übernehmen sollten, die für die Verteidigung der Stadt durch ausländische Soldaten anfielen. Dieser Vorschlag roch ein wenig nach Söldnertum, also nach etwas, das diese Idee bis dahin für das British Foreign Office inakzeptabel gemacht hatte. Aber die Zeiten hatten sich offensichtlich geändert, und was noch wichtiger war, die Chinesen waren gern zur Zahlung bereit. Wie in der chinesischen Bürokratie üblich, mußte für die Auszahlung dieser Fonds ein offizielles Amt eingerichtet werden, und so schuf Gouverneur Hsüeh Huan das United Defense Bureau. In diesem Bureau arbeiteten vier Verwaltungsbeamte, deren Aufgabe es war, die Zahlungen und den militärischen Nachschub mit den Vertretern der ausländischen Mächte zu koordinieren.

Die Chinesen waren von dem Bureau begeistert, weil sie glaubten, daß die Ausländer damit zwangsläufig in offensive Aktionen gegen die Rebellen im Landesinneren hineingezogen würden. Mit dieser Idee im Hinterkopf wurde das Bureau autorisiert, genug Geld zu beschaffen, um bis zu 10 000 reguläre ausländische Soldaten zu bezahlen und mit Nachschub zu versorgen. Aber am 12. Januar wurde den chinesischen Vertretern bei einem Treffen im britischen Konsulat klar, wie unrealistisch ihre Vorstellungen waren. Die Franzosen – mit Prosper Giquel als Dolmetscher – schienen anfangs entgegenkommend: Sie waren bereit, nicht nur die Ausländersiedlungen, sondern auch die Chinesenstadt zu verteidigen, und darüber hinaus die Taiping auch außerhalb Shanghais anzugreifen. Aber die Briten würgten diese Ideen sehr schnell ab. Trotz der Bedenken Admiral Hopes hielten sich die britischen Diplomaten an die von Frederick Bruce klar vorgegebene Linie ausschließlich defensiver Maßnahmen innerhalb Shanghais. Selbst die Verteidigung der Chinesenstadt hielt man weder für wichtig noch für klug. In der zutreffenden Annahme, das »United« Defense Bureau sei von den Chinesen eingerichtet worden, um die Ausländer die Arbeit der kaiserlichen Truppen erledigen zu lassen, gingen die Briten auf Distanz.

Abgesehen davon, daß die Pläne der Führung in Kiangsu für eine ausländische Intervention nicht überzeugten, waren sie auch rein akademisch, solange Peking es ablehnte, ausländische Soldaten im Innern des Landes operieren zu lassen. Die Bedenken der kaiserlichen Regierung waren keineswegs ausgeräumt; Tseng Kuo-fan war nach wie vor ein erbitterter Gegner dieser Idee. Seiner Meinung nach würden die Ausländer etwaige Erfolge nur ausnutzen, um größeren Einfluß auf die internen Angelegenheiten des Staates auszuüben. Falls sie aber keinen Erfolg hatten, würde sich die Regierung »lächerlich machen«. Allerdings wurde Tsengs Haltung nun – und zwar mit Erfolg – von der Gruppe aus Kiangsu angegriffen, deren Sprecher Hsüeh Huan war. Ende Januar richtete Hsüeh ein Schreiben an den Thron, in dem er die Meinungen der führenden Männer in Kiangsu zusammenfaßte und auf zurückliegende Fälle verwies, in denen chinesische kaiserliche Dynastien wie die Han und T'ang ausländische Krieger für eigene Zwecke eingesetzt hatten.

Tz'u-hsi und Prinz Kung waren von seiner Argumentation beeindruckt, so tief ihr Respekt vor der Meinung Tseng Kuo-fans sonst auch war. Hinzu kam, daß Tseng sich unbewußt selbst ein Bein gestellt hatte, als er Anking eroberte: Die Kaiserlichen hatten bewiesen, daß sie nicht länger unfähig waren, der Bedrohung durch die Rebellen entgegenzutreten, wodurch die Idee, in den Vertragshäfen ausländische Hilfe in Anspruch zu nehmen und vielleicht sogar im Landesinneren, weit weniger erniedrigend erschien. Die Kaiserinwitwe Tz'u-hsi und Prinz Kung überlegten sich die Angelegenheit noch einmal in Ruhe, wobei ihre Überlegungen durch Ereignisse in der Region Shanghai beeinflußt wurden: Wards erfolgreicher Feldzug gegen die vorrückende Armee des Chung Wang eröffnete die Möglichkeit, daß die Chinesen eine bestimmte Form von ausländischer Hilfe annehmen konnten, ohne ihre Integrität zu gefährden.

Als die Briten sahen, daß sich aus der Ausbildung chinesischer Soldaten in moderner Kriegführung politisches Kapital schlagen ließ, reagierten sie wie zu erwarten auf Wards Erfolg und schalteten sich selbst energisch in das Trainingsgeschäft ein. Hier lag eine Aufgabe, die plötzlich weit mehr war als das Hirngespinst einer Handvoll westlicher Freibeuter, die viel zu wichtig war und zu viele Möglichkeiten der Einflußnahme bot, als daß man sie Männern wie Ward und Tardif de Moidrey überlassen konnte. Jederzeit in der Lage und bereit, ihren Kurs dramatisch zu ändern, richteten die Briten im Februar 1862 in Tientsin eigene Exerzierplätze für chinesische Soldaten ein.

Die treibende Kraft hinter diesem Unternehmen war General Sir Charles Staveley, der während der Peking-Kampagne eine Brigade in John Michels Division kommandierte und kurz darauf Michels Posten in Shanghai übernahm. Die beiden Männer waren sehr verschieden: Michel hatte Erfahrung in unkonventioneller Kriegführung und Respekt vor Männern, die ihr Handwerk verstanden, auch wenn sie – wie Ward – keine formale Ausbildung erhalten und nicht in einer nationalen Armee gedient hatten. Außerdem war Michel von Natur aus gesellig und verurteilte niemanden mit einem Lebenslauf wie dem Wards allein aufgrund von Vorurteilen. Dagegen repräsentierte Staveley den eher unglücklichen Typ des britischen Offiziers in Übersee: tüchtig und ohne Frage tapfer, aber ehrgeizig, zurückhaltend und engstirnig. Staveleys Schwester hatte den Bruder von Charles George Gordon[23] geheiratet, jenen jungen Captain der Pioniere, der so offen über das Verhalten der alliierten Truppen im Sommerpalast berichtet hatte. Staveley war Gordons Vorgesetzter, und letzterer beobachtete seinen Schwager mit der gleichen Aufmerksamkeit wie seinerzeit den Brand des Sommerpalastes. Er stellte fest, »seine schlechteste Eigenschaft ist sein Egoismus und ein gewisser Mangel an Rücksichtnahme gegenüber anderen«.

Staveleys Trainingscamp in Tientsin ließ sich gut an, und er war ungeheuer stolz darauf – zu stolz, um sich vorstellen zu können, daß irgendein amerikanischer Söldner diese Arbeit genauso gut oder besser leisten könnte. Aber Staveley war nicht der einzige Engländer, der überzeugt war, daß allein Queen Victorias Offiziere geeignet waren, China zu modernen Streitkräften zu verhelfen. Kurz nachdem das Tientsin-Programm angelaufen war, hatte Horatio Nelson Lay, ein ehemaliger Leiter des Imperial Chinese Customs Service – und wie Staveley ein bemerkenswert arroganter und ehrgeiziger Mann – einen Plan für eine moderne chinesische Kriegsflotte entworfen: eine Flotte von britischen Kanonenbooten, befehligt von britischen Seeleuten und nur an solche Befehle der chinesischen Regierung gebunden, die Lay selbst für richtig hielt. Das Projekt mußte scheitern; die britische Arroganz hatte diesmal die Grenzen des Möglichen überschritten. Aber die bloße Vorstellung war entlarvend genug.

So hatte Ward Anfang 1862 reichlich Veranlassung, ein sehr wachsames Auge auf die britischen Vertreter und Soldaten in der Region Shanghai zu haben. Diese Atmosphäre gegenseitigen Mißtrauens wurde durch Nachrichten aus den Vereinigten Staaten noch mehr vergiftet. Daß Großbritannien – möglicherweise nur aus einer Laune heraus – mit der Anerkennung der Konföderierten Staaten von Amerika geliebäugelt hatte, war allgemein bekannt. Ende Januar erfuhr man nun in Shanghai, daß ein amerikanisches Kriegsschiff im November zwei Abgesandte der Konföderierten von einem britischen Postschiff, der *Trent*, entführt und als Gefangene nach Boston geschickt hatte. Die britische Regierung hatte wegen dieses illegalen Verhaltens sofort eine förmliche Entschuldigung gefordert, und das Kriegsfieber war auf beiden Seiten des Atlantiks ausgebrochen. Die U.S.-Regierung mißbilligte schließlich den

Vorfall, und die Briten waren besänftigt, aber die Folgen der sogenannten *Trent*-Affäre waren bereits in jeder Ecke des Globus zu spüren, wo amerikanische und britische Bürger lebten und Geschäfte miteinander machten.

In Shanghai hörte man britische Offiziere offen darüber reden, daß die Kriegsflotte Ihrer Majestät im Fall eines Krieges zwischen den Vereinigten Staaten und Großbritannien die Absicht habe, das Vermögen und den Grundbesitz von Amerikanern zu beschlagnahmen und sogar zu zerstören. Diese Situation lenkte Wards Aufmerksamkeit vorübergehend von den Gefechten westlich von Shanghai ab, und seine nächsten Schritte zeigten, daß er noch immer loyal zu der Nation stand, von der er sich ein Jahr zuvor losgesagt hatte. Zur Zeit der *Trent*-Affäre bemerkte er gegenüber A. A. Hayes: »Ich war Amerikaner, bevor ich Chinese wurde, und diese Engländer werden das noch merken.«

»Ein paar vertraute Freunde« weihte er in die Einzelheiten seines typisch waghalsigen Plans für den Kriegsfall ein. Dieser Plan bezog nicht nur seine chinesischen Truppen, sondern auch eine Gruppe Küstenpiraten ein, deren Bekanntschaft Ward bei seinen verschiedenen Reisen auf Küsten- und Flußdampfern gemacht hatte, und die er nun gelegentlich für ihre Hilfe und Unterstützung bezahlte. Hayes[24] erinnerte sich später, daß Ward

> entschlossen war, still und insgeheim – was er leicht tun konnte – eine große Truppe seiner disziplinierten Soldaten in einer etwa 20 Meilen entfernten Stadt zusammenzuziehen, von wo aus er ohne Vorwarnung im Gewaltmarsch anrücken konnte. Völlig unter seiner Kontrolle stand ferner eine Gruppe, die man höflich als Freibeuter bezeichnen konnte, bzw. eine Reihe Dschunken mit gutbewaffneten Des-

perados oder besser gesagt Piraten. Diese Freibeuter-Flotte wollte er auf dem Fluß vor der Siedlung postieren und zwischen die wenigen britischen Kriegs- und die vielen britischen Handelsschiffe verteilen. Diese Dschunken haben eine fürchterliche Waffe an Bord mit einem für höfliche Ohren unaussprechlichen Namen [stinkpots]. Es ist eine Art Handgranate aus Ton, leicht zerbrechlich und mit einer Mischung gefüllt, die nicht nur die zerstörerische Kraft des griechischen Feuers besitzt, sondern darüber hinaus jene ersticken kann, in deren Mitte sie explodiert. Diese Waffe bringt jedes noch so schwer bewaffnete Schiff in Gefahr, das in ein Handgemenge mit chinesischen Piraten verwickelt wird. An dem Tag, so meinte Ward grimmig, an dem seine britischen Freunde anfingen, das Eigentum von Amerikanern anzutasten, würde er letztere davor warnen, was in der nächsten Nacht passieren könne. Schon ein paar Details würden genügen. Er schloß mit der ruhigen Bemerkung, daß der britische Teil von Shanghai am nächsten Morgen ›nur noch ein Haufen schwelender und geplünderter Ruinen‹ sein werde.

So extrem Wards Plan war, er schien absolut durchführbar: Das Ward Corps war inzwischen groß genug, um den Kampf mit den begrenzten britischen Truppen in Shanghai aufzunehmen. Alles was man dazu brauchte, waren Entschlossenheit und Verwegenheit; und wie Hayes schloß: »Jedem, der diesen Bericht liest und ihn für übertrieben oder reichlich ausgefallen hält, kann ich nur antworten, daß der Leser General Ward nicht kennt.«

Die Krise wegen der *Trent*-Affäre war schnell vergessen, als die Nachricht kam, daß die Vereinigten Staaten und Großbritannien sich geeinigt hatten. Aber die Animosität zwischen Engländern und Amerikanern in Shanghai – eigentlich in allen Vertragshäfen – schwelte angesichts der englischen Haltung im amerikanischen Bürgerkrieg weiter. Hayes stellte fest, daß die Amerikaner nur ein einziges Kriegsschiff in chinesischen Gewässern hatten, »und keiner von dessen Offizieren wird bis an sein Lebensende die brutale Art vergessen, mit der ihnen das Leben schwergemacht wurde«. Den britischen Bewohnern von Shanghai schien das harte Schicksal der Union in den ersten Kriegsjahren ausgesprochene Freude zu bereiten: »Mit jeder Post kamen gehässige Berichte über Niederlagen der Unionisten. Für die Amerikaner war es manchmal schwer, gegen die durch derartige Nachrichten ausgelöste Depression und die sie umgebende Stimmung anzugehen.«

Daß die Kluft zwischen Ward und der englischen Siedlung nicht unüberbrückbar wurde, hatte nur einen Grund: Wards zunehmend freundschaftliches Verhältnis zu Admiral Hope. Die Ereignisse im Februar 1862 scheinen für die rasche Entwicklung ihrer festen Freundschaft ausschlaggebend gewesen zu sein. Seit seiner zweiten mißglückten Mission nach Nanking im Dezember wartete Hope auf die Gelegenheit, persönlich seiner Wut auf die Taiping wegen ihres »Verrats« Luft zu machen. Aber er wurde von seinen diplomatischen Vorgesetzten und durch Pekings Unbehagen gebremst, ausländische Truppen einzusetzen. Daher empfand er verständlicherweise eine gewisse Befriedigung, als das Ward Corps die Legionen des Chung Wang genauso angriff, wie es der Admiral selbst vorgehabt hatte: als fliegende Kolonne. Noch wichtiger war, daß Hope richtig erkannte, daß sich das Ward Corps als nützliche Tarnung verwenden ließ: Wenn die britische und französische Armee als Hilfstruppen für die disziplinierten Chinesen agierten, konnten sie in die Kämpfe eingreifen, ohne sich dem Vorwurf einer direkten Intervention gegen die Taiping auszusetzen. Hopes Gründe für eine Vertiefung seiner Freundschaft mit Ward lagen daher auf der Hand. Ward seinerseits blieb

Hope gegenüber zunächst argwöhnisch. Schließlich hatten dessen Offiziere ihn zweimal festgenommen und eingesperrt, und er machte aus seinem Groll bei ihren Gesprächen im Februar auch kein Geheimnis. Um ihren Streit zu begraben, versicherte ihm Hope: »Das Vergangene ist begraben, Sie sind jetzt auf dem richtigen Weg, und ich werde Sie nach Kräften unterstützen.« Natürlich gab Ward nicht viel auf seine Worte, aber Hope machte sein Versprechen schon bald wahr, indem er dafür sorgte, daß Ward Zugang zu einer breiteren Palette britischer Waffen und Nachschubgüter bekam, und indem er seinen ehemaligen Gegner persönlich auf einer seiner gefährlichen Erkundungsreisen ins Landesinnere begleitete.

Am 16. Februar verkleideten sich Hope und Ward als Hobby-Jäger und zogen von Shanghai in Richtung Norden. Dem östlichen Ufer des Huang-pu auf der Halbinsel Pootung folgend, drangen sie in das von den Rebellen besetzte Gebiet vor und erreichten schließlich ihr Ziel: die Stadt Kao-ch'iau. Wie Wu-sung lag auch Kao-ch'iau an der Mündung des Huang-pu und war für die Sicherheit Shanghais enorm wichtig. Aber während es vor allem durch den wagemutigen Einsatz des Ward Corps gelungen war, Wu-sung gegen die Rebellen zu verteidigen, war Kao-ch'iau relativ leicht von ihnen erobert worden, als der Chung Wang wieder im östlichen Kiangsu auftauchte. Die Einnahme von Kao-ch'iau erhöhte die Wahrscheinlichkeit, daß die Taiping die Mündung des Huang-pu abriegeln und so die Kapitulation Shanghais beschleunigen würden. Da sie sich der Bedeutung der Stadt bewußt waren, hatten die Rebellen-Kommandeure eine ungewöhnlich starke Streitmacht von einigen 10 000 Mann in die Schützengräben der Stadt verlegt (Kao-ch'iau besaß keine Mauern) und warteten nun auf die Unterstützung anderer Taiping-Kolonnen, die nach Süden marschierten.

Die Garnison aus Kao-ch'iau zu vertreiben, war eine gewaltige Aufgabe, aber da dies für das Überleben Shanghais absolut notwendig war, machten sich Hope und Ward ans Werk. Als »harmlose Jäger« erkundeten und analysierten die beiden ehemaligen Gegner sorgfältig die von den Taiping errichteten Befestigungen. Und so lässig, wie sie gekommen waren, verließen sie Kao-ch'iau auch wieder und kehrten nach Shanghai zurück. Die Truppen wurden in Alarmbereitschaft versetzt und auf ihre Feuerprobe vorbereitet, die nicht nur ein Test für das Ward Corps war, sondern auch für die in Shanghai stationierten westlichen Truppen und für die Fähigkeit von Ward, Hope und Protet, auf dem Schlachtfeld effektiv zusammenzuarbeiten.

Admiral Hope erklärte später seine beispiellose – und nicht autorisierte – Entscheidung, das Ward Corps bei seinem Angriff auf Kao-ch'iau zu unterstützen damit, daß er den Lords der britischen Admiralität mitteilte:[25] »Jedesmal, wenn ich seit meiner Rückkehr hierher über die Lage Shanghais berichtet habe, war es meine Pflicht, die von den Rebellen in der unmittelbaren Umgebung der Stadt angerichteten Verwüstungen und Greueltaten Euren Lordschaften mit Nachdruck zur Kenntnis zu bringen.« Er betonte, daß die Besetzung Kao-ch'iaus durch die Rebellen es wahrscheinlich mache, daß der freie Zugang nach Shanghai für Handels- und Versorgungsschiffe »behindert, wenn nicht gänzlich gestoppt wird«, und erklärte, »daß ich daher im vorliegenden Fall ein Eingreifen für notwendig gehalten habe, und Admiral Protet war hierin mit mir absolut einer Meinung«.

Hope untermauerte seine Haltung durch die Schilderung der Aktivitäten des neuen Ward Corps, das hier zum ersten Mal in einem britischen Marinebericht erwähnt wird:[26] »In den letzten sechs Monaten hat General Ward, ein Amerikaner, mit Genehmigung des Vizekönigs der Provinz in Sung-chiang, einer befestigten Stadt etwa 25 Meilen südwestlich von Shanghai, eine chinesische Streitmacht von etwa 1500 Mann aufgestellt, bewaffnet und ausgebildet, die noch auf 4000 Mann erweitert werden soll. Für die Umgebung dieser Stadt ist ihm die Verantwortung übertragen worden.« Ward habe, so erklärte Hope, von Hsüeh Huan den Befehl erhalten, Kao-ch'iau zu erobern. Aber wegen der gefährlichen Lage in Sung-chiang habe er lediglich 600 Mann für diese Aufgabe abstellen können. Eine britische und französische »Interferenz« (ein ungewöhnlicher und hinreichend vager Begriff) sei daher doppelt gerechtfertigt gewesen: einmal, um den freien Handel zu sichern, zum anderen als Unterstützung der einzigen wirklich schlagkräftigen kaiserlichen Einheit dieser Gegend.

Am Nachmittag des 20. Februar begleiteten 336 britische Seeleute und Marinesoldaten (Sir John Michel lehnte es ab, irgendwelche britischen Armeeinheiten zu entsenden) sowie 50 bis 60 französische Soldaten eine Abteilung von 500 Mann des Ward Corps den Huang-pu hinab. An der Spitze der Expedition segelte das britische Kriegsschiff *Coromandel* unter seinem Kommandanten Captain George Willes und mit Chaloner Alabaster als Beobachter an Bord. Alabaster berichtete später[27], daß die *Coromandel* am Abend des 20. »bis auf eine viertel Meile an Kao-ch'iau herankam – nach europäischen Vorstellungen eine große Stadt, voller Banner und mit starken Palisaden umgeben – und sich ohne belästigt zu werden wieder zurückzog, wobei man während der Fahrt eine erhebliche Zahl ermordeter Dorfbewohner sah«. Nach Dr. Macgowan[28] hatte man in Kao-ch'iau in jedes Haus »Schießscharten gebohrt«, während mit Sand gefüllte Särge, »aus denen man den Inhalt entfernt hatte, zusammen mit Baumstämmen als Barrikaden dienten«.

In der Nacht wurde das Expeditionscorps von einigen hundert französischen Soldaten sowie weiteren 100 Männern des Ward Corps verstärkt. Die Franzosen brachten zwei Haubitzen mit und wurden von den Admirälen Hope und Protet begleitet, die sofort das Kommando über ihre jeweiligen Kontingente übernahmen. Dann legten Ward, Hope und Protet den Schlachtplan fest, der zum Muster für zukünftige Unternehmungen werden sollte. Um internationale Schwierigkeiten zu vermeiden, sollten die alliierten Truppen in Reserve gehalten werden und den Angriff mit weitreichendem Gewehrfeuer, Artillerie und Granatfeuer unterstützen (die Briten hatten zu diesem Zweck Sechspfünder-Granatwerfer mitgebracht). Das Ward Corps sollte als Sturmtruppe vorrücken und die Hauptlast des eigentlichen Angriffs tragen. Im Morgengrauen des 21. brachte Ward seine Einheiten in Stellung und griff unverzüglich die Befestigungen der Rebellen an.

Wards Männer, schrieb Alabaster, begannen ihren Angriff, »indem sie die Rebellen aus einigen vorgelagerten Häusern vertrieben und das Vorrücken einer zur Entlastung [von Kao-ch'iau] entsandten starken Truppe verhinderten«. Unterdessen hatte die französische Abteilung ihre Haubitzen in Stellung gebracht und eröffnete zusammen mit den britischen Granatwerfern das Feuer, wobei »sie sich auf jene Stellen konzentrierten, wo die Banner am dichtesten standen«. Wards disziplinierte chinesische Truppen »feuerten ununterbrochen auf ganzer Linie, was von der Gegenseite heftig erwidert wurde«. Wards taktisches Konzept erinnerte an seinen ersten Erfolg in Sung-chiang: das Angriffsziel abriegeln, ein Tor oder einen Eingang erobern und die Rebellenfestung in eine Falle verwandeln, aus der viele der Verteidiger nicht mehr herauskönnen. Unterstützt von den Geschützsalven der britischen Marinesoldaten gelang es Ward und seinen Männern, eine lange Brücke – oder einen Damm – zu erobern, der von den vorgelagerten Palisaden der Rebellen zur Stadt führte. Dieser Damm, so erinnerte sich Edward Forester,

> ... wurde zur Schlachtbank. Der Feind stand so dicht, und wir waren so nah herangekommen, daß unser Feuer eine fürchterliche Wirkung hatte. Die Rebellen wurden so demoralisiert, daß sie keinen Widerstand mehr leisteten, als wir das Tor erreichten ... Ihre Niederlage war vollständig. Nicht nur, daß sich der Gegner in wilder Flucht zurückzog; seine Panik hatte die gesamte Armee angesteckt. Am Südtor stürzten sie bei ihrem verzweifelten Fluchtversuch übereinander. Aber davor erwartete sie nur die Küste des Gelben Meeres, und auf dem Strand wartete der Tod mit offenen Armen. Unsere Handvoll Männer bedrängten sie so grimmig, daß den Rebellen keine Zeit blieb, zu ihren Booten zu kommen. In ihrer Verzweiflung sprangen sie ins Wasser und ertranken allesamt.

Soweit Foresters farbiger Bericht über die Schlacht von Kao-ch'iau, wie er von anderen Augenzeugen bestätigt wurde. Dann jedoch, fuhr Forester fort, daß Ward auf dem Damm »befürchtete« zu scheitern, worauf er, Forester, die Männer zum Sieg geführt habe. Er verschwieg auch Burgevines Anteil am Sieg, der eine der ersten Einheiten in die Stadt führte und dabei eine ziemlich schwere Kopfwunde erhielt, die er nur notdürftig verband, bevor er seinen Angriff fortsetzte. Wieder einmal schadete Forester mit seiner Ruhmsucht seiner Glaubwürdigkeit.

Als sich die alliierten Truppen schließlich mit Wards Männern in der Stadt vereinigten, schrieb Alabaster, »konnten sie die Rebellen nicht mehr erreichen, obgleich sie sie in der Ferne flüchten sahen«. Neben vielen Gefangenen befreiten die Angreifer eine große Anzahl angeketteter Kulis, die zum Dienst bei den Rebellen gepreßt worden waren und die nun nach der Schlacht zusammen mit Teilen der Dorfbevölkerung mit Wonne an den gefangenen Taiping Rache nahmen.

In der Stadt brannte es, wobei unklar ist, wer dafür verantwortlich war. Alabaster behauptete, die Rebellen hätten das Feuer gelegt, als sie ihre Stellungen räumten, während andere berichteten, Hopes Truppen hätten einen von ihnen entdeckten Getreideschuppen angezündet. Die Männer des Ward Corps erhielten die Erlaubnis zur Plünderung, wie es im Vertrag mit ihrem Kommandeur ausgemacht war. Aber Ward schritt schließlich ein, um die Mißhandlung der Taiping-Gefangenen zu unterbinden. Am Tag nach der Schlacht entdeckte der Kommissar des Corps, C. J. Ashley, daß kaiserliche Kommandeure in Shanghai die Absicht hatten, eine große Gruppe gefangener Taiping rücksichtslos abzuschlachten. Nach den Worten Dr. Macgowans »beeilte sich Ashley, Ward davon zu informieren, der dafür sorgte, daß das Morden aufhörte«.

Die Schlacht um Kao-ch'iau war kurz, aber, wie Alabaster zugab, »sehr heftig gewesen, da die Rebellen sich sehr gut verteidigten. Aber Wards Männer benahmen sich bewundernswert – bis sie in die Stadt kamen und auseinanderliefen, um zu plündern. Von unseren Leuten wurde nur einer getötet und drei oder vier leicht verwundet.« Auch die Verluste des Ward Corps waren gering, wenn man seine Rolle beim Angriff berücksichtigt: Nach einigen Berichten wurden sieben, nach anderen 10 Männer getötet und zwischen 40 und 50 verwundet. »Die chinesischen Truppen«, berichtete Hope[29] der Admiralität, »eroberten heute das Dorf auf hervorragende Weise, wobei sich viele sehr tapfer schlugen. Sie wurden von französischen und englischen Kräften unterstützt, die aber nicht ernsthaft in die Kämpfe verwickelt waren.« Dieser letzte Umstand war besonders wichtig, denn damit hatte Ward nicht nur demonstriert, daß seine Leute reibungslos mit den alliierten Truppen zusammenarbeiten konnten, er hatte darüber hinaus auch bewiesen, daß sie in der Lage waren, größere Operationen unabhängig von ihnen durchzuführen.

Die Angreifer erfuhren von ihren Gefangenen, daß man den Chung Wang an eben diesem Tag persönlich in Kao-ch'iau erwartet habe und daß es Absicht des Rebellengenerals gewesen wäre, Shanghai vom Norden aus anzugreifen. Wards und Hopes Eingreifen war gerade noch rechtzeitig gekommen. »Ich mache mir große Hoffnungen«, schrieb Hope, »daß der ernsthafte Dämpfer, den die Rebellen erhielten, uns für einige Zeit vor ihrem erneuten Auftauchen in der Nachbarschaft von Shanghai bewahren wird.«

Hope hatte bei seiner Voraussage jedoch übersehen, daß der Chung Wang inzwischen persönlich das Kommando über die Streitkräfte der Rebellen in der Region übernommen hatte. Ein »Dämpfer«, wie ihn die Rebellen in Kao-ch'iau hinnehmen mußten, konnte ihn nicht zum Rückzug bewegen, sondern verstärkte nur seinen Entschluß, endlich sein Ziel zu verwirklichen und Shanghai einzunehmen. Aber es war jetzt auch klar, daß er mit erheblich größerem Widerstand zu rechnen hatte als 1860. Denn inzwischen waren Truppen auf den Plan getreten, die bereits jede Annäherung der Rebellen an die Stadt stören konnten und dies offensichtlich auch vorhatten, statt im Innern der Stadt auf den Angriff der Taiping zu warten.

Zumindest für einen Amerikaner war die Schlacht von Kao-ch'iau eine erstaunliche und sehr wahrscheinlich schockierende Einführung in das Leben in der Region Shanghai und die Aktivitäten des Ward Corps: es handelte sich um George Frederick Seward. Er war ein Neffe des amerikanischen Außenministers und erst kürzlich – im Alter von 21 Jahren – zum amerikanischen Konsul in Shanghai ernannt worden. Am 21. Februar befand er sich an Bord eines Küstendampfers auf der Fahrt von Hongkong zu seinem neuen Amtssitz, und als das Schiff in die Mündung des Huang-pu einfuhr, hatte Seward eine hervorragende Sicht auf die heftigen Kämpfe an Land. Durch den Sieg in Kao-ch'iau wurde auch der amerikanische Gesandte Anson Burlingame auf Ward aufmerksam:[30] »Admiral Hope«, berichtete Burlingame später Außenminister Seward, »teilt mir mit, daß ihn der Mut der von Col. Ward in Kao-ch'iau angeführten Chinesen überrascht hat. Viele meinen, daß sie den Sepoys überlegen sind und daß sie, richtig ausgebildet, sich nicht nur selbst verteidigen, sondern auch einen Angriffskrieg führen können.«

Die Reaktion auf die Eroberung von Kao-ch'iau in den Ausländersiedlungen von Shanghai wurde vielleicht am besten dadurch veranschaulicht, daß der *North China Herald* – der Ward einst offen den Tod gewünscht hatte – in seinem Bericht nun die Aktionen des Corps mit dem Wort *heldenhaft* beschrieb.

Aber der Fall von Kao-ch'iau trug Ward auch die erhöhte Aufmerksamkeit der Gegenseite im chinesischen Bürgerkrieg ein, der Soldaten und Parteigänger der Taiping. Augustus Lindley, der weiterhin treu zu den Rebellen stand, schrieb später erbittert, daß

> ... Admiral Hope sich bei seinem Angriff auf die Taiping mit einem gewissen Ward zusammentat, einem Freibeuter im Dienst der Manchu. Früher, und zwar bis zu dem erfolglosen Versuch des Admirals, die Taiping-Führer zu einem weiteren Abkommen zu überreden, Shanghai nicht zu nahe zu kommen, wurde der besagte Ward verfolgt und sehr heftig verunglimpft. Aber kaum hielten es der Admiral und seine Kollegen für notwendig, mit ihm am gleichen Strang zu ziehen, wurde der Yankee-Freibeuter ihr Vorbild und Verbündeter: Der einstige *rowdyhafte* Gefährte des Ex-Generals Walker in Nicaragua, Söldnerführer einer Bande von angelsächsischen Freibeutern im Sold der Manchu, und einst auf der Flucht vor den englischen Marinesoldaten, die ihre Landsleute von seinen Raufbolden befreien sollten, ist plötzlich der Freund und Verbündete der britischen und französischen Admiräle, Generäle und Konsuln geworden. Wards Überraschung muß ebenso groß gewesen sein wie seine Genugtuung, als er sah, daß seine sehr fragwürdige Präsenz und sein noch zweifelhafteres Streben unterstützt und nachgeahmt wurden.

In England verurteilte Colonel William H. Sykes – ein ehemaliger Offizier der indischen Armee und inzwischen Abgeordneter des Parlaments von Aberdeen sowie einer der letzten Parteigänger der Taiping im House of Commons – die Unterstützung Wards durch Admiral Hope und die Teilnahme britischer Truppen an Aktionen gegen die Taiping:[31] »Einem Christen gerinnt das Blut in den Adern«, meinte Sykes, »wenn man sich ein solches Abschlachten von Menschen vorstellt, die ernsthaft darum bitten, als unsere Freunde betrachtet zu werden.« Aber die öffentliche Meinung in England hatte sich unwiderruflich gewandelt. Der Kommentar in der Londoner *Times* auf seine Rede war bezeichnend:

»Jenes eifrige Mitglied ist eine dauernde Warnung vor dem Aberglauben, der lange im House of Commons existiert hat, nämlich daß jemand, der vor 30 Jahren in Indien gewesen ist, zwangsläufig auch über das heutige China Bescheid wissen muß.«

Am Tag nach dem Sieg von Kao-ch'iau durchstreifte Admiral Hope das Gelände um die Stadt und fand es weitgehend von den Taiping verlassen. Wahrscheinlich unternahm er diese Erkundung mit Ward zusammen; auf jeden Fall führten die beiden nach der Schlacht intensive Gespräche über ihre zukünftige Strategie. Bei seiner Rückkehr nach Shanghai schrieb Hope einen Brief an Frederick Bruce, um ihn über den Kern ihrer Beschlüsse zu informieren. Hope teilte dem britischen Gesandten mit, daß »er es für notwendig gehalten habe«, dem Ward Corps »eine gewisse moralische Unterstützung« zukommen zu lassen, und fuhr dann fort,

»... dringend zu empfehlen, daß die französischen und englischen Kommandeure von Ihnen und M. Bourboulon [den französischen Gesandten] aufgefordert werden sollten, das Land bis zu einer bestimmten Linie von Rebellen zu säubern, die in Chia-ting am Yangtse oberhalb von Wu-sung beginnt, durch Ch'ing-p'u nach Sung-chiang am Huang-pu verläuft und von da quer hinüber zu einer befestigten Stadt am Yangtse. Auf diese Weise würde ein für den Schutz Shanghais ausreichend großes Gebiet gesichert, und die Stadt käme aus dem derzeitigen Zustand chronischer Panik heraus, die sich sehr nachteilig auf den Handel auswirkt.«

In den nächsten Monaten wurde diese Idee als »30-Meilen-Radius« allgemein bekannt. Hopes abschließende Bemerkungen an Bruce enthüllten eindeutig den Urheber dieses Plans: »Colonel Ward, auf dessen Erfahrung mit den Chinesen ich mich voll und ganz zu verlassen bereit bin, versichert mir, daß er, wenn man in die von mir genannten Städte kaiserliche Garnisonen verlegte, mit den unter seinem Kommando stehenden Truppen als fliegende Kolonnen die Rückkehr der Rebellen über die von mir aufgezeigte Linie wirksam verhindern kann, selbst wenn sie geneigt sein sollten, es zu versuchen – was kaum geschehen wird.«

Wieder einmal unterschätzte Hope die Taiping. Sie waren durchaus geneigt, die 30-Meilen Zone anzugreifen. Und sowohl er als auch Ward überschätzten die Fähigkeiten der regionalen chinesischen Armeeeinheiten, die eroberten Städte mit einer Garnison zu belegen. Dies änderte jedoch nichts an der Folgerichtigkeit von Wards Idee oder an der bemerkenswerten Tatsache, daß er sich inzwischen in einer Position befand, die es ihm erlaubte, seinem ehemaligen Gegner Ratschläge zu geben. Aber noch stand er erst am Beginn seiner Karriere.

Am 27. Februar begleitete General John Michel, der im Begriff stand, sein Kommando über die britischen Truppen in China abzugeben, Admiral Hope bei einem Besuch in Sung-chiang. Michel bereitete bezüglich der Taiping und der zukünftigen britischen Militärpolitik eine Liste von Empfehlungen für die britische Regierung sowie seinen Nachfolger, Sir Charles Staveley vor. Sein Besuch in Sung-chiang diente der Entscheidung, ob das Ward Corps in den kommenden Monaten bei der nunmehr als unvermeidlich angesehenen Auseinandersetzung mit den Rebellen eine Rolle übernehmen sollte. Ward ließ seine Männer bereitwillig vor den britischen Kommandeuren paradieren. Am nächsten Tag schrieb Michel an Frederick Bruce:[32]

> Ich sah ein in Linie angetretenes Regiment von 700 oder 800 Mann sowie etwa 300 bis 400 Soldaten beim Exerzieren. Ich habe sie ziemlich eingehend befragt und kann recht gut beurteilen, was sie wert sind. Sie sind mit Perkussiongewehren

ausgerüstet, die sich in bestem Zustand befinden. Das Regiment stand einige Zeit in Linie angetreten, genauso solide wie ein durchschnittliches europäisches Regiment. Sie sind mit etwas Kompanie- und Bataillonsdrill vertraut sowie mit »Griffeklopfen« und Zugmanövern und griffen sehr anständig in Linie an. Alle tragen sie zweckmäßige Uniformen und Turbane und bekommen regelmäßig jeden Monat 8 $^1/_2$ Dollar... Ich bin überzeugt, daß 1000 dieser so ausgebildeten Männer durchaus in der Lage sind, es mit vielen tausend Rebellen aufzunehmen, und daß eine Vergrößerung dieser Streitkraft Colonel Ward in die Lage versetzen würde, das Land nach und nach zu säubern. Ich sehe in dieser Truppe, wenn sie gebührend unterstützt wird, den militärischen Kern für Größeres... Ich meine, daß es das beste wäre, wenn die chinesische Regierung diesem Offizier 8000 oder 10000 Mann überläßt oder ihm hilft, sie selbst anzuwerben, und am Ende vielleicht noch mehr – soviel wie er führen und ausbilden kann; daß man ihm Gelder zur Verfügung stellt, um diese Truppen regelmäßig zu bezahlen, und daß man ihn bei der Beschaffung von Gewehren, Munition und Geschützen unterstützt.

Michels Einschätzung der kaiserlichen chinesischen Beamten und Kommandeure der Region war ebenso kenntnisreich:

Die Vizekönige der Distrikte werden ihm natürlich niemanden von ihrem Pöbel (genannt Soldaten) überlassen wollen, denn von dem Geld, das sie eigentlich für die Versorgung der Streitkräfte, für Waffen und Munition verwenden sollten, stecken sie wahrscheinlich einen guten Teil in die eigene Tasche; ganz abgesehen von ihrer Eifersucht auf diesen neuen Truppenteil. Colonel Ward sollte daher mehr Machtbefugnisse erhalten... Ich bin überzeugt, daß seiner Armee schon bald ein Ruf vorauseilen würde, der genauso wirksam wäre wie die Kampfkraft seiner Soldaten. Wenn man daher dieses System ausbaut, könnte man den Seidendistrikt zurückerobern und schließlich das Hauptquartier der Rebellen [Nanking] in die Hand bekommen.

Michels Empfehlungen waren, soweit sie Ward persönlich betrafen, vielleicht der heikelste Teil seines Berichts, und er scheint dies auch gewußt zu haben: So betonte er besonders, daß »Colonel Ward sein Interesse so ausschließlich darauf richten wird, diese Angelegenheit energisch durchzuführen, daß ich trotz seines Werdegangs und trotz der gegen ihn bestehenden Vorbehalte der Meinung bin, daß sich die chinesische Regierung nicht davon abhalten lassen sollte, ihn offen, energisch und wirklich zu unterstützen; und ich meine nicht jene Unterstützung, die ihm eifersüchtig auf ihren Vorteil bedachte Vizekönige gewähren würden, sondern direkte Hilfe aus Peking mittels energischer Fürsprache Eurer Exzellenz.«

Wards Charakter und seine eigentlichen Ziele bereiteten nicht nur den britischen Diplomaten ernste Sorgen, sondern auch dem Gesandten der Vereinigten Staaten, Burlingame. Dieser kannte bereits den stellvertretenden Kommandeur des Ward Corps, Henry Burgevine, der während Burlingames Kongreßzeit in Washington gewesen war. Anfang März traf Burlingame Vorbereitungen, Ward selbst kennenzulernen und ihm auf den Zahn zu fühlen. Am 7. März schrieb er über ihre Begegnungen einen Bericht an Außenminister Seward. Ward ist, erklärte Burlingame[33],

> ...ein Amerikaner, auf den mich Admiral Sir James Hope aufmerksam machte, der ihn mir gern vorstellen wollte und der ihn wegen seines Mutes und seiner Geschicklichkeit wärmstens empfahl. Er trainiert die Chinesen im Gebrauch europäischer Waffen und hat bereits etwa 2000 von ihnen ausgebildet, die er unlängst äußerst verwegen und erfolgreich in mehrere Schlachten geführt hat. Ich weiß von ihm nicht mehr als das, was Sir James Hope, die Chinesen und er selbst mir erzählt haben. Er sagt, er sei in Salem, Massachu-

setts geboren, ging als Junge zur See, wurde Offizier auf einem Schiff und war dann Texas Ranger, Goldsucher in Kalifornien und Ausbilder in mexikanischen Diensten, wofür er von seiner Regierung geächtet wurde; er war auf der Krim und schloß sich dann der chinesischen Armee an, wo er nach und nach zu Einfluß und Macht kam. Er ist jetzt ihr bester Offizier und wurde für seine letzten Erfolge sowohl von den Chinesen als auch den Engländern für eine Beförderung empfohlen. Er behauptet, ein loyaler Amerikaner zu sein, und obgleich durch Naturalisation Chinese, möchte er vor allem, daß sein Heimatland in den chinesischen Angelegenheiten voll zu seinem Recht kommt.

In den folgenden Wochen nahm Ward Burlingame ebenso für sich ein wie zuvor Admiral Hope. Aber während Burlingames Freundschaft für Ward eher emotionale Bedeutung gewann, leistete ihm Hope die materielle Unterstützung, die er so dringend benötigte, um sein Corps zu vergrößern. Am 5. März schrieb Hope an die Admiralität und teilte ihr mit, er sei zwar früher der Meinung gewesen, daß die Ausbildung von chinesischen Soldaten in moderner Kriegführung allein Sache der französischen und britischen Armeeoffiziere sei. Inzwischen sei ihm jedoch »klar geworden, daß die Organisation einer solchen Truppe unter Colonel Ward zweckmäßiger und daher vorzuziehen ist, da sie auf diese Weise ihren chinesischen Charakter vollständiger wahren kann und somit besser geeignet ist, der Regierung jenes Selbstvertrauen zu vermitteln, ohne das der Frieden in China niemals wiederhergestellt wird.« Dann wagte Hope den außerordentlichen Schritt, die britische Regierung zu bitten, Ward über kaiserliche chinesische Mittelsmänner »zum Selbstkostenpreis ... so viele Kanonen, Waffen, Munition und andere militärische Ausrüstungsgegenstände zur Verfügung zu stellen, als man für ihn hier und in Indien erübrigen kann«. Zusätzlich sollte es Ward und seinen chinesischen und westlichen Geschäftspartnern erlaubt sein, in England weitere Waffen und vor allem Flußdampfer zu kaufen. Falls irgendwelche »gesetzlichen Schwierigkeiten« wegen der Neutrality Ordinance entstehen würden, »sollten sie durch eine Anordnung des Außenministeriums ausgeräumt werden«.

Aber Hope ging mit seinen Empfehlungen sogar noch einen Schritt weiter: Britische Soldaten und Unteroffiziere sollten auf ihren Wunsch dem Ward Corps beitreten dürfen. Der Nutzen aller dieser Maßnahmen werde sich bald zeigen: »Ich habe kaum Zweifel, daß Ward in wenigen Monaten im Besitz von Soochow sein könnte, diese Provinz einschließlich der Seidendistrikte gesäubert und das gesamte benachbarte Gebiet soweit beruhigt haben wird, daß sich die Stationierung ausländischer Truppen in Shanghai als unnötig erweist.«

Die kaiserliche chinesische Regierung hatte sich noch immer nicht so ganz mit der Idee anfreunden können, sich westlicher Truppen zu bedienen, um die Taiping in und um die Vertragshäfen abzuwehren, als die Nachricht von der Schlacht von Kao-ch'iau die Verbotene Stadt erreichte. Gerade erst hatte Peking verkündet, daß die chinesischen Beamten in Shanghai die Erlaubnis erhalten würden, westliche Truppen einzusetzen, da die dortigen kaiserlichen Streitkräfte nicht ausreichen, um den neuerlichen Vorstoß der Taiping aufzuhalten. Eine Woche später hatte auch Tseng Kuo-fan widerwillig die Idee akzeptiert, den anglo-französischen Truppen zu erlauben, in den Vertragshäfen zu operieren. Aber er wehrte sich weiterhin heftig gegen die Vorstellung, daß ausländische Soldaten an einem Feldzug im Innern des Landes teilnahmen. Am 25. Februar jedoch richtete Hsüeh-Huan ein Schreiben an den Thron, in dem er zunächst Frederick Townsend Ward vorstellte und seine Karriere schilderte, um dann der kaiserlichen Regierung einen zwar gewagten, aber möglicherweise sehr wirksamen Weg aus ihrem Dilemma vorzuschlagen.[34]

Hsüeh begann damit, daß er den Thron mit den Einzelheiten über Wards Ankunft in China und seine frühen Erfolge im Jahr 1860 informierte und dann seine Siege im Januar und Februar 1862 beschrieb, einschließlich seiner Erkundungsreise mit Hope nach Kao-ch'iau. Der Ton des Gouverneurs von Kiangsu war gleichbleibend respektvoll, wobei er jede Gelegenheit wahrnahm, Peking daran zu erinnern, daß Ward bereits vor längerer Zeit um seine Einbürgerung als Chinese gebeten hatte – eine Bitte, seitens des Throns noch keine Reaktion erfolgt war:

Wu Hsü bestätigt, daß Ward sich sowohl durch Tapferkeit als auch Intelligenz auszeichnet und sich gut in militärischen Dingen auskennt, was durch seine effektive Ausbildung der Soldaten belegt wird. Es besteht eine Regelung, wonach alle Ausländer der chinesischen Rechtsprechung unterliegen, sofern nicht ihre Konsuln für sie zuständig sind. Ward hat in einer schriftlichen Erklärung darum ersucht, chinesischer Untertan werden und chinesische Kleidung tragen zu dürfen. [Im China der Manchu waren das Tragen einheimischer Kleidung und das Ausrasieren der Stirn die entscheidenden Beweise, daß ein Ausländer die Überlegenheit der chinesischen Kultur anerkannte.] Angesichts dieser Tatsachen meine ich, daß wir Wards Eifer, sich dem chinesischen Lebensstil zu unterwerfen, nicht eindämmen sollten. Das ist alles, was hierzu zu sagen wäre, und ich ersuche hiermit den Thron, Ward den Vierten-Rang-Knopf [eines Mandarins] zu gewähren und ihm weiterhin zu erlauben, die Soldaten in Sung-chiang zu trainieren und zusammen mit den Regierungstruppen gegen die Rebellen zu kämpfen.

Hsüeh unterschlug, daß Ward seine »schriftliche Erklärung«, er wolle sich »dem chinesischen Lebensstil unterwerfen«, vor allem deshalb abgegeben hatte, um der Verfolgung und längeren Inhaftierung durch die Engländer zu entgehen. Statt dessen schilderte er Ward als einen aufrichtigen Bittsteller, als jemanden, der nicht nur die offizielle Anerkennung als chinesischer Untertan reichlich verdient hatte, sondern darüber hinaus die Erhebung in den 4. Mandarinrang. (Der »Knopf«, den Hsüeh erwähnte, war eine bunte Kugel, die oben auf der Mandarinkappe saß. Die jeweilige Farbe bezeichnete den Rang. Der Knopf des 4. Rangs war dunkelblau.) Hsüeh wußte genau, daß Ward und auch Burgevine – der bald Wards Beispiel folgte und ebenfalls das chinesische Bürgerrecht erbat, und für den Hsüeh ebenfalls den 4. Mandarinrang empfahl – vielerlei Gründe hatten, die Staatsangehörigkeit zu wechseln. Die beiden Männer hofften, daß eine offizielle Anerkennung durch Peking sie zukünftig vor ausländischer Einmischung schützen und gleichzeitig den Weg für eine erhebliche Erweiterung der Truppenstärke und der Operationen des Ward Corps freimachen werde. Ihre Begeisterung für »den chinesischen Lebensstil«, so wie sie ihn kennengelernt hatten, hielt sich bestenfalls in Grenzen. Aber Hsüeh, wie auch Wu Hsü und Yang Fang, teilten Wards Wunsch, die Finanzierung und die Aktionen des Corps durch eine kaiserliche Sanktion zu erleichtern, und so lobte er den jungen Kommandeur in den höchsten Tönen.

Seine Mühe wurde belohnt. In einem Antwortdekret[35] erklärte Kaiser T'ung-chih – oder vielmehr die Kaiserinwitwe Tz'u-hsi und Prinz Kung –, daß Ward »sich aus Bewunderung den chinesischen Bräuchen zugewandt hat und aufrichtigen Herzens hilfsbereit und gehorsam ist, und daher Anerkennung und Wertschätzung verdient«. Ward wurde der Knopf des 4. Rangs sowie eine Pfauenfeder für seine neue Mandarinkappe verliehen; Burgevine erhielt bald darauf ebenfalls den dunkelblauen Knopf. In den westlichen Gemeinden der Vertragshäfen gab dieses Ereignis Anlaß zu einigem Gerede, und als die Kunde von Wards Einbürgerung London erreichte, brachte die *Times*[36] in der Rubrik »Letzte Neuigkeiten« eine Notiz unter der schlichten und ziemlich verdutzt lautenden Überschrift: »Colonel Ward zum Mandarin ernannt.«

Weiterer Lohn sollte folgen. Aber Ward und Burgevine hatten wenig Zeit, sich mit zeremoniellen Dingen abzugeben, denn Ende Februar wurde es wieder brenzlig. Der schwere Rückschlag, den die Taiping nördlich von Shanghai erlitten hatten, veranlaßte sie, ihre Anstrengungen zu verdoppeln, von Westen und Süden her näher an den Hafen heranzurücken. Anfang März nahm Ward diese Herausforderung an. Das Corps – dessen Bewegungen jetzt von westlichen und chinesischen Funktionären nicht nur in Shanghai, sondern auch in Peking genau verfolgt wurden – griff die anrückenden Rebellenarmeen mit gewohnter Verwegenheit an und erteilte den Taiping weitere Lektionen in den Vorzügen westlicher Kriegstaktik.

In den Wochen nach der Schlacht um Kao-ch'iau unternahm Admiral Hope weitere Streifzüge in die Gegend um Shanghai, vorgeblich, wie der *North China Herald* berichtete, »zum Zwecke der Erkundung des Pootung – oder Ostufers – des [Huang-pu] Flusses«. Aber bei Hopes Charakter und angesichts seines Verhaltens ist Augustus Lindleys[37] Behauptung kaum zu widerlegen, daß der »Admiral eine Woche lang auf der Suche nach einem neuen Gegner durch das Land streifte. Sein kriegerischer Geist wurde von einem Ort namens Hsiaot'ang in der Nähe von Ming-hong (etwa 20 Meilen von Shanghai entfernt) befriedigt, einem befestigten und von mehreren tausend Taiping besetzten Dorf.«

Hope wurde bei diesem Streifzug von Chaloner Alabaster begleitet, von dem ebenfalls ein Augenzeugenbericht überliefert ist. Danach wurde Hope im Verlauf seiner »Erkundungen« offensichtlich aus dem sehr stark befestigten Hsiao-t'ang von den Taiping beschossen, worauf der Admiral beschloß, den Rebellen zu zeigen – wie Alabaster es audrückte –, »daß sie nicht ungestraft auf Europäer feuern dürfen«. (Die Tatsache, daß Europäer die Rebellen bereits ihrerseits angegriffen hatten und daher verständlicherweise als Feinde betrachtet wurden, vergaß er bequemerweise.) Hope und Admiral Protet beluden die HMS *Coromandel* und sechs Kanonenboote mit Waffen und Truppen. Am 28. Februar brachten sie eine Batterie Gebirgshaubitzen und Sechspfünder-Granatwerfer etwa drei Meilen von Hsiao-t'ang entfernt an Land. Bald darauf folgten zwei britische Schiffskanonen und zwei französische Haubitzen, die gleichen Modelle, die man in Kao-ch'iau eingesetzt hatte. In der Nacht bekam eine Abteilung französischer Soldaten, die die Geschütze bewachten, Besuch von einer Gruppe laternentragender Taiping, die sich die westliche Artillerie ansehen wollte und leicht vertrieben werden konnte.

Im Morgengrauen des 1. März landete Admiral Hope mit 35 Artilleristen und 350 Seeleuten und Marinesoldaten. Die erste Gruppe wurde von Captain George Willes angeführt – der die Taiping bei Wu-sung beobachtet und später die *Coromandel* nach Kao-ch'iau gesegelt hatte –, und die zweite von Captain John Holland von den Royal Marines. Als nächster kam Admiral Protet mit 300 Franzosen. Die beiden alliierten Kommandeure bekamen – so der *Herald* – »vor Ort Verstärkung von Colonel Ward und einer Abteilung seiner disziplinierten Chinesen« von etwa 700 Mann. Die vereinten Streitkräfte marschierten daraufhin in Richtung Hsiao-t'ang, das nach den meisten Berichten von 5–6000 Taiping verteidigt wurde. Kurz vor 8 Uhr morgens kamen die Truppen vor der Stadt an.

Hsiao-t'angs Verteidigungsanlagen waren denen Kaoch'iaus sehr ähnlich und im Grunde typisch für die meisten chinesischen Verschanzungen. Vom Korrespondenten des *Herald* als »sehr furchterregend« beschrieben, bestanden sie am äußeren Rand aus mehreren sich abwechselnden Reihen angespitzter hölzerner Pfähle und tiefen, mit spitzen Bambusstangen bestückten Gräben. Hinter diesen Reihen kam ein etwa 4,5 Meter hoher Erdwall, auf dem sich die Geschützstellungen befanden, sowie eine Barrikade aus »mit Erde und Steinen gefüllten Kästen, Särgen, Baumwollsäcken, Sandsäcken, Tischen und Möbeln – kurz aus allem, was man für eine Barrikade verwenden konnte. Diese wiederum war mit zahllosen Schießscharten versehen: eine Stellung, die ohne Artillerieunterstützung nur unter größten Verlusten gestürmt werden konnte.«

Das Expeditionsheer sammelte sich etwa 450 Meter vor diesen Verteidigungsanlagen. Seltsamerweise hörte man aus Richtung Hsiao-t'ang weder verstreutes, ungezieltes Gewehrfeuer noch herausforderndes Geschrei. Auch sah man nicht die übliche Ansammlung stolz zur Schau gestellter leuchtender Banner. »Zuerst«, schrieb der Korrespondent des *Herald*, »nahm man an, daß sie den Ort evakuiert hatten. Als aber Plänklergruppen aus Wards Corps, nach rechts geschickt, furchtlos hinaufkrochen und bald darauf Schüsse mit dem Gegner wechselten, waren alle Zweifel behoben, ob der Ort verlassen sein könnte.«

Die Schußwechsel breiteten sich schlagartig über die gesamte Front aus. Hope und Admiral Protet hielten die linke Seite der alliierten Stellungen, während Wards Corps von der rechten Seite aus angriff. »Ein oder zwei Granaten wurden in die Stadt gefeuert«, wie der *Herald* schrieb, »die den Rebellen zeigten, daß es ihre ausländischen Gegner ernst meinten.« Die Taiping antworteten mit einem Kugelhagel und mehreren Kanonensalven. Auf der linken Seite kämpften sich die britischen Marinesoldaten immer näher an die Stellungen der Taiping heran, aber sie wurden von Wards Männern ausgestochen, die sich auf der rechten Seite einen Weg um die Ecke der Verschanzung bahnten, um den Taiping den Fluchtweg nach Süden abzuschneiden.

Hsüeh Huan informierte Peking später[38], daß Ward – wie immer an der Spitze seiner Truppe voranstürmend und sie mit seinem Rohrstock antreibend – »an sieben Stellen des Körpers« verwundet wurde, als er sich seinen Weg durch die Gräben und Palisaden der Rebellen erkämpfte. Trotz zahlenmäßiger Überlegenheit, einer starken Verteidigungsposition und großer Tapferkeit konnten es die Rebellen mit der Disziplin, der Qualität der Waffen und der modernen Gefechtstaktik der alliierten Truppen nicht aufnehmen. Die britischen Schiffskanonen schlugen schließlich eine Bresche in die Linien der Taiping, und danach, so Alabaster, »wurde der Ort im Sturm genommen. Wards Männer strömten von der einen Seite herein, kurz nachdem wir von einer anderen hineingestürmt waren. Die Rebellen wurden in einer Straße eingekeilt, wo es zu einem gewaltigen Gemetzel kam.« Die Taiping versuchten zu fliehen, aber, wie der *Herald* berichtete: »Einige von Wards Männern waren auf der anderen Seite herumgekommen und nahmen sofort die Verfolgung auf.« Hsüeh Huan berichtete, daß Ward unterdessen in der Stadt »weiterhin seine Leute zum Kampf anfeuerte, die Kasernen der Rebellen niederbrannte, ihre Befestigungen zerstörte und zahlreiche Rebellen tötete ... Er zog sich nicht einmal zurück, nachdem er verwundet worden war, und machte schließlich das Rebellenlager dem Erdboden gleich.« Britische und französische Truppen strömten mit dem Rest des Ward Corps in die Stadt, und nach einem kurzen Gefecht von Mann zu Mann war der Kampf zu Ende.

Fast 1000 Taiping waren gefallen sowie drei oder vier in ihren Diensten stehende Europäer. Mehrere hundert Rebellen wurden gefangengenommen. Von den Briten und Franzosen waren einer getötet und ungefähr 20 verwundet worden, und auch Wards Verluste waren relativ gering. Der Ausfall eines seiner 50 Verwundeten war jedoch ein harter Schlag für ihn. Wie Ward hatte auch Burgevine die ganze Zeit in der ersten Reihe gekämpft und seine Chinesen zu eindrucksvollen Leistungen angespornt. Der *Herald* berichtete, daß »die unter Colonel Ward kämpfenden Chinesen keine Furcht zu kennen schienen und sich deswegen vielleicht zu sehr in Gefahr brachten.« Mit Sicherheit traf dies auch auf Burgevine zu: Hsüeh Huan schrieb in seinem Bericht an den Hof, daß während der Straßenkämpfe »sich einige Rebellen in einem Haus verbargen, und als Burgevine das Gebäude stürmte, traf ihn eine Kugel in die rechte Hüfte, durchschlug seinen Leib und kam an der linken Hüfte wieder heraus. Er wurde geborgen und zurückgebracht.« In der Tat hatte die Taiping-Kugel, die Burgevine getroffen hatte, ein glattes, gut einen Zentimeter großes Loch durch sein Becken geschlagen. Burgevine bestand zunächst darauf, weiter seine militärischen Pflichten zu erfüllen, was dazu führte, daß sich die ohnehin sehr schwere Verwundung noch verschlimmerte. Er sollte sich nie mehr vollständig erholen, obgleich er den Rest des Frühlings und den Sommer 1862 für seine Genesung nutzte. Außerdem verschaffte ihm die Wunde, was er am allerwenigsten brauchen konnte: einen zusätzlichen Grund zum Trinken. Er versuchte, seine chronischen, ihn bis an sein Lebensende quälenden Schmerzen mit Alkohol zu betäuben, wodurch seine Sprunghaftigkeit und Launenhaftigkeit schließlich tragische Ausmaße annahmen.

Die Taiping-Soldaten, die aus Hsiao-t'ang hatten fliehen können, zogen sich zunächst in die ein paar Meilen weiter südlich gelegene Stadt Nan-ch'iao zurück. Als aber Einheiten des alliierten Expeditionscorps die Verfolgung aufnahmen, flohen sie weiter nach Nordwesten und vereinigten sich mit der weit größeren Taiping-Armee, die Ching-p'u besetzt hatte. Die stärkste Bedrohung Shanghais kam jetzt eindeutig aus dem Westen. Dies wurde wenige Tage nach der Eroberung von Hsiao-t'ang deutlich, als der kaiserliche Kommandeur Li Heng-sung – wie verlautet angespornt durch die großen Erfolge und den zunehmenden Ruhm des Ward Corps – seine »Grüne-Standarte« in Kampfbereitschaft versetzte und versuchte, den Vormarsch der Taiping bei dem auf dem Weg von Ch'ing-p'u nach Shanghai gelegenen Dorf Ssu-ching aufzuhalten. Angesichts der Kampfkraft der in Ch'ing-p'u stationierten Taiping-Armee war das Ergebnis vorhersehbar: In der 2. Märzwoche wurde Lis Armee in Ssu-ching eingekesselt. Trotz seiner zahlreichen Verwundungen, die Ward bei Hsiao-t'ang erlitten hatte, entschloß er sich sofort zum Angriff, um den Soldaten der belagerten »Grünen-Standarte« beizustehen.

Bei seinem Versuch, Ssu-ching zu entsetzen, bekam Ward weder von britischen noch französischen Truppen Hilfe. Mit etwa 1.700 Soldaten seines Corps und Teilen seiner eigenen Artillerie griff er die Rebellen am 14. März an. Nach dem *Herald*[39] war Li-sung »schon zur Aufgabe entschlossen, als gerade noch rechtzeitig Hilfe kam«. Wie bei den vorhergehenden beiden Gefechten war auch die Schlacht um Ssu-ching relativ kurz und sehr hart. Wards Männer standen abermals einer zahlenmäßigen Übermacht gegenüber, was sie durch disziplinierte Manöver, wirkungsvolles Gewehrfeuer, sachkundige Artillerieunterstützung und den geübten Einsatz ihrer Kanonenboote wettmachten.

Ward selbst, so schrieb Hsüeh Huan nach Peking, »brach als erster in die feindlichen Stellungen ein, wo er zwei in Gelb gekleidete Rebellenoffiziere erschoß [die Farbe wies auf einen besonders hohen Rang hin] und eine Fahne aus gelber Seide mit einem Drachenmuster erbeutete.« Dies löste bei den Rebellen offensichtlich Furcht und Schrecken aus: In panischer Flucht, bei der Hunderte gefangengenommen und noch mehr getötet wurden, drängten sich die Taiping auf einer über einen Kanal führenden Brücke zusammen, die unter ihrem Gewicht einbrach. Die meisten ertranken. »Danach«, berichtete Hsüeh, »führte Ward den Kampf auf dem Wasser fort, eroberte 12 Kanonenboote und verbrannte mehr als 100 [kleinere] Schiffe.« Die Verluste des Ward Corps waren in diesem Fall etwas höher als sonst, hauptsächlich weil mitten im Kampfgetümmel ein Magazin der Rebellen mit einer enormen Explosion in die Luft geflogen war.

Der Sieg war in vieler Hinsicht wichtig. Zum einen war das unmittelbare Ziel erreicht worden, Li Hengsung und seine Leute zu retten, obgleich es immer unklarer wurde, welche Funktionen diese Truppen wirklich übernehmen konnten. Zum anderen besaß die kaiserliche chinesische Regierung jetzt im östlichen Kiangsu eine erwiesenermaßen tüchtige Streitmacht, eine Truppe, die im Gegensatz zur »Grünen Standarte« einer weit größeren Taiping-Formation erfolgreich standhalten konnte. Hsüeh, der sah, welch entscheidende Rolle das Ward Corps von sich aus übernommen hatte, gab Ward sofort die Erlaubnis, seine Armee zu vergrößern. Aber am wichtigsten war, daß Ward wieder einmal bewiesen hatte – wie schon in den Schlachten im Januar und Februar –, daß solche Siege ohne die Kooperation oder Unterstützung regulärer westlicher Truppen möglich waren. Bei ausreichender Stärke und entsprechender Ausstattung konnte das Ward Corps ein Eingreifen der ausländischen Mächte überflüssig machen und selbst die entscheidende örtliche Zange in Tseng Kuofans Nußknackerstrategie bilden.

Die Vorteile einer Vergrößerung des Corps schienen auf der Hand zu liegen, aber als dies von der chinesischen Regierung und den Vertretern der westlichen Regierungen erkannt und für gut befunden wurde, tauchten sofort wieder Argwohn und Besorgnisse auf. Ward hatte sich dies selbst zuzuschreiben. Chinesische Beamte, die einst von seinem Wunsch fasziniert gewesen waren, Chinese zu werden, entdeckten plötzlich, daß dieser Wunsch nicht ohne Vorbehalten erfolgt war. Die am besten ausgebildete, am besten ausgestattete und am besten geführte Armee des Reiches war in den Händen eines Abenteurers, der sich weigerte – wie sich nun herausstellte –, das ihm verliehene Mandaringewand zu tragen und sich nach Art der Manchu die Stirn ausrasieren zu lassen. Umgekehrt stießen sich die Vertreter des Westens an eben dieser Verehrung für China –

an seiner engen Verbindung mit Wu Hsü und Yang Fang, seiner allseits bekannten Verachtung für Shanghais westliche Handelsgesellschaften und seinem Eintreten für Chinas politische Integrität. Ganz klar lebte Ward nach seinen eigenen Wertvorstellungen. Mitte März erreichte sein unkonventionelles Verhalten seinen Höhepunkt, als er Yang Fangs 21 Jahre alte Tochter Chang-mei nach traditionellem chinesischen Ritus heiratete.

VI

»Sein Herz ist schwer zu ergründen...«

Kein Ereignis in Wards Leben ist schwerer zu beurteilen als seine Heirat mit Chang-mei. In der Tat scheint gerade sie der klarste Beweis, wie komplex und unklar seine Motive tatsächlich waren. Ehrgeiz, Habsucht und Zuneigung, dies alles spielte bei der Entscheidung des jungen amerikanischen Kommandeurs eine Rolle, sich eng mit der Familie seines getreuesten Fürsprechers Yang Fang zu verbinden – aber die Gewichtung dieser Faktoren bleibt reine Vermutung. Eines ist jedoch ganz klar: Im März 1862 hat Ward sein Schicksal unwiderruflich an China gebunden. Ruhm, Mißerfolg oder Tod waren die Möglichkeiten, die ihn am Ende seines Weges erwarten mochten. Aber welches auch immer sein Schicksal sein würde, es sollte ihn nicht als einen auf Profit bedachten ausländischen Abenteurer ereilen, sondern als chinesischen Untertan, dessen Ehrgeiz es war, eine wichtige Rolle bei der Gestaltung der Zukunft des Reiches zu spielen, das ihn so beständig von seinen Ausflügen in andere Teile der Welt zurückgeholt hatte – ob nun durch einen weiteren Aufstieg innerhalb der Manchu-Hierarchie, durch deren Sturz oder durch die Schaffung eines eigenen »Warlord-Bereiches«.

Mit Sicherheit schloß diese Heirat jede Möglichkeit aus, daß Ward nach Jahren, in denen er als notorischer Gesetzesbrecher gebrandmarkt war, nun die Erfolge seines Corps nutzen und einer der führenden Bürger der

Ausländersiedlungen von Shanghai und der westlichen Gemeinde in China ganz allgemein werden konnte. Hallett Abend[1] – Korrespondent der *New York Times* in China in den 1830er Jahren und Autor einer etwas sehr phantasievollen Biographie Wards – behauptete, daß dieser im März 1862

> ... einer der begehrtesten Männer der Gesellschaft in der damals sehr farbigen internationalen Gemeinde in Asien war. Ward war jung und ledig, und Shanghais vornehmste Gastgeberinnen – insbesondere jene mit heiratsfähigen Töchtern – wetteiferten darin, ihn zu ihren Abend- und Teegesellschaften, ihren Empfängen und Bällen einzuladen ... Äußerst begehrt, erschien er oft nach seinen Feldzügen und Schlachten und wurde bei mehreren kurzen Intervallen zwischen seinen Kampagnen als Held gefeiert. Aber dann schloß er sich selbst von diesen bezaubernden Kreisen aus, und bis heute kennt niemand die genauen Motive für diesen öffentlich vollzogenen Akt, der ihn abrupt zu einem gesellschaftlichen Außenseiter machte.

Ob Ward jemals von den Shanghaier Damen so enthusiastisch »als Held gefeiert« wurde, ist fraglich. Viele Behauptungen Abends beruhten auf Berichten (so behauptete er zumindest), die im Zweiten Weltkrieg von den Japanern vernichtet wurden. Dagegen ist sicher richtig, daß Wards Heirat mit Chang-mei – die zeitlich mit Pekings Genehmigung seiner lange anstehenden Bitte um Einbürgerung zusammenfiel – die Kluft zwischen ihm und vielen westlichen Ausländern gerade in dem Augenblick vertiefte, wo eine Annäherung möglich gewesen wäre. Natürlich hatte die westliche High-Society von Shanghai nie viel von Ward gehalten, und so ist es nicht überraschend, daß er sich wenig Gedanken darüber machte, wie seine Heirat in den Siedlungen aufgenommen wurde. Dagegen hat Abend sicher mit seiner Vermutung recht, daß Ward versucht hat, diese »schockierende« Verbindung zumindest seinem Bruder Harry und seiner Schwester Elizabeth zu erklären, die nach wie vor zu seinen engsten Vertrauten zählten. Falls es irgendwelche Briefe hierzu gab, wurden sie jedoch vernichtet, und wir sind wieder einmal darauf angewiesen, eine wichtige Episode aus Wards Leben allein anhand äußerer Umstände deuten zu müssen.

Noch am leichtesten zu verstehen ist vielleicht Yang Fangs Wunsch, Ward mit seiner Tochter zu verheiraten. Einen geborenen Chinesen als Ehemann für Chang-mei zu finden, war für ihn praktisch unmöglich: Obgleich sie die Tochter eines reichen Vaters und eine gesunde, attraktive junge Frau war, haftete an Chang-mei das Stigma einer Frau, »die Unglück bringt«, nachdem ihr erster Verlobter gestorben war. Dieser Aberglaube wog bei den meisten Chinesen schwerer als Yangs Position und Reichtum, und Chang-mei hatte kaum mehr zu erwarten als das Schicksal einer alten Jungfer im Haus ihres Vaters. 1862 schien ihr Geschick besiegelt, denn Chang-mei war 21 Jahre alt: für eine chinesische Braut bereits zu alt. Als daher zu Beginn dieses Jahres doch noch ein Freier auftauchte, bedeutete dies für Yang Fang eine wahre Erleichterung, und daß es sich dabei um Frederick Townsend Ward handelte, verwandelte die Erleichterung des Kaufmanns und Bankiers in aufrichtige Freude. Denn im März 1862 hatte der gefeierte »Hua« in der chinesischen Hierarchie eine Position erreicht, die der Yangs gleichkam.

Wards Sieg über Kao-ch'iau war bereits mit dem 4. Mandarinrang samt Pfauenfeder und der Einbürgerung als Chinese belohnt worden. Ähnliche Ehren hatte man Burgevine zukommen lassen. Nach dem Sieg über Hsiao-t'ang hatte Gouverneur Hsüeh Huan erneut eine

Bittschrift an den Thron gesandt und darum ersucht, Ward und Burgevine in den 3. Mandarinrang zu erheben. Die Bitte war erfüllt worden, und die Knöpfe, die die Mandarinkappen der beiden westlichen Ausländer zierten, waren nun hellblau. Aber Peking tat sich nach wie vor schwer damit, Ausländern so hohe Auszeichnungen zu verleihen, und ein kaiserliches Edikt bemängelte, daß Ward und Burgevine bei ihren Unternehmungen von den Admirälen Hope und Protet unterstützt worden waren: »Der Einsatz ausländischer Truppen von seiten Chinas ist nur ein Notbehelf. Wir sollten es uns selbst zur Pflicht machen, daß die Ausländer nur dazu da sind, unsere Macht und unseren Ruf erhöhen. Es ist nicht richtig, sich auf fremde Hilfe zu verlassen, wenn unsere eigenen Armeen zurückschrecken und zögern.«[2]

Hsüeh Huan nutzte das Zurückschrecken und Zögern der kaiserlichen Streitkräfte in Kiangsu, um weitere Ehrungen für Ward herauszuholen, der die einzigen erfolgreichen Regierungstruppen in der Provinz befehligte. Nach der Schlacht von Ssu-ching – bei der Ward bezeichnenderweise keine Hilfe von den Briten oder Franzosen erhalten hatte – sandte Hsüeh eine weitere Bittschrift an Peking. Besonders wies er darauf hin, daß Hope und Protet nicht nur Wards Mut und Geschicklichkeit anerkannten, sondern auch seinen Status als chinesischer Untertan: »Des öfteren haben sie [Hope und Protet] uns ermahnt, [Ward] gut zu behandeln. Auch der amerikanische Gesandte Burlingame weiß, daß Ward sich China unterstellt und daß er tapfer gekämpft hat; er lobte Ward. Alle diese ausländischen Vertreter sind demnach bestens unterrichtet und werden keine Einwände [gegen die Verleihung chinesischer Titel an Ward] erheben.«[3] Im übrigen glaubte Hsüeh, daß Ward durch weitere Ehrungen der Sache der Kaiserlichen noch mehr verpflichtet würde: »Als Ward erfuhr, daß man ihm den Knopf des 4. Rangs verliehen hatte, war er äußerst erfreut und begeistert. Am 14. Tag des 2. Monats [des chinesischen Kalenders] griff er bei Ssu-ching an und hob die Belagerung des Stützpunktes auf. Wirklich ungewöhnlich tüchtig, genießt dieser westliche Ausländer jede Anerkennung; vor allem siegt er gern. Er hat sich immer den chinesischen Roten Knopf gewünscht [höchster Mandarinrang], und es wäre ihm eine große Ehre, ihn tragen zu dürfen.«

Schließlich äußerte Hsüeh die ungewöhnliche Bitte, man möge Ward ein Offizierspatent für die kaiserliche Armee des Grünen Banners verleihen. Dies war eine nie zuvor einem westlichen Ausländer gewährte Ehre, die die allgemeine Irritation über das Thema »Ward Corps« in Peking noch verstärkte. Konkret hatte Hsüeh darum ersucht, Ward zum Regimentsoberst der Provinzialtruppen zu ernennen; falls dies genehmigt werde, so meinte der Gouverneur, würde dies »Ward sehr freuen und er würde sich noch mehr anstrengen und versuchen, sich dieser Güte würdig zu erweisen«. Trotz Pekings Nervosität wurde Hsüehs Vorschlag gut aufgenommen und seine Bitte erfüllt. In Anerkennung seiner Tapferkeit auf dem Schlachtfeld wurde Ward sogar erlaubt, den berühmten gestickten Tiger auf seinem offiziellen Gewand zu tragen. Trotzdem blieb Peking weiterhin mißtrauisch. »Man hat gehört«, hieß es in einem kurz nach Wards Ernennung zum Oberst des Grünen Banners herausgegebenen Edikt, »daß Ward den ihm verliehenen Rang-Knopf nicht trägt, auch hat er sich nicht [nach Art der Manchu] die Haare ausrasiert. Ist Hsüeh Huans früherer Bericht wahr, daß Ward chinesischer Untertan zu sein wünschte und seine Kleidung wechseln wollte? Hsüeh Huan sollte aufrichtig berichten, ob sein Ausländer den ihm gerade verliehenen Rang eines Oberst tatsächlich zu würdigen weiß.«

Prinz Kung und die Kaiserinwitwe Tz'u-hsi waren sich nur zu sehr bewußt, daß Wards neue Position als chinesischer Kommandeur der schlagkräftigsten Militäreinheit des Reiches ihn zu einem äußerst gefährlichen Mann machen könnte, falls seine Loyalität gegenüber den Manchu jemals ins Wanken geriet oder in ihr Gegenteil umschlug – ungeachtet seiner beträchtlichen und bemerkenswerten Dienste für China. Als Außenseiter, dem man leicht den Dienst aufkündigen konnte, war Ward ironischerweise eine weit weniger große Bedrohung gewesen denn als legitimierter chinesischer Untertan und Offizier. Aus diesem Grund war es um so wichtiger, sein Schicksal mit dem der Dynastie durch ein komplexes System von Kontrollen und Belohnungen fest zu verbinden.

Es ist gut möglich, sogar wahrscheinlich, daß dies ein weiterer Grund war, weshalb Yang Fang der Heirat seiner Tochter mit Ward zustimmte: Je mannigfaltiger und persönlicher Wards Verbindungen mit dem kaiserlichen Establishment waren, um so sicherer blieb er ihrer Sache treu. Das Paradoxe an dieser Situation war, daß die Regierung bei dem Versuch, Ward durch die Verleihung von Rängen und Auszeichnungen zu kontrollieren, immer abhängiger von ihm wurde – was Yang und seine Oberen in Peking entweder nicht sahen oder wogegen sie nicht ansteuern konnten. Dies galt vor allem auf provinzieller Ebene, wo das Schicksal von Männern wie Hsüeh Huan und Wu Hsü unmittelbar von den weiteren Erfolgen des Ward Corps abhing. Indem sie sich auf das Wagnis einließen, ihre eigene Karriere mit Wards Siegen zu verknüpfen – Siege, die wiederum von ständiger Beförderung und Belohnung abhingen –, hatten Hsüeh, Wu und ihre Oberen keine andere Wahl, als dafür zu sorgen, daß diese Belohnungen und Beförderungen auch weiterhin erfolgten.

Alles dies machte Ward zu einem höchst wünschenswerten Partner für die Tochter eines erfolgreichen Geschäftsmannes und ehrgeizigen Provinzbeamten wie Yang Fang. Und es gibt keinen Beweis dafür, daß die vorgeschlagene Verbindung – die wohl eher von Yang als von Ward irritiert wurde – bei Chang-mei irgendwelche negativen Gefühle hervorgerufen hätte. Daß Ward Ausländer und Soldat war, mochte bei den Manchu in Peking Herablassung auslösen, die den Beruf eines Soldaten weit weniger romantisch sahen als der Westen. Aber die einheimischen Eliten in Kiangsu und Chekiang, die täglich mit der direkten Drohung eines Taiping-Angriffs konfrontiert waren, sahen in dem Ward Corps eine wichtige oder zumindest notwendige Organisation. Tatsächlich bemühte sich Hsüeh Huan zur gleichen Zeit, als er die beispiellosen Ehrungen für den Kommandeur erbat, (offensichtlich auf Wu Hsüs Drängen) auch um eine offizielle Anerkennung des Corps selbst: »Wegen des außergewöhnlichen Erfolgs des ›Foreign Arms Corps‹«, so schrieb er in seinem Gesuch, »habe ich [dafür] den Namen ›Ever Victorious Army‹ [Chang-sheng-chün] ausgewählt.« Mit der Verleihung dieses Namens bekundete Chinas Führung ihren Wunsch, das Corps in die traditionelle chinesische Militärhierarchie zu integrieren. Hierzu ein Hinweis von Richard J. Smith:[4]

> Vielleicht wählte Hsüeh jenen Namen schlicht deshalb, weil er verheißungsvoll und angemessen schien; aber es besteht auch die Möglichkeit, daß der Gouverneur von Kiangsu das Beispiel des Kuo Yao-shih im Sinn hatte, eines Kommandeurs der Barbaren (Ch'i-tan), der sich den Sung [Dynastie]

unterwarf und später ein Heer mit demselben Namen anführte. Diese Parallele ist besonders auffällig, weil Wards Truppe, wie ihr Namensvetter aus der Sung-Zeit, gelegentlich kritisiert wurde, sie sei stolz und unkontrollierbar geworden.

Ward fühlte sich zweifellos geschmeichelt, daß sein Corps eine solche Anerkennung durch Peking erfuhr, aber im privaten Umgang sprach er weiterhin von »meinen Leuten«: Der Name *Chang-cheng-chun* kümmerte ihn offenbar genauso wenig wie sein Mandaringewand, der Ruf seiner Verlobten als Frau »die Unglück bringt« und die wiederholten Wünsche der chinesischen Beamten, er möge sich die Stirn ausrasieren. Ward war dem Reich gegenüber völlig loyal, aber sein Interesse an altmodischen gesellschaftlichen Bräuchen und Volksweisheiten ging nur soweit, wie sie ihm nützten, die örtliche Bevölkerung zu beeindrucken, sie zu manipulieren und zu kontrollieren. Insoweit fand er den Namen »Ever Victorious Army« sehr nützlich und akzeptierte ihn. Andrew Wilson, der die Entwicklung des Ward Corps miterlebte, fand eine kluge Erklärung für die Bedeutung des neuen Namens der Truppe, der, wie er meinte,

> ... nicht im wörtlichen, sondern in einem übernatürlichen und göttlichen Sinn verstanden werden muß. Die Chinesen haben eine ausgeprägte Fähigkeit, glückbringende Namen zu erfinden... Auch sind diese Namen keine leeren Worthülsen... Für einen Chinesen haben diese Titel entscheidende Bedeutung, und die Änderung eines Namens beeinflußt häufig das gesamte Verhalten gegenüber dem Titelträger. Kein Prinzip hat sich in den chinesischen Klassikern gleichbleibender durchgesetzt... Als man Konfuzius fragte, was das wichtigste sei, um die Regierung zu verbessern, antwortete er: ›Wichtig ist, die Namen zu korrigieren‹; und er betonte ausdrücklich: ›Einen schlechten Namen zu haben ist

so, als halte man sich an einem Ort versteckt, wo alles Schlechte der Welt auf einen einstürzt.‹

Die offizielle Anerkennung der Ever Victorious Army erleichterte die Entwicklung der engen persönlichen Beziehungen Wards zu Wu Hsü und Yang Fang, und in diesen Bindungen mag die naheliegendste Erklärung für Wards Heirat mit Chang-mei liegen. Anfang 1862 bezeichnete sich Wu Hsü – einer der mächtigsten Männer im chinesischen Shanghai, ein Mann, dem es genauso leichtfiel, erfahrene ausländische Beamte zu überlisten wie Geschäftsbücher zu frisieren – in Briefen an Ward[5] als »Dein jüngerer Bruder« und sogar »Dein törichter jüngerer Bruder«: beides chinesische Termini für aufrichtige Bescheidenheit und enge Freundschaft. Die Bedeutung dieser Verbindung zwischen Ward und Wu kann gar nicht hoch genug eingeschätzt werden, denn im kaiserlichen China waren persönliche Beziehungen der Schlüssel zur Macht und damit zum Erfolg. Wards Verbindung zum Taotai von Shanghai zeigte, ganz zu schweigen von seiner vollständigen zivilen und militärischen Kontrolle über Sung-chiang, in welchem Umfang er das chinesische System zu seinen Gunsten manipuliert hatte. Dabei war sich der stets vorsichtige Wu durchaus bewußt, daß er seinem jungen Schützling Einfluß auf seine eigene Position einräumte, wenn er sich so eng an Ward band. Aber sein realistischer Glaube an Wards Fähigkeiten und das militärische (und finanzielle) Potential der Ever Victorious Army veranlaßten ihn dazu, dieses Risiko bereitwillig einzugehen.

Das gleiche galt in noch stärkerem Maß für Yang Fang. Wards Beziehung zu Wu Hsü war weitgehend privater Art, während er und Yang echte Geschäftspartner wurden. Yang wurde offiziell zum Mit-Kommandeur der Ever Victorious Army ernannt, als diese von Peking die förmliche Anerkennung erfuhr, obgleich sich seine Tätigkeiten weiterhin darauf beschränkten, in Shanghai Geld und Waffen aufzutreiben. Schon bald hatten Ward und Yang ihre gemeinsamen Geschäfte ausgeweitet und waren zusammen ins Dampfschiff-Geschäft eingestiegen, indem sie für die Ever Victorious Army wie auch für außerplanmäßige Fahrten Flußdampfer kauften und charterten. Manchmal wurde Wards Bruder Harry bei solchen Geschäften als Strohmann benutzt, ihre Durchführung aber lag generell in Yangs Händen. Wieder einmal kostete Ward seine Inanspruchnahme durch militärische Dinge und seine Unaufmerksamkeit in geschäftlichen Detailfragen Geld, denn jemand wie Yang Fang war selbst gegenüber seinem engsten Geschäftspartner nicht darüber erhaben, die Geschäftsbücher zu eigenen Gunsten zu führen.

So behauptete Harry Ward nach dem Tod seines Bruders, dieser habe Yang Fang 150000 Taels gegeben, um sie in das Salzmonopol der Regierung zu investieren, eins der gewinnträchtigsten Unternehmen im kaiserlichen China. Yang bestritt stets, daß er das Geld bekommen hatte, und diese wie andere Forderungen, die die Erben Wards später gegen Yang erhoben, erzeugten viel böses Blut. Aber daß Yang jede Zahlungsverpflichtung gegenüber Ward oder seinen Erben leugnete, war weniger ein Indiz dafür, daß die Freundschaft zwischen den beiden Männern nicht echt war, sondern eher bezeichnend für die Natur einer Freundschaft zwischen chinesischen Kaufleuten und Beamten. Solange Ward lebte, verhielt sich Yang seinem jungen Gefährten und Partner gegenüber persönlich loyal – loyal in seiner Freundschaft und zweifellos unehrlich in finanziellen Dingen. Das einzige Gebiet, auf dem Yang von Ward stets in die

Pflicht genommen wurde, war die volle und prompte Bezahlung der Männer seiner Ever Victorious Army. Es wäre naiv gewesen, zu erwarten, daß Yang sich auch auf anderen Gebieten und ohne eine ähnlich strenge Überwachung ebenso ehrlich verhielt. Wie so viele Chinesen in entsprechenden Stellungen betrog Yang nicht, um andere zu schädigen, sondern weil und soweit sie ihn das tun ließen. Seine persönliche Bindung an Ward war nichtsdestoweniger echt.

Aus allen diesen Gründen kann Wards Ehe mit Chung-mei als ein Mittel gesehen werden, den neuernannten chinesischen Kommandeur der wichtigen Ever Victorious Army enger an die kaiserliche Sache zu binden, aber auch um das persönliche Band zwischen Ward und der von Wu und Yang beherrschten Chekiang-Gruppe in Shanghai zu festigen. Bei dieser Interpretation haben viele Analytiker alle persönlichen Gefühle schlicht vernachlässigt oder heruntergespielt, die bei der Heirat möglicherweise auch eine Rolle gespielt haben. Schließlich lebte Chung-mei ja in einem traditionellen chinesischen Haushalt und dürfte Ward bei seinen Besuchen kaum gesehen haben. Im übrigen sprach sie allenfalls ein rudimentäres »Pidgin«-Englisch, und Wards Kenntnisse des Chinesischen waren ebenfalls nicht nennenswert. Eine persönliche Bindung zwischen den beiden scheint unter diesen Umständen nicht sehr wahrscheinlich.

Und doch gibt es einige Details, die nicht in das Bild einer aus rein politischen oder finanziellen Überlegungen geschlossenen Ehe passen. Erstens: Man hätte erwarten können, daß die Einheirat in eine chinesische Familie Pekings Vertrauen zu Ward stärken würde. Tatsächlich war dies nicht der Fall: In den zu Wards Lebzeiten verfaßten Denkschriften und kaiserlichen

Edikten war die Hochzeit kein wichtiges Thema; wahrscheinlich deshalb nicht, weil seine Frau die Tochter eines Nicht-Manchu war, der für seinen Mißbrauch des kaiserlichen Finanzsystems bekannt war. Wards Erhebung in den 3. Mandarinrang und seine Ernennung zum Offizier in der Armee der Grünen Standarte erfolgten, bevor Peking von seiner Heirat mit Chang-mei erfahren hatte, und seine spätere Beförderung zum Brigadegeneral – im Spätfrühling 1862 – beruhte wie seine Ernennung zum Oberst auf militärischen Erfolgen.

Zweitens: Wards Beziehungen zu Wu Hsü und Yang Fang waren bereits vielfältig und gefestigt, als die Verlobung bekanntgegeben wurde. Wenn auch die Vermutung naheliegt, daß alle betroffenen Parteien eine Stärkung dieser Verbindungen gewünscht haben, so hat die Heirat in Wirklichkeit weit weniger dazu beigetragen als der Kauf von Dampfschiffen und die Vergrößerung der Ever Victorious Army. Und hätte Ward seine Frau allein aus geschäftlichen Gründen oder des Ansehens wegen geheiratet, so hätte er sie ganz bestimmt nicht aus der Sicherheit ihres Elternhauses in Shanghai herausgeholt, damit sie das gefährliche und unbequeme Leben in Sung-chiang mit ihm teilte. Mehrere westliche Ausländer haben bezeugt, daß Ward und Chang-mei den heißen, gefährlichen Sommer des Jahres 1862 gemeinsam in Wards Hauptquartier verbracht haben.

Aber kein einziger Aspekt in bezug auf Wards Heirat ist bezeichnender als sein Verhalten während der Verlobungszeit und der Hochzeit selbst – ein Verhalten, das so wenig seinem Charakter entsprach, daß es nur Ausdruck eines echten Gefühls sein konnte.

Wenn Hallett Abend Chang-mei als eine »pathetische« junge Frau beschreibt, so scheint dies nicht sehr freundlich, aber man sollte sich daran erinnern, daß das

Los der Frauen im kaiserlichen China allgemein nicht angenehm war. Chang-meis »Mutter« (die nicht unbedingt ihre leibliche Mutter gewesen sein muß) liefert dafür ein treffendes Beispiel. Nach Dr. Macgowan[6] war Mrs. Taki – unter diesem Namen war sie bei den Ausländern bekannt – als Kind zusammen mit ihrer Schwester von einem »chinesischen Barnum« gekauft worden. Man hatte ihr »die Kunst beigebracht, Rätsel zu stellen, im Gespräch zu glänzen und eine humorvolle Schlagfertigkeit zu entwickeln«, während ihre Schwester zur Akrobatin ausgebildet wurde. Beide Mädchen traten öffentlich auf und brachten ihrem Herrn Geld. Aber schließlich wurden sie widerspenstig und wurden weiterverkauft: die Akrobatin für 3000 Taels an einen Distriktrichter und die »Intellektuelle« für eine weit höhere Summe an Yang Fang. Yang konnte die Privilegien eines jeden erfolgreichen Geschäftsmannes genießen – Konkubinen. Daher der Zweifel, ob seine erste Frau tatsächlich die Mutter seiner Tochter war. Durchaus nicht ungewöhnlich ist, daß man Chang-meis Abstammung so wenig wichtig nahm, denn in einem chinesischen Haus war die Geburt eines Mädchens kein Ereignis, das man besonders beachtete. Wenn man zu diesem tristen Hintergrund die abgeschiedene Jugend eines wohlhabenden Kindes nimmt sowie das tragische Ende ihrer ersten Verlobung (das praktisch ihren gesellschaftlichen Tod bedeutete), dann dürfte Abends Einschätzung Chang-meis zutreffend sein.

Ein anderer früher Biograph Wards, Holger Cahill[7], behauptet, daß Ward ernsthaft »um die Hand Chang-meis warb«. Diese Behauptung läßt sich so wenig beweisen wie das Gegenteil, aber es stimmt, daß Verlobung und Hochzeit die einzigen Gelegenheiten waren, bei denen Ward sich traditionellen chinesischen Zeremonien unterwarf. Was mahnende Edikte seiner kaiserlichen Herren in Peking nicht vermochten, erreichte die Achtung vor seiner jungen Braut. Durch einen Vermittler ließ Ward Chang-meis Familie ein *pa-tzu* überreichen, eine Verlobungskarte mit chinesischen Schriftzeichen, die genaue Auskunft über Tag und Stunde seiner Geburt gaben. Auch Chang-mei und ihre Eltern übergaben Ward ihr *pa-tzu*, worauf die Karten des Paares von einem Astrologen begutachtet wurden, um die Vereinbarkeit ihrer Horoskope zu prüfen. (Ein amerikanischer Wissenschaftler hat Anfang des 20. Jahrhunderts die – plausible – Vermutung geäußert, daß Ward den Astrologen bezahlte, damit dieser eine perfekte Übereinstimmung feststellte.) Während dieser Zeit sorgte Ward dafür, daß die Kette der traditionellen Geschenke an Chang-meis Elternhaus nicht abriß: Gänse und anderes Geflügel, Früchte, Kuchen und Wein sowie das Material für das Brautkleid.

Yang Fang seinerseits schrieb einen Brief an Wards Vater in New York, von dem eine Kopie erhalten ist. Darin drückte Yang seine Dankbarkeit aus, daß Wards Vater die Hochzeit erlaubte, ohne die Familie seiner Schwiegertochter zuvor persönlich in Augenschein genommen zu haben. Im übrigen gab Yang seiner echten Freude über diese Verbindung Ausdruck. Er titulierte den älteren Ward als »Eure Exzellenz Hua, älterer Herr von noblem Charakter und hohem Ansehen« und erklärte: »Ich bin Ihnen für Ihre Freundlichkeit zu Dank verpflichtet, daß Sie die Armen und Niedrigen nicht verachten, auf das Wort der Menschen vertrauen und in die Heirat meiner kleinen Tochter mit Ihrem Sohn einwilligen. Welches Glück ließe sich damit vergleichen? Derzeit empfange ich von Ihnen die formellen Aufmerksamkeiten und bin gezwungen, alle diese Verlobungsgeschenke anzunehmen. Wir wünschen Ihnen ein glückliches, hundert Jahre währendes Leben und daß Ihre Nachkommen über fünf Generationen erfolgreich sein mögen.«

Die Tage vor der eigentlichen Hochzeitszeremonie waren für Chang-mei mit Handarbeiten, Gebeten vor dem Altar ihrer Vorfahren und Trauer angefüllt – wie es der chinesische Brauch verlangte. Am Tag der Zeremonie legte sie ihr aus mehreren Röcken bestehendes Gewand an, brachte ihren Vorfahren ein letztes Opfer dar und bestieg die rote Sänfte. Sie wurde zu »Wards Haus« getragen, wobei es sich tatsächlich um ein Yang Fang gehörendes Haus gehandelt haben dürfte, das vielleicht von Ward und anderen Offizieren des Corps bewohnt wurde. Ward hatte damals gerade erst mit dem Bau eines eigenen Hauses in der französischen Siedlung begonnen. Holger Cahills Beschreibung[8] von Chang-meis Reaktion beim Betreten des Hauses ihres Ehemannes ist sehr wahrscheinlich erfunden, entspricht aber dem Hintergrund der jungen Frau und chinesischer Tradition. Chang-mei, schrieb Cahill, »wollte den Vorfahren ihres Ehemannes ihre Referenz erweisen und fand es seltsam, daß er keinen Ahnenaltar in seinem Haus hatte. Sie meinte jedoch, daß ihr ausländischer Ehemann nicht unchinesisch aussehe, denn er war dunkel wie ein Sohn der Han und hatte für die Hochzeitszeremonie seine chinesischen Gewänder und Rangabzeichen angelegt.«

Wards Auftreten in Mandaringewändern ist ein sicherer Beweis dafür, wie wichtig er diese Heirat nahm. Er mag für viele westliche Bürger Shanghais nur Verachtung empfunden haben, aber laut Wu Hsü wollte er sich nicht vor ihnen – oder vor seinen Kameraden in den ausländischen Armeen – lächerlich machen, indem er in Shanghai in Manchu-Tracht herumstolzierte. Wu erzählte Hsüeh, der seinerseits Peking informierte, daß Ward fest entschlossen sei, »seine Kleidung zu wechseln«, wenn sein Corps Soochow zurückerobert habe (was beiläufig beweist, daß Ward bereits im März umfassende Pläne für seine Ever Victorious Army machte). Aber er lehnte es ab, diesen Wechsel bereits früher vorzunehmen. An seinem Hochzeitstag jedoch nahm er Irritation und sehr wahrscheinlich einigen Spott (gutmütigen wie bissigen) auf sich, um zu verhindern, daß seine Braut vor ihren Landsleuten das Gesicht verlor. Für jene, die Ward kannten und an der Zeremonie teilnahmen – Ausländer wie Chinesen –, muß es so etwas wie ein Schock gewesen sein, ihn, der für gewöhnlich einen schlichten blauen Gehrock trug, in schwarzen Manchu-Stiefeln, mit der unverwechselbaren Kappe eines Mandarins (komplett mit blauem Knopf und Pfauenfeder) und in der knielangen Robe mit dem aufgestickten Tiger zu erblicken. Es war ein Augenblick, den man nicht vergessen sollte: Als Ward das nächste Mal ähnlich gekleidet war, lag er in seinem Sarg.

Laut Cahill dauerte die Hochzeitsfeier zwei Tage, was ebenfalls chinesischem Brauch entsprach. Ward überreichte Chang-mei und ihrer Familie weitere Geschenke, darunter eins von sehr persönlicher Art: ein kleines Siegel oder *chogo*[9], dessen chinesische Zeichen wörtlich mit »ihr dürft euch nicht vergessen« zu übersetzen sind, im übertragenen Sinn aber eher dem englischen »vergiß mich nicht« entsprechen. Da das genaue Datum der Hochzeit nicht bekannt ist, bleibt unklar, ob die – in vielen Quellen erwähnten – zweiwöchigen Flitterwochen durch die Schlacht um Ssu-ching unterbrochen wurden oder ob diese Schlacht bereits vor der Heirat stattgefunden hatte. Auf jeden Fall war Ward Mitte März ein verheirateter chinesischer Bürger – seltsam für einen Mann, für den Frauen und Romantik bisher nie eine große Rolle gespielt hatten.

Wards und Chang-meis Zusammenleben sollte nur von kurzer Dauer sein, aber mehrere spätere Ereignisse und Umstände zeigen, daß es intimer war, als viele Berichte vermuten lassen. Der erste Hinweis hierauf ist die Tatsache, daß Ward zeitgleich mit seiner Heirat beschloß, sich in Shanghai ein Haus zu bauen: Schließlich hätte er Chang-mei ohne weiteres im Haus ihrer Eltern wohnen lassen können, statt ihr ein elegantes neues Haus in der Stadt zu bieten. Dann sollte man die Berichte beachten, daß das Paar den Sommer gemeinsam in Sung-chiang verbrachte. Ein Mann wie Ward, der ein sehr karges professionelles Militärlager leitete, hätte sich dort kaum »der Leute wegen« mit seiner jungen chinesischen Frau belastet. Aber der stärkste Beweis für ihre enge Vertrautheit findet sich in einer von Richard J. Smith in den Westen gebrachten Biographie eines gewissen Shen Chu-jung[10], eines Chinesen aus Chekiang, der behauptet, als Jugendlicher von den Wards adoptiert worden zu sein.

Geschrieben von einem engen Freund der Tochter Shens, erzählt die Biographie eine für die Taiping-Revolution typische Geschichte: Als die Rebellen im Dezember 1861 erneut nach Hangchow kamen, wurde der dreizehnjährige Shen Zeuge, wie man die meisten seiner Familienangehörigen ermordete. Shen selbst wurde gefangengenommen und von den Taiping zum Militärdienst gepreßt (die Rebellen hatten ganze Einheiten aus Jugendlichen zusammengestellt). Vom Schicksal seiner Mutter erfuhr er erst, als er eines Tages seine Amme traf, die ebenfalls als Gefangene festgehalten wurde. Sie erzählte ihm, seine Mutter habe sich in einen Brunnen gestürzt und Selbstmord begangen. Verzweifelt zog

Shen mit der Rebellenarmee nach Sung-chiang, wo es ihm endlich gelang, den Taiping zu entkommen. Bald darauf machte er eine entscheidende Bekanntschaft: »Damals hatte der ausländische General Ward gerade die Taiping in Ying-ch'i-pin geschlagen. Dort traf er Shen und adoptierte ihn. Der General lehrte Shen seine militärischen Taktiken und Strategien und nahm ihn in seine Jugendarmee auf. Als Wards Ehefrau, die aus der ehrenwerten Familie Yang [aus Chekiang] stammte, vom Schicksal seiner Familie hörte, war sie voller Mitgefühl für das arme Waisenkind und tat ihr Bestes, um für ihn zu sorgen.«

Dies ist der einzige bekannte Hinweis darauf, daß Ward Kinder hatte – seien es adoptierte oder uneheliche (Chang-mei bekam keine Kinder) –, und darauf, daß es eine Einheit aus Jugendlichen gab. Shen behauptete, später an mehreren entscheidenden Schlachten teilgenommen und nach Wards Tod weiterhin in der Ever Victorious Army gedient zu haben. Obgleich er seine eigene Rolle glorifizierte, stimmen die von ihm geschilderten Ereignisse in ihren Einzelheiten mit den bekannten Fakten überein. Insgesamt ist seine Geschichte glaubwürdig.

Noch zwei weitere Umstände widersprechen einer rein politischen Heirat zwischen Ward und Chang-mei. Als Ward tödlich verwundet war und entsetzliche Schmerzen litt, sorgte er sich um drei Menschen: seinen Bruder Harry, seine Schwester Elizabeth und seine Frau Chang-mei. Höflichkeiten und Etikette hatten in diesem Moment für ihn keine Bedeutung mehr – man hatte ihm gesagt, daß er sehr bald sterben werde. Und ein Jahr nach seinem Tod erkrankte Chang-mei an einer geheimnisvollen Krankheit; die einzige bekannte Erklärung für ihr Leiden findet sich wiederum in Shen Chu-jengs Biographie, wo von »extremer Trauer« die Rede ist.

Die Betonung dieser Fakten entspricht ebenso dem Bemühen, hinter Wards persönliche Motive zu kommen, wie der Suche nach einer märchenhaften Romanze. Und wenn wir uns von Wards chinesischen Beziehungen ab- und seinen westlichen Freunden und Kameraden zuwenden, finden wir weitere Beweise dafür, daß die, die ihn für einen bedenkenlosen Söldner halten, ihm Eigenschaften andichten, die er nicht hatte, und ihm unrecht tun.

Während seines wochenlangen Aufenthalts in Shanghai im Frühjahr 1862 und noch Monate nach seiner Abreise nach Peking Mitte des Sommers wurde der amerikanische Gesandte Anson Burlingame für Ward und seine ranghöheren Offiziere so etwas wie ein »Patenonkel«. Von ihm erwarteten die jungen Männer Nachrichten von zu Hause; ihm taten sie gern einen Gefallen, und ihm erzählten sie stolz von ihren Taten, wobei sie anscheinend bei ihrem älteren Landsmann Bestätigung suchten. Als ein Mann von enormer Vitalität und Erfahrung enttäuschte Burlingame die jungen Abenteurer nicht; unser geringes Wissen darüber, was sie in ihrem Innern beschäftigt hat – besonders auch Ward –, verdanken wir demzufolge den Aufzeichnungen des Gesandten.

Ende Februar hatte Ward einen Plan entworfen, wonach Wu Hsü und andere chinesische Beamte (wobei unklar ist, ob die kaiserliche Regierung involviert war) Harry 200–300 000 Dollar auszuhändigen hätten, mit denen dieser in den Vereinigten Staaten und Großbritannien erstklassige Flußdampfer und Waffen kaufen sollte. Harry beabsichtigte seine Reise Anfang März zu beginnen. Am 7. März tat Burlingame den Brüdern Ward und Wu Hsü den Gefallen und schrieb an den Außenminister William Seward:[11]

Auf Bitten der chinesischen Behörden habe ich einem jungen Mann namens H. G. Ward einen Einführungsbrief an den Präsidenten und an Sie mitgegeben. Er reist mit dieser Post ab, um Kanonenboote und Waffen für die chinesische Regierung zu kaufen. Ward ... verdankt diesen Auftrag dem Einfluß seines Bruders Col. Ward, der inzwischen wohl General in chinesischen Diensten ist. Sein jüngerer Bruder, der für die Regierung unterwegs ist, scheint ein lebhafter junger Mann zu sein. Ich weiß nichts über seine Vorgeschichte [sic] und kann mich nicht für mehr verbürgen, als ich geschrieben habe.

Es stellte sich heraus, daß Burlingame ein ziemliches Risiko einging, als er sich überhaupt für Harry Ward einsetzte: Obgleich der jüngere Ward in den Vereinigten Staaten für die chinesische Regierung den Bau von wenigstens vier Dampfern in Auftrag gab und auch andere Waffen gekauft haben mag, um sie nach Shanghai zu verschiffen, verkaufte er die Boote schließlich an die Unionsarmee zum Einsatz im Amerikanischen Bürgerkrieg. Harry kehrte nie wieder nach China zurück. Die chinesische Regierung versuchte zwar viele Jahre lang, herauszubekommen, was mit einem großen Teil des ihm anvertrauten Geldes geschehen war, tat dies aber mit so wenig Nachdruck, daß das Ganze wohl doch eine private Angelegenheit von Wu Hsü und Yang war. Aber die Tatsache, daß Burlingame dem jüngeren Ward Einführungsschreiben für den Außenminister Seward und Präsident Lincoln ausstellte, beweist wieder einmal die charmante Überzeugungskraft der Brüder Ward – und daß der Gesandte für dergleichen ziemlich empfänglich war.

Auch Burgevine und Forester standen mit Burlingame auf gutem Fuß. Burgevine war ihm natürlich in Washington begegnet und war auch mit der Ehefrau des neuen Gesandten und seinen Kindern bekannt. Bei wenigstens einer Gelegenheit erleichterte Burgevine die Lieferung einer Sendung Limonade und Sodawasser an Burlingame in Peking[12] – jene Art von Gefälligkeiten, die wahrscheinlich regelmäßig erwiesen wurden –, und Burlingame vergalt dieses Entgegenkommen später, indem er seinen ganzen Einfluß geltend machte, damit Burgevine der Nachfolger Wards als Kommandeur der Ever Victorious Army wurde. Burlingame machte sich über die Unberechenbarkeit von Burgevine und Forester so wenig Illusionen wie über Harry Wards Charakter. Aber ebenso wie er sich hatte überreden lassen, Harry mit wichtigen Einführungsschreiben zu versehen, so setzte er sich auch über seine Zweifel bezüglich der beiden stellvertretenden Kommandeure der Ever Victorious Army hinweg und vertrat ihre Angelegenheiten in Peking und Washington, wann immer dies nötig war.

Dagegen empfand Burlingame für Frederick Ward uneingeschränkte Zuneigung und Respekt. Zu einem großen Teil waren diese Gefühle Wards positiver Ausstrahlung zuzuschreiben, aber sie waren auch das Ergebnis von Burlingames aufrichtiger Bewunderung für Wards Erfolge auf dem Schlachtfeld. Außerdem war Burlingame nicht gegen den Meinungsumschwung gegenüber der Taiping-Rebellion immun gewesen, der für die meisten Amerikaner bezeichnend war, die nach China kamen. Vor seiner Reise hatte er eine neutrale Neugier hinsichtlich der Rebellen geäußert, aber seine Ankunft in Shanghai hatte ihn mit den Zehntausenden chinesischer Flüchtlinge aus dem Landesinneren und mit den zunehmend sachlicheren Berichten über die Taiping-Bewegung konfrontiert. Schon kurze Ausflüge in die Umgebung der Stadt genügten, um in jedem ausländischen Beamten Feindschaft gegen die Rebellen zu wecken, die generell in dem laut geäußerten Wunsch endete, daß eine effizientere Streitmacht als die kaiserliche chinesische Armee dazu gebracht werden müsse, sich dieses brennenden Problems anzunehmen. Burlingame war da keine Ausnahme, und in Wards Armee sah er, wie schon zuvor Admiral Hope und General Michel, ein potentielles Instrument zur Wiederherstellung der Ordnung. Ende März faßte Burlingame seine Gedanken in einem Brief an Außenminister Seward zusammen:[13]

> Die Rebellion wütet weiter, aber bis jetzt ist Shanghai noch nicht direkt angegriffen worden. Seit dem 2. Februar haben im Umkreis von 30 Meilen sechs Schlachten stattgefunden, wobei die Rebellen starke Verluste erlitten ... Ohne auf alle Einzelheiten dieser Kämpfe einzugehen, kann ich generell sagen, daß auf seiten der Kaiserlichen zu keiner Zeit mehr als 1100 Mann kämpften, während auf seiten der Rebellen angeblich zwischen 5000 und 20 000 Soldaten angetreten waren – und während die Rebellen in diesem Teil des Reiches den kaiserlichen Soldaten überlegen sind und sie fast immer schlagen, wenn die Kaiserlichen von ihren eigenen Offizieren befehligt werden –, sind sie ihnen nicht gewachsen, sobald diese von Europäern oder Amerikanern ausgebildet und geführt werden. In diesem Fall wurden sie in jeder Schlacht niedergemetzelt.

Obgleich Admiral Hope als erster Burlingame auf Ward aufmerksam machte, erleichterte ihm seine Beziehung zu Burgevine mit ziemlicher Sicherheit den Zugang zu dem amerikanischen Gesandten. Im Sommer korrespondierten die beiden Männer bereits ganz zwanglos miteinander, wobei ein Brief, den Ward im August an Burlingame schrieb, die am vollständigsten überlieferte Stellungnahme des Kommandeurs der Ever Victorious Army zur Lage Chinas, hinsichtlich der Ereignisse in Amerika und hinsichtlich seiner eigenen Angelegenheiten beinhaltet.

»Ich habe Ihnen einige Zeitlang nicht geschrieben«, begann Ward, »aber ich hatte so entsetzlich viel zu tun, daß ich, wie ich fürchte, nichts richtig gemacht habe, abgesehen davon, daß es mir gelungen ist, die *chang maos* zu schlagen.« Auf die letzten Schlachten eingehend, betonte er besonders die Tapferkeit seiner Leute:

> Wie Sie sehen, haben meine Männer hart gekämpft – wobei ich leider einräumen muß, mit schweren Verlusten für mich. Ungefähr 400 Männer wurde getötet oder sind kampfunfähig – aber das ist Soldatenschicksal; ich riskiere das gleiche und hatte bisher Glück. Die niederträchtigen Beamten hier aber rauben einem, was man am meisten schätzt, wenn man sein Leben riskiert (Anerkennung) – aber ich denke, daß die Wahrheit schließlich herauskommt. Ich habe meinen Sekretär Butler beauftragt, Ihnen die Einzelheiten meiner kleinen Gefechte mitzuteilen, die Ihnen hoffentlich ein wenig die Zeit vertreiben werden, denn ich denke, Peking muß äußerst langweilig und eintönig sein – aber lassen Sie uns die Sache vertraulich behandeln, denn er ist ein solcher Teufelskerl, daß ich für nichts garantiere, wenn er erst einmal anfängt zu erzählen.

Ward wetterte über die Schönfärberei der chinesischen Beamten und der westlichen Kaufleute in Shanghai und zeigte sich besorgt, daß Peking auf diese Weise niemals einen zutreffenden Bericht über seine eigenen Aktionen oder die der Ever Victorious Army bekäme. »Wir haben hier einen schlechten Stand – und wenn Sie je mit Kung Wang [Prinz Kung] über diese Dinge sprechen, wäre ich Ihnen dankbar, wenn Sie ein Wort über meine Leute verlieren würden ... Jetzt habe ich Ihnen einen langen Brief geschrieben, und ich hoffe, Sie verstehen nun, daß ich unter entsetzlichem Zeitdruck stehe und von diesen gräßlichen Shanghaier Langweilern behindert werde, so daß Sie mir die Nachlässigkeit verzeihen, Ihnen nicht bereits früher geschrieben zu haben.«

Bevor Ward jedoch seinen Brief schloß, warnte er Burlingame noch vor einer seiner Meinung nach großen Gefahr: Im Sommer 1862 waren die Führer der Ausländersiedlungen Shanghais so sehr von der Unfähigkeit der kaiserlichen Regierung überzeugt, sie zu beschützen oder die Angelegenheiten der Hafenstadt in den Griff zu bekommen, daß eine »Freie Stadt«-Bewegung entstanden war. Ihre Befürworter traten für eine internationale Kontrolle Shanghais und das Ende der kaiserlichen Herrschaft ein – letztendlich für den Entzug einer ganzen Stadt. Ward verurteilte diese Bewegung und verriet dabei viel Sympathie für China:

> Es gibt da eine Sache, von der ich wirklich glaube, daß Sie ihr Aufmerksamkeit schenken sollten, und das ist die Freie Stadt-Bewegung der hiesigen Kaufleute. Dies ist mit Sicherheit eine der empörendsten Angelegenheiten, die zum gegenwärtigen Zeitpunkt von den Geldsäcken diskutiert wird, so daß ich wirklich der Meinung bin, man sollte ihnen den Mund stopfen... Das Ganze verursacht nur böses Blut und, um Ihnen die Wahrheit zu sagen, ich fürchte, daß die Obrigkeit mich aufgrund meiner Position für einen Vertreter dieser Squatter-Souveränität halten wird – und da ich dieses ganze niederträchtige Freibeutertum verabscheue und darüber hinaus wütend bin, weil diejenigen, die darüber diskutieren, die ersten sind, die um Hilfe schreien [sic], wann immer sie zu Schaden kommen, und es besseren Leuten überlassen, sich wegen ihrer Schurkereien blutige Köpfe zu holen, meine ich, daß Sie ihnen in unserer schlichten neuenglischen Direktheit klar und deutlich die äußersten Konsequenzen eines so empörenden Vorhabens vor Augen führen sollten, falls sie sich in dieser Angelegenheit an Sie wenden.

Dann folgte eine letzte Bemerkung, die zeigte, daß Ward trotz seiner chinesischen Staatsbürgerschaft immer noch an seinem geplagten Heimatland hing: »Große Neuigkeiten von zu Hause. Jeff[erson Davis] und die Sezessionspartei bekommen ihr Fett. Falls der alte Onkel Abe ihnen nicht in diesem Frühjahr Zunder gibt, sollte mich das sehr wundern. Sollte er eine Spende brauchen, um das stärkste, dunkelste und tiefste Verlies für die Lumpen Jeff und Kabinett in unserem Land zu bauen, bin ich mit 10 000 dabei – meine ganze Sorge ist, daß sie alle vorher genug zusammenrauben, um dann den Rest ihres Lebens in Europa zu verbringen – ich hoffe, McClellan erreicht rechtzeitig Richmond.«

Bezeichnenderweise sollte Burlingame[14] später diesen letzten, ziemlich deftigen Vorschlag als ein »patriotisches« Angebot Wards darstellen, »10 000 Taels an die Regierung der Vereinigten Staaten zu überweisen, um die Union zu erhalten«; die nahezu onkelhafte Nachsicht, die Burlingame stets gegenüber Ward gezeigt hatte, endete auch nicht mit dem Tod des jungen Kommandeurs. Auf der Basis solcher Briefe ist dies leicht zu verstehen: Ward zeigte eine echte Bindung an China (selbst wenn er auf die Fehler der »niederträchtigen Beamten« des Reiches schimpfte) sowie eine starke Abneigung gegen die »gräßlichen Langweiler« und Shanghaier »Geldsäcke«, und er verurteilte trotz seiner eigenen Vergangenheit die »Freibeutereien« – alles Dinge, in denen Burlingame mit ihm übereinstimmte. Ward hatte gewiß keine Veranlassung, eine bestimmte Meinung zu äußern, um sich bei dem Gesandten anzubiedern; im Sommer 1862 wäre Burlingame gar nicht in der Lage gewesen, der Ever Victorious Army irgendeinen wichtigen Gefallen zu tun. Die Korrespondenz zwischen den beiden Männern und ihre Freundschaft scheinen also absolut aufrichtig gewesen zu sein.

So eng Ward mit den Admirälen Hope und Protet sowie einigen wenigen Offizieren seiner Armee befreundet war, so war doch keine dieser Beziehungen so offen und ehrlich wie die zu Burlingame. Hope schrieb später, daß Burgevine zum Beispiel »von Ward höher geschätzt wurde, als irgendein anderer seiner Offiziere«; und dennoch tauchen in Burgevines überlieferten schriftlichen Darstellungen keine persönlichen Bemerkungen über Ward auf, etwa Bewunderung oder ähnliches. Für sein Verhältnis zu Forester ist bezeichnend, daß Admiral Hope nach Wards Tod – aus Sorge, die von ihm noch immer als »Ward's Disciplined Chinese« bezeichnete Einheit könnte ihren Namen ändern – in warnendem Ton an Forester schrieb und ihm seinen Wunsch mitteilte, daß sie »in Erinnerung an unseren Freund stets diesen Namen beibehält«. Mit Sicherheit behandelte Forester seinen ehemaligen Vorgesetzten in seinen später veröffentlichten Erinnerungen höchst schäbig – und unkorrekt. Auch sind bisher keine lobenden Äußerungen von Offizieren der Ever Victorious Army aufgetaucht, die den Krieg überlebten und noch viele Jahre in Shanghai wohnten, wie z. B. C. J. Ashley, Wards Generalkommissar. Nur der Söldneroffizier Charles Schmidt, der Ward das erste Mal zu Beginn der 1850er Jahre in Mittelamerika begegnet war, hinterließ ein Zeugnis über seinen Kommandeur: »General Ward«, erklärte Schmidt in einem undatierten Memorandum, das wahrscheinlich aus den späten 1870er Jahren stammt[15],

> »... wurde von allen, die ihn kannten, geliebt und respektiert. Obgleich wohl kein sehr gebildeter Mann, war er klug und besaß gesunden Menschenverstand und war im Kampf ausgesprochen mutig. Es war kein unbekümmertes Draufgängertum, sondern kühle, verwegene Tapferkeit, wie sie ein guter Anführer braucht. Er hätte niemals einen Mann irgendwo hingeschickt, wo er notfalls nicht auch selbst hingegangen wäre, aber wenn er sah, daß jemand kniff, entließ er

ihn sofort. In seiner schwierigen Position zeigte er großen Takt, und es gelang ihm, sich selbst treu zu bleiben, trotz der Intrigen und Schmeicheleien der britischen Offiziere und immer wieder auftretender Schwierigkeiten mit den chinesischen Regierungsbeamten, die die Gründe des Generals für bestimmte Aktionen nicht immer richtig interpretierten ... Er war immer aktiv und wachsam und versuchte seine Streitkraft auszubauen, um das zu erreichen, was zu tun er sich für die chinesische Regierung vorgenommen hatte.«

Von Anfang an hatte Wards Entschlossenheit, den Job zu Ende zu führen, den er für die chinesische Regierung übernommen hatte, nicht nur die Vertreter der ausländischen Mächte und die korrupten chinesischen Beamten gegen ihn aufgebracht, sondern auch viele seiner eigenen Offiziere, deren erstes und oft einziges Ziel Sold und Raub waren. Dennoch gelang es Ward, selbst als die Ever Victorious Army expandierte, auf einmalige Art, die Männer im Griff zu behalten und das Beste aus ihnen herauszuholen. A. A. Hayes[16] schrieb über das Leben der Offiziere in der Armee: »Es war ein fürchterlicher Dienst. Ward schonte weder sich noch seine Untergebenen. Die Offiziere, immerhin hervorragende Leute unter den einheimischen Soldaten, litten schrecklich.« Ward hatte sich von den unzuverlässigsten ausländischen Offizieren getrennt, aber viele, die er wegen ihrer soldatischen Qualitäten behielt, frönten den gleichen Lastern, die bereits 1860 beinahe das Aus für seine erste Truppe bedeutet hätten. Ward hatte ein wachsames Auge auf sie und übte eine strenge Kontrolle aus. Als Beispiel führte Hayes den Artilleriekommandant der Armee an, einen hochqualifizierten Engländer namens Glasgow, der zuvor

> ... Unteroffizier in der britischen Armee gewesen und äußerst tapfer und geschickt war, sich aber zweimal durch

seine Exzesse eine Beförderung verscherzte. Eines denkwürdigen Tages, als er bereits unter Ward diente, stand seine Batterie im offenen Gelände und feuerte auf die Mauern einer Stadt. Da tauchte neben ihm sein schmächtiger, jungenhaft wirkender Kommandeur auf. »Die Batterie erzielt keine Wirkung«, sagte er, »rücken Sie hundert Yards vor.« Die Stellung bekam Flankenfeuer, und die Männer starben wie die Fliegen, aber gegen den Befehl gab es keinen Widerspruch. Glasgow zuckte mit den Schultern, nahm verstohlen einen Zug aus der Flasche und gab das Kommando. Nach einer halben Stunde konnte er das Feuer einstellen, denn der kleine Mann im blauen Gehrock befand sich mit dem Himmelfahrtskommando der Ever Victorious Army in der Mauerbresche.

Obgleich Ward Männer wie Glasgow mit Geschick einsetzte, hoffte er allen Berichten zufolge auf den Tag, an dem ihre Beschäftigung nicht länger nötig wäre. Schon im Frühjahr 1862 hatte er damit begonnen, vielversprechende chinesische Soldaten zu Unteroffizieren zu befördern; später wollte er, wie Admiral Hope nach Wards Tod mehrfach berichtete, »einige seiner besten [chinesischen] Hauptfeldwebel zu Kompanieführern ernennen«. Zumindest ein Mann, Wong Apo, wurde zu Wards Lebzeiten in Anbetracht seiner wiederholt bewiesenen Tapferkeit auf einen solchen Posten befördert. Wieder bot Ward mit seinem ungewöhnlichen Vertrauen in das militärische Können der Chinesen – eine Haltung, die seiner für die damalige Zeit ungewöhnlichen rassischen Unvoreingenommenheit entsprach – einen Ausblick auf eine Zukunft, in der es einer aufgeschlossenen chinesischen Oberschicht möglich sein würde, fortschrittliche westliche Methoden zu übernehmen.

Sein vorbehaltloses Eintreten für die Gleichberechtigung seiner chinesischen Soldaten machte Ward schließlich bei seinen Leuten beliebter als bei den westlichen Diplomaten, seinen eigenen Offizieren oder den chinesischen Beamten in Shanghai und Peking. Im März 1862 verkörperte die Ever Victorious Army fast alle Hoffnungen und Phantasien ihres Gründers: Sie war eine schlagkräftige, gut organisierte Einheit einheimischer Soldaten, die die modernsten westlichen militärischen Manöver beherrschte und ausführen konnte. Die Männer traten um 7 Uhr morgens zum Appell an, zweimal am Tag fanden zwischen den Übungen weitere Appelle statt, und um 6 Uhr abends wurden sie entlassen. Die verschiedenen Einheiten waren auf bestimmte Aufgaben spezialisiert: (Ende Sommer 1862 gab es ein Leichtes und ein Schweres Artilleriebataillon), ein Schützenbataillon, drei zusätzliche Infanteriebataillone und eine »Elitetruppe« aus ungefähr 600 besonders gut ausgebildeten chinesischen Stoßtruppsoldaten. Die Tüchtigkeit dieser Soldaten weckte selbst bei Nichtsympathisanten Hochachtung, wie dem Soochower Gelehrten Feng Kuei-fen.[17] Voller Bewunderung für das Verteidigungskarree der Ever Victorious Army schrieb Feng, daß die angetretene Formation aussehe »wie ein mit Nadeln gespickter Brotlaib«.

Die Armee wuchs und veränderte sich ständig. In seinem Bericht an den Thron nach der Schlacht um Ssuching hatte Hsüeh Huan dem Kaiser berichtet: »Ich, Euer Diener, habe Ward gelobt und ihm gesagt, er solle die Ever Victorious Army vergrößern, so daß uns für zukünftige Schlachten noch mehr fähige Soldaten zur Verfügung stehen.« Ward befehligte damals bereits annähernd 2000 Mann und bekam bald darauf die Erlaubnis, die Armee auf 3000 und mehr Soldaten zu erweitern. Einige Zeugen behaupten, Ward habe den Ehrgeiz gehabt, seine Streitmacht auf 25 000 Mann auszudehnen. Aber selbst die, die ihm wie Wu Hsü wohlgesinnt waren, erkannten, daß ein solches Heer in der Lage war, jede chinesische Armee zu besiegen. Wu selbst betonte daher, daß die »ideale Zahl für die *Changsheng-chun* 3000 ist« – groß genug für die vor ihnen liegende Aufgabe und klein genug, um sie kontrollieren zu können.

Kontrolle: Wie stets war dies die oberste Sorge der chinesischen Beamten auf Reichs- wie auf Provinzebene. Diese Sorge begann oder endete nicht damit, was die Ever Victorious Army tat; sie bestimmte das offizielle chinesische Urteil über Ward selbst. Die Eigenschaft, auf die man im kaiserlichen China vielleicht am meisten Wert legte, war Anpassung. Und trotz seines enormen persönlichen Charmes und seiner Geschicklichkeit im Disziplinieren von Soldaten lief Wards Abneigung, persönlich eine andere soziale oder politische Philosophie zu akzeptieren als seine eigene, auf einen enormen Mangel an Anpassungsbereitschaft und an Respekt vor einer übergeordneten Kontrolle hinaus. Deshalb war Peking am Ende unfähig, Ward als Person von den militärischen Reformen zu trennen, die er in der Ever Victorious Army durchgesetzt hatte. Das Ergebnis war, daß diese Reformen im chinesischen Reich keine Zukunft hatten.

Wards militärische Innovationen wurden ebenso wie die Tseng Kuo-fans von Peking lediglich als derzeit zweckmäßig angesehen. Die Ever Victorious Army war wie Tsengs Hunan Army und die Anhwei Army, die dieser Li Hung-chang unterstellt hatte, ihren Kommandeuren unerschütterlich treu ergeben; im Fall der Ever Victorious Army vielleicht mehr als dem Kaiser. Obgleich sich Ward China »untergeordnet« hatte, gehörte er wie Tseng nicht zur Elite der Manchu; schlimmer noch, er war von Geburt ein westlicher Barbar, was die Gefahr verdoppelte, die in der Loyalität seiner Truppe zu ihm lag. Hinzu kam, daß die Ever Victorious Army – wiederum wie Tsengs Truppe – im Grunde eher ein Instrument provinzieller als kaiserlicher Macht war; Peking hatte wenig Einfluß auf ihre Ausbildung oder ihre einzelnen Angriffsziele. Wenn daher auch das Mißtrauen, das Hsien-fengs Haltung gegenüber den Truppen Tseng Kuo-fans und Söldnern wie Ward bestimmt hatte, ohne Frage unter seinem Nachfolger T'ung-chih abgeflaut war, so schienen Prinz Kung und Tz'u-hsi dennoch fest entschlossen, alle derartigen Quellen dezentraler Macht wieder zu beseitigen, sobald die Bedrohung durch die Taiping abgewendet war.

Genau hier lag für die Manchu das Problem, für das es im Grunde keine Lösung gab: Die Rebellion konnte ohne Wards und Tsengs Armeen nicht beendet werden; je mehr Macht man also diesen Truppen gab, um so eher würde man Erfolg haben. Andererseits aber wurde damit auch ihre Auflösung nach dem Krieg schwieriger – vielleicht sogar unmöglich. Diese Gefahr war bei der Ever Victorious Army besonders akut, der sogar Tseng[18] mißtraute. Er entließ später Wards Truppen, die er als »hochmütig, zügellos und äußerst ungehobelt« bezeichnete, wobei er bemängelte, daß »ihre Erhaltung sehr teuer ist«. Der Stolz, den Ward seinen Leuten mit so viel Engagement eingeimpft und der sie zu unglaublicher Tapferkeit auf dem Schlachtfeld angespornt hatte, wurde für die chinesischen Behörden zu einer zusätzlichen Quelle des Mißtrauens. Ende März entschied Tseng deshalb, daß es höchste Zeit sei, Li Hung-changs Anhwei Army nach Shanghai zu schicken, um bei der

Verteidigung des Hafens zu helfen, und wenn nötig, die Ever Victorious Army zu überwachen.

Trotz all dieser sehr realen Sorgen heiligte jedoch noch immer der Zweck die Mittel in diesem längst noch nicht entschiedenen Krieg: Ende März hatte Peking nicht nur Ward und seine Ever Victorious Army sanktioniert, sondern auch den Einsatz regulärer ausländischer Soldaten. Tseng-Kuo-fan protestierte zwar weiterhin gegen den Einsatz solcher Truppen im Landesinneren, aber Peking hatte begonnen, über die Möglichkeit einer gemeinsamen Aktion von Tsengs Armee, den Leuten Wards und vielleicht sogar ausländischen Truppen bei Soochow und schließlich Nanking nachzudenken. Allerdings wirkten Chinas Herrscher bei ihren Überlegungen ausgesprochen nervös, und ihr Verhalten dokumentierte eine Angst vor Verrat, die ihn fast herausforderte. Anscheinend war man sich bewußt, daß sich Wards Bindung an China nicht unbedingt mit seiner Ergebenheit für die Manchu-Dynastie deckte, und so war die kaiserliche Clique beständig auf der Hut vor irgendwelchen Anzeichen einer Unaufrichtigkeit des Kommandeurs der Ever Victorious Army. Die Folge war, daß man in Peking – vielleicht verständlicherweise – viel Wesens um Ereignisse und Berichte machte, die im Grunde belanglos und bisweilen sogar trivial waren, während man seine wirklichen Leistungen für das Reich erst nach seinem Tod voll würdigte – als es ungefährlich war, dies zu tun.

Ein Zwischenfall zu Beginn des Jahres 1862 illustriert, wie eine militärisch zweckmäßige Aktion in Peking unbeabsichtigt tiefe Bestürzung auslösen konnte. Laut Dr. Macgowan sah sich eine mit Beute beladene Rebellengruppe plötzlich von Wards Leuten umstellt. In einem kurzen, heftigen Kampf wurden die Rebellen besiegt, und Ward befahl, ihre Boote samt Inhalt zu verbrennen. Inzwischen hatten sich die Dorfbewohner versammelt und hofften, nun ihrerseits die Rebellen ausrauben zu können; an ihrer Spitze ein Mandarin mit blauem Knopf. Ward erklärte, er werde keine Plünderungen dulden, aber der Mandarin setzte sich über seine Weisung hinweg und bedrängte mit seinen Dorfbewohnern die geschlagenen Rebellen. Daraufhin befahl Ward einem seiner Soldaten, den Mandarin zu erschießen. Aber nach Dr. Macgowan »wurde der Befehl mit Bestürzung aufgenommen. Der Chinese weigerte sich – zum Teil, weil der Mandarin nur das tat, was jeder von ihnen selbst gern getan hätte, vor allem aber, weil für ihn die Tötung eines Offiziers [Mandarins] einem Vatermord gleichkam. Daraufhin erschoß Colonel Forester den Missetäter – und der moralische Effekt war heilsamer als die Erschießung einer ganzen Gruppe von Soldaten.«

Macgowans Wendung – »einem Vatermord gleichkam« – war keine Übertreibung: Die spontane Exekution eines hochrangigen Mandarins vor einer großen Anzahl chinesischer Soldaten und Dorfbewohner war eine offene Verletzung der konfuzianischen Ordnung, auch wenn das Verhalten des Mannes und die Aufrechterhaltung der militärischen Disziplin dies erforderte. Peking, das nur allzu bereit war, in Wards Verhalten Anzeichen zu entdecken, die eindeutig auf Respektlosigkeit und sogar Treuebruch hindeuteten, mußte sich durch eine solche Aktion provoziert fühlen, während es Ward lediglich um Chinas innere Stabilität ging.

Auch Wards Hang, jeweils ausführliche Erklärungen über seine Armee und seine eigenen Absichten abzugeben, ließ die Manchu nach Ansicht vieler Autoren an seiner Loyalität zweifeln. A. A. Hayes erinnerte sich später, daß Ward »gewöhnlich über seine Absichten etc. unbekümmert drauflos redete«. Auch Admiral Hope stellte im Sommer 1862 fest, daß Ward »gelegentlich ein wenig zu schnell über das redet, was er vorhat – eben typisch amerikanisch«. Ironischerweise könnte gerade sein Umgang mit chinesischen Offizieren und Beamten Ward in dieser Richtung bestärkt haben: Marktschreierische, durch nichts begründete Selbstglorifizierung war ein Hauptmerkmal der chinesischen Bürokratie. Auf jeden Fall gelang es Ward im Sommer 1862, den westlichen Ausländern in Shanghai einige großartige Visionen über seine Pläne zu vermitteln. Und während er dies möglicherweise nur deshalb tat, um erst einmal die Wirkung solcher Aussagen zu testen (so wie er sich vom Salemer Kai ins Wasser fallen ließ, um die Reaktion der Erwachsenen zu beobachten), nahm Peking sein Gerede ausgesprochen ernst. Hayes stellte fest, »daß Ward in eine Position aufgestiegen ist, die nie zuvor irgendein Ausländer in chinesischen Diensten erreichte« (eine Position, die Pekings Befürchtungen nur verstärkte), und fuhr dann fort, daß »er eine nie dagewesene Förderung erfuhr und sicher war, daß er nach der von ihm erwarteten Eroberung von Nanking in den Rang eines Prinzen kaiserlichen Gebluts erhoben würde. Tatsache ist ebenfalls, daß sich sein ganzer Ehrgeiz auf die Restauration der alten chinesischen Dynastie richtete, nachdem der Thron so lange von den tatarischen Eroberern besetzt worden war.«

Dieses Gerücht, das durch nichts bewiesen war, aber von Hayes so unbekümmert als »Tatsache« berichtet wurde, war unter den westlichen Ausländern in China weitverbreitet: Tseng Kuo-fans berühmtester Biograph war nur einer der Beobachter, der bestätigte, daß »es viele gibt, die glauben, daß [Ward] einen Plan hegte, für sich selbst in China ein Reich aufzubauen«. Die chinesische Regierung, die ihre Spione überall in den Ausländersiedlungen hatte, muß über dieses Gerede informiert gewesen sein, und man kann sich die Aufregung in der Verbotenen Stadt gut vorstellen.

Bezeichnenderweise antwortete die kaiserliche Regierung auf Wards »Mangel an Zurückhaltung« mit dem Versuch, eine stärkere Kontrolle über ihn auszuüben. Aus diesem Grund hatte die gesamte Korrespondenz zwischen Hsüeh-Huan und dem Thron über Wards Anerkennung als chinesischer Untertan, seine Erhebung in den 3. Mandarinrang und seine Ernennung zum Brigadegeneral zwei Seiten. Nach außen hin und sehr augenfällig wurden Wards Leistungen für die kaiserliche Sache gewürdigt, aber dahinter verbarg sich die – weit wichtigere – Hoffnung, daß diese Ehrungen und Belohnungen Ward letztlich vollständig unter die Gewalt der Manchu zwingen werde. Dieses Vorgehen entsprach Prinz Kungs Überlegung, daß China nichts von seiner Macht abgab, wenn es mit den westlichen Ausländern – beiderseits einzuhaltende – Verträge schloß, sondern im Gegenteil eine größere Kontrolle über die Vertragshäfen gewann.

Beide Taktiken erwiesen sich bis zu einem gewissen Grad als erfolgreich. J. K. Fairbanks hat sicher recht, wenn er das chinesische Vertragssystem des 19. Jahrhunderts als eine Fortsetzung des alten Tributsystems betrachtet – zumindest, was die Chinesen angeht. Unter diesem Aspekt waren die Schaffung des Tsungli Yamen (des kaiserlich chinesischen »Hauptamtes für die Verwaltung der auswärtigen Angelegenheiten«) und die umfangreichen Ballanceakte Prinz Kungs nicht so sehr Konzessionen an den Westen als vielmehr ausgeklügelte Versuche, »die Männer von weither zu befrieden und zu kontrollieren«, wie es ein kaiserliches Edikt ausdrückte. Selbstverständlich bedeuteten diese Bemühungen keineswegs, daß die Chinesen die Überlegenheit der westlichen Kultur oder ihrer Geschäftsmethoden akzeptierten. Wie Fairbanks feststellte, »veränderten die Verträge als solche nicht das Weltbild der Chinesen. Für China repräsentierten sie die Überlegenheit der westlichen Macht, aber darin lag keine Anerkennung der westlichen Vorstellung von der Überlegenheit ihrer Gesetze.«

Auch Kungs und Tz'u-hsis Verhalten gegenüber Ward und Burgevine (der Wards Beispiel gefolgt war und nicht nur um die chinesische Staatsbürgerschaft ersucht, sondern ebenfalls eine Chinesin geheiratet hatte) spiegelte unterschwellig die gleiche Haltung. Fairbanks Zusammenfassung der Ergebnisse, die Peking durch sein komplexes System von Belohnung und Beförderung der beiden Amerikaner zu erreichen hoffte, ist es wert, ausführlich zitiert zu werden:[19]

Die Karriere einzelner Söldner, wie z. B. die von Frederick Townsend Ward, verläuft stets nach folgendem Schema: Zunächst beweist der ausländische Abenteurer seine Tapferkeit und Hingabe an die kaiserliche Sache, indem er mit Feuereifer und Wagemut gegen die Rebellen kämpft, selbst auf die Gefahr hin, ernsthaft verwundet zu werden. Dann bittet er um die »chinesische Staatsbürgerschaft«, d. h. um die Aufnahme in das chinesische Bevölkerungsregister, womit er auf den Rechtsschutz des eigenen ausländischen Konsuls verzichtet. Zusätzlich unterwirft er sich den chinesischen Bräuchen – trägt z. B. chinesische Kleidung – und heiratet vielleicht sogar eine Chinesin. Schließlich verleiht man ihm einen chinesischen militärischen Rang und integriert ihn in die Führung der Armee.

In allen ihren Beziehungen zu ausländischen Militärs betrachten es die Ch'ing [Manchu]-Beamten als unabdingbare

Voraussetzung, daß man kaiserlicher Offizier sein muß, bevor man eine Truppe chinesischer Soldaten kommandieren kann. Dieser Rang wird persönlich vom Kaiser verliehen – wie jedem Ch'ing-Beamten. Als Gegenleistung erwartet man von ihm, daß er respektvoll, unterwürfig, dankbar und treu ist. Soweit wie möglich nimmt man ihn in den chinesischen Kulturkreis auf – parallel zu seiner Unterwerfung unter die chinesischen Machtstrukturen. Wenn man Ward und Burgevine glaubt, daß sie sich der ›Zivilisation zugewandt‹ und allem Anschein nach ihre Untertanenpflicht gegenüber ihrem Heimatland aufgekündigt hatten, so ist dies ein ernster und wichtiger Punkt. Ob sie aus Opportunismus gehandelt haben oder ob es ihnen wirklich ernst ist, wird man abwarten müssen, aber die Tatsache, daß sie fast als einzige aus der damaligen Ausländergemeinde um Registrierung als chinesische Untertanen ersucht haben, hat es möglich gemacht, daß sie eine strategisch wichtige Streitmacht in einem entscheidenden Frontabschnitt Chinas befehligen. Die Ch'ing-Beamten überwachen sie mit Hilfe persönlicher Beziehungen, die das Kernstück jeder Kontrolle in der chinesischen Bürokratie sind.

Natürlich entsprach dies nicht der wirklichen Situation, aber die chinesischen Herrscher wünschten, daß ihr Volk und die übrige Welt die Dinge so sahen. Die kaiserliche Clique stellte sich konsequent so dar, als leite *sie* Kommandeure wie Ward – wie auch generell alle Aktionen gegen die Taiping-Rebellen –, statt von *ihnen* geleitet zu werden. Aber in Wirklichkeit war die kaiserliche Taktik, was Ward, die Ever Victorious Army und den chinesischen Bürgerkrieg anging, fast immer reaktiv. Niemals wurden spezifische Ziele oder Neuerungen im voraus geplant, Personen gefunden, um sie durchzusetzen, oder Resultate erzielt, die mit dem ursprünglichen Plan übereinstimmten. Von den ersten Tagen von Tseng Kuo-fans Hunan Army bis zur Aufstellung von Wards Ever Victorious Army hinkten die Kaiser und ihre Rat-

geber in der Verbotenen Stadt immer einen Schritt hinter den Ereignissen her und versuchten, die Kontrolle über Männer und Entwicklungen zu behalten, die ihnen stets voraus waren.

Im Fall Ward enthüllt eine sorgfältige Prüfung der Einzelheiten seiner Einbindung in den chinesischen »Kulturkreis« und die kaiserlichen »Machtstrukturen« das erstaunliche Ausmaß, zu dem er seine Beziehungen zur chinesischen Regierung nach eigenen Vorstellungen gestaltete. Sicher, Ward bewies »seine Tapferkeit und Hingabe an die kaiserliche Sache, indem er mit Feuereifer und Wagemut gegen die Rebellen kämpfte«, aber er tat dies gegen ein vereinbartes Entgelt. Die Rückeroberung von Städten trug ihm laufend stattliche Prämien ein (wobei er unklugerweise gelegentlich statt Bargeld Schuldscheine seiner Förderer akzeptierte), und dieses Verfahren wurde von der kaiserlichen Regierung sehr übelgenommen. Zugleich ersuchte Ward um die chinesische Staatsbürgerschaft, verachtete aber die Habsucht und Feigheit seiner chinesischen Oberen und ließ sogar einmal einen Mandarin exekutieren: eine schwere Verletzung der konfuzianischen Ordnung.

In der Befolgung chinesischer Bräuche war Ward alles andere als zuverlässig. Er respektierte alles, was er bewundernswert oder nützlich fand, aber er weigerte sich standhaft, seinen kaiserlichen Herren den Gefallen zu tun, sich die Stirn auszurasieren oder chinesische Kleidung zu tragen. Er legte seine Mandarinrobe nur ein einziges Mal an, und zwar allein aus Respekt gegenüber seiner Frau und ihrer Familie – eine Tatsache, die seine Vorgesetzten in Peking geärgert haben muß. Und Ward trug nicht nur selbst weiterhin westliche Kleidung, er verordnete auch seinen Soldaten westliche Uniformen und brachte ihnen englische Exerzierkommandos bei.

Die »imitierten fremden Teufel« – oder wie der Chung Wang sie nannte: »Teufelssoldaten« – waren anfangs hierüber und über den Spott ihrer chinesischen Landsleute nicht sehr begeistert, doch der Erfolg in der Schlacht machte sie sehr stolz – und verstärkte Pekings Unbehagen ihnen gegenüber.

Ward heiratete eine Chinesin, aber Chang-mei war die Tochter eines Kaufmanns aus Chekiang, der in Peking nicht sehr hoch angesehen war und außerdem eine Frau »die Unglück brachte« (die kaiserliche Clique und besonders Tz'u-hsi waren überaus abergläubisch). Und die Verleihung der Mandarinwürde war ebenso sehr Ausdruck der Besorgnis wie der Anerkennung. Das Kommando über »eine strategische Streitmacht in einem entscheidenden Frontabschnitt Chinas« hatte Ward schließlich bereits vor der Entscheidung Pekings über seine Einbürgerung inne. Wie stets waren die Herrscher Chinas gezwungen, Wards Wünschen nachzugeben, damit er weiterkämpfte. Nachträglich versuchten dann die kaiserlichen Edikte, den Eindruck zu erwecken, die Regierung habe schon immer den Plan verfolgt, Wards Entwicklung zu einem loyalen chinesischen Untertan voranzutreiben. Seine Beförderungen wurden als die selbstverständliche Belohnung für den erfolgreichen Abschluß eines Prozesses hingestellt, über den Peking stets die Kontrolle ausgeübt hatte. In Wahrheit hatte Ward durch kluges Taktieren ein solches Maß an Einfluß und Unabhängigkeit erlangt, wie nicht einmal ein einheimischer Offizier vor ihm, und die kaiserliche Regierung weitgehend in ihrer Handlungsfreiheit eingeschränkt.

Aber bedeutete dies, daß Ward illoyal war oder vorhatte, eines Tages eines der »zehn Greuel« zu begehen, einen Umsturz? Mit Sicherheit hatte Ward den Interessen Chinas stets treu gedient, aber Chinas Interessen und die der Manchu-Elite klafften bereits weit auseinander. Dennoch roch keine von Wards Aktionen nach Verrat an den Manchu. Sein »leichtsinniges« Gerede in Shanghai enthielt anscheinend gelegentlich Hinweise auf die Wiedereinsetzung einer einheimischen chinesischen Dynastie mit ihm selbst als dem starken Mann im Hintergrund, aber solche Äußerungen lassen sich leicht mit seiner Frustration über »schurkische« kaiserliche Beamte erklären. Oder ist es möglich, daß er ernsthaft vorhatte, ein eigenes Fürstentum zu errichten? Wer meint, daß ihm solche Ambitionen völlig fremd waren, »kannte General Ward nicht«, um einen Satz von A. A. Hayes zu zitieren.

Diese stets vorhandene Unsicherheit ließen seine Aktionen in einem schillernden Licht erscheinen, was erklärt, warum die nach Wards Tod herausgegebenen kaiserlichen Edikte gleichermaßen Bedauern wie Erleichterung zeigten. Peking konnte zwar mit Sicherheit nur schwer auf Wards Dienste verzichten, dafür aber sehr gut auf die ständig durch ihn verursachte Aufregung. Bereits im Frühjahr 1862 wurden diese Spannungen auf provinzialer Ebene deutlich: Im April schrieb Hsüeh Huan an den Thron und äußerte Kritik an Wards Verhalten während der Kämpfe um Kai-ch'iau und Hsiao-t'ang. Sicherlich versuchte Hsüeh, seine eigene militärische Inkompetenz und die der ihm unterstellten Kommandeure zu entschuldigen, indem er Ward angriff, aber sein Schreiben zeigt auch das Dilemma, in dem sich die Regierungsbeamten befanden:[20]

Was die Tatsache angeht, daß Ward die Hilfe unserer Armee bei seinen gemeinsamen Aktionen mit den britischen und französischen Truppen abgelehnt hat, bei der sie die Befestigungsanlagen der Rebellen von Kao-ch'iau und Hsiao-t'ang stürmten, so geschah dies, weil Ward seine eigene Tüchtigkeit demonstrieren und den Sieg für sich allein wollte... Alles in allem ist die Ever Victorious Army jetzt 3000 Mann stark. Nach dem, was ich bisher von Ward gesehen habe, ist dies die höchste Zahl, die er befehligen kann. Ich fürchte, wenn es noch mehr werden, wird er sie nicht mehr gründlich ausbilden können. Außerdem gibt es noch etwas, daß ich, wie ich meine, berichten sollte, obgleich es sich vielleicht nur um einen übertriebenen Verdacht meinerseits handelt. Ward ist Amerikaner... Ich war der Meinung, daß es schwierig ist, in diesem Krieg gegen die Rebellen fähige Generäle zu finden, und so habe ich zu seinen Gunsten mehrere Bittgesuche an den Thron gerichtet. Aber seit kurzem habe ich bemerkt, daß Ward immer arroganter wird und die Ever Victorious Army wie sein Eigentum behandelt. Er selbst entscheidet über ihre Aktionen. Wann immer es zur Schlacht kommt, beginnt er den Angriff, bevor er einen offiziellen Befehl dazu erhalten hat. Sein Ungehorsam ist offensichtlich. Und nach jedem Kampf fordert er eine saftige Belohnung, und es ist nicht leicht, seinen Appetit zu stillen. Es ist bekannt, daß Ausländer Geld und Ruhm lieben, aber Wards Charakter ist zu extrem, und sein Herz ist schwer zu ergründen. Ich, Euer Diener, wage nicht zu garantieren, daß er [in seiner Loyalität] beständig sein wird, und ich werde versuchen, seine Macht generell einzuschränken und seine Arroganz zu beschneiden. Wenn seine Armee zu groß wird, könnte es gefährlich werden.

Ward ging über diesen wachsenden Widerstand mit typischem Selbstvertrauen hinweg. Er behandelte die Ever Victorious Army weiterhin »als gehöre sie ihm« und überwachte streng ihr Training und ihre Ziele. Jede seiner Aktionen ließ erkennen, daß er in China bleiben und sein Betätigungsfeld noch ausdehnen wollte: Seine Geschäftsbeziehungen zu Yang Fang wurden immer erfolgreicher und umfaßten immer mehr Flußdampfer. Auch der Bau seines Hauses in Shanghai machte Fortschritte. Im Spätfrühling schrieb er glücklich an seinen Bruder Harry[21] in

New York: »Ich habe vor einiger Zeit die ›Martin White‹, einen kleinen Schleppdampfer, für 41 000 Taels gekauft und sie auf dem Fluß eingesetzt, wo sie schnell Geld verdient, wie man mir berichtet. Ich hatte noch keine Zeit, die Rechnungen zu überprüfen, glaube aber, daß sie mir monatlich 4–5000 Taels einbringen wird. – Der Bau meines Hauses auf dem französischen Teil des Bund nimmt Gestalt an, ein schönes Grundstück mit ca. 113 Meter Front, und ich denke, ein Haus von 30,5 x 29 m wird gut dorthin passen. Das Baumaterial kommt von überall aus der Provinz und kostet mich nur wenig.« Dieses Haus war nicht nur für einen vorübergehenden Aufenthalt geplant, wie er ein paar Wochen später in einem weiteren Brief an Harry betonte: »Mein Haus macht langsam Fortschritte; ich habe es mir gestern abend angesehen – die Grundmauern sind bereits 4 Meter hoch, und das Ganze wird in 4 Monaten fertig sein. Preis 34 000 Taels [fast 55 000 Dollar].« Offensichtlich dachte Ward bereits an die Zeit nach der Niederlage der Taiping-Rebellen, wenn er in der Lage sein würde, erheblich mehr Zeit in Shanghai zu verbringen.

Aber als Ward diese Briefe schrieb, lag der Zusammenbruch des Himmlischen Reiches noch in weiter Ferne und war nicht einmal sicher. Von seiner luxuriösen Residenz in Soochow aus betrachtete der Chung Wang mit tiefer Sorge die Rückschläge, die seine Armeen zu Beginn des Jahres 1862 in der Provinz Kiangsu hinnehmen mußten. Mitte März gab er seinen Feldkommandeuren im Gebiet um Shanghai Befehl, die Stellungen zu halten und auf seine Ankunft zu warten: Der Chung Wang wollte wieder selbst in den Krieg ziehen und seine Truppen nach Shanghai hineinführen, um die Hafenstadt ein für allemal der Herrschaft der Taiping zu unterwerfen. Der Zugriff auf Shanghais Reichtum und auf seine Handelsbeziehungen war die letzte reale Chance des Rebellengenerals, seiner Sache neues und vielleicht dauerhaftes Leben einzuhauchen. Und der einzig ernstzunehmende Widerstand, den er zu erwarten hatte, ging von den geheimnisvollen Teufelssoldaten Huas und einer Handvoll regulärer ausländischer Soldaten aus.

VII

»An das feindliche Feuer gewöhnt...«

So sehr den Chung Wang die wiederholten Niederlagen alarmierten, die seine Truppen durch Wards disziplinierte Chinesen und ihre ausländischen Verbündeten zu Beginn des Frühjahrs 1862 hatten hinnehmen müssen, so wurde seine Entscheidung, Shanghai erneut anzugreifen, wahrscheinlich ebenso sehr – wenn nicht noch mehr – von den Entwicklungen innerhalb der Taiping-Hierarchie beeinflußt. Seine eigene Macht hatte nicht nur die Eifersucht des zunehmend in sich gekehrten und labilen T'ien Wang geweckt, sondern auch die anderer hoher Rebellenführer und seiner eigenen Offiziere. »Der T'ien Wang«, schrieb der Chung Wang[1] später, »sah, daß ich jetzt eine große Armee hatte, und fürchtete, ich könnte geheime Pläne verfolgen – außerdem intrigierten eifersüchtige Minister gegen mich... Meine untergebenen Offiziere waren wütend und hegten Groll in ihrem Herzen... Alle dachten nur an ihre eigene Zukunft und brachten Verwaltung und Vorschriften in Unordnung.« Mit der Eroberung Shanghais wollte der Chung Wang nicht nur dem T'ien Wang seine Loyalität beweisen, sondern zugleich den ehrgeizigen Rebellengenerälen zeigen, daß er immer noch der machtvollste Kommandeur des Himmlischen Reiches war, ein tödlicher Gegner in jedem internen Machtkampf, wie er bereits in den 1850er Jahren die Rebellenarmeen dezimiert hatte.

Aus allen diesen Gründen zeichnete sich der Ostfeldzug des Chung Wang im späten Frühjahr und Sommer 1862 durch mehr Nachdruck und Entschlossenheit aus als sein Angriff auf die Provinz Kiangsu zwei Jahre zuvor. Im März 1862 rückten die Taipingtruppen jedoch noch nicht mit fanatischer Hingabe vor: Am 18. schrieb der Chung Wang beispielsweise an den Rebellenkommandeur in dem nordwestlich von Shanghai gelegenen Chia-ting, er solle nicht die Kaiserlichen angreifen, sondern seine gegenwärtige Stellung verstärken. Chia-ting war ein wichtiges Glied in der Kette von Städten, die auf dem von Ward und Hope festgelegten 30-Meilen-Radius um Shanghai lagen, und der Chung Wang konnte sich ausrechnen, daß die Kaiserlichen den Ort demnächst angreifen würden. Außerdem forderte er den Kommandeur von Chia-ting auf, befestigte Feldlager um Chia-ting und Ch'ing-pu herum anzulegen, die die große Zahl der Taiping-Soldaten aufnehmen sollten, mit denen der Chung Wang ins östliche Kiangsu zurückkehrte. Alle diese Vorbereitungen zielten darauf ab, Sung-chiang als Operationsbasis von Wards lästigen Teufelssoldaten endlich zu beseitigen, so daß der Chung Wang seine gesamte Streitmacht gegen Shanghai in Marsch setzen konnte, ohne sich über ein Widerstandsnest in seinem Rücken Gedanken machen zu müssen.

Ward und Hope waren sich der extremen Gefahr bewußt, die entstand, wenn es den Taiping gelang, sich in der Nähe von Shanghai fest zu verschanzen. Ihre Meinung wurde von dem neuen britischen Armeekommandeur General Sir Charles Staveley geteilt, der Ende März nach Shanghai kam, um Sir John Michel abzulösen. Staveley brachte weitere Truppen mit, wodurch sich die Zahl der britischen Soldaten in der Hafenstadt auf 2500 erhöhte – etwa die Hälfte aller britischen Soldaten in China. Noch wichtiger war, daß Staveley zusätzliche Artillerieeinheiten aus dem Norden nach Shanghai verlegte, darunter einige Batterien mit neuen englischen Armstrong-Kanonen, Zwölfpfündergeschütze mit gezogenem Rohr und Hinterladermechanismus, den absolut besten Kanonen in ganz China. Die Armstrongs konnten ihre hochexplosiven Geschosse weiter, genauer und schneller hintereinander abfeuern als andere Kanonen und hatten ihren Wert bereits während der Peking-Kampagne bewiesen. Sie wurden schon bald die gefürchtetsten Waffen auf dem Shanghaier Kriegsschauplatz.

Staveley, der direkt aus seinem Ausbildungslager für kaiserliche Truppen in Tientsin kam, betrachtete Wards Ever Victorious Army zunächst sehr skeptisch. Mit seiner latenten Eifersucht und seinem Verdacht gegenüber Ward stand Staveley nicht nur im Gegensatz zu den anderen alliierten Offizieren in Shanghai, wie den Admirälen Hope und Protet, sondern auch zu den meisten englischen Diplomaten in China. Im März hatte sich fast jeder Repräsentant der Krone bis hinauf zu Frederick Bruce dem Standpunkt Sir John Michels angeschlossen, daß Wards Truppe – unabhängig von seinen persönlichen Motiven und Zielen – eine äußerst wichtige Rolle bei der Stärkung und Reformierung der kaiserlichen chinesischen Regierung spielen konnte – und dies bereits tat.

Obgleich Frederick Bruce noch immer der Meinung war, daß die Taiping ein guter Ansporn waren, um die Manchu zu Reformen zu bewegen, schrieb er am 26. März an das britische Außenministerium, daß »wahrscheinlich eher durch Chinas Schwäche als durch seine Stärke ein neues Problem im Fernen Osten entstehen wird«.[2] Am selben Tag schrieb Bruce an Hope und schlug ihm eine dritte Reise nach Nanking vor, um erneut mit den Rebellen über Garantien gegen eine Behinderung des freien Warenverkehrs zu verhandeln. Angesichts der inzwischen von der britischen und französischen Regierung demonstrierten Entschlossenheit, deren Raubzüge nicht länger zu dulden, glaubte Bruce, daß die Taiping »eher zur Vernunft neigen würden« als in der Vergangenheit. Des weiteren schlug Bruce vor, »in Foochow, Kanton etc. Corps aufzustellen wie das von Mr. Ward, um die Bevölkerung gegen Marodeure zu schützen und den in die Tausende gehenden unnützen Pöbel zu ersetzen, der jetzt die Staatsmittel verschlingt«. Bruce' Idee von einer dritten Reise nach Nanking wurde nicht weiterverfolgt – Hope kämpfte sehr viel lieber gegen die Taiping, als daß er mit ihnen redete. Aber in seinem Brief vom 26. März an Außenminister Lord Russell wiederholte und vertiefte Bruce seinen zweiten Vorschlag, der bald zu wichtigen Resultaten führte.

»In der von Mr. Ward aufgestellten und angeführten chinesischen Truppe«, stellte Bruce fest, »sehe ich den Kern und Beginn einer militärischen Organisation, die sich in dem zerrissenen chinesischen Staat als höchst wertvoll erweisen könnte. Falls die Regierung klug genug ist, seine Reformen zu übernehmen, könnte sie sich selbst retten; wenn nicht, wird die Aufstellung einer solchen Truppe in den Haupthäfen auf jeden Fall deren Zerstörung verhindern.« Die 40 000 kaiserlichen chinesischen Soldaten in und um Shanghai bezeichnete er als »eine mehr als nutzlose Horde« und meinte, daß man die für ihren Unterhalt benötigten Gelder besser dazu verwenden sollte, »eine disziplinierte 20–25 000 Mann starke Truppe auszurüsten und zu besolden, der keine Rebellenarmee widerstehen könnte«. Natürlich hätte auch keine kaiserliche chinesische Armee eine

Chance gegen sie gehabt, weshalb Peking entschlossen war, ihre Aufstellung zu verhindern. Aber derartige Überlegungen der Manchu um ihren Machterhalt machten Bruce nur wütend, der fortfuhr, »mit Nachdruck« vorzuschlagen, »daß sofort aus Indien 10 000 Musketen mit glattem Lauf an Wards Männer geliefert werden. Ich meine ferner, daß man ihnen diese Waffen kostenlos überlassen oder die Bezahlung stunden sollte.«

Dann verriet Bruce, wie vollkommen er inzwischen seine Meinung über Wards Aktivitäten geändert hatte und wie sehr er deren weitreichendere politische und diplomatische Konsequenzen begrüßte: »Man könnte gegen die von mir in diesem oder anderen Berichten empfohlene Politik einwenden, daß es gefährlich werden könnte, in China ein bewährtes militärisches System zu etablieren. Meine ehrliche Ansicht dazu ist, daß jedes diesbezügliche Risiko weit geringer ist als die wirtschaftliche und politische Gefahr, die uns aus der sich ungehemmt in ganz China ausbreitenden Anarchie erwächst.« In den Augen des britischen Chefdiplomaten in China hatte sich Ward damit vom Unruhestifter des Jahres 1860 in einen äußerst nützlichen Verbündeten des Jahres 1862 gewandelt. Dieses Umdenken vollzog sich zeitgleich mit der Erkenntnis der Provinzbeamten und der kaiserlichen Clique in Peking, daß Ward möglicherweise eine Gefahr für die Herrschaft der Manschu bedeute. Er selbst konnte nur feststellen, daß diese parallelen Entwicklungen ihn zwangen, wieder aktiv zu werden, und zwar schnell: Wenn er die gegenwärtige Begeisterung der Westmächte für seine Armee ausnutzte und mit den unlängst verstärkten ausländischen Truppen zusammen agierte, konnte er wichtige Siege erringen, die seine Kritiker in der kaiserlichen Regierung zum Schweigen bringen würden. Und so verabschiedete sich Ward in der ersten Aprilwoche von seiner jungen chinesischen Frau und führte mit seiner Ever Victorious Army eine Reihe von Überfällen gegen die Rebellen durch, die mit Angriffen von Hope, Staveley und Protet koordiniert waren.

Am Donnerstag, den 3. April, zog General Staveley 1000 Mann aus drei Regimentern ab – dem Ninety-ninth, der Fifth Bombay Native Infantery und der Twenty-second Punjab Native Infantery, alles Einheiten, die in den kommenden Wochen in heftige Kämpfe mit den Taiping verwickelt wurden – und marschierte mit ihnen von Shanghai nach Südwesten zu der verlassenen Stadt Chi-pao. In Chi-pao traf er sich mit etwa 450 Marinesoldaten und Seeleuten unter dem Oberkommando von Admiral Hope. Einige Marineeinheiten wurden von Offizieren befehligt, deren Namen in den britischen Berichten über die Aktionen gegen die Taiping nun immer häufiger auftauchten: Captain George Willes, der unerschrocken die Befestigungen und die Bewaffnung der Rebellen in Wu-sung auskundschaftete, nachdem er zuvor auch Kao-ch'iau ausspioniert hatte; Captain John Borlase von der *Pearl*, der binnen kurzem im Kampf gegen die Rebellen soviel Entschlossenheit zeigte, daß er Hope Konkurrenz machte; und Captain John Holland von den Royal Marines, einem kampflustigen Offizier mit einer krankhaften Vorliebe für brutale Gewalt und einem entsprechenden Abscheu hinsichtlich taktischer Überlegungen.

In Chia-pao stießen zu der britischen Armee noch mehrere hundert von Wards Soldaten sowie 300 französische Marinesoldaten und Seeleute unter Admiral Protet. Und schließlich traf noch Adrien Tardif de Moidreys franko-chinesisches Corps mit einem halben Dutzend Haubitzen und Geschützen ein. Die Briten hatten etwa

10 Kanonen mitgebracht, darunter mehrere von Admiral Hopes großen Schiffskanonen, sowie Staveleys verheerende Armstrongs. Insgesamt war die vor Chi-pao versammelte Streitmacht ungewöhnlich stark. Am Morgen des 4. April brach sie direkt nach Westen auf, in Richtung auf die Rebellenbastion Wang-chia-ssu.

Obgleich die Stadt keine Mauern hatte, war Wangchia-ssu von einem gewaltigen Festungswerk umgeben, das der jüngsten Entscheidung des Chung Wang entsprach, im östlichen Kiangsu keinen Fußbreit Boden zu verlieren. Vielleicht hatten die Taiping daraus gelernt, daß ihre Festungen für sie selbst mehrfach zur Falle geworden waren; jedenfalls hatten sie nicht nur eine, sondern eine ganze Serie von Palisaden errichtet, und jede einzelne mit den üblichen, mit Bambusspeeren gespickten Gräben umgeben. Diese miteinander verzahnten Palisaden erlaubten den verschiedenen Rebelleneinheiten – alles in allem etwa 5000 Mann –, sich gegenseitig zu unterstützen. Gleichzeitig aber besiegelte die Eroberung einer Palisade – wegen ihrer Eigenständigkeit – noch nicht das Schicksal der anderen. Das Ganze war ein eindrucksvolles Beispiel für die Tüchtigkeit der Chinesen im Bau von Verteidigungsanlagen, die für die alliierten Streitkräfte zu einem echten Prüfstein wurden.

Der generelle Schlachtplan der Alliierten für Wangchia-ssu sah einen gleichzeitigen Angriff von Westen und Norden vor; man vermutete, daß die Rebellen daraufhin nach Süden fliehen würden, wo Ward sie empfangen sollte, der mit weiteren 1000–1500 Soldaten von Sung-chiang her anrückte. Zunächst verlief alles nach Plan: Um 8 Uhr morgens hob sich der dichte Nebel und enthüllte Hunderte von Taiping, die auf den sich über zwei Meilen erstreckenden einzelnen Palisaden drohend ihre Banner schwenkten. Die französische und britische Artillerie eröffnete gemeinsam mit Tardif de Moidreys Geschützen sofort ein verheerendes Feuer. Die Kanonade dauerte eine halbe Stunde. Anfangs versuchten die Rebellen, das Feuer mit großen Musketen und kleineren Geschützen zu erwidern, aber schließlich gaben sie auf, und aus einigen der Palisaden flohen bereits die ersten Taiping-Soldaten. Allerdings war die Hauptmacht der Ever Victorious Army nirgends in Sicht. Soweit Wards Männer schon vor Ort waren, wurden sie hinter den fliehenden Rebellen hergeschickt, doch obgleich sie nach einem im *North China Herald*[3] veröffentlichten Augenzeugenbericht ein erhebliches Blutbad unter den Flüchtlingen anrichteten, konnten die meisten Rebellen entkommen. Um 10 Uhr 30 befanden sich die Taiping in voller Flucht vor einem Frontalangriff der britischen Truppen, aber Wards Hauptstreitmacht war immer noch nicht aufgetaucht, und die Rebellen konnten sich ungehindert nach Süden in Sicherheit bringen.

Ob Ward von einer anderen Rebellentruppe oder durch schwieriges Gelände aufgehalten wurde, ist nie ganz geklärt worden. Die Tatsache, daß er endlich am frühen Nachmittag ohne seine Artillerie ankam, läßt vermuten, daß er bei dem Versuch, seine Kanonen über den weichen Boden zwischen Sung-chiang und Wang-chia-ssu zu ziehen, soviel Zeit verlor, daß er schließlich aufgab und nur mit seiner Infanterie weitermarschierte. Wie auch immer, die Taiping jedenfalls hatten in Wang-chia-ssu nur ein paar hundert Leute verloren, und die Überlebenden zogen sich hinter die noch stärker befestigten Palisaden des etwa sechs Meilen südöstlich gelegenen Lung-chu-an zurück, wo bereits eine starke Rebellenarmee in Garnison lag. Die Hauptmacht der alliierten Streitkräfte kehrte mit ihren verständlicher-

Ein Foto von Ward. Auf diesem Bild sind alle Narben seiner Verwundungen retuschiert. Nur der linke Mundwinkel hängt etwas herab, was ihn beim Sprechen behinderte. Wie immer trägt er seinen schmucklosen hochgeschlossenen Gehrock.
(Mit freundlicher Genehmigung des Essex Institute, Salem, Mass.)

Chang-mei. Yang Fangs Tochter wurde vermutlich zur Zeit ihrer Eheschließung mit Ward im März 1862 fotografiert, als sie 21 Jahre alt war. Ihre ausrasierte Stirn und ihr traditionelles Gewand stehen in einigem Kontrast zu den typischen Requisiten eines westlichen Fotostudios.
(Mit freundlicher Genehmigung des Essex Institute, Salem, Mass.)

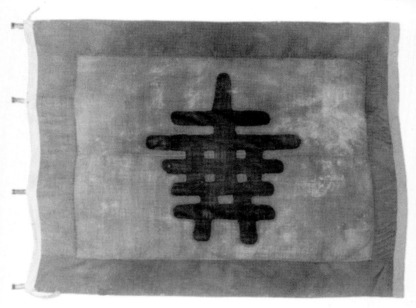

Wards Banner. Traditionsgemäß zogen die chinesischen Soldaten mit Bannern in die Schlacht, die den Namen ihres Kommandeurs trugen. Ward folgte diesem Brauch. Das Zeichen seines chinesischen Namens ›Hua‹ steht in dunkelgrün auf einem hellgrünen, rotumrandeten Feld.

(Mit freundlicher Genehmigung des Essex Institute, Salem, Mass.)

Wards Manchu-Stiefel und Mandarinmütze. Ward wurde in den anderen Teilen seines Mandaringewandes beigesetzt. Auf der Mütze der dunkelblaue, seinen Rang bezeichnende Knopf, daneben die Pfauenfeder.

(Mit freundlicher Genehmigung des Essex Institute, Salem, Mass.)

Adrien Tardif de Moidrey. Der französische Offizier, der möglicherweise als erster (wahrscheinlich aber mit Ward und Burgevine zusammen) die Idee hatte, chinesische Soldaten von westlichen Offizieren im Umgang mit westlichen Waffen und westlicher Taktik ausbilden zu lassen.
(Steven Leibo, A Journal of the Chinese Civil War)

Prosper Giquel. Der junge französische Offizier und Zollkommissar von Ningpo, der Wards und Tardif de Moidreys Methoden studierte und mit großem Erfolg in der Provinz Chekiang kopierte. Als einziger der wagemutigen westlichen Erneuerer, die chinesische Truppen im Kampf gegen die Taiping befehligten, überlebte er den Krieg und leistete auch hinterher der chinesischen Regierung noch wertvolle Dienste.
(L'Illustration / Sygma)

Charles George Gordon. Aufgenommen zum Zeitpunkt, als er das Kommando über die Ever Victorious Army übernahm. Gordon zeigt die für ihn charakteristische flotte Unbekümmertheit.

(Bettmann / Hulton)

Tz'u-ch'i. Eine eindrucksvolle Ansicht der dicken Mauern, vor denen Ward tödlich verwundet wurde.

(Mit freundlicher Genehmigung des Essex Institute, Salem, Mass.)

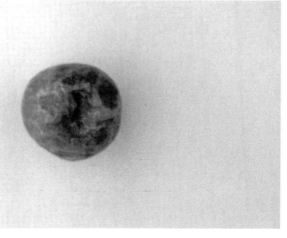

Die Kugel, die Ward tötete. 30 Jahre lang trug Archibald Bogle, während er vom Leutnant zum Admiral der British Navy aufstieg, dieses tödliche Geschoß als Andenken mit sich herum.

(Mit freundlicher Genehmigung des Essex Institute, Salem, Mass.)

Wards Erinnerungshalle in Sung-chiang, gebaut 1876/77. In den folgenden Jahrzehnten wurde die Halle von einem Wächter instand gehalten, den man rechts im Bild sieht. Wards Schrein steht im Innern der Halle, sein Grab liegt im Hof. Heute befindet sich hier ein öffentlicher Park (der von den Shanghaier Bürgern ironischerweise als ›resting place‹ bezeichnet wird).

(Mit freundlicher Genehmigung des Essex Institute, Salem, Mass.)

Wards Schrein. Auf dem Altar steht eine Kohlenpfanne für Weihrauch. Die beiden Stelen rechts und links tragen die originalen goldenen Inschriften zum Lobe Wards.

(Mit freundlicher Genehmigung des Essex Institute, Salem, Mass.)

Wards Grabhügel. Jahre nach seiner Beisetzung ist der Hügel von Unkraut und Bambus überwuchert, das Grab seines Hundes nicht mehr zu erkennen. Die Mauern rechts und links wurden errichtet, um die Erinnerungsstätte vor Vernachlässigung und Zerstörung zu schützen.

(Mit freundlicher Genehmigung des Essex Institute, Salem, Mass.)

Wards leeres Grab in Salem. Dieser wenig romantische, aber einzige noch vorhandene Gedenkstein an Amerikas bemerkenswertesten Abenteurer des 19. Jahrhunderts und einen der ganz großen Söldnerführer der Geschichte steht in Harmony Grove.

(Mit freundlicher Genehmigung des Essex Institute, Salem, Mass.)

weise enttäuschten Kommandeuren nach Chi-pao zurück. Der Tag hatte nicht gerade dazu beigetragen, General Staveleys Meinung über die Ever Victorious Army positiv zu beeinflussen. Um den leicht angekratzten Ruf seiner Truppe wiederherzustellen, beschloß Ward, den Taiping nach Lung-chu-an zu folgen. Admiral Hope begleitete ihn.

Der einzige wirkliche Fehler, den Ward bis dahin gemacht hatte – sein unüberlegter Angriff auf Ch'ing-p'u im August 1860 –, war das Ergebnis verletzten Stolzes gewesen. Das gleiche galt für den zweiten Fehler seiner Karriere: den Angriff auf Lung-chu-an am 4. April 1862, den er ohne Artillerieunterstützung begann. Edward Forester bekannte später – in einem überraschenden Anfall von Demut, der aber mehr auf seinen Wunsch hindeutet, sich selbst als die treibende Kraft hinter den mißglückten wie den erfolgreichen Feldzügen der Ever Victorious Army hinzustellen, denn auf wahre Aufrichtigkeit –, daß *er* für den überhasteten Angriff auf die Palisaden der Rebellen verantwortlich gewesen sei. Aber auch hier sind seine Behauptungen unbestätigt und nicht haltbar. Sehr viel plausibler ist Augustus Lindleys Schilderung der Schlacht aus Sicht der Taiping:[4]

General Ward zog seinen Söldnersäbel, strich seine Yankee-Tolle zurück und gab in siegessicherem Ton den Befehl zum Angriff. Die disziplinierten Chinesen stürmten, angeführt von ihren ausländischen Offizieren, tapfer vor; aber noch war nicht die Hälfte der Taiping durch Kugeln und Granaten getötet, und sie hatten auch noch nicht ihre besten Soldaten im Kampf gegen die Briten und Franzosen verloren...Die Folge war, daß nach drei Versuchen, die Palisade zu stürmen, und nachdem fünf Offiziere und 70 Mann [der Ever Victorious Army] außer Gefecht gesetzt waren, Admiral Hope vortrat, um den Rückzug zu befehlen, und von einem Taiping einen Steckschuß in die Wade erhielt. Ward, dem seine unwiderstehliche Artillerie fehlte, um die patriotischen Taiping niederzumähen, merkte, daß sie seinen Männern überlegen waren – so diszipliniert, von Ausländern angeführt und gut bewaffnet sie auch waren. Es wurde daher zum Rückzug geblasen, und der britische Admiral wurde in einer von mehreren fluchenden »Himmlischen« (Kaiserlichen) getragenen Sänfte fortgebracht.

Bei seinem vorschnellen Angriff auf Lung-chu-an hatte Ward seine 1500 Mann ohne Artillerieunterstützung gegen etwa 8000 Taiping anstürmen lassen, die sich im Schutz einer starken Befestigung verteidigten. Die Chancen für einen Sieg waren selbst für Ward gleich null. Nach seiner Rückkehr nach Chi-pao mit dem verwundeten Admiral Hope – der, laut Forester, gemeinsam mit anderen, schwerer verwundeten Männern sechs Stunden lang warten mußte, bevor sein Bein behandelt wurde, so daß sein Stiefel inzwischen »bis zum Rand mit Blut gefüllt war« – setzte sich Ward mit den alliierten Kommandeuren zusammen, um einen besser durchdachten und koordinierten Angriff auf Lung-chu-an zu planen. Wie vorauszusehen, lehnte es General Staveley ab, seine Truppen für dieses neue Abenteuer einzusetzen; anscheinend war er eher bereit, »für den Fall einer Niederlage« in Chi-pao die Stellung zu halten, wie es der *Herald*-Korrespondent ausdrückte. Auch Admiral Hope war durch seine Verwundung gezwungen, in Chi-pao zu bleiben, und so wurden die britischen Marineeinheiten dem Kommando von Captain Borlase unterstellt. Admiral Protet war bereit mitzumachen, wie auch Tardif de Moidrey. Am 5. April um 7 Uhr morgens setzte sich die Truppe in Richtung Lung-chu-an in Bewegung.

In der Nacht hatten die Taiping ihre Palisaden verstärkt. Wards Truppen wurden als Plänkler gegen diese neuen Befestigungen vorgeschickt, während die britischen und französischen Einheiten etwa 100 Meter vor den Festungsanlagen hinter ihren Geschützen Stellung bezogen. Nachdem die Artillerie das Feuer eröffnet hatte, rückten Wards Männer im Schutz mehrerer vor der Stadt gelegener Gräber und Grabhügel in einem Halbkreis gegen die Rebellen vor. Ohne einen Mann zu gefährden oder zu verlieren, hämmerten Briten und Franzosen auf Lung-chu-an ein, und Ward erreichte schnell eine Position, aus der er zum Sturmangriff übergehen konnte, über den der *Herald*-Korrespondent[5] als Augenzeuge berichtete: »Wards Männer rückten wunderbar und in exzellenter Ordnung von Deckung zu Deckung vor, während die Rebellen sie ungeachtet des schweren Artilleriefeuers unter heftigen Beschuß nahmen, wobei fünf Männer getötet sowie zwei Offiziere und sieben Mann verwundet wurden. Nachdem sie sich auf fast 30 Meter herangeschlichen hatten, stürmten Wards Männer heldenhaft vorwärts – mit wildem Hurra-Geschrei wie die Engländer – und zwangen die Rebellen, ihre Außenwerke aufzugeben.« Laut Captain Borlase[6] machten sich die Rebellen »sofort aus dem Staub«, als sie sahen, daß Wards Männer dabei waren, ihnen den Rückzug abzuschneiden.

Die Soldaten der Ever Victorious Army steckten die sieben ineinandergreifenden Palisaden von Lung-chu-an in Brand, trieben dann gemeinsam mit den französischen und britischen Truppen die Rebellen vor sich her und drängten sie immer weiter von ihrer größeren Basis ab. Am Nachmittag war das alliierte Expeditionscorps wieder in Chi-pao, nachdem es »den bisher heftigsten und erfolgreichsten ausländischen Angriff gegen die Taiping-Rebellen in der Umgebung von Shanghai abgeschlossen hatte« – wie der *Herald* feststellte. Aus den Ereignissen dieses Tages waren einige offensichtliche Lehren zu ziehen, und Ward machte sich nach seiner Rückkehr nach Sung-chiang schnell an ihre Umsetzung.

Die neue Strategie der Taiping, vor jedem weiteren Vorrücken zunächst die alten Stellungen zu befestigen bedeutete, daß Angriffstruppen wie die Ever Victorious Army dringender als je zuvor eine wirksame Artillerieunterstützung benötigten. Der *Herald* mochte leicht übertrieben haben, als er erklärte, daß »mit einer starken Artillerie jede Rebellenstellung in der Provinz leicht zu nehmen ist«, aber im Kern war diese Aussage richtig. Ward hatte gezeigt, daß seine disziplinierten Infanteriebataillone es mit allen Fußtruppen in ganz China aufnehmen konnten; beweglich und tapfer bildeten sie eine echte fliegende Kolonne. Aber wenn die Ever Victorious Army jederzeit und in jeder Situation in der Lage sein sollte, eigenständig zu bestehen, mußte Ward dafür sorgen, nicht nur seine Infanterie, sondern auch seine Artillerie, die er in Sung-chiang ausbildete, sowie seine kleine, aber ständig wachsende Flotte bewaffneter Dampfer dahin zu bringen, daß sie jede Schlacht in der Provinz siegreich beenden konnte. Solange er sich auf die westliche Artillerie verließ, überließ er ihr nicht nur einen Anteil am Kampfgeschehen; er machte sich auch von den westlichen Streitkräften abhängig.

Dies wurde abermals am 17. April deutlich, als Ward mit 400 Männern einen anglo-französischen Angriff auf Chou-p'u unterstützte, die stärkste Stellung der Taiping auf der Halbinsel Pootung (einer Landzunge zwischen der Mündung des Huang-pu und der See). General Staveley kam wie zuvor mit Teilen der drei britischen Infanterieregimenter – des Twenty-second Punjab, des Fifth Bombay und des Ninty-ninth –, während Admiral Protet ein Kontingent von 400 französischen Seeleuten und Marinesoldaten befehligte. Admiral Hope erholte sich noch von seiner Verwundung und hatte das Kommando über die britische Marineabteilung wieder Captain Borlase übertragen. Insgesamt nahmen 2000 alliierte Soldaten an der Schlacht teil, unterstützt von einem Dutzend Geschütze. Das Ganze lief nach dem gleichen Muster ab wie der erfolgreiche Angriff auf Lung-chu-an: Die Männer wurden zunächst mit britischen Kanonenbooten übergesetzt, und nachdem man die Palisaden von Chou-p'u erreicht hatte, schwärmten Wards Männer als Plänkler und Sturmtrupps aus, während die alliierten Truppen sicher hinter ihren Kanonen blieben.

Um 2 Uhr nachmittags eröffneten, laut Captain Borlase, die Kanonen »ein äußerst zerstörerisches Feuer«, in dessen Schutz Wards Männer eine Stellung erreichten, von der aus sie den Taiping den Weg abschneiden konnten, sobald diese die Stadt verließen. Man ging inzwischen davon aus, daß die Rebellen dem konzentrierten Feuer der britischen und französischen Schiffskanonen, Tardif de Moidreys Haubitzen und Staveleys Armstrongs nicht lange standhalten würden. Es dauerte tatsächlich keine halbe Stunde, bis die 4000 bis 5000 Taiping zu fliehen begannen, wobei viele von ihnen den Tod fanden: Borlase schätzte ihre Zahl auf 300, aber Augustus Lindley behauptete, es wären nicht weniger als 600 gewesen. Wards Männer kämpften sich ihren Weg durch die mit Bambusspeeren bewehrten Gräben und stürmten die inneren Befestigungsanlagen. Innerhalb einer Stunde war das Ganze vorrüber. Für die angreifenden Soldaten war es ein äußerst zufriedenstellender Tag, denn in Chou-p'u hatten die Taiping reiche Beute zusammengetragen. *Die Shanghai Daily Shipping*[7] *List* stellte fest, daß man,

> ...als man die Häuser plünderte, große Mengen an wertvollen Juwelen, Gold, Silber, Dollar und kostbare Gewänder fand, die für Offiziere und Soldaten eine schöne Beute waren... Es war ein herrlicher Tag der Plünderung für jeden, und wir haben gehört, daß ein Soldat, der die Schatzkiste der Taiping mit mehreren tausend Dollar entdeckte, sich die Taschen so nach Herzenslust vollgestopft hatte, daß er sie nicht mehr tragen konnte und deshalb einen Teil seines Reichtums wieder herausgeben mußte – wer die Wahl hat, hat die Qual.

Von der Beute einmal abgesehen, war wieder deutlich geworden, daß Ward dringend eine beweglichere und schlagkräftigere Artillerie aufbauen mußte. In den nächsten Wochen widmete er dieser Waffengattung daher seine besondere Aufmerksamkeit. Da er bereits mehrfach vor der Schwierigkeit gestanden hatte, Feldgeschütze zu Land durch die Provinz Kiangsu zu transportieren, konzentrierte Ward sich immer mehr auf die Erweiterung seiner Dampferflotte und das »Aufmöbeln« ihrer Bestückung. Er verfügte bereits über die *Cricket* und die *Zingari* und charterte oder kaufte Ende April/Anfang Mai drei weitere Schiffe dazu, die *Rose*, die *Paoshun* und einen Dampfer, dessen Name später am engsten mit den Aktionen der Ever Victorious Army verknüpft werden sollte: die *Hyson*. Der britische Journalist Andrew Wilson[8] beschrieb die Hyson als »einen kleinen, eisernen Raddampfer, etwa 27,5 Meter lang und 7,5 Meter breit, mit 0,9–1,2 Meter Tiefgang, einem Zweiunddreißigpfünder auf einer beweglichen Plattform am Bug und einer Zwölfpfünder-Haubitze am Heck. Das Deck war durch einen mit Schießscharten versehenen Plankenschutz bis zu 1,80 Meter Höhe geschützt, und die Radkästen waren durch eine hölzerne Querwand abgesichert. Die *Hyson* erreichte eine Durchschnittsgeschwindigkeit von 8 Knoten in der Stunde.«

Dampfer wie die *Hyson* spielten bald eine besonders wichtige Rolle bei Angriffen auf Städte, die in der Nähe von Wasserstraßen der Provinz Kiangsu lagen. Aber auch Operationen im Binnenland verlangten nach einer Unterstützung durch schwere Artillerie, wie Ward in Wang-chia-ssu erfahren hatte, und so drängte er ständig auf die Anschaffung moderner Feldgeschütze. Es war ein langwieriger Prozeß. Im Frühjahr 1862 konnte er lediglich ein paar brauchbare amerikanische Zwölfpfünder erwerben, aber im Spätsommer und Frühherbst wurde dann auch die Ever Victorious Army mit modernen englischen und französischen Waffen ausgerüstet. Das Gewicht, das Ward auf eine Verstärkung der Artillerie legte, überdauerte seinen Tod: Laut Wilson verfügte die Geschützabteilung der Ever Victorious Army auf ihrem Höhepunkt einige Monate nach dem Tod ihres Gründers über »zwei 8-inch-Haubitzen, vier Zweiunddreißigpfünder-Geschütze, drei Vierundzwanzigpfünder-Haubitzen, zwölf Zwölfpfünder-Haubitzen, zehn amerikanische Zwölfpfünder-Gebirgshaubitzen, acht $4^1/_2$-inch-Gebirgshaubitzen, vierzehn Messingmörser von $4^1/_2$–8 inches und einige 6-inch-Raketenwerfer«. Wilsons leicht lakonische Feststellung, daß dies »eine unter diesen Umständen sehr starke Artillerie« war, zeigt, wie sehr Ward die Ever Victorious Army unter seinem Kommando in die Unabhängigkeit gesteuert hatte.

Bald nach den Kämpfen um Wang-chia-ssu, Lung-chuan und Chou-p'u kamen Li Hung-chang und seine lang erwartete Anhwei-Armee in Shanghai an und eröffneten ein neues Kapitel in der militärischen und politischen Geschichte der Hafenstadt während der Taiping-Periode. Die Anhwei-Soldaten wurden auf britischen

Schiffen den Yangtse herabtransportiert und waren von einem völlig anderen Schlag als die weitgehend nutzlosen und häufig destruktiven kaiserlichen Soldaten des Grünen Banners, die man in der Region Shanghai stationiert hatte. Bis dahin waren die Kontingente des Grünen Banners nicht einmal in der Lage gewesen, an irgendeinem der wichtigen, von Ward und den Westmächten eroberten Orten auch nur eine vernünftige Garnison einzurichten. In Chou-p'u, zum Beispiel, waren Wards Leute zusammen mit der Abteilung des Twenty-second Punjab Regiments in der Nacht nach dem Sieg als Besatzung zurückgeblieben und hatten den Ort dann an die Soldaten des Grünen Banners als ständige Garnison übergeben. Aber kaum waren dessen nervöse Soldaten sich selbst überlassen, gaben sie die Stadt schnell wieder auf. So konnten die Taiping in aller Ruhe zurückkehren und ihre Befestigungen um Chou-p'u wieder instandsetzen, sobald die Ever Victorious Army und die ausländischen Kontingente ihre Aufmerksamkeit anderen Gebieten innerhalb des 30-Meilen-Radius zuwandten. Nun hoffte man, daß die Anhwei-Armee endlich die so dringen benötigten schlagkräftigen Garnisonstruppen stellen würde. Ihr Kommandeur hatte jedoch andere Vorstellungen.

Li Hung-changs Vorsicht gegenüber ausländischen militärischen Aktionen in China und sein persönlicher Ehrgeiz erlaubten es ihm nicht, seine Soldaten, die er und Tseng Kuo-fan so sorgfältig trainiert und geschult hatten, den westlichen Armeen als Hilfstruppen zur Verfügung zu stellen – auch nicht der Ever Victorious Army, zumindest solange nicht, bis Li die »imitierten ausländischen Teufel« und ihren Kommandeur besser kennengelernt hatte. Lis größte Sorge nach seiner Ankunft in Shanghai galt daher nicht dem Kampf gegen die Rebellen, sondern einer langsamen und genauen Analyse der dortigen, außerordentlich komplexen Situation. Da er den letzten Schliff seiner staatsbürgerlichen und militärischen Ausbildung von Tseng Kuo-fan empfangen hatte – einem Mann, der weder Korruption noch Unterordnung chinesischer Interessen duldete –, störte ihn dort manches ganz erheblich. »Die Taotais Wu und Yang Fang«, schrieb er Mitte April an Tseng, »sowie die Beamten und die Funktionäre des Joint Defence Bureaus benehmen sich im Umgang mit den Diplomaten zu unterwürfig und schmeichlerisch. Ihre Exzellenz Hsüeh [Huan] zeigt wenig Haltung und hat häufig Streit mit den Ausländern. Sie behandeln ihn nicht sehr freundlich und streiten oft mit ihm über gemeinsame Militäraktionen im Landesinnern.«[9]

Lis Soldaten kamen nicht alle auf einmal in Shanghai an, sondern über mehrere Wochen verteilt, was ihm eine Ausrede lieferte, nicht sofort in die Offensive gehen zu müssen. Hinzu kam, daß Li erst Mitte Mai zum amtierenden Gouverneur von Kiangsu ernannt wurde. Im Augenblick lag die Gesamtverantwortung für kaiserliche militärische Aktionen also noch bei Hsüeh Huan. Während der ihm dadurch gewährten Übergangszeit sah sich Li weiter um und unterrichtete Tseng über die Situation in Shanghai, ohne sich an irgendwelchen bedeutenden Kämpfen zu beteiligen. Da er nicht viel auf die Ehrlichkeit und Tüchtigkeit seiner chinesischen Offizierskameraden und der Beamten gab und den wirklichen Absichten der Westmächte ohnehin mißtraute, fiel Li – der die Dinge stets mit ungewöhnlicher und nüchterner Objektivität betrachtete – nicht auf die übertriebenen Verdächtigungen gegen Ward herein. Von Peking angewiesen, zu »fraternisieren« und »kleine Geschenke« an »Ward und andere zu verteilen, die Ruhm

377

und Reichtum suchen«, entwickelte Li echte Bewunderung für den Kommandeur der Ever Victorious Army, auch wenn er ihm seinen Nationalitätenwechsel nie so recht glaubte. Für Li blieb Ward bis zu seinem Tod »ein Fremder«, wenngleich der »aktivste von allen« Ausländern in seinen Schlachten gegen die Taiping.

Auch Ward zeigte einen gewissen Respekt und Bewunderung für den Mann, der bald sein kaiserlicher Vorgesetzter wurde. Li-Hung-chang war in seiner ganzen Art, seiner Ausbildung und seinen Führungsqualitäten den chinesischen Beamten sichtlich weit überlegen, mit denen Ward bisher in Shanghai zu tun gehabt hatte. Gleichzeitig sah Ward aber auch, daß Li – so sehr er Wu, Yang und die restliche Clique wegen ihrer korrupten Haltung verachtete – genauso ehrgeizig war und zu politischen wie finanziellen Schachzügen neigte wie alle anderen. Für ihn war Li »der teuflische Gouverneur«,[10] und dennoch gab es zwischen ihnen kaum Spannungen. Während der Schlachten, die sie im Sommer 1862 gemeinsam schlugen, zeigten die beiden Männer eine Übereinstimmung, in der für persönliche Verdächtigungen und Eifersucht kein Raum war. Ward und Li demonstrierten mit ihren konzertierten Aktionen ganz klar, daß China nicht nur die Rebellion im Inneren zerschlagen, sondern sich darüber hinaus zu einer Macht von internationaler Bedeutung entwickeln konnte, wenn die Chinesen bereit waren, sich über ihre kulturelle Arroganz hinwegzusetzen, die Hilfe ehrgeiziger, aber loyaler Außenseiter wie Ward zu akzeptieren und die westliche Art der Kriegführung zu übernehmen.

Mitte April jedoch lagen die Siege des Sommers noch in weiter Ferne. Zunächst trafen sich Admiral Hope, General Staveley und Admiral Protet am 22. April in

Shanghai, um ein förmliches Abkommen über ihren Beschluß zu unterzeichnen, den 30-Meilen-Radius um die Stadt im Zusammenwirken mit der Ever Victorious Army von Rebellen zu säubern. Insbesondere erklärten die alliierten Kommandeure, daß die Besetzung von Chia-ting, Ch'ing-p'u, Sung-chiang, Nan-ch'iao (südlich von Shanghai) und Che-lin (südlich von Nan-ch'iao) notwendig sei, um »die Rebellen in einer sicheren Entfernung zu halten und den dauernden Alarmzustand zu beenden, der sich während der letzten Monate so nachteilig auf den [Shanghaier] Handel ausgewirkt hat«. Die Vereinbarung wies darauf hin, daß Ward gegenwärtig bereits im Besitz von Sung-chiang wäre und beabsichtige, Ch'ing-p'u entsprechend zu befestigen, sobald die Stadt zurückerobert war. Für die übrigen Städte hatte Hsüeh Huan versprochen, Garnisonstruppen zu stellen. Aber angesichts des Werts solcher Zusagen enthielt die Vereinbarung den Zusatz, daß »es außerdem zweckmäßig sein wird, jeweils 100 englische und französische Soldaten zur Unterstützung der Chinesen abzustellen, bis Colonel Wards Truppe soweit aufgestockt ist, daß er die Besatzung durch 300 seiner Leute ablösen kann.«

Wenige Tage nach Unterzeichnung dieses Abkommens wurden sie davon überrascht, daß Hsüeh Huan – entschlossen, bei der Säuberung des 30-Meilen-Radius mitzumachen – seinem Grünen Banner befohlen hatte, das Taiping-Lager in Nan-hsiang zwischen Shanghai und Chia-ting anzugreifen. Der Angriff fand am 25. April statt und war zur allgemeinen Überraschung erfolgreich. Die Rebellen wurden in ein anderes, eine Meile entferntes, stärker befestigtes Lager vertrieben. Einen Tag darauf befahl General Staveley – gleichsam als wolle er dokumentieren, daß er sich von den Kaiserlichen nicht ausstechen lasse – den Marsch nach Nan-hsiang, wo er sich mit britischen Marineeinheiten treffen wollte, um einen Großangriff auf Chia-ting vorzubereiten. Nach einem zügigen Marsch von etwa ein Dutzend Meilen durch verheertes Land erreichten die britischen Truppen noch am selben Tag Nan-hsiang, wo sich ihnen die britischen Marineeinheiten unter Captain Willes und die Marineinfanterie unter Captain Holland anschlossen. Am frühen Morgen des 27. kamen noch Abteilungen des Thirty-first Regiment und der Royal Artillery hinzu, viele von ihnen per Boot. Sofort sondierten Plänkler-Abteilungen die nahegelegene Stellung der Taiping, die von Palisaden und Gräben umgeben war.

Unterdessen überließ Ward bei der Vorbereitung seiner Armee auf ihren Teil an dem bevorstehenden Angriff auf Chia-ting nichts dem Zufall. Er verteilte seine Männer sowie mehrere Geschütze auf seine Dampfer und etwa 30 kleinere Kanonenboote und näherte sich Chia-ting auf dem Wasserweg: Zumindest war die Ever Victorious Army auf diese Weise in der Lage, den Angriff ihrer Leute mit eigenen Geschützen zu decken. Unterdessen erlitt General Staveley auf dem Weitermarsch von Nan-hsiang nach Chia-ting einen unsanften Schock, als er, ohne sich mit seinen französischen Kameraden abzustimmen, die Stellungen der Taiping außerhalb von Nan-hsiang angriff und zurückgeschlagen wurde. Der *North China Herald* spielte diesen Zwischenfall weitestgehend herunter und berichtete, Staveley habe sich schnell von diesem Schlag erholt und schon bald den Marsch nach Chia-ting fortgesetzt. Aber der Anblick britischer Soldaten, die vor dem Feuer der Rebellen zurückwichen, muß Staveleys Stolz schwer verletzt haben. Zumindest konnte er sich damit trösten, daß Ward noch nicht eingetroffen war, um Zeuge seiner

Demütigung zu werden. Die Ever Victorious Army stieß am 28. zu den alliierten Einheiten, worauf sich die in dieser Region weit unterlegenen Taiping überstürzt nach Nordwesten zurückzogen. Nahezu 3000 französische und britische Soldaten, Tardif de Moidreys frankochinesisches Corps, Wards 1400 Mann und mehrere tausend Soldaten des Grünen Banners rückten nun gemeinsam gegen die Mauern von Chia-ting vor.

Die alliierten Streitkräfte verbrachten den 30. April damit, die Befestigungen der Stadt zu erkunden und ihre verschiedenen Artillerieeinheiten zu postieren. Die Aufgabe des Kundschafters wurde General Staveleys Schwager, den Chef der Pioniere, Captain Charles G. Gordon[11], übertragen. Gordon besaß die einmalige Fähigkeit, ein Terrain schnell zu erfassen und zu kartographieren, und die Art, wie er Chia-ting skizzierte, war für seine gesamte noch verbleibende Dienstzeit in China bezeichnend, mehr noch – für sein ganzes Leben: ohne jede Rücksichtnahme auf seine eigene Sicherheit. Tief religiös und gelegentlich eines Märtyrerkomplexes verdächtig, war Gordon in Situationen höchster Gefahr für Leib und Leben in seinem Element. Seine Karten vom 30-Meilen-Radius, die er häufig mitten im Kugelhagel der Taiping zeichnete, dienten schließlich jedem Kommandeur in dieser Region zur Orientierung. Gordon selbst tat diese Leistung mit dem für ihn typischen Gleichmut ab und stellte lediglich fest, daß er »in jeder Stadt und in jedem Dorf innerhalb des 30-Meilen-Radius war. Die Landschaft ist überall gleich – eine tote Fläche mit unzähligen Gräben und schlechten Wegen. China ist absolut uninteressant; wenn man ein Dorf gesehen hat, kennt man das ganze Land.« Aber Gordon sah in Chia-ting und auch anderswo Dinge, die ihn mehr als die chinesische Landschaft beeindruckten: vor allem die disziplinierten chinesischen Soldaten der Ever Victorious Army und die einfallsreiche Gefechtstaktik ihres Kommandeurs.

Am nächsten Morgen war das alliierte Expeditionscorps zum Angriff auf Chia-ting bereit. »Am 1. Tag des Wonnemonats Mai«, erinnerte sich Augustus Lindley, »kündigte sich die Dämmerung durch das Donnern einer großen Zahl ausländischer Kanonen an.« Die französischen und britischen Truppen hatten vor dem südlichen bzw. östlichen Stadttor von Chia-ting Stellung bezogen, während Ward von Westen her angriff und die Einheiten des Grünen Banners die Aufgabe hatten, jeden Fluchtversuch der Taiping durch das Nordtor zu verhindern. Chia-tings starke Mauern bildeten einen Ring von etwa 3 Meilen im Umkreis. Zwei Stunden lang wurden sie ununterbrochen von Wards Geschützen und denen der verschiedenen alliierten Einheiten unter Feuer genommen, während unter den 6000 Verteidigern der Stadt das totale Chaos ausbrach. An der Verteidigung nahmen mehrere aus Jugendlichen zusammengestellte Einheiten teil, und Lindley schilderte einen tragischen Zwischenfall, der einen Eindruck von dem unvorstellbaren Schrecken vermittelt, den der Artilleriebeschuß auslöste:

> Drei kleine Burschen, jeder mit einer Luntenschloßmuskete bewaffnet, wurden von einem meiner Freunde beobachtet, wie sie nach vorn liefen – wo gerade eine große Granate einen Teil der Brustwehr weggerissen hatte –, und ihre kümmerlichen Waffen auf den Gegner abfeuerten. Sie waren zu klein, um an die Schießscharten heranzureichen, und so warteten sie jeweils ab, bis ein 32-Pfund-Geschoß eine Bresche für sie geschlagen hatte. Um dem tödlichen Gewehrfeuer zu entgehen, benutzten sie dieselbe Mauerlücke nie zweimal. Aber sie wurden trotzdem getötet; mein Freund fand ihre Leichen bei einem Rundgang um die Mauer direkt nebenein-

ander liegend, von herabstürzenden Steinmassen erschlagen.

Unter dem Trommelfeuer der Geschütze begannen die Taiping dorthin zurückzuweichen, wo sie den geringsten Widerstand erwarteten: nach Norden, in Richtung der kaiserlichen Abteilungen. Als die anderen alliierten Truppen dies sahen, stürmten sie vor, legten Sturmleitern an die Mauern und kletterten hinauf. »Es gab ein großes Wettrennen zwischen den Engländern, Franzosen und Chinesen«, schrieb Dr. Macgowan[12], »denn jede Einheit wollte als erste ihre Fahne auf der Stadtmauer aufpflanzen. Alle drei behaupteten später, als erste oben gewesen zu sein. Vor allem das Kontingent aus Sungchiang nahm diese Ehre für sich in Anspruch, obgleich es ihm zur Vermeidung eventueller Greueltaten verboten worden war, die Stadt zu betreten.« Ward achtete sorgfältig darauf, daß seine Männer ihren guten Ruf weder im Land noch in Peking durch rücksichtslose Plünderungen aufs Spiel setzten, womit sich die französischen und britischen Einheiten sofort nach der Eroberung von Chia-ting hervortraten. Charles Schmidt stellte ironisch fest, daß die französischen Soldaten »an diesem Tag bestens gelaunt schienen, denn sie schleppten alles weg, was nicht niet- und nagelfest war. Es war ein romantischer Anblick, als die Soldateska die Stadt verließ, gefolgt von Ochsen, Schafen, Ziegen, Knaben und Frauen – alles dies betrachtete man als Kriegsbeute ... In der Tat gaben die französischen Truppen dem neuen chinesischen Aufgebot ein denkbar schlechtes Beispiel, indem sie jede Art von Grausamkeiten begingen, die alle Wards Leuten zur Last gelegt wurden.«

Das Verhalten der britischen Soldaten war nicht viel besser als das ihrer französischen Verbündeten: Die *China Mail* berichtete, daß »es noch etwas zu beklagen gibt, nämlich, daß wir zwar die Rebellen als Räuber und Banditen brandmarken, gleichzeitig aber ihre Schätze nehmen und unter uns aufteilen ... Es gibt jeden Grund zu der Annahme, daß Englands Ritterlichkeit für das chinesische Volk ein tiefes Geheimnis bleiben wird, solange sich die gegenwärtige Führung auf diese Weise ihrer Sache annimmt.«

Die Verluste der Taiping waren schwer – wobei die meisten Soldaten beim Rückzug aus der Stadt getötet bzw. verwundet wurden: Augustus Lindley schätzte die Zahl der Toten auf 2500. Von Wards Männern blieben 500 als Garnison in Chia-ting zurück, zusammen mit 200 britischen Soldaten und den kaiserlichen Einheiten. Der Rest der Ever Victorious Army ging an Bord ihrer Dampfer und Kanonenboote, die sie wieder nach Sungchiang brachten. Aber die Stimmung unter den Soldaten war alles andere als triumphierend. Wie Dr. Macgowan berichtete: »Die, die nach Sung-chiang zurückkehrten, waren wegen des Plünderungsverbots mürrisch und aufsässig. Was sie trotzdem an Beute gemacht hatten, wurde ihnen von den englischen Feldwebeln wieder abgenommen. Wie üblich wurden ihnen drei Tage Urlaub gewährt; danach begannen wieder der Drill und das Rekrutieren.« Zusätzlich wurde »eine deutsche Kapelle engagiert«, vielleicht um die Moral der Soldaten zu heben, die überhaupt nicht verstehen konnten, warum ihr Kommandeur danebengestanden und zugeschaut hatte, wie die Alliierten Chia-ting ausplünderten, ohne seinen eigenen Leuten zu gestatten, ebenfalls zuzugreifen. Aber Ward hatte gute Gründe: Übermäßige Plünderungen hätten die Ever Victorious Army zu diesem kritischen Zeitpunkt – selbst wenn Ward persönlich dafür gewesen wäre – auf eine Stufe mit jeder anderen kaiserlichen Armee gestellt, die wegen ihrer

Grausamkeit von den Bauern in Kiangsu genauso gefürchtet wurden wie die Rebellen. Um den Kult um seine eigene Person und den legendären Ruf seiner Truppe zu festigen, mußte er äußerste Zurückhaltung üben.

Bald nach dem Fall von Chia-ting billigte das britische Außenministerium, beeindruckt von Wards Erfolgen, sowohl die Strategie einer 30-Meilen-Zone als auch die Aufstockung der Ever Victorious Army auf bemerkenswerte 10000 Mann. Ein Memorandum des Außenministeriums[13] vom 6. Mai an die Lords der Admiralität stellte fest, daß »die Regierung Ihrer Majestät der Meinung ist, daß Vorräte wie auch Geschütze und Gewehre, soweit man sie entbehren kann, zum Selbstkostenpreis an Colonel Ward verkauft werden sollen. Lord Russell wird den Gesandten Ihrer Majestät in Peking anweisen, der chinesischen Regierung zu empfehlen, Colonel Ward mit allem zu versorgen, was er verlangt, und ihr möglichstes zu tun, seine Truppe auf 10000 Mann zu erweitern.« Dies jedoch kam für die Manchu überhaupt nicht in Frage, die sich die größte Mühe gaben, leere Kassen vorzuschützen und tausenderlei Entschuldigungen vorbrachten, die verhinderten, daß Wards Armee über die schließlich erreichten 4000 bis 5000 Mann hinauswuchs. Aber die erweiterte und qualifizierte britische Unterstützung bedeutete immerhin, daß Ward zukünftig erheblich weniger Mühe hatte, Gewehre, Musketen, Pistolen, Schwerter, Munition und andere Ausrüstungsgegenstände für seine Leute sowie neue modernste Geschütze zu beschaffen.

Die britische Haltung gegenüber der Ever Victorious Army kennzeichnete Londons zunehmende Ungeduld mit der chinesischen Anarchie und den Taiping-Rebellen. Dies zeigte sich vielleicht am deutlichsten in der Wiedereinnahme des Hafens Ningpo in der Provinz Chekiang am 10. Mai durch Captain Roderick Dew – jenen angriffslustigen britischen Marineoffizier, der 1860 auf der Suche nach Ward Shanghai durchkämmt und dabei Burgevine festgenommen hatte; später war er als Parlamentär von den Taiping vor den Toren von Ch'ing-p'u unter Feuer genommen worden. Das Ganze erinnerte stark an die Eroberung Sung-chiangs durch Ward im Jahr 1860, was nicht weiter überraschend war, da beide Männer sich vom Temperament her ähnelten. 1862 hatte sich ihre Beziehung soweit entwickelt, daß Ward von Dew als »mein Freund und überdies großartiger Kamerad und Offizier« sprach.[14] Dews Heldentat bei Ningpo liefert Anhaltspunkte für den Ursprung ihrer Freundschaft.

Seit der Eroberung Ningpos im Dezember 1861 hatten die Taiping dort eine 20–30 000 Mann starke Garnison stationiert. Im übrigen waren sie bemüht, jeden Konflikt mit den dort ansässigen und handeltreibenden westlichen Ausländern zu vermeiden. Mitte April aber, als die alliierten Truppen in der Shanghaier Region aktiv gegen den Chung Wang vorgingen, reagierten die Taiping in Ningpo gereizt: Unbekannte Rebellen feuerten ein paar Schüsse auf ein britisches Kanonenboot ab, und angeblich wurden in der britischen Siedlung mehrfach Chinesen von Heckenschützen erschossen. Admiral Hope, der noch immer seine vor Lung-chu-an erlittene Beinverletzung auskurierte, war nicht in der Stimmung, sich Anmaßungen der Taiping gegen seine Offiziere in Ningpo gefallen zu lassen: Captain Dew wurde sofort mit der HMS *Encounter* losgeschickt, um die Taiping zu warnen, daß ein derartiges Benehmen eine nachdrückliche britische Intervention auslösen würde.

Aber die Taiping-Kommandeure in Ningpo dachten nicht daran, sich zu entschuldigen, als Dew dort am 24. April ankam. Die Spannung stieg. Zu diesem Zeitpunkt erschien der Taotai der Stadt mit einer Flotte chinesischer Dschunken, die von einem gewissen A-pak kommandiert wurde, ein Pirat und Bekannter von Ward (den er gelegentlich angeheuert hatte). Der Taotai und A-pak trafen sich mit Dew und den französischen Marinekommandeuren und baten sie, ihnen zu helfen, die kaiserliche Herrschaft über den Hafen wiederherzustellen. Dew weigerte sich, ohne Provokation mitzumachen, wobei ihm bewußt war, daß diese nicht mehr lange auf sich warten lassen würde. Die Taiping hatten eine ganze Serie eindrucksvoller Befestigungswerke oberhalb der britischen Siedlung gebaut und dort eine Batterie von 68-Pfünder-Geschützen installiert, die sie nicht ohne ein gewisses Risiko für die britischen Einwohner abfeuern konnten. Dew warnte die Rebellen, daß er die Stadt unter Feuer nehmen werde, falls von dort geschossen würde – selbst wenn die Rebellen sich nur verteidigten. A-pak brauchte nun nur noch mit seinen Dschunken an den ausländischen Schiffen vorbei in den Hafen zu segeln, um das unvermeidliche Feuer der Taiping auf sich zu ziehen, und die britische Teilnahme an der Schlacht war gesichert. Dieser Plan wurde am Morgen des 10. Mai in die Tat umgesetzt.

Sobald die Taiping auf A-pak zu feuern begannen, startete Dew mit der *Encounter* und einer Handvoll britischer und französischer Kanonenboote – darunter die *Confucius*, auf der Ward Jahre zuvor gedient hatte – einen entschlossenen Angriff auf eines der Stadttore Ningpos. Die Schiffsgeschütze hämmerten zwei Stunden lang ohne Pause auf die Stellungen der Taiping ein, während Dew sich Zeit fürs Mittagessen nahm. Danach erklomm der Kapitän der *Encounter* persönlich an der Spitze von mehreren hundert britischen und französischen Seeleuten über Sturmleitern das Tor. Unter schweren Verlusten erreichte Dew mit seinen Leuten das flache Dach des Tores, ließ eine Haubitze nach oben hieven und das Stadtinnere mit Artilleriefeuer belegen. Die Rebellen hielten dieser Bestrafung nur kurze Zeit stand und zogen sich dann in das 30 Meilen entfernte Yü-Yao zurück.

Ohne einen ausdrücklichen Befehl – außer ein paar unverbindlichen Worten von Admiral Hope – hatte Captain Dew[15] sich einer schweren Aggression gegen die Rebellen schuldig gemacht. Aber was er innerhalb der Mauern Ningpos vorfand, bestärkte ihn in seiner Überzeugung, richtig gehandelt zu haben. Dew berichtete später: »Ich kannte Ningpo aus seinen glanzvollen Tagen, als es sich rühmte, eine der ersten Handelsstädte des Reiches zu sein. Aber jetzt, an diesem 11. Mai, konnte man meinen, ein Engel der Vernichtung sei in der Stadt und ihren Vororten am Werk gewesen. Vor allem letztere mit ihren ehemals reichen Handelshäusern und Tausenden von Wohnhäusern waren dem Erdboden gleichgemacht. In der Stadt selbst, in der einmal eine halbe Million Menschen gelebt hatten, war keine Spur von Leben mehr zu entdecken. Es war wahrhaftig eine tote Stadt.«

Innerhalb einer Woche traf eine 400 – 500 Mann starke Abteilung der Ever Victorious Army in Ningpo ein, um die Garnison zu verstärken und den Schutz des Westtors zu übernehmen; bis zum Ende des Monats hatte sich das Leben in der Stadt fast wieder normalisiert. Dennoch wurde Dew wegen seines impulsiven Handels von seinen Vorgesetzten in der Marine und auch von den britischen Diplomaten hart kritisiert. Ihre Kritik konnte ihn aber nicht daran hindern, den eingeschlagenen Weg weiterzuverfolgen und eine kleine Verteidigungstruppe aus disziplinierten Chinesen unter dem Kommando britischer Offiziere zu organisieren. Dadurch geriet er zusätzlich in Opposition zu den örtlichen Mandarins, die nicht gerade begeistert waren, daß die Briten ihre Kontrolle auf einen weiteren Vertragshafen ausdehnten.

Die Franzosen, die den von Dew verursachten Wirbel aufmerksam beobachteten, erkannten ihre Chance. Der Imperial Chinese Customs Commissioner des Hafens, der Franzose Proper Giquel, war nach der Befreiung Ningpos zurückgekehrt und fest entschlossen, nicht nur sein Zollamt wieder zu eröffnen, sondern auch von seinen sorgfältigen militärischen Studien in und um Shanghai Gebrauch zu machen. Er konferierte zuerst mit Ningpos Mandarins und dann mit dem französischen Marinekommandeur für Ostasien und sicherte sich ihre Unterstützung für ein von ihm geplantes Corps disziplinierter Chinesen unter der Führung französischer Offiziere. Die Einheit sollte in etwa die gleiche Rolle übernehmen wie Wards Ever Victorious Army für Shanghai und damit die Franzosen anstelle der Engländer zur einflußreichsten westlichen Macht in Ningpo machen. Die chinesischen Provinzbeamten waren einverstanden: Einmal, um die beiden ausländischen Nationen gegeneinander auszuspielen, und zum anderen, um das Militärwesen in Chekiang zu reformieren. Mit ihrer finanziellen Unterstützung für Giquels Projekt waren sie jedoch weit weniger entgegenkommend als Hsüeh Huan, Wu Hsü und Yang Fang gegenüber Ward. Immerhin gelang es Giquel, einen talentierten französischen Offizier, Albert Edouard Le Brethon de Caligny (der bei Dews Angriff auf Ningpo die *Confucius* befehligt hatte) als Kommandeur für die neue Einheit zu bekommen. Und obgleich die wenigen hundert angeworbenen chinesischen Rekruten anfangs mit veralteten – manchmal für sie gefährlichen – Feuerwaffen ausgerüstet waren, und obgleich die Briten das Projekt heftig mißbilligten, sicherte ihnen Giquels und Le Brethon de Calignys Entschlossenheit den Erfolg.

Der Mann, der Giquel als Vorbild gedient hatte, bereitete sich inzwischen auf einen erneuten Angriff auf die Stadt vor, die zwei Jahre zuvor Schauplatz seiner einzigen katastrophalen Niederlage gewesen war. Die Eroberung von Ch'ing-p'u, danach von Nan-ch'iao und schließlich Che-lin war der letzte Schritt im alliierten-kaiserlichen Plan, die 30-Meilen-Zone von Rebellen zu säubern. Um sich auf seine Rolle beim Angriff auf Ch'ing-p'u vorzubereiten, der in der zweiten Maiwoche stattfinden sollte, stellte Ward eine noch größere Truppe auf als gegen Chia-ting. Eine Wiederholung der gräßlichen Erniedrigung von 1860 sollte es nicht geben: Etwa 1800 Soldaten, unterstützt von den mit großen Kanonen und Haubitzenbatterien bestückten Dampfern, wurden zu höchster Bereitschaft gedrillt.

Wards ständige Betonung der Disziplin, auf dem Schlachtfeld wie im Lager, hatte sich nicht nur auf das Verhalten seiner Männer ausgewirkt, sondern generell auf den Zustand Sung-chiangs und seiner Umgebung. Das 2600 Mann starke alliierte Expeditionscorps stellte dies überrascht fest, als es den Huang-pu von Shanghai aufwärts fuhr, um sich mit der Ever Victorious Army vor dem Marsch auf Ch'ing-p'u zu vereinen. Der *North China Herald* brachte damals folgenden Augenzeugenbericht:[16]

> Unter dem Schutz Colonel Wards hat sich die Stadt Sung-chiang in letzter Zeit sehr herausgemacht. Fast alle Vorstädte, die während der Besatzungszeit der Rebellen zer-

stört wurden, sind wieder aufgebaut. Und obgleich es eine Menge Geschäfte gibt, scheinen sie für den Bedarf der Bevölkerung – die sehr groß ist – kaum auszureichen. Guter Fisch, Hammel- und Rindfleisch kann man im Überfluß bekommen... Die Mauern der Stadt wurden repariert und nach englischer Art mit Schießscharten für die Kanonen versehen. Sie sind mit auf Schiffslafetten liegenden Geschützen bestückt, die auf rohen Plattformen stehen, mit jeweils ausreichenden Munitionsvorräten daneben. Die Wachhäuser werden von Wards trainierten Chinesen bewohnt – die einen sehr lobenswerten Eindruck machen. Den Wachen hatte man offensichtlich befohlen, den ausländischen Offizieren die korrekten Ehrenbezeigungen zu erweisen, und sie trugen ihre Waffen und Uniformen, die mit $2^1/_2$ cm breiten Goldlitzen verziert sind, mit großem Anstand.

Am 8. Mai schiffte sich das vereinigte Expeditionscorps – zu dem noch mehrere tausend Kaiserliche unter Wards altem Gefährten Li Heng-sung gekommen waren – auf zahllosen Dampfern, Kanonenbooten und kleineren Schiffen nach Kuang-fu-lin ein. »Alle waren in bester Stimmung«, so der *Herald*[17], »überall erschallte Gelächter; Späße und schlagfertige Antworten gingen von Boot zu Boot und steigerten die ausgelassene Fröhlichkeit, während sie von Hunderten von Stimmen weitergegeben wurden... Ein babylonisches Stimmengewirr erfüllte die Luft; überall hörte man fluchende Kommissare, stöhnende Kulis, wortreiches Hindustani, gutturales Chinesisch sowie gutes breites Englisch und Gälisch.« In gemächlichem Tempo erreichte die Flottille bei ständigem Regen am 9. Mai Ch'ing-p'u.

Am Morgen des 10. hatte der Regen aufgehört, und das Expeditionscorps begann seine Stellungen vor den Mauern von Ch'ing-p'u einzunehmen und die Gegend auszukundschaften. Wieder einmal trotzte Captain

Charles Gordon dem Gewehrfeuer der Rebellen, um eine detaillierte Karte von den Verteidigungsanlagen der Stadt zu zeichnen: Der *Herald* berichtete, daß er sich bis auf 15 Meter den Randstellungen der Taiping näherte. Ein Deserteur der Rebellen wurde vernommen und erzählte, daß viele der Verteidiger gepreßte Bauern seien, die wenig Begeisterung für ihre Aufgabe zeigten. Solchermaßen ermutigt, entschieden sich Ward und seine Kameraden, erst anzugreifen, wenn der Boden wieder trocken war.

Ward ließ seine Leute vor den östlichen und nördlichen Mauern von Ch'ing-p'u antreten, während Li Heng-sungs Truppen das Westtor bewachten und die alliierten Streitkräfte sich bereitmachten, das Südtor anzugreifen. Im Morgengrauen des 12. Mai wurde das Feuer eröffnet. Angesichts der ziemlich lebhaften Reise und der emotionalen Bedeutung, die Ch'ing-p'u für Ward haben mußte, war die Schlacht selbst kurz und enttäuschend. Die Aussage des desertierten Rebellen bestätigte sich, daß viele der Verteidiger nur gezwungenermaßen kämpften: Etwa eine Stunde, bevor das Artilleriesperrfeuer eingestellt wurde, so berichtete der Korrespondent des *Herald*, »kam ein Mann aus der Stadt in Wards Lager und bot ihre Übergabe an, wenn wir die Beschießung stoppten. Man glaubte ihm nicht, und das Angebot wurde abgelehnt«. Im Anschluß daran verließen die Taiping Hals über Kopf die Stadt: Wards Männer und die alliierten Truppen stießen beim Betreten der Stadt »auf noch dampfende Schalen mit Essen« und »Kessel mit heißem Tee..., die die Rebellen bei ihrem eiligen Rückzug von den Mauern zurückgelassen hatten«.

Um 8 Uhr morgens war die Schlacht vorbei. Ward ließ 1500 seiner Männer unter dem Kommando von Colonel Forester als Garnison in der Stadt (Foresters Rang war ihm, wie die meisten in der Ever Victorious Army, von Ward verliehen worden und repräsentierte keinen Rang in der chinesischen Armee). Wieder verbot Ward seinen Leuten, die Stadt zu plündern (obgleich er selbst einen Bonus von 30000 Taels für ihre Eroberung erhielt), und kehrte mit den Truppen, die nicht bei Forester blieben, umgehend nach Sung-chiang zurück. Innerhalb weniger Tage war die Ever Victorious Army jedoch schon wieder unterwegs und marschierte mit dem alliierten Expeditionscorps gegen Nan-chiao.

Bis dahin waren Wards Verluste und die der anderen alliierten Kontingente bei den Kämpfen innerhalb des 30-Meilen-Radius außerordentlich gering gewesen, zumal im Vergleich mit den um ein Vielfaches höheren Verlusten der Taiping. Die Toten und Verwundeten des Ward Corps beliefen sich auf 10–20, während von den Alliierten kaum mehr als einer oder zwei gefallen waren. Diese geringen Verluste hatten zusammen mit den von den alliierten Kommandeuren erlaubten Plünderungen und den verhältnismäßig wenigen Fußmärschen dem ganzen Unternehmen, wie Richard J. Smith es ausdrückte, »eine fast karnevalistische Atmosphäre« verliehen. Und es sah so aus, als würde es in Nan-ch'iao genauso weitergehen. Die Stadt war kleiner als Ch'ing-p'u, ihre lockeren Backsteinmauern hatten nur eine Länge von etwa einer dreiviertel Meile und waren von einem einfachen Graben und Wall umgeben. Zwar war sie von einer großen Anzahl Taiping besetzt, verfügte aber über keine Geschütze, die sich mit der Artillerie messen konnte, die Ward und die Alliierten mitbrachten. Nicht zuletzt deshalb war die Stimmung unter den Alliierten während des Marsches auf die Stadt wieder einmal bestens.

Am Freitag, den 16. Mai, erreichte das Expeditionscorps Nan-ch'iao, und am 17. erkundeten Admiral Protet und General Staveley persönlich die Verteidigungsanlagen der Stadt. Ward übernahm wie üblich seine Position an die Spitze seiner Truppen und bereitete sich auf die Erstürmung Nan-ch'iaos vor, sobald die Kanonen ihre Arbeit getan hatten. Am Nachmittag begann das Artilleriefeuer, und es dauerte nicht lange, bis man die Taiping wie üblich die Stadt verlassen sah. Darauf befahl General Staveley, das Feuer einzustellen, und lief zusammen mit seinem Stab an der Mauer entlang, um eine geeignete Stelle für den Sturmangriff zu suchen. Ihnen folgte im Laufschritt ein französisches Kontingent unter Admiral Protet. »Und dann«, so der *Herald*-Korrespondent, »sieh da! Die gerissenen Verteidiger, die sich mit Ausnahme ihrer Geschützmannschaften und ein paar Infanterietrupps hinter und am Fuß ihrer Mauer verborgen hatten, um unserem Feuer zu entgehen, kamen mit entsetzlichem Gebrüll aus ihren Verstecken, besetzten die Mauern und empfingen uns mit einem gezielten Kugelhagel aus ihren Handfeuerwaffen.«

Im Nu war die karnevalistische Stimmung dahin, denn unter denen, die im Feuer der Taiping fielen, war auch Admiral Protet. Eine Rebellenkugel traf ihn mitten in die Brust und schleuderte ihn in die Arme seiner Soldaten. Der Admiral wurde schnell an einen sicheren Ort gebracht, aber seine Wunde war tödlich. Protet war ein von den französischen, britischen und chinesischen Soldaten gleichermaßen hochgeschätzter und respektierter Kommandeur gewesen: gutmütig und angriffslustig hatte er an den Kämpfen in der 30-Meilen-Zone teilgenommen, ohne verbissen zu wirken. Es schien kaum möglich, daß die Taiping ein solches Opfer hatten fordern können – und angesichts der Folgen mag es ihnen im nachhinein leid getan haben.

Nicht gerade für ihre Rücksicht und Zurückhaltung bekannt, drehten die französischen Truppen durch, als sich die Nachricht vom Tod des Admirals verbreitete. Nan-ch'iao wurde von den Alliierten zusammen mit der Ever Victorious Army in kürzester Zeit gestürmt, worauf Wards Männer zurücktraten und zusahen, wie die französischen Soldaten ihrer Trauer und ihrer Wut Luft machten. Augustus Lindley erinnerte sich:[18]

> Der Gedanke an Gnade scheint diesen christlichen Kriegern keinen Moment gekommen zu sein; lauthals zogen sie gegen die Taiping als »blutrünstige Monster« her ... und als ihr überlegenes Geschützfeuer ihnen den Sieg gebracht hatte, wurde absolut nichts getan, um die wehrlosen und keinen Widerstand mehr leistenden Flüchtlinge zu retten. Im Gegenteil, während die, die ihre Waffen weggeworfen hatten, sich vergeblich vor dem tödlichen Gewehrfeuer zu verstecken oder zu fliehen suchten, oder sich im Tordurchgang des Turmes stauten, schossen die heldenhaften Eroberer sie ruhig und leichten Herzens nieder, solange sie sich in ihrer Schußweite befanden.

Die Wut war noch immer nicht verraucht, als das Expeditionscorps auf das ein paar Meilen weiter südlich gelegene Che-lin zumarschierte. Ward und die Kommandanten der Alliierten wußten durch ihre Informanten, daß Che-lins zwei Meilen lange Mauer von Kanälen und breiten, mit Bambusspeeren gespickte Gräben umgeben und stark befestigt war und daß sich in der Stadt 5000 bis 10 000 mit brauchbarer Artillerie und britischen »Tower«-Musketen ausgerüstete Taiping befanden. Nachdem man am 19. Mai die Rebellen aus einigen außerhalb der Stadt liegenden Häusern vertrieben hatte, eröffnete das Expeditionscorps am 20. sein wie immer vernichtendes Artilleriefeuer. Das einzig ungewöhnliche an diesem Morgen war, daß der Führer der Taiping durch das Lager der westlichen Streitkräfte ritt und man ihn anstandslos passieren ließ, weil man ihn anfangs für einen der Kaiserlichen hielt. Anschließend »ritt der Rebellenführer um sein Leben und gelangte zu seinen Freunden in die Stadt«, berichtete der *Herald*.[19] Aber das Zentrum der Stadt sollte bald ein höchst ungesunder Aufenthaltsort werden. Die Franzosen und Briten schlugen zwei Breschen in die Mauer von Che-lin und waren sehr schnell drinnen. Die französischen Truppen stürmten rachsüchtig um sich feuernd durch die Stadt und steckten die Briten mit ihrer Wut an. Lindley schrieb, daß »die ritterlichen Alliierten, nachdem sie die Verteidiger von den Befestigungen vertrieben oder getötet hatten, durch die kleine Stadt rannten und wahllos *jeden Mann, jede Frau und jedes Kind innerhalb ihrer Mauern massakrierten*. Die Taiping waren so sehr bestrebt gewesen, die Belagerer auszuschließen, daß sie sich selbst höchst effektvoll eingeschlossen hatten und infolgedessen fast bis auf den letzten Mann abgeschlachtet wurden.«

Ein britischer Offizier, der den Franzosen gefolgt war, schrieb, daß tatsächlich »fast in jedem Haus, das wir betraten, tote oder sterbende Männer lagen«, und der *Overland Trade Report*, eine der englischsprachigen Zeitungen der chinesischen Küste, berichtete, daß »sich die französischen Truppen seit dem Tod des Admiral Protet wie die Teufel aufgeführt und unterschiedslos Männer, Frauen und Kinder getötet hätten. Ehrlicherweise muß jedoch zugegeben werden, daß auch britische Seeleute sich ähnlich widerlicher Verbrechen schuldig gemacht haben – nicht nur gegen die Taiping, sondern auch gegen die harmlose und wehrlose Landbevölkerung.«

Wäre Ward nicht zugegen gewesen, hätten sich seine chinesischen Truppen ohne Zweifel ebenfalls aufgefordert gefühlt, an der wütenden Raserei teilzunehmen. Es gab bereits Berichte, wonach eine unter dem Kommando von Major J. D. Morton nach Ningpo entsandte Abteilung der Ever Victorious Army während ihres Dienstes am Westtor der Hafenstadt an Plünderungen und Erpressungen beteiligt gewesen war. Dies bewies einmal mehr, daß allein Ward den Zusammenbruch der Disziplin bei seinen Leuten verhindern konnte: eine Rolle, die er seit den ersten Tagen seines Corps übernommen hatte.

Wir wissen nicht, wie lange die alliierten Truppen noch südlich von Shanghai gewütet hätten, wenn sie nicht durch Ereignisse in anderen Teilen der 30-Meilen-Zone abgelenkt worden wären. General Staveley räumte selbst ein, daß seine Truppen Che-lin bis auf die Grundmauern niederbrannten, nachdem er Befehl gegeben hatte, sich »zum Marsch auf die nächste Rebellen-Stadt« fertig zu machen. Dabei war es den alliierten Kommandeuren mit der Eroberung Che-lins doch gelungen, alle Ziele zu erreichen, die sie sich bei ihrem Treffen am 22. April gesetzt hatten. Einmal losgelassen, fiel es den französischen und britischen Soldaten wie ihren Kommandeuren offensichtlich schwer, sich auf ihre eigentliche Aufgabe zu besinnen: die Verteidigung Shanghais. Glücklicherweise frischte der Chung Wang ihre Erinnerung wieder auf.

Nach ihren Erfolgen in Nan-hsiang und Chia-ting waren die Einheiten des Grünen Banners in und um Chia-ting übermütig geworden und hatten in der dritten Maiwoche versucht, eine Armee der Rebellen in

T'ai-ts'ang anzugreifen, ungefähr 10 Meilen nordwestlich von Chia-ting. Vielleicht hatte Li Hung-chang Böses geahnt, jedenfalls hatte er sich geweigert, mit seiner Anhwei-Truppe an dieser Aktion teilzunehmen, die am 17. Mai mit einer vernichtenden Niederlage der kaiserlichen Streitkräfte durch den Chung Wang endete. Da der Chung Wang wußte, daß die westlichen Truppen und Wards Leute im Süden beschäftigt waren, beschloß er nach seinem Sieg, anschließend nicht nur Chia-ting, sondern auch Sung-chiang und Ch'ing-p'u zu belagern. Obgleich keine dieser Städte im ersten Ansturm fiel, hatte der Chung Wang immerhin Chia-ting und Ch'ing-p'u erfolgreich von allen Verbindungswegen abgeschnitten, hatte Kuang-fu-lin zurückerobert und bedrohte mit seiner Armee von 50 – 100 000 Mann wieder einmal Shanghai.

Sobald Ward von den Aktionen des Chung Wang erfuhr, eilte er nach Sung-chiang zurück, verstärkte die Abwehr und versuchte erfolglos, eine Versorgungslinie zu Forester in Ch'ing-p'u herzustellen. Forester wie auch Ward richteten sich deshalb auf eine offensichtlich lange Belagerung ein. Die Taiping, so erinnerte sich Forester[20] später, errichteten um Ch'ing-p'u eine Palisade, »etwa eine Meile vor den Mauern und begannen mit einer Serie von Angriffen. Von Zeit zu Zeit unternahmen sie verzweifelte Versuche, über Leitern auf die Mauer zu klettern. Wir wurden Tag und Nacht in Atem gehalten ... Ich leistete durch häufige Ausfälle im Schutz der Nacht oder in dichtem Nebel Widerstand. Diese Überfälle waren blutige Angelegenheiten und endeten jedesmal mit schweren Verlusten auf seiten unseres Gegners. Aber sie konnten leicht zehn Leute entbehren, wo mir schon einer fehlte, und ohne Nachschub begann unsere Lage katastrophal zu werden.«

General Staveley war inzwischen einer Panik so nah, wie das ein arroganter englischer Offizier in einer solchen Situation zugeben konnte. Am 23. Mai schrieb er an Frederick Bruce und teilte ihm mit, daß er Ch'ing-p'u nicht zu Hilfe kommen könne, da er direkt nach Chia-ting gehen werde, um die Stadt zu entlasten. Aber am 26. hatte er von den Streitkräften des Chung Wang genug gesehen und war von der Feigheit der kaiserlichen Einheiten in jener Region so beeindruckt, daß er die britische Garnison aus Chia-ting abzog. »Da sich nicht absehen läßt, worauf die feindselige Haltung der Rebellen hinauslaufen wird«, schrieb Staveley an Bruce, »und da die kaiserlichen Truppen absolut wertlos sind, habe ich es für ratsam gehalten, alle entbehrlichen Truppen nach Shanghai zu beordern.«[21] Admiral Hope widersprach vehement, aber der Abzug wurde gebilligt. Abgesehen davon, daß dies den Untergang Chia-tings besiegelte (die Stadt fiel, kurz nachdem die Briten sie verlassen hatten), wußte Hope, daß Staveleys Politik für Ward und Forester wahrscheinlich eine Katastrophe bedeutete. Aber Staveley war weit davon entfernt, Wards Armee – die er auch so gut wie nie in seinen Berichten erwähnte – in seine Überlegungen einzubeziehen.

Hätte die neueste Offensive des Chung Wang schließlich die Ever Victorious Army vernichtet, so hätte dies durchaus in Staveleys Pläne gepaßt, der seit seiner Ankunft in Shanghai eifersüchtig versucht hatte, Ward die Ausbildung der chinesischen Rekruten wegzunehmen. Am 28. Mai unterzeichnete Li Hung-chang – inzwischen Gouverneur von Kiangsu – auf Drängen Staveleys ein Abkommen, in dem er sich verpflichtete, diesem 2000 kaiserliche Soldaten zur Ausbildung zu überlassen. Unterstützt vom britischen Konsul in Shanghai, W. H. Medhurst, sowie Admiral Hope und dem Gesandten Bruce drängte Staveley sofort darauf, diese Zahl zu erhöhen. Aber der Unterschied, ob Ward chinesische Soldaten ausbildete oder ein britischer Offizier dies tat, war allen chinesischen Beamten klar: Mochte der Thron auch gelegentlich an den lauteren Absichten des Kommandeurs der Ever Victorious Army zweifeln, er hatte niemals eine Ausdehnung des ausländischen Einflusses unterstützt. Wu Hsü, Li Hung-chang und Prinz Kung versuchten daher so gut ihnen dies möglich war, Staveleys Projekt zu behindern, waren aber gleichzeitig sorgfältig darauf bedacht, keinen offenen Bruch mit den Briten zu riskieren. Li war noch nicht davon überzeugt, daß seine Anhwei-Truppen schon soweit waren, die Hauptlast bei der Verteidigung Shanghais und der Rückeroberung der umliegenden Städte zu übernehmen. Falls Ward und Forester vernichtend geschlagen wurden, war die britische Unterstützung in der Region wichtiger als je zuvor. Und ohne wirksame britische Kooperation war in der Tat auch das Schicksal der Ever Victorious Army unsicher.

Es hing daher viel davon ab, wie Ward mit dieser neuen Krise fertig wurde, die ihn – neben allem anderen – zum ersten Mal in einen direkten Konflikt mit dem berühmten Chung Wang brachte.

Obwohl sie beide bereits häufig gegen Einheiten der anderen Seite gekämpft hatten (besonders heftig während der zweiten Schlacht um Ch'ing-p'u im August 1860), hatten der Chung Wang und Ward ihre Talente noch nie persönlich auf demselben Schlachtfeld gegeneinander ausgespielt. Der Belagerung von Sung-chiang im Frühjahr 1862 haftete daher tiefe Symbolik an: Der ehemalige Landarbeiter Li Hsiu-ch'eng und der ehemalige Schiffsoffizier Frederick Townsend Ward, die sich im chinesischen Bürgerkrieg als die talentiertesten Kommandeure der jeweils anderen Seite erwiesen hatten, standen sich als Führer zweier starker Heere gegenüber, die beide einen alternativen Weg repräsentierten, der China möglicherweise von dem verknöcherten System der Manchu befreit hätte, wäre einer von ihnen auf lange Sicht erfolgreich gewesen. Als Chung Wang führte Li Hsiu-ch'eng eine buntgekleidete, gewaltige Schar mutiger Glaubenseiferer an, die er zu der besten aller Taiping-Armeen zusammengeschmiedet hatte; als der legendäre »Hua« hatte Ward zwar eine kleinere Einheit aufgebaut, die in schlichte westliche Uniformen gekleidet, aber hervorragend ausgebildet und in der Lage war, sich selbst gegen eine zahlenmäßig weit überlegene feindliche Streitmacht zu behaupten. Keiner von beiden ahnte, daß ihr Versuch, für China ein neues Zeitalter herbeizuführen – der eine durch eine sozialregligiöse Bewegung, der andere durch eine militärische Ereuerung – sie beide am Ende das Leben kosten und letztlich erfolglos sein würde. Aber ihr Scheitern verkleinert in keiner Weise die Bedeutung ihrer parallelen Bemühungen oder jenes bemerkenswerten Augenblicks Anfang Juni, als die beiden Führer ihre Banner einander gegenüber aufstellten und sich bereit machten, über die Befestigungsanlagen von Sung-chiang hinweg eine Schlacht zu schlagen.

Trotz aller Dramatik war der Versuch des Chung Wang, Sung-chiang zu erobern, töricht und erinnerte in vielem an Wards Fixierung auf Ch'ing-p'u zwei Jahre zuvor. Durch seine Bemühungen, die Städte auf dem 30-Meilen-Radius zurückzuerobern, vergeudete Wang Menschen und Material und spielte damit strategisch dem Gegner in die Hände. Denn Ende Mai 1862 rückte Tseng-kuo-fan entschlossen gegen Nanking vor und konnte es binnen kurzem einschließen. Was immer danach in Kiangsu geschah, war bedeutungslos, wenn Nanking fiel. Allein dadurch, daß Ward den Chung Wang an sich band, bis Tseng die Hauptstadt der Taiping völlig eingeschlossen hatte, erfüllte er seine Funktion in dem umfassenderen strategischen Plan – ähnlich einem Boxer, der mit der linken Hand Kopf und Körper des Gegners in die richtige Position bringt, um mit der rechten den entscheidenden Schlag führen zu können. Im übertragenen Sinn hatte Ward damit bereits seine Überlegenheit über seinen Gegner bewiesen, obgleich abzuwarten blieb, ob er die Belagerung Sung-chiangs überstand, um dann den Erfolg zu genießen.

Der Belagerungsring des Chung Wang um Sung-chiang wurde schnell immer enger, obgleich es dem Rebellenführer nicht gelang, die Verbindung mit Shanghai auf dem Wasserweg zu unterbrechen. Admiral Hope, der noch immer über Staveleys Entscheidung verärgert war, sich aus der 30-Meilen-Zone zurückzuziehen, nutzte jede Gelegenheit, um per Schiff Waffen, Versorgungsgüter und kleine Abteilungen britischer Seeleute und Marineinfanterie den Huang-pu hinaufzuschicken. Am 31. Mai schrieb er einen wütenden Brief[22] an den Sekretär der Admiralität und erklärte ihm, daß Staveleys Strategie einen »üblen moralischen Effekt« auf die gesamte Shanghaier Region ausübe. Die Taiping, so Hope, kröchen wieder in die von den kaiserlichen Streitkräften und den westlichen Alliierten östlich und westlich des Huang-pu aufgegebenen Städte zurück. Außerdem

> ... haben jetzt zahlreiche Rebelleneinheiten ihre Lager in den Hügeln um Ch'ing-p'u und Sung-chiang aufgeschlagen und belagern beide Städte. In der letzteren befindet sich eine Garnison von ... Colonel Wards chinesischen Soldaten. Wäre

der Ort ausreichend bewaffnet und für sechs Monate mit Proviant versorgt und wären die [von den alliierten Kanonen am 10. Mai geschlagenen] Breschen repariert worden, würde ich mir um den Ausgang keine Sorgen machen. Leider geschah nichts dergleichen, und es sieht sehr danach aus, als ob die Rebellen die Stadt schließlich erobern könnten.

Hope unterstrich, daß er Staveleys Idee, chinesische Soldaten auszubilden, unterstütze, aber er verlangte zugleich mehr Hilfe für Ward und seine Armee sowie eine Vollmacht für Major Morton, in Ningpo 2500 Mann für die Verteidigung der Stadt aufzustellen.

Unterdessen bemühte sich einer von Hopes Offizieren, Captain John Montgomerie[23] von der *Centaur*, nach Kräften, Ward bei der Abwehr des Chung Wang zu helfen. Sung-chiangs Lage wurde dadurch verschlechtert, daß es Ward nicht gelang, nach Ch'ing-p'u durchzubrechen und es entweder zu entsetzen oder aber die Garnison abzuziehen und die Ever Victorious Army in Sung-chiang zu verstärken. Captain Montgomerie begleitete Ward bei seinem vergeblichen Versuch, Colonel Forester in Ch'ing-p'u zu erreichen, und entschloß sich bei ihrer Rückkehr, mit seiner kleinen Abteilung Soldaten bei Ward in der Stadt zu bleiben, wo sie eine wichtige – wenngleich oft übertriebene – Rolle bei der Verteidigung von Sung-chiang spielten. Am 30. Mai griffen die Rebellen in einer konzertierten Aktion die Stadt an und eroberten einen großen Vorrat an Waffen und Pulver sowie ein Beiboot der *Centaur*. Um weiteren, größeren Verlusten vorzubeugen, brannte Ward am 1. Juni die Vorstädte nieder, die in den vergangenen zwei Jahren so sorgfältig wieder aufgebaut worden waren. Am folgenden Tag unternahmen Ward und Montgomerie mit mehreren hundert Mann einen waghalsigen Ausfall vor die Mauern der Stadt, um den Taiping von den erbeuteten Waffen soviel wie möglich wieder abzunehmen. Es kam zu einem heftigen Gefecht, aber um 9 Uhr abends hatte Ward zumindest einen Teil der Waffen zurückgeholt. Außerdem war es ihm mit Montgomerie zusammen gelungen, alle ihre Boote hinter Sung-chiangs westlichstes Wassertor zu bringen.

In den nächsten drei Tagen versuchten die Taiping immer wieder, die Stadt zu stürmen, wurden aber jedesmal zurückgeschlagen. Montgomerie notierte, daß die Rebellen bei allen diesen Versuchen zuerst eine Artilleriebatterie vor der Mauer postierten, die jedoch jedesmal »erfolgreich von den Kanonen der Stadt zerstört wurde«. Am 5. Juni begannen die Taiping die Nerven zu verlieren. Laut Montgomerie »sandte der Chung Wang an diesem Morgen einen Brief an Ward und forderte ihn auf, ihm die Stadt zu übergeben«. Eine Kopie dieses Briefes wurde von Augustus Lindley gerettet, und obgleich er ihn eher einem der Generäle des Chung Wang als dem Rebellenkommandeur selbst zuordnete, bestätigt sein Ton (und Montgomeries Zeugnis) die Urheberschaft des Chung Wang: »Wärt Ihr nicht in mein Territorium eingedrungen, hätte ich Euch nicht belästigt und das Volk wäre nicht aufgeschreckt worden. Wäre das nicht für beide Seiten besser gewesen?« Nachdem er Wards chinesische Soldaten als Männer gegeißelt hatte, »die das Brot der Ch'ing [Manchu] essen, aber einem Fremden dienen«, wandte er sich zum Schluß direkt an die Führer der Teufelssoldaten: »Was Euch angeht, Ihr ausländischen Soldaten, so solltet Ihr am besten so schnell wie möglich in Euer Heimatland zurückkehren; da Ihr einem anderen Volk angehört, warum solltet Ihr mit mir kämpfen, oder warum sollte ich gezwungen sein, Euch zu besiegen? ... Falls Ihr aber entschlossen seid und mit mir kämpfen wollt, so fürchte ich in der Tat, daß Euer Handel leiden wird.«

Captain Montgomerie notierte, daß auf diese bombastischen Erklärungen »natürlich keine Antwort erfolgte«.

In Ch'ing-p'u zeigte auch Colonel Forester trotz seiner schwierigen Lage bewundernswerten Mut. In den letzten Maitagen übersandte ihm der die Stadt belagernde General angesichts der unnachgiebigen Entschlossenheit der Verteidiger durch einen Parlamentär eine Botschaft. In gewohnt stolzem Ton forderte der Rebellengeneral die Übergabe, wies auf die Sinnlosigkeit des Widerstands hin und tadelte Foresters Männer:

> Nun, am abscheulichsten sind die fremden Teufel und ausländischen Dämonen, und er [der Rebellengeneral] hat gehört, daß es unter Euch als ausländische Dämonen verkleidete Männer gibt, die ihr Leben für nichts wegwerfen; dennoch hat er die südliche Route offengelassen und die Garnison hat die Erlaubnis, abzuziehen und als Dorfbewohner getarnt ihr Leben zu retten; keiner von ihnen wird getötet werden; wenn sie den Wunsch haben sollten, den Kampf einzustellen und sich zu unterwerfen, dann dürfen sie auch dies tun.[24]

Das waren milde Bedingungen, obgleich es fraglich war, ob man ihrem Verfasser trauen konnte. Andererseits hatte Forester in Ch'ing-p'u Probleme, die ihn durchaus in Versuchung führen konnten, das Angebot anzunehmen: Laut Dr. Macgowan war Forester »gezwungen, gewisse nützliche Regeln zu lockern. So mußte Opium (zum Rauchen) ausgegeben werden, um eine Meuterei zu verhindern.« Foresters eigener Bericht stellt klar, daß der Gedanke an Meuterei nicht von den chinesischen Soldaten, sondern – wie vorherzusehen – von den europäischen Offizieren kam. Tatsächlich waren es einige »durch und durch loyale und ehrliche« chinesische Hauptfeldwebel, die ihren Kommandeur vor dem Komplott warnten. Forester ließ die Schuldigen sofort einsperren, was seine Lage aber kaum verbesserte: »Kampf, Müdigkeit und Hunger hatten uns ausgelaugt, und nachdem alle meine europäischen Offiziere im Gefängnis saßen, konnte ich mich nur noch auf die Chinesen verlassen.« Dieses letzte Detail ist (wieder einmal) unbestätigt, aber daß Forester trotzdem den Mut hatte, auf die Übergabeforderung des Rebellengenerals am 1. Juni genüßlich zu antworten, wurde bewiesen, als eine Kopie seines Schreibens später ihren Weg zu Admiral Hope fand. In ihm hatte Forester erklärt:

> Sie sagen, wenn ich Ihnen die Stadt nicht heute oder morgen übergebe, werden Sie sie angreifen und uns töten; und ich antworte Ihnen darauf, daß mir der Abzug unmöglich ist. Da mein Gebieter, Ward, mir die Verantwortung für diese Stadt mit zahllosen Soldaten, Geschützen, Vorräten, Munition etc. anvertraut hat, bin ich verpflichtet, sie zu verteidigen, wie groß auch die Zahl meiner Gegner ist, und diese daran zu hindern, sie einzunehmen. Ich habe allen meinen Offizieren befohlen, ihr Bestes zu geben, denn ich wage es nicht, die Stadt auf eigene Verantwortung zu verlassen. Ich bedauere, daß Sie uns Ausländer hier nicht sehr schätzen, aber wenn Sie uns haben wollen, müssen Sie kommen und die Stadt einnehmen.

Wards und Foresters verzweifelte Notlage machte schließlich die fortgesetzte Weigerung Li Hung-changs[25] unhaltbar, sich mit seiner Armee voll an den Kämpfen zu beteiligen. General Staveley lehnte es weiterhin ab, mehr zu tun, als Shanghai zu verteidigen, und solange Li Hung-chang nicht bereit war, seine Anhwei-Streitmacht einzusetzen, war Staveleys Einstellung durchaus gerechtfertigt. »Die westlichen Soldaten«, schrieb Li am

29. Mai an Tseng Kuo-fan, »... scheinen stets den Verdacht zu hegen, daß ich, Hung-chang, nicht mit ihnen zusammenarbeiten will. Sie sagen, daß sie ihre westlichen Truppen bald in ihre Heimatländer zurückschicken werden; daß viele Ausländer hier bei den Kämpfen verwundet und getötet wurden. Wenn China nicht mit ihnen zusammenarbeiten will, müßten sie ihre Truppen abziehen. Ich, Hung-chang, werde einige taktvolle Worte zu ihrer Beruhigung sagen; falls ich ihren Wünschen entgegenkommen kann, werde ich dies tun.« Aber eine gemeinsame Operation seiner Truppen mit den ausländischen Streitkräften im Innern des Landes lehnte Li weiterhin ab. Am 3. Juni berichtete er Tseng: »Ich habe vor kurzem wiederholt Denkschriften über die Unangemessenheit eines gemeinsamen Feldzugs an den Hof gerichtet. Hope und ich, Hung-chang, haben uns nicht weniger als viermal getroffen – immer auf seinen Wunsch hin –, und ich muß mit ihm verhandeln, wie sich die Gelegenheit ergibt. Selbst wenn die Situation verzweifelt würde, würde ich ihn niemals um Hilfe bitten noch bin ich bereit, Ausländern zu dienen.«

In der ersten Juniwoche jedoch war die Lage westlich von Shanghai in der Tat verzweifelt, und Li war ehrlich von Wards tapferem Widerstand beeindruckt. »Ward«, so berichtete er Tseng, »der heldenhaft Sung-chiang und Ch'ing-p'u verteidigt, ist wirklich der energischste von allen. Obgleich er sich bisher noch nicht die Stirn ausrasiert oder mich an meinem bescheidenen Amtssitz aufgesucht hat, habe ich keine Zeit, mit Ausländern wegen einer so geringen zeremoniellen Angelegenheit zu streiten.«

Lis zweifacher Wunsch – einerseits zu beweisen, daß seine Leute den ausländischen Soldaten bei der Verteidigung Chinas ebenbürtig waren, und andererseits

Ward irgendwie zu unterstützen – ließ ihn schließlich noch in der ersten Juniwoche aktiv werden. Er befahl seinen Kommandeuren, die Rebellen zu beiden Seiten des Huang-pu anzugreifen und errang eine Reihe von Siegen, die die alliierten Kommandanten überraschten und die Aufmerksamkeit des Chang Wang zumindest teilweise von Sung-chiang und Ch'ing-p'u ablenkte.

Am 6. Juni entsandte Hope im Rahmen seiner Machtbefugnisse als Marinekommandant von Shanghai weitere britische Soldaten nach Sung-chiang. Zur gleichen Zeit kehrte der größte Teil der unter Major Morton in Ningpo stationierten Abteilung der Ever Victorious Army nach Norden zurück, da sie vom verzweifelten Kampf ihres Kommandeurs gehört hatte. Sie begannen sofort, sich nach Sung-chiang durchzuschlagen. Bei dem nicht weit von Sung-chiang gelegenen Ort Tou-fu-peng griffen sie eine starke Streitmacht der Rebellen an. Die Kämpfe dauerten bis in die Nacht. Im Schutz der Dunkelheit gelang es der Einheit, die Palisade der Rebellen zu erreichen und sie und die Verschanzungen von Tou-fu-peng in Brand zu setzen. Das Feuer war bis Sung-chiang zu sehen und hatte Signalwirkung. Ward hatte es kaum gesichtet, als er seine Truppen alarmierte – zusammen mit den britischen und kaiserlichen Einheiten in der Stadt – und in Richtung der Flammen angriff. Gemeinsam konnten die beiden Teile der Ever Victorious Army dem Chung Wang eine schmerzliche Niederlage zufügen.

Am 9. Juni hatte Admiral Hope von der defensiven britischen Haltung in Shanghai genug und fuhr selbst mit etwa 200 britischen Soldaten den Huang-pu hinauf. Er erreichte ohne Zwischenfall Sung-chiang und entschied sich vor Ort, Ward bei einem erneuten Versuch zu unterstützen, zu Forester nach Ch'ing-p'u durchzubrechen. Mit Wards Dampfern *Hyson, Cricket* und der kürzlich erworbenen *Bo-peep* an der Spitze, gefolgt von Hopes *Kestrel* und dem französischen Kanonenboot *Etoile,* brach die vereinigte Streitmacht in Richtung Ch'ing-p'u auf, wobei man unterwegs eine kurze Pause einlegte, um einige 4000 Rebellen aus Kuang-fu-lin zu verjagen. Am 10. gelang es Ward, zu dem belagerten Forester durchzubrechen. »Ich erinnere mich noch gut an den Tag, an dem sie mich erreichten«, schrieb Forester[26] später, »denn ich hatte bereits alle Hoffnung aufgegeben, jemals lebendig hier rauszukommen.« Da Ch'ing-p'u nicht zu halten war, beschlossen Ward und Hope, sofort die Geschütze der Stadt und alle Vorräte auf die Schiffe zu bringen und die Stadt einzuäschern. Diese Aktion löste später lange Debatten unter den chinesischen Beamten aus, von denen einige behaupteten, der Vorgang habe Wards Illoyalität und seine Neigung zu Plünderungen demonstriert. Aber in Wahrheit war das Ganze nicht mehr und nicht weniger als ein ungewöhnlicher Schritt in einer ebenso ungewöhnlichen Notlage.

Die westlichen und die kaiserlichen Truppen brachen aus dem brennenden Ch'ing-p'u in Richtung Sung-chiang auf, wobei es zu einem spektakulären und mysteriösen Zwischenfall kam: Aus irgendeinem Grund kehrte Forester in die Stadt zurück, und zwar genau in dem Moment, als auch die Rebellen eindrangen. Forester behauptete später, er sei auf einen Wachtturm geklettert, um die Bewegungen des Feindes auszuspähen, und sei dabei von den Rebellentruppen eingekreist worden. Augustus Lindley meinte, der stellvertretende Kommandeur der Ever Victorious Army sei wegen seines vergessenen Beutegutes zurückgegangen. Und der verwirrte Korrespondent des *North China Herald* konnte überhaupt keinen Grund entdecken. Die Truppe wartete eine Stunde auf Foresters Rückkehr, aber er kam nicht. »Es wird vermutet«, schrieb der Herald[27], »daß er dem Feind in die Hände gefallen ist oder von ihm erschossen wurde.«

In der Tat war Forester erwischt worden. Für ihn begannen lange und gräßliche Wochen der Gefangenschaft, während der man ihn in Fesseln legte und ihn zwang, nach Soochow zu marschieren; er wurde von vorbeikommenden Rebellen verhöhnt und angespuckt, und man befahl ihm, der Exekution anderer Gefangener zuzusehen, wobei man ihm sagte, daß er bald selbst an die Reihe kommen würde. In Wahrheit jedoch hüteten sich die Taiping, einen so wertvollen Gefangenen zu töten: Li Hung-chang erklärte sich schließlich einverstanden, ein umfangreiches Lösegeld in Form von Waffen und Bargeld für die Freilassung Foresters zu zahlen. Aber die Gefangenschaft hatte Forester verändert. Seine Gesundheit war ziemlich angeschlagen und sein Geist nahezu gebrochen; in dieser bittern Erfahrung mag sehr wohl der Grund für sein bisweilen unverständliches Verhalten nach Wards Tod zu finden sein.

Ward kehrte ohne seine beiden Kommandeure Burgevine (der noch seine Verwundung ausheilte) und Forester nach Sung-chiang zurück, um einen recht bittersüßen Triumph zu feiern: Frustriert durch die Entschlossenheit der Teufelssoldaten in Sung-chiang hatte sich der Chung entschlossen, nach Soochow zurückzukehren und sich darauf zu konzentrieren, seine Truppen für einen erneuten Angriff auf Shanghai im Juli oder August zu sammeln und entsprechend auszurüsten. Er rechtfertigte diesen Schritt später mit einem Hinweis auf die sich verschlechternde Lage in Nanking:[28]

> Wir schlossen Sung-chiang ein, aber kurz bevor wir die Stadt erobern konnten, stürmte General Tsengs Armee [die von Tseng Kuo-fans vertrauenswürdigem Bruder Tseng Kuo-ch'üan befehligt wurde] ... mit einem Getöse wie splitternder Bambus heran, erreichte Nanking und bedrohte die Hauptstadt. An einem Tag kamen drei Boten des T'ien Wang vor Sung-chiang an, die mich drängten, [nach Nanking] zurückzueilen. Die Edikte klangen sehr ernst; wer hätte es gewagt, nicht zu gehorchen? Ich konnte nichts machen, so zog ich meine Truppen wegen der strikten Aufforderungen von Sung-chiang ab, ohne die Stadt anzugreifen.

Diese zweckdienliche und offenkundig falsche Schilderung der Ereignisse überzeugte nicht einmal Augustus Lindley. Es war klar, daß der Chung Wang die Aufforderungen des T'ien Wang als Vorwand nutzte, um einer schlimmeren Demütigung durch Ward zu entgehen.

Diese Einschätzung wird durch die Tatsache gestützt, daß der Chung Wang von Soochow nicht nach Nanking weitermarschierte, sondern damit begann, alternative Strategien für die Eroberung Shanghais im Sommer zu entwickeln. Seinem Herrscher erklärte er die Verzögerung damit, daß – während die Streitkräfte Tseng Kuo-chüans Nanking frisch und gut ausgerüstet erreicht hätten – seine eigenen Leute ausgelaugt seien, eine Pause brauchten und neu ausgerüstet werden müßten. Der T'ien Wang akzeptierte diese Entschuldigung nicht und sandte ein weiteres Edikt nach Soochow: »Ich habe Dir dreimal befohlen, zu kommen und die Hauptstadt zu entsetzen«, schrieb der Himmlische König, »warum hast Du Dich nicht auf den Weg gemacht? Was glaubst Du, was Du tust? Ich habe Dir eine große Verantwortung übertragen, kann es sein, daß Du meine Gesetze nicht kennst? Falls Du meinen Befehlen nicht nachkommst, wird Deine Strafe grausam sein.« Aber der Chung Wang zögerte weiterhin;

weder zog er nach Westen, noch drang er nach Osten vor.

Die Unentschlossenheit des Rebellengenerals eröffnete zahlreiche Möglichkeiten für ein Vorrücken gegen die Taiping in der Shanghaier Region; Möglichkeiten, die General Staveley jedoch nicht ausnutzen konnte oder wollte. Er blieb weiter stur auf seinem Kurs, Shanghai lediglich zu verteidigen. Auch Ward hatte seine Truppe noch nicht wieder hinreichend gruppiert und organisiert, um eine größere Offensive starten zu können. Glücklicherweise aber war Li Hung-chang bereit – offensichtlich ermutigt durch seine kürzlichen Erfolge –, sich intensiver als bisher in die Kämpfe einzuschalten.[29] Er befahl seinen Kommandeuren, einen zangenartigen Angriff auf eine südwestlich von Shanghai, im Gebiet um Hung-ch'iao stationierte Rebelleneinheit zu führen. Am 18. Juni schloß sich die Zange, wobei angeblich 1000 Rebellen getötet und 200 weitere gefangengenommen wurden. Am gleichen Tag schrieb Li an Tseng Kuo-fan: »Dies gefällt mir außerordentlich, da es auf einen Schlag die militärische Lage der vergangenen Jahre verändert hat. Nach den Berichten unserer Spione sind die verschiedenen Räuberbanden aus der Umgebung von Ssu-ching und Sung-chiang heute alle geflohen.« Nachdem seine persönliche Macht gefestigt war, fühlte sich Li nun auch freier, die Art und Weise zu kritisieren, in der Beamte wie Wu Hsü und Yang Fang mit Ausländern und der Ever Victorious Army umgingen: »Die Dienste von Ausländern mögen weiter erforderlich sein«, schrieb Li am 23. Juni an Tseng, »aber die Abrechnung sollte klar sein.« Seine Kritik an Wu und Yang enthielt jedoch niemals einen Vorwurf gegen Ward.

Während Li die Funktion Wards mit bewundernswerter Klarheit und Objektivität sah, wurde Pekings Blick zunehmend durch Argwohn und Feindschaft getrübt. Und Lis Siege verschlechterten die Situation eher, als daß sie sie entspannten, weil sie die Aussicht auf eine kompetente, rein chinesische Streitkraft in Kiangsu eröffneten. Die Zweifel, die Hsüeh Huan durch seine anfänglichen Besorgnisse über Wards Arroganz und seine letztendlichen Ziele bei der kaiserlichen Clique geschürt hatte, waren in der von Mißtrauen geprägten Atmosphäre der Verbotenen Stadt stetig gewachsen. Bereits am 24. Mai hatte ein kaiserliches Edikt festgestellt, daß »es zu vielen Übergriffen führen wird, wenn wir den Briten und Franzosen erlauben, die Rebellen anzugreifen, und selbst Ward hat einen Willen, der sich nicht kontrollieren läßt«. Li dagegen verursachte keine solchen Probleme.

Auch die zunehmende Unterstützung der Ever Victorious Army durch Großbritannien (ungeachtet der persönlichen Befürchtungen General Staveleys) nährte Pekings Mißtrauen. Je dringender die britischen Repräsentanten die Erweiterung der Ever Victorious Army verlangten, um so mehr schien die kaiserliche Clique entschlossen, die Stärke des Corps zu limitieren. Auf die Nachricht, daß Prosper Giquel und Le Brethon de Caligny versuchten, in Ningpo ein franko-chinesisches Corps aufzustellen, schrieb Admiral Hope an den Nachfolger Admiral Protets in Shanghai, »daß es nicht unser Ziel ist, dort mehrere unabhängige Corps zu haben – englische, französische und chinesische –, sondern daß alle dort ausgebildeten Männer in Colonel Wards Truppe eingegliedert werden sollten, die eine chinesische, von der Regierung in Peking autorisierte Armee ist, und der auch die von Captain Dew ausgebildeten Soldaten angegliedert sind.« Wiederum empfahl Hope Frederick Bruce, die chinesische Regierung zu überreden, Ward zu erlauben, in Ningpo 2500 Männer zu rekrutieren, und wiederum bemühte sich Peking, eben dies zu verhindern.

Die Gründe für dieses Ausweichen wurden im Juni deutlich. Ward wußte sehr gut, daß es bei einigen nicht unter seinem direkten Befehl stehenden Abteilungen der Ever Victorious Army zu Übergriffen gekommen war, besonders bei der von Major Morten kommandierten Einheit in Ningpo. Späteren Berichten zufolge soll Ward damals gesagt haben: »Ich habe meine Leute im Griff, aber meine Offiziere nicht.« Dr. Macgowan bestätigte dies und fügte hinzu, daß auch die chinesischen Soldaten – und nicht nur die westlichen Offiziere der Ever Victorious Army – sich schlecht betrugen, sobald sie Wards stets aufmerksamen Blicken entzogen waren. »Wenn Ward nicht dabei war, konnte seine Legion leider nicht mit Ordnungsfunktionen betraut werden. Sie konnte es nicht lassen, die Menschen auszurauben, die sie beschützen sollte.« Aber Ward wußte auch, daß eifersüchtige chinesische Provinzbeamte diese Zwischenfälle in ihren Berichten an den Thron aufbauschten, um ihn in Mißkredit zu bringen. So hatten örtliche Beamte Prinz Kung zum Beispiel mitgeteilt, daß Ward ohne Grund nicht nur Ch'ing-p'u, sondern auch Chia-ting niedergebrannt habe – ein Bericht, der nie bestätigt wurde. Dieselben Leute unterstellten ihm, daß er für seine Armee bestimmte Gelder für andere Zwecke ausgegeben habe, obgleich gerade die effiziente Finanzverwaltung der Ever Victorious Army (im Gegensatz zu Wards persönlichen Finanzen, die häufig in Unordnung waren) einer der wichtigsten Gründe für den Erfolg der Einheit war.

In der richtigen Annahme, daß Kung ein falsches Bild von ihm und seiner Armee erhielt, schrieb Ward im Juni selbst an den Prinzen: ein ziemlich schwerer Verstoß gegen das offizielle Protokoll. Laut Kung »betonte« Ward in seinem Memorandum »seine Verdienste« und bat darum, »ihm mehr freie Hand zu lassen, so daß er seine Armee unabhängiger einsetzen könne«. In seiner Antwort »verbat« sich Kung »vornehm« zukünftig ähnliche Mitteilungen. Im übrigen machte dieser Vorfall die kaiserliche Clique nur noch mißtrauischer. »Obgleich Ward China dient«, betonte Kung, »ist er immer noch ein Ausländer. Sein Wesen ist grundsätzlich ungezügelt, und sein Herz ist noch schwerer zu ergründen ... Ich ersuche daher den Thron, Li Hung-chang und Tso Tsungtang [ein weiterer von Tseng Kuo-fans begabten Schülern, der zum neuen Gouverneur der Provinz Chenkiang ernannt worden war], den Befehl zu erteilen, ihn aufmerksam zu beobachten und ihn schrittweise unserer Kontrolle zu unterwerfen, damit er sich nicht selbst durch seine Arroganz ruiniert.«

Li Hung-changs Siege im Juni ließen Chinas Herrscher hoffen, daß sie die ausländischen Truppen und die Ever Victorious Army schon bald nicht mehr brauchen würden. So blieben Hopes wiederholte Forderungen nach einer Erweiterung der Streitkräfte Wards sowie Staveleys ständiges Drängen, man möge ihm Leute für eine Ausbildung in Shanghai überstellen, unbeantwortet. Wütend sandte Frederick Bruce daraufhin am 28. Juni eine grobe Botschaft[31] an Prinz Kung, daß er sich genötigt sehe, »eine sehr ernste Beschwerde gegen jene zu erheben, die die Operationen der chinesischen Soldaten in Shanghai lenken«.

»Eurer kaiserlichen Hoheit ist bekannt«, fuhr Bruce fort,

> »daß zwischen diesen und den alliierten Kommandeuren vereinbart worden ist, daß letztere die Städte in einem bestimmten Kreis um Shanghai zurückerobern und die Chinesen an-

schließend dort Garnisonen einrichten... Statt sich auf den ihnen übertragenen Teil zu beschränken, haben die Chinesen eine starke, von ihnen gehaltene Position [Chia-ting] aufgegeben und sind mit einigen 7000 oder 8000 Mann losmarschiert, um auf eigene Faust eine Stadt namens Tai-ts'ang anzugreifen. Das Ergebnis war vorhersehbar, solange Offiziere so wenig vom Krieg verstehen, daß sie undisziplinierte und schlechtbewaffnete Männer gegen... eine starke Truppe von Rebellen kämpfen lassen, die klug genug sind, ihre Banden mit besseren Waffen auszustatten, als den in China hergestellten... So wurden die Früchte der letzten Erfolge fast vollständig verspielt... Ich habe außerdem zu berichten, daß Gouverneur Li General Staveley lediglich 300 Mann zur Ausbildung zur Verfügung gestellt hat... Falls die kaiserliche Regierung keine hinreichenden Anstrengungen unternimmt, meine Auffassung zu rechtfertigen, und meiner Regierung erklärt, daß die Stationierung ausländischer Truppen in China auf lange Sicht nicht erforderlich sein wird, um die chinesischen Städte vor einer Zerstörung zu schützen, können sich Eure kaiserliche Hoheit darauf verlassen, daß sie entweder abgezogen oder aber die öffentlichen Einnahmen des Hafens konfisziert werden, um sie für die Bezahlung der für seinen Schutz erforderlichen Streitkräfte zu verwenden. Keine Regierung wird sich auf Dauer in Kosten stürzen, um Plätze für eine fremde Regierung zu halten, die unfähig oder nicht willens ist, dies selbst zu tun.«

Dies war eine ernste Anklage, die Kung jedoch mit einer langatmigen Antwort ins Leere laufen ließ. Er schrieb, er werde den von Bruce vorgebrachten Punkten nachgehen, und fügte hinzu, »was die Ausbildung von Soldaten nach ausländischem Drill betrifft, so hat man insofern keinen größeren Eifer gezeigt, weil die Kosten für die Armee enorm sind«. Und das war's – soweit es den Prinzen betraf.

Bruce Drohung, die ausländischen Truppen aus Shanghai abzuziehen, wurde natürlich nicht wahrgemacht: Der Hafen war für die britischen Interessen viel zu wichtig. Aber die Kontroverse um die Verteidigung von Shanghai drohte die militärische Zusammenarbeit zum Stillstand zu bringen, was dem Chung Wang günstige Bedingungen für einen erneuten Angriff bot. Ende Juni war die Anti-Rebellen-Streitmacht nur noch im Besitz von Sung-chiang und Nan-ch'iao, wo sich noch eine kleine alliierte Garnison befand. In alle anderen wichtigen Städte innerhalb der 30-Meilen-Zone waren die Taiping-Einheiten zurückgekehrt, und solange sich die Minister in Peking zankten und General Staveley sich weigerte, mit seinen Truppen Shanghai zu verlassen, bestand wenig Hoffnung auf eine effektive Verteidigung, falls die Rebellen wieder zuschlugen.

Die Situation wurde jedoch Mitte Juli auf dramatische Weise gerettet; nicht von britischen Offizieren oder durch kaiserliche Dekrete, sondern durch die Zusammenarbeit von Ward und Li Hung-chang.

In der ersten Juliwoche, als Ward in Sung-chiang seine Truppen neu gruppierte und sich gelegentlich in kleineren Gefechten in der Umgebung engagierte, befahl Li Hung-chang seiner Anhwei-Armee, die Rebellen auf dem Ostufer des Huang-pu (der Halbinsel Pootung) härter zu bedrängen. Am 7. Juli gelang es Li, Feng-hsien zurückzuerobern, eine wichtige Stadt nahe der Hangchow Bay. Von dort rückte er nach Südwesten gegen die Rebellen-Festung Chin-shan-wei vor. Chin-shan-wei war – noch mehr als Nan-ch'iao – eine Schlüsselposition für den Zugang zur Halbinsel Pootung von Süden her. Falls man den Rebellen die Stadt entreißen konnte, waren Shanghai und sein Inlandhandel sehr viel sicherer.

Am Ende der ersten Juliwoche war Ward bereit, nach Süden zu marschieren und sich den Truppen Lis anzuschließen. Nachdem der Chung Wang seine besten Truppen aus dem östlichen Kiangsu abgezogen hatte (wobei weder Ward noch Li ahnen konnten, daß dies nur vorübergehend war), begannen die beiden kaiserlichen Kommandeure bereits, über die Befreiung der Shanghaier Region hinaus über eine Verbindung mit der Armee Tseng-Kuo-fans vor Nanking nachzudenken. Die Teilnahme an der Eroberung der Rebellenhauptstadt war eins der großen Ziele Wards: Nach seinem Tod fand man unter seinen Sachen eine detaillierte Karte von Nanking. In seinem Brief an Tseng vom 10. Juli – den Li zu Beginn des gemeinsamen Feldzugs seiner eigenen Soldaten und der Ever Victorious Army in der Region um Chin-shan-wei schrieb – war er sich in bezug auf Ward und seine Armee sicher genug, daß er es wagte, seinem Mentor einen entsprechenden Vorschlag zu machen:[32]

> Ward hat mehr als 4000 Mann... Der Taotai Wu hat Wards heldenhafte Dienste für einen Angriff auf das Shui-hsi-Tor in Hsia-Kuan [Nanking] angeboten. Er könnte per Schiff in ein paar Tagen dort sein. Da ich, Hung-chang, nicht wage, ihm unverzüglich die Erlaubnis hierfür zu geben, möchtest Du, mein Lehrer, mir freundlicherweise Deine Anweisung übermitteln und meinen älteren Bruder Yuan [Tsengs Bruder Tseng Kuo ch'üan] fragen, was er davon hält... [Wards] Truppe gleicht einer ausländischen Armee, und Admiral Hope hält viel von ihr. Aber die Männer bekommen chinesische Verpflegung und chinesisches Geld. Da sie den großen Namen meines Lehrers schon oft gehört haben, werden sie Deinen Befehlen gehorchen.

Zwar zögerte Tseng Kuo-fan im Augenblick noch, die Ever Victorious Army vor Nanking einzusetzen, schloß diese Möglichkeit für die Zukunft aber nicht aus. Nur war er der Meinung, Wards Armee müsse erst noch weitere Tests bestehen und sich in Kiangsu bewähren. Dagegen war nichts einzuwenden, denn Ward hatte Mitte Juli in der Shanghaier Region mehr als genug zu tun.

Am 16. Juli beeilten sich etwa 1000 von Wards Männern, eine Rebellen-Kolonne in der Nähe von Chinshan-wei anzugreifen, die sich an einer von Lis Einheiten vorbeigekämpft hatte, um die Präsenz der Taiping auf der Halbinsel Pootung wiederherzustellen und die kaiserlichen Versorgungs- und Rückzugslinien abzuschneiden. Diese Absicht der Rebellen konnte Ward bis zum Sonnenuntergang des 16. zunichte machen. Sofort danach traf er sich mit Lis Truppen für einen Nachtangriff auf Chin-shan-wei.

Der Schlachtplan für Chin-shan-wei ging auf einen Vorschlag Wards zurück und war auf einem Kriegsrat mit anderen kaiserlichen Kommandeuren beschlossen worden. Obgleich die meisten chinesischen Offiziere ihn immer noch als Ausländer betrachteten, hörten sie auf ihn und gehorchten, als Ward Weisung gab, Chinshan-wei von allen vier Seiten gleichzeitig anzugreifen und die Stadt mit heftigem Artilleriefeuer zu belegen: Im Grunde das gleiche Schema, wie er es mehrfach erfolgreich bei der Kampagne in der 30-Meilen-Zone angewandt hatte. Dieses Mal jedoch gehörten alle Geschütze der Ever Victorious Army, und die Sturmtruppen waren ausschließlich Chinesen – wenn auch einige von westlichen Offizieren angeführt wurden. Es war ein bedeutsamer Moment.

Laut Li Huang-chang zog sich die Rebellen-Garnison in der Nacht aus Chin-shan-wei zurück, noch bevor Wards Geschütze das Feuer eröffnet hatten. Möglicherweise hatten die Rebellen vom Schicksal anderer Städte erfahren, die dem Feuer der im Westen hergestellten

Kanonen ausgesetzt gewesen waren. Oder aber Li hat die Geschichte erfunden, um die Bedeutung von Wards Teilnahme an der Schlacht herunterzuspielen und seine eigene Rolle hervorzuheben. Trotz seines Respekts vor Ward wäre dies nicht das erste und auch nicht das letzte Mal, daß er Dinge falsch darstellte. Alle Berichte stimmen jedoch darin überein, daß Chin-shan-wei am Morgen des 17. Juli in der Hand der Kaiserlichen war. Ward erzählte später Burlingame, daß seine Leute die Stadt erobert hätten, »obgleich ich höre, daß der Gouverneur den Sieg für sich und [seine] Truppen in Anspruch nimmt; aber nachdem sie am Tag vor der Eroberung mächtig verprügelt worden waren und sich deshalb im Hintergrund hielten, können Sie sich denken, wieviel Ehre ihnen wirklich gebührt«.[33]

Damit war in Chin-shan-wei zwar wieder einmal die Rivalität zwischen Ward und Li Hung-chang deutlich geworden, aber es blieb deswegen keine Bitterkeit zurück. Sofort nach dem Sieg berieten Ward und Li erneut über einen Angriff auf eins der Wassertore Nankings, den die stark bewaffnete und immer größer werdende Dampferflotte der Ever Victorious Army durchführen sollte. Li hatte zwar noch keine Antwort von Tseng Kuo-fan erhalten, wie dieser über seinen Vorschlag dachte, aber auf die Chance hin, daß sein Lehrer zustimmen würde, gab er Ward den Befehl, seine Leute auf die Operation durch einen Vorstoß nach Norden und die Eroberung der Hafenstadt Liu-ho am Yangtse vorzubereiten. Liu-ho war ein Handelszentrum der Rebellen, das von Taiping-Truppen und Piraten besetzt war, die sich dem Himmlischen Reich angeschlossen hatten. Zugleich diente der Hafen als Basis, von der aus die Rebellen Shanghais Handel und die Provinz Kiangsu generell stören konnten. Seine Rückeroberung verlangte gleichzeitige Operationen zu Land und zu Wasser und machte ihn damit zum idealen Ort, um den Angriff auf Nanking zu üben.

Ward brach am 29. Juli mit vier Dampfern von Wu-sung nach Liu-ho auf. Sofort nach Erreichung des »Piratennestes« – wie er es nannte – eröffnete er mit seinen Schiffskanonen das Feuer auf die Befestigungsanlagen. Nach einer ausgedehnten Bombardierung ging Wards Infanterie an Land und griff an. Der Kampf war heftig, aber die Ever Victorious Army gewann bald die Oberhand: Die Verteidigungsanlagen der Rebellen wurden nach Wards eigenen Worten »vollständig zerstört« und eine Reihe Handelsschiffe erobert und Gefangene befreit, die die Taiping festgehalten hatten. Ward erfuhr, daß die Rebellen in Liu-ho einen größeren Angriff auf die in der Mündung des Yangtse liegende Insel Ch'ungming geplant hatten, die für die Sicherheit des Shanghaier Handels lebenswichtig war. Wie in Kao-ch'iau im Februar war Wards Angriff auf Liu-ho gerade noch rechtzeitig erfolgt.

Bei seiner Rückkehr nach Sung-chiang wurde Ward vom Wunsch Tseng Kuo-fans[34] in Kenntnis gesetzt, daß die Ever Victorious Army »ihre Kanonen« noch ein »bißchen mehr ausprobieren« solle, bevor sie an einem Angriff auf Nanking teilnehmen dürfe. Tseng schlug die Rückeroberung von Ch'ing-p'u und Chia-ting vor, und so begann Ward mit der Planung eines erneuten Angriffs auf die Stadt, die ihm bereits soviel Mühe gemacht hatte. Li Huang-chang war bereit, sich an der Aktion zu beteiligen, und gab Wards altem Verbündeten Li Heng-sung den Befehl, den Weg nach Ch'ing-p'u freizukämpfen, damit die Anhwei-Armee ungehindert nach Westen marschieren konnte. Am 5. August kamen Li Huang-changs Truppen vor den wiederaufgebauten äußeren Befestigungsanlagen von Ch'ing-p'u an, wo bald darauf auch Ward mit der Ever Victorious Army zu ihnen stieß.

Bevor Ward Sung-chiang verließ, hatte er einen Brief von Wu Hsü bekommen, in dem dieser ihn daran erinnerte, daß er der Ever Victorious Army nach einer erfolgreichen Eroberung von Ch'ing-p'u nicht erlauben solle, sich an irgendwelchen Plünderungen zu beteiligen, die Wards Kritikern in der chinesischen Bürokratie Munition liefern könnten. Als »Dein dummer jüngerer Bruder« ermahnte er ihn, »Deine einzige Pflicht ist, die Stadt anzugreifen. Sobald die Stadt eingenommen ist, übergib sie an Colonel Cheng [einer von Li Huangchangs Offizieren] ... Bitte überlasse der Ever Victorious Army nicht die Stadt, um für die Zukunft Vorwürfe und Mißbilligungen zu vermeiden. Dies ist äußerst wichtig, und ich bitte Dich, darauf zu achten.« Wus Warnungen waren indessen überflüssig: Nach der Kampagne in der 30-Meilen-Zone war sich Ward des Schadens nur allzu bewußt, der entstand, wenn man den Soldaten nach dem Fall einer Stadt erlaubte, verrückt zu spielen. In seinem Schlachtplan waren seine 2000 Mann daher auch nicht als Garnison vorgesehen; sie sollten nur ihre traditionelle Funktion erfüllen: eine Bresche schlagen und stürmen.

Li Hung-Chang postierte seine verschiedenen kaiserlichen Einheiten vor dem Nord-, Ost- und Westtor der Stadt. Die Ever Victorious Army sollte, unterstützt von den Truppen Li Heng-sungs, den Hauptangriff auf das Südtor führen. Die Schlacht begann am 7. August. Wards Dampfer eröffneten das Feuer auf die Verteidigungsanlagen der Taiping – der *Hyson* gelang es sogar, bis in den Stadtgraben vorzudringen –, und die Ever Victorious Army verlegte sich gemeinsam mit den chinesischen Truppen darauf, die Außenwerke der Stadt zu zerstören. Am folgenden Tag griff Ward das Südtor an, wurde aber zurückgeschlagen. Nach der *Peking Gazette*[35], dem offiziellen chinesischen Regierungsorgan, resultierte dieser Fehlschlag aus dem »mangelnden Mut« der chinesischen Einheiten, die Ward bei dem Angriff unterstützten. Wieder einmal von Li Heng-sung enttäuscht, wartete Ward auf das Eintreffen weiterer 500 seiner eigenen Leute aus Sung-chiang. Diese zusätzliche Truppe stieß am 9. August zu ihm, und Ward bereitete für den 10. einen neuen Angriff vor.

Laut Forester wurde die Artillerie der Ever Victorious Army bei dieser letzten Schlacht um Ch'ing-p'u von einem italienischen Colonel namens Sartoli befehligt. Dr. Macgowan spricht von diesem Mann als Major Tortal, aber beide sind sich darüber einig, daß er – in Foresters Worten – »ein sachkundiger Artillerieoffizier war, der seine Erfahrungen unter Garibaldi gesammelt hatte«. (Ob Ward Sartoli schon früher getroffen hatte, ist unbekannt. Aber es fällt auf, daß viele von Wards Offizieren an Unternehmungen teilgenommen und unter Kommandeuren gedient hatten, mit denen auch Ward tatsächlich – oder gerüchteweise – in Verbindung gewesen war.) Am 10. August eröffneten Sartolis Batterien wiederum am Südtor von Ch'ing-p'u das Feuer und hatten bald eine 3,5 Meter breite Bresche in die Mauern geschlagen. Ward selbst stürmte darauf mit einem Stoßtrupp die Mauer, aber laut Dr. Macgowan war Wards Filipino-Offizier Vincente Macanaya noch vor ihm in der Bresche. Unglücklicherweise bestand auch Sartoli darauf, sich dem Sturmtrupp anzuschließen, und wurde auf der Mauer getötet. Ward machte weiterhin Druck. »Seine Männer kämpften stetig und unbeirrbar«, hieß es in der *Gazette*, »... und im Pulverdampf kletter-

ten sie die Mauer hinauf. Mit ›Feuerpfeilen‹ und Bajonetten stießen sie gegen die Rebellen vor und töteten eine große Anzahl. Daraufhin strömte der Kern der kaiserlichen Truppen in die Stadt und besetzte sie.«
Die Taiping flohen in aller Eile durch das Nord- und Westtor, wo sie von den kaiserlichen Einheiten erwartet wurden. Hunderte von Taiping wurden aus der Deckung heraus getötet. Dies alles war jedoch zweitrangig. Selbst in Peking war klar, wer während der Schlacht die eigentliche Arbeit geleistet hatte: »General Ward«, schrieb die *Gazette*, »hat seine Leute schon mehrfach gegen Ch'ing-p'u geführt..., aber besonders in dieser Schlacht hat er bei der Führung und dem Anfeuern seiner Soldaten keinerlei Rücksicht auf die eigene Gefährdung genommen. Hierfür verdient er unser höchstes Lob.« In seinem Bericht an Tseng Kuo-fan überließ auch Li Hung-chang[36] den Löwenanteil am Sieg Ward, indem er seinen Kameraden lobte, er »hat seine Männer vorwärts geführt, ohne das Granat- und Geschützfeuer unterbrechen zu lassen. Die meisten der schändlichen Banditen auf den Mauern wurden getötet, und unsere Truppen griffen an, um hineinzukommen.« Ward faßte die Schlacht gegenüber Burlingame in einem kurzen Satz zusammen: »Ich nahm Ch'ing-p'u auf elegante Art durch Schlagen einer Bresche und Sturmangriff.«
Etwa 3000 kaiserliche Soldaten wurden als Garnison in Ch'ing-p'u stationiert. Ward kehrte nach Sung-chiang zurück und ging von dort nach Shanghai. Er besuchte Li Hung-chang und bat ein weiteres Mal um die Erlaubnis, mit seiner Armee an der Belagerung Nankings durch Tseng Kuo-fan teilnehmen zu dürfen. »Ward hat mich heute besucht«, schrieb Li am 14. August an Tseng, »und drängt mich, ihn zur Unterstützung des

Angriffs auf Nanking nach dort zu beordern. Er behauptet, ganz bestimmt in drei Tagen dort sein zu können. Nach dem Sieg würden Geld und Gut in der Stadt zu gleichen Teilen mit den Regierungstruppen geteilt; und so weiter. Da ich, Hung-chang, den Brief Eurer Exzellenz empfangen habe, in dem Sie mir mitteilen, daß auch ohne weitere Verstärkung genug Truppen da sind, habe ich die Sache einstweilen aufgeschoben und bitte um Ihre Anweisung.«

Nach der Weigerung, ihn am Kampf um Nanking teilnehmen zu lassen, richtete Ward seine Aufmerksamkeit nunmehr auf das südlich gelegene Ningpo, wo die Taiping ihre Truppen zusammenzogen, um – wie es schien – in einer konzertierten Aktion den Hafen zurückzuerobern. Während er die nötigen Vorkehrungen traf, um mit einer großen Truppe Major Mortons Abteilung zu verstärken (was seine erste Aktion außerhalb der Provinz Kiangsu sein würde), nahm er sich die Zeit, an Burlingame zu schreiben und ihn zu warnen, daß die »Freie Stadt«-Bewegung unter Shanghais Ausländern an Schwung zu gewinnen scheine.

Am 26. Juli hatte der *North China Herald*[37] die Gefühle vieler westlicher Ausländer hinsichtlich der ständigen Probleme der Gesetzlosigkeit, der Flüchtlinge aus dem Landesinneren und der ineffizienten kaiserlichen Verwaltung in Shanghai wiedergegeben, als er feststellte, »daß die Schaffung einer zentralen und verantwortlichen Exekutive immer mehr zu einer absoluten Notwendigkeit wird, die ihre Befugnisse von einer gesetzgebenden Versammlung herleitet, die ihrerseits ermächtigt ist, einen allgemeinen Gesetzescode zu beschließen«. Li Hung-chang war sich bewußt, daß es die Ausländer mit der vorgeschlagenen Anmaßung chinesischer Herrschaftsrechte absolut ernst meinten: Am

14. August schrieb er deshalb an Tseng Kuo-fan: »Ob ein solches Arrangement möglich ist, wird sich zeigen. Die Erlaubnis dazu liegt natürlich beim Tsungli Yamen... Wie ich, Hung-chang, in einem offiziellen Schreiben an den Tsungli Yamen erwidert habe, gibt es keine Garantie, daß die Ausländer die Stadt nicht in ihren Besitz bringen. In einem solchen Fall würde alles von der Entscheidung des Hofes abhängen. Es ist, als ginge man über Eis. Ich bin sehr besorgt.«[38]

Ward selbst machte sich keine Illusionen über die Laxheit und Korruption der chinesischen Beamten in Shanghai: »Wenn ich nicht bereits so tief mit beiden Beinen in diesem Sumpf drinsteckte«, erzählte er Burlingame am 16. August, »würde ich sie alle über Bord werfen.« Trotzdem wollte Ward einer – wie er es nannte – »squatter sovereignity« [angemaßten Souveränität] durch seine Person kein Gewicht verleihen – womit er wieder einmal seine echte Bindung an China demonstrierte. Auch die Tatsache, daß Li Hung-chang niemals Wards Loyalität ernstlich in Frage stellte (wenngleich er ihm gelegentlich seine Erfolge auf dem Schlachtfeld streitig machte), spricht für dessen echtes Engagement. Ende August verstärkte Li seine Attacken auf Wards chinesische Partner Wu Hsü und Yang fang, indem er ihnen unverantwortliche und illegale Methoden bei der Geldbeschaffung zur Besoldung der Ever Victorious Army vorwarf. Besonders vor Wu, erklärte Li, »muß man sich wie vor einem Banditen oder Räuber in acht nehmen. Wie schwer es doch für jemanden ist, der ein Amt innehat!« Aber es gab keine entsprechende Kritik an Ward, keinen Verdacht, daß er an ihren »betrügerischen Tricks« beteiligt sei, nur weil er von ihnen bezahlt wurde.

Tatsächlich war Ward – weit davon entfernt, an Wus und Yangs extremen Betrügereien und Unterschlagungen beteiligt zu sein – letztendlich das Opfer der beiden. In seinem Brief an Burlingame vom 16. August[39] behauptete Ward, daß nicht nur Wu und Yang, sondern auch Li Hung-chang »mir und meinen Freunden derzeit etwa 350 000 Taels an verauslagtem Sold etc. schulden«. Während die Höhe der Summe nicht zu beweisen ist – Wards Familie prozessierte später jahrzehntelang wegen dieser Summe mit der chinesischen Regierung –, ist die Behauptung als solche mit Sicherheit wahr. Ward bezahlte seine Leute aus eigener Tasche, wenn der Geldfluß aus Shanghai ins Stocken geriet: Prompte und regelmäßige Bezahlung seiner Männer blieb einer der Schlüssel zu seinem Erfolg. In der Erwartung, daß alle diese Rechnungen am Ende beglichen würden, ging Ward mit seinem eigenen Vermögen Risiken ein, die sich später rächen sollten.

Aber Mitte August, als Ward sich darauf vorbereitete, nach Ningpo zu gehen, gab es für ihn kaum einen Grund, warum er nicht vertrauensvoll in die Zukunft blicken sollte. Er hatte viele seiner militärischen Ziele erreicht und würde noch weitere Pläne in die Tat umsetzen. Der Opposition der chinesischen Beamten und dem Mißtrauen der kaiserlichen Clique hatte er die Erfolge seiner wachsenden Armee entgegengesetzt. Und was die Truppen der westlichen Mächte anging, so hatten Ward und Li Hung-chang bewiesen, daß sie auch ohne sie erfolgreich sein konnten. Jetzt war die Zeit gekommen, »auf die sich Ward lange gefreut hatte«, wie Dr. Macgowan schrieb, »wo er ohne die Hilfe fremder Truppen auf dem Schlachtfeld bestehen konnte.« Die Schlachten um Chin-shan-wei, Liu-ho und Ch'ing-p'u – sowie Wards und Li Hung-changs gemeinsame Planung einer möglichen Teilname der Ever Victorious Army an der Belagerung von Nanking – bewiesen, daß die Verbindung chinesischer und westlicher Methoden funktionierte, auf die Ward mehr als zwei Jahre lang hingearbeitet hatte. Es ist daher verständlich, daß ihm so viel daran lag, seine Operationen auf die Provinz Chekiang auszudehnen.

Aber er mußte seine Pläne verschieben. In der zweiten Augusthälfte unternahm der Chung Wang mit geschätzten 100 000 Mann einen neuen Vorstoß auf Shanghai. Als sie sich dieser Bedrohung stellten, schlugen Ward und Li Hung-chang ihre letzte und wichtigste gemeinsame Schlacht.

Im August 1862 kam Thomas Lyster[40], ein junger Leutnant der British Royal Engineers, in China an – wo er ein paar Jahre später an einer Reihe klimabedingter Krankheiten sterben sollte. Während seiner Dienstzeit in China schrieb Lyster zahlreiche Briefe nach Hause, die später von seinem Vater veröffentlicht wurden. Ehrlich und ungewöhnlich einfühlsam, kennzeichnen diese Briefe Lyster als einen aufmerksamen Beobachter der chinesisch-westlichen Beziehungen auf den unterschiedlichsten Ebenen. Am 18. August, zum Beispiel, schrieb er aus Hongkong:

> Einige unserer Genossen machten sich einen Spaß daraus, die Zöpfe von Chinesen zusammenzubinden. Ich fürchte, wir schikanieren sie ziemlich. Wenn man spazierengeht und einem ein Chinese über den Weg läuft, ist es üblich, ihm den Hut vom Kopf zu schlagen oder ihm den Regenschirm in die Rippen zu stoßen. Ich finde dies schändlich und habe dem Burschen, mit dem ich heute unterwegs war, Vorwürfe wegen eines armen chinesischen Bettlers gemacht, den er auf diese Weise behandelt hat; aber er behauptete, daß sie herumstolzieren und einem *vorsätzlich* über den Weg laufen, wenn man ihnen ausweicht. Die französischen Soldaten behandeln sie sogar noch schlechter als wir.

Lyster kam bald nach Shanghai, wo er durch Zufall auf einen anderen jungen Offizier der Engineers stieß, Captain Charles Gordon. »Dies ist ein riesiger Ort«, beschrieb Lyster Shanghai. »Derzeit leben hier zusätzlich 70 000 Dorfbewohner, die vor den Taiping geflohen sind, was das Leben sehr teuer macht... Ich nehme an, Du weißt alles über die Taiping. Sie zählen etwa 100 000 und sind nichts als eine Bande von Marodeuren. Sie fallen über ein Dorf her, rauben es aus, erschlagen alle Einwohner, deren sie habhaft werden können, und brennen den Ort nieder... Bei fast allen meinen Landausflügen habe ich Tote oder Sterbende gesehen.« Die hohe Todesrate unter der Landbevölkerung wies auf die Heftigkeit der Gefechte hin, die die letzte Offensive des Chung Wang kennzeichnete.

Schon bald traf Lyster einen der berühmtesten Kriegshelden: »Ich wurde General Ward vorgestellt, einem Amerikaner, der Offizier in den Diensten der chinesischen Regierung ist; er wurde sogar zum Mandarin ernannt; er ist ein gelassen blickender kleiner Mann mit sehr hellen Augen, aber ein regelrechter Feuerfresser; er hat 60 000 Pfund erspart und ist mit einer Chinesin verheiratet.«

Ward war alles andere als ein »Feuerfresser«, als er die Bekanntschaft von Thomas Lyster machte. Westliche Militärführer spielten den Ernst des August-Feldzugs des Chung Wang in das östliche Kiangsu herunter, vielleicht weil ihre Truppen in den Gefechten kaum eine Rolle spielten. Englischsprachige Zeitungen und westliche Konsularbeamte berichteten ebenfalls wenig oder nichts über die Siege Wards und Li Hung-changs Anfang August, weil keine ausländischen Truppen beteiligt waren. Aber diese Haltung minderte nicht den Ernst der Lage. Der Chung Wang wußte, daß er bald dem Befehl des T'ien Wang gehorchen und nach Nanking zurückkehren mußte; falls er bei seiner Ankunft die Eroberung Shanghais melden konnte, mochte dies die Verbitterung seines Herrschers beschwichtigen. So nahm die letzte Attacke der Taiping schnell an Heftigkeit zu.

Mitte August, gerade eine Woche nach der Rückeroberung Ch'ing-p'us durch Ward, wurde die Stadt abermals von einem 20 000 Mann starken Taiping-Heer belagert. Den in der Stadt stationierten Kaiserlichen, die durch eine Abteilung der Ever Victorious Army verstärkt wurden, gelang es nach tagelangen heftigen Gefechten, den Taiping eine schwere Niederlage zuzufügen. Danach beschäftigten die Rebellen Ward und die Kaiserlichen auf der nördlichen Seite des Huang-pu – wo sie auf der verzweifelten Suche nach einer Schwachstelle, die ihnen den Weg nach Shanghai öffnen würde, von Stadt zu Stadt zogen. Dabei wurden zwei äußerst wichtige Städte westlich von Shanghai umzingelt, belagert und umgangen. Aber Li Hung-chang setzte sofort seine Truppen in Marsch, um den Vorstoß der verschiedenen Rebellen-Kolonnen abzublocken. Auch Ward brach mit einigen Abteilungen von Sung-chiang in Richtung Shanghai auf, um den Druck von Lis Soldaten zu nehmen.

Von Wards Leuten unterstützt, befahl Li eine Reihe von Angriffen in der Umgebung von Chi-pao und Hung-ch'iao, Städten, die nur wenige Meilen von Shanghai entfernt sind. Es gelang ihm, die Hauptstreitmacht der Rebellen erfolgreich aufzuhalten und nach Norden abzudrängen. Die Taiping unternahmen am 28. August einen Gegenangriff, kamen aber nicht voran: Am folgenden Tag wurden sie an Nan-hsiang vorbei in Richtung Chia-ting gedrängt, das sie noch besetzt hielten. Womit der Chung Wang auf dem Weg nach Shanghai auch gerechnet haben mochte – der Anblick von Li Hung-changs kampfstarker Anhwei-Armee, die sich mit den Teufelssoldaten verbündet hatte, muß ihn überrascht haben. Dennoch hat er davon nichts in seinem Kriegsbericht erwähnt und seinen späteren Rückzug nur mit den fortgesetzten Strafpredigten des T'ien Wang begründet.

Am 31. August berichtete Li nach Peking, daß die Hauptarmee der Taiping abermals aus der Shanghaier Region vertrieben worden sei. Sein Ansehen – wie auch das Wards – war durch die erfolgreiche Verteidigung des Hafens enorm gestiegen, und sein anschließender Befehl, Ward möge seine Vorbereitungen für Ningpo wieder aufnehmen, nährte die Spekulation, daß der Gouverneur eifersüchtig war. Gewiß war Wards Machtposition innerhalb der chinesischen Hierarchie einmalig. »Es ist eine Tatsache«, erinnerte sich A. A. Hayes[41] an diese Zeit in Wards Leben, »daß er einen sehr hohen Beamten, dessen Name in der modernen chinesischen Geschichte durchaus bekannt ist, zunächst vor der Tür warten und ihn dann nicht sehr freundlich hereinbitten ließ, und ihn regelrecht beschimpfte, wie er habe annehmen können, der Hua werde ihn an der Tür empfangen; eine Behandlung, der sich der Beamte demütig fügen mußte.« Es ist daher durchaus möglich, daß Li (der durchaus der von Hayes erwähnte Beamte gewesen sein mag) Ward nach Ningpo schickte, um sich nicht von ihm den Rang ablaufen zu lassen. Li war tatsächlich so sehr von Wards Ansehen bei den Chinesen wie bei den Ausländern überzeugt, daß er am 8. September an Tseng Kuo-fan schrieb:

> Ward besitzt genug Autorität, um die Ausländer in Shanghai zu beherrschen, und er ist mir gegenüber sehr freundlich. Wu[Hsü] und Yang Fang verlassen sich beide auf Ward.

Wenn mein Lehrer ihnen einen Befehl gäbe, würden diese ›Ratten‹ alles tun, um ihn zu erfüllen. Ward ist im Kampf tatsächlich sehr mutig, und er besitzt alle möglichen westlichen Waffen. Vor kurzem habe ich, Hung-chang, meine ganze Aufmerksamkeit darauf verwandt, mit ihm Freundschaft zu schließen, um über ihn die Freundschaft verschiedener Nationen zu gewinnen.

Dies waren scharfsinnige Beurteilungen von Wards Stellung und seinem Einfluß, aber es gibt keinerlei Anzeichen dafür, daß diese Gespräche das Verhalten des jungen Kommandeurs oder seine generelle Haltung veränderten. In einem Brief vom 10. September an Burlingame ließ Ward seinen ganzen Charme, seinen Humor und seine jungenhafte Spitzbübigkeit aufblitzen, die ihn sein ganzes Leben lang gekennzeichnet haben. Da es sich um seine letzte schriftliche Äußerung handelt, soll dieser Brief hier vollständig zitiert werden:

Mein lieber Mr. Burlingame,
ich habe Ihnen ein- oder zweimal geschrieben, aber noch nicht die Ehre und das Vergnügen einer Antwort gehabt; aber ich nehme an, die Lustbarkeiten Shanghais nehmen Sie so sehr in Anspruch, daß Sie uns arme Teufel in Sung-chiang vergessen haben.

Hier ist alles beim alten; wie gewöhnlich eine Menge Lügen, Schwindeleien und Schmuggel, keine Besserung. Das Postschiff ist gerade angekommen und mit ihm, wie ich höre, auch Ihre Gattin. Ich hätte sie gern sofort besucht, als ich von ihrer Ankunft erfuhr, aber ich bin leider gezwungen, hopp-hopp nach Sung-chiang abzureisen. Soviel dazu, Soldat zu sein. So werde ich leider nicht das Vergnügen haben, sie zu sehen – es sei denn in Peking.

Wenn ich genau wüßte, daß meine Briefe Sie sicher erreichen, hätte ich ein paar Neuigkeiten für Sie, die ich aber ungern zu Papier bringen möchte – für den Fall, daß sie an den falschen Empfänger geraten. Wenn ich hier irgend etwas für Sie tun kann, dann geben Sie mir bitte einen Wink, und es wird erledigt – tun Sie es ohne alle Formalitäten. Unser Land ist in einem schlechten Zustand, und in manchen Gegenden nehmen einige den Mund ziemlich voll. Mein Bruder ist in New York sehr beschäftigt, und ich fürchte, er wird sich freiwillig [zur Unionsarmee] melden, statt hierher zurückzukommen, denn er wird immer patriotischer und sein Ton ist entschieden kriegerisch. Ich höre, mein alter Freund [John] Ward, Ex-Gesandter [in China], ist ein verdammter Verräter und hat sich den Schuften [den Konföderierten] angeschlossen. Bitte schreiben Sie mir, erzählen Sie mir von Peking und Prinz Kung, und lassen Sie mich wissen, wie ich Ihnen schreiben kann, ohne befürchten zu müssen, daß meine Briefe zensiert werden.

Bleiben Sie mir wie stets gewogen – ein ehrlicher Amerikaner und Ihr ergebener, stets zu Ihrer Verfügung stehender Diener –

F. T. Ward

Shanghai, d. 10. September 1862

Viele der am häufigsten erwähnten Charaktereigenschaften Wards spiegeln sich in diesem Dokument: sein Verlangen nach Anerkennung, seine Loyalität und auch wieder seltsame Distanz gegenüber den Vereinigten Staaten, seine Sorge um seinen Bruder und seine klarsichtige Beurteilung der Situation in Shanghai. Vor allem aber zeigt der Brief seine Gewandtheit im Umgang mit anderen, die es ihm erlaubt hatte, selbst die Meister der Manipulation – die chinesische Bürokratie – in seinem Sinn zu beeinflussen. Es mag so aussehen, als habe Li Grund gehabt, Wards Aufstieg zu fürchten; letztlich scheint es angesichts ihrer persönlichen Beziehung aber doch so gewesen zu sein, daß Li nicht deshalb Ward nach Ningpo geschickt hat, um einen Konkurrenten loszuwerden, sondern schlicht um die kriegerischen Ambitionen seines ausländischen Kameraden zu befriedigen. Denn so geschickt Ward in der Ausnutzung des chinesischen politischen Systems war, am

Ende erwies sich Li als der große Meister in diesem Spiel.

Wenn auch Wards Ruhm sein Verhalten nicht beeinflußte, seine Erfolge auf dem Schlachtfeld taten dies sehr wohl: Er wurde zunehmend leichtsinniger, fast als teile er den Aberglauben der Chinesen an seine Unverwundbarkeit. In den ersten beiden Septemberwochen reiste Ward häufig zwischen Shanghai und Sung-chiang hin und her, um seinen Feldzug in die Provinz Chekiang vorzubereiten. Bei einem seiner Aufenthalte in Shanghai besuchte er auch A. A. Hayes[42], der sich später erinnerte, daß ihn Wards Einstellung zu seiner Sicherheit und seinen Privatangelegenheiten doch ziemlich besorgt gemacht habe:

Eines Tages, Ende September 1862, sah ich von meinem Schreibtisch auf und sah ihn neben mir stehen. Ich konnte mir diesen lächelnden, liebenswerten Mann nicht als großen Kommandeur und zukünftigen Herrscher vorstellen. Ich dachte daran, daß er sich ein paar Monate zuvor trotz seiner eigenen Sorgen und Pflichten die Zeit genommen hatte und gekommen war, um am Bett seines jungen Landsmannes zu sitzen, als ich an diesem fürchterlichen Shanghai-Fieber erkrankt war, von dem man sagt, es vereinige alle schlechten Eigenschaften anderer Krankheiten und füge noch ein paar eigene hinzu. Er bat mich, ihm meinen Araber zu leihen, was ich natürlich gern tat. Später am Nachmittag traf ich ihn in einer der Straßen der Siedlung aufrecht im Sattel sitzend. Wir blieben stehen, und ich klopfte meinem Pferd den Hals, während wir uns unterhielten. Aus einem Impuls heraus ergriff ich die Gelegenheit, ihm folgendes zu sagen:

»General«, sagte ich, »Sie gehen furchtbare Risiken ein. Jeden Moment könnten Sie getötet werden. Was würde in einem solchen Fall aus Ihrem Eigentum und Ihren sonstigen Angelegenheiten? Lassen Sie mich für Sie einen vertrauensvollen Sekretär finden oder jemanden, dem Sie ihr großes Vermögen anvertrauen können.« Sein blauer Rock war stramm bis oben zugeknöpft. Er lächelte, als er mit seiner rechten Hand auf die Umrisse eines kleinen Buches in seiner linken Brusttasche deutete und sagte: »Oh, es steht alles hier drin.«

In den folgenden Wochen und Monaten sollte das kleine Buch, von dem Hayes sprach, noch Rätsel aufgeben und Kontroversen auslösen, denn es enthielt die einzige korrekte Abrechnung (zumindest behaupteten dies Wards Freunde und seine Familie), wieviel Geld ihm seine chinesischen Hintermänner noch schuldeten. Aus diesem Grund war das Buch nicht nur für Ward, sondern auch für Yang Fang und Wu Hsü wertvoll: wie wertvoll, sollten Yang und Wu schon bald demonstrieren.

Im Augenblick jedoch richtete sich die Aufmerksamkeit der meisten Beamten und Kommandeure in Shanghai auf die Ereignisse in Ningpo. Seit Juni war die Hafenstadt von Captain Dews britischen Marineeinheiten besetzt. Dazu kamen die chinesischen Truppen, die von Dews Offizieren ausgebildet wurden, einer Abteilung der Ever Victorious Army unter Major Morton (der aus dem Norden zurückgekehrt war und dem Dews chinesische Truppen zugeordnet waren), und die noch unerfahrene franko-chinesische Einheit unter Prosper Giquel und Le Brethon de Caligny. Obgleich ihnen Ausbilder von Tardif de Moidreys franko-chinesischem Corps in Kiangsu geholfen hatten, war Giquels und Le Brethon de Calignys Truppe bis Ende Juli noch an keinem Gefecht beteiligt gewesen, und beide Kommandeure fanden, daß es höchste Zeit sei, die Schlagkraft der Truppe unter Beweis zu stellen. Der Strategie von Ward und Hope in Shanghai folgend, beschlossen die beiden Männer, auch um Ningpo eine rebellenfreie 30-Meilen-Zone zu schaffen, wobei ihre franko-chinesische Truppe die

435

Hauptrolle spielen sollte. Der Feldzug begann mit einem Angriff auf die etwa 30 Meilen von Ningpo entfernte Taiping-Festung Yü-yao. Die befestigte Stadt wurde von Giquels und Le Brethon de Calignys Leuten zusammen mit etwa 1500 chinesischen Piraten und Major Mortons Abteilung der Ever Victorious Army Anfang August erobert. Captain Dew, dem eine direkte Teilnahme an den Kämpfen von seinen Vorgesetzten untersagt worden war, übernahm mit dem britischen Kanonenboot *Hardy* den Truppentransport.

Nach der Eroberung von Yü-yao wurde Le Brethon de Caligny durch andere Pflichten zeitweilig abberufen. Für ihn kam Tardif de Moidrey nach Chekiang, um die Verteidigung der Stadt zu überwachen. Unglücklicherweise wurde er dabei von einem völlig unfähigen Offizier unterstützt, dem es nicht gelang, einen Bruch mit den örtlichen kaiserlichen Streitkräften zu verhindern. Durch seine arrogante Forderung, daß die Kaiserlichen sich seinen Truppen und deren Aktionen anzupassen hätten, provozierte der Franzose einen hitzigen Streit: Schüsse fielen, und nachfolgend desertierten viele chinesische Soldaten zu den Taiping. Als diesen klar wurde, daß die westlich-chinesische militärische Zusammenarbeit in Chekiang absolut nicht funktionierte, beschieden die örtlichen Taiping-Kommandeure im September, daß die Zeit für einen Angriff auf Ningpo nun reif sei.

In dieser gefährlichen und diffusen Situation erhielt Ward den Befehl, sich nach Ningpo zu begeben und persönlich das Kommando für die Verteidigung der Region zu übernehmen. Der Kommandeur der Ever Victorious Army war gut vorbereitet; das stellte eine Gruppe westlicher Offiziere bei ihrem Besuch am Tag vor seiner Abreise nach Ningpo fest. Wie Charles Schmidt sich erinnerte,[43]

... wollten die Offiziere gern die gesamte Armee unter dem Kommando des Generals sehen. Obgleich es schon spät am Nachmittag war, ordnete General Ward – wie stets sehr verbindlich – eine Parade aller Truppen der Garnison an. Entsprechend versammelte sich die gesamte Streitmacht, und ich habe den General nie in besserer Laune gesehen als an diesem Nachmittag. Ohne Zweifel war er zu Recht stolz, daß er diesen Offizieren eine disziplinierte Truppe von mehreren tausend Chinesen vorführen konnte, die er ganz allein aufgebaut und die bereits bewiesen hatte, daß sie in offener Feldschlacht einer zehnfach überlegenen Rebellenarmee standhalten konnte. Er lieferte ihnen den augenfälligen Beweis, daß er mehr war als nur ein Freibeuter [sic], für den ihn die meisten britischen Offiziere hielten, mit einer ehrenwerten Ausnahme: Admiral Sir James Hope, der anscheinend das militärische Talent General Wards erkannt hatte und sein guter Freund geworden war. Armer General! Er hat nicht geahnt, daß dies seine letzte Parade sein würde. Auch seine Offiziere und Soldaten ahnten nicht, daß sie ihren geliebten und respektierten General an diesem Abend zum letzten Mal sahen.

Am 18. September fuhr Ward an Bord der *Confucius* nach Ningpo, begleitet von den 200 Mann seiner Leibgarde unter Major James Edward Cook sowie Vincente Macanaya und Colonel Forester. In Ningpo traf er seinen Freund Dew und plante mit ihm eine gut koordinierte Aktion gegen die in dieser Region stationierten Rebellen. Am 19. September jedoch kamen schlechte Nachrichten, die die Lage total veränderten: Die Taiping hatten die an der Wasserstraße von Ningpo nach Yüyao gelegene Stadt Tz'u-ch'i erobert. Dadurch entstand die Gefahr, daß die in Yü-yao stationierte Garnison abgeschnitten wurde und – was genauso verheerend gewesen wäre – daß die reiche örtliche Reisernte den Rebellen in die Hände fiel. Ward reagierte sofort.

Am 20. September marschierte er mit seiner Leibgarde nach Tz'u-ch'i. Captain Dew und Leutnant Archibald Bogle folgten an Bord der *Hardy*. Die *Confucius* fuhr voraus, um Major Mortons Truppe aus Yü-yao abzuholen. Laut Andrew Wilson[44] hatten die Taiping nach der Eroberung Tz'u-chis die umliegenden Grasflächen in Brand gesteckt. Das Feuer brannte noch, als Ward dort eintraf: »Die ganze Ebene schien zu brennen. Die schreckerfüllten Einwohner überquerten teilweise auf Baumstämmen den Fluß. Meilenweit bot das lange Reet an den Ufern den bis zum Bauch im Wasser stehenden Männern, Frauen und Kindern Zuflucht.« Ward und seine Männer verbrachten den Rest des Tages damit, plündernde Taiping nach Tz'u-ch'i zurückzujagen. Um Mitternacht erhielt Captain Dew die Nachricht, daß Ningpo von Norden her angegriffen werde. Er eilte in die Hafenstadt zurück, während Leutnant Bogle mit der *Hardy* bei Ward blieb.

Am frühen Morgen des 21. kam Major Morton mit seinen 400 Männern aus Yü-yao an. Tardif de Moidrey und seine franko-chinesische Truppe waren als Garnison dort geblieben. Sofort berief Ward einen Kriegsrat und umriß den Angriffsplan: Leutnant Bogle sollte das Westtor von Tz'u-ch'i mit Granaten beschießen und dem von Major Cook angeführten Sturmtrupp Deckung geben. Cook sollte zunächst einen Scheinangriff auf die Südmauer der Stadt führen, bevor er den Versuch unternahm, das Westtor zu stürmen. »Sie müssen es in einem Ansturm nehmen«, hörte man Ward zu Cook sagen, »oder wir schaffen es nicht, denn sie sind sehr zahlreich.«

Etwa um 7 Uhr 30 eröffnete die *Hardy* das Feuer, und bereits eine Stunde später waren Cooks Leute bereit, die Mauer zu stürmen. Über das, was dann geschah, sind die Berichte ebenso widersprüchlich wie über die näheren Umstände von Wards Tod. Forester behauptete später, daß er und Ward die Vorbereitung der Sturmleitern überwacht hätten, ohne auf die Gefahr zu achten: »Wir waren inzwischen so an das Feuer des Feindes gewöhnt, daß wir ein bißchen leichtsinnig geworden waren. Während wir Seite an Seite unsere Position begutachteten, preßte Ward plötzlich seine Hand auf den Bauch und rief: ›Ich bin getroffen.‹ Eine flüchtige Untersuchung der Wunde zeigte, daß sie ernst war, so daß ich ihn an Bord der *Hardy* bringen ließ, wo man ihn sofort ärztlich versorgte.«

Ward war tatsächlich von einer Taiping-Kugel in den Unterleib getroffen worden. Was indessen Foresters Anwesenheit anbelangt, so behauptet Leutnant Bogle in seinem Tagesbericht, daß nach Wards Ausfall das Kommando auf Major Morton überging, was vermuten läßt, daß Forester sich noch in Ningpo aufhielt. Und es stimmt zwar, daß Ward an Bord der *Hardy* gebracht wurde, aber es gab dort keinen Arzt, so daß man ihn nicht »sofort ärztlich versorgte«. Wieder einmal wirft Foresters Bericht mehr Fragen auf als er Antworten gibt.

Unter Wards Leuten verbreitete sich sehr schnell das Gerücht, ihr Kommandeur sei nicht von einer Taiping-Kugel, sondern von einer Kugel getroffen worden, die ein westlicher Söldner von der Mauer Tz'u-ch'is auf ihn abgefeuert habe. Diese Geschichte mag erfunden sein, um die Wut der Soldaten der Ever Victorious Army noch mehr anzuheizen. Auf jeden Fall tat sie ihre Wirkung. Seit er 1860 seine erste Truppe aufgestellt hatte, war Ward mindestens fünfzehnmal verwundet worden, aber er hatte niemals zugelassen, daß man ihn von seinen Leuten trennte. Sogar während der ersten Schlacht um Ch'ing-p'u, als ihm der Unterkiefer zerschossen wurde, hatte er sich geweigert, das Schlachtfeld zu verlassen. Aber hier, vor Tz'u-ch'i, hatte ein Schuß aus dem Hinterhalt dieses Band zerrissen. Als man Ward weggebracht hatte, stürmten die Männer der Ever Victorious Army wildentschlossen die Mauern. Der erste, der oben ankam, war selbstverständlich Vincente Macanaya, dessen Mut auch die Offiziere der anderen Einheiten mitriß: »Ich habe selbst gesehen«, schrieb Leutnant Bogle an Captain Dew[45], »daß alle Offiziere ihre Männer über die Leitern nach oben führten.« Angesichts dieser Entschlossenheit gaben die Taiping Tz'u-ch'i sehr bald verloren.

Unter den Siegern kam jedoch keine rechte Freude auf, denn die Nachrichten von der *Hardy* waren sehr schlecht. Ward wurde in eine Hängematte gelegt und auf der Fahrt nach Ningpo ärztlich versorgt. Aber es war klar, daß er die Reise möglicherweise nicht überstehen würde. Unter qualvollen Schmerzen driftete er zwischen Bewußtsein und Ohnmacht hin und her. In einem seiner klaren Momente sagte ihm Leutnant Bogle, der das Schlimmste befürchtete, daß er dem Tod nahe sei, und fragte ihn, ob er ein Testament gemacht habe. Ward konnte Bogle zuflüstern, daß Wu ihm noch 110 000 Taels und Yang Fang ihm 30 000 Taels schuldete. »Ich möchte, daß meine Frau 50 000 Taels bekommt«, erklärte Ward Leutnant Bogle, der seinen letzten Willen aufschrieb. »Den Rest sollen sich mein Bruder und meine Schwester teilen. Ich möchte, daß Admiral Hope und Mr. Burlingame [sic] meine Testamentsvollstrecker werden.« Bogle unterzeichnete das Dokument als Zeuge, und das gleiche tat der Bootsmann.

In Ningpo wurde Ward in das Haus eines Missionsarztes gebracht. Die Gewehrkugel, die in den unteren Rückenmuskeln steckengeblieben war, wurde entfernt, aber der Schaden, den sie angerichtet hatte, war zu groß. Am Morgen des 22. September starb der Gründer und Kommandeur der Ever Victorious Army nach fast 24 qualvollen Stunden.

In etwas weniger als zwei Monaten wäre er 31 Jahre alt geworden.

Nachwort

»Armer alter Ward ...«

Die Möglichkeit von Intrigen, Konflikten und einem gewissen Durcheinander zwischen den Offizieren der Ever Victorious Army, ihren chinesischen Vorgesetzten und den westlichen Soldaten, Diplomaten und Kaufleuten, mit denen die Armee regelmäßig konfrontiert war, hatte es immer gegeben. Im September 1862 nahm dieser Zustand allerdings alarmierende Proportionen an. Bis dahin hatte Ward die Dinge im Griff behalten: Der Charme des jungen Kommandeurs, seine Entschlossenheit und seine Geschicklichkeit im Umgang mit den über und unter ihm stehenden Personen hatten stets eine ernste Krise verhindert. Mit Wards Tod jedoch begannen die Angelegenheiten der Ever Victorious Army wie überhaupt die Bedingungen an der östlichen Front des chinesischen Bürgerkrieges stetig auf ein gefährliches Chaos hinzusteuern.

Dieser Verfall begann buchstäblich wenige Stunden nach Wards Tod. In Ningpo befahl Edward Forester, die sterblichen Überreste seines Kommandeurs an Bord der *Confucius* zu bringen und sie nach Sung-chiang zu überführen. Während sich das Kanonenboot zum Auslaufen bereit machte, wurde Wards Leichnam von einem Offizier der Ever Victorious Army[1] bewacht. Einige Jahre später gab dieser Mann A. A. Hayes ein anonymes Interview. Da Hayes wußte, daß Wu Hsü und Yang Fang nur sehr zögernd die Behauptung des sterbenden Ward bestätigt hatten, ihm noch 140 000 Taels zu schulden –

und ihm ferner klar war, daß weder Wu Hsü noch Yang Fang darüber erhaben waren, Dokumente zu ihren Gunsten zu fälschen –, kam er während ihres Gesprächs auch auf das kleine Rechnungsbuch zu sprechen, das Ward stets in der Brusttasche seines Gehrocks mitgeführt hatte. Wenn es irgendwo eine genaue Abrechnung über Wards Geschäfte gab, so vermutete Hayes, dann stand sie in diesem Buch. Und so fragte er den ehemaligen Offizier der Ever Victorious Army, was damit geschehen sei.

»Das kann ich Ihnen sagen«, antwortete der Mann, »Ich bewachte den Leichnam des Generals. Der blaue Rock, an den Sie sich erinnern, lag auf einem Stuhl, und das Buch war in seiner Brusttasche. Colonel …, mein vorgesetzter Offizier, löste mich ab. Das Buch tauchte nie wieder auf, aber ich *sah Colonel … den Gegenwert von vierzigtausend Dollar eintauschen.*« (Im Original hervorgehoben) Hayes Abneigung, den Namen des fraglichen Colonels zu nennen, war verständlich: Edward Forester – nach Wards Tod der einzige Colonel der Ever Victorious Army in Ningpo – lebte noch, als er seinen Artikel veröffentlichte. Offensichtlich glaubte Hayes die Erklärung des Offiziers, daß das Rechnungsbuch nach Foresters Totenwache verschwunden war, obgleich der Offizier nicht gesehen hatte, daß Forester es an sich nahm. Es gab daher keine Möglichkeit, zu beweisen, daß Forester das Buch gestohlen und verkauft hatte, und Hayes hätte mit einer Klage rechnen müssen, falls er Foresters Namen nannte. Was Hayes nicht wußte: Das Rechnungsbuch war in der Tat in Shanghai aufgetaucht, nachdem die *Confucius* mit Wards Leichnam dorthin zurückgekehrt war.

Major James E. Cook, der Kommandeur von Wards Leibgarde, sagte nach seiner Rückkehr nach Ningpo unter Eid aus: »Ich hatte Gelegenheit, ein Haus und ein von Col. Forester [sic] bewohntes Zimmer zu betreten und sah dort ein kleines Rechnungsbuch, von dem ich [Cook] wußte, daß Ward es stets in seiner Tasche bei sich getragen hatte. Ich [Cook] schlug es auf, erkannte die Handschrift General Wards und sah, daß es sich um verschiedene Abrechnungen mit Personen handelte, die Beziehungen zur Truppe hatten.« Cook ließ das Buch in Foresters Zimmer liegen, das sich in einem Haus befand, das Yang Fang gehörte. Er hatte nicht mehr an die Sache gedacht, bis Forester einige Monate später aus gesundheitlichen Gründen seinen Posten niederlegte und sehr plötzlich China verließ – gerade in dem Moment, als ein zäher Prozeß um Wards Vermögen begann.

Bringt man Cooks Geschichte mit dem von Hayes nicht genannten Offizier in Verbindung, bekommt man ein vages und einigermaßen deprimierendes Bild, was mit Wards Rechnungsbuch geschah. 40 000 Dollar entsprachen etwa 25 000 Tael oder einem Sechstel der Summe, die Ward nach seinem Testament von Wu Hsü und Yang Fang noch zu bekommen hatte. Zweifellos hätten Yang und Wu diese Summe gern an Forester gezahlt, um den einzigen Beweis für Wards Anspruch an sich zu bringen. Dagegen bleibt die bohrende Frage offen, warum Forester auf einen solchen Handel einging – ein Mann, der sich stets für Ward eingesetzt hat und Wards Vertrauen besaß. Sicherlich hatte Forester während seiner Gefangenschaft bei den Rebellen Schlimmes durchgemacht und wußte wahrscheinlich, daß ihm seine Gesundheit nicht erlauben würde, noch sehr viel länger in der Ever Victorious Army zu dienen. Trotzdem scheint Habgier allein kein überzeugendes Motiv für sein späteres Verhalten zu sein: So war es sicher keine Habsucht, die Forester veranlaßte, die Geschichte der Ever Victorious Army in seinen veröffentlichten Erinnerungen zu verfälschen. Vielleicht war Forester trotz seines anscheinend treuen Dienstes immer schon unzuverlässig gewesen. Andererseits ist anzunehmen, daß ein so scharfsinniger Menschenkenner wie Ward dies mit Sicherheit in den Monaten ihrer gemeinsamen Kampagne gemerkt hätte. Vielleicht gab es aber auch einen anderen, ganz spezifischen Grund für die offensichtliche Bitterkeit, die Foresters Verhalten nach Wards Tod kennzeichnete. Falls dies so war, wird er sehr wahrscheinlich nie entdeckt werden.

Die Nachricht von Wards Tod hatte einen tiefen und auch etwas überraschenden Effekt auf die westlichen Kolonien in Shanghai. Captain Roderick Dew hatte bereits aus Ningpo an Admiral Hope geschrieben[2], um seiner »schmerzlichen Pflicht« nachzukommen, ihn davon in Kenntnis zu setzen, daß Ward im Kampf gefallen sei. »Während meiner kurzen Bekanntschaft mit General Ward«, fuhr Dew fort, »habe ich ihn sehr zu schätzen gelernt, und ich fürchte, sein Tod wird einen Schatten auf die kaiserliche Sache in China werfen, für die er Halt und Stütze war.« Hope leitete die Nachricht an die Admiralität in London weiter: »Mit großem Bedauern muß ich Ihre Lordschaften vom Tod Colonel Wards in Kenntnis setzen, der bei der Rückeroberung von Tz'u-ch'i tödlich verwundet wurde, wodurch die chinesische Regierung einen höchst fähigen und ritterlichen Offizier verloren hat, der ihr hervorragend gedient hat und nicht leicht zu ersetzen sein wird.« Hope teilte die Neuigkeit auch dem Gesandten Burlingame in Peking mit, der – dessen war sich Hope sicher – »vom Tod des armen Ward sehr betroffen sein« würde. General Staveley gab – wie zu erwarten – keinen Kommentar zu

Wards Ableben, aber sein Schwager und Chef der Pioniere, Captain Charles Gordon, schrieb: »Ich fürchte, dies wird den Rebellen ziemlichen Auftrieb geben, denn er war ein sehr energischer Mann und leistete der chinesischen Regierung gute Dienste.«

Der *North China Herald* widmete der Nachricht von Wards Tod in seiner Ausgabe vom 27. September nur eine Schlagzeile und versprach, »Informationen« über Ward und sein Ableben »zu sammeln«, um sie an späterer Stelle zu veröffentlichen. Als der Artikel dann erschien, spiegelte die Würdigung Wards die für die damalige Zeit typische allgemeine Einstellung des Westens ihm gegenüber wider:[3]

> Ohne eine militärische Ausbildung bewies Ward bei vielen Gelegenheiten die Fähigkeiten eines Generals. Die Biographie dieses Mannes muß noch geschrieben werden; wie auch immer seine Vorgeschichte aussehen mag, die wesentlichen Ereignisse seines Lebens wären sicher interessant. Alles, was wir nach dem wenigen sagen können, das wir über sein Leben zusammengetragen haben, ist, daß er eine wichtige Rolle im Taiping-Drama gespielt hat; und wir sollten die letzten sein, aus Berichten über die Zeit vor seinem Erscheinen auf dem Kriegsschauplatz negative Charakterzüge herauszulesen. »Sag mir nicht, was ich war, sondern was ich bin« ist ein gutes Motto für diese herumziehenden Glücksritter.

Nach der Rückkehr der *Confucius* nach Shanghai wurde Wards Leichnam nach Sung-chiang gebracht. Laut Charles Schmidt »... war es ein feierlicher Tag, und die Nachricht deprimierte nicht nur die Offiziere und Soldaten [der Ever Victorious Army], sondern auch die Einwohner von Sung-chiang. General Ward war stets allen ein treuer Freund gewesen und hatte jeden ohne Rücksicht auf die Nationalität gerecht behandelt. Alle

Läden waren zum Zeichen des Respekts vor dem Verstorbenen geschlossen, als der Leichnam in der Stadt ankam.«

Wards Sarg wurde zum Konfuzius-Tempel von Sungchiang gebracht und einstweilen in einer Ecke des Hofes aufgestellt (eine weitere seltene Ehre für einen westlichen Ausländer), während man die eigentliche Beisetzung vorbereitete. Chinesische Astrologen und Geomantiker machten sich an die Arbeit, um einen geeigneten Begräbnisplatz auszuwählen. Wards chinesische Soldaten flochten weiße Bänder in ihre Zöpfe, ein traditionelles Zeichen der Trauer. Seine Offiziere trugen einen Trauerflor am Ärmel. Wards großer schwarzweißer Mastiff irrte tagelang auf der hoffnungslosen Suche nach seinem Herrn auf dem Exerzierplatz und im Hauptquartier umher. Der Hund verweigerte jegliches Fressen (oder vielleicht fand sich nach Wards Tod auch niemand, der ihn fütterte) und starb bald darauf.

Die Art der Beisetzung Wards war für die chinesischen Beamten ebenso wichtig wie das Wann und Wo. Immerhin war er chinesischer Staatsbürger, und die Beerdigungsriten spielten in der konfuzianischen Gemeinde eine bedeutende Rolle. Die letzte Verantwortung für Wards Beisetzung lag bei seinem unmittelbaren chinesischen Vorgesetzten Li Hung-chang. Nach reiflicher Überlegung richtete Li ein Gesuch an den Thron, in dem er seine Meinung über Ward und seine Verdienste zum Ausdruck brachte, die sich die chinesische Regierung bald zu eigen machte. Da er Ward gegenüber keinen Grund zu Mißtrauen oder Eifersucht mehr hatte, erinnerte Li an die frühen Siege des als Amerikaner geborenen Kommandeurs und kam zu dem Schluß: »So besiegte er mit wenigen die Übermacht; eine verdienstvolle Tat, die sehr selten ist.« Wu

Hsü, erklärte Li, habe ihm eine Petition gesandt, in der er Wards Rolle während der Offensive des Chung Wang im Januar 1862 detailliert geschildert habe. Nach diesem Bericht sei er, Li, zu dem Ergebnis gekommen, »... daß die Abwendung der Gefahr und die Aufrechterhaltung der Ordnung in jenen Orten [der Shanghaier Region] in der Hauptsache Wards Bemühungen zuzuschreiben war.[4]

> Seit der Ankunft Eurer Majestät Minister Li Hung-chang in Shanghai, um dort die Regierungsgeschäfte zu übernehmen, hat [Ward] in jeder Hinsicht die ihm erteilten Befehle erfüllt; und ob er die Order erhielt, die Stadt Shin-chan-wei zu erobern oder die Rebellen aus Liu-ho zu vertreiben, er war stets erfolgreich. Darüber hinaus konzentrierte er alle seine Energie auf die Rückeroberung von Ch'ing-p'u und beschäftigte sich intensiv mit dem Plan, die Rebellen aus Soochow zu vertreiben. Eine derartige Loyalität und Tapferkeit, die seiner persönlichen Veranlagung entsprang, ist selbst im Vergleich mit den Tugenden der besten Offiziere Chinas außerordentlich. Und unter den ausländischen Offizieren ist es nicht leicht, einen zu finden, dem die gleiche Ehre gebührt.«

Diese Würdigung Wards klang, um es gelinde auszudrücken, etwas anders als die Berichte der Provinzbeamten, die Peking in den Wochen vor dem Tod des Kommandeurs der Ever Victorious Army erhalten hatte. Li unterstrich seine neue Einstellung ferner mit Empfehlungen für Wards Beisetzung:

> Der Minister Eurer Majestät, Li Hung-chang, hat bereits Wu Hsü und anderen den Befehl gegeben, Wards Leichnam in eine chinesische Uniform zu kleiden, für eine angemessene Bestattung zu sorgen und ihn in Sung-chiang beizusetzen, als Lohn für seine heldenhafte Verteidigung der Dynastie... Wir schulden ihm unseren Respekt und unsere tiefe Trauer.

> Es geziemt sich daher, Eure Gnädige Majestät zu ersuchen, die »Ritenkommission« anzuweisen, über eine passende posthume Ehrung für Ward nachzudenken; und daß sowohl in Ningpo als auch in Sung-chiang Opferaltäre errichtet werden, um die Manen dieses treuergebenen Mannes zu beschwichtigen.

Nach der Gewohnheit der meisten kaiserlichen Beamten berichtete Li die Tatsachen nicht so, wie er sie kannte, sondern wie sie den chinesischen Interessen am förderlichsten waren. Seine Beschreibung Wards als eines ganz und gar loyalen und tapferen Verteidigers der Manchu-Dynastie diente einem sehr realen Zweck: Die Ever Victorious Army brauchte bald einen neuen Kommandeur, und wenn Li Hung-chang Ward zum Ideal eines naturalisierten chinesischen Untertanen hochstilisierte, so hoffte er, dessen Nachfolger auf einen Typ festzulegen, dem Ward selbst nie entsprochen hatte – was er sehr wohl wußte.

In ihrer Antwort auf Lis Gesuch griffen Prinz Kung und die Kaiserinwitwe Tz'u-hsi Ton und Absicht des Gouverneurs von Kiangsu auf:[5]

> Wir haben das Gesuch gelesen und meinen, daß Brigadier Ward, ein Mann von heroischer Veranlagung und ein Soldat von Ehre, Unser Lob und Mitleid verdient. Li Hung-chang hat Wu Hsü und andere bereits angewiesen, auf die Einhaltung der richtigen Beisetzungsriten zu achten, und Wir beauftragen hiermit die beiden Präfekten, zu seiner Erinnerung besondere Tempel in Ningpo und Sung-chiang zu errichten. Möge dieser Fall der Ritenkommission unterbreitet werden, die Uns weitere Ehrungen vorschlagen wird, damit Wir ihm Unsere außerordentliche Gewogenheit zeigen können und auch sein treuer Geist in Frieden ruhen kann. Dies schreibt der Kaiser! Respektiert es!

In einem weiteren Dekret wurden die Motive der kaiserlichen Clique deutlicher: »Ward war ein Ausländer,

der sich China unterwarf. Er war ein wenig arrogant, aber er hat China gedient und starb im Kampf gegen die Rebellen; dafür sollte er belohnt und außergewöhnlich ausgezeichnet werden, so daß das Ausland beeindruckt sein wird.«

Schließlich wählte man in Sung-chiang ein geeignetes Stück Land aus, und Ward wurde endlich zur Ruhe gebettet. Die Beisetzung war eine feierliche und umständliche Angelegenheit, wobei die ungewöhnliche Prozession alles das symbolisierte, was der gefallene Offizier in seinem Leben gewesen war. Offiziere und Soldaten der Ever Victorious Army, chinesische Mandarins und Heerführer sowie britische Marine- und Armeeoffiziere (Admiral Hope war gerade in Japan) marschierten mit ernsten Gesichtern hinter der Geschützlafette mit Wards Sarg her. Man hatte Ward in sein Mandaringewand gekleidet; nur die Kappe mit dem blauen Knopf und die schwarzen Manchu-Stiefel fehlten. Die Lafette wurde von Wards Leibgarde gezogen, der – laut Charles Schmidt – »die Stabskapelle voranschritt, die den Trauermarsch aus [Händels] Saul spielte.« Schmidt berichtete, daß ein britischer Kaplan den Trauergottesdienst am Grab hielt – was kaum der chinesischen Tradition entsprach. Auch daß Wards Hund in einem schmalen Grab neben ihm beigesetzt wurde, muß bei den anwesenden Chinesen für Verwirrung gesorgt haben. Der Grablegung folgten Gewehr- und Artilleriesalven, und für die Ever Victorious Army begann eine offizielle dreimonatige Trauer. Über Wards Grab wurde ein Hügel aufgeschüttet und ein kleinerer über dem Grab seines Hundes. Und danach wandten sich die Hauptbeteiligten am weitergehenden Kampf gegen die Taiping wieder ihren Geschäften zu.

Was aus Chung-mei in den Monaten nach Wards Tod

wurde, ist nicht überliefert. Mit Sicherheit hatte sie nie eine Chance, daß Wu Hsü oder ihr Vater ihr das Geld auszahlten, das Ward ihr zugedacht hatte, um ihr ein unabhängiges Leben zu ermöglichen. Obgleich sie 1862 den Sommer in Sung-chiang verbrachte, taucht ihr Name danach dort nicht mehr auf. Vermutlich ist sie nach dem Tod ihres Ehemannes in das Haus ihres Vaters in Shanghai zurückgekehrt. Shen-Chu-jeng, Wards angeblicher Adoptivsohn, berichtet in seiner Biographie[6] lediglich, daß nach Wards Beisetzung »Mrs. Ward vor Kummer sehr krank wurde und im Jahr danach in Shanghai starb.« Shen kümmerte sich um ihre Beerdigung und sandte ihren Sarg nach Ningpo.

Am 2. Oktober 1862 schrieb Leutnant Thomas Lyster von den Royal Engineers an seinen Vater und berichtete ihm, daß die in Shanghai stationierten britischen Soldaten in letzter Zeit keinen Taiping getötet hätten, »obgleich sie General Ward umgebracht haben. Ich sah ihn vor kurzem und sollte mit ihm an einem Feldzug teilnehmen. Ich mochte den alten Burschen sehr gern.« Einige Wochen später berichtete er seinem Vater von Sung-chiang aus, daß »der arme alte Ward hier nach chinesischer Sitte beigesetzt wurde – der Sarg über der Erde. Dieser Ort war sein Hauptquartier. Er kam als Schiffsmaat nach China, von Amerika geächtet, und starb als einundhalbfacher Millionär. Er wurde oft verwundet, aber die Leute lebten in der Vorstellung, er könne nicht getötet werden.«

Die Frage, wer die Nachfolge Wards als Kommandeur der Ever Victorious Army antreten sollte, wurde schon bald diskutiert – und zwar sehr scharf. In seinen veröffentlichten Erinnerungen behauptete Forester, er selbst habe sofort das Kommando über die gesamte Truppe übernommen, aber tatsächlich war er nur der zweite in der Hierarchie hinter Burgevine. Dieser war zwar durch seine im Frühjahr erlittene Verwundung noch immer stark behindert, verlor aber nach Wards Tod keine Zeit und teilte Georg Seward, dem jungen amerikanischen Konsul in Shanghai, umgehend mit, daß »infolge des Todes von General-Major Ward das Kommando über die in Sung-chiang stationierten kaiserlichen Truppen auf mich als nunmehr ranghöchsten Offizier unter dem Gouverneur dieser Provinz übergegangen ist«.[7] Aber eine Reihe britischer Offiziere und Beamte – vor allem auch General Staveley – erkannten Burgevines Anspruch nicht sofort an, sondern versuchten, die Ever Victorious Army endlich unter britische Kontrolle zu bringen und einen von Ihrer Majestät Offizieren zum neuen Kommandeur ernennen zu lassen. Auch die Franzosen bemühten sich, das Kommando über die Ever Victorious Army zu bekommen und verwiesen darauf, daß angesichts der Aktivitäten Tardif de Moidreys, Prosper Giquels und Le Brethon de Calignys ein französischer Offizier besonders geeignet sei, Wards Arbeit fortzusetzen.

Das Problem wurde nicht sofort gelöst, obgleich die militärische Entwicklung dringend eine endgültige Entscheidung erforderte. Forester kehrte nach Ningpo zurück, wo er Anfang Oktober Captain Dew und die franko-chinesischen Truppen bei der Säuberung der 30-Meilen-Zone um den Hafen unterstützte. Anschließend trat Forester von seinem Posten zurück und schloß seinen Handel mit Yang Fang und Wu Hsü über Wards Rechnungsbuch ab. In der Zwischenzeit verstärkte der Chung Wang seinen Druck auf die vor Nanking liegenden Streitkräfte Tseng Kuo-fans und zwang diesen dadurch, erneut über eine Unterstützung seiner Hunan-

Truppen durch die Ever Victorious Army nachzudenken. Obgleich er ihr stets mit Mißtrauen begegnet war, stimmte er ihrem Einsatz schließlich zu, aber die Ever Victorious Army konnte nicht nach Nanking kommen, solange sie keinen neuen, allseits anerkannten Kommandeur hatte.

General Staveleys Versuche, Burgevines Bewerbung um Wards Nachfolge abzublocken, blieben schließlich erfolglos: Nicht weil Burgevine klar der beste Mann für den Posten war, sondern weil er zufällig Ward darin gefolgt war, chinesischer Staatsbürger zu werden – für die chinesische Regierung die unabdingbare Voraussetzung für den Kommandeur der Ever Victorious Army. Hinzu kam, daß Admiral Hope Burgevines Antrag unterstützte. Hope wußte, daß Ward ihn mehr als alle anderen Offiziere respektiert hatte, und machte sich deshalb vor allem in Erinnerung an seinen toten Kameraden für Burgevine stark. Hopes echte Loyalität gegenüber Ward hob sich angenehm von der chinesischen Lobhudelei und den Intrigen General Staveleys ab. Der Admiral bestand Forester und anderen gegenüber nicht nur darauf, daß die Ever Victorious Army weiterhin als Wards Chinesisches Corps zu bezeichnen sei, sondern verlangte auch, daß die Offiziere das Training fortführen sollten, das Ward besonders am Herzen gelegen hatte (wie zum Beispiel die Ausbildung chinesischer Offiziere). Darüber hinaus schrieb er Ende Oktober an Frederick Bruce in Peking, um eine Reihe von Ehrungen für den Initiator des Corps zu erbitten:[8]

> Ich wäre Ihnen verbunden, wenn Sie Prinz Kung die unter europäischen Nationen übliche Praxis erklären würden, auf den Fahnen die Namen der gewonnenen Schlachten sowie der eingenommenen Städte anzubringen, und wenn Sie ihm mitteilen würden, daß es meines Erachtens für den Korps-

geist von Wards Chinesen höchst förderlich wäre, wenn der Kaiser ihnen per Dekret erlauben würde, auf ihren Bannern die Namen von Ch'ing-p'u und Tz'u-ch'i anzubringen, von denen sie die erste allein erobert haben, während die zweite der Sterbeort von Col. Ward ist und ebenfalls von ihnen erstürmt wurde.

Hope wiederholte dann seinen Wunsch bezüglich des Namens der Truppe: »Ich würde es ferner als persönliche Gunst betrachten, wenn das Corps auch in Zukunft seinen jetzigen Namen »Wards Chinesen« beibehalten würde, was ein dankbares Kompliment an den Offizier wäre, der es aufgebaut hat und an seiner Spitze gefallen ist.«

Diese und andere Vorschläge Hopes zu Ehren von Ward wurden von Anson Burlingame in Peking aufgegriffen, der ebenfalls die Ernennung Burgevines zum neuen Kommandeur der Ever Victorious Army unterstützte. Wie Hope wußte Burlingame, daß Wards Wahl auf Burgevine gefallen wäre, und auch seine Empfehlung entsprang einer absoluten Loyalität gegenüber dem gefallenen Freund. Ende Oktober meldete Burlingame den Tod Wards offiziell Außenminister Seward und Präsident Lincoln in Washington.[9] Burlingame betonte dabei vor allem Wards nationale Abstammung und beschrieb seinen Landmann aus Neuengland als

> ...einen Amerikaner, der durch sein Talent und seine Tapferkeit in den höchsten Rang in der chinesischen Armee aufgestiegen ist... General Ward stammte ursprünglich aus Salem, Massachusetts, wo noch immer Verwandte von ihm leben, und hat in Mexiko, auf der Krim und – was er ungern erzählte – unter dem berüchtigten Walker gedient. An der Spitze einer chinesischen Truppe, die er selbst ins Leben gerufen und ausgebildet hatte, schlug er zahlreiche Schlachten, immer mit Erfolg. Tatsächlich zeigte er den Chinesen ihre eigene Stärke und schuf die Grundlage für die einzige Streit-

macht, mit der ihre Regierung hoffen kann, die Rebellion niederzuschlagen.

An das Angebot Wards erinnernd, 10 000 Taels für den Bau des stärksten, dunkelsten und tiefsten Verlieses im Land für die Lumpen Jeff[erson Davis] & Kabinett zu stiften, drängte er: »Lassen Sie diesen Wunsch, auch wenn er nicht ausgeführt wurde, eine würdige Niederschrift in den Archiven seines Heimatlandes finden, um zu beweisen, daß weder sein selbstgewähltes Exil noch der Dienst im Ausland noch die Ereignisse eines stürmischen Lebens das Feuer eines wahrhaft treuen Herzens in der Brust dieses umherschweifenden Kindes der Republik auslöschen konnten.«

Über Burgevine sagte Burlingame, daß der Mann aus Carolina »an allen Schlachten gemeinsam mit Ward teilgenommen hat und er allgemein einen sehr guten Ruf genießt«. Dieser Meinung war auch Frederick Bruce, und mit so mächtigen Fürsprechern – und weil er die chinesische Forderung erfüllte, sich als chinesischer Untertan der kaiserlichen militärischen Autorität zu unterwerfen – wurde Burgevine schließlich zum Kommandeur der Ever Victorious Army ernannt. Aber schon bald hatten Hope, Burlingame und Bruce – ganz zu schweigen von der kaiserlichen Regierung – reichlich Gründe, an der Richtigkeit ihrer Wahl zu zweifeln. In Sung-chiang, wo Ward durch eine geschickte Mischung aus List und Einschüchterung die Macht der lokalen Mandarins ausgeschaltet hatte, verschaffte sich Burgevine sehr schnell den Ruf eines taktlosen Maulhelden: »Die Beamten«, schrieb der Engländer Chaloner Alabaster[10] einige Monate später, »unter Ward ausmanövriert, waren über Burgevine aufgebracht.« Zweifellos wurde die Situation – wie sein gesamtes Verhalten – durch seinen zunehmenden Alkoholkonsum zur Betäubung seiner Wundschmerzen negativ beeinflußt. Nach Dr. Macgowan hatte Burgevine »sich während des Heilungsprozesses zur Stärkung seiner Konstitution an die Einnahme von Mitteln gewöhnt, die angeblich belebend wirken sollten; es war klar, daß dies zusammen mit morgendlichen Cocktails sowie diversen Brandy-smashes* tagsüber bald zu einer Krise führen mußte«.

Den endgültigen Beweis für die zerstörerische Wirkung seines Alkoholmißbrauchs wie für den großen Unterschied zwischen ihm und Ward lieferte er durch sein Verhalten beim Angriff der Alliierten auf Chia-ting am 23. Oktober. Diese letzte Festung der Taiping innerhalb der 30-Meilen-Zone um Shanghai wurde von einer Abteilung der Ever Victorious Army gemeinsam mit britischen Marineeinheiten unter Admiral Hope und Militäreinheiten unter General Staveley erobert. Nach mehreren Augenzeugenberichten hatten die Soldaten der Ever Victorious Army die gefangengenommenen Rebellen summarisch exekutiert, was Ward stets sorgfältig vermieden hatte. Auch die Art der Hinrichtung erweckte bei chinesischen wie westlichen Beobachtern Abscheu: Offensichtlich hatte Burgevine von ähnlichen Exekutionen der Sepoy-Rebellen in Indien gehört und befohlen oder zumindest erlaubt, daß die Gefangenen vor die Mündung der Kanonen gebunden und in Stücke gerissen wurden.

Hope und Staveley waren verständlicherweise über dieses Verhalten entsetzt, und Admiral Hope überredete Burgevine umgehend, der Ernennung Captain John Hollands von den Royal Marines zum Stabschef

---

*Anm. d. Übers.: Mischung aus Brandy, Zucker, Wasser, Pfefferminz und Eis.

der Ever Victorious Army zuzustimmen, um »den völligen Zusammenbruch des Corps zu verhindern«. Aber Holland erwies sich bald als ziemlich einfallsloser Offizier, und wahrscheinlich hat seine Ernennung die Situation nur noch verschlechtert. Einer von Wards altgedienten Offizieren drückte es so aus: »Burgevine ließ sich häufig von seinen Stabsoffizieren leiten, statt kompetenten Männern verantwortliche Aufgaben zu übertragen; einen Posten bekam, wer von seiner Umgebung favorisiert wurde. Burgevine war kein Mann wie Ward. Der verließ sich auf sein eigenes Urteil; Burgevine verließ sich zu sehr auf seinen Stab, wogegen nichts zu sagen gewesen wäre, wenn diese Leute sich ihrem Rang entsprechend als kompetent erwiesen hätten. Burgevine hätte sehen müssen, daß sie dies nicht waren.«

Admiral Hope – müde, noch immer unter den Folgen seiner Beinverletzung leidend und entschlossen, sein Kommando in China abzugeben – gab sich nicht geschlagen:[11] »Colonel Burgevine«, teilte er Frederick Bruce mit, »ist sich durchaus der Notwendigkeit einer völligen Neuorganisation und Disziplinierung des Corps bewußt, bevor man an irgendwelche entfernten Operationen denken kann, und wird seine Aktionen daher im kommenden Winter auf den Schutz der Shanghaier Region beschränken.«

Aber nach der Rückeroberung Chia-tings durch die alliierten Truppen wandte sich der Chung Wang wieder nach Osten, um zu verhindern, daß die erneute Bedrohung seiner Streitkräfte in Kiangsu mit dem Fall von Soochow endete. Damit ergab sich für die Kaiserlichen die Möglichkeit zu einem entscheidenden Vorstoß auf Nanking. Hope, der als einziger Burgevine im Zaum halten konnte, war im Spätherbst nach England abgereist. Im November und Dezember wurde Burgevine von seinen chinesischen Vorgesetzten gedrängt, seine Armee für einen gemeinsamen Angriff mit Tseng-Kuofans Truppen auf Nanking vorzubereiten. Burgevine stimmte dem Plan grundsätzlich zu, erklärte jedoch, daß er nicht ausrücken werde, solange das Corps nicht wirklich bereit sei und ihn Wu Hsü und Yang Fang nicht mit mehr Nachschub und Geld versorgen würden, als dies bisher geschehen wäre.

Burgevines Standpunkt war verständlich: Er besaß nicht wie Ward die Gabe, aus Wu und Yang alles herauszuholen, was er brauchte; die beiden hielten – im Gegenteil – seit Burgevines Kommandoübernahme dringend benötigte Gelder zurück. Im Januar 1863 war die Lage so schlecht, daß die Soldaten der Ever Victorious Army drauf und dran waren, zu meutern. Burgevine versuchte zunächst, seine Leute dadurch zu beschwichtigen, daß er eine Reihe leerer Versprechungen seiner Hintermänner weitergab; dann aber marschierte der verzweifelte Burgevine in Yangs Büro, schlug den alten Bankier blutig und nahm sich 40 000 Silberdollar.

Das war nicht nur Raub, sondern darüber hinaus ein Verbrechen gegen die konfuzianische Ordnung: Für Li Hung-chang war Burgevine »nach dem chinesischen Gesetz des schwersten Verbrechens schuldig, und auch nach ausländischen Gesetzen kann ein so rebellisches und verräterisches Subjekt nicht länger in der Armee geduldet werden«. Überflüssig festzustellen, daß der Feldzug der Ever Victorious Army nach Nanking nie stattfand. Nach mehreren vergeblichen Entlastungsversuchen floh Burgevine mit vielen seiner Offiziere aus Sung-chiang und lief schließlich zu den Taiping über.

Burgevines Verhalten gab Li Hung-chang den lange gesuchten Vorwand, Wu Hsü und Yang Fang – die als Burgevines Sponsoren und Vorgesetzte für seine Taten verantwortlich waren – von den meisten ihrer Regierungsposten zu entheben. Wu verließ später Shanghai, und Yang zog sich in die westlichen Niederlassungen zurück, wo er über erheblichen Grundbesitz verfügte. Was das Kommando über die Ever Victorious Army anging, so hatten Li und seine Vorgesetzten nunmehr von ausländischen Abenteurern genug: Sie kamen überein, den Engländern zu erlauben, einen ihrer Offiziere als Kommandeur für die immer desolatere Truppe zu bestimmen.

Dieser Entschluß wurde ihnen durch die Erfolge der franko-chinesischen Truppen im Winter 1862/63 erleichtert, die die kaiserlichen Armeen in der Provinz Chekiang unterstützt hatten. Im Dezember 1862 hatten Prosper Giquel und Leutnant Le Brethon de Caligny ihre Angriffe gegen die Taiping wieder aufgenommen. Giquel wurde bald schwer verwundet und konnte nicht weiter an den Kämpfen teilnehmen, aber Le Brethon de Caligny griff im Januar ohne jede Unterstützung durch die Ever Victorious Army oder anglo-chinesische Truppen die Taiping-Festung Shao-hsing an. Unter Le Brethons Artillerie befanden sich einige alte britische Neunpfünder, die er selbst vor den Mauern der Stadt in Position brachte. Mitten in dieser kühnen Aktion schlug das Schicksal zu: »Beim ersten Schuß«, schrieb Andrew Wilson[12], »zersprang die Kanone, und ein großes Stück des Verschlusses traf Le Brethon und riß ihm den gesamten Oberkörper weg, so daß er auf der Stelle tot war.«

Der verwundete Giquel konnte das Kommando über die franko-chinesischen Truppen noch nicht wieder übernehmen, das daher Wards altem Kameraden Adrien Tardif de Moidrey übertragen wurde. Viele der franko-chinesischen Soldaten sträubten sich gegen einen erneuten Angriff auf Shao-hsing, dessen Verteidiger zu allem entschlossen waren. Aber Tardif ließ sich dadurch nicht aufhalten. Am 19. Februar 1863 führte er seine Truppen wieder vor die Mauern der Stadt. Dieses Mal jedoch forderte seine harte Disziplin ihren Tribut: Um 10 Uhr morgens wurde Tardif de Moidrey von einem seiner eigenen Soldaten in den Hinterkopf geschossen. Wilson erinnerte sich, daß »ihn seine eiserne Kondition noch acht Stunden überleben ließ, obgleich ihm Teile seines Hirns in den Haaren hingen«. Ironischerweise besetzten Tardifs Truppen schließlich die Stadt, als die Rebellen sie am 18. März verließen. In den folgenden Monaten wurde das franko-chinesische Corps der Provinz Chekiang unter Giquels Kommando zur Ever Triumphant Army und spielte eine Hauptrolle bei der Rückeroberung von Hangchow.

Die Ever Victorious Army war unterdessen nicht so erfolgreich. Nachdem sich die Chinesen mit einem britischen Offizier als Kommandeur des Corps einverstanden erklärt hatten, schlug General Staveley – der nach Hopes Abreise die britische Militärpolitik in Shanghai dominierte – seinen jungen Schwager, Charles George Gordon, als Kandidaten vor. Die chinesische Regierung hatte zwar inzwischen auf die Forderung verzichtet, daß jeder Kommandeur der Ever Victorious Army die chinesische Staatsangehörigkeit annehmen müsse, bestand aber weiterhin darauf, daß Gordon zumindest in den chinesischen Militärdienst einzutreten habe. Hierfür brauchte er jedoch die Genehmigung von Staveleys Vorgesetzten, und solange die nicht vorlag, wurde Captain John Holland zum Interims-Kommandeur der Ever Victorious Army bestellt.

Es wurde schnell deutlich, daß Holland überhaupt kein Gespür dafür hatte, was die Ever Victorious Army zu einer Einheit zusammengeschmiedet hatte: »Alles«, schrieb Dr. Macgowan[13], »wurde nach den Dienstvorschriften der englischen Königin reorganisiert, wie Holland sich auszudrücken pflegte. Selbst die von Ward bei Aufstellung der Truppe eingeführten Uniformen – die den amerikanischen ähnelten – wurden abgeschafft und neue à la Holland erfunden. Es war ein Wunder, daß er den Soldaten keine roten Röcke verordnete, wie sie die Royal Marines trugen.«

Unglücklicherweise schenkte Holland der Taktik weniger Aufmerksamkeit: Als er am 14. Februar die Rebellen in T'ai-ts'ang angriff, wurde er vernichtend geschlagen. Die englischsprachige Zeitschrift *Friend of China* kommentierte: »Die Soldaten brauchten vier Tage, um T'ai-ts'ang zu erreichen; den Rückweg schafften sie – unbelastet durch Gewehre, Decken, Proviant, Munition, Artillerie, kurz ihre gesamte Ausrüstung im Wert von 100 000 Dollar – in acht Stunden! Ein solches Gerenne hat man überhaupt noch nicht gesehen.«

Leutnant Thomas Lyster von den Royal Engineers schrieb über diesen Zwischenfall an seinen Vater: »Die Rebellen ... besiegten Wards Truppe und töteten mehrere hundert ... General Holland kennt nichts als brutale Gewalt. Als ich in Sung-chiang war und mit ihm über die letzte französische und österreichische Kampagne diskutierte, hat er mir allen Ernstes erklärt, daß er nichts von *Taktik* halte! ... Bei keiner seiner Operationen nutzte er die Vorteile taktischen Vorgehens ... General Ward, der kein Berufssoldat war, hätte es besser gemacht.«

Der traurige Verfall der Ever Victorious Army in den ersten Monaten des Jahres 1863 ließ viele westliche Ausländer daran zweifeln, ob die Armee wirklich jemals die wunderbare Truppe disziplinierter Chinesen gewesen war, für die man sie früher gehalten hatte. Der *North China Herald*[14] schrieb zum Beispiel im Januar, »daß es Grund zu der Annahme gibt, daß das Corps nicht von so hohem Rang war, wie behauptet wurde«. Dieser Eindruck verstärkte sich mit der Zeit noch: Bald machte sich der *Herald* Sorgen, daß die Truppe »zu einem Pöbelhaufen verkommt, dem sie schon zu Wards Zeiten sehr ähnelte, und nur noch in der Maske einer militärischen Organisation auftritt – die sie in Wahrheit nie gewesen ist«. Bezeichnenderweise schöpfte der *Herald* nach der Ernennung Captain Hollands wieder Mut, da er als britischer Offizier vermutlich den Abwärtstrend umkehren könnte. Aber nach T'ai-ts'ang mußte auch der *Herald* zugeben, daß Holland »nicht die notwendige strategische Geschicklichkeit gezeigt hat, um eine so große Truppe zu kommandieren«.

Am 23. März wurde Charles George Gordon (inzwischen zum Major ernannt), trotz der anhaltenden Proteste der altgedienten Offiziere des Corps gegen diese Einmischung von außen, das Kommando über die Ever Victorious Army übertragen. Anfang April schrieb Charles Schmidt[15], daß »die Ever Victorious Army [sic] keine regulären ausländischen Generäle wünscht, für wie notwendig man letztere auch halten mag. Mischt euch nicht ein! Wir wollen Männer vom Schlage eines Ward oder Vincente!« Aber die Wahrscheinlichkeit, daß man das Kommando Vincente Macanaya übertrug, war gering, wie Schmidt selbst feststellte. »Daß er ein Filipino ist, wirkt sich lähmend auf seine Chancen aus, unter der gegenwärtigen Sung-chiang Dynastie zum Kommandeur gewählt zu werden.« Schmidt erkannte, daß für die Ever Victorious Army mit der Ankunft Gordons eine Übergangsphase begann, die sie weit von der ursprünglich von Ward beschworenen und am Ende fast verwirklichten Version entfernte. Schmidt ahnte auch, daß er und Vincente das ihnen von ihren Förderern noch geschuldete Geld wahrscheinlich nie bekommen würden. Schmidt, Vincente und andere Offiziere des Corps hatten wie Ward von Wu Hsü und Yang Fang häufig Schuldverschreibungen anstelle von Bargeld angenommen. Aber wie die Dinge im April 1863 lagen – Ward tot und Yang und Wu ihrer Ämter enthoben –, waren diese Schuldverschreibungen wenig wert. Enttäuscht verabschiedete sich Schmidt von Vincente Macanaya und zur gleichen Zeit von einer Ära:

> Vielleicht, Vincente, kommt einmal die Zeit, daß unsere alten tatarischen Dienstherren ihrer neuen [der englischen] Offiziere überdrüssig werden. Möglicherweise bitten sie uns dann wieder um einen Gefallen, aber dann laß uns klug handeln – laß Dich nicht auf Schuldverschreibungen ein – kassiere den Sold für einen Monat im voraus und sei damit zufrieden. – Bis dahin, Adieu.

Unter Charles G. Gordon kam die Ever Victorious Army zwar aus ihrem organisatorischen und militärischen Tief heraus, in dem sie seit Wards Tod gesteckt hatte; aber zugleich verlor sie viel von ihrem draufgängerischen Elan, der ihr unter Ward zuteil geworden war, und erwarb sich statt dessen einen Nimbus, der eher dem tief religiösen und psychologischen Komplex ihres neuen Kommandeurs entsprach. Der Unterschied zwischen Ward und Gordon war paradox, wobei Charaktereigenschaften eine Rolle spielten, die gleichzeitig auf Ähnlichkeiten wie extreme Unterschiede hindeuteten. Zum Beispiel hatte auch Gordon als Junge – ebenso wie Ward – sein Spiel damit getrieben, daß er sich ins Meer fallen ließ, um die bei den Zuschauern am Strand hervorgerufene Verwirrung zu beobachten; der Unterschied zwischen den beiden bestand darin, wie Richard

J. Smith feststellte, »daß Ward schwimmen konnte«. Ward war ein echter Abenteurer und hatte nichts von der religiösen Intensität und Todesfaszination Gordons, dessen sanfte Mutter ihn gelehrt hatte, die Bibel als buchstäblich wahr zu betrachten. Gordon gehörte nie einer Kirche oder religiösen Sekte an, sondern stützte sich zur Orientierung allein auf seine persönliche Auslegung der Heiligen Schrift. So schuf er sich ähnlich wie Ward ein eigenes Wertesystem, aber anders als sein amerikanischer Vorgänger verknüpfte Gordon diese Werte mit einer tiefen religiösen Hingabe, die an Mystizismus grenzte.

Wie Ward war Gordon als Schuljunge häufig mit anderen Kindern aneinandergeraten. Aber während Ward als Beschützer der Schwächeren auftrat, war Gordon ein schwieriges, zu heftigen Ausbrüchen neigendes Kind, das häufig andere tyrannisierte. Als Heranwachsende besaßen Ward und Gordon unzweifelhaft Charme, wobei sich Gordon dessen vielleicht weniger bewußt war. Denn bei all seinem Scharfblick für seine Umwelt konnte er hinsichtlich seines eigenen Charakters und seines Handelns bemerkenswert blind sein. Aus diesem Grund war er zwar zurückhaltender als Ward, aber weniger diszipliniert. In Gesellschaft anderer fühlte er sich nie sehr wohl und in Gegenwart von Frauen sogar äußerst unbehaglich, was nach seinem Tod zu höchst unfairen Vermutungen über sein Sexualleben führte. Harry Parkes, Britanniens angesehenster Konsul in China, hielt Gordon für »einen guten, anständigen und großzügigen Burschen, aber gleichzeitig sehr absonderlich und empfindlich – außerordentlich impulsiv –, voller Energie, dem es lediglich an Urteilsvermögen fehlt, um ein prächtiger Typ zu sein«. Dieses gelegentlich fehlende Urteilsvermögen hat Gordon sein Leben lang daran gehindert, höchste Erfolge zu erreichen. Aber am Ende wurde er eben dadurch in aller Welt zu einer Legende: Seine letzte Entscheidung, 1865 allein an der Spitze einer vergleichsweise winzigen Garnison in Khartoum auszuharren und es mit den Horden sudanesischer Rebellen aufzunehmen, was sinnlos, ja selbstmörderisch war, machte ihn als mutigen Märtyrer berühmt.

Bei der Übernahme des Kommandos über die Ever Victorious Army im März 1863 gab Gordon mehrere herabsetzende Erklärungen ab, in denen er die damaligen Schwierigkeiten der Einheit unfairerweise Ward anlastete. Gleichzeitig aber verriet er durch einige stillschweigende Maßnahmen, daß er wußte, wie unbegründet seine Vorwürfe waren, und daß er Ward während der Kämpfe in der 30-Meilen-Zone sehr sorgfältig beobachtet hatte. So übernahm er dessen Gewohnheit, nur mit einem Rohrstock bewaffnet in den Kampf zu ziehen, wodurch es ihm gelang, sich ebenfalls mit dem Nimbus der Unverwundbarkeit zu umgeben, der das Verhältnis der chinesischen Bauern zu Ward geprägt hatte. Des weiteren verstärkte er jene beiden Einheiten der Ever Victorious Army, die Ward gegen Ende seines Lebens als ausschlaggebend angesehen hatte: die Artillerie und die Flotte der Kanonenboote. Er entließ Offiziere, die er für unzuverlässig hielt, und stellte die Disziplin im Lager wieder her. Aber die Atmosphäre war – anders als bei Ward – rein geschäftsmäßig: Die Männer marschierten, exerzierten und kämpften erfolgreich, aber sie taten es längst nicht mit einer solchen Begeisterung wie zu Wards Zeiten.

Ende Juli 1863 hatten Gordon und Li Hung-chang die Taiping großflächig außerhalb der 30-Meilen-Zone angegriffen. Diese Kämpfe waren so erfolgreich gewesen, daß man sich zu einem Angriff auf Soochow entschloß, die wertvollste Beute des Chung Wang. Inzwischen diente Burgevine, den Gordon persönlich kannte, auf seiten der Taiping. Über sein ausgedehntes Spionagenetz und seine Kontakte innerhalb des Rebellenlagers, die Gordon (wie Ward) unterhielt, gelang es ihm, mit dem geplagten Ex-Kommandeur der Ever Victorious Army Verbindung aufzunehmen. Burgevine hatte inzwischen festgestellt, daß der Dienst bei den Rebellen weniger lukrativ war, als er gedacht hatte, und war bereit, wieder die Fronten zu wechseln, was ihm Gordon erleichterte. Laut Augustus Lindley[16] schlug Burgevine Gordon dann vor, sich sowohl von den Manchu als auch den Rebellen loszusagen, »und einen unabhängigen Eroberungsfeldzug zu beginnen«. Lindley vermutete, daß die Idee möglicherweise das Ergebnis »von Geistesgestörtheit« gewesen sei, »hervorgerufen durch die Folgen seiner [Burgevines] Verwundung und den Gebrauch von Stimulanzien«. Wie auch immer, Gordon lehnte es ab.

Aber der zum kaiserlichen Kommandeur ernannte britische Engineer hatte bald allen Grund, seine Loyalität gegenüber der chinesischen Regierung zu überdenken. Mit der Einkreisung und Belagerung von Soochow begannen für Gordon wochenlange heftige Gefechte, die am 4. Dezember 1863 mit der Übergabe der Stadt durch sieben kommandierende Rebellen-Könige [Wangs] endete (der Chung Wang war nicht darunter). Gordon – der im Gegensatz zu Ward weder durch Nationalität noch durch Neigung mit China verbunden war – empfand große Bewunderung für die Führer der Taiping, die er »*ohne* Ausnahme für tapfere und ritterliche Männer« hielt.[17] Er hatte die Übergabe Soochows erreicht, indem er den Rebellenführern Pardon anbot.

Aber kaum hatte Gordon mit seiner Armee die Stadt verlassen, befahl Li Hung-chang, die Männer sofort hinzurichten. Gordon betrachtete diesen Vorfall als eine Verletzung seiner eigenen Ehre und steigerte sich in eine Wut, die seine gesamte Umgebung erstaunte und verwunderte. Li (dessen Familie fast vollständig von den Taiping umgebracht worden war) zeigte sich völlig konsterniert: In China war die Hinrichtung der Rebellenführer allgemeine Praxis, und alle Versprechen gegenüber denen, die die schlimmsten der »zehn Greuel« begangen hatten, konnten nicht wirklich als bindend angesehen werden. Aber als Gordon dann Li gegenüber handgreiflich zu werden drohte und ernsthaft überlegte, zu den Taiping überzuwechseln, begriff dieser, wie brenzlig die Situation war. Sofort drängte er seine Vorgesetzten, eine erhebliche Belohnung zu bewilligen, um Gordon zu beschwichtigen, der daraufhin zum Mitglied der kaiserlichen Leibgarde ernannt wurde und 10 000 Dollar erhielt. Wie gewöhnlich schlug Gordons Stimmung bald wieder um, und die Ever Victorious Army ging erneut ihren Aufgaben nach. Aber es war ein aufschlußreicher und gefährlicher Augenblick gewesen.[18]

Der Fall von Soochow war für die Taiping ein harter Schlag und verschlechterte die Lage Nankings. Als die Ever Victorious Army am 11. Mai 1864 auch noch Ch'ang-chou eroberte, wurde klar, daß die Hauptstadt der Taiping die lange erhoffte Entlastung aus dem Osten nie bekommen würde. Nun, da der Sieg über die Rebellen endlich in Reichweite war, fühlte sich die kaiserliche chinesische Regierung sicher genug, die seltsame Truppe der »imitierten fremden Teufel« zu entlassen, die ihr stets soviel Sorge bereitet hatte. Die Ever Victorious Army ging kurz nach dem Fall von Ch'ang-chou ohne Zeremonie und weitgehend unbetrauert in die Geschichte ein. Gordon selbst lieferte eine Grabschrift, die instinktlos, in gewisser Weise ungerecht, aber mit Sicherheit für die Gefühle der chinesischen und westlichen Beamten im Jahr 1864 bezeichnend war: »Seit ihrer Gründung hat die Truppe unter ihren Offizieren eine Reihe einfacher Männer gehabt ... Unwissend, ungebildet und nicht ans Befehlen gewöhnt, waren sie ungeeignet, die ihnen unterstellten Männer zu kontrollieren ... Ich halte die Truppe selbst unter einem britischen Offizier für eine äußerst gefährliche Ansammlung höchst unzuverlässiger Männer und außerdem für sehr teuer.« Vielleicht hätte er noch hinzufügen sollen, daß die Truppe bei der Unterdrückung der weltweit brutalsten Rebellion eine entscheidende Rolle gespielt hatte.

Die Taiping-Bewegung überlebte die Ever Victorious Army nur kurze Zeit. Der Chung Wang, der sich im Frühjahr 1864 in Nanking verzweifelt gegen die Truppen Tseng Kuo-fans verteidigte, wußte seit seiner Vertreibung aus Kiangsu, daß seine Tage wie die seiner Kameraden gezählt waren.

Den Zusammenbruch seines Himmlischen Reiches vor Augen, zog sich der T'ien Wang immer weiter in eine Welt der Verderbtheit und verrückter religiöser Phantasien zurück. Den hungernden Bewohnern Nankings empfahl er, Gras zu essen, das er als »himmlischen Tau« bezeichnete, um zu überleben. Während eines klaren Moments am 3. Juni 1864 nahm der durchgefallene Beamtenanwärter schließlich Gift und überließ seine Anhänger sich selbst, nachdem seine verrückten Unternehmungen mehr als 10 Millionen Menschen das Leben gekostet hatten.

Gegen alle Vernunft loyal blieb der Chung Wang in

Nanking, um für die Sicherheit des jungen Sohns des
T'ien Wang zu sorgen, bis die Soldaten Tseng Kuo-fans
die Stadt stürmten. Der Chung Wang eskortierte den
Rebellenerben aus der Stadt und verzichtete auf seine
eigene Chance zur Flucht, indem er ihm sein schnellstes
Pferd überließ. Von Tseng Kuo-fan gefangen genommen, wurde der Chung Wang in einen Holzkäfig gesperrt. In einem seltenen Fall von Milde erlaubte man
ihm, vor seiner Exekution eine kurze Autobiographie
niederzuschreiben. Nachdem er Tseng Kuo-fan vergeblich bestürmt hatte, den Verteidigern von Nanking das
Leben zu schenken – sie wurden sämtlich hingerichtet
wie generell alle Anhänger des T'ien Wang –, schloß der
Chung Wang sein Leben mit der melancholischen Feststellung ab:

> Nun hat unser Königreich aufgehört zu existieren, und
> zwar deshalb, weil die [vorbestimmte] Lebenszeit des ehemaligen T'ien Wang endete. Das Schicksal des Volkes war
> hart, wie hart! Warum nur wurde der T'ien Wang geboren,
> der das Land doch nur in Unordnung brachte. Wie konnte
> ich, ein Mann ohne besondere Fähigkeiten, ihm dabei helfen?
> Jetzt bin ich gefangen und eingesperrt, aber geschieht dies
> nicht nach dem Willen des Himmels? Ich weiß nichts über
> meinen Ursprung. Wie viele tapfere und kluge Männer des
> Reiches haben solche Dinge nicht getan, und ich tat sie. Es
> geschah wohl, weil ich nichts verstand. Wenn ich verstanden
> hätte ...

Der Chung Wang war nicht der einzige, der sich in der
Einschätzung der von der Taiping-Bewegung freigesetzten Kräfte irrte. Burgevine zum Beispiel hatte China
kurz nach seinem Abfall von den Rebellen verlassen,
war dann aber zurückgekehrt – offensichtlich in der Annahme, die kaiserliche Regierung habe seine Vergehen
vergessen oder vergeben. Aber die Kaiserlichen brach-

ten ihn zur Strecke und nahmen ihn im Sommer 1865 fest. Er starb unter mysteriösen Umständen auf einem Gefangenentransport an Bord eines Flußdampfers. Offiziell hieß es, das Boot sei gekentert, und alle Gefangenen seien dabei ertrunken. Aber als ein westlicher Arzt Burgevines Leichnam im Oktober exhumierte und eine Autopsie vornahm, fand er etwas Seltsames: »An seinem Oberschenkel fehlte ein 33 cm langes und 7,6 cm breites Stück Haut.« Der Doktor konnte nicht feststellen, »ob dieses Stück Haut herausgeschnitten worden war«, aber man denkt unwillkürlich daran, daß die Chinesen Verrätern manchmal bei lebendigem Leib die Haut abzogen.[19]

In ihrer Endphase und in ihrer Nachwirkung wurde die Taiping-Rebellion zu einer schmerzlichen und oft verhängnisvollen Erfahrung für jene, die irgendwie in sie verwickelt wurden. Man sollte meinen, daß Chinas Herrscher in den folgenden Jahrzehnten viele nützliche Lektionen daraus gelernt und ihren Regierungsstil geändert hätten. Aber selbst Tseng Kuo-fan und Li Hung-chang, die Chinas größte Hoffnung auf eine neue politische Ordnung repräsentierten, erwiesen sich als zu sehr in der Tradition verwurzelt, um irgendeines ihrer Reformprogramme auf Dauer durchzuhalten. Und sie waren zu anfällig für das übliche bürokratische Gerangel, um ihrem Bündnis einen dauerhaften Einfluß zu sichern. Nach dem Sieg über die Taiping befahlen Prinz Kung und die Kaiserinwitwe Tz'u-hsi ihren Gefolgsleuten Tseng und Li, mit der Hunan- bzw. Anhwei-Armee die Nien-Rebellen anzugreifen. Bei der Niederwerfung dieses Aufstands entzweiten sich Tseng und Li. Zwischen ihren Armeen brach ein Streit aus, der Jahrzehnte andauerte und Reform und Wiederaufbau in den Hintergrund drängte. Zumindest Tseng Kuo-fan starb 1871 als wahrer (wenngleich erfolgloser) Verteidiger Chinas. Li Hung-chang dagegen unterminierte in seinen späteren Jahren die Stärke seiner Nation, indem er rücksichtslos seine persönliche Macht vergrößerte und sich von Chinas Feinden die Taschen mit Bestechungsgeldern füllen ließ. Wie Tseng vor seinem Tod feststellte: »Das tote Laub enttäuschter Hoffnungen bedeckt die gesamte Landschaft.«[20]

Auch Prinz Kung und die Kaiserinwitwe Tz'u-hsi begannen sich relativ bald nach dem Sieg über die Taiping zu befehden. In dieser Auseinandersetzung blieb letztlich die schlaue Tz'u-hsi Siegerin, aber wie verhängnisvoll dieser Sieg für China war, zeigte sich 1900, als sie den fanatischen Boxern befahl, die ausländischen Gesandtschaften in Peking anzugreifen, statt zu versuchen, Chinas Integrität durch die Nutzung des westlichen Vertragssystems zu sichern, wie es Kung getan hatte. Diese und andere private Fehden zwischen den eingeborenen Chinesen und den Manchu-Eliten verhinderten letztlich im ausgehenden 19. Jahrhundert einen wirklichen Neuanfang in China. Im Gegenteil, als diese Ära zu Ende ging, klammerten sich die Herrscher im Reich der Mitte noch entschlossener als zuvor an ihre altmodischen Methoden und sorgten damit für den sicheren Untergang des Reiches. Es ist daher kaum überraschend, daß die wichtigen militärischen Innovationen, die die chinesischen Kommandeure in den Tagen ihrer Zusammenarbeit mit der Ever Victorious Army und den Streitkräften der westlichen Mächte kennengelernt hatten, am Ende so wenig gebracht haben. Sicher, Tseng Kuo-fan und Li Hung-chang setzten sich für eine Modernisierung der Waffenindustrie in China ein: Mit der Unterstützung von Prosper Giquel wurden in Foochow schließlich eine große moderne Schiffswerft und ein Marinearsenal aufgebaut. Aber im Grunde war die militärische Schlagkraft, die China während der Endphase der Taiping-Rebellion erreichte, anormal gering. Dies zeigte sich ganz klar, als das Reich in den Jahren 1894/95 von der aufstrebenden japanischen Nation zutiefst gedemütigt wurde.

Wäre das Versagen auf dem Schlachtfeld in diesem Krieg die Folge davon gewesen, daß die kaiserliche Regierung in der Zwischenzeit höhere und friedlichere Ziele verfolgt hatte als eine Militärreform, hätte man es entschuldigen können. Statt dessen aber hatten Parteienstreit und das Festhalten an veralteten sozialen, politischen und militärischen Gegebenheiten Chinas Herrscher im 19. Jahrhundert davon abgehalten, auf den Fundamenten von Wards Ever Victorious Army weiter aufzubauen. Für sie zählte der Umstand, daß Ward ein »Barbar« war, weit mehr als die Tatsache, daß er den Chinesen beigebracht hatte, sich in einem mit modernen Waffen und Taktiken geführten Krieg zu behaupten. Die Geschichte des späten kaiserlichen China ist reich an Aufständen und Kriegen, von denen viele sehr lang und brutal waren und von denen jeder von einer Persönlichkeit wie Ward profitiert hätte. Aber ein solches Kokettieren mit westlichen Methoden wiederholte sich nicht. Die Chinesen fuhren fort, sich gegenseitig auf die gleiche exzentrische und rückständige Art abzuschlachten, die ihre Kriege jahrhundertelang bestimmt hatte.

Welche historische Bedeutung kommt demnach der Ever Victorious Army zu? Über diese Frage ist seit dem Ende der Taiping-Rebellion diskutiert worden. Zu Beginn dieser Debatte wurde die Bedeutung der Armee vom Westen zweifellos überbewertet. Begeistert von dem romantischen Image des »Chinesen« Gordon (als solcher wurde der letzte Kommandeur der Ever Victorious Army bekannt) stellten viele Ausländer, vor allem die Briten, die Ever Victorious Army so dar, als habe sie die Hauptrolle bei der Niederwerfung der Rebellion gespielt. Heute wissen wir, daß diese Ehre Tseng Kuo-fan und seinen Hunan-Soldaten gebührt. Aber nun eine Kehrtwendung zu vollziehen, wie es einige Sinologen und kommunistische chinesische Historiker getan haben, und den Beitrag der Ever Victorious Army als minimal abzutun, ist genauso falsch. Die Truppe, die Ward aufbaute und befehligte, konnte lediglich eine strategisch unterstützende Rolle für die Hunan-Armee übernehmen, da sie nie über 4000–5000 Mann hinauswachsen und keine bedeutenden eigenen Operationen im Landesinneren durchführen durfte. Aber ihre Rolle war nichtsdestoweniger entscheidend. Weder die Truppen Tseng Kuo-fans noch die Li Hung-changs hätten allein die Eroberung Shanghais durch die Taiping verhindern können, und es ist völlig offen, wie lange sich die Rebellenbewegung noch gehalten hätte, wenn dieser wertvolle Hafen in ihre Hände gefallen wäre. So gesehen bleibt es fraglich, wann und ob die kaiserliche Regierung überhaupt die Rebellion ohne die Hilfe der Ever Victorious Army hätte niederschlagen können.

Im übrigen muß daran erinnert werden, daß hinter der Hunan- und Anhwei-Armee keine progressive Idee stand, die es China erlaubt hätte, ein Heer aufzubauen, das es mit einem Feind wie den Japanern aufnehmen konnte. Die Ideale der konfuzianischen Philosophie waren eben kein Ersatz für diszipliniertes Training in der Anwendung moderner Waffen und Taktiken. Hätte man sich besser an Ward und vor allem an seine Arbeit erinnert, wäre die Katastrophe von 1894/95 möglicherweise vermieden worden – und damit die zahlreichen ihr folgenden Demütigungen: der alliierte Marsch auf Peking im Jahr 1900, der stete Verlust territorialer Integrität an die ausländischen Mächte und schließlich der Untergang des Kaiserreiches selbst.

Leider erinnerte man sich nicht sehr gut an Ward. In den Ausländersiedlungen Chinas blieb sein Name noch eine Zeitlang durch den um sein Vermögen geführten Prozeß im Gespräch, und ein Teil der Landbevölkerung und der Provinzbeamten ehrte ihn zumindest noch ein paar Jahrzehnte nach seinem Tod als treuen Verteidiger des Reiches der Mitte. Danach jedoch, als die Berichte über seine Taten umgeschrieben wurden, um sie den wechselnden politischen Philosophien anzupassen, die China überfluteten, interessierten sich nur noch einige spezialisierte Wissenschaftler für Wards Leben und die Geschichte der Ever Victorious Army. Und schließlich vergaß man das Ganze.

Unter Berufung auf andere dringende Geschäfte hatten sowohl Admiral Hope als auch Burlingame Ende 1862 Wards Nachlaßverwaltung abgelehnt. So wurde schließlich Wards Freund Albert Freeman zum Vermögensverwalter bestellt, und dieser brachte den Fall im März 1863 vors Schiedsgericht. A. A. Hayes wurde zu einem der Schiedsrichter bestellt, eine Aufgabe, die zu einer harten Probe wurde. Von Anfang an bestritten Yang Fang und Wu Hsü, daß sie Ward noch 140 000 Taels schuldeten, und erklärten, ihr amerikanischer Arbeitnehmer habe während der Operationen seiner Armee bei ihnen Darlehen aufgenommen. Als Betrag nannten sie zunächst 10 000 Taels, steigerten diese Summe aber schließlich ohne eine glaubwürdige Erklärung auf das Zehnfache. Am Ende akzeptierten die Schiedsrichter

Yangs Behauptung, daß es sich bei den Ward angeblich geschuldeten 30 000 Taels um eine rein private, familiäre Angelegenheit handele. Dagegen bestätigten sie die Forderung gegen Wu in Höhe von 110 000 Taels als rechtsgültig. Wu erkannte den Schiedsspruch nicht an und beantragte im Oktober 1863 ein zweites Schiedsverfahren.

Zu diesem Zeitpunkt war Wards Vater, Frederick Gamaliel Ward, nach China gekommen, wo er als Vertreter seiner Familie auftrat. Angeblich aber hatte man erfahren – wie der amerikanische Konsul in Shanghai, George Seward[21], Burlingame erzählte, »... daß es zu Hause in Mr. Wards Familie erheblichen Krach gegeben habe. Und soviel ist sicher, daß die einzige neben Henry Ward an dem Nachlaß interessierte Person, die im Testament des Verstorbenen erwähnte Schwester, sich geweigert hat, ihrem Vater die von diesem verlangte Vollmachtsurkunde auszuhändigen.« Diese Tatsache stützt Dr. Macgowans Behauptung, daß der ältere Ward kein sonderlich geliebter Vater war. Das hinderte ihn jedoch nicht an einer nachdrücklichen Verfolgung der Ansprüche seines Sohnes: Er versuchte sogar, einen Betrag herauszuschlagen, den Georg Seward »im wesentlichen für absurd« hielt.

Im zweiten Schiedsverfahren erhöhte Wu seine Gegenforderung auf 270 000 Taels, wobei er Beträge mitrechnete, die Ward verschiedenen Shanghaier Firmen für auf Kredit gelieferte Waren geschuldet hatte. Da es sich dabei um Schulden der Armee handelte, wurde Wus Einlassung vom Schiedsgericht insoweit zurückgewiesen. Daraufhin legte Wu ein Dokument vor, von dem er behauptete, es sei Wards wahres Testament. Geschrieben in chinesischen Schriftzeichen (die Ward nie beherrscht hatte) und lediglich mit dem Namen »Hua« abgestempelt, war dieses Dokument offensichtlich eine Fälschung und wurde ebenfalls nicht anerkannt. Mehr Erfolg hatte Wu dagegen mit seiner Behauptung, daß ihm noch immer Geld aus Harry Wards Einkaufsreise nach Amerika zustehe. Keins der Dampfschiffe, die Harry Ward für Wu hatte besorgen sollen, war je in China angekommen. Auch das Geld hatte er nicht wiedergesehen. Wu erklärte, er werde keine von Wards Forderungen begleichen, solange Harry nicht korrekt über seine Geschäfte abgerechnet habe.

Als Harry Ward von Wus Einlassung erfuhr, schrieb er aus New York an seinen Vater:[22]

> Ich bin über den Gang der Verhandlungen erstaunt... Wie kann Mr. Seward oder sonst irgendwer den »letzten Auftrag« als gültig ansehen! Ich kann es nicht verstehen – es ist entweder willkürlich oder sehr niedrig und anrüchig – ich will Dir natürlich keinen Rat erteilen oder Dir Vorschläge machen, aber ich glaube, daß Du Mr. Burlingame von der Ungerechtigkeit des Prozeßverlaufs überzeugen kannst und daß es ein echter Betrug und ein Raub an Freds Erben wäre, wenn die Sache durchkäme... Außerdem sehe ich nicht ein, warum die Rechnungen von Fogg & Co. aus dem Nachlaß bezahlt werden sollten. – Du kannst ihnen die Bücher vorlegen und beweisen, daß die Waren für die chinesische Regierung bestimmt waren, und ich nehme an, die Leute bei Fogg wußten das. – Sie alle sollten wegen dieses Betrugsversuchs vor Scham erröten, wenn sie das überhaupt können – denn die Hälfte von ihnen ist erst durch Fred etwas geworden – wenn Fred noch am Leben wäre und für 24 Stunden nach Shanghai käme, müßten sie alles wieder hergeben und würden sich wie geprügelte Hunde davonschleichen.

Das zweite Schiedsgericht kam zu dem Ergebnis, daß Wu sämtliche noch offenstehende Forderungen der Shanghaier Geschäftshäuser selbst bezahlen müsse, die seiner Meinung nach aus Wards Nachlaß zu begleichen waren, stellte aber die Entscheidung über die von der Familie Ward geltend gemachten 110000 Taels zurück, bis Harry Wards Abrechnung geprüft worden war. Frederick G. Ward folgte dem Rat Harrys und reiste nach Peking, um Burlingame um Hilfe zu bitten. Aber Burlingame und andere Rechtsexperten schlossen sich der Auffassung des Schiedsgerichts an, daß Harrys Abrechnung für eine faire Entscheidung unentbehrlich sei. Da ihm kein weiterer Rechtsweg zur Verfügung stand, besorgte sich der ältere Ward das Geld für seine Rückreise in die Vereinigten Staaten (angeblich von der Witwe seines Sohnes, Chang-mei). Aber bevor er Harry erreichen konnte, starb er plötzlich im Dezember 1865 in San Francisco an einer Krankheit.

1867 kümmerte sich George Seward, der nach Anson Burlingames Abreise aus China neuer amerikanischer Gesandter für das Reich der Mitte geworden war, um die Forderungen Wards. Burlingame gab seinen Posten auf, nachdem ihn die chinesische Regierung gebeten hatte, an der Spitze einer chinesischen Gesandtschaft in den Westen zu reisen, um über neue Handels- und Freundschaftsabkommen zu verhandeln. Daß ein Amerikaner eine solche Mission anführte, war nicht weniger sensationell als die Tatsache, daß einst ein anderer Amerikaner eine chinesische Armee befehligt hatte. Und auch Burlingame erlitt ein ähnliches Schicksal wie Ward, als er mitten in der energischen und erfolgreichen Vertretung der chinesischen Interessen an Erschöpfung und Lungenentzündung starb.

Im Februar 1867 besuchte Georg Seward die Vereinigten Staaten. Es gelang ihm, von Harry Ward eine korrekte Abrechnung über seine Reise im Zusammenhang mit den geplanten Schiffskäufen zu bekommen, kurz bevor auch dieser an einer nicht näher bezeichneten Krankheit starb. Offensichtlich hatte Harry den Bau der Flußdampfer wie geplant in Auftrag gegeben. Als aber nach dem Tod seines Bruders die restlichen Gelder aus China für die endgültige Fertigstellung und Überführung ausblieben, war Harry gezwungen gewesen, die Schiffe mit Verlust an die Regierung der Union zu verkaufen. 1868 informierte Seward Wu Hsü, der nach seiner Enthebung von allen Regierungsämtern nun in einem gemütlichen »Exil« in Hangchow lebte, über den Ausgang der Angelegenheit. Aber Wu behauptete weiterhin, daß Frederick T. Ward ihm mehr Geld geschuldet habe als umgekehrt. Seine sture Haltung und der Tod Yang Fangs machten allen klar, daß eine Zahlung, wenn überhaupt, von der chinesischen Regierung kommen mußte.

Peking jedoch behauptete, die 110 000 Taels nicht auszahlen zu können, da ein mündliches Testament nach chinesischem Gesetz nicht rechtsgültig sei, selbst wenn es von Zeugen bestätigt werde. Im übrigen, erklärte Prinz Kung, handele es sich bei den Forderungen um nicht ausgezahlte Prämien für die Eroberung von Städten. Prinz Kung und die meisten anderen kaiserlichen Beamten aber hatten das Bonussystem seit langem mißbilligt und erkannten es nicht als legitim an. Das »Testament« sei daher nicht mehr als »eine von Ward geäußerte Hoffnung«, sagte Kung, »der aber keine anerkannte und noch nicht erfüllte Verpflichtung zugrunde lag«. So entledigte sich Peking – von fremden Mächten geplündert, in ständiger Geldverlegenheit und wie immer zur Doppelzüngigkeit neigend – des letzten Wunsches eines Sterbenden, den es einst als tapferen Verteidiger der Manchu-Dynastie bezeichnet hatte. Der Rechtsstreit war damit noch nicht zu

Ende, blieb aber für den Rest des Jahrhunderts in der Schwebe.

In Shanghai ging man mit Wards Vermächtnis erheblich besser um. Gleich nach Wards Tod hatten Li Hung-chang und seine Vorgesetzten die Errichtung von Schreinen zur Erinnerung an Ward in Ningpo wie in Sung-chiang angeordnet. Der Befehl war jedoch nicht ausgeführt worden, da der amerikanische Geschäftsträger, S. Wells Williams, hochmütig erklärt hatte, ein solcher Schrein werde von einem Amerikaner oder seiner Familie nicht als Ehre angesehen. Da sich die Chinesen aber mit dieser Geste nicht zuletzt das Wohlwollen der Ausländer hatten erwerben wollen, ließen sie nun sehr schnell von ihrem Vorhaben ab. Selbst Wards Grabhügel blieb in den nächsten 14 Jahren unbeaufsichtigt. 1876 aber befahl Li Hung-chung – der sein ganzes Leben lang keine Gelegenheit versäumte, Wards Andenken zu ehren – dem Taotai von Shanghai, Wards Grabstätte zu inspizieren und die Möglichkeit zu prüfen, doch noch eine Art Gedenkstätte zu errichten. Der Taotai ließ den Tumulus restaurieren und schrieb anschließend dem amerikanischen Konsul in Shanghai: »Nun, da der Grabhügel wiederhergerichtet ist, möchte ich eine Mauer darum errichten und ihn so zukünftig vor Verwüstung schützen. Außerdem gibt es meiner Meinung nach in der Nähe des Grabes ein schönes, unbenutztes Grundstück, auf dem ich eine Halle errichten möchte, um darin die Ahnentafeln General Wards aufzustellen, damit jeder erkennen kann, daß dies das Grab von General Ward ist.« Der amerikanische Konsul begrüßte diese Idee, der Bau begann, und innerhalb eines Jahres wurde als Datum für die feierliche Einweihung und Einsegnung der 10. Mai 1877 bestimmt.

An diesem Morgen reiste eine Gruppe amerikanischer und europäischer Konsularbeamter zusammen mit dem Taotai von Shanghai mit einem Dampfer den Huang-pu hinauf. Das Frühstück wurde an Bord serviert, und als die Gesellschaft die Mündung des Sungchiang erreichte, wechselte man auf mehrere Hausboote und Barkassen über, um die Reise auf dem flachen Nebenfluß fortzusetzen. Bald erreichte die Gruppe Sungchiang, wo sich eine große Zahl neugieriger Bürger zu ihrer Begrüßung versammelt hatte. Die Leibwache des Taotai bahnte den Besuchern eine Gasse durch die Menge, und die Shanghaier Delegation setzte ihren Weg fort.

Zunächst führte sie der an wunderschön geschmückten Yamen und Pagoden vorbei, danach aber durch eine gespenstische Landschaft, wo die Ruinen der einstigen Häuser, von Gras und Unkraut überwuchert, verfielen: für die Besucher eine schreckliche Erinnerung an die Taiping-Rebellion und warum sie an diesem Tag nach Sung-chiang gekommen waren. Schließlich erblickten sie eine lange, niedrige Mauer. Die Gruppe der Würdenträger betrat den Innenhof und wandte sich der offenen Front eines kleinen Tempels zu. Durch den Eingang konnte man einen Schrein erkennen. Auf dem Altar des Schreins stand eine große Kohlenpfanne für die Verbrennung von Weihrauch. Zu beiden Seiten befand sich eine Stele, beide blau bemalt und mit goldenen chinesischen Schriftzeichen bedeckt. Die eine Inschrift lautete: »Ein herrlicher Held von jenseits der Meere, dessen Treue überall auf der Welt gerühmt wird, hat die Erde Chinas mit seinem himmelblauen Blut benetzt.« Die zweite Inschrift spielte auf den alten Namen von Sung-chiang an, der »zwischen den Wolken« bedeutet: »Ein glückseliger Platz zwischen den Wolken und Tempeln, die für eintausend

Frühjahre stehen, machen sein treues Herz allbekannt.«

Danach ging man weiter in einen Hof hinter dem Tempel, wo die Würdenträger zu einem hohen Grabhügel kamen, neben dem sich ein ähnlicher, aber kleinerer Hügel befand. In den Jahren seit der Beisetzung waren um die Gräber des berühmten Hua und seines treuen Hundes junge Bäume und Büsche gewachsen, aber inzwischen gab es auf dem Gelände einen Aufseher, und man hoffte, daß zukünftige Generationen die Grabstätte besser behüten und die Erinnerung an den Schöpfer der Ever Victorious Army eifriger pflegen würden.

Tatsächlich unternahmen Shanghaier Beamte viele Jahre lang alljährlich eine Pilgerreise zur Erinnerungshalle, um Opfer darzubringen und Ward ihren Respekt zu bezeugen. Auch von der einheimischen Bevölkerung wurde auf dem Schrein häufig Weihrauch verbrannt. Diese Rituale führten im Westen zu der Annahme, daß die Chinesen Ward als eine Art Gott verehren würden. Aber nach den Lehren der konfuzianischen Philosophie – in der Götter und Halbgötter nach einer sehr typischen hierarchischen Ordnung rangieren – nahm Ward eher den Rang eines Heiligen ein als den eines Gottes. Aber auch dies war eine wichtige Position, die echte Verehrung verlangte (und erhielt). Wenn also die westliche Interpretation leicht übertrieben erschien, so war dies verständlich.

Als das 19. Jahrhundert zu Ende ging, lebten nur noch vergleichsweise wenig Chinesen, die sich wirklich an Ward oder die Taiping-Rebellen erinnerten. Einer von ihnen war der mächtigste Staatsmann des Reiches. Li Hung-chang war inzwischen Generalgouverneur von Tientsin, was fast einer zweiten kaiserlichen Regierung gleichkam – so groß war seine Macht und der ihm von den ausländischen Nationen gezollte Respekt. Als dieser große chinesische Staatsmann 1896 eine Weltreise unternahm, die ihn auch nach New York führte, nahm er sich trotz seines randvollen Terminkalenders eine halbe Stunde Zeit, um sich mit einer älteren Frau zu treffen, die aus Maine angereist war, um mit ihm zu sprechen: Elizabeth Ward, Frederick Townsends Schwester und Briefpartnerin. Sie wurde von Harry Wards Witwe begleitet, die inzwischen wieder verheiratet war – und die später Elizabeths unschätzbare Sammlung von Briefen ihres abenteuerlustigen Bruders Fred vernichtete. Vielleicht ging dabei auch Elizabeths Bericht über ihr Treffen mit Li Hungchang verloren. Wenn ja, wäre dies um so bedauerlicher, denn wahrscheinlich hat Li bei dieser Begegnung sehr viel mehr von seinen echten Gefühlen gegenüber Ward gezeigt, als ihm seine politische Stellung jemals gestattet hatte.

Elizabeth Ward starb, bevor der Streit mit der chinesischen Regierung wegen Wards Forderungen beigelegt war. 1902 machte ihre Schwägerin daraufhin einen schlauen Schachzug und übergab die Angelegenheit einer international berühmten Anwaltskanzlei zur weiteren Verfolgung. John Watson Foster[24] war unter Präsident Benjamin Harrison Außenminister gewesen, und sein Schwiegersohn Robert Lansing bekleidete denselben Posten später unter Woodrow Wilson. Gemeinsam unternahmen die beiden Anwälte einen sehr sorgfältig vorbereiteten Versuch, einen finanziellen Ausgleich vom chinesischen Kaiser zu bekommen. Zunächst erinnerten sie in einem lange überfälligen Schriftstück schlicht daran, wer Ward gewesen war und was er für China getan hatte.

Als die chinesischen Beamten seinerzeit erklärten, daß sie kein Geld beschaffen könnten, um [Wards] Soldaten zu bezahlen« – wiesen Foster und Lansing auf die Zeit hin, als Ward Kommandeur der Ever Victorious Army gewesen war – »verwandte er hierfür ohne zu zögern die Gelder, die er als Lohn für seine eigenen Dienste erhalten hatte, wobei er auf den Endsieg der Kaiserlichen vertraute und auf den guten Willen der chinesischen Regierung, ihm die verauslagten Summen zu erstatten.

Anschließend überprüften Foster und Lansing sehr sorgfältig die von Wu Hsü während der Schiedsverfahren erhobenen Ansprüche, wobei sie die Behauptungen des ehemaligen Taotais als irrtümlich bezeichneten, »um keine schärfere Formulierung zu benutzen«. Foster und Lansings Logik war unwiderlegbar, aber die beiden Männer erkannten, daß die chinesische Regierung – die man wegen ihrer Rolle beim Boxeraufstand im Jahr 1900 zur Zahlung riesiger Entschädigungssummen gezwungen hatte – möglicherweise nicht das Geld hatte, um die Rechnung mit Wards Erben zu begleichen. Foster sah sehr bald, daß die größte Chance für eine Einigung darin lag, das Geld von den Schadensersatzzahlungen abzuzweigen, die die chinesische Regierung laufend an die Vereinigten Staaten zu überweisen hatte. Entsprechend wandten er und Lansing sich mit ihren Schlußargumenten sowohl an Washington als auch an Peking:[25]

> Es schickt sich kaum für die Regierung der Vereinigten Staaten, zuzusehen, daß der gute Ruf eines ihrer berühmtesten Bürger durch Nachlässigkeit und Nichtanerkennung seiner gerechten Ansprüche getrübt wird... Mr. Burlingame hat bezeugt, daß General Ward ein sehr reicher Mann war. Li Hung-chang hat auf seiner Reise durch Amerika seine

Dienste besonders gewürdigt und gemeint, er müßte als reicher Mann gestorben sein. Aber inzwischen ist bekannt, daß er seine gesamten Ersparnisse der chinesischen Regierung vorgeschossen hat, als diese in schwerer Geldverlegenheit war, und daß er sich auf ihren guten Willen zur Rückzahlung verließ... Wir sind davon überzeugt, daß man diese lange verschleppte Forderung nunmehr einer wohlwollenden Prüfung unterziehen wird, wenn die Regierung der Vereinigten Staaten ihren Gesandten in Peking anweist, die Aufmerksamkeit des Hauptamtes für die Verwaltung der auswärtigen Angelegenheiten [Tsungli Yamen] auf diese Sache zu lenken.

Die Rechnung ging auf, und schließlich wurden 368 237 amerikanische Dollar aus dem Boxer-Schadensersatzfonds an Wards Nachlaß gezahlt. Einzige Nutznießerin war ausgerechnet Harrys Witwe, also keine geborene Ward und im Zeitpunkt der Einigung bereits wieder verheiratet – jene Frau also, die sich schließlich für Frederick Townsend Wards Vermächtnis und die Erinnerung an ihn als Katastrophe erwies, als sie alle seine Briefe vernichtete. Es schien, als habe sich die Ironie des Schicksals an seinen Namen geheftet.

Nach der Erfüllung der Nachlaßforderungen geriet Ward schnell in Vergessenheit. In den Vereinigten Staaten schien sich die Erinnerung an seine Karriere auf ein paar interessierte Salemer Bürger zu beschränken. Eine Salemerin machte auf einer Italienreise im Jahr 1897 übrigens eine bemerkenswerte Entdeckung:[26]

Ich kam um die Mittagszeit aus dem Restaurant des Hotel Eden in Rom und sah, wie Konteradmiral Bogle, der inzwischen nach über 40 Dienstjahren in der englischen Marine pensioniert worden war, einem Gentleman eine Kugel zeigte. Ich war inzwischen mit dem Admiral gut bekannt und fragte ihn: ›Was haben Sie da?‹ Er erwiderte: ›Dies ist die Kugel, die General Ward tötete.‹ Ich wurde hellhörig und dachte sofort an General Ward aus Salem, der an der Niederwerfung der chinesischen Rebellion teilgenommen hatte. Ich fand heraus, daß es sich tatsächlich um ›unseren‹ Ward handelte, und daß er [Admiral Bogle, ehemals Leutnant Bogle von der *Hardy*] an der Schlacht teilgenommen und ihn sehr gut gekannt hatte.

Das Geschoß – die Bleikugel aus einer Muskete – kam schließlich ins Essex Institute in Salem, das – auf dem Vermächtnis Elizabeth Wards aufbauend – bald darauf eine nach Frederick Townsend Ward benannte Abteilung für orientalische Studien einrichtete. Wards geringer persönlicher Besitz, einschließlich seiner Mandarin-Kappe und Manchu-Stiefel, wurde ins Institut gebracht und wird dort bis heute sorgfältig aufbewahrt.

Die Erinnerungshalle in Sung-chiang verfiel nach der Chinesischen Revolution von 1911 und wurde erst in den 1920er Jahren restauriert, als sich die American Legion der Sache annahm. Nach ihrer Machtergreifung interessierten sich auch die Nationalisten für Ward und die Ever Victorious Army (vielleicht als Teil ihrer Bemühungen, ihre Verbindungen zu den Vereinigten Staaten zu stärken), und räumten sogar gelegentlich eine Verpflichtung ihm gegenüber ein: 1934 besuchte ein General der Nationalisten Amerika, der Shanghai gegen die Japaner verteidigt hatte. Dabei besuchte er auch Wards leeres Grab auf dem Salemer Harmony Grove Cementery. Nicht ganz ohne Effekthascherei bemerkte er: »Wir beide haben für die Rettung Shanghais gekämpft – er gab dabei sein Leben.«[27]

Aber die japanische Besetzung im Zweiten Weltkrieg und dann die kommunistische Regierung nach 1949 bedeuteten das Ende jeder nennenswerten Erinnerung an Ward und die Ever Victorious Army in China wie in der ganzen Welt. Daß die Japaner Wards Erinnerungshalle plünderten, ist angesichts ihrer Einstellung gegenüber allem Amerikanischen in ihrer Expansionsphase nicht weiter verwunderlich. Doch sind die systematischen Anstrengungen der Kommunistischen Partei Chinas, alle Zeichen der Verehrung für Ward auszulöschen, noch enttäuschender als die schlichte Zerstörungswut der Japaner. Nachdem Chinas Kommunisten die Erinnerungshalle und alle für sie erreichbaren anderen Zeichen der Erinnerung oder des Respekts für einen Mann zerstört hatten, der in ihren Augen ein Diener der Imperialisten gewesen war, begannen sie, auch noch die Geschichte der Taiping-Ära umzuschreiben, um Wards Bemühungen in einem möglichst düsteren Licht erscheinen zu lassen. Schließlich gruben sie Wards Überreste aus – ebenso wie die seines Hundes – und versteckten oder vernichteten sie sehr sorgfältig. Sie machten die Erinnerungshalle dem Erdboden gleich, plünderten das Grab, ebneten den Boden ein und legten dort einen öffentlichen Park an. Auf den ersten Blick erscheint dies alles schlicht gefühllos. Aber ihr Vorgehen war so gezielt und so systematisch, daß dahinter bald mehr als bloßes Mißfallen zum Vorschein kommt: Man hatte Angst.

Diese Angst ist verständlich. Mehr als 100 Jahre nach seinem Tod, in einer Zeit, in der sich die Chinesen noch immer im Namen unterschiedlicher Ideologien gegenseitig umbringen, stechen Wards Realismus, die von ihm vorgegebenen Werte und sein grundlegender Einsatz für die anständige Behandlung »seiner Leute« noch immer deutlich hervor und sind den kommunistischen Herrschern Chinas zweifellos ebenso unbequem, wie sie es für die Manchus waren.

Die unmittelbarste Beurteilung Wards kam indessen nicht von den kommunistischen Revisionisten, sondern von zwei Männern, die die Taiping-Rebellion und Wards Feldzüge persönlich miterlebt hatten: Augustus Lindley und A. A. Hayes. Für Lindley, der Ward nie getroffen hat, war der amerikanische Kommandeur »ein tapferer und entschlossener Mann«, der »jene, die die Erinnerung an ihn hochhielten, mit dem Bedauern zurückließ, daß er nicht für eine wertvollere Sache gefallen ist.« Wards Freund Hayes empfand ein ähnliches Bedauern: Er beschrieb Wards kaiserliche Dienstherren als »erbärmliche Verbündete für einen ehrenwerten Mann« und faßte seine Gefühle für Ward wie folgt zusammen:[28]

> Es ist schwierig, tapfere Taten nicht zu loben, selbst wenn wir mit der Angelegenheit nicht gänzlich sympathisieren, um derentwillen sie vollbracht wurden. Aber während er die eindrucksvollen Leistungen Wards würdigt und ausschließlich Bewunderung für seine vielen ausgezeichneten Charaktereigenschaften empfindet, muß sich ein gewissenhafter Historiker davor hüten, den Eintritt irgendeines rechtschaffenen und etwas auf sich haltenden Ausländers in den chinesischen Marine- oder Heeresdienst direkt oder indirekt zu billigen.

Ward gegen den Vorwurf zu verteidigen, für ruchlose Herren gearbeitet zu haben, ist unnötig: Er kannte die Art der »schurkischen Beamten«, die seine Soldaten und seine Prämien bezahlten, und hat sogar gelegentlich zugegeben, »sie am liebsten alle über Bord werfen zu wollen«. Wenn man den vielen Beobachtern glauben darf, dann hatte Ward die Korruption der Manchus, ihre Brutalität und ihre Unfähigkeit schließlich so satt, daß er ernsthaft darüber nachdachte, nach dem Sieg über die Taiping mit seiner Armee die Dynastie zu stürzen und nicht nur das chinesische Militärwesen zu reformieren, sondern das gesamte politische System. Hayes stellte fest:

Hätte Ward seine Operationen zu Ende führen können, wäre er zum Prinzen von königlichem Geblüt und Oberbefehlshaber der Armeen in China ernannt worden. Es besteht kein Zweifel, daß er den klaren und brennenden Ehrgeiz besaß, dieses große Reich mit den östlichen Nationen gleichzuschalten. Ein Offizier seines Stabes, mit dem ich gut bekannt war, erzählte mir, selbst wenn er nie zuvor an eine göttliche Fügung weltlicher Angelegenheiten geglaubt hätte, wäre er anderen Sinnes geworden, denn er habe in Wards Tod ein direktes Eingreifen von oben gesehen, um die Sache mit Feuer und Schwert weiterzuverfolgen und zu Ende zu bringen.

Wards Methoden waren jedoch differenzierter als Feuer und Schwert und einmaliger als jene Art von religiösem und politischem Glaubenseifer, der die Taiping-Rebellion beflügelte. Ward hatte Erfolge auf dem Schlachtfeld, verbreitete Furcht unter seinen Feinden, brachte seine Vorgesetzten gegen sich auf und erreichte schließlich bleibende Bedeutung – nicht weil er ein engagierter Idealist oder ein schlichter Abenteurer war, sondern weil er sich als ein in jeder Hinsicht unabhängiger Soldat erwies, vielleicht das unverfälschteste Exemplar, das die moderne Welt hervorgebracht hat. Mit seinem relativ ungeschulten, aber scharfen Verstand stellte Ward alles in Frage: Familie und Religion, die Autorität von Vorgesetzten, militärische Doktrinen, die Regierungspolitik, sogar die Loyalität gegenüber der eigenen Nation. (Die Annahme der chinesischen Staatsbürgerschaft bereitete ihm offensichtlich keine gedanklichen Schwierigkeiten; und wenn er auch wie gewohnt seine Briefe mit »ein aufrichtiger Amerikaner« unterschrieb, so kritisierte er andererseits seinen Bruder, sich im amerikanischen Bürgerkrieg »übertrieben patriotisch« zu verhalten.) Bei allen seinen Unternehmungen zeigte Ward diese hinterfragende, ja herausfordernde Haltung, die für den wahrhaft unabhängigen Menschen typisch ist. Gegenüber seinem Vater; gegenüber dem aufgeblasenen Freibeuter William Walker; im Krimkrieg gegenüber seinen älteren Offizierskameraden in der französischen Armee; gegenüber den westlichen Beamten in Shanghai und schließlich gegenüber seinen kaiserlichen chinesischen Vorgesetzten war er stets unbeirrbar direkt und oft schwierig. Der scharfsinnige Prinz Kung hatte recht, als er über Ward schrieb: »Sein Wesen ist im Grunde zügellos, und sein Herz ist noch schwerer zu ergründen.« Ward war ein zupackender Realist, so entschlossen, sich von allen Personen, Gruppen, Problemen und Nationen fernzuhalten, die nicht seine eigenen Werte und Ziele verkörperten oder teilten, daß es häufig so schien, als könne er nie seßhaft werden oder jemals tiefe, persönliche Bindungen eingehen.

Und trotzdem findet sich in seiner Haltung gegenüber seiner Frau Chang-mei, gegenüber China (nicht zu den Manchus) und der Ever Victorious Army ein deutlicher Hinweis, daß Ward nicht völlig gefühlskalt war. Ob er nun tatsächlich vorhatte, ein eigenes Fürstentum zu gründen oder die Manchus durch eine einheimische Dynastie zu ersetzen – immer machte er durch seine Arbeit und sein Leben in Sung-chiang deutlich, daß es ihm um etwas Höheres ging als bloßen Profit. Allein seine Naivität, ja gelegentliche Dummheit hinsichtlich seiner eigenen Geschäftsangelegenheiten läßt es nicht zu, Ward einfach als bloßen Söldner abzutun. Eher deutet seine chinesische Karriere auf den systematischen Versuch, in Sung-chiang und um die Ever Victorious Army eine Ordnung zu schaffen, die schließlich einen militärischen und politischen Stil verkörpern sollte, der seinen Vorstellungen entsprach. Dieser Stil basierte auf einer einfachen Erkenntnis: der anständigen Behandlung »seiner Leute«. Auch wenn seine Bemühungen, dieses Ziel zu erreichen – und auf einer höheren Ebene Chinas Militärwesen und vielleicht sogar seinen Regierungsstil zu modernisieren –, Stückwerk blieben, zwar genial aber letztendlich verhängnisvoll, so hätten sie dennoch mehr Achtung verdient, als ein leeres Grab in Amerika, eine geplünderte Grabstätte in China und die Schmähungen von Ideologen, gegen die Ward stets mit so brillanter Entschlossenheit gekämpft hatte.

Anhang

*Kurzbiographien
der wichtigsten Personen*

AMERIKANER

FREDERICK TOWNSEND WARD, geboren in Salem, Massachusetts; Schiffsoffizier und Glücksritter. In den ersten 29 Jahren seines Lebens bereiste Ward als Offizier auf Handelsschiffen die ganze Welt (wobei er mehrfach nach China kam) und nahm am mexikanischen Bürgerkrieg und am Krimkrieg teil. 1860 schloß er mit der kaiserlichen chinesischen Regierung einen Vertrag zur Verteidigung Shanghais gegen die Taiping-Rebellen. Seine erste Truppe rekrutierte sich aus ausländischen Söldnern. Später warb er westliche Offiziere an, die chinesische Rekruten im Gebrauch moderner Waffen und Taktiken ausbildeten. Die auf diese Weise aufgebaute Armee erhielt später vom chinesischen Hof den Namen Ever Victorious Army, während sie bei den Rebellen als »Teufelssoldaten« verschrien war.

HENRY GAMALIEL WARD, genannt Harry, Fredericks Bruder. Ein Schiffskaufmann, der häufig als Agent seines Bruders bei Waffenkäufen für die Ever Victorious Army auftrat.

ELIZABETH WARD, Fredericks Schwester und vertraute Briefpartnerin, die seine Briefe bis zu ihrem Tod sorgfältig aufbewahrte. Später wurden diese unschätzbaren Dokumente von seinen Verwandten vernichtet, wobei Harry Wards Witwe die Hauptrolle spielte.

HENRY ANDREA BURGEVINE stammte aus North Carolina und war Wards stellvertretender Kommandeur. Als tapferer und umsichtiger Offizier war Burgevine – trotz seiner Schwäche für den Alkohol – für Ward in vielen Schlachten gegen die Rebellen eine unschätzbare Hilfe. Am Ende wurde er jedoch das tragische Opfer seiner emotionalen Instabilität.

EDWARD FORESTER, dritter im Führungsstab der Ever Victorious Army und gebildeter Linguist. Als tüchtiger Offizier spielte er ebenfalls eine wichtige Rolle bei den Feldzügen der Army. Nach Wards Tod entwickelte er allerdings eine unschöne Tendenz zum Selbstlob und zur Verunglimpfung der Taten seines Kommandeurs.

CHARLES SCHMIDT, ein amerikanischer Glücksritter, der Ward bereits in den 1850er Jahren in Südamerika begegnet war und später zahlreiche Augenzeugenberichte über seine Dienstzeit unter Ward in China verfaßte.

Dr. DANIEL JEROME MACGOWAN, ein amerikanischer Baptistenmissionar und Arzt, der zugleich als Korrespondent für mehrere englischsprachige Zeitungen in China tätig war. Macgowan schrieb den ersten relativ vollständigen Bericht über Wards Unternehmungen, der durch seine Sachkenntnis und Korrektheit auffällt (zumal wenn man die widersprüchlichen Quellen und Berichte berücksichtigt, die ihm zugänglich waren).

ANSON BURLINGAME, amerikanischer Gesandter in China, der 1862 nach Shanghai kam. Er wurde ein vertrauter Freund und Helfer der kaiserlichen chinesischen

Regierung. Kurz nach seiner Ankunft stellte er eine Verbindung zu Ward und dessen Offizieren her, für deren Belange er sich häufig bei den zuständigen Behörden in Peking wie in Washington einsetzte.

AUGUSTUS A. HAYES, Juniorpartner eines der größeren westlichen Handelshäuser in Shanghai und ebenfalls Neuengländer, der mit Ward während dessen Dienstzeit in China gut bekannt war. Hayes schrieb zwei bedeutende Zeitschriftenartikel sowie private Notizen über Ward.

BRITEN

ADMIRAL JAMES HOPE, Kommandeur der britischen Marinestreitkräfte in China. Hope, der bei seinen Männern als »Fighting Jimmy« bekannt war, galt als kampflustig und ungewöhnlich selbstsicher. Nach dem Marsch der Alliierten gegen Peking im Jahr 1860 wurde er zu einem der maßgebenden Männer in Shanghai. Er leitete zwei Missionen, um mit den Taiping-Führern in Nanking über die Sicherheit des Warenverkehrs auf dem Yangtse zu verhandeln, und tat anfangs sein Bestes, um die Aktivitäten von Abenteurern wie Ward zu unterbinden. Ihre gemeinsame Feindschaft gegen die Rebellen und die starke Ähnlichkeit ihrer Charaktere machte sie jedoch schließlich zu Freunden und Verbündeten.

FREDERICK BRUCE, britischer Gesandter in China zur Zeit von Wards Feldzügen. Engagiert und tüchtig, vertrat Bruce zunächst den für viele britische Beamte typischen Standpunkt: Neutralität im chinesischen Bürgerkrieg und aktiven Schutz der britischen Handelsrechte – was sich praktisch nicht durchführen ließ. So gehörte er anfangs zu den Gegnern Wards, aber Ungeduld mit Peking und Abscheu gegenüber den Taiping änderten nach und nach seine Haltung.

GENERAL SIR JOHN MICHEL, bis Anfang 1862 Kommandeur der britischen Landstreitkräfte in China. Selbst ein begabter Kommandeur mit viel Verständnis für unkonventionelle Kriegführung, begrüßte er Wards Unternehmungen und sah in dessen Arbeit eine Chance für eine Erneuerung des chinesischen Militärwesens. Bevor er China verließ, empfahl er der britischen Regierung, Ward nach Kräften zu unterstützen.

GENERAL SIR CHARLES STAVELEY, Michels Nachfolger, ein tüchtiger, aber arroganter Offizier, der nicht viel für Ward übrig hatte. Staveley vertrat die Auffassung, daß die Briten die Ausbildung der chinesischen Soldaten selbst übernehmen sollten, da Ward kaum mehr als ein Gauner und Verbrecher sei.

CAPTAIN RODERICK DEW, einer von Admiral Hopes Offizieren, der wie Hope anfangs versucht hatte, Wards Aktivitäten zu stoppen; schließlich wurde er ebenfalls dessen Freund. Er war für die nichtautorisierte Eroberung des von den Taiping besetzten Ningpo im Jahr 1862 verantwortlich und kämpfte zusammen mit Ward in der Region um Ningpo, als letzterer getötet wurde.

THOMAS TAYLOR MEADOWS, ein bekannter Sinologe und Taiping-Sympathisant, der zur Zeit von Wards Anfängen britischer Konsul in Shanghai war; einer seiner stärksten Opponenten.

WALTER MEDHURST, Meadows Nachfolger, der ebenfalls gegen alle Aktivitäten von Abenteurern opponierte, aber Ward gegenüber mit der Zeit umgänglicher wurde, als sich die offizielle Haltung seiner Regierung hinsichtlich der Ever Victorious Army wandelte.

CHALONER ALABASTER, britischer Konsularbeamter und Übersetzer in Shanghai. Tapfer und sehr offen, nahm Alabaster als Beobachter an vielen gemeinsamen Kämpfen von Wards Truppe und britischen Soldaten teil und hinterließ darüber mehrere wichtige Berichte.

AUGUSTUS F. LINDLEY, ein britischer Schiffsoffizier, der zur Zeit von Wards Ankunft in Shanghai den Yangtse hinauffuhr, um sich persönlich ein Bild von der Taiping-Bewegung zu machen. Was er sah, gefiel ihm. Er heiratete schließlich nach Taiping-Ritus eine Portugiesin, besorgte den Rebellen Gewehre und trainierte ihre Soldaten in taktischer Kriegführung und dem Gebrauch moderner Waffen. Nach seiner Rückkehr nach England schrieb er einen bitteren Bericht über das Ende der Taiping-Rebellion und die Rolle, die die Briten und Ward bei ihrer Niederschlagung gespielt hatten.

CAPTAIN CHARLES GEORGE GORDON, General Staveleys jüngerer Schwager und Chef der Pioniere. Er wurde einer der größten Helden des viktorianischen Englands. Gordon war leicht exzentrisch, aber ein brillanter Soldat. Er hatte aus seinen ersten Erfahrungen in China (vor allem aus der Beobachtung Wards bei dessen Aktionen) eine Menge gelernt. Seine Erkenntnisse wußte er während seiner Amtszeit als Wards berühmtester Nachfolger bzw. als Kommandeur der Ever Victorious Army mit viel Geschick zu nutzen.

FRANZOSEN

VIZEADMIRAL AUGUST LEOPOLD-PROTET, Kommandeur der französischen Marinestreitkräfte in China. Wie Admiral Hope und General Michel war Protet ein sympathischer und energischer Offizier mit einiger Erfahrung in unkonventioneller Kriegführung. Zu Beginn des Jahres 1862 spielte er eine Schlüsselrolle bei der Unterstützung der Truppen Wards. Sein Tod im Kampf gegen die Taiping bewirkte, daß sich seine Truppen zu einem bedauerlichen Racheakt gegen die Rebellen hinreißen ließen.

ADRIEN TARDIF DE MOIDREY, ein französischer Offizier, der möglicherweise als erster die Idee hatte, chinesische Soldaten von westlichen Offizieren trainieren zu lassen. Im Winter 1860/61 traf er sich mit Ward und Burgevine, und bei diesen Treffen entstand die Idee zur Aufstellung der Ever Victorious Army und des franko-chinesischen Corps von Kiangsu, Tardif de Moidreys kleiner, aber schlagkräftiger chinesischer Artillerie.

PROSPER GIQUEL, ein junger französischer Offizier und Leiter des Büros des Imperial Chinese Customs Service in Ningpo, das im Namen Pekings von fähigen westlichen Ausländern betrieben wurde. Giquel war ein weiterer sorgfältiger Beobachter der Tätigkeiten Wards, die er in der Provinz Chekiang mit der Aufstellung der später als Ever Triumphant Army bekannt gewordenen Streitmacht nachahmte.

ALBERT EDOUARD LE BRETHON DE CALIGNY, Mitbegründer und Kommandeur der Ever Triumphant Army, der Anfang 1862 eine wichtige Rolle bei der Abwehr der Taiping in der Umgebung Ningpos spielte.

CHINESEN

HSIEN-FENG, zu Beginn von Wards Karriere Kaiser von China. Ausschweifend und genußsüchtig, wurde Hsien-feng von reaktionären Beratern beherrscht, von denen die meisten die verhängnisvolle Politik verfolgten, gleichzeitig die Taiping-Rebellen zu bekämpfen und die westlichen Repräsentanten zu beleidigen. Bei seinem Tod im Jahr 1861 befanden sich die kaiserlichen Regierungsgeschäfte in totaler Unordnung.

YEHONALA (DIE KAISERINWITWE TZ'U-HSI), Hsienfengs Lieblingskonkubine und Mutter seines Sohnes. Gerissen und intrigant gefiel sich Yehonala anfangs darin, die westlichen Repräsentanten zu beschimpfen und zu belügen, erkannte aber schließlich, daß bei dem Kampf gegen die Taiping vorübergehend einer anderen Politik der Vorrang einzuräumen sei. Nach Hsien-fengs Tod übernahm sie als Regentin für ihren kleinen Sohn T'ung-chih die Regierung.

PRINZ KUNG, Hsien-fengs Halbbruder und der tüchtigste Staatsmann seiner Zeit bei Hof. Nach Hsienfengs Tod leistete er Yehonala und T'ung-chih treue Dienste. Er erkannte, daß die Chinesen besser daran täten, mit den westlichen Ausländern Verträge zu schließen und sie so auf Vertragsbedingungen festzulegen, die ihre Aggressionen begrenzten, statt sie zu beschimpfen. Er erhob die Niederwerfung der Taiping-Rebellion zum obersten Ziel der kaiserlichen Regierung. Obgleich er ausländischen Abenteurern wie Ward mißtraute, waren er und Tz'u-hsi dennoch bereit, sich ihrer zu bedienen.

TSENG KUO-FAN, ein brillanter chinesischer Beamter und Heerführer, der die moderne Hunan-Armee schuf, um gegen die Taiping zu kämpfen, und zum Architekten von Chinas »Bewegung zur Selbst-Stärkung« wurde. Durch eine Wiederbelebung der konfuzianischen Werte und sein kompromißloses Vorgehen gegen die Rebellen wurde Tseng zum ersten kaiserlichen Feldherrn, dem es gelang, den Ansturm der Taiping aufzuhalten und zurückzuwerfen. Da er sich jedoch zu sehr auf antiquierte chinesische Traditionen stützte, trugen seine entschlossenen militärischen und politischen Reformversuche letztlich relativ wenig Früchte. Er opponierte gegen jede ausländische Einmischung in den chinesischen Bürgerkrieg und mißtraute Ward. Gleichzeitig aber war er sich bewußt, daß er seinen Plan, die Taiping in Nanking von Osten und Westen gleichzeitig in die Zange zu nehmen und zu vernichten, ohne die Unterstützung der Ever Victorious Army möglicherweise nicht hätte durchführen können.

LI HUNG CHANG, Tsengs bester Schüler und Leutnant. Dazu bestimmt, Chinas berühmtester Staatsmann des 19. Jahrhunderts zu werden, verfügte Li über die gleichen glänzenden Eigenschaften wie sein Lehrer, war aber entschieden skrupelloser. 1862 ernannte ihn Tseng zum Gouverneur von Kiangsu, wodurch er in engen Kontakt mit Ward kam, den er – wenngleich mit Vorsicht – bewunderte. 1862 kämpften sie in mehreren wichtigen Gefechten gemeinsam gegen die Rebellen, und Li schlug Tseng vor, Ward am entscheidenden Angriff auf Nanking zu beteiligen.

HSÜEH HUAN, bei Wards Ankunft in Shanghai Gouverneur der Provinz Kiangsu. Hsüeh billigte zwar insgeheim die Aufstellung einer Streitmacht durch Ward, trat aber offiziell erst für ihn ein, als seine Armee Erfolge vorweisen konnte. Da Wards Erfolge jedoch zugleich seine eigene Inkompetenz in militärischen Angelegenheiten offenbarte, versuchte er später seinen Ruf zu retten, indem er Ward wiederum diskreditierte.

WU HSÜ, Taotai oder Kreisintendant von Shanghai und Wards erster Arbeitgeber. Ein Meister in allen Spielarten der Korruption, nach denen die chinesische Bürokratie funktionierte, zögerte auch Wu, Ward öffentlich zu unterstützen, solange dieser keine Erfolge vorweisen konnte. Obgleich er von dem jungen Amerikaner sehr beeindruckt war und ihn sehr schätzte, kehrte Wu ihm ohne irgendwelche Gewissensbisse den Rücken zu, wenn es die Situation gebot.

YANG FANG, auch als »Taki« bekannt – leitete ein Bankhaus gleichen Namens. Er war Wus Partner in zahlreichen offiziellen und inoffiziellen Unternehmungen und ein erfahrener Veteran im jahrzehntelangen Umgang mit Ausländern. Er mochte Ward auf Anhieb und bemühte sich nach Kräften, die Gelder für die Versorgung und die Besoldung seiner Soldaten zu beschaffen. Die Beziehung zwischen Yang und Ward wurde in Shanghai legendär und 1862 durch Wards Vermählung mit Yangs Tochter besiegelt.

YANG CHANG-MEI, Yang Fangs Tochter. Als sie Ward heiratete, war sie 21 Jahre alt. Gesund, attraktiv und Kind einer wohlhabenden Familie, galt Chang-mei dennoch bei den meisten Chinesen als Unglücksbringerin, da ihr erster Verlobter gestorben war. Sie überlebte

Ward nur um ein Jahr. Die einzige bekannte Erklärung für ihren Tod ist »extremer Gram«.

HUNG HSIU-CH'ÜAN, ein Bauer, der durch seine vergeblichen Bemühungen, den einzigen Weg zum sozialen Aufstieg zu schaffen – den Eintritt in den kaiserlichen Beamtendienst –, körperlich und geistig krank wurde. Er hielt sich schließlich für den jüngeren Bruder Christi, gründete eine Vereinigung quasi-christlicher Jünger und verursachte den grausamsten Bürgerkrieg der Weltgeschichte, die Taiping-Rebellion von 1850 – 1864, in deren Verlauf zwischen 20 und 40 Millionen Menschen umkamen.

LI HSIU-CH'ENG (auch bekannt als Chung Wang oder »Getreuer König«) war Hung Hsiu-ch'üans tüchtigster General. In den späteren Jahren der Taiping-Rebellion, als Hung sich in eine Welt der Ausschweifung und Glaubensschwärmerei zurückzog und seine Berater sich gegenseitig bekämpften, hielt Li die Bewegung durch eine Reihe brillanter Feldzüge gegen die Kaiserlichen am Leben. Seine abschließende und wichtigste Aufgabe sollte die Eroberung des reichen Shanghai sein. Wäre ihm dies geglückt, hätte die Bewegung noch viel länger überlebt. Der Versuch brachte ihn in direkten Konflikt mit Wards Ever Victorious Army.

Anmerkungen und bibliographische Hinweise

Vorwort

1. Ein amerikanischer Soldat: Herman N. Archer im Dokumentarteil der Bostoner *Sunday Post*, 21. August 1927.

I. Kapitel

1. Ein Engländer: Augustus F. Lindley in *Ti-Ping Tien Kwoh: The History of the Ti-Ping Revolution* (London: Day & Son, 1866) Bd. 1, S. 71–72 (zukünftig: Lindley). Ebenfalls von Lindley stammen die Beschreibungen der Paläste und offiziellen Zeremonien.
2. Der Chung Wang: Die beste Übersetzung und Edition seiner kurzen Biographie, die er wenige Tage vor seiner Hinrichtung niederschrieb, stammt von Charles Curwen in *Taiping Rebel: The Deposition of Li Hsiu-ch'eng* (London: Cambridge University Press, 1977) S. 114 (zukünftig: Curwen)
3. Der Chung Wang: Curwen, S. 115.
4. Der Chung Wang: Curwen, S. 115.
5. Ein britischer Konsularbeamter: Thomas Taylor Meadows in *The Chinese and Their Rebellions* (London: Smith, Elder & Company, 1856) S. 307–308 (zukünftig: Meadows)
   Ein westlicher Missionar: Reverend Dr.Bridgeman, zitiert bei Lindley, Bd. 1, S. 215.
6. Ein westlicher Experte: Walter H. Medhurst in *The Foreigner in Far Cathay* (New York: Scribner, Armstrong & Company, 1873), S. 180.
7. Der Chung Wang: Curwen, S. 111.
8. Der Chung Wang: Curwen, S. 116.
9. Der Chung Wang: Curwen, S. 116.
10. Der Chung Wang: Curwen, S. 118.

Einige ranghöhere Beamte des Kaisers: Ihre Denkschrift vom 26. Juni 1860, abgedruckt in *Ch'ou-pan I-wu shih-mo* (Ein kompletter Bericht über die Behandlung der auswärtigen Angelegenheiten, Peking 1930). Die Bände der Sammlung sind nach Kaisern geordnet; das Zitat ist Bd. 52 entnommen, der die Regierungszeit Hsien-fengs umfaßt. Dort S. 15b–16. Weitere Stellen (inklusive Anmerkungen zu Kaiser T'ung-chih, TC) werden zukünftig abgekürzt zitiert. Hier: IWSM, HF 52, S. 15b–16, 26. Juni 1860.

11. Ein früher Historiker: Francis Lister Potts in *A Short History of Shanghai* (Shanghai: Kelly & Walsh, Ltd., 1928), S. 19 (zukünftig: Potts.)

12. Ein Besucher: Laurence Oliphant, zitiert bei Potts, S. 42.

13. Betrunkene Soldaten: *North China Herald* (zukünftig: NCH), 26. Mai 1860.

14. Kaiserliche Korruption: NCH, 28. Januar 1860.
Vorstoß der Rebellen und Exekution von Spionen: NCH, 2. Juni 1860.

15. Hsüeh Huan: NCH, 21. Juli 1860

16. Wu Hsü: NCH, 21. Juli 1860
Li Hung-chang über Wu: Stanley Spector, *Li Hung-chang and the Huai Army: A Study in 19th Century Regionalism* (Seattle: University of Washington Press, 1964)S. 56–57. Wu Hsü als Sprachrohr: NCH, 21. Juli 1860.

17. Die britische Proklamation: abgedruckt in Andrew Wilson, *The »Ever-Victorious Army«* (London: William Blackwood & Sons, 1868), S. 61 (folgend: Wilson)
Das »große nationale Prinzip«: NCH, 21. Juli 1860.

18. Die »Cinderella«-Siedlung: Potts, S. 63.
Der amerikanische Gesandte und der Konsul: John Ward an Lewis Cass, 22. Februar 1860, »Berichte des U.S.-Gesandten in China«, Record Group 59, Mikrofilm 92, Rolle 21, U.S. National Archives.

19. Augustus A. Hayes: in »Another Unwritten Chapter of the Late War«, in *International Review*, Dezember 1881, S. 521 (folgend: Hayes, »Chapter«).

20. Charles E. Hill und die »Troy dredging machine«: nach Daniel J. Macgowan in »Memoirs of Generals Ward, Burgevine

and the Ever-Victorious Army«, *Far East*, Bd 2 (1877), S. 104 (folgend: Macgowan).
Ein amerikanischer Beamter: George F. Seward, dessen Stellungnahmen in *Senate Executive Documents, 45th Congress, 2nd Session*, Nr. 48, S. 24–25 zu finden sind (folgend: SED 45:2:48).
Hill über seine eigenen Geschäfte: Teil seiner Zeugenaussage in einem späteren Prozeß gegen Wu Hsü; ebenfalls nachzulesen in SED 45:2:48, S. 29.
Hill über Yang Fang: SED 45:2:48, S. 30.

21. Gough über Ward: in der Erinnerung Wu Hsüs: *Wu Hsü tang-an chung ti T'ai-p'ing t'ien-kuo shih liao hsuan-chi* (Auswahl aus dem historischen Material über das Himmlische Königreich der Taiping in Wu Hsüs Archiven) (Peking, 1958), S. 125 (folgend: WHTA)

II. Kapitel

1. Eine Urgroßmutter: Mary Harrod Northend in ihren *Memories of Old Salem, Drawn from the Letters of a Great-grandmother* (New York: Moffat, Yard, 1917), S. 50.
2. Robert S. Rantoul: in »Frederick Townsend Ward«, *Historical Collections of the Essex Institute*, Bd. 44 (1908), S. 19 (folgend: Rantoul). Das Essex Institute verwahrt die wenigen persönlichen Dinge Wards, die nach Amerika zurückkehrten und nicht von seiner Familie vernichtet wurden. Am Institut gibt es eine Bücherei für chinesische Geschichte und Kultur, die entsprechend den Bedingungen im Vermächtnis seiner Schwester Elizabeth Wards Namen trägt.
Eine Geschichte: Ralph D. Paine in *Ships and Sailors of Old Salem* (Boston: Charles G. Lauriat, 1924), S. 422. Macgowan: Macgowan S. 102.
3. Wards Ausflug nach Beverly: Rantoul, S. 9.
4. Charles Schmidt: schreibt unter P.C.; Schmidt veröffentlichte 1863 in *Friend of China* die »Memoirs of the Late General Ward, the Hero of Sung-Kiang, and of his Aide-de-Camp

Vincente Macanaya«; dieses Zitat steht auf Seite 2 (folgend Schmidt: P.C.).
5. Beurteilung durch Wards Zeitgenossen: Rantoul, S. 16–17.
6. Die chinesischen Traktate: John L. Nevins, trans., »A Death Blow to Corrupt Doctrines: A Plain Statement of Facts« (Shanghai, 1870), S. 11–13 (folgend Nevins).
7. Ein britischer Offizier: J. Lamprey in »The Economy of the Chinese Army«, *Journal of the Royal United Service Institution*, Bd. 11., Nr. 46 (1867), S. 406.
8. Ein ehrlicher Mandarin: Henry McAleavy, *The Modern History of China* (New York: Praeger, 1967), S. 45 (folgend McAleavy).
9. Ein Beamter: McAleavy, S. 46.
10 Die Chinesen im Krieg mit Britannien: McAleavy, S. 49–50.
11. Ein amerikanischer Beamter: S. Wells Williams, zitiert in Tyler Dennett, *Americans in Eastern Asia* (New York, Macmillan, 1922), S. 322.
12. Ein chinesisches Pamphlet: Nevins S. 10 und 18.
Meadows: Meadows, S. 121.
13. Ein Biograph Garibaldis: Denis Mack Smith in *Garibaldi* (New York: Knopf, 1953), S. 51.
14. Schmidt: Schmidt, P.C., S. 2–3.
15. Hungs Träume: Eugen Powers Boardman, *Christian Influence Upon the Ideology of the Taiping Rebellion* (New York; Octagon Books, 1972), S. 13 (folgend Boardman).
16. Issachar Roberts: Meadows, S. 192.
17. Eine Breitseite gegen die Manchu: McAleavy, S. 71.
18. Hung: Boardman, S. 66 und 79.
19. Ein anti-christlicher Streiter: Nevins, S. 36.
Ein moderner Taiping-Experte: Boardman, S. 126.
20. Richard Harding Davis: in *Real Soldiers of Fortune* (New York; Scribner's, 1906), S. 202 (folgend Davis).
21. »seltsamer Humor«: Edward Wallace, *Distiny and Glory* (New York: Coward and McCann, 1957), S. 150.
Davis: Davis, S. 202.
Ein Deserteur: Arthur Woodward, *The Republic of Lower California*, 1853–1854 (Los Angeles: Dawson's, 1966), S. 67.

22. Schmidt: Schmidt, P.C., S. 3.
    Rantoul: Rantoul, S. 23.
23. Humphrey Marshall: Foster Rhea Dulles, *China and America: The Story of Their Relations Since 1784* (Princeton: Princeton University Press, 1946), S. 49 (folgend Dulles).
    Präsident Franklin Pierce: Dulles, S. 50.
    Marshalls Sinneswandel: Dulles, S. 51.
24. Ward über Usurpation: Ward hat seine Auffassung in einem der beiden erhaltenen Briefe an Anson Burlingame dargelegt, dem amerikanischen Gesandten in China. Der Brief datiert vom 16. August 1862 und befindet sich unter den Burlingame-Papieren, Library of Congress.
    Ein kantonesischer Beamter: Dulles, S. 46.
    Die Antwort von McLane: Dulles, S. 56.
25. Elizabeth Ward: Rantoul, S. 24.
    Hayes: in »An American Soldier in China«, *Atlantic Monthly*, 57 (1886), S. 195 (folgend: Hayes, »Soldier«).
26. William S. Wetmore: in *Recollections of Life in the Far East* (Shanghai, 1894), S. 33.
27. Ein britischer Offizier: Charles George Gordon, zitiert in Richard J. Smith, *Mercenaries and Mandarins: The Ever Victorious Army in Nineteenth Century China* (Millwood, N.Y.: KTO Press, 1978), S. 85 (folgend Smith, *Mercenaries*).
    Ein englischer Beamter: Chaloner Alabaster, in einem Memorandum, das einer Depesche von Konsul W. H. Medhurst an Lord Russell vom 4. Februar 1863 beigefügt war. *Britisch Parliamentary Papers* (folgend BPP), Bd. 63, 1864 (3295).
28. Ward über Lincoln and Davis, Ward über »das Schicksal im Krieg«: Ward an Burlingame, 16. August 1862, Burlingame-Papiere, Library of Congress.

III. Kapitel

1. Zumindest eine Autorität: Robert Harry Detrick in seiner unveröffentlichten Dissertation »Henry Andrea Burgevine in China: A Biography« (University of Indiana, 1968, S. 16 (folgend Detrick).

2. Burgevine: Detrick, S. 13.
   Burgevine: Detrick, S. 14–15.
3. Macgowan: Macgowan, S. 104.
   Ward: Ward an Burlingame, 16. August 1862, Burlingame-Papiere, Library of Congress.
   Ein zeitgenössischer Autor aus Shanghai: Ein anonymer Autor mit einer offensichtlich detaillierten Kenntnis über Ward und sein Corps in *The Suppression of the Taiping Rebellion in the Departments Around Shanghai* (Shanghai: Kelly & Co. 1871, S. ii. (folgend Suppression).
4. Lord Elgin: zitiert in John S. Gregory, *Great Britain and the Taipings* (London: Routledge & Kegan Paul, 1969), S. 80 (folgend Gregory).
5. Die chinesische Bitte: nach der Erinnerung von W. A. P. Martin und zitiert bei Marina Warner, *The Dragon Empress* (New York: Atheneum, 1972), S. 48 (folgend Warner).
6. John Ward: Dulles, S. 60.
   Ward, der »Tributüberbringer«: Warner, S. 49.
7. Tseng Kuo-fan: McAleavy, S. 75.
8. Ein westlicher Ausländer: Mary C. Wright, *The Last Stand of Chinese Conservatism* (Stanford: Stanford University Press, 1957), S. 74 (folgend Wright).
   Tseng: Mc Aleavy, S. 75.
9. Der *Herald*: NCH, 31. Oktober 1868.
10. Tseng: Smith, *Mercenaries*, S. 47.
    Ein amerikanischer Diplomat: George F. Seward, seine »Comments on Li Hung-chang« vom 21. September 1894 befinden sich unter seinen Papieren in der New-York Historical Society.
11. Alabaster: Dem Schreiben von Medhurst an Russell vom 4. Februar 1863 beigefügt, BPP, Bd. 63, 1864 (3295).
    Schmidt: Schmidt, P.C., S. 6.
12. Ein Biograph Wards: Elliot Paul Carthage Jr., in seiner unveröffentlichten Dissertation »The Role of Frederick Townsend Ward in the Suppression of the Taiping Rebellion« (St. John's University, 1976), S. 64.
13. Anonymus: Suppression, S. I.
14. Ein Beobachter: Suppression, S. II.

15. Ein britischer Beobachter: William Mesny, zitiert bei Hallett Abend, *The God from the West* (Gordon City N.Y.: Doubleday & Co., 1947), S. 120 (folgend Abend). Abend, ein Korrespondent der *New York Times* in China, hatte eine journalistische Vorliebe, die Dinge auszuschmücken. Seine Ward-Biographie ist daher mit Vorsicht zu genießen.
    Schmidt: Schmidt, P.C., S. 7.
    Das Urteil eines Zeitgenossen: Suppression, S. I.
16. Albert L. Freeman: zitiert in Richard J. Smiths Dissertation »Barbarian Officers of Imperial China« (University of California at Davis, 1972), S. 67 (folgend Smith, Dissertation).
17. Hayes: Hayes, »Soldier«, S. 196; Hayes, »Chapter«, S. 520.
18. Wilson: Wilson, S. 127.
    Einer von Wards Nachfolgern: Charles George Gordon, zitiert in Smith *Mercenaries*, S. 129–130.
19. Macgowan: Macgowan, S. 105.
20. Macgowan: Macgowan, S. 104.
    Ward: Ward an Burgevine, 16. August 1862, Burlingame-Papiere, Library of Congress.
21. Schmidt: Schmidt, P.C., »Vincente Macanaya«, 2. Teil der Artikel von Schmidt für *Friend of China*, S. 3 (folgend Schmidt, P.C. »Vincente«).
22. Meadows über Exekutionen: Meadows an Bruce, 5. Juli 1860, *Foreign Office* (folgend FO) 228/291.
    Meadows an Smith, Ojea: Anhang I und II in Meadows an Bruce, 5. Juli 1860, FO 228/291.
23. Meadows an Bruce: Meadows an Bruce, 5. Juli 1860, FO 228/291.
24. Ward: Ward an Burlingame, 10. September 1862, Burlingame-Papiere, Library of Congress.
    Ein Experte: Prescott Clarke in Prescott Clarke und Frank H. H. King, eds., *A Research Guide to China Coast Newspapers* (Cambridge, Mass.: East Asian Research Center, 1965), S. 8.
25. Der *Herald*: NCH 14. und 21. Juli 1860.
26. Ward: Ward an Burlingame, 10. September 1862, Burlingame-Papiere, Library of Congress.
27. Palmerston: siehe Kenneth Bourne, *The Foreign Policy of Victorian England* (Oxford: Clarendon Press, 1970), S. 274–275.

28. Lindley: Lindley, Bd. 1, S. VII–VIII.
    Der Chung Wang: Curwen, S. 134–135.
    Wilson: Wilson, S. 56–57.
29. Lindley: Lindley, Bd. 2, S. 585–586.
30. Ein Besucher: Suppression, S. 17.
    Lindley: Lindley, Bd. 1, S. 345–346.
31. Der Kan Wang: in Walter Lay, Übers., *The Kan Wang's Sketch of the Rebellion* (Shanghai: North China Herald Office, 1865), S. 6 (folgend Lay).
32. Wilson: Wilson, S. 63.
33. Schmidt: Schmidt, P.C., S. 8–9.
34. Der Chung Wang: Curwen, S. 119.
    J. F. C. Fuller: J. F. C. Fuller, *Grant and Lee* (Bloomington: Indiana University Press, 1957), S. 250.
35. Bogle: Rantoul, S. 51
36. »Los, Jungs«: Diese Zeile ist möglicherweise erfunden, aber sie wurde allgemein wiederholt und wurde zum Markenzeichen für Ward.
37. Der *Herald*: NCH, 21. Juli 1860.
38. Ein Experte: Curwen, S. 14.

IV. Kapitel

1. John Hinton: Anlage IV, Bruce an Russell, 23. Mai 1861, »Deposition of John Hinton, 2. Mai 1861«, BPP, Bd. 63, 1862.
2. Ein empörter Zeitgenosse: zitiert in William Sykes, *The Taeping Rebellion in China: Ist Origin, Progress and Present Condition* (London: Warren Hall & Co., 1863), S. 56 (folgend Sykes)
3. Macgowan: Macgowan S. 120.
    Wu Hsü, WHTA, S. 138–141.
4. Macgowan: Macgowan, S. 120.
    Schmidt: in »A Note on Ward's Character«, in *Dispatches of U.S. Consuls in Shanghai* (folgend DUSCS), Mikrofilm 112, Rolle 5, Berichtsgruppe 59, National Archives.
    Macgowan: Macgowan, S. 120.
5. Schmidt: Schmidt, P.C., »Vincente«, S. 2.
    Der *Herald*: NCH, 4. August 1860.

6. Konsul Smith: Anlage III, Meadows an Bruce, 6. August 1860, FO 228/292.
   Meadows: Meadows an Bruce, 6. August 1860, FO 228/292.
7. Wilson: Wilson, S. 64.
8. Der Chung Wang: Curwen, S. 118.
9. Schmidt: Schmidt, P.C., »Vincente«, S. 2.
10. Hayes: Hayes, »Soldier«, S. 194.
11. Der Chung Wang: NCH, 18. August 1860.
12. Der *Herald*: NCH, 18. August 1860.
13. Der *Herald*: NCH, 25. August 1860.
14. Hayes: Hayes, »Soldier«, S. 195.
15. Ein empörter westlicher Ausländer: NCH, 25. August 1860.
    Der *Herald*: NCH, 25. August 1860.
16. Der Chung Wang: Lindley, Bd. 1, S. 283.
17. Bruce: Bruce an Russell, 4. September 1860, BPP, Bd. 63, 1861.
18. Brief: NCH, 18. August 1860.
19. Wu: Anlage, Meadows an Bruce, 28. September 1860, FO 228/292.
20. Meadows: Meadows an Bruce, 28. September 1860, FO 228/292.
21. Der *Herald*: NCH, 27. Oktober 1860.
22. Hsien-feng: Warner, S. 51.
23. Manchu-Beamte: Warner, S. 53.
    Prinz Kung: McAleavy, S. 100.
24. Gordon: Paul Charrier, *Gordon of Khartoum* (New York: Lancer, 1965), S. 26.
25. Hsüeh Huan: Gregory, S. 92.
26. Roberts Stellungnahme: NCH, 7. September 1861.
    Lindley: Lindley, Bd. 2, S. 566/567.
27. Hope: Rantoul, S. 42.
28. Hope: Gregory, S. 97.
    Der Herald: NCH, 2. März 1861.
29. Tagebuch: Yao Chi, »Hsiao ts'ang-sang chi«, in Hsiang Ta, Herausgeber, *T'ai-ping t'ien-kuo* (Peking 1952), Bd. 6, S. 245.
30. Hope: in »Commander Hire's Report Relative to the Recent Desertions at Shanghai«, 1. Mai 1861, *Admirality* 125/7 (folgend ADM 125/7).

Diplomatischer Offizier: Forrest an Bruce, 20. April und 1. Mai 1861 (Anlage I und II zu Bruce an Russell, 23. Mai 1861), BPP, Bd. 63, 1862.

31. Alabaster: »Notes by Chaloner Alabaster on a Meeting Between Hsüeh Huan, Wu Hsu und Commander Hire, am 22. April 1861«, ADM 125/7.
32. Alabasters Zitat des Mandarins: Alabaster an Medhurst, 23. April 1861, ADM 125/7.
Wards Paß: »Ward Pass No. 2, April 22, 1861«, ADM 125/7.
Wards Wohnung: Alabaster an Medhurst, 23. April 1861, ADM 125/7.
Hire: Hires Bericht, ADM 125/7.
33. Die Konsuln: Hires Bericht, ADM 125/7.
Ward: Commander Henry W. Hire, »Momorandum of a Question Put by Commander Hire to the Person Calling Himself Ward, April 25, 1861«, ADM 125/7.
Cleary: Nicholas Cleary an Commander Hire, 25. April 1861, ADM 125/7.
34. Zweite Besprechung: Chaloner Alabaster, »Interview Between Commander Hire R.N. and H.E. the Taotai with Reference to the Capture of Colonel Ward«, ADM 125/7.
Hire: Hires Bericht, ADM 125/7.
Shanghai Municipal Council: William Howard an Walter Medhurst, 26. April 1861, ADM 125/7.
35. Hire: Hires Bericht, ADM 125/7.
Der Herald: NCH, 8. Juni 1861.
Medhurst: Medhurst an Bruce, 29. Mai 1861, FO 228/311.
36. Forester: Edward Forester, »Personal Recollections of the Tai-ping Rebellion«, *Cosmopolitan*, Bd. 21 (1896), S. 629 (folgend Forester).
37. Forester: Forester, S. 629.
Der Herald: NCH, 8. Juni 1860.
38. Forester: Forester, S. 629.
39. Bruce: Bruce an Russell, 23. Mai 1861, BPP, Bd. 63, 1862.
Hope: Hope an Bruce, 24. Mai 1861, FO 228/300.
40. Alabaster: Anlage I, Medhurst an Bruce, 29. Mai 1861, FO 228/311.

Dew: Dew an Hope, 18. Juni 1861, BPP, Bd. 63, 1862.
Hope: Anlage III, Dew an Hope, 18. Juni 1861, BPP, Bd. 63, 1862; Hope an die Admiralität, 27. Juni 1861, BPP, Bd. 63, 1862.
41. Bruce: Bruce an Russell, 23. Juni 1861, BPP, Bd. 63, 1862.
Compton: NCH, 12. Januar 1861.
Bruce: Bruce an Russell, 23. Juni 1861, BPP, Bd. 63, 1862.
42. Bruce: Bruce an Russell, 3. Juli 1861, BPP, Bd. 63, 1862.

V. Kapitel

1. Der T'ien Wang: Curwen, S. 122.
Der Kan Wang: Lay, S. 7.
2. Schmidt: Schmidt, P.C., S. 7.
Macgowan: Macgowan, S. 119.
3. Wilson: Wilson, S. 129–132.
Wu Hsü: WHTA, S. 125–127; Smith, Dissertation, S. 75/76.
4. Harry Wards Käufe: Smith, *Mercenaries*, S. 90.
5. Zwei Pässe: Die beiden Pässe befinden sich in der Frederick Townsend Ward-Sammlung der Sterling Library, Yale University (folgend Ward Collection, Yale).
6. Macgowan: Macgowan, S. 105.
7. Russell: Russell an Bruce, 8. August 1861, FO 17/349.
Macgowan: Macgowan, S. 105.
8. Burlingame: Frederick Wells Williams, *Anson Burlingame and the First Chinese Mission to Foreign Powers* (New York: Scribner's, 1912), S. 12 (folgend Williams).
Seward: Williams, S. 22–23.
9. Das kaiserliche Dekret: Warner, S. 73.
10. Burlingame: Burlingame an Seward, 30. November 1861, *Dispatches of U.S. Ministers to China* (folgend DUSMC), R. 6.59, Mikrofilm 92, National Archives.
Lindley: Lindley, Bd. 1, S. 358.
11. Roberts Bericht: BPP, Bd. 63, 1863.
12. Der *Herald*: NCH, 14. Dezember 1861.
Der *Herald*: NCH, 21. Dezember 1861.
Ein Missionar: NCH, 4. Januar 1862.

13. Der britische Konsul: Gregory, S. 109–110.
    Hope: BPP, Bd. 63, 1862.
14. Bruce: Gregory, S. 119.
    Palmerston: Gregory, S. 108–109.
15. Der britische Konsul: Smith, Dissertation, S. 127.
    Bruce: Bruce an Russell, 26. März 1862, BPP, Bd. 63, 1862.
16. Willes: Capt. George O. Willes an Admiral Hope, 20. Januar 1862, BPP, Bd. 63, 1862.
17. Macgowan: Macgowan, S. 105.
18. Wu Hsüs Briefe an Ward, Ward Collection, Yale.
19. Hsüeh: IWSM, TC 4, S. 25–28.
    Der *Herald*: NCH, 18. + 25. Januar 1862.
    Daily Shipping and Commercial News: in BPP, Bd. 63, 1862.
20. Der *Herald*: NCH, 15. Februar 1862.
21. Hayes: Hayes, »Soldier«, S. 196.
22. Tseng: Smith, Dissertation, S. 87.
23. Gordon: Smith, *Mercenaries*, S. 214.
24. Hayes: Hayes, »Chapter«, S. 522–524.
25. Hope: Smith, *Mercenaries*, S. 49.
26. Hope: Hope an Paget, 21. Februar 1862, ADM 125/104.
27. Alabasters Bericht: BPP, Bd. 63, 1862, Anhang zum 2. Mai 1862.
    Macgowan: Macgowan, S. 107.
    Forester: Forester, S. 34.
28. Macgowan: Macgowan, S. 107.
29. Hope: Hope an Paget, 21. Februar 1862, ADM 125/104.
30. Burlingame: Burlingame an Seward, 22. März 1862, DUSMC, R. 6.59, Mikrofilm 92, Rolle 21, National Archives.
    Der *Herald*: NCH, 22. Februar 1862.
    Lindley: Lindley, Bd. 2, S. 450.
31. Sykes und die *Times*: Sykes, SS. 23, 33.
    Hope: Hope an Bruce, 22. Februar 1862, BPP, Bd. 63, 1862.
32. Michel: Michel an Bruce, 28. Februar 1862, BPP, Bd. 63, 1862.
33. Burlingame: Burlingame an Seward, 7. März 1862, DUSMC, R. 6.59, Mikrofilm 92, Rolle 21, National Archives.
    Hope: Hope an die Admiralität, 5. März 1862, ADM 1/5790.

34. Hsüeh: IWSM, TC 4, S. 25–26.
35. Das kaiserliche Dekret: Smith, Dissertation, S. 91.
36. Die *Times*: London *Times*, 4. Juni 1862.
   Der Bericht des *Herald* über Hsiao-t'ang: NCH, 8. März 1862.
37. Lindley: Lindley Bd. 2, S. 451.
   Alabasters Bericht: BPP, Bd. 63, 1862; Anhang zum 2. Mai 1862.
38. Hsüehs Bericht: IWSM, TC 4, S. 49b–51b.
39. Bericht des *Herald* über Ssu-ching: NCH 22. März 1862.
   Hsüehs Bericht: IWSM, TC 5, S. 5b–7b.

VI. Kapitel

1. Abend: Abend, S. 149–150.
2. Edikt betr. ausländische Truppen: IWSM, TC 4, S. 52a.
   Hsüeh über Ward: IWSM, TC 5, S. 6b.
3. Edikt bez. Ward: IWSM, TC 5, S. 8a.
4. Smith: Smith, *Mercenaries*, S. 52.
5. Wu Hsü: Seine Briefe an Ward befinden sich in der Ward Collection in Yale.
6 Ausländische Zeugen: zitiert bei Abend, S. 160.
   Abend: Abend, S. 151.
   Macgowan: Macgowan, Bd. 3, S. 22.
7. Ein weiterer früher Biograph Wards: Cahill, S. 165.
   Ein Wissenschaftler des frühen 20. Jahrhunderts: Hosea Ballou Morse in seinem Roman *In the Days of the Taipings* (Salem, Mass.: Essex Institute, 1927).
   Yangs Brief: Dieser Brief befindet sich in der Ward Collection in Yale.
8. Cahill: Holger Cahill, *A Yankee Adventurer* (New York: McAulay and Co., 1930, S. 166 (folgend Cahill).
   Wu Hsü über Wards schwierige Lage: IWSM, TC 5, S. 51–52.
9. *chogo*: Dieser Gegenstand befindet sich unter den persönlichen Dingen Wards, die im Essex Institute aufbewahrt werden, wie auch eine Kollektion von Chang-meis Schmuck und Wards Mandarinkappe, an der aber der blaue Knopf fehlt.

10. Shen Chu-jengs Biographie: Eine Kopie des Buches wurde mir freundlicherweise von Richard J. Smith überlassen, dem das Verdienst gebührt, es entdeckt zu haben.
11. Burlingame: Burlingame an Seward, 7. März 1862, DUSMC, R. 6.59, Mikrofilm 92, Rolle 21, National Archives.
12. Burgevine versorgt Burlingame mit Limonade und Sodawasser: erwähnt in einem Brief von Burgevine an Burlingame vom Mai 1863, Burlingame-Papiere, Library of Congress.
13. Burlingame: Burlingame an Seward, 22. März 1862, DUSMC, R. 6.59, Mikrofilm 92, Rolle 21, National Archives. Wards Brief: Ward an Burlingame, 16. August 1862, Burlingame-Papiere, Library of Congress.
14. Burlingame: Burlingame an Seward, 27. Oktober 1862, DUSMC, Mikrofilm 92, Rolle 21, National Archives.
    Hope: Hope an Bruce, 8. Oktober 1862, FO 228/321; Hope an Forester, 12. Oktober 1862, FO 228/321.
15 Schmidt: sein Memo über Wards Charakter befindet sich in Berichtsgruppe 59, DUSCS, Mikrofilm 112, Rolle 5, National Archives.
    Hayes: Hayes, »Soldier«, S. 196–197.
16. Hayes: Hayes Kommentar ist in einem Memo über Wards Vermögen vom 30. August 1864 enthalten. Einzusehen im *gebundenen* DUSCS (Berichtsgruppe 84), S. 849, National Archives.
    Hope: Smith, Dissertation, S. 345.
    Hayes: Hayes, »Soldier«, S. 197.
    Tsengs Biograph: Hail, S. 259.
17. Feng Kuei-fen: zitiert bei Smith, Dissertation, S. 149.
    Hsüeh: IWSM, TC 5, S. 56–76.
    Wu Hsü: WHTA, S. 138–141.
18. Tseng: zitiert bei William J. Hail, *Tseng Kuo-fan and the Taiping Rebellion* (New Haven: Yale University Press, 1927), S. 260 (folgend Hail).
19. Kaiserliches Edikt über Ausländer: zitiert bei John K. Fairbank, Herausgeber, *The Chinese World Order* (Cambridge, Mass.: Harvard University Press, 1968), S. 267 (folgend Fairbank).
    Fairbank: Fairbank, S. 262, 269, 272–273.

20. Hsüehs Stellungnahme: IWSM, TC 5, S. 33–36b.
21. Ward an Harry: Der Brief befindet sich in der Berichtsgruppe 84, Legation Archives, Consulate Records, Shanghai, Bd. 34, S. 803, National Archives.

VII. Kapitel

1. Der Chung Wang: Curwen, S. 133–134.
2. Bruce: Bruce an Russell, 26. März 1862, BPP, Bd. 63, 1862, S. 220.
   Bruce: Bruce an Hope, 26. März 1862, FO 17/371.
3. Bericht des *Herald*: NCH, 12. April 1862.
4. Lindley: Lindley, Bd. 2, S. 505.
   Der *Herald*: NCH, 12. April 1862.
5. Der *Herald*: NCH, 12. April 1862.
   Borlase: Borlase an Hope, 6. April 1862, BPP, Bd. 63, 1862, S. 226.
   Der *Herald*: NCH, 12. April 1862.
6. Borlase: Borlase an Hope, 6. April 1862, BPP, Bd. 63, 1862, S. 225.
7. *Shanghai Daily Shipping List*: zitiert bei Lindley, Bd. 2, S. 507.
   Wilson: Wilson, S. 134.
8. Wilson: Wilson, S. 131.
9. Li Hung-chang über Wu, Yang und Hsüeh: in J. C. Cheng, *Chines Sources for the Taiping Rebellion 1850–1864* (Hongkong: Hongkong University Press, 1963), S. 92 (folgend Cheng).
   Peking an Li: Cheng, S. 94.
   Li über Ward: Cheng, S. 96.
10. Ward über Li: Ward an Burlingame, 16. August 1862, Burlingame-Papiere, Library of Congress.
    Das Abkommen der Alliierten: BPP, Bd. 73, 1863, S. 410.
11. Gordon: Charrier, *Gordon of Khartoum*, S. 41–42.
    Lindley: Lindley, Bd. 2, S. 510.
12. Macgowan: Macgowan, Bd. 2, S. 121.
    Schmidt: zitiert bei Macgowan, Bd. 2, S. 121.
    China Mail: zitiert bei Lindley, Bd. 2, S. 512.

13. Macgowan: Macgowan, Bd. 2, S. 121.
    British Foreign Office: Das Auswärtige Amt an die Admiralität, 6. Mai 1862, FO 17/382.
14. Ward: Ward an Burlingame, 16. August 1862, Burlingame-Papiere, Library of Congress.
15. Dew: Wilson, S. 102.
16. Der *Herald*: NCH, 17. Mai 1862.
17. Smith: Smith, Dissertation, S. 177.
    Der *Herald*: NCH, 24. Mai 1862.
18. Lindley: Lindley, Bd. 2, S. 517.
19. Der *Herald*: NCH, 24. Mai 1862.
    Lindley: Lindley, Bd. 2, S. 519.
    Overland Trade Report: zitiert bei Lindley, Bd. 2, S. 519–520.
    Staveley: Staveley an Sir G. C. Lewis, BPP, Bd. 73, 1863, S. 396.
20. Forester: Forester, S. 36.
21. Staveley: Staveley an Bruce, 23. + 26. Mai 1862, BPP, Bd. 73, 1863, S. 421.
22. Hope: Hope an den Sekretär der Admiralität, 31. Mai 1862, BPP, Bd. 63, 1862, S. 253.
23. Montgomeries Bericht: Montgomerie an Hope, 7. Juni 1862, BPP, Bd. 73, 1863, S. 402.
    Die Aufforderung des Chung Wang zur Übergabe: in Franz, Michael, *The Taiping Rebellion, History and Documents* (Seattle: University of Washington Press, 1966–71), Bd. 3, S. 1018.
24. Die Aufforderung des Rebellengenerals zur Übergabe und Foresters Antwort: BPP, Bd. 73, 1863, S. 404–405.
    Macgowan: Macgowan, Bd. 2, S. 123.
    Forester über Meuterei: Forester, S. 36.
25. Li Hung-chang: Cheng, S. 95–96.
26. Forester: Forester, S. 39.
27. Der *Herald*: NCH, 14. Juni 1862.
28. Der Chung Wang: Curwen, S. 136.
    Der T'ien Wang: Curwen, S. 136.
29. Li Hung-chang: Cheng, S. 96, 98.
    Kaiserliches Edikt: Smith, Dissertation, S. 98.
30. Hope: Hope an Bruce, 14. Juni 1862, FO 228/321.

Ward: NCH, 10. Januar 1863.
Macgowan: Macgowan, Bd. 3, S. 23.
Kung über Ward: IWSM, TC 6, S. 17.
31. Bruce an Kung und Kungs Antwort: BPP, Bd. 73, 1863, S. 448–452.
32. Li Hung-chang: Cheng, S. 99.
33. Ward: Ward an Burlingame, 16. August 1862, Burlingame-Papiere, Library of Congress.
34. Tseng Kuo-fan: zitiert bei Smith, Dissertation, S. 190.
Wu Hsü an Ward: Ward Collection, Yale.
35. Bericht der *Peking Gazette*: NCH, 4. Oktober 1862.
Forester: Forester, S. 213.
Macgowan: Macgowan, Bd. 2, S. 124.
36. Li Hung-chang: Cheng, S. 100.
Ward: Ward an Burlingame, 16. August 1862, Burlingame-Papiere, Library of Congress.
Li Hung-chang: Cheng, S. 101.
37. Der *Herald*: NCH, 26. Juli 1862.
38. Li Hung-chang über die »Freie-Stadt«-Bewegung: Cheng, S. 100–101.
Ward: Ward an Burlingame, 16. August 1862, Burlingame-Papiere, Library of Congress.
Li Hung-chang über Wu und Yang: Cheng, S. 101.
39. Ward über seine Forderungen: Ward an Burlingame, 16. August 1862, Burlingame-Papiere, Library of Congress.
Macgowan: Macgowan, Bd. 2, S. 124.
40. Thomas Lyster: in E. A. Lyster, Herausg., *With Gordon in China: Letters from Thomas Lyster, Lieutenant Royal Engineers* (London: T. Fisher Unwin, 1891), S. 79 (folgend Lyster).
Lyster: Lyster, SS. 84–85, 86.
41. Hayes: Hayes, »Chapter«, S. 521.
Li Hung-chang: Cheng, S. 103.
Wards Brief: Ward an Burlingame, 10. September 1862, Burlingame-Papiere, Library of Congress.
42. Hayes: Hayes, »Soldier«, S. 197.
43. Schmidt: Sein Memo befindet sich in der Berichtsgruppe 59, Mikrofilm 112, Rolle 5, National Archives.

44. Wilson: Wilson, S. 107–108.
   Ward: Macgowan, Bd. 3, S. 24.
   Forester: Forester, S. 212.
45. Bogle: Bogle an Dew, 21. September 1862, BPP, Bd. 73, 1863, S. 482.
   Wards Testament: Bogles Erklärung befindet sich in der Berichtsgruppe 84, Legation Archives, Consulate Records, Shanghai, Bd. 34, No. 225 (gebunden), S. 763, National Archives.

Nachwort

1. Offizier der Ever Victorious Army: siehe Hayes, »Soldier«, S. 199.
   Cook: Seine Aussage befindet sich in der Berichtsgruppe 84, Legation Archives, Consulate Records, Shanghai, Bd. 34, No. 225 (gebunden), S. 797, National Archives.
2. Dew: Dew an Hope, 27. September 1862, BPP, Bd. 73, 1863, S. 481.
   Hope: Hope an die Admiralität, 1. Oktober 1862, BPP, Bd. 73, 1863, S. 480.
   Hope an Burlingame: Rantoul, S. 42.
   Gordon: Smith, *Mercenaries*, S. 79.
3. Der *Herald*: NCH, 27. September 1862; 3. Januar 1863.
   Schmidt: DUSCS, 1847–1906, R. 6.59, Mikrofilm 112, Rolle 5, National Archives.
4. Li Hung-changs Schreiben: Rantoul, S. 47–48.
5. Kaiserliches Dekret über Ward: Rantoul, S. 45.
   Zweites kaiserliches Dekret: IWSM, TC 9, S. 3b.
6. Schmidt: DUSCS, 1847–1906, R. 6.59, Mikrofilm 112, Rolle 5, National Archives.
   Shen Chu-jengs Biographie: siehe Anm. zu S. 222.
   Lyster: Lyster, S. 96 u. 113.
7. Burgevines Anspruch auf Wards Nachfolge: Smith, *Mercenaries*, S. 108.
8. Hope über Wards Chinesen: Hope an Bruce, 29. Oktober 1862, FO 228/321.

9. Burlingame: Burlingame an Seward, 27. Oktober 1862, DUSMC, Mikrofilm 92, Rolle 21, National Archives.
10. Alabaster über Burgevine: ein undatiertes Memorandum an Medhurst, BPP, Bd. 63, 1864, S. 26.
    Macgowan: Macgowan, Bd. 3, S. 47.
    Hope: Hope an Bruce, 29. Oktober 1862, FO 228/321.
    Ein altgedienter Offizier: zitiert bei Macgowan, Bd. 3, S. 48.
11. Hope: Hope an Bruce, 29. Oktober 1862, FO 228/321.
    Li Hung-chang über Burgevine: Smith, *Mercenaries*, S. 113
12. Wilson: Wilson, S. 116.
    Wilson: Wilson, S. 118.
13. Macgowan: Macgowan, Bd. 3, S. 49.
    Der *Friend of China*: *Friend of China*, 18. Februar 1863.
    Lyster: Lyster, S. 128–129.
14. Der *Herald*: NCH, 10. Januar und 10. März 1863.
    Schmidt: Schmidt, P.C., S. 10.
    Schmidt: Schmidt, P.C., »Vincente«, S. 6–8.
15. Schmidt: Schmidt, *Mercenaries*, S. 125.
    Parkes: Schmidt, *Mercenaries*, S. 125.
16. Lindley: Lindley, Bd. 2, S. 645.
17. Gordon: Jonathan Spence, *To Change China* (New York: Penguin Books, 1980, S. 87 (folgend Spence).
18. Gordon: Spence, S. 90–91.
    Der Chung Wang: Curwen, S. 162.
19. Burgevines Autopsie: Dr. Johnston an Markham, 18. Oktober 1865, FO 17/432.
20. Tseng Kuo-fan: Warner, S. 123.
21. Seward: S. E. D. 45:2:48, S. 215.
22. Harry Ward an seinen Vater: Berichtsgruppe 84, Legation Archives, Consulate Records, Shanghai, Bd. 34, No. 225 (gebunden), S. 819, National Archives.
23. Kung: Abend, S. 221.
    Taotai von Shanghai: Abend, S. 238.
24. Foster und Lansing: in *The Claim of General Frederick T.Ward's Estate Against the Chines Gouvernment, Arising Out of His Military Services During the Taiping Rebellion*. Eine Kopie dieser Schrift befindet sich im Essex Institute, Salem, Massachusetts (folgend Foster und Lansing).

25. Foster und Lansing: Foster und Lansing, S. 11.
26. Eine Salemer Bürgerin: Francis H. Lee, zitiert bei Rantoul, S. 52.
27. Ein chinesischer General der Nationalisten: *Boston Herald*, 23. September 1934.
    Lindley über Ward: Lindley, Bd. 2, S. 585.
    Hayes über Wards Leistungen: Hayes, »Soldier«, S. 198.
28. Hayes über Wards Ambitionen: Hayes, »Chapter«, S. 522.

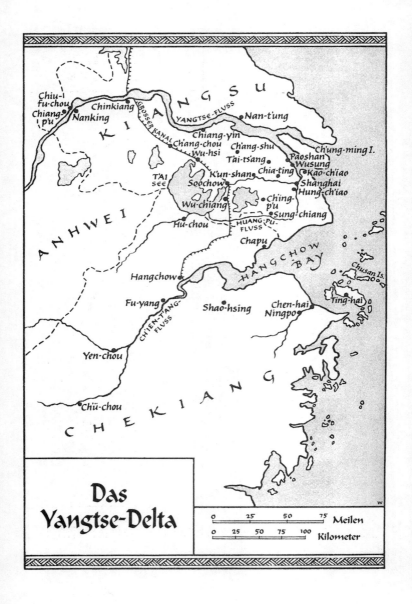

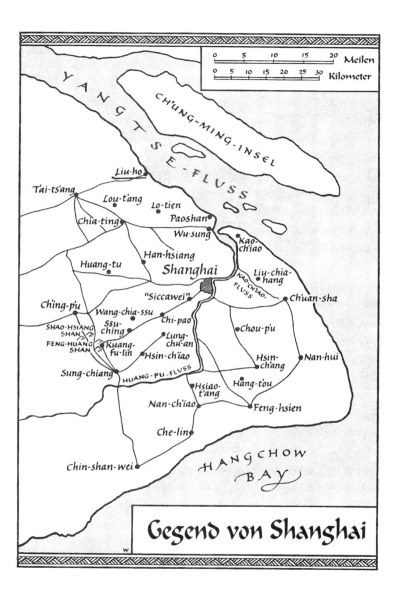

»...bunt, episch und unterhaltsam.«
Neue Zürcher Zeitung

E. Annie Proulx
*Das grüne
Akkordeon*
Roman
62/0001

Nach dem preisgekrönten Welterfolg
Schiffsmeldungen legt E. Annie Proulx
ein weiteres Meisterwerk vor:
die wundersame Biographie
eines Akkordeons – ein Roman voller
Musik und Leidenschaft.

DIANA-TASCHENBÜCHER
Zeit zum Lesen ...

»Ein poetischer Roman wie aus 1001 Nacht.« *Freundin*

Chitra Banerjee Divakaruni
Die Hüterin der Gewürze
Roman
62/0006

Die weise Tilo ist nicht nur mit dem Zauber aller Gewürze vertraut, sie kann auch den Menschen direkt ins Herz schauen. Eines Tages betritt ein junger Mann ihren Laden, und plötzlich versagen Tilos magische Kräfte ...

DIANA-TASCHENBÜCHER
Zeit zum Lesen ...

Das anspruchsvolle Programm

Peter S. Beagle
Die Sonate des Einhorns
Roman

Klaus Modick
Das Grau der Karolinen
Roman

David Lodge
Die Kunst des Erzählens

Dietrich Schwanitz
*Das Shylock-Syndrom oder
Die Dramaturgie der Barbarei*

DIANA-TASCHENBÜCHER
Zeit zum Lesen ...